REDENÇÃO
PELO AMOR

Nana Pauvolih

REDENÇÃO
PELO AMOR

FÁBRICA 231

Copyright do texto © 2015 *by* Nana Pauvolih

FÁBRICA231
O selo de entretenimento da Editora Rocco Ltda.

Os versos das canções aqui reproduzidas foram usados com base no Art. 46 da Lei Brasileira do Direito Autoral.

Direitos desta edição reservados à
EDITORA ROCCO LTDA.
Av. Presidente Wilson, 231 – 8º andar
20030-021 – Rio de Janeiro, RJ
Tel.: (21) 3525-2000 – Fax: (21) 3525-2001
rocco@rocco.com.br
www.rocco.com.br

Printed in Brazil/Impresso no Brasil

Preparação de originais
ELISABETH LISSOVSKY

CIP-Brasil. Catalogação na fonte.
Sindicato Nacional dos Editores de Livros, RJ.

P361r   Pauvolih, Nana
         Redenção pelo amor / Nana Pauvolih.
     – 1ª ed. – Rio de Janeiro: Fábrica231, 2016.
      (Violeta)

      ISBN 978-85-68432-45-7

      1. Romance brasileiro. I. Título. II. Série.

15-27261   CDD-869.93
                     CDU-821.134.3(81)-3

PRÓLOGO

Redenção pelo amor foi o terceiro livro da Série Redenção. Não estava nos meus planos fazer uma série, mas depois do sucesso de *A redenção de um cafajeste*, os dois livros seguintes acabaram se tornando uma consequência natural.

Eu dedico este livro às minhas queridas amigas e fãs do grupo Romances Picantes de Nana Pauvolih, minhas "nanetes", que desde o primeiro capítulo do primeiro livro até o último do terceiro estiveram comigo, vivenciando, comentando, sugerindo, rindo, reclamando, suspirando, odiando e amando com Arthur, Matt e finalmente Antônio.

Algumas estiveram mais próximas e não vou citar nenhum nome, para não ser injusta. Mas três amigas participaram mais, e elas sabem quem são. A vocês, meu amor e agradecimentos eternos. E a todas, meu carinho e também meu amor.

Nanetes, *Redenção pelo amor* é para vocês!

Beijos em cada uma!

Nana Pauvolih

PRÓLOGO

Dias atuais

ANTÔNIO SARAGOÇA

Era um almoço de negócios importante, muito comum nos meus dias, com um grupo de três japoneses e meu irmão, pois depois de expandir minhas empresas para os EUA, América Latina e Europa, eu queria ganhar a Ásia. As negociações estavam praticamente fechadas, e aquele almoço era para tirar dúvidas sobre alguns pormenores.

Quando chegamos ao restaurante no New York City Center, na Barra da Tijuca, sentamos e pedimos bebidas. Entre os japoneses, dois eram da empresa que eu estava negociando e o terceiro era um tradutor. Eu falava fluentemente inglês e espanhol, arranhava no alemão e no italiano, mas japonês era um enigma para mim.

Afastei um pouco o paletó do terno, bem à vontade com o ambiente luxuoso e sóbrio. Já estava acostumado com aquele local e gostava sempre dos melhores, inclusive para levar clientes. Esperava arrematar o que faltava naquelas negociações e começar logo a expandir o grupo CORPÓREA & VENERE para o Japão. Seria mais uma conquista minha, fruto do meu trabalho e da minha dedicação.

A conversa fluía, o tradutor era muito requisitado e fazia bem a sua parte, e eu me concentrava, alerta como sempre. Foi quando meu irmão Eduardo deu um sorriso sacana e falou para mim:

— Será que ela está esperando alguém?

Eu o encarei e sorri meio de lado, ignorando-o. Em todo lugar que ia Eduardo dava um jeito de paquerar, mesmo sendo um homem casado. Para ele, tudo era farra e divertimento. Falei, quase sem mover os lábios:

— Concentre-se aqui.

— Pode deixar. – Seu sorriso se expandiu. – Só achei que a conhecia de algum lugar.

— Provavelmente a conhece. Dá em cima de todas as mulheres aonde vai – falei secamente. E voltei a dar atenção ao que o tradutor me perguntava.

Eduardo era um boa-vida. Apesar de ser um dos diretores do nosso grupo, não era dedicado ao trabalho e centrado como eu. Talvez por ser caçula e ter nascido com problemas de saúde, foi mimado e poupado demais. Nunca foi visto como um possível herdeiro ou administrador das coisas da família, o que sempre coube a mim. A verdade era que gostava mais de farrear do que de trabalhar, mas eu o trazia sob cabresto curto, e ele me respeitava muito.

A conversa fluiu sobre a abertura da filial e nos levantamos e fomos ao bufê para nos servir de antepastos. Sorri quando o tradutor disse que os japoneses elogiavam a qualidade e a apresentação da mesa em que estávamos nos servindo. Atrás de mim, Eduardo insistiu:

— Estou te dizendo, Antônio, conheço essa garota de algum lugar.

Eu já ia retrucar e mandar se concentrar no que interessava quando ao meu lado ouvi uma voz suave e melodiosa, que pareceu ressurgir do meu passado como se nunca tivesse desaparecido, tão presente e límpida como eu me lembrava:

— Você tem o sorriso mais bonito que eu já vi na vida.

Gelei. Virei o rosto, sem precisar ver para saber que era ela. Era a sua voz. Era o elogio que eu tinha ouvido em um passado distante da minha vida e que nunca esqueci. Nunca. Antes mesmo de olhá-la, naqueles milésimos de segundo para fazê-lo, tive uma sensação de *déjà-vu*, meu corpo todo reagiu, meu coração deu um salto mortal. E então a vi.

Fiquei paralisado. Seus olhos castanhos brilhantes emergiram dos meus sonhos, única coisa que tive dela durante todo aquele tempo. Seu sorriso era um lembrete do que perdi. Até a respiração me faltou.

Meus parceiros de negócios se entreolharam, em silêncio. Meu irmão disse rapidamente:

– Eu sabia que conhecia você.

Eles tinham se esbarrado na faculdade, e Eduardo tinha namorado uma amiga dela. Mas tudo isso eu sabia e sentia superficialmente, como se estivesse muito distante de mim. Só conseguia me concentrar na mulher a minha frente, com seus olhos fixos nos meus, deixando-me completamente abalado.

Cecília sempre foi linda, mas agora estava perfeita. Usava branco novamente. Não consegui desgrudar meus olhos nem piscar. Uma parte da minha mente gritou: "Reaja, porra! Ela já não faz parte da sua vida!" Mas todo o resto ignorou aquele grito. Eu não era feliz, muitas vezes me questionei por que não lutei por ela naquela fase da minha vida, mas nunca voltei atrás.

No entanto, vendo-a ali, com aquele vestido tomara que caia branco e com um colar de pedras coloridas, seus cabelos castanhos e sedosos espalhados pelos ombros, achei que era Deus ou o Diabo me pregando uma peça. Tive vontade de agarrar seu braço e levá-la embora. Não sei como ou para onde, mas para um lugar onde nunca fôssemos encontrados. Eu me sentia perdido, golpeado, sem conseguir falar. E aquilo para um homem como eu, acostumado a controlar e mandar em tudo, inclusive em mim mesmo, era como um suicídio.

E nove anos deixaram de existir, como se eu tivesse dormido quase aquele tempo todo e só despertasse agora. Os sentimentos e lembranças vieram como uma enxurrada, sem controle, sem que eu pudesse fazer nada para impedir. O passado me golpeou com sua força total.

PARTE 1

Nove anos antes

ANTÔNIO SARAGOÇA

Morar na Barra da Tijuca, ter que ir ao centro da cidade em uma sexta-feira, e ainda dar uma passada na PUC, na Gávea, onde cursava meu mestrado, era uma merda. Mas eu nunca poderia imaginar que minha vida mudaria em um engarrafamento causado por uma micareta. De vez em quando ocorriam aquelas micaretas e tudo parava. Enquanto uns se divertiam, outros como eu só se revoltavam.

Estava irritado em meu Land Rover 4x4, de saco cheio daquela confusão toda, impaciente. O caminho que percorria em minutos estava levando horas. Exausto, nem a música que tocava continha meu mau gênio. Foi quando, distraidamente, como meu carro era mais alto que o automóvel ao lado, eu vi uma coisa que chamou minha atenção.

Umas pernas bronzeadas, bem torneadas e lindas, cruzadas com os pés em cima do porta-luvas, dentro daquele Corsa branco. Sandálias de dedo mostravam pés pequenos e delicados com unhas pintadas de rosa. As pontas compridas de um cabelo castanho se enroscavam sobre os seios. Dava para ver a saia, pequenininha, embolada no meio das pernas.

Fiquei com os olhos fixos no que eu conseguia ver, pensando comigo mesmo que só deviam prestar as pernas. Naquele momento o trânsito andou e tive que mover meu carro, mas o mantive emparelhado com aquele ao meu lado, nunca ficando atrás ou na frente daquelas pernas lindas do carro vizinho. Passei os olhos pelas panturrilhas bem-feitas, a curva do joelho, a coxa firme e lisa, imaginando como aquela pele devia ser macia.

O trânsito parou de novo, mas eu nem me estressava mais, batendo com os dedos no volante, o vidro da minha janela aberto para ver melhor toda aquela perfeição. Então as pernas moveram e baixaram e, de repente, a porta abriu. Uma menina sorridente, por volta dos seus 20 anos, saiu, usando um vestido branco, curtinho e rodado, seus cabelos bem compridos balançando, extremamente atraente. As pernas eram apenas um complemento para o resto da sua beleza.

Sorri comigo mesmo, pois tudo ali prestava e muito.

Ela era linda, um tipo de mulher delicada e esguia, mas com bunda empinada, pernas compridas e seios pequenos, marcados e arredondados no corpete do vestido, parecendo ter a medida certa. Seus olhos eram grandes e de um castanho brilhante, os traços finos e delicados, uma expressão de pessoa feliz e radiante.

Já ia dar a volta para assumir o volante e trocar com o motorista, então este saiu do carro e vi que também era uma mulher. A bela de vestido branco não estava acompanhada, e aquilo me animou. Sem tirar meus olhos dela, resolvi me divertir um pouco. Principalmente quando olhou para a janela do meu carro e nossos olhares se encontraram.

Era muito linda, e dei um sorriso enorme pela minha descoberta naquela merda de trânsito, concentrado, excitado pelo conjunto de suavidade e sensualidade daquela garota. Ela sorriu de volta e me surpreendeu ao dizer em uma voz melodiosa:

– Que sorriso lindo você tem! O mais lindo que já vi na minha vida!

Eu ali naquele carro enorme e novo, que tinha acabado de comprar, todo mauricinho, e ela falou do meu sorriso. Ri meio de lado, impressionado com sua espontaneidade, com algo completamente diferente de tudo que já tinha visto e eu ainda nem sabia o que exatamente era. Na mesma hora falei:

– Não troque de lugar com a sua amiga.

– Por quê? – Sorriu ainda mais. Tinha um jeitinho de moça sapeca, doce, de bem com a vida. Sua amiga segurava a porta do carro, observando-nos.

– Pra gente ir conversando – falei charmoso, sem tirar os olhos dela.

– Ah, não posso.

– Por quê? – Foi minha vez de perguntar.

– Minha amiga está cansada e viemos agora da faculdade. Esse engarrafamento também não está ajudando. – Deu de ombros, mas ergueu a mão de leve e acenou, contornando o carro.

Eu a observei, não querendo me afastar dela tão rápido. Pensei o que faria enquanto ela se sentava no lado do motorista e a amiga já ia entrar no lado do carona. Agi por instinto, o que era uma coisa bem estranha em se tratando de mim. Abri a porta do meu carro e pulei fora, já dizendo para a moça com ar decidido:

– Dirige meu carro um pouco e deixa eu sentar na carona do seu.

Ela me olhou meio confusa e então para meu carro luxuoso e novo em folha, como se eu fosse um louco. Sorri de lado, indicando a porta:

– Vem, só um pouco.

– Cara, você é doido. – Mas balançou a cabeça e veio.

Pouco liguei se ela ia bater com meu carro. Deixei meu Land Rover novinho com uma completa estranha, uma mulher que nunca vi na vida, eu mesmo sem entender por que agia daquele jeito, tão fora do meu normal. Entrei no Corsa branco, sentei no lado do carona, tendo que encolher um pouco as pernas compridas, batendo a porta ao meu lado. Só então virei para a linda de branco e sorri devagar, como um animal que consegue encurralar a sua caça.

Ela me olhava surpresa. Então, deu uma pequena risada e disse algo que me pegou desprevenido de novo:

– Posso me apaixonar por esse sorriso meio de lado, porque, além de lindo, é sedutor. E por esses olhos azuis.

– Você é sempre tão sincera e surpreendente assim?

– Por quê? Você não é? – Parecia se divertir.

– Nem um pouco – falei baixo, mas ela sacudiu a cabeça.

– Pois me surpreendeu ao entrar aqui. – O trânsito andou e ela pôs o carro em movimento, mas logo parou de novo.

– Qual o seu nome? – perguntei logo, sem entender o modo como mexia tanto comigo.

– Não digo meu nome para estranhos. – Fez um gesto bem-humorado com a cabeça.

– Antônio Saragoça. – Me apresentei solenemente. – Agora já não sou um estranho. Seu nome.

Exigi. Isso a divertiu mais.

– Isso é uma pergunta?

– Não.

– Foi o que imaginei. Bem, então não preciso responder.

Fixei meus olhos nos dela. Eu sabia que tinha um olhar penetrante, que geralmente deixava as pessoas nervosas e as fazia me obedecer. Mas ela parecia bem tranquila, sem deixar de sorrir.

– Está rindo de mim?

– Não, Antônio Saragoça, para você.

Passei o olhar por seu rosto suave e belo, o formato delicado do queixo, os dentes certinhos, o nariz pequeno e fino. Era realmente linda, de um modo suave e feminino, leve e sensual. Então sorri devagar e disse baixo:

– Pelo meu sorriso belo e sedutor, me diga seu nome.

– Vou dizer pelos seus olhos. – Capitulou, e o carro andou um pouco mais. Parou de novo, e havia um clima denso e quente entre nós ali dentro, causado pela atração mais do que óbvia. – Nunca vi esse tom de azul. Parece que estão acesos.

– Pare de tentar me seduzir e me enrolar. Seu nome. Diga.

– Que homem mandão! – Riu. E murmurou: – Cecília.

– Cecília. – Saboreei seu nome na língua, combinava com ela. Cerrei as sobrancelhas, sem deixar de olhá-la um segundo sequer. Não me lembrava de uma garota ter mexido tanto comigo assim. Nem de fazer qualquer loucura por uma mulher.

Foi naquele momento que a amiga dela disse alto:

– Ei, vocês dois, chega! Não sei dirigir esse carro direito! Tô com medo de bater.

– Vai. Já sabe meu nome. Minha amiga está cansada, e o trânsito está começando a fluir.

– Primeiro me dê o número do seu telefone.

– Nem pensar!

– Cecília...

Me interrompeu e balançou a cabeça, ainda se divertindo, mas bem decidida:

– Não dou telefone meu para quem não conheço.

– Você me conhece. Anda, me dê logo.

– Não conheço você, só sei o seu nome, Antônio. – Balançou a cabeça e ficou meio preocupada quando os carros passaram a andar mais rápido e sua amiga disse um tanto nervosa:

– Vem pra cá! Tô com medo desse carro!

Não tinha jeito. Meu tempo era curto. Saquei meu celular do bolso e olhei duro para Cecília.

– Diga. Assim posso ligar pra você e marcarmos alguma coisa.

– Não. Meus pais me matariam se soubessem que dei meu número. Mas você pode me dar o seu – disse animadamente.

– Você está me enrolando e não vai me ligar.

– Vou, sim. Espere. – Sacou seu celular também, aproveitando que os carros pararam novamente.

– Vamos mudar de carro agora, querido? – indagou a amiga na maior pressão. Irritado, soube que não tinha jeito. Disse à Cecília:

– Estou acreditando na sua palavra.

– Pode acreditar. Qual o seu número?

Ditei e ela anotou e salvou. Então guardou rapidamente o telefone no bolso quando o trânsito se moveu e buzinaram atrás de nós. Pôs o carro em movimento e disse logo:

– Antônio, a Carla precisa voltar, vamos virar na rua ali da frente.

– Saio na próxima parada. – Eu não estava acostumado a ser contrariado e queria mesmo vê-la de novo. Mas ia descobrir que Cecília, com aquele seu jeitinho meigo, poderia ser bem decidida. Observei-a atentamente: – Se não me ligar, vou dar um jeito de te achar.

– Isso não me surpreende. – Sorriu. – Parece ser bem decidido.

– Nem imagina o quanto.

O carro parou perto de uma curva. Nós nos olhamos fixamente e o desejo nos engolfou, pois sentimos que a despedida naquele momento seria iminente. Tive um desejo quase insano de puxá-la para meu colo, segurá-la firme pelo cabelo e beijar sua boca bem-feita e rosada. Ela engoliu em seco, um pouco mais séria, a respiração agitada, como se soubesse o que se passava na minha mente.

– Desisto! – A amiga saiu do meu carro e veio rapidamente até meu lado da porta. – Por favor, cara, vamos logo antes que o trânsito volte a andar!

Não tinha mais jeito.

– Me liga, Cecília. Lembre-se do que falei.

– Não vou esquecer – garantiu baixinho.

Acenei com a cabeça, sem querer sair dali. Sério, abri a porta e pulei fora. Disse à outra moça:

– Obrigado.

– Espero que tenha conseguido alguma coisa. – Sorriu, como se achasse difícil a amiga ter aliviado algo para mim.

– Vou esperar para ver. – Dei de ombros.

Ela voltou ao seu carro e eu ao meu. Mal bati a porta, os carros passaram a andar. O Corsa branco se adiantou e buzinou, antes de virar na curva e pegar a rua lateral. Liguei o meu e saí, sabendo que teria que seguir em frente, mas querendo virar atrás.

Fiquei imóvel dirigindo, ligado no automático até chegar em casa, na Barra da Tijuca. Cecília parecia ter me dopado. Seus olhos brilhantes e seu sorriso lindo não saíam da minha mente.

Eu não era um homem impulsivo. Aos 26 anos, já terminando meu mestrado e MBA, trabalhando com meu pai na empresa e me destacando cada vez mais, tinha um espírito de liderança muito forte e controlava tudo ao meu redor, sem surpresas. Ter perdido a cabeça por Cecília naquele engarrafamento tinha sido totalmente contrário a como eu agia em meu dia a dia, assim como as coisas que despertou em mim.

Chegava a ser perturbador saber que uma pessoa, uma estranha, pudesse ter tal poder sobre mim. Mas mesmo assim me vi desejando ardentemente que ela cumprisse o que havia prometido e me ligasse. Sentia necessidade de estar com ela novamente, como se alguma força me impulsionasse.

Quando cheguei à cobertura em frente ao mar em que morava com meus pais e com meu irmão, como era de costume em uma sexta-feira, a minha namorada de quase dois anos me esperava. Quando vi Ludmila me dei conta de que em nenhum momento havia pensado nela. O fato de termos um compromisso havia se apagado completamente da minha cabeça.

Sorriu para mim quando entrei na sala, linda e elegante como sempre. Alta, esguia, com pele branca e cabelos loiros lisos, era a imagem de uma moça de 25 anos impecável, sem um fio de cabelo fora do lugar.

Eu a conhecia há alguns anos e até hoje não conseguia citar um defeito dela. Era perfeita, linda, inteligente, educada, séria. Lembrei do sorriso aberto de Cecília, daquela aura de felicidade que a envolvia e cheguei a me surpreender como diferia de mim e de Ludmila, sempre tão contidos e polidos.

– Você demorou a chegar. – Ela veio até mim. Usava calça cinza bem cortada e uma blusa de seda creme. A maquiagem era impecável, e me ofereceu o rosto para um beijo, como se não quisesse perder o batom nos lábios, desperdiçá-lo com um beijo. Mesmo tendo passado a semana toda sem nos vermos.

Beijei sua face automaticamente, como ela, sem muita animação. Terminei de entrar na sala e fui direto ao bar, me servir de um uísque, dizendo:

– Peguei um engarrafamento no caminho. Todo mundo na cidade resolveu vir para a micareta.

– Gente doida. – Balançou a cabeça, voltando ao sofá e se sentando com elegância, cruzando as pernas. – Todo mundo amontoado e suado, cheio de areia de praia, atrás de um trio elétrico. Não dá para entender.

Era realmente impossível imaginar minha namorada e quase noiva em uma micareta. Mas consegui visualizar Cecília lá, com aquele vestidinho branco e aquele sorriso aberto. Enquanto tomava um gole do uísque, eu pensava que ela devia ser o tipo de pessoa que se divertia com tudo, que sabia aproveitar a vida. Bem diferente de mim e de Ludmila.

Não senti culpa por pensar em Cecília estando ali com a mulher com quem estava comprometido. Era diferente. Como se fossem vidas opostas, pois também fui outro homem naquele engarrafamento desde que a vi. Fui impulsivo, senti coisas que me deixaram surpreso, saí da minha zona de conforto. Quando eu, em meu juízo perfeito, deixaria meu carro luxuoso nas mãos de uma estranha para me enfiar em um carro popular e cantar uma desconhecida?

– Aconteceu alguma coisa, Antônio?

A voz bem modulada de Ludmila penetrou minha consciência preenchida por imagens de Cecília. Deixei o copo vazio no balcão e retornei à sala, fitando-a, dizendo secamente:

– Nada. Por quê?

– Não sei. Parece preocupado. Problemas na empresa? Ou na faculdade? – Seus olhos de um verde-escuro, que de longe pareciam castanhos, eram contidos como sempre.

– Não, tudo bem.

Ludmila era filha de Walmor Venere, um empresário de sucesso que havia enriquecido no ramo de cosméticos e produtos de higiene populares em Minas Gerais, expandindo-se aos poucos para outros estados. Era amigo de muitos anos do meu pai, que tinha uma empresa maior no mesmo ramo, só que com produtos de mais qualidade e caros. O acordo deles era unir as duas empresas e criar um grande império, coisa que estava caminhando para acontecer. Eu e Ludmila completávamos aquele laço, como todos esperavam. Todo mundo sabia que não tinha jeito, era namoro de casamento.

Ela não era a filha mais velha, mas sua irmã Lavínia era muito inconstante, e os pais não a levavam a sério, depositando sua confiança, então, na filha inteligente e educada, que era obediente e sabia seu papel na sociedade, aceitando-o com passividade. Assim, lá estávamos nós.

Tinha sido algo quase natural nosso envolvimento, pois, no final das contas, nos dávamos bem e não havia motivos para não permanecermos juntos, pelo contrário. Eu e ela queríamos aquela união, que simbolizava a junção de anos de amizade e esperanças de nossos pais e a fusão econômica que criaria um dos maiores impérios do Brasil. Fui criado para assumir tudo e aquilo estava tão entranhado em mim como respirar ou comer para sobreviver.

Desde que comecei a trabalhar com meu pai como um dos diretores da CORPÓREA, tinha aumentado o lucro da empresa e a expandido. Eu era o orgulho da minha família, o tão esperado herdeiro, em quem eles depositavam todos os seus sonhos. E incorporava aquele papel, pois eu o queria. Eu precisava daquela sensação de poder, de tomar a frente e agir, de saber que era a ponta da pirâmide e tinha a palavra final. Meu irmão dizia que eu era arrogante, que me achava o dono da razão. E estava certo. Nada me afastava do meu caminho, da minha meta. Nada.

Meu irmão mais novo, Eduardo, não precisava fazer sacrifício nenhum. Tinha nascido dois anos depois de mim, de um parto bem difícil, e quase morrera. Teve problemas de saúde nos primeiros anos de vida e sempre foi visto como o mais fraquinho, aquele que precisava de cuidados constantes. Enquanto eu, desde pequeno muito inteligente, tornei-me o sonho dos meus pais. Era uma responsabilidade com a qual aprendi a conviver, e a incorporei em minha vida.

Quando nasci, eles já tinham certa idade. Minha mãe, 45 anos, e meu pai, 47. Vinham fazendo tratamento havia muitos anos, sem sucesso. Quando desistiram e começaram a pensar em adoção, ela engravidou de mim. Fui querido e almejado desde bebê. Tornei-me os sonhos e esperanças deles, o filho sempre elogiado pela inteligência e beleza, o garoto que se destacava entre os outros, o líder nato. Eu era a paixão da vida deles, eu e meu irmão, mas de formas diferentes. Cada um à sua maneira e até agora ambos ficamos satisfeitos com nossos papéis.

Ludmila estudava medicina em Viçosa e não queria saber, profissionalmente, das empresas. Parecia satisfeita em unir as fortunas pelo casamento e era a esposa perfeita para alguém como eu, do meu meio, ótima anfitriã, educada, fina, obediente. Além de tudo, nos dávamos bem. Não havia motivos para não ficarmos juntos.

Toda sexta-feira ela chegava de Viçosa e ficava ali conosco. Meu quarto era uma grande suíte e lá já havia muitas coisas dela, como se já fôssemos casados. Dormíamos juntos e só ficávamos longe durante a semana, quando ela voltava para sua faculdade e eu me dedicava ao meu trabalho na empresa durante o dia e a meu MBA e mestrado à noite.

Duas vidas planejadas e organizadas. E eu gostava assim, de ter o controle sobre tudo e saber exatamente onde estava pisando e como seria cada passo meu, sem surpresas ou acontecimentos desagradáveis. Quando queria extravasar um lado meu apaixonado, que com Ludmila não surgia com frequência, eu saía com alguma outra mulher, sem compromisso. E não me sentia culpado. Encarava aquilo como uma maneira de me livrar das tensões e pressões que às vezes se acumulavam sobre mim. E o melhor lugar para isso era ir de vez em quando ao Clube Catana com meus amigos Arthur e Matheus. Se Ludmila sabia ou desconfiava, não me deixava perceber. E assim íamos levando.

Disse a ela que tomaria um banho e me afastei. Mas enquanto estava embaixo do chuveiro, não foi nas empresas ou em Ludmila em que pensei e sim em Cecília. Custava a crer que fui eu mesmo que me enfiei naquele Corsa branco e insisti em ter seu telefone. E, me conhecendo, sabia que esperaria tenso aquele telefonema, ansioso para vê-la novamente. Nosso encontro fugiu ao meu controle, me fez agir por impulso, levado por uma necessidade muito forte de conhecê-la. E eu nem compreendia direito aquilo. Mas não me importava.

Só sabia que seu rosto, suas pernas, seu sorriso estavam vívidos demais em minha mente. Algo nela me encantou, talvez aquela felicidade gratuita e espontânea. Vi-me curioso para saber como era sua vida, entender o que fazia seus olhos brilharem tanto. Queria de novo aquele sorriso para mim, e o desejo absurdo de estar com ela novamente me deixava preocupado.

Talvez devesse desejar que não me ligasse e nunca mais a visse. Mas o que senti era tão forte e perturbador, que sabia que não era aquilo que eu queria. Era quase uma necessidade revê-la e comprovar se tudo aquilo tinha sido realmente real.

Esperei todo o final de semana da maldita micareta. Como eu morava de frente para a praia, via os trios elétricos passando e a multidão atrás, pulando e dançando, se espalhando pela rua e pela areia. Mesmo com Ludmila e alguns amigos na área de lazer da cobertura em que vivia, eu não parava de pensar em Cecília e no fato de ela não ter me ligado nem no sábado e nem no domingo.

Passei os olhos por todas aquelas pessoas e, mesmo sabendo que era ridículo, procurei por ela na multidão. Como se pudesse atraí-la até ali com o pensamento e encontrá-la entre tantos outros com meu radar. Mas é claro que aquilo não aconteceu. E comecei a achar que nunca mais a veria.

Era impressionante como havia me marcado. Tanto que não tive paz com Ludmila e não transei com ela naquele fim de semana. Como sempre esperava partir de mim e nunca tomava a iniciativa, ela não disse nada. Mergulhou em seus livros e estudos e me deixou pensar em Cecília, como se todo o resto não importasse.

No final da tarde, enfrentei novamente a porcaria do engarrafamento para levar Ludmila ao aeroporto. E dirigi olhando à minha volta, desejando quase com ferocidade ver o Corsa branco e aquelas pernas com os pés delicados apoiados no porta-luvas. Mas não a vi novamente. Eu a tinha perdido no meio da multidão, sem saber nada dela a não ser seu primeiro nome. Odiava depender de um telefonema assim, mas era o que acontecia. Se não me procurasse, dificilmente eu a encontraria. E não ter o controle sobre aquilo me deixava doente. Despedi-me de Ludmila e voltei irritado em outro engarrafamento, sem a companhia de Cecília para fazer tudo valer a pena.

A semana transcorreu sem surpresas. Trabalhei, estudei e segui minhas obrigações e minha vida cotidiana. Na quinta-feira à noite, depois da micareta, eu não tinha aula e cheguei em casa por volta das 18 horas. Esqueci minhas chaves do carro e celular na sala e fui tomar banho. Quando voltei, Eduardo estava lá jogado no sofá, com meu celular na mão. Disse com um largo sorriso sacana:

– Você namora sério, é o mais velho, o mais responsável, e mesmo assim não dispensa mulher nem em um engarrafamento!

Olhei para meu celular em sua mão e meu coração deu um salto sem que eu pudesse controlar. "É ela!", pensei. Tinha finalmente me ligado.

– Cecília? – indaguei me aproximando e pegando meu celular. Olhei-o preocupado. O que ele teria dito pra ela?

– Sim. Estava tomando banho e Cecília ligou. Eu atendi e ela pensou que fosse você, se apresentou como a garota que você conheceu num engarrafamento. – Seu sorriso era divertido. – Está ficando pior do que eu, mano.

– O que você disse a ela? – Encarei-o tenso.

– Que era seu irmão e me apresentei. Muito simpática. E aí eu falei que, quando terminasse seu banho, ligaria pra ela. – Deitou-se no sofá, mesmo sabendo que nossa mãe odiava aquilo e logo daria uma bronca nele. Não se importava muito com nada. Mas piscou para mim. – Fique tranquilo, não te entreguei.

Sacudi a cabeça e fui logo para meu quarto, fechando a porta atrás de mim e indo me sentar na poltrona em um pequeno terraço com vista para o mar, de onde vinha uma brisa suave. Percebi que estava ansioso ao discar o número gravado ali, como se não fosse um homem de 26 anos, mas um garoto de 16, encantado com a primeira paquera. Acho que nem naquela idade eu fiquei tão ligado em uma garota.

– Oi, Antônio. – Sua voz melodiosa, com aquele timbre doce, mexeu com todos os meus sentidos. Eu a vi claramente na minha frente, e um desejo avassalador e uma saudade surpreendente me golpearam na hora. Fiquei assustado com a intensidade de tudo que senti. Mas me controlei. Apertei o aparelho com força e fui o mais natural possível:

– Oi, Cecília. Pensei que não me ligaria mais.

– Eu geralmente cumpro minhas promessas. – Havia um tom de riso em sua voz. – Como você está?

– Bem. E você?

– Tudo legal.

– Vou te buscar para gente sair – falei sem querer perder tempo, ansioso de um jeito que não gostava, mas que era impossível de controlar.

– Isso é uma pergunta?

Seu tom de brincadeira me fez lembrar o que respondi e o que ela disse depois no carro: "Então não precisa de uma resposta." Reformulei o convite, acabando por sorrir para mim mesmo meio de lado:

– Quer sair comigo hoje, Cecília?

– Eu adoraria, Antônio.

Senti o alívio percorrer meu corpo. Assim como uma estranha euforia. Ela me deixava de um jeito estranho, como não estava acostumado a me portar.

– Onde eu te pego?

– Laranjeiras. Vou te falar o endereço.

E me disse. Eu nem precisei anotar, tinha uma memória muito boa para essas coisas. Eu ia ter que atravessar tudo novamente da Barra para Laranjeiras, mas não me importei. Valeria a pena para estar com ela novamente.

– Estou chegando aí.

– Eu espero. Tchau, Antônio.

– Tchau.

Desliguei com pressa de vê-la logo. Enfiei um jeans escuro, uma camisa branca e um sapato macio de couro, já pegando minha carteira, celular e chaves. Felizmente era quinta-feira e Ludmila continuava em Viçosa.

Pensar na minha quase noiva não me desanimou. O que eu tinha com ela, apesar de ser sério, não me inibia. Cecília parecia algo fora da minha vida comum, como uma surpresa, um presente fora de hora. Ao mesmo tempo em que isso me assustava um pouco e desorientava, era extremamente estimulante, diferente, encantador. Nada me impediria de estar novamente com ela, entender o que estava acontecendo.

Saí sob o olhar risonho de Eduardo, ignorando-o. Costumava dizer que eu era certinho demais e se divertia quando eu fazia algo que ninguém esperava, em raras ocasiões.

Atravessei a cidade toda e cheguei à rua das Laranjeiras, buscando seu número até encontrar um prédio antigo de oito andares, bem cuidado. Estacionei minha Land Rover na calçada e saí, me identificando com o porteiro. Ele interfonou para ela, que não me mandou subir. Encostei na porta do carro, cruzei os braços e esperei.

Cecília apareceu no hall da portaria e sorriu para mim.

Puta que pariu! Nunca senti aquilo. Um aperto no peito daqueles, uma sensação de que esperei minha vida inteira por esse momento, uma certeza de que não havia outro lugar em que eu quisesse estar. Enquanto se aproximava com um andar gracioso, eu a consumia com meus olhos esfomeados.

Estava linda, com um body de renda branco e um shortinho jeans. Tinha um bracelete de pedras coloridas no braço, usava brincos coloridos combinando e um tamanco alto. Nunca me liguei em roupa de mulher. Ludmila podia andar nua que eu não estava nem aí. Mas aquela roupa me deixou doido e, mesmo anos depois, eu nunca a esqueci.

Fui tomado por um desejo tão violento que só pensei em despi-la, mesmo adorando o que a cobria e deixava tão espetacular. Senti o sangue correr rápido nas veias e agradeci por usar a camisa solta por fora da calça, pois fiquei com uma baita de uma ereção.

Meus olhos subiram pelas pernas perfeitas e bem torneadas, bronzeadas. Era esguia, mas com curvas nos lugares certos, cintura fina, seios pequenos e altos. Os cabelos compridos e castanhos reluzentes se espalhavam como seda ondulada por seus ombros e peito, até a altura dos cotovelos. Usava um simples batom rosado. Mas o conjunto era de tirar o fôlego. E foi assim que fiquei caído por ela. Ainda mais do que no engarrafamento.

– Oi. – Parou à minha frente, aquele sorriso caloroso me dando as boas-vindas. Parecia ainda mais feliz, e não sei se por ser assim mesmo ou por estar contente em me ver.

– Oi. – Minha voz saiu grossa, carregada. Minhas mãos se contraíram com vontade de pegá-la, de estar em sua pele e seu cabelo, de conferir se era tão boa de tocar quanto de olhar. Mas me contive e desencostei do carro.

Acho que sentiu meu olhar intenso demais, pois corou um pouco e pareceu meio tímida. Não resisti. Não fui com a fome que eu queria. Me contive, mas me aproximei mais e pus a mão em seu pescoço, senti sua pele macia e quente, os cabelos na ponta dos dedos, enquanto me abaixava um pouco e depositava um beijo em sua face esquerda.

Senti sua reação, o tremor que a percorreu. Então, satisfeito, percebi que por trás daquele jeito jovial Cecília também estava reagindo a mim da mesma forma que eu a ela. Quando a olhei de novo, sentindo aquele seu cheirinho suave e doce, quase a beijei na boca. Meus olhos desceram aos lábios bem-feitos e a senti nervosa, agitada. No entanto, me contive. Dei um passo para trás e tirei minha mão do seu pescoço.

– Vamos? – perguntei baixo.

Acho que não estava em condições de dizer nada. Acenou com a cabeça e abri a porta do carro para ela, que entrou e se sentou. Bati a porta e contornei o Land Rover, indo me acomodar no lado do motorista. Inclinei um pouco a cabeça e a fitei de forma penetrante. Cecília sorriu, meio sem graça. Encantadora.

– Aonde você quer ir?

– Não sei. – Deu de ombros. Ali dentro o ar era pesado, cheio de eletricidade e calor, mesmo com o ar-condicionado ligado. – Não muito longe.

Por mim estava ótimo. Quanto mais perto do apartamento dela, melhor. Principalmente se no final da noite me convidasse a conhecê-lo. Assim, dirigi para um barzinho legal que tinha ali perto, enquanto dizia a ela:

– Fale de você.

Cecília deu uma risada. Dirigindo, dei-lhe um olhar e ergui uma sobrancelha, no que explicou:

– Você é muito mal-acostumado, Antônio Saragoça.

– Por quê?

– Sua mãe não te ensinou a fazer perguntas às pessoas? Só sabe dar ordens?

Parecia divertida e não irritada. Fiquei um pouco sem graça, pois era mesmo autoritário. Mas ela não levou adiante. Simplesmente explicou:

– Tenho 20 anos e estou aqui há quase dois, desde que comecei a fazer faculdade. Vim de Conceição de Macabu, ao norte do Rio de Janeiro. Minha família é toda de lá.

– Não tem faculdade mais perto? – indaguei interessado.

– Até tem, em Macaé. Mas não com a qualidade que eu queria. Minha cidade não tem muitas opções de trabalho e de estudo, é praticamente uma "cidade-dormitório", sem emprego de qualidade. Meus pais têm um pequeno comércio por lá, mas não dá para ir muito além disso. – Cecília tinha se virado um pouco no banco para poder me olhar enquanto falava. – Acaba sendo bem dependente de Macaé. Eu queria mais opções e, quando passei no vestibular aqui, meus pais fizeram um esforço e me mandaram para cá. Dão o melhor possível para que eu também possa me dedicar aos estudos. E aqui estou eu.

Era bom ouvi-la falar. Sua voz era macia, melodiosa, linda. Havia algo de doce em cada sílaba que proferia, deixando-me encantado. Eu queria saber tudo sobre ela.

– E está gostando? – Lancei um olhar em sua direção. Ela não tirava os olhos de mim. Não era daquelas pessoas que olhavam pra tudo quanto era lugar quando conversavam. Tinha uma maneira de realmente enxergar alguém, concentrando sua atenção, o que me agradava muito.

– Sim, estou. Tento retribuir o esforço deles sendo uma ótima aluna e fazendo minha parte.

– E como faz para vê-los?

– Vou para casa todo final de semana e fico com eles.

Isso me surpreendeu.

– Todos os finais de semana?

– Sim. Vou na sexta e volto no domingo. Meus pais não abriram mão disso, e também morro de saudades. – Sorriu, seus olhos sem disfarçar a ternura e o amor que tinha por eles. – Principalmente do meu irmão. Ele tem só 3 aninhos, é uma diferença de dezessete anos para mim. Meus pais nem pensavam mais em ter filhos e aconteceu. Aí pode imaginar. É o xodó da família.

Conforme Cecília falava, eu podia visualizar sua família feliz e unida. Pessoas simples e calorosas. Por isso ela tinha aquela aura de felicidade, de pessoa de bem com a vida.

Eu também me dava bem com meus pais e até com Eduardo, embora seu jeito irresponsável muitas vezes me irritasse. Mas não havia entre nós aquela ligação tão grande. Em geral, todos nós éramos ocupados demais, cada um mergulhado em suas obrigações.

– Agora é a sua vez. – Passou a mão no cabelo comprido, enrolando uma mecha no dedo, seu bracelete fazendo um leve chocalhar. Isso atraiu minha atenção e desviei um pouco o olhar da estrada, já prestes a estacionar na calçada do barzinho.

Passei o olhar por seu cabelo sedoso, sua mão delicada de dedos finos com unhas rosadas bem-feitas, por seu rosto tão lindo. Senti-me terrivelmente atraído, com vontade de ir com ela para algum canto só nosso e beijá-la na boca. Era um desejo tão forte e avassalador que agarrei o volante com força e cerrei o maxilar, tenso.

Desviei os olhos, tentando me controlar. Às vezes tinha uns instintos violentos, mas em geral ficavam sob a superfície e só apareciam em determinados momentos, como se um animal enjaulado vivesse dentro de mim e lutasse para sair. Eu era um homem civilizado e tinha aprendido a conter minhas paixões e só extravasá-las em momentos certos, mas Cecília parecia ter o estranho poder de rebulir tudo aquilo em meu interior.

Controlando-me, comandei a mim mesmo para estacionar o carro e me acalmar. Eu queria vê-la mais vezes e não assustá-la logo no primeiro encontro.

– Vamos?

– Claro. – Sorriu e tirou o cinto, já pronta para abrir a porta, mas minha voz autoritária a impediu:

– Não. Espere. Eu abro para você.

Olhou-me divertida, mas não disse nada.

Saí do carro e abri a porta para ela. Saiu me fitando e fazendo uma leve mesura:

– Obrigada, Antônio Saragoça.

Estava bem perto, e seu cheirinho chegou até mim. Minhas narinas se dilataram, meu corpo reagiu. Havia uma tensão sexual violenta ali, e ela disfarçou, um pouco sem graça. Por um momento ficou ali, presa entre meu corpo e o carro, enquanto eu a fitava como um lobo diante da caça, quase a ponto de atacar. Engoliu em seco, e seus olhos estavam nos meus, brilhando demais.

Atrás de mim, o barzinho cheio e animado. Respirei fundo, busquei meu tão famoso autodomínio e dei um passo para o lado, deixando-a passar. Só então bati a porta. Seria difícil aguentar a noite sem pôr minhas mãos nela.

Entramos e fomos ocupar uma mesa perto da janela aberta, de onde entrava uma brisa suave. Era um desses bares com som ao fundo de MPB, ambiente aconchegante e jovial, cerveja gelada e tira-gostos saborosos, com muitos jovens.

– Já veio aqui, Cecília?

– Não. – Sacudiu a cabeça e sorriu para mim. – Não sou muito de sair. Acho que a garota do interior ainda habita em mim.

– Nem com um namorado?

– Não tenho namorado.

Eu sorri devagar, satisfeito. Ela deu uma risada.

– Gostou disso, não é?

– Nem imagina o quanto – retruquei e trocamos um olhar quente.

Naquele momento o garçom se aproximou e pedimos dois chopes. Quando se afastou, Cecília apoiou os braços na mesa, me olhando com ar feliz, dizendo:

– Sabe que passei a semana toda rindo sozinha a cada vez que lembrava você deixando seu carro com a Carla e vindo se sentar ao meu lado naquele engarrafamento? É sempre louco e impulsivo assim?

– Nunca.

– Difícil acreditar.

– Foi seu efeito sobre mim, Cecília.

– Ah, tá... – Deu outra risada.

– Falo sério. – Recostei-me, franzindo as sobrancelhas, meus olhos fixos nela. – Meu carro é mais alto que o Corsa e vi suas pernas sobre o porta-luvas. Fiquei então com o carro emparelhado para não perder a bela visão.

– Jura? – Deu uma leve gargalhada, corando, seus olhos brilhando. – E eu sem saber de nada!

– Juro. E então você saiu e me ganhou de vez. Ainda mais quando falou do meu sorriso. Me pegou desprevenido.

– Ah, mas seu sorriso é lindo mesmo. Quando vi você, pensei duas coisas.

– O quê? – Esperei atento.

– Que tinha um sorriso maravilhoso, assim meio de lado. E que nunca vi olhos tão lindos, de um azul tão claro e aceso. – Pareceu meio sem graça, mas não deixou de sorrir. – Sou meio impulsiva às vezes e falo sem pensar. Deve ter pensado que foi uma cantada.

— E não foi?

— Não. Foi um elogio espontâneo, o que eu sentia.

Acreditei nela. Uma coisa que chamava a atenção desde que a conheci era realmente seu jeito espontâneo.

O garçom se aproximou com o chope e deixou os cardápios sobre a mesa, indagando se desejávamos mais alguma coisa. Cecília voltou a atenção para ele e sorriu com simpatia.

— Não, obrigada. Qual é o seu nome?

O garçom se surpreendeu, como se ela perguntasse qual era a cor da sua cueca. Acho que não estava acostumado a ser alvo de um interesse tão verdadeiro, o que também me surpreendia. Era um senhor e a fitou sorrindo, enquanto respondia:

— Geraldo, senhorita.

— Oi, Geraldo. Nós vamos ver o cardápio e já chamamos você.

— Tudo bem. Fiquem à vontade. — E, quando se afastou, não era apenas mais um profissional sorrindo só por costume, mas sim verdadeiramente.

Ela se voltou para o cardápio e o abriu, como se não tivesse feito nada demais. Eu não lembro nem de Ludmila um dia ter olhado para um garçom, muito menos perguntado o nome dele. E isso foi algo que aprendi sobre Cecília depois. Ela realmente se importava com as pessoas, em saber seus nomes e em tratar bem. Era algo dela, não sei se da sua personalidade mesmo ou se por morar em um lugar onde todos se conheciam e se tratavam pelo primeiro nome. Mas não deixava de ser encantador.

— O que vamos pedir? — Ergueu os olhos para mim, bem-humorada. — Desculpe a sinceridade, mas estou faminta. Cheguei da faculdade mais tarde hoje, liguei pra você e, com a pressa de te encontrar logo, não comi nada.

— Estava com pressa para me ver? — Gostei daquilo.

— Estava — confessou.

– Então por que não me ligou antes?

Deixou o cardápio sobre a mesa, erguendo os olhos para mim. Foi sincera:

– Esperei para ver se ia te esquecer.

Ficamos quietos, olhando um para o outro. Ao fundo tocava uma bela música do Djavan, chamada "Um amor puro". As pessoas riam e conversavam. O local estava cheio e movimentado. Mas estranhamente éramos só nós dois ali. Senti algo quente e forte se revolvendo dentro de mim, diferente de tudo que já senti. E consegui perguntar baixo:

– Esqueceu?

– Não. – Lambeu os lábios, nervosa, mas não desviou os olhos ou se escondeu. – Lembrei ainda mais. Então soube que teria que ligar mesmo.

– Fez um teste consigo mesma.

– Sim.

– Ainda bem que venci. Que fiquei firme com você, mesmo que só em pensamento.

– Deve estar acostumado com isso, não é, Antônio Saragoça? – Apoiou o queixo na mão, um sorriso lento nos lábios. – Tenho a impressão de que é um homem acostumado a ter tudo do seu jeito.

– E isso é um defeito? – Ergui uma sobrancelha, sem desgrudar meu olhar penetrante do dela.

– Pode ser. – Sorriu ainda mais. – Mas combina com você. Não me incomoda. Bem, vamos pedir? Minha fome está aumentando. O que sugere?

Minha fome também estava aumentando. A fome que eu sentia por ela e que me consumia cada vez mais. No entanto, mais uma vez me contive.

Decidimos por bolinhos de aipim recheados com berinjela, pimentão e queijo fresco, acompanhados por um molho especial agridoce, além de batatinhas com catupiry, bacon e tomate-cereja.

Geraldo anotou os pedidos todo solícito, dando uma atenção especial a Cecília. Ela o tinha ganhado, ainda mais com seus sorrisos. Era uma sedutora nata, principalmente por não se dar conta disso.

Conversamos banalidades sobre os melhores petiscos de bares, gostos e músicas. Ouvindo Djavan, ela disse que adorava MPB e quis saber o que eu preferia. Também gostava de MPB, além de música clássica e rock clássico também. Era fácil falar com ela e eu me sentia à vontade, como se nos conhecêssemos há muitos anos.

Quando Geraldo voltou, pedimos mais uma rodada de chope e começamos a comer. Cecília adorou tudo. Apesar de esguia, não pareceu o tipo que vivia de dieta, pois pouco ligou para os bolinhos fritos ou o molho picante, aproveitando para fazer altos elogios a Geraldo, que ficou todo bobo, como se ele é que tivesse preparado a comida. Ri comigo mesmo.

Falamos de muitas coisas, mas se alguém perguntasse depois sobre o quê, eu não saberia responder. Mas descreveria claramente seu sorriso, seu olhar, o modo como se deliciava e se entregava a saborear a comida, o modo como eu me sentia perto dela, cada vez mais encantado, desejo e atração me golpeando sem dó.

Em determinado momento perguntou da minha família e só falei o básico sobre meus pais e meu irmão, não de quem era filho ou sobre ser herdeiro de uma empresa famosa no Brasil, de que com certeza ela já tinha ouvido falar. Não porque achasse que era interesseira, mas não queria que descobrisse sobre Ludmila. Até porque Cecília estava além da minha vida cotidiana, como uma parte separada, única, só minha. Que surgiu sem qualquer planejamento e da qual eu ainda não me sentia preparado para abrir mão.

Foi uma noite muito agradável. Ficamos no barzinho até tarde, ouvindo música e conversando. Geraldo perguntou se queríamos sobremesa e perguntei se tinha musse de maracujá. Quando disse que sim, pedi duas e nos deliciamos, embora não aguentássemos comer mais nada.

Depois que paguei a conta, Cecília se despediu do garçom com carinho, que fez questão de nos acompanhar até a porta e desejou que voltássemos mais vezes. Enquanto dirigia de volta ao prédio dela, eu pensava se me convidaria para subir, decidido a fazer que sim. O desejo beirava a superfície, meu corpo estava retesado, a vontade de tê-la em uma cama embaixo de mim era quase dolorosa.

Quando parei o carro na calçada, a rua estava vazia. E nós protegidos lá dentro pelo vidro fumê. O silêncio nos envolveu e soltei meu cinto, virando para ela. Cecília também tinha tirado seu cinto e sorriu nervosamente para mim.

– Foi uma noite maravilhosa. Perfeita – disse com sinceridade.

– Eu sei. Teremos mais assim.

– Tá. Menos nos fins de semana, pois vou para casa.

E eu tinha Ludmila naqueles dias. Parecia que as coisas se encaixavam. Mas eu planejava passar o resto da semana com Cecília. Não sei como, com o MBA à noite. Mas daria meu jeito.

Fitei-a com desejo, meu olhar descendo até a sua boca. Na mesma hora falou apressada:

– Eu tenho que ir, Antônio.

– Não. – Uma única palavra, seca, dura, cheia de significado. Arregalou um pouco os olhos, ainda mais quando segurei seu pulso. Deslizei o polegar sobre a pele macia e vi como prendeu a respiração, como ficou em suspenso, quase assustada. – Quero o meu beijo.

Não teve reação. Pela primeira vez a vi sem sorrir, sem conseguir brincar, talvez abalada pela energia intensa e sexual que nos cercava, ou pelo meu olhar agressivamente penetrante, que dizia claramente o que eu queria. Não a esperei se decidir. Trouxe-a para mim, enquanto entreabria os lábios, como se estivesse hipnotizada.

Minha mão continuou firme em seu pulso, que encostei em meu peito, enquanto a outra se infiltrava em seu cabelo na nuca e segurava forte sua cabeça, imobilizando-a para mim. Queimei-a com meu olhar, sem piscar, fazendo-a ver quem a pegava, quem a domava. Então aproximei minha boca da sua. Mas não a beijei de imediato.

Rocei meus lábios nos dela. Senti sua maciez, a leve umidade, respirei seu arfar perfumado. Ainda mantinha meus olhos abertos, e Cecília não conseguia se desviar deles, excitada, abalada.

– Abra os lábios – ordenei rouco.

Obedeceu na hora. Só então inclinei o rosto e colei minha boca na sua, beijando-a com volúpia e paixão, finalmente cerrando minhas pálpebras para saborear o que quis desde a primeira vez que a vi.

Quando senti seus lábios sob os meus tão receptivos, eu os mordisquei e meti minha língua entre eles, buscando seu interior úmido, me embriagando com seu gosto, até envolver a língua dela. Foi como tomar um soco, tamanha gama de sentimentos e de emoções me golpeou e dominou. Colei seus seios ao meu peito e saqueei sua boca com tudo de mim, esquecendo a razão, totalmente louco naquele beijo, naqueles cabelos em minha mão, no pulsar violento do seu sangue que sentia em seu pulso sob meus dedos e no seu cheiro penetrando minhas narinas, tomando conta de mim.

Eu tomei o que quis, mas dei mais, sem perceber, levado por instintos violentos e entorpecedores, tão abalado que nem me dei conta do que fazia, só que tinha que fazê-lo. Soltei seu pulso e a abracei pela cintura, trazendo-a mais para perto, como se não pudesse ter o bastante dela e precisasse de mais. Envolveu também seus braços em volta do meu pescoço, gemendo baixinho, me beijando com a mesma fome e volúpia, seus dedos em meus cabelos.

Foi arrebatador, e nunca na minha vida tinha sentido aquilo. Beijei-a tanto que ficamos sem ar. Puxei-a mais e sentou no meu colo, exatamente sobre meu pau, que parecia uma barra de ferro dentro da calça. Desci uma das mãos até seu quadril, forçando-a para baixo, apertando-a mais contra a minha ereção, ambos famintos e arfantes. Então fui agressivo ao puxar seu cabelo para trás e descer minha boca por seu queixo e garganta, mordendo-a, fazendo-a arquejar e se agarrar em minha camisa.

Uma fome voraz me consumiu e só piorou quando Cecília rebolou, sua bunda massageando meu pau, seus gemidos e miados ecoando no carro. Mordi seu ombro, ergui a mão pela lateral do seu corpo e a comprimi contra o seio pequeno e redondo, que coube todo dentro da minha mão grande.

Meus dedos se fecharam na alça do body branco e o puxei para baixo sem vacilar, assustando-a ao expor um dos seios. Tentou emergir de seu desejo, dopada, murmurando meu nome:

– Antônio...

– Quietinha – exigi e tive apenas um vislumbre do mamilo pequeno e cor de mel durinho, antes de colocá-lo na boca e chupar com força.

– Ah... – Estremeceu da cabeça aos pés e se sacudiu, fora de si, mas a mantive cativa pela nuca, minha mão percorrendo sua pele como quis desde o início, descendo para as coxas nuas e lisas, voltando no meio delas.

Suguei o brotinho com voracidade e ela se debatia agoniada, excitada, rebolando em meu pau e me deixando doido. A ponta dos meus dedos penetrou a barra do short e roçou sua virilha, enquanto meu coração batia forte e o tesão me deixava completamente fora de mim. Passei-os sob o elástico da calcinha e senti os pelos macios de sua bocetinha, gemendo rouco.

Não sei se foi isso ou o fato de estarmos ali na rua e finalmente se dar conta disso. Empurrou-me e tentou voltar ao seu banco, assustada. É claro que não deixei, continuei com seu cabelo firmemente preso e ergui a cabeça, fitando-a de modo penetrante e agressivamente sensual, mantendo-a presa em meu colo.

– Me solte, Antônio... – Arquejou com olhos arregalados e lábios vermelhos, colocando o body no lugar e cobrindo o seio, sua respiração agitada, uma de suas mãos em meu peito para manter distância.

– Não.

– Eu não quero.

– Você quer. Vamos para seu apartamento – ordenei baixo, consumindo-a com meu olhar. Meu pau doía embaixo de sua bunda. Tentou sair, mas a impedi de novo e disse quase suplicante:

– Eu quero, mas não posso.

– Não pode? Por quê?

– Estou falando sério, Antônio. Desculpe por deixar chegar a esse ponto, mas quero voltar ao meu banco. – Parecia nervosa, assustada de verdade.

Fiquei com raiva, dominado demais pelo tesão para poder desistir. Mas me forcei a relaxar os dedos e amenizei a pressão em sua nuca. Na mesma hora pulou para seu banco, arquejante, tremendo. Respirei fundo, meu corpo ainda dominado demais pelo tesão para ser controlado. Fechei os olhos por um momento e finalmente a olhei.

Não fugiu do meu olhar, embora estivesse corada e visivelmente abalada. Só de olhar para ela com aqueles lábios rubros, os mamilos despontados sobre o tecido rendado, sabendo o quanto era gostosa, eu senti meu pau doer, latejar, o desejo me golpeando duramente. Cerrei os punhos e indaguei, seco:

– Por que não?

– Não sou assim, Antônio – murmurou. – Nós mal nos conhecemos.

– Isso não importa. Quero você e você me quer.

– Mas quase não sei nada de você. Não posso... Eu me sentiria como... como...

– Como o quê, Cecília? – Meus olhos a queimavam, era difícil manter meus instintos sob controle.

– Eu me sentiria mal. Porque, para mim, sexo tem que ser feito com sentimento. Só quando tiver certeza, quando tiver amor. Desculpe, perdi a cabeça. Mas não vai acontecer de novo.

– Cecília...

– Entenda, por favor. – Parecia tão agoniada, que me calei. Lambeu os lábios e sacudiu a cabeça.

– Você é virgem? – acabei indagando de uma vez.

– Não. – Foi sincera. E não tirou os olhos dos meus. Algo ali, tão doce e sincero, me acalmou um pouco. – Tive uma pessoa. E por isso digo a você, só quando eu amar posso ir até o fim, Antônio. Não quero enganar ninguém nem ser enganada. Vou entender se não me procurar mais. Mas é assim pra mim. Desculpe.

– Não precisa pedir desculpas. – Fiquei olhando-a, sabendo que não poderia ficar longe dela, com ou sem sexo. O modo como mexeu comigo ia além da atração física, era algo nas entranhas, algo que se revolvia dentro de mim sem qualquer tipo de controle.

– Mas eu deixei chegar a esse ponto. – Passou as mãos pelo rosto e juntou-as perto da boca, realmente se sentindo culpada, seus olhos suplicantes nos meus. – Vou entender se não quiser mais me ver.

— Eu quero, Cecília. Agora mesmo estou aqui sem poder aceitar que vou ter que esperar até segunda-feira para ver você de novo.

Seus olhos se iluminaram. Um sorriso lento curvou seus lábios e disse baixinho:

— Quer mesmo?

— Quero. Passo aqui no mesmo horário de hoje. Escolha o lugar aonde quer ir. — Era difícil conversar quando meu corpo ainda ardia, quando a ereção se mantinha firme só de olhar para ela.

— Eu vou esperar. Agora eu preciso ir.

Pensei em puxá-la para mim, em dar mais um beijo naquela boca, que me deixava doido, mas meu desejo estava ainda muito exaltado para poder contê-lo. Acenei com a cabeça.

— Espere. Eu a acompanho.

Saí do carro e dei a volta. Cecília saiu e fui com ela até a portaria do prédio. Virou-se para mim, pequena e delicada, linda demais, a ponto de me fazer querer apertá-la de novo contra mim. Senti uma estranha raiva de ter que ficar longe dela. De repente não queria mais aquele fim de semana, mas que os dias pulassem logo para segunda-feira.

Foi um custo me conter. Acho que consegui porque fiquei assustado com a intensidade dos meus sentimentos e com meu descontrole, tão diferente da minha personalidade autoritária e controlada.

— Obrigada, Antônio. Adorei a noite.

— Eu também. Boa viagem amanhã. E, na segunda, passarei aqui — falei baixo, sem tirar os olhos dos dela.

— Certo. Vou esperar. — Sorriu, seus olhos brilhando, muito claro para mim o quanto também se sentia abalada. — Tchau.

— Tchau. — Não a toquei, com medo de ficar ainda mais difícil deixá-la ir. Assim, fiquei apenas a olhando enquanto acenava e entrava no prédio. Antes de sumir no hall, fitou-me de novo e deu aquele seu sorriso lindo, que me ganhou de imediato. E seguiu seu caminho.

Voltei para o carro cheio de tesão acumulado, mas estranhamente sem raiva. O sorriso dela era o bastante para me deixar com uma euforia por dentro que me desconcertava, que me fazia sentir mais feliz do que já fui um dia.

Eu estava ferrado.

LUDMILA VENERE

Eu tinha chegado sexta-feira à tarde de Viçosa e terminava de tomar banho. Antônio esperava por mim no quarto e eu sabia o que ele queria: sexo. Eu sempre tinha um sexto sentido para aquilo, notava em seu olhar e seu jeito quando estava a fim de transar. E é claro que me preparava e o agradava, deixando fazer tudo o que quisesse comigo.

Uma coisa que ninguém podia negar sobre mim era que minha inteligência estava acima da média. Nasci em uma família de medíocres e dependia de mim mesma para arrumar o futuro que sabia que eu merecia. Quando conheci Antônio, entendi que ele poderia me dar aquilo. E trabalhei para conseguir.

Irritava-me ter um pai que, depois de fazer sua empresa de fundo de quintal ser um sucesso em Minas Gerais e em alguns estados, se acomodasse naquilo. Era um homem limitado e tacanho, sem coragem e sem espírito de empreendedorismo, feliz com o que já tinha conseguido. Mas eu não. Eu queria mais. Muito mais. Merecia aquilo. E a primeira vez que vi Antônio falar sobre seus planos de ampliar as empresas do pai e sua ambição sem limites entendi que era como eu. E que dependeria dele para alcançar meus objetivos. Ele tinha de sobra o que faltava em meu pai.

Lavei meu corpo sem molhar os cabelos lisos e escovados dentro da touca de banho, meus pensamentos mergulhados nos caminhos que eu trilhava para alcançar meus objetivos. Tive que usar diversos meios, mas lá estava eu, prestes a me tornar noiva de Antônio, meus planos todos dando certo. Graças a mim mesma, que lutava pelo que queria e que usava minha inteligência para minha conveniência.

Meu pai e Arnaldo Saragoça, pai de Antônio, eram amigos há muitos anos e sempre falavam em uma sociedade, mas eu sentia que meu pai tinha medo e se agarrava na sua fortuna sem querer arriscar. E sem chances de crescer. Arnaldo era mais esperto e começou a falar em uma união de famílias, então percebi que era o plano perfeito. O casamento garantiria um laço eterno, ainda mais se tivesse um filho, um herdeiro.

O único problema foi que, nesse plano deles, eu estava de fora. Afinal, Lavínia, a minha irmã, era a mais velha e estava se formando em direito. Tinha tudo para ser a escolhida para o filho mais velho de Arnaldo. Eu não podia acreditar que aquela desequilibrada emocional da minha irmã se daria bem, principalmente quando ela ficou cheia de fogo com Antônio. Aliás, Lavínia tinha fogo com tudo que se movia.

Minha irmã era uma piranha. Trepava com qualquer um que cruzasse seu caminho. Homem, mulher, velho, moço, alto, baixo, gordo, magro, qualquer um que olhasse para ela e sorrisse já a levava. Assim, foi fácil tirá-la do caminho. Primeiro comecei fazendo a cabeça do meu pai, elogiando Antônio para ele, mostrando o quanto eu gostaria de me sacrificar pela família. E então foi fácil armar um flagrante e um escândalo da minha irmã na cama com uma professora da sua faculdade.

Ninguém soube que eu estava por trás de tudo e que fiz com que todo mundo soubesse, inclusive Arnaldo e sua família. De imediato, Lavínia foi descartada pelos Saragoça como uma opção. E meu pai, já com a cabeça feita por mim, passou a me divulgar entre eles, até eu ser convidada para várias reuniões, conhecer Antônio melhor e conquistar todo mundo com meu jeito sério, educado, fino e elegante. O jeito de uma esposa perfeita.

Não houve nenhuma paixão fulminante entre nós. Tanto ele quanto eu sabíamos muito bem onde estávamos pisando e qual era nosso papel naquela história. Foi uma questão de tempo até começarmos a namorar e todos ficarem satisfeitos. Tudo se ajeitou da maneira que eu queria. Agora era só administrar até o casamento. Enquanto isso, eu continuava fazendo a cabeça do meu pai.

Na noite anterior mesmo, após o jantar, fiquei com ele conversando, ouvindo suas reminiscências do passado, irritada por escutar a mesma coisa diversas vezes, mas fingindo que adorava, com um sorriso nos lábios. E, quando tive oportunidade, comecei a minha lavagem cerebral nele:

— Papai, o senhor já trabalhou demais nessa vida. Está na hora de aproveitar com a mamãe, viajar, descansar.

— Como se eu pudesse! — Riu alto. Era um homem calvo e acima do peso, beirando os 60 anos.

— E por que não poderia? Quando eu me casar com Antônio, o senhor pode parar de trabalhar tanto. Sabe o quanto ele é inteligente e empreendedor. As empresas vão se unir e formar um grupo. E ele pode administrar tudo pra gente, sem o senhor se preocupar com mais nada, só aproveitar os lucros, que serão gigantescos.

Ele me olhou, na dúvida.

— Mas sempre geri meus próprios negócios, filha. Não posso largar tudo assim, de uma hora para outra.

— Mas não é o que Arnaldo Saragoça vai fazer?

— Mas Antônio é filho dele.

— E será seu genro. Tanto o senhor quanto Arnaldo vão poder descansar. Veja só o que ele já está fazendo com as empresas do pai! E nem se formou ainda ou assumiu todos os negócios.

Meu pai ficou pensativo, e eu sorri comigo mesma. É claro que eu queria a fortuna da minha família toda naquela negociação do casamento, pois casaríamos com comunhão de bens e metade de tudo seria meu. Tinha certeza de que Antônio, ambicioso e inteligente como era, ampliaria tudo. Uma parte iria para meus pais e Lavínia ficarem satisfeitos na vidinha deles, mas o grosso estaria em minhas mãos.

Era um plano perfeito e só me levaria algum tempo para convencer meu pai. Por isso, casar com Antônio era imprescindível. Ele me daria a vida de rainha que eu merecia. Eu teria o mundo a meus pés, sendo a esposa perfeita de um dos homens mais poderosos do Brasil. Quiçá do mundo. E já tinha tudo esquematizado.

Não me importava muito se minha família ficasse descoberta e sem garantias com aquele acordo, já que a parte deles, com o casamento, estaria sob meu domínio. Era o trunfo que eu teria para subjugá-los e prender Antônio. Ele era a minha porta aberta para um mundo de luxo, glamour e poder.

Terminei de tomar banho e me enxuguei com cuidado. Passei hidratante no corpo todo, que eu mantinha esguio e bonito com dieta constante e academia. Perfumei-me em lugares estratégicos e soltei meus cabelos, escovando-os. Por último, pus uma bela camisola branca de seda com penhoar e chinelinho de salto combinando. Perfeita e elegante. Só então voltei ao quarto.

Antônio estava no terraço, olhando a noite lá fora, usando um robe preto e curto aberto no peito e uma cueca boxer preta. Eu o observei enquanto me aproximava. Sempre me dava conta do quanto era bonito e másculo, o que não deixava de ser um ponto a favor dele, além de sua inteligência e ambição. Seria muito ruim aturar algum cara horroroso. Não que eu não o fizesse, em nome do que eu queria. Mas a aparência dele tornava tudo mais agradável.

– Sem sono? – perguntei, parando ao seu lado.

Virou a cabeça e me observou com aqueles seus olhos azuis intensos e penetrantes. Eram sombreados por fartos cílios negros e sobrancelhas negras também, o que parecia tornar seu olhar ainda mais profundo. Os cabelos escuros e fartos, lisos, estavam desarrumados com a brisa que soprava.

Eu o admirei em silêncio. Seu nariz era reto, a boca bem-feita com um ricto de cinismo, o queixo firme e o maxilar anguloso. Alto, tinha o corpo alongado e elegante, ombros largos e músculos definidos, que mantinha frequentando uma academia. Para melhorar tudo, suas mãos eram grandes, com dedos longos, que ele sabia usar muito bem. Era um homem ardente e dominador na cama. E eu não era tão imune quanto tentava parecer.

Nunca perdi a cabeça por causa de sexo. Não entendia por que as pessoas faziam tanto alarde por aquele ato animalesco e suado, em que terminavam arquejando. Chegava a ser nojento. Muitas vezes indaguei a mim mesma se eu seria frígida. Mas depois comecei a me conhecer melhor e me entendi.

O que acontecia era que eu não achava que qualquer homem fosse bom o bastante para mim. Por que sentiria prazer com um ser inferior gemendo no meu pescoço e metendo grosseiramente em mim? Não, eu ficava consciente o tempo todo, analisando tudo, e isso acabava me impedindo de ter o prazer necessário. Até conhecer Antônio.

Confesso que ele tinha me surpreendido. Dos homens que tive, geralmente por interesse, foi o único que me deu prazer na cama. Era muito elegante e frio, mas entre quatro paredes gostava de ser o senhor. Não era dominador de usar chicotes ou inventar coisas mirabolantes, mas sexo com ele nunca era cansativo.

Tinha muita coisa a seu favor: a beleza, o corpo lindo, inteligência e sexualidade aflorada. Sua pegada era dura, autoritária, enquanto olhava de uma maneira que fazia algo se contorcer dentro de mim. Já tinha gozado muito com ele, embora não fosse muito participativa. Ele gostava de dominar, e eu deixava fazer de tudo comigo, como seu brinquedinho. Não que fosse submissa, mas achava que não precisava fazer nada, só se ele mandasse.

Esse nosso acordo tácito era satisfatório para ambos. Percebi que seu cheiro me agradava, assim como seus beijos e carícias. Sua brutalidade também, o que era surpreendente. E, contrariando toda a elegância de seu corpo, possuía aquele membro grosseiro, que parecia de um animal, tão longo e grosso.

No início, quando o vi nu, tive medo e asco. Deus que me livrasse ter aquilo tudo dentro de mim. Mas antes fez tanta coisa comigo, me deixou tão ligada, que quando enfim me penetrou foi bem mais gostoso do que eu podia imaginar. E então fui me acostumando aos poucos com ele.

Eu não sentia falta de sexo. Se não me procurasse, eu dava de ombros e continuava minha vida. Mas toda vez que queria, eu me dava, sabendo que no fim gostaria. Então, não era um sacrifício. Era um divertimento ocasional em meio a um assunto sério, que era me tornar a senhora Saragoça.

– Ainda é cedo para dormir – disse seco.

Tanto eu quanto ele não nos enganávamos. Sabíamos que não era amor e sim um compromisso. Mas até que tínhamos um bom relacionamento, tranquilo, sem brigas e desavenças, e sexo bom. Também não éramos exatamente amigos, mas nos respeitávamos. Para mim, isso era mais do que já tive com qualquer homem.

Seu olhar era ardente. Quando ficava com tesão, o azul de seus olhos escurecia, suas pálpebras pesavam, havia um ar em volta dele que anunciava o que queria. Por isso eu sempre sabia e, nessas ocasiões, me preparava. Nunca o procurei ou tive iniciativa, mas também nunca o recusei. E isso para mim estava mais do que bom.

Como ficamos sem sexo no final de semana passado, imaginei que agora ia querer e não me enganei. Quando se voltou para dentro do quarto sem uma palavra, eu o segui. Notava que havia algo estranho nele, como se estivesse perturbado. Imaginei que tivesse se aborrecido na empresa. Mas não perguntei nada. Depois de usar meu corpo como lhe aprouvesse, estaria mais relaxado.

Senti uma estranha euforia com meu pensamento. Gostava da sensação de ser usada por Antônio. Sua grosseria me excitava mais do que sua delicadeza. Uma vez tinha pegado pesado comigo e acho que depois se arrependeu. Da vez seguinte, foi bem mais brando e carinhoso, e não senti tanto tesão, pois sabia que aquele não era ele. No fundo eu gostava de ser sua bonequinha na cama e, quanto mais me usava, mais eu me sentia arder e mais gozava. Depois voltava a ser eu mesma, mas tinha aproveitado.

Eu me sentia tão poderosa, tão além de todo mundo, que Antônio podia fazer o que quisesse comigo e eu me submeteria. Porque via nele um igual. Era lindo, inteligente, rico e ambicioso como eu. Frio, tinha seus próprios planos e nada o demoveria da sua ideia de criar um império financeiro. Sabia da minha necessidade ao seu lado, assim como eu sabia da dele para mim. Por isso era perfeito.

Chegamos ao quarto. Sem me olhar, tirou o robe e o largou em uma poltrona, expondo o corpo simétrico, os músculos modelados, os ombros largos. Suas pernas eram fortes, cobertas de pelos escuros. A bunda perfeita dentro da cueca preta. Senti o desejo me espezinhar e sorri comigo mesma, também tirando meu penhoar, pensando que seria uma noite mais do que agradável.

No entanto, Antônio me deu um olhar esquisito. Parecia pensar em outra coisa, sua testa franzida, os maxilares cerrados. Tive a nítida sensação de que me fitava, mas não me via. E isso me irritou profundamente. Ainda mais porque naquela noite eu até estava desejando ser dele.

Sem muito preâmbulo, tirou a cueca e ficou nu. Sentou-se em uma poltrona larga de couro e me encarou. Seu pau, mesmo ainda relaxado, era grande e robusto. Logo estaria três vezes maior, quando se excitasse.

Fiquei quieta enquanto passava os olhos sobre mim. Eu era bonita e bem cuidada. Não me envergonhava. Muito menos quando disse em tom autoritário:

– Tire a roupa.

É claro que eu obedeceria. Aquele era um jogo só nosso, um relacionamento no qual o poder era nosso afrodisíaco.

Deixei as alças da camisola descerem e a seda escorregou até o chão, expondo um corpo que era meu orgulho, com seios empinados e carne firme, modelada, esguia. Mesmo assim não se excitou muito, o que só aumentou minha irritação.

– Pegue um preservativo na gaveta e venha aqui.

Fiz como mandou. Quando parei à sua frente, segurou meu pulso e me fez sentar em seu colo. Sua mão foi firme em meu cabelo na nuca, agarrando um punhado e segurando minha cabeça. Ainda parecia estranho, quase com raiva. Então me beijou na boca e fechou os olhos.

Eu retribuí o beijo na hora, levando minhas mãos aos seus ombros largos, deixando que tomasse o que queria de mim. Senti aquele arrepio que vinha sempre que começava a me excitar, mas mesmo assim me contive.

Antônio se tornou mais exigente. Afastou um pouco a boca e falou baixo, rascante:

– Rebole no meu pau, porra.

E não voltou a me beijar na boca, mas puxou meu cabelo para trás e mordeu ao longo da minha garganta e pescoço. Rebolei em seu pau e o senti crescer, ficando mais grosso e duro, o que me fez sorrir satisfeita. Sua mão agarrava um seio e beliscava um mamilo, enquanto sua boca se ocupava do outro, sugando.

Fiquei lubrificada. Felizmente com ele não havia necessidade de saliva ou gel para uma penetração melhor, já que com muitos homens eu ficava seca. Além de sua pegada forte, eu sempre me lembrava que Antônio era o homem que me daria o mundo, e isso me excitava mais.

Respirou pesadamente e parou, me olhando quase enfurecido. Não entendi o que era, mas algo o irritava e perturbava. Sem muita conversa, tirou o preservativo da minha mão e o abriu. Afastou-me o suficiente para segurar o membro e se cobrir com a camisinha, pegando-me firme de novo pelo cabelo e me sentando de costas para ele.

Seus dedos foram em minha vagina, com pelos claros aparados, e me acariciaram, constatando que eu estava úmida. Então segurou o membro em pé e me fez descer sobre ele. Era sempre uma invasão quando entrava todo dentro de mim. Eu me abria e esticava e então ficava toda cheia. Mas ao mesmo tempo era prazeroso e não me incomodava mais. Pelo contrário.

Abriu minhas pernas, depositando-as arreganhadas sobre os braços da poltrona, segurando minha cintura com firmeza e me fazendo descer sobre ele, que entrava e saía da minha vagina. Apoiei as mãos nas laterais e deixei que me movesse como queria, notando com um misto de asco e excitação que nosso reflexo aparecia nos espelhos de corpo inteiro do quarto.

Reparei em mim mesma, nua e aberta, fixando o olhar em minha vulva pelo espelho. Vi claramente meus lábios vaginais esticados e sua carne enorme sumindo dentro de mim, seu saco depilado logo embaixo, suas mãos firmes em minha cintura. E pude vê-lo atrás. Não olhava com tesão. Mantinha a cabeça sobre o encosto na poltrona e os olhos fechados, sua expressão inescrutável, parecendo longe dali.

Percebi que estava mais excitada que Antônio e me irritei profundamente. Deixei que continuasse ditando os movimentos com suas mãos, meus olhos fixos em seu rosto pelo espelho, sabendo que parte dele não participava, estava longe dali. Nunca o tinha visto daquela maneira. Por mais que estivesse estressado ou furioso, o sexo era sempre intenso, até mesmo pornográfico.

Na hora, uma ideia passou por minha cabeça. Mulher. Poderia ser isso? Antônio estaria enrabichado por outra pessoa? O ódio me engolfou e não sei como não sentiu, pois meu olhar para ele era completamente gelado pelo espelho. Fiquei olhando-o fixamente, enquanto o sexo virava algo de segundo plano. Enquanto ele se perdia em seus pensamentos, eu começava a imaginar que riscos poderia correr em tudo aquilo. Então me acalmei. Devia ser coisa da minha cabeça.

Antônio abriu os olhos azuis e fitou-me pelo espelho. Algo passou por seu rosto. Foi rápido, mas um lampejo de irritação, de raiva. O que estaria acontecendo? Um alarme soou dentro de mim, mas não me alterei em nada. Ele se concentrou e, como se algo o impulsionasse, puxou meu cabelo com força até que eu estava com a cabeça em seu ombro. A outra mão desceu entre minhas pernas arreganhadas e seus dedos brincaram em meu clitóris. Aí já era jogo sujo, o tesão aumentou e me contraí um pouco, sabendo que me distraía de propósito. Tinha percebido meu olhar para ele.

Fechei os olhos e senti que mordia meu pescoço e passava a estocar dentro de mim com raiva, erguendo seus quadris, me masturbando. Deixei que me comesse e dedilhasse, ficando molhada, um prazer gostoso se espalhando por minha pele. Sabia que ia gozar, embora ainda estivesse irritada. Mas não lutei contra.

Seus dedos eram experientes. Rodeavam o brotinho para depois beliscá-lo e massageá-lo. Seu pau se enterrava com força até meu útero. Largou meu cabelo para acariciar meus seios e mamilos, e acho que foi aí que me perdi. Mordi os lábios e ondulei, enquanto o orgasmo varria meu corpo e mesmo naquele momento eu me continha, não gemia ou demonstrava o quanto o prazer poderia me submeter.

Antônio demorou bem mais. Grunhiu e me pegou forte, voltando a agarrar meu cabelo, sua mão mantendo-me firme para estocar dentro de mim com violência. Abri meus olhos e vi que os dele estavam fechados, sua expressão concentrada, quase feroz. Com a cabeça em seu ombro, não tirei o olhar de cima dele através do espelho, até que vi o tesão desconcertar sua expressão e senti quando parou dentro de mim e seu membro ondulou, tendo um orgasmo.

Não havíamos dito nenhuma palavra. Em geral, era assim mesmo. Mas outras vezes ele gostava de dar ordens. Daquela, nem isso. Tinha sido um ato bem mecânico, mas procurei não tirar conclusões precipitadas. Eu o observaria. Se tivesse outra mulher na jogada, eu a afastaria com um peteleco. O lugar de senhora Saragoça era meu. E isso ninguém ia me tirar.

CECÍLIA BLANC

Cheguei ao meu pequeno apartamento em Laranjeiras feliz. Larguei minha bagagem no chão, deixei a sacola com a comida que minha mãe e minhas tias tinham mandado pra mim em cima da pia da cozinha e corri para o pequeno aparelho de som na sala. Liguei e escolhi uma música linda, que minha amiga Ana Aragão da faculdade tinha me dado junto com outras em um pen drive. Era do Beto Guedes, "Amor de índio". Quando a música começou, minha felicidade ficou completa e voltei à cozinha.

Adorava música. Não vivia sem ela. As pessoas deviam achar que eu era meio louca, pois geralmente começava a cantarolar alguma canção sem mais nem menos, mas elas simplesmente tornavam minha vida melhor. Eu relaxava, me faziam pensar sobre as coisas ao meu redor e sentir tudo mais intensamente.

Comecei a tirar os potes de plástico da sacola. Toda vez que ia para casa no final de semana, minha mãe e minhas tias mandavam para mim comidas ou lanches prontos e congelados, para ficar para os próximos dias. Eu sempre garantia que sabia cozinhar, mas acho que ficavam com medo de que eu pulasse refeições e me enchesse de besteiras. Assim, eu tinha estoque pra semana toda.

Passei a cantar junto enquanto guardava a comida na geladeira e no congelador.

Enquanto isso, pensava nos motivos para minha felicidade. Primeiro, matar a saudade dos meus pais e da minha família, principalmente do meu irmão Paulinho, de 3 anos. A cada vez que eu voltava, ele tinha uma nova gracinha e me encantava. Eu sentia uma falta danada dele.

O segundo motivo era que, daquela vez, cheguei um pouco mais cedo no domingo, ainda nem eram 17 horas, e eu queria ligar para Antônio. Não sei se eu aguentaria até o dia seguinte para vê-lo. Estava pensando seriamente em convidá-lo para ir à praia de Ipanema comigo, onde teria um show do Skank, que eu adorava, dali a pouco.

Estava nervosa e só de pensar nele meu coração disparava, todo meu corpo reagia e minha mente se enchia de imagens dele. Desde que o vi pela primeira vez, olhando para mim de maneira intensa naquele engarrafamento, com um sorriso predador meio de lado, senti uma força estranha por dentro, tomando conta de mim.

Em geral eu era muito sensível e me tocava fácil com as coisas, mas mesmo assim não tinha estado preparada para aquela intensidade. De pé naquela rua, antes de trocar de lugar no carro com Carla, eu me senti abalada sob seu olhar. Reagi como fazia sempre, sorrindo, tentando ser eu mesma, mas muito consciente dele e do que me fazia sentir.

Nunca tinha visto um homem tão lindo. O conjunto de cabelos negros com aqueles olhos azuis, num corpo másculo com um sorriso de arrasar, era explosivo, por si só maravilhoso. Somando isso ao olhar penetrante, seu jeito de macho autoritário e duro, sua voz grossa e uma personalidade marcante, ficava difícil resistir. Eu nunca tinha conhecido um homem assim e estava verdadeiramente impressionada. Ainda mais por ter chamado a atenção dele.

Guardei todos os potes e lavei as mãos, voltando à sala com minha mente preenchida por imagens de Antônio, como tinha sido durante todo o final de semana. Ele não tinha saído da minha cabeça nem um segundo sequer e agora eu só conseguia pensar em ligar para ele.

Sabia que tinha que ir com calma. Já tinha me dado mal com um homem antes por acreditar que era amada como amava e não queria repetir o mesmo erro. Tinha prometido a mim mesma que seria comedida, que não mergulharia de cabeça em outra relação até ter certeza de que era tão especial para a outra pessoa quanto ela era para mim. Mas em poucos dias, desde que o vi pela primeira vez, Antônio já invadia minha vida como um tornado.

Sorri para mim mesma, comparando-o com aquela força bruta da natureza. Ele tinha uma superfície civilizada, mas por baixo de tudo ficava latente sua personalidade dominadora. Pelo modo com que olhava, como se avisasse: "Isso é meu. Vou pegar e ponto", ou o modo como fazia poucas perguntas, já ia ordenando. Era um homem acostumado a ser obedecido e aquilo, ao mesmo tempo que me divertia por sua espontaneidade, também me assustava, pois eu me via com vontade de obedecer.

Sabia que seria uma luta resistir a ele. Estava pisando em um campo minado e, diante de Antônio, eu era como uma criança boba, um aprendiz diante de seu mestre. Depois de ter sofrido tanto com meu namorado, eu poderia estar me metendo em algo muito maior, sem saber lidar com um homem de verdade.

Sacudi a cabeça, consciente de que ficaria alerta, mas que no final das contas não recuaria, pois Antônio estava presente demais em minha mente para que eu desistisse por medo, sem nem ao menos tentar conhecê-lo primeiro.

Tirei o celular do bolso do jeans e me joguei no sofá, nervosa, ansiosa para ouvir aquele timbre duro da voz dele. Seus olhos azuis penetrantes e intensos como se estivessem ali, fixos em mim. Respirei fundo e não liguei de imediato. Queria estar calma quando falasse com ele.

Recostei-me no sofá, fechando os olhos, sentindo as emoções aflorarem, tudo borbulhando dentro de mim. Como alguém poderia se tornar tão importante e fundamental em apenas dois encontros?

Continuei a cantar, pois a música era meu relaxante e minha terapia, ajudava a amenizar as emoções que estavam sempre tão constantes dentro de mim.

Eu adorava aquela parte: *"Lembra que o sono é sagrado/ E alimenta de horizontes/O tempo acordado de viver (...)"* Era bem do modo como eu encarava a vida, pois os sonhos me moviam, acabavam ditando a maneira como eu seguia meu caminho, minha trajetória, minhas escolhas. Era, sim, uma sonhadora e isso já tinha me feito sofrer, mas quem disse que eu conseguia parar de sonhar?

Eu estava tão concentrada na letra, tão compenetrada de imagens e sensações de Antônio, que tomei um susto quando o telefone em minha mão começou a tocar. Olhei o visor e vi o nome dele escrito. Meu coração falhou uma batida, para logo depois acelerar loucamente. Achei que tinha pensado nele com tanta força que até tinha sentido. Atendi logo, ansiosa, nervosa, excitada.

– Oi, Antônio.

– Cecília.

Uma única palavra naquela voz grossa e eu me senti derreter. Caí para trás no sofá e fechei os olhos, o prazer percorrendo cada recanto meu, um sorriso fazendo meus lábios se erguerem como se tivessem vida própria. Eram sensações tão boas e apaixonadas que não pude fazer mais nada além de me entregar a elas.

– Ainda está com seus pais?

– Não, acabei de chegar ao meu apartamento.

Por um momento, ficou em silêncio. A voz macia de Beto Guedes ecoava ao fundo, enquanto eu era bombardeada por imagens de seus olhos e do seu sorriso, do modo como me olhava como se quisesse me morder e comer devagarzinho, do jeito como me pôs no colo em seu carro e me pegou firme, imobilizando-me pelo cabelo.

Mordi os lábios para não arquejar, muito excitada e abalada, quase como se me beijasse naquele momento. Seu beijo era intenso e profundo como ele, tomando, exigindo, ordenando uma rendição completa. Ainda podia sentir seu cheiro delicioso e másculo, a textura de seu cabelo negro, a boca em meu mamilo, o membro parecendo enorme contra minha bunda, tão duro e grosso que até assustava. Tinha sido necessário recorrer a todo meu esforço para resistir a Antônio.

– Está dando uma festa, Cecília?

Sua voz profunda penetrou nas sensações deliciosas e voluptuosas que me envolviam. Engoli em seco.

– Não, por quê?

– Essa música...

– Ah, gosto de ouvir música quando estou em casa. – Sorri, abrindo os olhos, deitando de lado no sofá, concentrando-me nele. – Como foi seu fim de semana?

Antônio ficou em silêncio por um momento. Então, disse um tanto seco:

– Bom. E o seu?

– Maravilhoso. Sabia que eu ia ligar para você? Já estava aqui com o celular na mão.

– Então eu não fui o único com saudade.

Suas palavras me tocaram. Senti uma felicidade estonteante, meu sorriso se ampliando, enquanto confessava:

– Eu senti, sim. Saudade.

– Eu também. – Sua voz era tão profunda e carregada de sentimentos, que acreditei. – Estou indo aí, pegar você. – Não o provoquei por não perguntar, só avisar. Já estava me acostumando que não fazia de propósito, era o jeito dele.

– Eu ia te convidar para ir a um show comigo hoje.

– Show? Onde?

– Na praia de Ipanema. É do Skank, e eu adoro. Vamos?

– É o que quer?

– É.

– Então vamos. Estou indo aí.

– Tá. Eu te espero, Antônio.

– Certo.

– Beijos.

Desliguei eufórica e corri rindo para me cuidar, deixando minha bagagem sem desfazer num canto. Depois eu veria aquilo.

Tomei banho, pus um vestidinho estampado azul-marinho com pequenas bolinhas, brincos grandes pendurados, sandálias rasteiras de dedo e escovei meus cabelos até ficarem brilhantes e soltos. Passei uma leve maquiagem e me perfumei, ansiosa, ouvindo minhas músicas, doida de vontade de estar com Antônio novamente.

Quando Ulisses, o porteiro, interfonou dizendo que ele havia chegado, eu pus minha bolsinha preta atravessada no peito e senti o estômago se apertar de nervosismo e antecipação. Todo meu corpo reagia, respirava pesadamente, o coração dava saltos, as mãos suavam. Saí praticamente correndo do apartamento e nem peguei o elevador, desci as escadas saltitando, um sorriso estampado no rosto.

Sabia que tinha que me controlar, mas não conseguia. Só ia me sentir sendo eu novamente quando o olhasse, estivesse de novo com ele. Cheguei ao hall eufórica e estaquei quando o vi. Mesmo estando ansiosa e preparada, sabendo que estava ali, estar diante do Antônio real era infinitamente mais perturbador. Foi como tomar um soco, tamanho o impacto dele sobre mim.

Estava parado na calçada, o carro atrás de si, muito sério, a testa ligeiramente franzida. Seus olhos azuis penetrantes e argutos pareciam pedras preciosas em seu rosto anguloso, com expressão dura, pungente. Usava jeans justo e uma simples blusa de malha cinza, o que parecia deixar os cabelos densos ainda mais negros. Toda sua postura, com a coluna ereta e o olhar intenso, gritava masculinidade, força, autoridade. Era um homem diferente de todos que eu já vira, essencialmente masculino, nada nele sendo amansado ou suave.

Mordi o lábio inferior, abalada, terminando de me aproximar, como se me hipnotizasse e uma força mais forte do que tudo me puxasse para ele. Tentei reagir, me ligando mais no fato de estar feliz em vê-lo do que naquela atração violenta sobre mim, para poder não agir como uma tola apaixonada. Mas estava difícil.

Sorri ao parar na frente dele, fitando seus olhos, que pareciam esconder todos os segredos do mundo. E então vi a fome ali, aquele modo voraz com que me olhava, como se fosse se fartar comigo se me pegasse. Só faltou lamber os lábios, como um animal satisfeito com sua presa.

Abri a boca para cumprimentá-lo, mas Antônio tinha outra maneira bem melhor de fazê-lo. Sua mão foi em meu rosto e pescoço, penetrou meu cabelo, seus dedos firmes em minha nuca. E nem me deu tempo de pensar, sua boca já estava na minha, exigindo um beijo, abrindo e mordiscando meus lábios, sua língua buscando e encontrando a minha, para então se enroscar nela como se ali fosse o seu lugar.

Todo meu corpo reagiu, ainda mais quando me abraçou pela cintura e senti seus músculos contra mim, seu cheiro delicioso, seu gosto maravilhoso. Ergui minha mão e apoiei sobre ele, a outra indo ansiosa em seus cabelos negros e macios, nos quais mergulhei meus dedos.

Em segundos o beijo ganhava novas dimensões. Fui engolfada por sua maneira forte e vigorosa de beijar, de me segurar como se já fosse dele, sem perguntar nada, apenas tomando. Fiquei muito abalada e excitada, em alguma parte da minha mente soube que correria um sério risco com ele, pois Antônio não era homem de meias palavras ou de se controlar. Ele tomaria tudo, e eu precisava estar sempre alerta, ou me deixaria sem nada.

Retribuí sofregamente aquele beijo intenso e arrebatador, com minhas pernas bambas, minha consciência tentando me alertar de um iminente perigo, mas minha luxúria violenta demais para ser vencida. E quem interrompeu o beijo foi ele, ainda me segurando na nuca, seus olhos azuis parecendo cheios de chamas que ardiam e chamuscavam em mim.

Eu me dei conta de que tremia. Fiquei lá como uma boba, sem poder fazer nada mais do que olhar para ele e desejá-lo furiosamente, com cada célula do meu ser. E Antônio indagou baixo:

– Sentiu a minha falta?

– Sim – admiti.

– Eu senti a sua, Cecília – falou com tanta profundidade, com um olhar tão acentuado, que não havia dúvidas de que dizia a verdade.

Sorri feliz. Meus dedos foram em seu rosto e senti a forma angulosa do maxilar coberto com uma barba, que começava a espetar. Era tão masculino, tão duro e intenso, que minha vontade era a de ficar ali, o admirando a noite toda.

Antônio sorriu também daquele seu jeito meio cínico, de lado. Então soltou minha nuca e deu um passo para trás, como se soubesse que, se não tomasse uma atitude, ficaríamos ali sem fazer mais nada.

Mas segurou minha mão e a levou aos lábios em um beijo suave.

– Quer ir mesmo a esse show na praia? – perguntou baixo.

– Quero. Por quê?

– Nada. Vamos ao seu show.

Eu sabia o que ele queria, por seu olhar quente e agressivo. Queria me levar para o apartamento e fazer amor comigo. Só de pensar naquilo eu era engolfada por um desejo premente, que fazia minha barriga se contorcer de antecipação. Sabia que eu queria também, mas a vida tinha me ensinado uma dura lição, e eu não cometeria o mesmo erro duas vezes, por mais que estivesse louca por Antônio. Eu só iria para a cama com ele quando tivesse certeza de que era amada e de que era comigo que ele queria ficar. Bastava ser usada uma vez.

Como sempre cavalheiro, ajudou-me a entrar no carro e só então foi ocupar o seu lugar. Enquanto colocava o carro em movimento, me virei um pouco de lado no banco para poder olhá-lo o tempo todo enquanto conversávamos. E indaguei:

– Como foi o seu final de semana?

Estava concentrado na direção, mas o senti enrijecer-se um pouco. Não me olhou, ao dizer:

– Bom.

– Tem certeza? – Eu sorri. – Não parece muito feliz.

Antônio não respondeu de imediato. Seus olhos estavam fixos na frente, as mãos firmes no volante. Parecia tenso. Mas então me lançou um olhar cheio de significados, ardente, carregado, dizendo com uma sinceridade que me tocou:

– Eu senti a sua falta. – Era a segunda vez que me dizia isso naquela noite. Voltou a se concentrar em dirigir, mas então completou, em um tom duro: – Foi suportável.

Por algum motivo, algo me tocou, uma sensação de que ele não estava bem, de que alguma coisa o perturbava. Estendi a mão e acariciei seu braço com carinho, indagando baixinho:

– Você é feliz, Antônio?

Não respondeu de imediato. Não me olhou, muito compenetrado, fechado, impossível de poder adivinhar o que pensava. Mordi os lábios, achando que não diria mais nada, no entanto, falou baixo:

– Sou.

Eu não acreditei. Havia algo o perturbando, isso era claro. Percebi que sabia muito pouco sobre ele. E não tive vergonha de questioná-lo:

– Por que acho que não é verdade? O que aconteceu para deixar você com essa expressão tão fechada?

– Eu tenho cara feia mesmo – disse irônico, mas o fato de não me encarar já denunciava que algo realmente não ia bem.

– Até parece. – Sorri e continuei com a mão em seu braço, apenas ali apoiada, só para me sentir mais perto dele. – Nunca vi uma cara tão bonita.

– Esqueci que gosta do meu sorriso. – E isso fez com que seus lábios se erguessem um pouco.

– E dos seus olhos. Seu nariz também não está mal. Nem seu queixo.

– Obrigado.

Parecia mais à vontade e me lançou um olhar penetrante, só que mais relaxado. Tirei a mão e deixei-a em meu colo, aproveitando para admirá-lo à vontade. Mas insisti em saber mais sobre ele:

– Me conte o que fez no final de semana.
– Nada demais. O de sempre – disse comedido.
– E o que é o de sempre?

Virou o carro em uma curva pela rua movimentada. Não sei se estava mesmo concentrado em dirigir ou se só ganhava tempo, mas finalmente falou:

– Estudei e analisei alguns relatórios. Trabalho com meu pai, e é comum levarmos trabalho para casa.
– Trabalham em quê?
– Somos empresários.
– E não saiu para se divertir nem um pouco?
– Não.
– Então estou feliz que aceitou o meu convite para a festa na praia. Pelo menos vai se divertir nesse finalzinho de domingo. Gosta de show ao vivo na praia?
– Não sei.
– Como não sabe?

Ergueu uma sobrancelha e sorriu para mim.

– Nunca fui a um.

Arregalei os olhos.

– O quê? Onde você mora, no interior de Minas, longe do mar?
– Na Barra da Tijuca. – Parou o carro em um sinal vermelho e me olhou, divertido. – Sempre tem a primeira vez para tudo.
– Pois é! – Dei uma risada e o provoquei, mostrando o carro dele luxuoso e apontando para suas roupas simples, mas de grife e de qualidade. – Acho que entendi. Você é rico. Show na praia nunca deve ter nem passado em sua cabeça. Nem aquela micareta que teve na Barra. Foi em alguma?
– Não.
– Imaginei. – Meu sorriso se ampliou. – Bem, então hoje vai conhecer um passeio gratuito, desses que nós, pobres mortais, costumamos aproveitar!

– Falando assim, parece que sou um esnobe. – Sorriu também. – Tenho certeza que vou gostar, Cecília. Ainda mais porque estará comigo.

Desviou o olhar quando o sinal abriu, mas já tinha me deixado feliz.

Fomos conversando banalidades no caminho, contei a ele algumas gracinhas do meu irmão, e logo estávamos em Ipanema. Demorou até arranjar um lugar para estacionar. Depois andamos de mãos dadas pela rua cheia de gente até o grande palco montado na areia da praia.

Eu me sentia maravilhada. Pulamos na areia e caminhamos até um ponto que não estava tão cheio e dava para ver o palco, onde o Skank já tinha começado a se apresentar. Paramos ali, e olhei sorridente para ele, dizendo animada:

– Adoro essa banda!

– Também gosto.

Mas nem parecia prestar atenção no que tocava, seus olhos fixos em mim, sua mão ainda firme na minha. Sorri meio sem graça. Ele me puxou para si, e pensei que me beijaria, mas foi para trás de mim e fez com que eu encostasse em seu peito, seu queixo perto da minha orelha, os braços em volta da minha cintura.

Contive o ar ao sentir sua respiração na lateral do rosto, seu corpo rijo e forte atrás do meu. Na mesma hora ficou evidente que estava excitado, pois o membro ereto se acomodou ao final das minhas costas e Antônio não fez questão de disfarçar. Pelo contrário, me manteve firme em seus braços.

Tentei prestar atenção em outras coisas. Nas pessoas que passavam e cantavam, na música, no belo início de noite ou no mar ali perto, com as ondas batendo na areia. Mas tudo virou pano de fundo para o que Antônio me fazia sentir.

Fiquei bem quietinha, embora estivesse com dificuldade de manter minha respiração controlada e meu coração galopasse como um louco. Fechei os olhos um momento, muito excitada, meus mamilos duros, as pernas bambas. Sentia com perfeição seu corpo atrás de mim, seu cheiro, sua respiração perto da orelha, me dando arrepios.

– Adoro essa música – murmurou rouco ao meu ouvido e, quando cantou baixinho, eu quase que desfaleci de tanto desejo: – *Te ver e não te querer, é improvável, é impossível. Te ter e ter que esquecer, é insuportável, é dor incrível.*

– Pare de me provocar, Antônio – alertei em uma voz baixinha, trêmula.

– Mas não estou fazendo nada. Só curtindo meu primeiro show na praia. – Espalmou sua mão sobre a minha barriga, encostando-me mais a ele. Contive o ar, pois seu pau era imenso atrás de mim, assustador. Engoli em seco, passando meus olhos em volta, nervosamente, com medo de arfar de tanta excitação, mas não dava para ninguém perceber nada do jeito que estávamos colados.

– Sei...

– Fique quietinha. Me disse que gosta de música, de MPB. Então vou dar um show particular aqui, cantando no seu ouvido.

– Ah, é? – Acabei sorrindo, mesmo cheia de desejo. – Também adoro cantar. Depois vai ser a minha vez.

– Combinado. – Seus dedos passavam firme em minha barriga, sobre a roupa, sem alarde, só para que eu sentisse a carícia e ficasse mais espremida contra ele. Lambi os lábios agitada e sua voz grossa, baixa e afinada ecoou perto do meu ouvido, pegando parte da música: *"– É como não provar o néctar de um lindo amor... Depois que o coração detecta a mais fina flor. Te ver e não te querer, é improvável, é impossível..."*

Eu não lutei. Deixei que me acomodasse contra seu corpo e me embalasse, nos movendo ao ritmo gostoso da música, nossos corpos encaixados perfeitamente, minha pele ardendo em contato com a dele. Fechei os olhos e aproveitei, pois despertava em mim sentimentos e sensações únicas, excepcionalmente embriagantes, entorpecedoras. Perdi a noção de tempo, de espaço e de realidade. Tudo que existia era meu corpo entre os braços de Antônio, sua voz em meu ouvido me encantando, seus músculos e membro fazendo parte de mim.

Era tão certo e único, tão delicioso, que me deixei levar. Ainda mais quando a música acabou e ele substituiu a voz pela língua, passando-a por minha orelha, fazendo arrepios de puro deleite percorrerem minha pele, enquanto eu mordia os lábios para não deixar escapar gemidinhos entrecortados. Eu fervia e ardia, seduzida, seriamente embriagada por aquele homem. Mordeu de leve o lóbulo da minha orelha, e eu só percebi que outra música havia começado, quando cantou baixinho: – *Vamos fugir deste lugar, baby. Vamos fugir. Tô cansado de esperar, que você me carregue. Vamos fugir. Pra outro lugar, baby. Vamos fugir. Pra onde quer que você vá, que você me carregue ...*

Antônio se calou, segurando-me firme contra ele, sua respiração pesada. Percebi que não era a única abalada. E então, surpreendendo-me, disse com a voz carregada por sentimentos profundos, rascantes, perturbadores:

– Fuja comigo, Cecília.

Eu achei que brincava, mas seu tom era tão sério que me confundiu. Abri os olhos e, ainda dopada pelo desejo violento e embriagante que despertava em mim, virei de leve meu rosto para trás. Senti um baque ao encontrar seus olhos azuis tão intensos e impressionantemente cheios de sentimentos que me confundiam, mas eram claramente aguçados, cortantes.

Eu já ia indagar o que significava aquilo, fugir por que e para onde, mas acho que Antônio se recuperou do que quer que o tivesse perturbado. Pegou a continuação da música:

– ... qualquer outro lugar ao sol. Outro lugar ao sul. Céu azul, céu azul. Onde haja só meu corpo nu junto ao seu corpo nu.

E me distraiu mesmo com aquela possibilidade, com seu corpo tão colado e excitado ao meu, e seu olhar que dizia tudo o que faria comigo se eu topasse. Continuei a olhá-lo, sabendo que havia algo importante ali, que por um momento ele me deixou ver a sua alma. E então me dei conta de uma coisa. De que falou sério em fugir.

Virei totalmente em seus braços e ele não aliviou nem um pouco o abraço. Minhas mãos estavam em seu peito, sobre a camisa, e mesmo com a música alta eu senti o bater compassado e firme do seu coração. Meus olhos mergulhavam nos dele. Sentia suas coxas musculosas contra as minhas, assim como seu membro muito ereto em meu ventre. Não quis me soltar. Quis ficar exatamente ali e perguntei baixinho:

– Por que quer fugir?

– Eu só cantei a música.

Sua expressão era totalmente controlada. Só os olhos ardiam intensamente.

– Você me chamou para fugir. Do quê? Da sua vida? Por que tenho a sensação de que não é feliz, Antônio?

– Eu sou feliz. – Deu aquele seu sorriso meio de lado. – Tenho tudo o que quero. Ainda mais agora.

Era óbvio que falava de mim. Corei, mas não desisti, preocupada:

– Jura? Se tiver algo errado, promete que vai me dizer?

– Não tem nada errado, Cecília – disse baixo.

– Não mesmo? – Criei coragem e indaguei: – Há alguém importante na sua vida? Uma mulher?

Seus olhos nem piscaram. Escureceram um pouco, bem diante de mim, como se seus sentimentos tivessem aquele poder. Eu estava hipnotizada e nervosa, mas falou devagar:

– Só você, Cecília.

Senti que eu deixava o ar escapar dos pulmões. Antônio ergueu uma das mãos e a encostou em meu pescoço, seu polegar levantando meu queixo, seu olhar descendo até minha boca. Entreabri os lábios, ansiando por seu beijo, percebendo tardiamente que estava muito louca por ele. Não tinha nem tido tempo de me acostumar com a ideia, já tinha entrado em minha vida como um furacão, tomando tudo.

E então me beijou. Não de maneira sexual, mas terno, saboreando meus lábios, mordiscando-os devagar. Eu fiz o mesmo com ele, intoxicada por tudo que me fazia sentir, pela sua intensidade, pela sedução natural do seu corpo sobre o meu, de sua personalidade sobre a minha. E, quando sua língua veio lamber a minha, eu a lambi de volta, estremecendo, querendo, almejando por ele como se fosse morrer se não o tivesse.

As pessoas a nossa volta começaram a bater palmas e gritar quando começou uma música animada e conhecida do Skank e nos demos conta de como estávamos agarrados ali. Como se não quisesse e lamentasse me soltar, Antônio afastou a boca lentamente e me fitou. Eu fiz o mesmo e dei um pouco mais de distância.

– Cerveja! Refrigerante! – gritou uma voz ali perto. – Amendoim torradinho!

– Estou com sede – murmurei, e era verdade, minha garganta estava seca, a respiração entrecortada deixando-me mais sedenta.

Ele acenou com a cabeça e me largou, mas não de todo. Segurou a minha mão. Eu sorri e me virei para o vendedor ambulante. Era um homem negro de meia-idade carregando um isopor grande, ao lado dele uma mulher bonita de seus quase 50 anos, com uma lata quente cheia de amendoins enrolados como cones em um papel. Percebi que estava com fome e os chamei:

– Senhor, senhora!

– Cerveja ou refrigerante? – perguntou, parando ao nosso lado junto com a mulher.

– Eu quero uma cerveja. E você, Antônio? – Olhei-o sorrindo.

– Cerveja.

– Duas cervejas e dois amendoins – disse simpaticamente, e a mulher me informou:

– Cada amendoim é dois reais, mas se comprar três sai por cinco reais.

– Então me dá três. Eu adoro! – Sorri para ela. – Como a senhora se chama?

Ela me olhou meio confusa, pegando as três embalagens quentinhas.

– Doralice.

– Obrigada, Doralice. Não sabe como me salvou com esses amendoins. Estava faminta. E esse é seu marido?

– É, sim. – E como se soubesse que eu ia perguntar, informou: – É o Luís.

– Oi, Luís. E vocês trabalham sempre juntos aqui na praia?

– Sempre, minha filha. – Ele entregou uma cerveja para mim e uma para Antônio. – De dia. Mas como hoje tinha o show, viemos ganhar um a mais à noite.

– Vocês vêm de longe?

– Lá do Méier. Mas vale a pena. Em menos de uma hora vamos vender tudo e voltar pra casa – disse Doralice, simpática, fitando-me e dizendo: – É tão difícil ver jovem assim hoje em dia, minha filha.

– Assim como? – Não entendi.

– Puxando assunto com gente mais velha e vendedor. A maioria nem vê a gente!

– Ah, mas é que por aqui as pessoas vivem uma vida muito corrida. Sou do interior, e na minha cidade todo mundo se conhece. Acho que ainda não perdi o costume. Lá, quando saio para fazer alguma coisa na rua, só volto horas depois, pois a gente vai parando para falar com todo mundo! – Dei uma risada, no que o casal me acompanhou. Antônio não tirava os olhos de mim, muito quieto. Fiquei sem graça, pois poderia achar que estava deixando-o de lado.

Já ia abrir a bolsa para pegar dinheiro, mas ele já pagava o casal, que agradecia simpaticamente.

– E qual é o seu nome, minha filha? – indagou Doralice.

– Cecília.

– Pois bem, Cecília. Você é uma jovem linda e doce, uma raridade. Espero que seu namorado saiba disso. – Ela sorriu para Antônio e eu o apresentei:

– O nome dele é Antônio.

– E aí, rapaz? – Luís estendeu-lhe a mão e vi que Antônio teve sua expressão suavizada. Apertou a mão do senhor e sorriu, sendo educado:

– Como vai, Luís?

– Tudo ótimo! – Ele pegou seu isopor, sorridente. – Essa vida é boa demais, rapaz. Não a leve tão a sério. Faça como a sua namorada e sorria mais. Vai ver como é bom! Agora nós vamos, não é, minha nega?

– Vamos, sim, pretinho. Tchau, crianças! Prazer em conhecer vocês!

– Tchau! – Sorri e acenei. Depois virei para Antônio, entregando-lhe um dos cones de amendoim. – São muito simpáticos, não é?

Ele me olhava fixo. Parei no ato de abrir a latinha de cerveja, sem saber se estava chateado com alguma coisa. Então perguntou:

– Você existe mesmo?

Eu corei, sem graça.

– O quê?

Seu olhar azul e intenso me desconcertava. Tentei explicar:

– Se está falando do fato de conversar com estranhos, é que na minha cidade...

– Eu entendo, Cecília. Não estou falando sobre perguntar o nome do garçom ou do vendedor ambulante. Estou falando do seu interesse por eles, em realmente querer saber. Isso é raro. As pessoas da mesma família às vezes mal se olham.

– Não da minha família. – Eu ri. – Eles sabem tudo sobre mim só com um olhar! Sabe, acho que por isso escolhi estudar psicologia. Eu gosto desse contato com as pessoas. Existem tantas personalidades aí diferentes, só esperando para serem conhecidas. Você não conversa com as pessoas, Antônio?

– Não com estranhos.

Abrimos nossa cerveja e tomamos um gole. Eu o olhei com um sorriso:

– É, já percebi que é *fechadão* e mandão. Tudo *"ão"*.

– É meu jeito. – Sorriu devagar. – É o que dizem por aí, os opostos se atraem. Talvez você possa me amansar um pouco.

– Posso tentar. Mas não quero ficar mais dura.

– Nem eu quero isso. É perfeita desse jeito.

Sorri feliz, pois ele falava sério.

Tomamos nossa cerveja, e achei engraçado ele comendo amendoim. Confessou que nunca tinha comido daquele jeito, mas elogiou o tempero e acabou com o seu cone e eu com o meu. O terceiro nós dividimos.

O resto da noite foi uma delícia. Cantamos e dançamos coladinhos, suas mãos sempre em mim, o contato me excitando e me deixando protegida ao mesmo tempo. Nunca foi tão bom assistir a um show, e soube que aquela seria uma das noites inesquecíveis da minha vida, uma de que, mesmo depois de anos e anos passados, eu lembraria com carinho.

Saímos de lá depois das dez da noite. Antônio dirigia em silêncio e eu me recostava em meu banco satisfeita, ouvindo a bela música do Nei Lisboa que tocava. Eu amava aquela música, chamada "Pra te lembrar". Comentei com ele:

– Essa música é tão linda e tão triste!
– Nunca prestei atenção na letra.
– Nossa, escute só, Antônio. Fala de um amor que não é esquecido.

Que é que eu vou fazer pra te esquecer?
Sempre que eu já nem me lembro, lembras pra mim
Cada sonho teu me abraça ao acordar
Como um anjo lindo
Mais leve que o ar
Tão doce de olhar
Que nenhum adeus vai apagar...

Ele dirigia, compenetrado na música, e eu cantei baixinho junto, como sempre emocionada com aquela letra. Eu já havia me apaixonado uma vez e pensei que fosse amor, mas então era jovem demais. E hoje percebia que tinha sido só uma paixão mesmo, mas que deixou suas marcas. Quando ouvia aquela música, não pensava nesse caso. Mas imaginava um casal muito apaixonado que foi forçado a se separar. E mesmo assim o amor continuou, independentemente do tempo e da distância.

Antônio ficou calado até a música acabar, muito sério. E, quando terminou, não disse nada. Eu indaguei:

– O que achou?
– Linda. Mas muito triste.

Parecia um pouco perturbado. Curiosa, perguntei:

– Já teve um amor assim, inesquecível, Antônio?
– Não.

Seu tom era seco. Então acreditei nele. Quis perguntar por que a música mexeu com ele, mas não disse nada, apenas relaxei em meu assento. Outra música começou, mas então percebi que estávamos fazendo um caminho diferente.

– Para onde estamos indo?

– Vamos passar por Botafogo. Quero te mostrar um lugar.

– Tá bom.

Subimos uma rua e paramos diante de um mirante com sacada, onde mesmo à noite havia luzes, e uma vista linda para a Baía da Guanabara e o Pão de Açúcar. Havia banquinhos espalhados na calçada e um lugar para estacionar o carro. Àquela hora da noite estava vazio, e Antônio explicou, parando o carro:

– Aqui é o Mirante do Pasmado.

Eu nunca tinha estado ali. Mas já tinha ouvido falar. Além de ponto turístico, era um lugar aonde as pessoas iam para namorar dentro do carro à noite. Um tanto nervosa, com o coração disparado, me virei para ele. Fiquei ainda mais nervosa quando o vi se desfazendo do cinto, um olhar faminto em minha direção.

– Antônio, eu já falei com você que...

Ele soltou meu cinto. Quando segurou meus dois pulsos, senti um misto de medo e desejo me consumir, mas sua voz baixa garantiu:

– Não vou fazer nada que você não queira, Cecília.

O meu medo era esse, o que eu queria. Puxou-me em sua direção e estremeci, já muito excitada, dominada pelo tesão, mas tentando me lembrar das minhas convicções. Sacudi a cabeça.

– Se eu transar com você, não vou me perdoar. Eu não quero! Nem vou querer mais ver você, Antônio.

Ele parou quando cheguei a poucos centímetros dele, seus dedos como barras de ferro em volta dos meus pulsos, seus olhos azuis queimando naquele carro como brasas acesas, exalando tesão puramente masculino, respirando fundo. Estava claro que se continha a muito custo, mas deu sua palavra:

– Não vou transar com você. Mas preciso de mais do que tive até agora.

– O... o quê? – sussurrei.

– Isso. – Trouxe-me mais perto e com um puxão me fez cair sobre seu peito, já saqueando minha boca em um beijo faminto.

Fui engolfada por uma miríade de sensações alucinantes e entorpecedoras. Meus pulsos foram presos para trás só por uma das mãos dele, a outra me pegando bruscamente como se eu não pesasse nada, fazendo-me montar sobre suas coxas de frente, minhas costas encostadas ao volante. Senti seu pau duro e longo bem marcado pelo jeans contra minhas partes íntimas cobertas pela calcinha e minha cabeça rodou. Tive certeza de que não conseguiria parar mais.

Antônio me beijava com paixão, selvagemente, rosnando, deixando-me tonta e enlouquecida. A sensação de estar presa pelos pulsos era ao mesmo tempo assustadora e inebriante, assim como saber que bastaria afastar as roupas do caminho e seu membro estaria dentro de mim. Arquejei contra seus lábios famintos, meu coração batendo forte contra as costelas, todo meu controle indo por água abaixo.

Sua mão livre foi em meu cabelo e segurou um punhado, puxando minha cabeça para trás no volante, enquanto afastava um pouco o rosto e me olhava esfomeado, tão intenso que estremeci, arrebatada.

Desceu o olhar por minha boca entreaberta e meu queixo, minha garganta e clavícula, parando com o olhar aí. Então inclinou a cabeça para o lado e mordeu meu pescoço, cravando seus dentes a ponto de ser doloroso, mas amenizando logo com uma lambida, sua língua descendo até um ponto entre a garganta e o peito, mordiscando, beijando, deixando-me completamente arrepiada.

Quando desceu mais e puxou minha cabeça ainda mais para trás, fazendo-me empinar o peito, eu sussurrei ainda com um pingo de consciência, como a suplicar que ele se contivesse:

– Antônio...

– Quietinha. Vou só apreciar você, Cecília.

Não entendi bem na hora, só quando soltou meus pulsos e ordenou:

– Segure o volante e não tire as mãos daí. – Não sei por que obedeci, mas eu o fiz. Fiquei naquela posição sentada sobre ele, imóvel, meus dedos agarrados em volta do volante, todo meu corpo parecendo a ponto de entrar em combustão espontânea. Sentia a vulva latejar encharcada, minha respiração aos trancos, todo meu ser elevado a patamares nunca antes alcançados.

Soltou meu cabelo e fitou duramente meus olhos, suas duas mãos vindo para a frente do vestido. Quando abriu o primeiro botão, eu sacudi sofregamente a cabeça.

– Não...

Não me pediu permissão ou se explicou. Abriu o segundo botão. Em nenhum momento seus olhos saíram dos meus, ardentes e semicerrados, como se me obrigassem a fazer tudo que ele queria. Parecia ter um poder sobrenatural sobre mim, pois eu não conseguia fazer mais nada a não ser ficar lá sob seu domínio.

Abriu o terceiro e o quarto botões. Meu coração já tinha disparado havia muito tempo. Mas pareceu bater ainda mais forte contra minhas costelas quando segurou o vestido aberto e fez as alças caírem pelos meus braços, a frente exposta até a cintura. Só então seu olhar desceu aos meus seios nus. Como eram pequenos e o vestido grosso e justo, eu não usava sutiã.

Senti muita vergonha, mas também muito tesão. Ainda mais quando sua expressão ficou ainda mais carregada pela luxúria, as sobrancelhas se franzindo, seu olhar soltando chispas. Agarrei o volante mais forte e estremeci.

– Fique bem quietinha. Até quando eu mandar. – Seus olhos estavam nos meus novamente.

E não pude fazer nada enquanto fechava as mãos grandes em volta da minha cintura fina e aproximava o rosto do meu peito.

– *Ahhhhhhhhh...* – Estremeci descontroladamente enquanto fechava a boca sobre meu mamilo direito e o chupava forte, duro, em uma sucção que fez tremores descerem por minha barriga e se espalharem por meu sexo, a vulva se contraindo e se melando toda, como se tivesse vida própria.

Antônio não teve pressa. Seus dentes e lábios se revezavam no mamilo duro, puxando, chupando, mordendo. Meu corpo ondulava sem controle. Eu deixei a cabeça pender para trás e encostei de vez ao volante, sabendo que estava perdida, que não tinha forças para fazer mais nada a não ser concordar com tudo que ele quisesse.

Deixou meu mamilo bicudo e dolorido, então foi para o outro. Não aguentei tanto tesão, nem aquela pressão violenta dentro de mim. Ainda mais quando suas mãos desceram da minha cintura por minhas pernas e depois subiram dentro da saia, em minhas coxas nuas, parando com os dedos abertos e firmes em meus quadris. Eu os movi e minha vagina latejante e encharcada roçou seu pau duro dentro da calça, minha calcinha empapada.

Mordeu meu mamilo e puxou forte. Gritei e me debati, tornei-me mais enlouquecida, me esfregando para frente e para trás sobre sua ereção, sentindo que também se descontrolava e que seus dedos se enterravam em minha carne, forçando-me mais contra seu pau, sugando meu mamilo com uma força que fazia o tesão espiralar dentro de mim e explodir.

– Ai, Antônio... por favor... – supliquei fora de mim, sem saber o que dizia, alucinada, montando-o rapidamente, sentindo os puxões de seus dentes, a sucção faminta de sua boca.

O grito escapou de mim agudo, como um miado, quando o gozo me arrebatou. Esfreguei tanto minha vulva em seu membro que parecia ter feito xixi na calcinha, de tão encharcada que ficou, meus lábios vaginais doloridos do atrito, se contraindo por conta própria, minha boca aberta buscando o ar. Foi um orgasmo longo e delicioso.

Antônio gemeu em meu mamilo, sem tirá-lo da boca. Soltei o volante e envolvi minhas mãos em sua cabeça, oferecendo meus seios, beijando sofregamente seus cabelos. Então me segurou forte pela nuca e me abraçou, dizendo autoritário antes de beijar minha boca:

– Continue a rebolar no meu pau.

O tesão continuava lá dentro de mim, e o gozo se prolongou enquanto eu o montava e recebia sua língua na boca. Senti-o estalar no próprio gozo, grunhindo, gemendo, me apertando com força. E terminamos juntos, arrebatados, respirações pesadas, corpos satisfeitos.

Antônio recostou-se em seu banco, e nossos olhares se encontraram. Tardiamente me dei conta do que fizemos, do meu estado, e fechei rapidamente o vestido, muito corada, tremendo. Praticamente me joguei em meu banco, envergonhada e ainda um tanto excitada, consciente demais da minha calcinha toda empapada e da minha vagina dolorida, palpitando sem controle em seus últimos espasmos.

Tentei fechar os botões, mas tremia demais. Antônio se aproximou e começou a fechá-los.

– Não, eu faço isso.

– Xiii... Acalme-se, Cecília. – Parecia bem mais controlado do que eu e terminou de arrumar meu vestido. Olhou-me e disse baixinho: – Não precisa ficar com vergonha.

– Isso foi uma loucura.

– Foi tesão. Temos de sobra. E já que não quer transar agora, demos nosso jeito. Não é nenhum pecado.

– Nós mal nos conhecemos – murmurei. Sem que eu pudesse evitar, lancei um olhar para sua braguilha e fiquei vermelha ao notar como ele era mesmo volumoso ali. Desviei rapidamente os olhos e Antônio riu, achando graça, acariciando meu cabelo.

– E eu vou voltar para casa todo gozado. Sabe há quantos anos não acontece isso? Desde que eu era um garoto.

Lancei um olhar a ele, mas seu sorriso lindo me desarmou. Acabei sorrindo também e murmurei:

– Não dá pra ver. Sua calça é escura.

– Mas dá pra sentir. Se continuarmos nesse ritmo, a empregada lá de casa vai pedir demissão.

Eu ri. Antônio aproveitou e segurou meu cabelo com as duas mãos, fazendo-me olhá-lo bem de perto. Seus olhos azuis eram penetrantes, sua voz saiu baixa e carregada:

– Isso foi melhor do que todas as transas completas que já tive, Cecília.

Eu não pude acreditar. Mas ele não ria, nem escondia seus olhos de mim. Estava se expondo, falando a verdade. E me senti emocionada, sendo sincera:

– Para mim também.

E, quando ele me beijou na boca, eu entendi que já estava apaixonada por Antônio Saragoça.

ANTÔNIO SARAGOÇA

Eu estava no escritório com meu pai e mais dois diretores e tínhamos acabado de conseguir abrir mais uma filial, agora no Espírito Santo. Muita coisa foi fruto do meu empenho, inclusive o projeto ter virado realidade. Depois de alguns meses de batalhas, acordos e viagens, a filial foi aprovada e agora seria inaugurada.

Meu pai ria de orelha a orelha durante a reunião. É claro que eu estava feliz, me esforcei muito e não sosseguei até ter o acordo assinado em minha mão. No entanto, estava meio distraído naquele dia. Cecília não saía da minha cabeça e eu já sabia que ia matar aula naquela segunda-feira para ficar com ela. A noite anterior, quando fomos ao show do Skank, não saía da minha mente, cada momento que tive ao seu lado.

– Temos que sair para comemorar hoje! – dizia meu pai, animado. – Escolha o lugar, Antônio!

– Hoje não dá, pai. Tenho aula – falei logo.

– Faltar um dia não faz mal.

– Não dá mesmo. Comemoramos outro dia.

– Mas temos que fazer alguma coisa! – completou Aloízio, um dos diretores. – E você tem que estar presente, Antônio! Afinal, foi o responsável por mais esse sucesso.

– É o que sempre digo... – começou meu pai, todo orgulhoso. – Se Antônio tivesse nascido antes, já teríamos nossas empresas espalhadas pelo mundo. Eu e a mãe dele tentamos por anos e ele só nasceu quando eu já tinha 47 anos. Já estou com

73, doido pra me aposentar. Fico imaginando se estarei vivo para ver tudo que esse menino ainda vai fazer pela CORPÓREA! Quando formarmos o grupo com a VENERE então, com Antônio à frente de tudo, ninguém nos segura. Vamos ser a maior empresa de cosméticos e produtos de higiene do Brasil!

– Isso é certo! – disse Aloízio.

– Dá-lhe, Antônio! – emendou o outro diretor, Tadeu.

Eu sorri devagar. Sabia que eu era atualmente o maior responsável pela expansão da empresa. Tinha um tino natural para os negócios e uma abordagem agressiva na concorrência. E ainda era apenas o vice-presidente. Nem tinha terminado meus estudos. Faltava um ano para o MBA e mais um para o mestrado na área de finanças e administração. Logo eu assumiria o cargo de presidente, de CEO da CORPÓREA, e assim meu pai poderia se dedicar a sua tão sonhada aposentadoria. Era um homem tão determinado quanto eu e só se afastaria quando eu estivesse totalmente pronto. E casado.

Pensei no acordo implícito entre ele e Walmor Venere, unindo as famílias e as fortunas pelo meu casamento com Ludmila. Isso seria fundamental para a expansão, para que o grupo fosse formado e virasse uma multinacional.

Eu era tão ambicioso quanto meu pai. Nunca fui um homem romântico e me dava bem com Ludmila. O acordo não foi, portanto, um sacrifício. Pelo contrário. Segundo os planos de todos, ficaríamos noivos e nos casaríamos em dois anos, tempo suficiente para a fusão ser preparada. Então eu me tornaria o CEO do grupo CORPÓREA & VENERE. E tanto meu pai quanto Walmor poderiam descansar um pouco, depois de anos se dedicando às suas empresas.

No entanto, lá estava eu, em meio a uma reunião de sucesso, pouco conseguindo me concentrar em comemoração, contrato ou casamento. Eu só conseguia pensar em Cecília e na saudade absurda que sentia dela, como se não a tivesse visto há menos de 24 horas.

Tinha sido a mesma coisa no final de semana. Tentei levar minha vida normalmente, mas ela parecia entranhada em mim, seu sorriso, sua voz, seu olhar. Era difícil acreditar que uma garota que conhecia há poucos dias pudesse ter tanto poder, mas era assim. Alguma coisa tinha acontecido naquele engarrafamento e eu ainda não entendia direito o quê.

Até transar com Ludmila tinha sido um sacrifício. Em geral, tínhamos relação sexual nos finais de semana que passava em meu apartamento, mas logo depois de conhecer Cecília não fiquei a fim e nem a procurei. E a última transa tinha sido estranha, quase uma obrigação, sem que Cecília saísse da minha cabeça.

Nunca tinha acontecido aquilo comigo, me ligar a uma mulher a ponto de não conseguir me concentrar em mais nada. Achei que seria uma coisa passageira, de pele, mas estava preocupado com aquela obsessão. Chegar ao ponto de não conseguir trabalhar direito já era demais.

Os diretores se despediram combinando de passar mais tarde para ver o que decidiríamos sobre a comemoração e, enquanto eles saíam, voltei à realidade. Ergui-me também, abotoando o paletó do terno, pronto para voltar à minha sala. Meu pai, sentado atrás de sua mesa, fitou-me e falou:

— É sério o que eu disse, Antônio. Esse acontecimento não pode passar em branco. Já que está ocupado hoje com a faculdade, vou falar com a sua mãe para fazer um jantar lá em casa na sexta-feira, para convidar os mais próximos.

— Tudo bem, pai.

— E tire o resto do dia de folga para você. Trabalhou demais nesse projeto da filial e sei que está um pouco preocupado, deve estar cheio de coisa da faculdade para pôr em dia. Aproveite a tarde.

Eu sacudi a cabeça, já para negar, dizer que estava tudo bem, mas então me calei e tive uma ideia.

– Certo, vou tirar mesmo.

– Ótimo. E, meu filho... – seus olhos escuros fixaram-se nos meus. Era um homem duro, decidido, que, apesar de ser de uma tradicional família carioca e ter herdado os negócios da família, expandiu e tornou esses negócios bem mais lucrativos e estáveis. A idade já começava a pesar e ele sentia, mas se recusava a se afastar até eu estar à frente de tudo. – Nada que eu disser vai demonstrar o orgulho que sinto de você. Não apenas pela conquista da filial, mas por tudo. Eu não poderia querer filho ou administrador melhor nessa vida.

Eu o fitei, ainda grande e robusto, seus cabelos cheios quase todos brancos, as rugas que entrecruzavam seu rosto. Eu o amava, assim como a minha mãe e irmão. Tinha monitorado minha vida para retribuir o amor e a dedicação que depositaram em mim. Tinha feito meu o sonho do meu pai, de ter seu herdeiro levando nossa empresa a patamares nunca antes alcançados. Era quase uma obsessão para mim, pois estabelecia metas e nunca me desviava do caminho.

Mas, naquele momento, senti-me preso. Uma isca das minhas próprias ambições, um prisioneiro de mim mesmo, pois sentia como se meu caminho já estivesse traçado há muito tempo e eu não tivesse mais autonomia. Não entendia o motivo daquela sensação, pois sempre fui um participante ativo de tudo aquilo. Sabia de minhas capacidades e o que seria necessário para alcançar meus objetivos.

Além de tudo, queria ver meus velhos curtindo a vida. Já estavam em uma idade avançada, e meu pai só se desligaria de tudo quando eu sentasse na cadeira da presidência e fosse o todo-poderoso não só da CORPÓREA, mas também da VENERE. Um homem casado, o líder de um grupo econômico maciço, o herdeiro e criador de um império.

– Obrigado, pai – falei simplesmente, dando-me conta mais do que nunca das minhas responsabilidades. Sempre as aceitei e as quis com minhas ambições. Eu tinha um foco e nada me demovia de alcançá-lo. Mas naquele momento eu as senti pesar sobre mim, muito.

– O que eu disse é verdade. – Ele se recostou em sua cadeira, compenetrado, sem se desviar de mim. – Queria ter tido você bem mais jovem, para poder ver tudo que vai fazer por nossa empresa.

– O senhor vai ver, pai.

– Será? Estou com 73 anos, garoto. A coisa está começando a ficar puxada pro meu lado. A idade não perdoa ninguém. – Balançou a cabeça e sorriu. – Sua mãe anda me cobrando a aposentadoria mais do que nunca. Sabe os sonhos dela, de nos mudarmos para Angra e aproveitar um resto de vida tranquilo e sem problemas.

– Vocês vão ter isso – garanti.

– Sim, vamos. – Sorriu orgulhoso. – Sabe que nunca consegui me desgrudar daqui. São muitas responsabilidades e obrigações. Famílias inteiras dependem de nós para sobreviver, e sinto muita alegria de sermos justos, pagarmos salários decentes, investirmos em nosso pessoal. A única pessoa que me faz ter vontade de deixar tudo é você, Antônio, pois sei que vai fazer ainda melhor do que eu.

– Que é isso... – Eu sacudi a cabeça, um pouco sem graça. Sabia que ele me amava, sentia orgulho e depositava em mim suas esperanças, mas estava especialmente emocionado naquele dia, e aquilo mexia comigo.

– Mas é verdade. – Sorriu. – Lembro quando trazia você e Eduardo aqui, ainda pequenos. Seu irmão odiava, ficava louco para voltar logo para seus amigos e brincadeiras. Mas você andava por aqui como se já fosse dono de tudo, prestando atenção, fazendo perguntas, observando e aprendendo. Nasceu com esse tino, esse dom. E isso, aliado à sua determinação, me faz ter certeza de que transformará nossa empresa em algo nunca visto. Quando colocar nossa primeira filial fora do Brasil, eu posso morrer em paz.

– Não diga isso.

– A vida é assim, meu filho. Seu casamento com Ludmila é fundamental para isso. Fico feliz em ver que se dão bem, que ela é tão centrada e dedicada quanto você. Unindo nossa fortuna à de Walmor, seremos imbatíveis. Você terá o mundo em suas mãos.

Não senti a mesma euforia que antes quando falávamos sobre aquilo. Nunca tive dúvidas, e meu caminho estava traçado. Mas naquele momento apenas ouvi, como se falássemos de um estranho.

Só havia um porém naquilo tudo. Eu não podia querer outra coisa. Qualquer vírgula ou ponto de interrogação colocaria tudo a perder. E minha cabeça estava cheia demais por Cecília para pôr uma dúvida ali, que era: eu estava quase noivo, tinha quase lavrado um compromisso de casamento, com o apoio de duas famílias e duas empresas. Era esse meu objetivo desde sempre, unir o matrimônio ao império que eu almejava mais do que tudo construir. O único problema era aquela moça sorridente e feliz que surgiu em meu caminho de repente e que enchia minha vida de uma luz que nunca conheci. Ela estava se tornando necessária, e isso era perigoso.

Eu sabia que tinha que abrir mão de Cecília. Pensei comigo mesmo que poderia ter bons momentos perto dela e seguir meu caminho. Não queria magoá-la. Seria apenas divertimento para ambos, pois a atração entre nós era avassaladora, única, não podia ser ignorada. O que eu não contava era que se fixasse tanto em meu pensamento e em minha pele, a ponto de me distrair, de já acordar pensando nela. Eu estava alerta. Percebendo que aquilo poderia ganhar dimensões maiores, fora do meu controle. E isso fugia de tudo que havia planejado para mim.

Não estava com ela para usá-la. Mas porque mexia comigo como nenhuma outra mulher. Eu tinha separado bem Cecília de Ludmila, pois uma era prazer, e a outra, compromisso e obrigação. No entanto, as dúvidas e a culpa começavam a me espetar. Porque não era só um caso passageiro e leve. Estávamos envolvidos. E eu tinha plena consciência de que não acabaria bem.

Não queria magoar Cecília. Ela mesma já deixara claro que tinha sido magoada e eu já a estava enganando, tendo compromisso com Ludmila. Por alguma razão, trair minha namorada de quase dois anos não me incomodava. O que tínhamos era algo até mesmo frio, um acordo, um compromisso interessante para ambos. Nunca deixei de estar com outras mulheres quando me interessava, claro que discretamente ou em lugares longe dos que nosso pessoal frequentava, como o Clube Catana.

Ocasionalmente, eu ia lá com meus amigos Matheus e Arthur e conhecia alguma mulher. Uma transa quente, na qual eu extravasava meu lado mais agressivo e animal, dominador. Não com chicotes como Matheus, nem em orgias desenfreadas como Arthur, mas simplesmente usando meu instinto e minha personalidade mais do que controladora. Era mandão, autoritário e gostava de ter uma mulher submissa, mesmo que muitas vezes elas não tivessem consciência disso, confundindo minha dominação com desejo. Mas eu sabia. E eu acabava tendo-as do jeito que eu queria, fazendo tudo que eu quisesse.

Uma vez Matheus e eu conversamos sobre o que era ser um Dom. Ele era sadomasoquista assumido e frequentava o Catana mais do que Arthur ou eu, especializando-se na arte de dominar. Era engraçado, pois de nós três sempre foi o mais romântico e calmo, o príncipe do grupo. Arthur e eu costumávamos pegar no pé dele por causa disso. E, no entanto, era o que mais gostava das práticas do Catana, de uma veia violenta.

E ele me disse algo que não esqueci. Que eu era um Dom. Respondi que não. Apesar de gostar do jogo de dominação e até de certos objetos uma vez ou outra, não me prendia a regras do BDSM. Mas então Matheus retrucou que era algo mais intrínseco, como ele. Sentia dentro de si que nascera para aquilo. E que eu era um Dom perigoso, pois usava minha autoridade na cama como na vida, era mais forte do que eu. A mulher se rendia sem precisar de muito esforço.

Isso me fez pensar de novo em Cecília. Ela não se rendia de todo. Conscientemente me dizia não, mas seu corpo contava outra estória. Sabia que, se eu insistisse, seria minha. Eu poderia dominá-la. Mas a questão era mais complicada. Não queria fazer isso por dois motivos: não suportaria vê-la chateada e arrependida depois, por ainda não estar preparada; e também porque, no fundo, eu sabia que a enganava, que estava comprometido com Ludmila, e de alguma forma me conter até ela dizer sim era como mostrar que eu não era um canalha tão grande assim. Que me importava com o que ela queria. Ao menos eu pensava assim.

Seria difícil resistir ao desejo absurdo e devorador que despertava em mim. Mas enquanto dissesse "não" conscientemente, eu me controlaria para não assustá-la e não perdê-la. E, enquanto isso, teria outra forma de extravasar aquele desejo louco que se mesclava a muito mais.

Estava perdido em pensamentos e só voltei à realidade quando ouvi a voz divertida do meu pai:

– Vá aproveitar sua tarde, estudar, fazer o que quiser. Amanhã te espero aqui prontinho para continuar aumentando nossos lucros.

Eu o fitei e sorri.

– Pode deixar. Estou indo.

Nós nos despedimos, e saí do escritório sem culpa. Deviam ser umas duas horas da tarde, e eu nunca saía cedo. Mas naquele dia eu me dei aquele luxo. Não pela conquista da filial. Por Cecília. Mal cheguei dentro do meu carro, tirando o paletó e a gravata, liguei para ela.

– Antônio... – disse meu nome com aquela voz doce, feliz. Isso bastou para animar o meu dia.

Ao fundo dava para ouvir uma música tocando. Acho que nunca mais poderia ouvir alguma MPB sem pensar nela.

– Oi, Cecília. Está se divertindo aí?

– Muito! – Deu uma risada. – Fazendo faxina.

– Faxina como? – Arregalei os olhos, abrindo os dois primeiros botões da minha camisa social azul.

– Faxina de faxina, Antônio. Limpando tudo. – Parecia divertida com meu tom.

– Por que não paga alguém para fazer isso?

– Meus pais não são ricos, e eu tenho obrigação de fazer e de economizar no que eu puder. Eles pagam a minha faculdade, o aluguel do meu apartamento em uma boa localização e me mantêm aqui com sacrifício. Por que vou explorá-los? É o mínimo que posso fazer.

Eu a ouvi, gostando ainda mais dela. Admirando-a. Era uma moça como poucas, ligada à família, dando valor ao que tinha.

– Eu saí mais cedo do trabalho hoje. Vamos sair, aproveitar a tarde.

– Tudo bem. Continuo a faxina amanhã. Você programou alguma coisa?

– Não.

– Então me dá só uma hora pra organizar as coisas aqui – pediu.

– Tudo bem. Daqui a pouco estou aí.

– Te espero.

Eu aproveitei o tempo e fui almoçar, coisa que ainda não tinha feito, em um restaurante ali perto. Dobrei as mangas da camisa, pus uma música para tocar no carro e então segui para Laranjeiras. Esperei dentro do carro e achei estranho quando Cecília desceu usando roupa de ginástica.

Estava linda, com um top por baixo de uma camiseta e bermuda coladinha, fazendo o contorno arredondado dos seus quadris. Os cabelos ondulados estavam soltos, e sorria como sempre ao vir até o carro, carregando duas sacolinhas das Lojas Americanas e duas toalhas de banho.

Fiquei tão surpreso que nem saí do carro para recebê-la, mas logo ela abria a porta e pulava para dentro, batendo-a atrás de si.

– Oi! – Deu-me um beijo estalado nos lábios, toda feliz. – Topa fazer um programa de turista saudável?

Eu tinha pensado em ir para o cinema, dar uns amassos e depois sair para comer alguma coisa. Talvez até no final Cecília mudasse de ideia com seu jogo duro e me convidasse para o apartamento dela. Mas fui contagiado por sua alegria.

– Não sei o que você está pensando. Mas alguém está vestido com a roupa errada para sair. Eu estou com roupa de trabalho, e você, de academia – falei com um sorriso de lado. E ela só riu.

Tirou de uma das sacolas uma sunga de praia preta, uma blusa Hering branca, um par de Havaianas e uma bermuda tipo de praia. Eu arregalei os olhos. Caralho, nunca vesti nada das Lojas Americanas. Minhas roupas eram de grife. Aliás, eu só tinha entrado nas Lojas Americanas poucas vezes para comprar chocolate.

Cecília deu uma gargalhada ao ver a minha cara e acabei rindo também.

– Está falando sério? – Apontei para as roupas.

– Muito sério. – Mas sorria amplamente.

– E como vou me trocar?

– Você vai ver.

Eu me divertia com o passeio inesperado. Olhei-a um pouco e então ergui a mão, acariciando seu rosto. Na mesma hora sua expressão mudou sob meu olhar intenso, ficando corada quando falei baixo:

– Quero meu beijo.

– Mas eu já te beijei.

– Aquilo não é o que quero.

– E o que é? – O clima dentro do carro já havia mudado. Parecia hipnotizada enquanto passava o polegar em sua face, meus outros dedos penetrando em seu cabelo.

– Você sabe, Cecília.

Não saí do meu lugar. Visivelmente excitada, veio até mim. Acariciou meu rosto com carinho, depositou a outra mão em meu peito sobre a blusa, direto em cima do coração. E então fitou meus lábios antes de se aproximar mais e inclinar a cabeça para me beijar.

Era delicada, suave. E na mesma hora tomei a dianteira, abrindo meus lábios e saqueando os dela com paixão, não lhe dando chance nem de respirar. Imobilizei sua cabeça com a mão grande espalmada em sua nuca e pescoço, sentindo-me mais feliz do que já estive, meu dia tendo realmente significado a partir do momento em que ela entrou em meu carro. Tudo pareceu mais bonito e colorido, mais intenso.

Chupei sua língua com meus sentimentos exaltados, meu corpo excitado, minha mente concentrada só nela, como se o mundo todo deixasse de existir. Senti que gemia, que seus dedos se encrespavam em meu peito, que reagia com a mesma luxúria e entrega que eu.

Queria continuar. Desejava passar o dia beijando-a e fazendo amor com ela, agoniado em meu tesão e em meu desejo, maior do que tudo que já senti na vida. Mas quando a coisa começou a ficar realmente fora de controle, eu me forcei a parar. Saboreei seus lábios sem pressa, prendi o inferior entre os dentes e depois o lambi devagarzinho. Só então me afastei um pouco e fitei seus olhos castanhos nublados de desejo.

– Me diga para onde vamos – ordenei baixo, rouco.

Tive a vontade insana que dissesse para irmos ao seu apartamento, ali tão perto. Por um momento, acho que Cecília também vacilou. Como se pudesse ler o que eu queria e desejasse o mesmo. Mas murmurou:

– Ainda não estou pronta.

Eu sabia. Era seu limite. Acenei com a cabeça e a soltei.

– Está chateado? – Voltou ao seu lugar, sem tirar os olhos de mim.

– Não.

Estava excitado, duro, doido para acabar com aquela tortura. Mas ao mesmo tempo via a insegurança em seu olhar, sabia que havia uma história por trás daquilo e, surpreendentemente, não queria ver mágoa ou tristeza nela. Já tinha minha parcela de culpa em nossa história, pois estava ali sem ser sincero, sem contar quem eu era, que tinha compromisso com outra pessoa. E não queria ser mais culpado ainda, mas que viesse para mim conscientemente.

– Para onde vai me levar? – Brinquei para descontrair o clima pesado pela tensão sexual.

– Floresta da Tijuca. Conhece as cachoeiras das Paineiras?

– Conheço o caminho, mas nunca estive lá – respondi, pondo o carro em movimento. Era um programa que, mesmo morando no Rio, eu nunca fizera nem tinha pensado em fazer. Era passeio de turista.

Saindo das Laranjeiras, seguimos em direção ao Alto da Boa Vista e era uma paisagem exuberante, maravilhosa, passando por vários cartões-postais do Rio, como o Cristo Redentor, a Lagoa Rodrigo de Freitas e as praias de Copacabana, Ipanema e Leblon. Do outro lado ficava a Tijuca. Era estar no meio de uma floresta em uma via urbana.

O sistema de som do carro, de última geração, tocava uma música internacional mais agitada, em uma qualidade impressionante dentro do Land Rover. Mas recostada em seu assento de couro, Cecília pediu:

– Posso colocar uma música nacional?

Eu sorri e lancei um olhar a ela. Comentei:

– Eu, quando vinha para cá, pensava que não poderia mais ouvir MPB sem pensar em você. É claro que pode. Há uma infinidade de opções aí.

– Oba!

Começamos a falar do nosso dia e ela contou como foi a aula daquela manhã, enquanto selecionava uma coletânea e colocava para tocar. Suspirou quando a voz de Maria Bethânia ecoou límpida dentro do carro.

– Amo essa música!

E enquanto eu dirigia meu carro potente e luxuoso naquela estrada belíssima cercada de árvores e paisagens impressionantes, nós dois protegidos ali dentro, Cecília se recostou no banco e começou a cantar baixinho com sua voz melodiosa:

Depois de ter você
Pra que querer saber
Que horas são?
Se é noite ou faz calor
Se estamos no verão
Se o sol virá ou não
Ou pra que é que serve
Uma canção como essa?

Eu me senti abalado. Percebi que meus sentimentos se exaltavam ali naquele nosso mundinho. Estávamos protegidos, felizes, em uma realidade só nossa. Tudo parecia ter ficado para trás, fora daquele carro. E aquela música só serviu para mexer mais comigo, para me fazer pensar sobre o que realmente valia a pena.

Comecei a sentir a insegurança me espezinhar, e isso, para mim, era como a morte, inaceitável. Eu era um homem determinado, não seguia em frente sem planejar e controlar tudo a minha volta. Mas, com ela, não planejei nem sabia como me controlar. Parecia me arrastar como uma correnteza, abalar minhas estruturas, mexer com o que eu queria deixar quieto. E tinha muita coisa envolvida ali.

Segurei o volante com força, enquanto sua voz suave e cristalina ecoava no carro, mesclada à voz da Maria Bethânia e à melodia romântica, sabendo que eu não poderia ter tudo. Nem queria abrir mão de nada. Ainda era cedo para desistir dela. Era meu único caminho.

Ali, naquele momento, tudo que senti foi angústia. E uma apreensão que não costumava fazer parte de mim.

– Linda, não é, Antônio? – Sua voz interrompeu meus pensamentos pesados, quando a música terminava, para começar outra.

Eu não a olhei. Naquele momento não me sentia preparado para fitar seus olhos ou ver o seu sorriso. A sensação de não ser dono de mim mesmo, as dúvidas, tudo persistiu dentro de mim e me perturbou.

– Eu adoro essa também! Zé Ramalho! – disse animada, sem notar como eu me consumia por dentro por causa dela.

Era muito diferente de mim. Aproveitava o que a vida lhe dava, não se remoía em indagações. Era feliz, de bem com a vida, leve. E quando estava com ela eu também me sentia um pouco assim, eu relaxava de uma maneira única, por isso me preocupava e tentava me manter firme. Porque Cecília era perigosa para mim, era uma tentação. Uma vontade de arriscar, de tentar, de jogar tudo pro alto.

– Antônio? Tudo bem?

– Claro, tudo bem. – Consegui lançar um olhar para ela, entendendo por que me perturbava tanto. Porque tinha aquele rostinho lindo e aquele ar de felicidade. Porque me olhava como se fosse muito importante para ela e sorria de verdade. Eu a desejei tanto que senti o peito apertar, até mesmo doer.

– Parece preocupado – disse suavemente. – Olha, esqueça o trabalho hoje! Vamos nos divertir com nosso passeio de turista!

– Combinado.

– Isso! – Sorriu amplamente. – Gosta do Zé Ramalho?

– Sim.

– "Entre a serpente e a estrela". É demais! – disse animada.

Quase desliguei o som, pois aquelas letras mexiam comigo, pareciam um aviso de um futuro próximo.

Tentei me concentrar em outra coisa e dei graças a Deus quando chegamos ao nosso destino. Parei o carro em um local fora da estrada, embaixo de umas árvores. Na mesma hora Cecília me entregou as roupas que tinha comprado para mim, parecendo uma criança sapeca:

– Vai se trocar no carro ou no mato?

– No mato?

Ela riu da minha cara. Já abria a porta do carro e pulava fora com a outra sacola, dizendo:

– Vou até ali, ficar de costas.

– Pode ficar e olhar, não me incomodo – provoquei, o que só a fez rir mais, aproximando-se do início da estradinha de terra.

Olhei para o mato e para a estrada. Suspirei e comecei a me despir. Totalmente nu, semiereto, olhei para as costas e o cabelo comprido de Cecília, do lado de fora, pensando em chamá-la para dentro do carro. Mas é claro que não o fiz.

Enfiei a sunga de praia e a bermuda colorida, que eu nunca teria escolhido por conta própria. Acabei rindo daquilo, enquanto vestia a blusa branca de malha e enfiava os chinelos azuis.

Quando saí do carro e tranquei a porta, ela se virou e me olhou de cima a baixo. Foi um olhar tão quente, tão cheio de carinho, que fiquei imóvel. Sentia-me diferente, e não eram só as roupas. Fitando-a, me aproximei.

– Você está lindo. – Sorriu, parecendo encantada.

Era engraçado. Já tinha me visto muito mais bem-vestido.

Parei a sua frente, estranhamente me sentindo realmente mais atraente. Era uma loucura. Disse baixo e rouco:

– Vou juntar esse elogio ao do belo sorriso e àquele sobre meus olhos.

– Faça uma listinha, porque virão mais. – Sorria tão encantadora, tão jovial e sincera, que mais uma vez senti um baque por dentro, uma comoção de sentimentos intensos, profundos.

Cecília me deu a mão.

– Vamos aproveitar esse dia lindo?

– Vamos. – Peguei a sacola que segurava e seguimos uma trilha demarcada na mata, em direção às cachoeiras. Indaguei:

– O que tem aqui?

– Lanche. – Ela carregava as duas toalhas de banho na mão livre.

Cecília parecia em casa. Ria e falava sobre coisas da vida. Apontava as belezas da trilha, elogiava tudo, como se estivesse em um paraíso. Eu não consegui tirar os olhos dela, encantado com sua beleza e alegria, com seu modo de encarar a vida e as pequenas coisas de braços abertos.

Quando chegamos a uma cachoeira linda, rodeada pela mata, a água da cascata caindo em uma piscina natural rodeada de pedras, refletindo o verde que a cercava, paramos, constatando que naquela segunda-feira não havia mais ninguém ali além de nós.

Ela suspirou maravilhada, e eu virei a cabeça, fitando-a de modo penetrante. Não aguentei e perguntei:

– Por que está tão feliz, Cecília?

– Amo as cachoeiras, Antônio. Mais do que as praias. Fui criada em roça e tomava muito banho de cachoeira. Quando soube desse lugar aqui no Rio, foi só uma forma de estar mais perto de casa e espantar o medo e a solidão por estar longe da minha família. Para mim, este é o melhor lugar da Cidade Maravilhosa!

Olhou-me com um grande sorriso e me enchi de ternura. Senti-me um bobo ali, completamente ligado na dela. Sem ação. Eu me vi indagando:

– Ainda sente medo e solidão?

– Não. Eu estou me acostumando. E agora... – Calou-se, corando.

– Agora o quê?

– Agora você está aqui comigo, Antônio.

A culpa surgiu dentro de mim me espezinhando, sem que eu pudesse impedir. Mas Cecília sorriu e passou um dedo entre minhas sobrancelhas franzidas.

– Ah, não, nada de preocupações aqui. Vamos aproveitar e relaxar, senhor Antônio Saragoça. Você é sério demais! Vem!

E saiu me puxando em direção a umas árvores, onde embaixo havia um trecho de terra batida e algumas pedras.

Eu tentei me desvencilhar dos meus pensamentos. Deixei a sacola sobre uma pedra plana, e Cecília tirou de lá duas latinhas de refrigerante. Foi até a beira da cachoeira e as enterrou um pouco dentro da água. Voltou explicando:

– Vão ficar geladinhas.

Eu não disse nada. Tirei a blusa pela cabeça e a larguei perto da toalha. Na mesma hora Cecília parou e ficou corada, seus olhos fixos em mim. Dei-me conta de que já tinha visto muito mais dela do que ela de mim. Apreciei, satisfeito, seu olhar de desejo passando por meus ombros, braços e peito. Eu sabia que era um homem alto e forte, frequentava academia, e meus músculos eram bem modulados, seguindo as linhas alongadas do meu corpo. E era bom ver refletido em sua expressão o prazer em olhar para mim.

Lentamente, desci a bermuda. A sunga preta se moldava ao essencial. Não estava completamente ereto, mas o bastante para deixar o volume evidente. Vi quando mordeu os lábios e arregalou os olhos, desviando-os rapidamente, passando-os por minhas pernas longas e musculosas. Sorri meio de lado da sua reação e tirei as Havaianas, dizendo num tom sério, com uma ponta de provocação:

– Estou pronto. Falta você.

Parecia um pouco sem graça de se despir. Lambeu os lábios, desviou o olhar, mas então se livrou dos chinelos e ainda tentou me engabelar:

– Pode ir entrando na água, eu já vou.

– Prefiro esperar aqui – falei bem-humorado, sem tirar os olhos dela.

Sem ter como escapar, tirou rapidamente a bermuda. Pude ver suas pernas inteiras, desde os pés delicados e pequenos até os quadris arredondados. Era magrinha, mas com curvas nos lugares certos, pernas bem torneadas, pele bronzeada de quem gostava de viver ao ar livre. Meu bom humor foi substituído pelo desejo.

Usava um biquíni de amarrar dos lados, azul, com pequenas estampas. Como se não quisesse se mostrar muito, amarrou a camiseta rosa perto da cintura, sorrindo para mim um pouco sem graça. Era linda e graciosa, com seus cabelos longos emoldurando sua beleza.

Mas eu me vi dizendo duro, levado pelo tesão:

– Tire a camiseta.

Olhou-me na hora, mais corada ainda. Não brincou ou me acusou de ser mandão. Apenas segurou a barra da camiseta e tirou-a, me deixando vê-la apenas com o biquíni. Ela estava como uma deusa, os pedaços de tecido azul parecendo naturais em seu corpo, só exaltando sua beleza. Não tentava mostrar seus encantos ou se exibir, embora tivesse tudo para fazer isso, com aquela pele macia, as curvas pronunciadas, os seios redondinhos e empinados, as pernas perfeitas. Tinha um corpo de matar qualquer um, uma beleza delicada e feminina que me deixou abalado. E seu maior encanto era que nem se esforçava para fazer isso.

Fui até ela e senti que me olhou em expectativa, nervosa, excitada. Era tentação demais estar ali naquele paraíso, só nós dois, quase nus, cheios de tesão, sem poder transar. Eu sabia que poderia seduzi-la. Lembrei que as camisinhas ficaram no carro e quase soltei um palavrão, mas sua voz me conteve:

– Eu ainda não estou pronta.

Parei a sua frente, com meu cenho franzido, sentindo meu corpo todo retesado, ansiando por estar contra o dela. E mais uma vez me obriguei a me controlar, cerrando o maxilar, sabendo que poderia, sim, seduzi-la, mas não querendo fazer isso se ainda não se sentia preparada. Acenei de leve com a cabeça.

– Eu sei. – Segurei sua mão. – Vamos entrar na água.

E a levei até a beira, sabendo que precisava mesmo de um banho gelado. Se reparava em meu estado dentro da sunga, não disse nada, só me acompanhou quietinha.

Apesar da tarde quente, a água estava muito fria. Entramos na lagoa juntos e ela riu, estremecendo. Soltou-se e mergulhou de uma vez. Eu a observei nadar até a queda-d'água e então surgir, com água até o peito, seus cabelos molhados para trás, toda feliz.

— Vem, Antônio, está uma delícia!

E eu fui. Acho que nunca tomei tanto banho de cachoeira na vida. Ficamos embaixo da queda, nadamos, sorri quando jogou água em mim. Parecíamos duas crianças. Eu não me lembrava de ter me divertido tanto.

Sentamos nas pedras para secar ao sol e parar de tremer um pouco. Entre conversa fiada e risadas, tomamos o refrigerante, que não estava gelado, mas deu pra passar. E comemos batatas Ruffles e Cebolitos. Eu me sentia uma criança devorando aquelas besteiras todas, relaxado e à vontade, sem conseguir tirar os olhos de Cecília.

Depois fomos de novo para a água e fiquei cheio de tesão quando mergulhou e tive uma boa visão da sua bunda, redonda e empinadinha. Mergulhei atrás e fui à caça, achando que a brincadeira poderia esquentar um pouquinho mais. Até que eu tinha me comportado, contentando-me em apenas olhar. Mas o desejo estava lá o tempo todo, beirando a superfície.

Encontrei-a em uma parte mais rasa, onde batia sol e a água chegava na altura da cintura. Cecília tremia e abraçava a si mesma, com os lábios arroxeados. Mesmo assim sorria, enquanto eu chegava mais perto, dizendo:

— Acho que vou precisar da toalha.

— Deixa, eu esquento você.

E nem lhe dei chance de pensar. Já descruzava seus braços do peito e a abraçava pela cintura, colando-a a mim. Na mesma hora segurou-se em meus ombros e seus olhos mergulharam nos meus, contando-me dos seus desejos, tão intensos quanto os que eu sentia.

Senti a pele fria e molhada contra minha, meu pau bem duro abaixo da água, acomodado em seu ventre liso. Espalmados contra meu peito, era possível sentir o contorno firme e arredondado dos seus seios. Subi uma das mãos por suas costas e agarrei o seu cabelo, enrolando os fios molhados em meu punho, deixando-a imóvel para poder olhar sua boca e então beijá-la.

Abriu os lábios sofregamente, sem resistir. Meti minha língua entre eles, aprofundando o contato, buscando sua língua para lamber e chupar. Escorreguei a outra mão para baixo, fazendo o contorno pronunciado da sua coluna, até sentir o biquíni e fechar meus dedos em volta da carne rechonchuda e firme de sua nádega. Ela arfou em minha boca e estremeceu visivelmente, arrepiada não sei se ainda do frio ou pelo tesão. Provavelmente as duas coisas.

Segurei-a firme pela bunda e pelo cabelo. Beijei-a profundamente, adorando seu gosto e seus miadinhos em minha boca. Agachei um pouco as pernas, meus pés bem plantados no fundo arenoso da piscina natural, descendo um pouco os quadris até encaixar meu pau entre suas pernas, diretamente em sua vulva, somente a lycra separando-nos de um contato nu. Cecília se agarrou nos músculos dos meus braços, entregue, cativa da minha paixão.

A luxúria me corrompeu. Esfreguei-me nela, deixando-a sentir como estava gritantemente duro e enorme por ela, me embriagando em seu beijo. Na mesma hora passou a se pressionar também contra mim, gemendo, arfando, fora de si.

Porra, que vontade de baixar minha sunga e entrar em sua bocetinha! Fiquei alucinado, o tempo todo usando meu autocontrole para não me perder em minha lascívia. Puxei forte sua cabeça para trás, afastando a boca, deixando-a ver em meu olhar a intensidade da minha excitação por ela. Fixei duramente seus olhos, minha mão firme em sua bunda, enquanto movia os quadris para frente e para trás sem me afastar muito, simulando uma penetração.

– Não imagina tudo o que quero fazer com você, Cecília. – Mordi seu queixo, sem tirar meus olhos dos dela, sem piscar. – Peça.

– O... o quê? – Arquejou baixinho, toda colada a mim, tremendo, seu olhar lânguido pelo desejo que a golpeava.

– Para ser minha. Completamente.

Ela mordeu o lábio inferior, entre assustada e excitada, como se brigasse consigo mesma, sem responder de imediato. Então fez um movimento negativo com a cabeça, pequeno, mas o suficiente para que eu entendesse que tinha dúvidas e medo. E como eu podia culpá-la, se sabia que estava certa em ainda não confiar em mim?

– Porra... – Estava puto por causa do tesão, por ver que teria que me segurar por mais tempo, mas ainda assim a respeitava demais para passar por cima da sua vontade.

Não me afastei nem um milímetro. Fui até bruto quando puxei bem seu cabelo para trás, expondo seu pescoço. Mordisquei-o em todo seu comprimento, até chegar em seu ombro, onde cravei os dentes.

– Ah... – Arquejou, ainda mais quando continuei deixando-a prisioneira e me esfreguei nela, com o pau latejando. Já pegávamos fogo, a água gelada esquecida, nossas peles ardendo.

Abaixei-me um pouco mais e passei meu braço por baixo de sua bunda, erguendo-a, tirando seus pés do chão. Suas pernas se entreabriram e eu estava lá, encaixado entre elas, ordenando rouco:

– Cruze as pernas em volta de mim.

E Cecília obedeceu, fora de si, estonteada. Fiquei muito duro e cheio de tesão quando sua vulva acomodou todo meu pau contra ela. Enfiei os dedos dentro da calcinha do seu biquíni e segurei sua bunda nua, firmando-a, acariciando-a enquanto se agarrava em meus cabelos molhados e eu descia a boca por seu peito.

– Antônio... – suplicou desesperada, quase sem voz.

Mordi o tecido de lycra e o afastei para o lado com a boca. Ela deu um gritinho quando esfreguei a barba, que despontava, em seu seio nu, antes de abocanhar um mamilo pequeno e durinho. Chupei forte, alucinado, movendo-me entre suas pernas, a ponta dos meus dedos entre sua bunda. Podia sentir sua quentura e maciez e ansiei meter um dedo nela, era só escorregar mais um pouquinho. Mas me contive, com muito esforço.

Cecília ficou fora de si. Ondulava, tentava se mover, mas eu não largava seu cabelo enrolado em minha mão nem a sua bunda, não tirava a boca do brotinho sugado para dentro com pressão, nem deixava de pressionar meu pau em sua bocetinha. Era tortura demais, mas lembrei que, além de tudo, não tinha camisinha ali. Tínhamos que nos virar com o que era possível.

Rosnando furioso em meu tesão acumulado, fui com a boca no outro seio e repeti o processo, tirando o tecido com o dente, mordendo o mamilo com força e chupando.

– Ai, para... – suplicou, choramingando, debatendo-se, arquejando. – Não estou aguentando...

Eu também não. A luxúria se avolumava violentamente dentro de mim. Saí assim da água com ela, indo até onde estavam nossas coisas. Soltei seu cabelo só para passar a mão em uma das toalhas e jogá-la no chão de qualquer jeito. E já me ajoelhava na terra batida sob a sombra da árvore, deitando-a uma parte sobre a toalha, outra sobre o chão. Nenhum de nós dois se importou muito com aquilo.

Olhava-me em um misto de tesão e medo, seus olhos castanhos arregalados, as faces coradas, a respiração irregular, quando me deitei sobre ela e abri bem seus joelhos para o lado, esfregando meu pau inchado em sua bocetinha, dizendo bruto:

– Eu poderia chegar sua calcinha para o lado e entrar em você. Meter meu pau todinho nessa bocetinha pequena, deixá-la toda cheia, a ponto de não conseguir mais viver sem me ter aí.

Cecília tremia. Não me empurrou ou negou, pelo contrário, continuava com os dedos agarrados em meu cabelo enquanto eu me esfregava nela e a consumia com meu olhar ardente. Mas havia algo de assustado em sua expressão, como se soubesse que realmente não aguentaria resistir se eu fosse até o final. Havia dúvidas, dela e minhas. Minhas, porque eu sentia que a estava traindo. E ao menos naquilo eu queria demonstrar que não passava por cima dela.

– Mas não vou fazer – afirmei roucamente. – Vou te dar prazer de outra forma. Fique quietinha. Vou cuidar de você.

E desci a cabeça até seus seios, onde o biquíni se acumulava nas laterais, deixando-os nus, pequenos e empinados, com os minúsculos mamilos cor de mel me encantando, me seduzindo. Eram delicados como o resto dela, e fiquei doido.

Passei o queixo neles, arranhando-os de leve. Então lambi um bem devagar e ela se remexeu toda, se esfregou contra o meu pau, gemeu alto. Era muito tesão e muito controle para um homem só, mas me contive o quanto pude para não completar a transa. Precisava me afastar um pouco ou o tesão acabaria vencendo.

Saí de cima dela, ajoelhando-me entre suas pernas, que eu ainda segurava abertas. Encontrei seus olhos pesados, desci pelos lábios inchados, pelo pescoço longo e seios nus, lindos. Sua barriga era lisa e modelada, bronzeada. Até chegar à pequena calcinha do biquíni, que escondia o meu tesouro.

Escorreguei a mão direita pelo interior de sua coxa até a virilha, até a ponta dos meus dedos parar na calcinha. Na mesma hora se assustou e segurou meu pulso, sacudindo a cabeça.

– Não, Antônio...

– Quietinha. – Fixei o olhar áspero no dela, minha voz severa: – Mãos ao lado do corpo.

— Mas...

Eu só a olhei, implacável. Naquele momento soube que me obedeceria, mesmo se eu quisesse fodê-la duro e sem camisinha. Conscientemente dizia não, mas seu corpo e seu desejo me davam as boas-vindas. E gostava de ser dominada por mim, talvez até mesmo sem saber. Estava corada, trêmula, quando deixou as mãos sobre a toalha ao lado do corpo.

Fiquei muito excitado com a sua obediência. Um fogo interno me lambeu agressivamente, feroz, quase desumano. Quase perdi o controle. Quase. Mas era especialista em comandar, até a mim mesmo. Respirei fundo e fitei seus olhos até o tesão se conectar com meu domínio interno. Somente então continuei.

Desfiz somente de um lado o laço do seu biquíni no quadril. Cecília conteve o ar, imobilizada, olhos fixos em mim, mordendo os lábios. Segurei o tecido molhado por uma das tiras, e, sem vacilar, eu o afastei do caminho.

Meus olhos foram em sua vagina nua, totalmente exposta e aberta para mim. Cecília choramingou baixinho, tremeu, mas não pude tirar meus olhos dali, daquela delicadeza toda, rosadinha e pequena, com lábios suaves. Seus pelos eram curtos, bem-feitinhos para completar sua beleza.

Senti emoções violentas, uma fome voraz, um sentimento de que me pertencia, de que era só minha. Espalmei as mãos em suas coxas bem abertas, mantendo-as assim. E quando lambi os lábios e fitei seus olhos, ela suplicou baixinho:

— Não...

— Sim. Quero seu gosto na minha língua.

— Antônio...

Nada podia me impedir. Desci sobre ela, e ela choramingou. Meus olhos estavam naquela bocetinha pequena e indaguei a mim mesmo se ali caberia todo o meu pau. Sim, caberia. Apertado e gostoso, estrangulado dentro dela. Quase desisti de lutar.

Quase joguei tudo para o alto e a fodi bem forte. Senti meu membro babar na sunga, latejar dolorido. E, esfomeado, a lambi.

– Oh! – miou extasiada, se remexendo toda, embolando a toalha entre os dedos.

Fechei meus olhos, embriagado ao passar a língua bem entre os lábios vaginais e sentir seu gostinho bom de fêmea, meio doce, meio amargo, um afrodisíaco para meus terminais nervosos já atacados. Engoli e voltei a lamber devagar, sondando, conhecendo, sentindo. Espasmos a percorriam, tremores a faziam ondular. E então parei de brincar.

Meti duramente a língua dentro dela e a fodi assim. Cecília se debateu fora de si, mas agarrei suas coxas e não a deixei escapar, fazendo como e do jeito que eu queria. Quando fechei a boca no clitóris e chupei forte, ela pirou de vez.

– Antônio... Ah, Antônio... – Começou a chorar e suplicar, alucinada em seu tesão, palpitando sem controle em minha boca.

Fui bruto. Suguei forte, sem nenhuma delicadeza, abrindo os olhos e buscando os dela. Pareceu se quebrar ao encontrar meu olhar, seu rosto contorcido, a luxúria golpeando-a duramente. Afogou-se nos próprios gemidos, perdida, entregue.

Meu pau doía terrivelmente. O sangue latejava em minhas têmporas. Não pisquei enquanto a lambia e chupava, mamando em seu brotinho até o ponto de vê-la se esticar toda e se debater. Então gritou, gozando, ficando ainda mais linda em sua total entrega. Mas não parei. Fui mais duro e forte, enquanto Cecília começava a choramingar com lágrimas nos olhos, jogando a cabeça para trás, tirando as costas do chão. Meti a língua dentro dela e lambi o mel todo que despejava, que me deixava alucinado, embriagado. Tomei tudo, até que ela desabou, exausta, acabada.

Eu me ergui em meus joelhos, lambendo o resto do seu gozo, sem suportar a pressão violenta dentro de mim. Meu coração batia como um tambor, o sangue corria rápido em minhas veias, eu parecia estar com febre. Vendo-a ali com os seios e a vagina expostos, os olhos pesados e lânguidos em mim, a respiração entrecortada pelo seu recente orgasmo, eu soube que não aguentaria mais nem um segundo.

Baixei minha sunga e agarrei meu pau, que latejava no auge da sua rigidez e tamanho, babando na ponta. Os olhos de Cecília foram ali e se arregalaram, como se não pudessem acreditar que tudo aquilo era meu. Não tive tempo de analisar suas reações, fui para cima dela e apoiei uma das mãos ao lado do seu corpo, equilibrando meu peso, meus músculos endurecendo e se sobressaindo, meus olhos chispando, o cabelo caindo em minha testa. Ficou hipnotizada enquanto com a mão livre eu me masturbava e esfregava a cabeça do meu pau em sua barriga, dizendo bruscamente:

– Queria estar dentro de você. Mas isso serve.

E precisando de mais, abaixei a cabeça e enfiei um dos mamilos na boca, chupando forte.

– Antônio... – murmurou candidamente, suas mãos vindo em minhas costas e em meu cabelo, sendo a minha perdição. Gemi e mamei no seu peitinho quando o tesão explodiu e ejaculei em sua barriga, meu pau ondulando e despejando mais sêmen, deixando-me fora de mim.

– Ah, porra... – grunhi rouco, movendo minha mão com força, nunca parecendo acabar. Cecília me acariciava, beijava meu cabelo, toda carinhosa e apaixonada. Então por fim me esvaí todo e não me importei com o sêmen sobre ela. Deitei sobre seu corpo, ergui a cabeça, meu pau acomodado em seu ventre, entre nós.

Não dissemos nada. Nos beijamos na boca apaixonados, satisfeitos, entre afagos e carícias.

* * *

Tinha sido uma loucura. Era um lugar público, e qualquer um poderia chegar a qualquer momento. Assim não pudemos aproveitar como faríamos se estivéssemos em uma cama, seguros. Levantamos logo, e, tardiamente envergonhada, ela pôs o biquíni no lugar, sem coragem de me olhar quando ajeitei a sunga.

Nos lavamos na cachoeira e, sentindo-a tão quieta, eu a puxei para mim dentro da água e segurei seu rosto com as duas mãos, fazendo com que me olhasse nos olhos. Fui bem sucinto:

– Não penetrei você.

– Não. Mas fizemos quase tudo. – Mordeu os lábios, nervosa.

– O tudo ainda está muito longe disso. – Sorri devagar. – Mas foi gostoso. Você gostou?

– Sim. Mas, Antônio, a gente ainda está se conhecendo e...

– Esse é nosso jeito de nos conhecer.

Ela arregalou os olhos e então riu.

– Você é louco! Praticamente transamos!

– Se quiser, da próxima vez tiramos o praticamente. – Acariciei seu rosto com meus olhos.

Seu sorriso se ampliou. Passou as mãos sobre os músculos do meu peito e confessou:

– Eu gostei, mas...

– Mas o quê?

– Preciso de mais calma. Você é muito intenso, parece que vai me devorar viva!

Não era joguinho dela. Era tão sincera que cada expressão ficava visível, exposta. Beijei suavemente seus lábios, tentando entendê-la.

– Então me conte por que tem esse medo de transar.

– Não é medo. – Estremeceu de frio na água gelada.

Vi que o sol começava a se pôr e seria perigoso ficarmos ali. Afastei-me e segurei sua mão.

– Vamos. No carro a gente conversa.

Catamos nosso lixo, nossas coisas e nos vestimos. Caminhamos até o carro em silêncio. Eu a ajudei a entrar e assumi o volante. Já estávamos na estrada quando a abordei:

– Fale, Cecília.

– Não há muito o que dizer. Fui criada numa família com pensamento meio antigo, no interior. Minha mãe sempre me dizia que eu tinha que me dar ao respeito, senão um homem não me valorizaria. Sabe como é.

– Sei. – Eu dirigia compenetrado, mas prestava atenção nela. – E quem foi o cara que te seduziu?

Ela se remexeu no assento, incomodada. Estava bem séria quando explicou:

– Meu primeiro namorado. Um vizinho e colega da escola. Meus pais me achavam nova para namorar, mas já tinha 17 anos. E já tinha dado uns beijinhos por aí, sem importância. Acabaram concordando. Ele me namorava em casa. Aos poucos as coisas foram esquentando. Eu achei que estava apaixonada. E, um dia, depois de muita insistência, apareceu na minha casa em um horário em que meus pais estavam trabalhando.

Calou-se, mas imaginei o resto. Disse chateada:

– Fui muito irresponsável. Eu transei com ele... e sem camisinha. Depois fiquei apavorada. Não tinha ninguém para conversar, fiquei com medo de falar com a minha mãe. E com medo de ter engravidado. Ele não apareceu mais na minha casa. Procurei-o na escola e disse que era pra eu me virar, que o que queria já tinha conseguido.

Eu agarrei o volante com força, furioso. Podia sentir a dor em sua voz e tinha vontade de matar o desgraçado. Mas quem era eu para julgar alguém? O que eu estava fazendo com ela não era semelhante, enganando-a? A diferença é que não queria só usá-la. Eu gostava dela. Até mais do que deveria.

— Fiquei desesperada e com medo. Não dormia nem comia. Ele ainda contou para os colegas e vários me deram cantadas. Foi horrível, me senti um lixo. Minha mãe viu o meu estado e na época descobriu que estava grávida do meu irmão. Juro para você que pensei que estava grávida também, Antônio. Então um dia chorei demais e contei tudo para ela.

— Brigou com você? — indaguei, preocupado.

— Não. Cuidou de mim e me escutou. Depois me levou ao médico. Fiz vários exames. Deu negativo pra tudo: gravidez, Aids, doenças sexualmente transmissíveis. E só depois que estava mais calma é que conversou comigo. Mas eu já tinha aprendido a lição. Tudo o que senti naquela transa e naquela relação foi dor e desespero. Felizmente ele foi embora da cidade e segui em frente.

— Já transou com outro rapaz?

— Não.

Eu estava surpreso. Dei-lhe um olhar rápido, intenso.

— Mas isso tem três anos.

— Eu sei. Já namorei, mas... quando vai chegando nessa parte, caio fora. Não senti vontade de ir para cama com eles. Até... — Calou-se.

— Até o quê?

— Até conhecer você. — Prendeu o cabelo atrás da orelha, olhando-me. — O que fizemos hoje e ontem no carro... Eu não sei como permiti, mas perco a cabeça quando me toca...

— Então por que não me deixa ir até o fim?

— Porque tenho medo de passar por tudo novamente. Medo de que você me deixe quando conseguir o que quer.

— Cecília...

– Mas, ao mesmo tempo, sei que se quisesse já teria me convencido a transar com você. Viu o estado em que fiquei hoje. Por que se controlou?

Eu cerrei o maxilar, tenso. Não a olhei. Fitei fixamente a estrada.

– Porque sua mente ainda diz não. Quando disser sim, vou até o fim.

Cecília ficou em silêncio, me olhando. Então acariciou meu rosto e meu cabelo, seus dedos carinhosos, sua voz meiga, emocionada:

– Nunca conheci um homem mais honrado que você, Antônio.

Tive ódio de mim mesmo. Sacudi a cabeça, pensando o que diria se soubesse que eu já estava de casamento planejado com outra mulher.

– Não sou honrado, Cecília. Sou um dos homens mais egoístas do mundo.

– Por que diz isso?

– Porque sou assim.

– Eu não acredito – disse simplesmente. E apoiou a cabeça em meu ombro, sem me soltar, cheia de carinho.

Senti-me muito ligado a ela. E muito culpado.

Estava cada vez mais confuso e perturbado, como se estivesse me enrolando em minha própria teia. Não sabia mais como controlar tudo aquilo. Pela primeira vez na vida eu é que era controlado.

CECÍLIA BLANC

Eu estava tão feliz que só vivia cantando pela casa. Chegava da faculdade e colocava música, enquanto fazia minhas coisas ou almoçava. Só desligava tudo quando estava na hora de estudar e precisava de silêncio. Mas até isso estava difícil fazer, pois Antônio não saía da minha cabeça o dia todo. Eu pensava nele 24 horas por dia.

Na terça-feira, depois de passarmos o dia na cachoeira, não nos vimos. Ele tinha prova na faculdade, e falamos ao telefone. Foi um inferno ficar longe dele. Eu me revirei na cama à noite, só pensando naquele seu sorriso meio de lado e no seu olhar intenso, azul, que parecia me fazer ferver por dentro. E revivi, maravilhada, cada segundo da sua companhia.

Não havia dúvidas: eu estava apaixonada. Muito, demais, como nunca imaginei possível. Antônio tinha abalado minhas estruturas e eu me sentia nas mãos dele. Era uma sensação de medo, depender assim emocionalmente de uma pessoa; e também de êxtase, pois tudo ficava mais vivo e bonito, mais radiante.

Mesmo tendo começado minha vida romântica e sexual sofrendo, eu não era amarga. Eu acreditava no amor e sonhava com casamento e filhos. Só queria ter certeza de que também era amada antes de me entregar. Com Antônio estava difícil segurar a onda, e eu sabia que ainda não tinha transado com ele porque levava em conta meu pensamento e não meu corpo. Esse já era dele sem vacilar. Por sorte não se aproveitava de mim. E isso só me fazia admirá-lo ainda mais.

Minha barriga se contraiu e me encolhi na cama, fechando os olhos, revivendo todos os momentos. Seus beijos deliciosos e embriagantes, que me deixavam tonta. Nunca tinha sido beijada assim, como se fosse consumida e adorada, com profundidade e perícia, apaixonadamente. Acho que eu poderia gozar só com o seu beijo.

E havia o toque firme, aquela pegada meio bruta, seu tom autoritário me ordenando as coisas... Aí, ficava com a calcinha molhada só de pensar. Era uma coisa de louco, uma intensidade absurda, uma masculinidade que me deixava de pernas bambas. Antônio era um homem muito intenso e dominador, mas ao mesmo tempo apaixonado, observador, inteligente. Parecia ter vários radares ligados em mim, sabendo ao certo o que fazer para me deixar completamente de quatro por ele.

Arquejei, lembrando de como se esfregou em mim, do volume enorme do seu pênis pressionando meu clitóris e meus lábios vaginais, me deixando melada e alucinada. E não saía da minha cabeça a hora em que desceu a sunga e segurou seu membro, olhando com aqueles olhos esfomeados para mim, seus músculos bem marcados, seu ombros largos tomando minha visão.

Para mim, o pênis seguia mais ou menos o tipo de corpo dos homens. O rapaz com quem transei, Jonathan, era magro e pouco mais alto que eu, seu membro, mediano e fino. Mas me dava conta de que não havia uma regra para aquilo.

Como Antônio era alto, com ombros largos e músculos do corpo bem definidos, tinha pensado até em algo assim, talvez longo, mas normal. Não aquilo! Grande e largo, cheio de veias, com a base maior ainda e uma cabeça robusta. Era realmente de encantar e amedrontar. E eu me vi ansiando saber como seria, como me sentiria quando estivesse dentro de mim.

Tentei desviar o pensamento, nervosa. Devia primeiro pensar em conhecê-lo, me sentir segura e amada. Só então me entregar ao sexo. Mas quem disse que eu conseguia ser racional perto dele? Era só fixar aqueles olhos azul-claros penetrantes em mim, que eu virava uma massa trêmula de sensações.

No dia seguinte, quando cheguei da faculdade e almocei, ele me ligou. Só de ouvir sua voz grossa e vigorosa, meu coração disparou, meu corpo todo reagiu e eu sorri sozinha, como uma boba.

– Oi, Cecília.

– Oi – murmurei, me jogando no sofazinho da sala, cheia de felicidade, de uma alegria profunda. E, antes que pudesse me conter, confessei baixinho: – Senti a sua falta, Antônio.

Ele ficou em silêncio um momento. Então disse num tom mais rouco:

– Também senti sua falta. Quer jantar fora comigo hoje?

– Quero. – Sorri, muito feliz. – Quero, sim.

– Passo para te pegar às oito da noite. Está tudo bem?

– Tudo.

– Já teve aula hoje?

Ficamos conversando banalidades, apenas para ficar ouvindo a voz um do outro. Mas ele tinha que voltar ao trabalho e desligamos.

Passei o resto do dia ansiosa, sem conseguir me concentrar em nada. Por fim, desisti de tentar estudar e fui me cuidar. Fiz minhas unhas e massagem no cabelo. Queria ficar bonita e caprichei um pouco mais no visual, escovando os cabelos e me maquiando.

Escolhi um vestido azul-marinho com cintura marcada e saia solta, caindo até o meio das coxas. E uma sandália rosa-chá, delicada, de saltos, com uma bolsinha. Quando fui avisada de que Antônio estava lá embaixo, já andava ansiosa e desci correndo.

Estava lindo como sempre, recostado em seu carro. Os cabelos negros estavam displicentes e usava jeans, blusa de malha por baixo e jaqueta de couro preta, com botas masculinas e brutas. Fitou-me com aqueles olhos azuis acesos, que me faziam tremer por dentro, e fiquei impressionada com sua masculinidade, com a energia que emanava dele como uma força viva.

Sorri para disfarçar meu nervosismo ao parar à sua frente. Antônio nem piscava e, na hora, sua mão foi em minha cintura, puxando-me para ele, ainda recostado na porta do carro. Fitou meus lábios pintados de rosa e disse baixinho:

— Você é uma dessas mulheres que não gostam de borrar o batom quando vão sair?

— Não. — Passei minhas mãos em seu pescoço, adorando finalmente tocá-lo, feliz de verdade em estar ali.

Sorriu meio de lado, satisfeito.

— Ótimo. — Inclinou a cabeça e mordeu devagarzinho meu lábio inferior. Foi lento ao saborear minha boca, deixando-me excitada, maravilhada, ansiosa. E, quando sua língua veio ao encontro da minha, eu me inebriei em seu gosto delicioso, seu cheiro gostoso, seu corpo forte ao encontro do meu.

Nos beijamos com paixão e volúpia, o desejo nos engolfando na hora, vindo intenso e perturbador. Suas mãos subiram da minha cintura pelas costelas e pararam ali. Prendi o ar ao sentir os polegares sob os seios, tão perto que pareciam me queimar.

Antônio afastou-se um pouco, e seus olhos azuis consumiram os meus. Disse, baixinho:

— Você está linda.

— Você também — murmurei. Sorri como uma boba, e ele sorriu de volta, seus olhos semicerrados.

— Vamos?

Concordei.

Antônio me levou a um belo e luxuoso restaurante em frente à Lagoa Rodrigo de Freitas, com um deque de frente para a água e dois ambientes, um interno e um externo. Sentamos do lado de fora, sob a copa de uma árvore que recebia iluminação dourada por baixo, em volta de uma grande mesa de madeira. A vista era linda, e uma brisa suave nos deu as boas-vindas.

Cavalheiro, me ajudou a sentar e depois se acomodou em frente, dizendo:

– Esse restaurante é especializado em comidas do Norte. Espero que goste.

– Nunca experimentei. Mas não há nada que eu não goste.

– Nada? – Ergueu uma sobrancelha.

– Como tudo. – Sorri. – Minha mãe nos acostumou assim em casa. Beterraba, jiló, fígado, tudo.

Ele fez uma cara engraçada. Naquele momento o garçom se aproximou simpático, nos cumprimentando e entregando o cardápio. Nós o cumprimentamos de volta e ele indagou se queríamos beber alguma coisa.

– As caipirinhas daqui são ótimas – disse Antônio. – Tem diversos sabores.

– Exatamente – disse o homem alto e calmo, muito educado. – Pode escolher o saquê destilado entre vodca, cachaça, uísque nacional ou escocês e cachaça montanhesa. E as frutas são: tangerina, abacaxi, jabuticaba, cupuaçu, seriguela, maracujá-do-mato...

Ele falou várias frutas e sorri, animada. Quando acabou, eu indaguei:

– E qual o senhor sugere? Desculpe, como é o seu nome?

Ele me encarou. Na mesma hora sorriu, respondendo:

– Célio, senhorita.

– É um prazer, Célio. Sou Cecília e ele é o Antônio. E qual é a mais pedida aqui?

— São várias, mas gostam muito das de tangerina e de cupuaçu.

— Eu quero de tangerina. — Olhei animada para Antônio. — Com cachaça nacional.

— Uma de uísque com mix de frutas — disse ele, observando-me. Quando Célio se afastou, disse para mim, fitando meus olhos: — Nunca vou cansar de admirar esse seu jeito. De cumprimentar e tratar bem as pessoas. De querer saber o nome delas.

— Eu já te falei, sou do interior. — Dei uma risada e abri o cardápio. — O que você recomenda aqui?

— Tudo é uma delícia, mas gosto do Arrombado.

— Arrombado? — Fitei-o, curiosa. — Como é isso?

— É um queijo Camembert recheado com picadinho de tucunaré, pimenta-de-cheiro e banana-pacova. Uma delícia.

— Ah, então quero esse! Parece bem exótico! Adorei isso aqui, Antônio! Lindo demais!

Começamos a conversar sobre como foi o nosso dia e ele me explicou um pouco sobre seu mestrado em economia e seu MBA na área de finanças e administração. Percebi o quanto era inteligente e calculei que fosse um empresário de sucesso, pois tinha características de força e liderança.

Eu amei minha caipirinha, assim como a de Antônio, que me deu um pouco para provar. Mexi o canudinho no gelo e na bebida, recostada em minha cadeira, recebendo aquela brisa boa no cabelo, com uma vista maravilhosa e uma companhia melhor ainda. Suspirei, e vi Antônio com os olhos atentos sobre mim, como se observasse cada movimento meu.

— Está feliz? — indagou, sério. Mas ele mesmo respondeu, com um leve erguer de lábios. — Que pergunta a minha! Você vive feliz.

Dei uma risada.

— E como não ficar? Olhe a nossa volta! É tudo tão perfeito!

– Só vejo uma perfeição. E está à minha frente.

Fiquei corada com seu tom profundo e seu olhar fixo em mim. Sorri meio sem graça, mexida, balançada.

– Estou muito longe de ser perfeita.

– Então me diga um defeito seu, Cecília.

– Sou mansa demais, acho que tinha que ser mais forte, mais dura. Às vezes sou boba, minha mãe morre de preocupação por isso. Acredito nas pessoas até que me provem o contrário. Ah, tenho vários defeitos! Posso ser teimosa e implicante.

– Grandes defeitos. – Sorriu de lado.

– E você, quais os seus defeitos, Antônio?

– É melhor você nem saber – disse, misterioso.

Eu me inclinei para frente, curiosa.

– Ah, vamos lá! São tão terríveis assim?

– Sou egoísta. Não consigo me afastar do que eu quero, mesmo quando não devo. Tenho dificuldade em obedecer. Acho que a única pessoa a quem faço isso é meu pai.

– E a sua mãe?

– Eu a respeito, mas ela costuma dizer que sempre dou um jeito de mostrar que estou certo. E sou assim mesmo.

– Mas por que obedece ao seu pai? – Eu o observava, atenta.

– Eu o admiro. É um homem forte e honesto, justo, trabalhador. Sua vida foi em função da nossa empresa e da nossa família. É, antes de tudo, um amigo. Se eu for metade do que ele é, já fico satisfeito.

Percebi o amor e a admiração em cada palavra. O pai era como um ídolo para ele. E calculei que fosse muito importante mesmo, pois Antônio não parecia ser o tipo que se espelhava em alguém, mas que fazia o próprio caminho.

Senti uma grande vontade de conhecer a família dele, mas achei que estava mesmo muito cedo. Primeiro a gente tinha que se conhecer.

Célio voltou com a comida, preparada em tigelas de barro apoiadas em um tapume de madeira, com acompanhamento e molhos. Ia nos servir, mas pedi simpaticamente:

– Pode deixar na mesa que eu sirvo, Célio. E que delícia de caipirinha!

– Gostou? Elas podem ser temperadas também com canela. – Sorriu para mim, deixando tudo sobre a mesa. – Não quer mesmo que eu sirva, Cecília?

– Não, obrigada.

Depois que ele se afastou, peguei um prato e fitei Antônio, indagando:

– Posso pôr um pouco de tudo?

Ele me encarava, muito quieto.

– Antônio?

– Sim, pode. – Franziu a testa e segurou o prato pronto que lhe entreguei, enquanto preparava o meu. – Por que fez isso?

– Isso o quê?

– Não deixou o garçom servir e ainda se preocupou em fazer o meu prato.

Sorri e tentei explicar, pegando meu garfo:

– Venho de uma família onde minha avó servia meu avô à mesa. Não como empregada dele, mas sinal de amor, de querer saber que o marido estava bem cuidado. E, por incrível que pareça, tenho duas tias e todas fazem a mesma coisa, além da minha mãe. Eu vejo isso como uma forma de cuidar de você com carinho.

Enquanto o fitava cheia de bons sentimentos, eu o vi ficar mudo. E imóvel. Olhava-me fixo, sério, compenetrado, pensativo. Mordi os lábios e indaguei:

– O que foi?

– Nada.

– Mas você ficou esquisito.

– Apenas surpreso. Nenhuma namorada se preocupou assim comigo antes. Não esperava por isso.

Eu sorri.

– Mas elas não sabem o que estão perdendo. Pode deixar, querido. Vou cuidar de você direitinho. – Brinquei, e ele ficou com a expressão mais pesada. Disse com uma ponta de sensualidade:

– Vou retribuir o favor. E estaremos ambos bem cuidados.

Percebi que havia algo de cunho sexual ali e senti minha barriga se contorcer em expectativa. Lembrei de novo do que fizemos na cachoeira e fiquei corada, nervosa.

Antônio me olhava de uma maneira tão intensa que senti algo rodopiar loucamente dentro de mim. Fiquei sem ar e sem chão. Quis saber o que pensava, o que o fazia às vezes se concentrar daquele jeito em mim. Mas tinha coisas que não me deixava ver e eu só sentia através dos seus olhos.

Senti seus dedos nos meus e, então, algo apertou meu peito. Uma sensação de perda, de tristeza e finitude. Veio de repente, mas foi tão real que tive medo e entreabri os lábios, pronta para negar. Ele sentiu. Na mesma hora, indagou:

– O que foi?

– Não sei – falei baixinho, realmente sem entender. Apertei sua mão e só pude explicar: – Seu olhar...

Ficou muito quieto. Havia algo ali. Eu não entendia, mas tentei descobrir:

– Por que me olhou assim? Parece uma... despedida.

– Não – negou imediatamente, sua voz baixa, carregada. Inclinou-se mais para mim sobre a mesa, seus olhos azuis ardendo, erguendo nossas mãos unidas e beijando meus dedos. Disse decidido: – Não vou deixar você ir, Cecília.

– Mas não vou a lugar nenhum – murmurei.

Estava confusa. Antônio não soltou minha mão. Forçou um sorriso.

– Por que estamos tendo essa conversa maluca? Estamos aqui, juntos, bem. Não temos que pensar em tristeza nem em despedida.

– Não sei. Foi algo tão real... – Calei-me e balancei a cabeça. Tentei sorrir. – Tem razão. Uma loucura!

Célio se aproximou da nossa mesa para tirar os pratos e indagou se desejávamos algo.

– Quer mais uma caipirinha? – Antônio mudou de assunto.

– Não.

– Sobremesa?

– A casa serve um creme de cupuaçu delicioso – informou Célio, solícito. Acabei sorrindo.

– Está bem, eu quero.

– E o senhor? – Virou-se para Antônio.

– Musse de maracujá.

Célio concordou e foi providenciar. Observei que era a segunda vez que ele pedia aquela sobremesa, desde que saímos juntos. Já ia fazer um comentário sobre isso, mas um casal que tinha acabado de chegar passava ali perto e reconheci a menina. Era Amanda, uma colega minha da Faculdade de Psicologia.

Abri um grande sorriso e acenei. Ela me viu e acenou de volta, de mãos dadas com um rapaz alto e bonito, de cabelos e olhos escuros. Ia seguir em frente, mas o rapaz a deteve pela mão, olhando fixamente para Antônio quando este se virou para ver para quem eu tinha acenado.

Ambos se encararam. O rapaz sorriu amplamente e seu olhar se fixou em nossas mãos unidas sobre a mesa, depois em mim. Então disse algo a Amanda e se aproximou de nós com ela.

Antônio se virou e me olhou, bem sério. Antes que eu tivesse tempo de perguntar o que tinha acontecido, eles já estavam diante de nossa mesa.

— Ceci — disse Amanda, se inclinando para me beijar no rosto. — Que surpresa!

— Pois é. — Sorri e a beijei. O rapaz que a acompanhava disse alto, bem-humorado:

— Como esse mundo é pequeno! E vocês ainda são amigas.

Eu não entendi. Fitei seus olhos castanhos e seu sorriso aberto para mim. Havia algo familiar naquele rosto. E logo soube por que, quando virou para Antônio e o cumprimentou:

— E aí, mano? Olha que coincidência.

— Eu já vi — disse Antônio, sem expressão. Quase não tinha se movido nem tinha tirado os dedos dos meus.

— Mano? — indaguei.

— Esse é meu irmão caçula, Eduardo. — Não parecia muito animado.

— Seu irmão? — Meu sorriso se ampliou. — Nossa, coincidência mesmo. Vocês são irmãos e nós amigas da faculdade. E ainda nos encontramos aqui.

— Eduardo Saragoça. — Estendeu-me a mão, sorridente.

— Cecília Blanc. — Apertei sua mão.

Eduardo apresentou Amanda a Antônio. Vendo seu jeito fechado, indaguei-me se eles não se dariam muito bem. Mas mesmo assim gostei de conhecer alguém da família dele.

— Querem se sentar conosco? — Antônio foi educado, mas seu olhar duro parecia mandar o irmão passear. Eduardo notou e riu. Puxou uma cadeira para Amanda e disse feliz:

— Claro que sim! — Logo se acomodou também e olhou para nossa mesa vazia. — Já fizeram os pedidos?

— Já comemos. Estamos esperando a sobremesa — eu falei. — Mas fazemos companhia a vocês.

— Que bom ver você aqui, Ceci! — Amanda olhou de mim para Antônio, interessada. — Já namoram há muito tempo? Porque eu e esse aí começamos ontem.

Apontou para Eduardo, e os dois riram. Eduardo também completou:

– Quero saber também. Por isso ele anda todo feliz em casa! – Piscou para mim.

Acabei dando uma risada. O único sério era Antônio, que não tirava os olhos do irmão. Como não parecia propenso a responder, eu expliquei:

– Há pouco tempo.

– E como se conheceram? – perguntou Amanda.

– Em um engarrafamento.

– Ah, você é a menina do engarrafamento! Foi comigo que falou quando ligou lá pra casa – comentou Eduardo. Era um rapaz alegre e gostei dele. Não entendi por que Antônio estava tão sério. – Sabia que era simpática!

– Obrigada. Eu lembro da sua voz.

Célio se aproximou com nossas sobremesas e cumprimentou o novo casal. Na mesma hora pediram caipirinhas.

A noite acabou sendo divertida. Em algum momento Antônio relaxou mais e participou da conversa. Eu já conhecia Amanda e gostei muito de Eduardo, que era completamente diferente do irmão em seu jeito, muito mais aberto e brincalhão.

Terminamos nossa sobremesa, mas continuamos lá enquanto eles comiam. Eduardo implicava com o irmão mais velho, dizendo para mim que ele era chato e rabugento e que queria obrigá-lo a trabalhar. Completou:

– Eu te pergunto, Cecília: pra que vou querer ficar trancado em um escritório aos 24 anos de idade? O divertimento do papai e do Antônio é esse, passar horas lá discutindo. Preferia fazer uma Faculdade de Turismo, viajar...

– E faz o quê?

– Administração de empresas. Esse aí me obrigou! – Apontou para o irmão.

– Se deixasse por conta dele não teria nem terminado o Ensino Médio – disse Antônio para mim. – Nunca gostou de estudar nem de trabalhar.

Eu ri, pois era engraçado sua influência sobre o irmão, sendo apenas dois anos mais velho.

– Um dia jogo tudo para o alto e fujo daquela casa! – exclamou Eduardo como se fosse um garoto, mas acabou rindo. – Antônio faz até hora extra. Vai pro escritório às vezes no sábado! Tá maluco? Na segunda-feira nem acreditei quando papai disse que ele tirou a tarde de folga. Aposto que estava com você, Cecília!

– Assim vou me sentir má influência e irresponsável! – Ri também.

– Nunca. – Antônio olhou com carinho para mim. Continuávamos de mãos dadas, nossas cadeiras próximas, seu joelho encostando-se no meu por baixo da mesa.

Lembrei-me da segunda-feira maravilhosa que tivemos na cachoeira e enrubesci, adorando que ele tenha tirado aquela folga para ficar comigo, ainda mais sendo tão maníaco pelo trabalho como o irmão dizia.

Eu me diverti muito. Antônio fez questão de pagar a conta e, quando nos levantamos, eu me despedi de Célio:

– Tchau, Célio. Muito obrigada por tudo. Voltarei aqui mais vezes.

– Está bem, Cecília. Procure por mim que vou te dar a melhor mesa.

– Obrigada! – Acenei animada e ele se despediu de Antônio e do casal.

Seguimos para o estacionamento e Eduardo disse que ia com Amanda para uma boate, nos convidando para ir junto. Negamos, pois no dia seguinte tinha aula para mim e trabalho para Antônio. Fomos nos despedir e me surpreendi quando Eduardo me abraçou e disse alto:

– Gostei muito de você, Cecília. Está fazendo bem ao meu irmão. Ele até parou de pegar no meu pé.

Nós rimos, mas Antônio pareceu um pouco enciumado e me trouxe para perto dele. Avisou a Eduardo:

– Amanhã tem trabalho normal. Não esqueça.

– Pode deixar, papai. – Suspirou exageradamente. Abracei Amanda também e depois entramos no carro. Já estávamos na estrada, quando comentei:

– Gostei do seu irmão. Vocês são bem diferentes.

– Muito.

– No início pensei que não se dessem bem. Mas depois percebi que é só implicância entre irmãos mesmo. – Sorri, me virando para vê-lo dirigindo.

– Eduardo precisa ter a orelha puxada várias vezes por dia para não virar um vagabundo.

– Mas seus pais não fazem isso? E ele já não é bem grandinho?

– É uma criança grande. – Apesar de sua crítica, percebi que amava o irmão, se preocupava com ele. E isso me encheu de carinho. – Nasceu de um parto difícil, ele e minha mãe quase morreram. Até os 7 anos, teve vários problemas de saúde e, por isso, foi muito mimado. Olha no que deu.

Sorri sem desviar o olhar um segundo sequer dele.

Antônio contou um pouco mais da sua infância e da do irmão e tive um panorama dele como o irmão mais velho e sério, que tirava o mais novo das suas confusões e dava bronca nele. Mas o que mais me chamou atenção foi notar que, por trás de tudo aquilo, havia preocupação e carinho. Ele me passava a sensação de um homem que tomava conta de tudo e chamava as responsabilidades para si.

Chegamos perto do meu prédio e estacionou na calçada. Estávamos protegidos pelo vidro escuro do carro e senti meu coração disparar, já antecipando seus beijos e suas carícias. Soltei meu cinto de segurança e o fitei, ansiosa.

Antônio olhou para mim, muito sério. Havia algo nele muito profundo, como se seus pensamentos fossem perturbadores, pois franzia a testa, semicerrava os olhos. Engoli em seco, agitada, quando ergueu a mão e acariciou meu rosto devagar.

– Em uma coisa meu irmão tem razão – disse baixo, sua voz vibrando em cada terminal nervoso do meu corpo já excitado. O ar dentro do carro era denso, pesado.

– O quê? – murmurei.

– Você me faz feliz. – E sua outra mão subiu até meu rosto, segurando-o entre elas com firmeza. Veio mais para perto, seu olhar descendo até meus lábios. Não disse mais nada. Só me beijou.

Eu fui invadida por uma paixão avassaladora. Abri a boca e recebi sua língua, ansiando-a loucamente, retribuindo o beijo como se estivesse sedenta, morrendo. Ergui minha mão também e enterrei os dedos entre os fios abundantes e negros do seu cabelo, apaixonada, toda dele.

Foi um beijo longo e quente. Meu sangue corria rápido nas veias, meu coração batia descompassado, meus mamilos estavam duros, doloridos de tanto desejo. Almejei um toque, um alívio, apertei uma coxa contra a outra, porque me sentia palpitar. Mas Antônio não fez nada além de me beijar e de segurar firme meu rosto, seu polegar passando lentamente em minha pele.

Quase fui para o colo dele por livre e espontânea vontade, tão cheia de luxúria e de paixão, eu necessitava de mais. No entanto, ele interrompeu o beijo e afastou um pouco a cabeça, me fitando com as pálpebras pesadas, os olhos brilhando muito no escuro do carro.

Fitei-o ansiosa. Tinha mais coisas ali, perturbando-o, deixando-o ainda mais sério que o habitual. Escorreguei meus dedos por seu cabelo, passei-os em sua têmpora, fiz o contorno anguloso do seu maxilar. Então indaguei preocupada:

– O que você tem, Antônio?

Fechou-se ainda mais. Acariciou minha face antes de me soltar e se recostar em seu assento, sem deixar de me olhar.

– Estou cansado. Amanhã tenho que acordar cedo. Vem, vou te acompanhar até a entrada.

Não me deu tempo de perguntar mais nada. Saiu do carro e deu a volta, abrindo a porta para mim. Eu desci sem saber o que pensar, mas angustiada. Fitei-o, buscando uma resposta. Mas não me olhou. Em silêncio me acompanhou até o portão gradeado do prédio. Paramos ali na calçada, um de frente para o outro. Eu não consegui entender o que tinha dado errado naquela noite que começou tão bem.

Quase o convidei para subir ao meu apartamento, desesperada, sem querer me afastar logo dele. Mas me contive a tempo. Eu não tinha certeza de nada e não queria me arrepender depois ou ter mais um sofrimento. Mordi os lábios.

– Está tudo bem. Amanhã ligo para você.

Apesar de falar aquilo com segurança, seu olhar estava sério demais, cheio de sentimentos que eu não compreendia e que me deram medo. Pensei em abraçá-lo e não deixá-lo ir. Minha sensação era de que não o veria mais, e aquela possibilidade era como enfiar uma faca em meu peito.

Acariciou de novo meu rosto, sua seriedade implacável, seus olhos ardendo nos meus.

– Durma bem, Cecília. Agora vá.

Eu não queria ir. Mordi os lábios, supliquei com o olhar que fizesse algo para acalmar aquele meu medo. Mas Antônio não fez. Simplesmente me olhou e esperou. E eu, como um robô, entrei no prédio. Segui sem olhar para trás, cada passo uma tortura, uma certeza de que, por algum motivo, ele ia me deixar. Quando cheguei ao meu apartamento, eu já estava chorando.

ANTÔNIO SARAGOÇA

Quando cheguei em casa meus pais já estavam dormindo. Estava me sentindo nervoso, sem minha frieza habitual. Sabendo que não conseguiria dormir, fui preparar uma dose de uísque e sentei no sofá com o copo na mão e o olhar fixo à frente. Estava com raiva, puto, furioso. Com tudo. Com minha vida, com minhas escolhas e com minha falta de controle.

Pensei naquela noite, como cheguei doido para ver Cecília e agora, quando a deixei, decidido que era a última vez que estaria com ela. A realidade tinha caído em cima de mim com força total quando vi meu irmão chegar naquele restaurante e parei de me enganar. Eu não tinha duas vidas nem duas escolhas. Não podia adiar tanto algo que teria que ser decidido.

Tomei quase todo o uísque do copo, a forte sensação que tive naquela noite apertando meu peito. Como eu podia ter certeza de que meu caminho era um e, mesmo assim, me enredar por outro? Em que momento eu assumiria a vida que escolhi e deixaria Cecília para trás? Como, se eu não aguentava nem sair da frente do seu prédio sem me sentir morto, acabado? Em que merda eu fui me meter?

Acabei com a bebida e fiquei lá, sentado, sozinho na sala silenciosa. Os olhos dela vieram límpidos em minha mente, brilhantes e sinceros, inocentes, confiando em mim. Depois de tudo que me dissera sobre ter sido traída, eu ainda voltei a procurá-la, mesmo sabendo que a traía também. Não porque quisesse ou planejasse. Mas porque queria estar perto dela. Só que isso não deixava de ser traição.

Tinha que me afastar enquanto ainda era tempo. Porque eu tinha minha vida, minhas escolhas e obrigações. E ela não podia ser uma vítima daquilo. O problema era que eu não queria. Não queria me afastar.

Lembrei de Cecília tão feliz naquele restaurante, colocando a minha comida, me servindo e falando de sua família, de como sua avó, tias e mãe cuidavam com carinho dos seus homens. E fez o mesmo comigo, demonstrando com aquele gesto o quanto eu era importante. Naquele momento, gelei. Porque vi o que estava fazendo com ela. Era claro que eu sabia, mas hoje a realidade tinha vindo com tudo, com uma força avassaladora e, como um aviso, ainda colidiu com a chegada de Eduardo ao restaurante.

Automaticamente pensei em Ludmila. Nunca tinha se importado em me fazer um carinho ou um agrado. Chegava nos fins de semana com seus livros e roupas da moda, se revezava entre a casa dela e a minha, onde já tínhamos nosso quarto, e ligava para a empregada levar tudo para ela. Acho que nem sabia que a moça se chamava Neide. Duvido que um dia tenha olhado para ela ou perguntado seu nome. Nem queria saber se eu tinha tomado um café ou comido. Simplesmente ficava lá, me servia na cama sexualmente se eu quisesse e fazia uma social com minha família, sempre elegante e perfeita em suas roupas de grife.

Senti uma irritação danada por dentro. Levantei e fui caminhando na sala, deixando o copo vazio no bar, indo até a área aberta do terraço e olhando a praia lá fora. Imaginei minha vida com ela. Seria a mesma merda de agora. Cada um para seu lado, ambos sempre impecáveis e cada vez mais ricos. E vazios, ocos, sem aquela alegria toda que Cecília conhecia e que me doava, me fazia querer.

Passei a mão pelo cabelo, afastando-o da testa, olhando para tudo sem ver. Foi naquela hora que a porta da frente se abriu e eu soube que era meu irmão chegando. Voltei à sala e nos encaramos, enquanto eu parava entre a entrada da sala e a do terraço.

Eduardo se aproximou e sorriu, balançando a cabeça.

– Sabia que estaria me esperando.

– Precisamos conversar – falei secamente.

Ele se jogou no sofá, tirando os tênis com os pés, se deitando sem se importar se nossa mãe reclamava daquilo quinze vezes por dia. Suspirou.

– Cara, vou te dizer. Eu entendi tudo. Não precisa me explicar nada.

– Não quero explicar – falei irritado. – Só quero que não toque mais nesse assunto. Já está tudo resolvido.

– Já? – Olhou-me curioso, ali parado. – Terminou com ela?

Eu não respondi. A raiva estava dentro de mim, impossível de ser controlada. Eduardo se sentou mais sério.

– Antônio, deixa de ser bobo, cara. Tá na cara que tá caidinho pela menina. Ela é uma graça. Ficou o tempo todo de mãos dadas com ela, relaxou e sorriu como nunca te vi fazer. E agora termina com ela assim? Só porque eu vi?

– Não é porque você viu. Sabe que tenho minha vida aqui.

– Que vida? Dar o sangue naquela empresa e se matar de estudar? Depois ficar o final de semana brincando de casinha com a Ludmila? Nem sai mais com seus amigos.

– Tenho minhas responsabilidades. Se eu vivesse na farra, quem ia tomar conta dos negócios da família? Ou você ainda não percebeu que nosso pai está passando da idade de se matar naquele escritório?

– Cara, nós somos ricos! Podemos tomar conta de tudo sem essa gana toda. Me diz, pra que fazer da CORPÓREA um império? Porque sempre foi o sonho do papai? Sonhos às vezes não se realizam.

— Sim, quando não lutamos por eles. — Respirei fundo, não querendo aceitar as palavras do meu irmão, pois fui criado desde pequeno pensando diferente.

— Sabe qual é o seu problema? Querer ser o filho perfeito. Nunca decepcionou o papai e tem medo de fazer isso.

— Deixa de ser simplista. — Terminei de entrar na sala, sem conseguir ficar parado, andando como um animal preso, enjaulado. — Quero esse império. Esperei anos por isso. Controlei minha vida pra isso. E não vou desistir agora.

— E Cecília?

Eu encontrei seus olhos castanhos. Não deixei que visse como me sentia. Falei secamente:

— Não ia dar certo.

— Vocês estão apaixonados.

— Não diga merda. Acabamos de nos conhecer — neguei na hora, preferindo pensar que estava encantado com ela, com seu jeito, com tesão. Não conseguia ir além desse pensamento nem revirar o que tinha dentro de mim.

— Isso não quer dizer nada. Olha, você que sabe da sua vida. Só vou dizer uma coisa. Nunca vi você mais feliz do que hoje. — Ele se levantou e abaixou para pegar seus tênis, encarando-me sério. — Cara, a vida é sua. Faça dela o que você quiser. Se não casar com a Ludmila, o mundo não vai acabar. E nosso pai vai ter que entender. Ele não vai morrer por causa disso.

Eu não disse nada, imobilizado no meu lugar.

Eduardo deu de ombros.

— Você que sabe. Mas não espere por um milagre. A decisão é sua.

Não disse mais nada, nem eu. Saiu da sala e fiquei lá, sozinho. Só depois de algum tempo caminhei para minha suíte, pensando nas palavras do meu irmão. Ele não entendia. Sempre fez tudo que quis. Era fácil falar.

Estava decidido. Ia deixar de ver Cecília. Eu já estava sentindo, mas seria melhor para mim e para ela. A coisa estava se complicando, fugindo ao controle.

Ignorei a parte do closet onde ficavam as coisas de Ludmila. Há mais de um ano estavam ali, dividindo meu espaço, e, no entanto, sem nenhuma intimidade. Fui pegar um short para dormir e então me vi enfiando a mão na gaveta, uma das últimas, e pegando uma sacola. Abri e olhei as roupas horrorosas das Lojas Americanas que ela tinha comprado para mim, do jeito que eu tinha colocado ali, amarrotadas. Senti um mal-estar, por algo tão barato e tão importante, algo que mexia mais com minhas emoções do que todas aquelas roupas de grife penduradas em meu guarda-roupa.

Fiquei lá, sem entender direito o que era tudo aquilo, como eu ia escapar da armadilha em que havia caído quando fitei aquelas pernas bronzeadas dentro de um Corsa branco. Quando vi o seu sorriso. E quando fui atrás dela naquele carro, sabendo que não deveria.

Enfiei as roupas de novo no saco e guardei, com raiva de mim mesmo. Catei um short e fui para o banheiro, decidido a seguir em frente, como sempre fiz. Ainda dava tempo. E aquele era o destino que tracei e do qual não queria me desviar. Só devia confiar em uma coisa: o tempo. Ele colocaria tudo em seu devido lugar.

Na quinta-feira fui para o trabalho. Fiz tudo o que fazia sempre, mas com mais dedicação. Não parei. E quando Cecília surgia na minha mente, praticamente o tempo todo, eu tentava me desviar e me concentrava em outra coisa. De lá, fui direto para a PUC e assisti a minha aula, o tempo todo sendo o mais atento possível. Mesmo quando sentia uma saudade terrível dela e imaginava o que devia estar fazendo. E mesmo quando o celular vibrou, por volta das nove da noite, e vi no visor o número dela, não respondi. Nem mesmo após vibrar mais duas vezes.

Eu não conseguia mais prestar atenção em nada. Era só eu e aquele celular na sala, alunos e professor esquecidos. E as lembranças, cada vez mais impertinentes.

Mal me movi em minha cadeira. Aguentei até todos se levantarem, então me dei conta de que a aula havia acabado. E, quando voltei para casa, dei os parabéns a mim mesmo, porque tinha saído vitorioso naquele dia. Os próximos seriam mais fáceis. Logo ela não ligaria mais e as lembranças se dispersariam. O Senhor Tempo tinha aquele poder, podia ser um aliado.

Ele tirava o som da voz da pessoa dos nossos ouvidos, o cheiro dos nossos narizes, a nitidez da fisionomia dos nossos olhos. Brincava com a nossa memória, fazia falhar uma ou outra data, se perder um sorriso entre tantos outros. Era triste, afinal, o que restava aos seres humanos a não ser a saudade e as lembranças? E essas não podiam ser tocadas, cheiradas nem ouvidas. Então só restaria a elas se perderem no tempo e no espaço. Era só uma questão de persistência.

Na sexta-feira continuei minha rotina. Eu mentiria se dissesse que não pensei em Cecília. Ela tinha mexido demais comigo para ser afastada tão facilmente. Estava presente dentro de mim e me pegava desprevenido a todo momento. Não pensei em procurá-la e terminar tudo, mesmo sabendo que era o certo a fazer. Pois, com todo o controle e domínio que tinha sobre o resto da minha vida, aquilo não funcionava com ela. Eu poderia perder o foco se sentisse seu cheiro ou fitasse seus olhos. O melhor era simplesmente deixar o destino fazer o seu trabalho.

Recebi um telefonema dela na hora do almoço. Só um. Não atendi.

À tarde foi a vez de Arthur, meu amigo desde os tempos da escola, me ligar.

– E aí, sumido – disse com seu jeito à vontade, sem se importar muito com as coisas. – Muito trabalho ou muita mulher?

– Muita perturbação na cabeça – respondi quase sem mover os lábios.

– Ih, já vi que está puto com alguma coisa. Tenho a solução para seus problemas.

– Imagino que sim – ironizei, girando minha cadeira em direção à parede toda envidraçada atrás de mim, olhando para fora. Indaguei: – O Catana?

– Imaginou certo. Matheus vai estar lá também. Parece que vai ter algum show no clube hoje. E aí, tá dentro?

– Ludmila vem pra cá hoje. – Eu me sentia incomodado em ter que ficar ao lado dela. Não me sentia legal e não queria fingir que estava tudo bem. Acho que isso é que me fez decidir: – Mas vou dar uma passada no clube.

– Assim é que se fala. – Deu uma risada. – Te vejo lá, Antônio.

– Tá.

Depois que ele desligou, pensei que até que seria bom. Talvez com bebida e farra eu esquecesse o que me perturbava e voltasse a ser eu mesmo.

Eu conhecia Matheus e Arthur desde os tempos do colégio. Os dois não tinham nada a ver um com o outro e possivelmente nunca se tornariam amigos se não fosse por mim. Arthur era o popular, aquele que se destacava em tudo, fazia suas burradas, mas acabava consertando-as com seu jeito sedutor. Matheus era quieto, bom aluno, simpático com todos. Um nem falava com o outro. Eu era o mais inteligente da turma, o articulador, o líder do grupo. E, quando fizemos um trabalho juntos, sem querer tomei a frente de tudo e os uni. Uma amizade verdadeira acabou surgindo dali.

O fato de sermos de famílias ricas e tradicionais também ajudou, mas a amizade era uma coisa inexplicável, surgia do nada e era fomentada independentemente de personalidades diferentes ou opiniões. E foi assim com a gente. Um acabou conhecendo a vida do outro, e aquele laço se fortaleceu. Até o Clube Catana conhecemos juntos, por volta dos 18 anos de idade, quando os hormônios eram mais loucos do que podíamos controlar e procurávamos novas formas de divertimento. Acabamos gostando de lá, não apenas pela liberdade sexual, mas por ser um lugar exclusivo, fechado e luxuoso. O que acontecia no Catana ficava no Catana.

E mesmo agora, anos depois, ainda aparecíamos por lá. Matheus era o que mais frequentava o lugar, por ter se interessado pelo BDSM e ser um Dom no local. Arthur ia de vez em quando para farrear e se divertir em suas orgias. Eu sempre preferi mais intimidade. Já tinha ido para a cama com mais de uma mulher algumas vezes e usado apetrechos sexuais, mas gostava mesmo era de pegar uma só e mandar ver nela, fazendo tudo o que tinha vontade. Para isso não precisava de público.

Depois que fiquei noivo de Ludmila aquelas incursões no Catana diminuíram. Eu tinha a empresa para me preocupar, o mestrado e o MBA, os finais de semana com Ludmila e, muitas vezes, precisava viajar a trabalho. O tempo acabava ficando apertado. E depois que conheci Cecília nem havia pensado no clube. Mas naquele dia podia ser uma boa opção.

O Catana já estava bem movimentado. Arthur tinha escolhido uma mesa grande cercada por um sofá redondo a um canto e já estava lá com duas mulheres, uma em seu colo, a outra a seu lado, os três em um papo animado e sensual. Não eram escravas do Catana, ou seja, as prostitutas de luxo que havia ali para entreter os clientes de todas as formas. Eram convidadas também, bonitas, parecendo achar graça do que meu amigo mulherengo dizia.

– Antônio! – Arthur sorriu ao me ver. – Vem aqui conhecer minhas amigas.

Eu me aproximei e as cumprimentei com um aceno de cabeça. Logo fomos apresentados, enquanto eu me sentava. A que estava no colo de Arthur se chamava Elena. Era bonita, com um jeito alegre e extrovertido, muito simpática. Parecia caidinha por ele.

A que estava ao lado deles era igualmente simpática, bonita e inteligente, chamava-se Cristina. E não demorou muito para três amigas delas se aproximarem e me olharem com interesse, enquanto éramos apresentados. Simone era um pouco mais tímida que as outras e me olhou de um jeito desejoso, como se eu fosse um pote de doce bem saboroso. Era uma graça e sorriu, cheia de charme. Bárbara piscou o olho para mim e sentou-se ao meu lado. Mas a terceira, Mariana, deixou claro o que queria assim que conseguiu um espaço na ponta, quase sentando em meu colo.

— Eu sabia que devia vir hoje aqui. Alguma coisa me avisava que era minha noite de sorte.

Eu fixei meus olhos nela, e a menina ficou toda nervosa. Deu para perceber que era uma dessas mulheres apaixonadas, sem frescuras, que mergulhavam de cabeça quando estavam a fim de um homem. Em qualquer outro dia eu aproveitaria aquilo. Ou uma das outras ali, todas interessantes. Mas eu me sentia estranho. Como se faltasse uma parte de mim.

— Quer uma bebida? – perguntei sério, pensando que talvez aquilo fosse tudo que eu precisava para me sentir normal de novo.

— Quero.

— E vocês? – Simone e Bárbara concordaram, sorrindo.

Eu chamei uma garçonete com top e short de napa vermelho, e ela anotou os pedidos. Por um momento pensei qual seria o seu nome e isso me fez pensar em Cecília. Se estivesse ali, com certeza já estaria fazendo isso.

— Cadê o Matheus? – perguntei a Arthur, que se deliciava com as meninas. Ele e Elena só faltavam se atracar ali mesmo.

– Tá por aí, afiando seu chicote. Tem um monte de menina atrás dele querendo ser a sub de hoje – disse divertido.

Conversei com as meninas e recebi umas cantadas bem diretas, principalmente de Mariana. Mas por incrível que pudesse parecer, aquela noite não era para mim. Eu me sentia fechado, preocupado, sem vontade de nada a não ser ficar sozinho. Imaginava que Cecília àquela hora devia estar na casa dos pais e só voltaria no domingo à noite. Enquanto Ludmila estaria em minha casa, esperando para passar o final de semana.

– Você está bem? – indagou Mariana, depois de um momento em que fiquei calado, pensativo.

– Tudo bem. – Acenei com a cabeça.

– Antônio? – indagou uma voz masculina ali perto. Virei a cabeça para fitar um homem de quase um metro e noventa parado ali perto, com cabelos escuros e olhos cor de chumbo. Tinha uma expressão fechada, mas eu sabia que era natural nele, seu jeito. Era empresário também e investidor. Tínhamos feito alguns negócios juntos.

– Rafael. – Levantei e apertei sua mão. – Não sabia que frequentava o Catana.

Rafael Romano explicou:

– É a primeira vez que venho. Vim com uns amigos.

Passou os olhos em volta da mesa e cumprimentou Arthur e as meninas com um aceno de cabeça. Senti que seu olhar se fixava em Mariana, e a moça ficou corada, olhando de mim para ele como se não soubesse se decidir onde devia parar. Sorri comigo mesmo e os apresentei.

Rolou o maior clima e foi melhor assim. Deixei-os conversando e fui andar pelo clube, querendo afastar aquele mal-estar de dentro de mim, mas sem conseguir me concentrar em nada. Encontrei Matheus na masmorra, separando as cordas que usaria na sessão de shibari, cercado de garotas que cochichavam entre si e tentavam chamar a atenção dele.

– Já escolheu a vítima de hoje? – indaguei secamente, e ele sorriu ao me ver.

– Está difícil.

Fui alvo de olhares também. Mas entendi que nada chamaria a minha atenção naquela noite. Nem a mulher mais linda e interessante do mundo, nem minha quase noiva me esperando em casa. Dei um tapa amistoso no ombro do meu amigo.

– Estou indo.

– Mas chegou agora. A festa ainda nem começou. – Olhou-me e franziu a testa. – O que você tem?

– Cansaço. Nem devia ter vindo.

– Tem certeza que é só isso mesmo? – Parecia preocupado.

– Tenho. Nem vou falar com Arthur, senão vai reclamar até dizer chega e insistir para eu ficar. Aproveite sua noite.

– Pode deixar. Se quiser conversar, sabe onde me encontrar.

Acenei com a cabeça e saí.

Não fui para casa.

Não sabia para onde ir, pois o único lugar onde queria estar devia ser proibido para mim a partir dali.

Apenas dirigi.

E Cecília foi comigo. O tempo ainda era muito recente para fazer seu milagre.

LUDMILA VENERE

Uma coisa que ninguém poderia me acusar era de ser burra.

Naquele sábado observei bem Antônio e comecei a fazer meus planos. Era mais do que certo que havia algo errado com ele e não era coisa boba. Estava frio e distante. Tinha me evitado na sexta e agora fazia o mesmo, deixando-me na suíte com meus livros de medicina.

Comecei a entender que, se não me situasse, poderia ficar para trás. Era hora de começar a sondar e agir, se eu queria ter meu futuro garantido.

Estava irritada, pois odiava ter que sair do meu pedestal para sujar minhas unhas, mas havia horas em que isso era necessário, e esperei o momento propício.

Antônio tinha saído para levar a mãe na casa de uma amiga. E eu saí em busca de Arnaldo. Não custava nada ter uma conversinha inocente com ele.

No corredor, encontrei Eduardo, que vinha com fone de ouvido, assoviando uma música. Sorri docemente para ele, na verdade pensando o quanto era vagabundo e sem objetivos. De todos da família, era de quem eu menos gostava. Parecia sempre me tratar com ironia e, mesmo sem nunca ter me maltratado, adorava jogar piadinhas. Era a velha antipatia, que tanto eu quanto ele, muito educados, disfarçávamos perante os outros.

– Bom-dia, Edu.

– Bom-dia, Ludmila.

– Só curtindo uma música, não é?

– É, Legião Urbana. Gosta? – Parou perto de mim, sorrindo.

– Não muito. – Dei de ombros, um sorriso também colado no rosto.

– Que pena. Achei essa música bem adequada pra você.

Isso me fez olhá-lo com mais atenção. Indaguei com cuidado:

– Por quê?

– Ouça. – E me entregou os fones de ouvido.

Eu os peguei, desconfiada. E ouvi uma parte da música:

Mas não é bem assim que as coisas são
Seu interesse é só traição

E mentir é fácil demais

Tua indecência não serve mais
Tão decadente e tanto faz
Quais são as regras? O que ficou?
O seu cinismo essa sedução
Volta pro esgoto, baby
Vê se alguém lhe quer

Furiosa por dentro, arranquei os fones do ouvido e o fitei, olhando-me com seu sorriso odioso. Não demonstrei minha irritação. Disse friamente:

– Você e suas piadinhas sem graça, Edu.

– Quem disse que é uma piada? – Ergueu uma sobrancelha.

Ele me provocava para que eu me descontrolasse. Mas nunca conseguia. Sorri ainda mais e balancei a cabeça, suspirando como se falasse com uma criança:

– Está bem, querido. Agora preciso ir. Divirta-se com suas músicas.

Segui pelo corredor, meus saltos batendo na madeira. Contive a irritação e, como quem não quer nada, segui para o escritório, onde estantes enormes guardavam uma infinidade de livros. É claro que sabia que Arnaldo estava lá, era seu lugar preferido da casa, sempre envolvido em seus negócios e fumando seu charuto. Mas fingi surpresa e parei na porta, exclamando:

– Ah, desculpe, Arnaldo! Não sabia que estava aqui. Vim pegar um livro.

– Entre, Ludmila. – Sorriu, parando de digitar um pouco em seu notebook, o charuto cubano pendurado no canto da boca.

Aproximei-me com uma expressão de coitadinha, meu olhar baixo.

– Obrigada.

– Tudo bem?

Parei em frente a sua mesa e apoiei as mãos no encosto da cadeira. Fitei-o como se estivesse confusa. Mordi os lábios.

– Na verdade, não sei.

– Como assim?

Aproveitei-me de sua preocupação. Suspirei, desolada.

– Promete que não dirá nada?

– Claro. – Fitava-me atentamente.

– Arnaldo, tenho sentido Antônio tão distante esses dias. Às vezes fico me indagando se quer mesmo ter um compromisso sério comigo.

– Mas é claro que quer! Meu filho é assim mesmo, fechado, sério demais. Sempre foi. – Sorriu.

– Não sei. Já estamos juntos há dois anos. E nem somos noivos ainda. Estou começando a pensar se esse relacionamento é sério somente para mim.

– Acalme-se. Antônio é um homem de palavra. – Pensou um pouco e decidiu: – Mas vou conversar com ele. O que disse é certo. Está mais do que na hora de firmarem tudo publicamente, com um noivado.

– Mas não quero que ele pense que estou pressionando. Longe de mim!

– Não se preocupe. Sei como lidar com ele. – Sorriu.

Eu sorri de volta, sem fingimento. Sabia a fonte para manter Antônio sob rédeas curtas. O pai. Era a pessoa que ele mais respeitava e admirava. Enquanto estivesse do meu lado, tudo estaria bem.

Durante o almoço, estávamos todos à mesa. Na cabeceira, Arnaldo. Ao seu lado direito, Antônio e eu. Ao lado esquerdo estavam Nora e Eduardo. O assunto como sempre girava sobre coisas da empresa e depois sobre uma viagem que Nora andava cobrando ao marido, para visitar os parentes dele que viviam na Espanha.

Antônio estava mais calado que o habitual, sério demais. Eu o deixava quieto, mas me irritava. Odiava me preocupar e ter que cansar minha beleza com algo que achei que já estava garantido.

Já estávamos na sobremesa quando Arnaldo disse alto:

– Eu estava pensando que poderíamos fazer uma festa, Nora.

– Festa? – A esposa o fitou. Tinha belos olhos azuis, que Antônio herdara. – Para comemorar o quê?

– Podemos arrumar um motivo. – Sorriu e olhou para o filho mais velho. – Quem sabe um noivado. Já está mais do que na hora.

Eu não sorri. Na verdade controlei bem minha satisfação com uma expressão tranquila. Senti Antônio rígido ao meu lado, virando a cabeça para olhar seu pai.

– O que me diz, filho?

– Ah, seria maravilhoso! – emendou Nora, animada. – Adoraria organizar uma reunião bem íntima, com nossos amigos mais chegados.

– Não – disse Antônio secamente.

O silêncio reinou na sala. Fiquei com vontade de jogar vinho na cara de Eduardo ao vê-lo sorrir na minha frente. Arnaldo pareceu confuso e fitou o filho mais velho.

– Mas vocês namoram há dois anos.

– Só fico noivo depois que me formar.

– Mas isso é só no fim do ano – disse Nora. – Uma coisa não tem nada a ver com a outra, querido.

– Para mim, tem. – Ele estava mais sério que o habitual, seu olhar duro, a voz decidida. – Não precisamos ter pressa.

– Prefere assim? – indagou Arnaldo.

– Sim, é assim que eu quero.

Não perguntou o que eu queria e me enfureci, pois estava em suas mãos e não queria me arriscar. Olhei-o com docilidade e encontrei seus olhos azuis, dizendo baixinho:

– O que você decidir está bom para mim.

– Então, vamos esperar. – Nora sorriu e disse ao marido: – Pare de querer apressar as crianças, Arnaldo.

– Foi só uma ideia – disse ele, mas também parecia um pouco preocupado, como se percebesse que poderia haver algo mais ali. No entanto, sacudiu a cabeça e sorriu. – Certo, vamos deixar mais para frente.

Na hora de deitar, eu o esperei na cama linda e perfumada em uma camisola sexy. Queria ver se me dispensaria de novo.

Olhou-me friamente, vindo deitar apenas com uma cueca boxer branca, passando os olhos por meu corpo. Não havia paixão ali, mas determinação. Sorri, esperando. E não me decepcionou. Tirou a cueca e veio nu para a cama, ainda sem estar excitado.

Era impossível não admirar aquela perfeição toda. Mas eu merecia. Para Ludmila Venere só o melhor. Por isso eu teria Antônio, custasse o que custasse. Deixei que afastasse a coberta e o recebi, dando-me conta de que estava excitada.

Foi bruto e mecânico. Me fez chupá-lo até deixá-lo de pau duro e me pegou com firmeza. De tudo que foi jeito. Cheguei a choramingar quando meteu em meu ânus enquanto agarrava meu cabelo e me fazia ficar de quatro. Doía, porque era grande e grosso demais, mas também dava um prazer danado. Eu gostava daquela sua agressividade, do modo como me usava, como se estivesse com raiva. Ele tinha que entender isso, que eu era para ele e nunca me negaria. Desde que me desse o mundo. E me fizesse sua esposa.

Não teve carinho ou abraços depois. Cada um dormiu do seu lado, mas aquilo não me fazia falta. Tinha gozado e estava um pouco mais tranquila. Com calma e determinação, alcançaria meus objetivos.

Notei que estava realmente estranho, perturbado, distante. Mas não perguntei nada.

Eu não era de falar.

Era de agir.

CECÍLIA BLANC

Eu estava sentada na cadeira de balanço da varanda, pés apoiados no parapeito, olhos perdidos nas árvores em frente. O sol estava se pondo e um ventinho frio soprava, arrepiando a minha pele. Mas eu estava tão desanimada que nem tinha ânimo de sair dali. O celular ao meu lado tocava uma música de Marisa Monte, "A sua". Como sempre, eu procurava nas canções um pouco de companhia, alento e ajuda. Sempre havia uma letra ou uma melodia para falar com a gente. Era como se, ao criar determinada canção, o autor soubesse que caberia perfeitamente na vida de uma pessoa, que se identificaria e a escutaria não só com os ouvidos, mas com a alma.

Tô com sintomas de saudade
Tô pensando em você
Como eu te quero tanto bem
Aonde for não quero dor
Eu tomo conta de você
Mas te quero livre também
Como o tempo vai e o vento vem...

Já era final de sábado e na tarde seguinte eu voltaria para Laranjeiras. Eu o tinha visto pela última vez na quarta-feira e tido aquela sensação terrível de despedida, que parecia ter se confirmado. Antônio não tinha me procurado mais e havia ignorado meus telefonemas. Nunca quis tanto que uma intuição não se confirmasse, mas não foi assim. Estava mais do que confirmada. A pergunta que não queria calar e me angustiava era: por quê?

Eu precisava saber. Podia ser ingênua, acreditar nas pessoas, mas não era burra. Tinha percebido como ele olhava para mim. Aquela intensidade toda, a admiração demonstravam um homem que queria ficar comigo, que gostava de mim. Seus beijos, seu toque, seu jeito possessivo, tudo gritava isso. Então por que aquele olhar de despedida de repente? Por quê, meu Deus? Eu não conseguia parar de me perguntar e não me conformaria até saber. Estava decidida a voltar ao Rio e procurar por ele. Ia atrás de minha colega Amanda, me informaria sobre Eduardo e através dele eu acharia Antônio. Só não poderia ficar daquele jeito, cheia de dúvidas, sem entender nada.

– O que você tem, filha?

A voz da minha mãe interrompeu meus pensamentos e só então me dei conta de que tinha se aproximado de mim. Ergui a cabeça para a mulher de 44 anos parada ao meu lado, que acariciou meu cabelo com carinho e me olhou com preocupação.

Por um momento não consegui falar nada. A dor dentro de mim era tão forte que tive vontade de chorar, mas apenas encostei o rosto em sua mão e fechei os olhos. Foi o bastante para que Carmen sentasse no braço da cadeira e passasse o braço em volta de mim, protetoramente, me fazendo encostar a cabeça em seu peito. Éramos amigas acima de tudo e muitas vezes não precisava de palavras entre nós. Eu estava carente e triste, e seu gesto de carinho já me alentava, me dava mais forças.

– Está apaixonada, Ceci?
– Sim – disse num fio de voz.

O frio também havia diminuído com o calor do corpo da minha mãe contra o meu. Era tudo que eu precisava naquele momento.

– Eu percebi. Parecia tão feliz nesses últimos dias. Menos nesse final de semana. O que houve? Quem é ele?

– Antônio. Eu o conheci há pouco tempo. Estou louca por ele e achei que estivesse louco por mim, mas...

– Mas? – Ainda acariciava meu cabelo, como quando eu era uma garotinha e deitava a cabeça em seu colo.

Olhei de novo para as árvores. Eu tentava ser forte. Meus pais tinham me ensinado a me erguer sempre que caísse, não importava quantas vezes fosse. E a seguir em frente, não amargurada, mas segura de que uma nova tentativa me traria sucesso. Foi assim desde sempre.

Antônio tinha sido o homem que mais mexeu comigo. Eu estava completa e irremediavelmente apaixonada por ele. Era meu jeito amar irrestritamente, mas sempre pensei em me resguardar, só me entregar fisicamente a ele quando fosse a hora certa, quando tivesse certeza de que sentia o mesmo por mim. Tinha sido difícil, pois era muito apaixonado e lindo, muito gostoso e intenso. Talvez, se tivesse insistido mais, eu teria capitulado, mas o que importava era que não estava pronta. E nisso ele me respeitou.

Agora eu pensava se no fundo Antônio também se segurou porque não tinha certeza de seus sentimentos. E por fim resolveu cair fora, para que eu não me envolvesse cada vez mais. Era uma explicação.

– Acho que me enganei – falei baixinho. – Ele me deixou.

– Por quê?

– Não sei, mãe. Talvez não gostasse de mim tanto quanto eu gostava dele. Acho que deve ter alguma coisa errada comigo.

– Não diga besteira. Nem se torne amarga, bobinha. Se ele não viu a maravilha que estava perdendo, problema dele. Não é você quem sai perdendo.

Eu virei a cabeça e a olhei. Era uma mulher bonita, com cabelos castanhos na altura dos ombros, olhos doces. Acabei sorrindo, pois acreditava realmente no que dizia.

– Para a senhora, eu sou um tesouro.

– E é mesmo. Sorte do homem que perceber isso. Querida, você ainda é muito jovem. Qualquer dia encontra um homem bom, que a amará como merece.

Concordei com a cabeça. Mas Antônio não saía da minha mente, de dentro de mim. Desabafei:

– Ele não me disse nada. Simplesmente deixou de me procurar.

– Perguntou a ele?

– Não atendeu meu telefonema. E logo depois vim pra cá. Mas quero ouvir de sua boca, olhar em seus olhos. Não gosto de nada mal resolvido. E acho que mereço ao menos isso.

– Com certeza merece. Era o mínimo que esse rapaz poderia fazer. – Seus olhos escuros fixaram-se nos meus. Parecia um pouco sem graça, mas perguntou: – Vocês chegaram a... quero dizer...

– Não. – Balancei a cabeça, embora corasse lembrando de todas as outras coisas que fizemos sem penetração.

– Entendo. Menos mau – concordou, passando a mão novamente em meu cabelo. – Isso vai passar. Não quero ver você assim, tristinha.

– Não vou ficar. Prometo.

Mas estava. A dor dentro de mim era horrível, junto com saudade e confusão. Tinha medo de nunca mais vê-lo. De nunca mais tocá-lo ou ouvir sua voz. De nunca mais fitar seus olhos azuis. E era muito difícil controlar aqueles sentimentos que me arrasavam por dentro, que pareciam me rasgar cada vez um pouquinho mais.

Naquele momento, a porta da frente abriu e meu pai saiu, junto com Paulinho, meu irmão de 3 aninhos. Salvador olhou da esposa para mim e indagou:

– Algum problema?

– Não. Apenas conversa entre mãe e filha. – Minha mãe sorriu para ele.

Eu sorri também, admirando-os mais de uma vez em minha vida. Estavam casados há vinte e dois anos e se amavam. Eram felizes, companheiros um do outro. Como um dia eu queria ser com meu marido.

Paulinho nem me deixou remoer muito meu sofrimento e pensar. Já correu para meu colo, me abraçando, seus cachos castanhos roçando meu queixo ao implorar:

– Ceci, *"binca"* comigo!

– Chegou o furacão da casa. – Minha mãe riu. – Acabou-se a conversa. Agora a atenção é toda dele.

– *"Binca"*, Ceci! *"Binca"*!

– Certo, vamos brincar. – Sorri e beijei seu cabelo, enquanto comemorava todo animado.

– Vou lá terminar o jantar. – Carmen se ergueu e deu um beijo em mim e um em Paulinho. – Hoje suas tias vêm comer aqui.

– Já vou ajudar a senhora – falei.

A vida seguia, continuava. E, mesmo triste, eu tentava seguir com ela. No entanto, nada parecia igual. Faltava alguma coisa. Havia um vazio dentro de mim. Faltava Antônio.

ANTÔNIO SARAGOÇA

No domingo deixei Ludmila no aeroporto e voltei para casa. Dentro do carro tocava uma música e de propósito deixei tocar só MPB. Cecília parecia ainda mais perto de mim assim, como se fosse possível. Eu não tinha parado de pensar nela nem por um segundo. Meus dias pareciam cinzentos, minha vida sem graça, cada segundo uma tortura.

Estava tentando fazer o certo, me afastar enquanto era tempo, antes que tudo se complicasse mais. Eu tinha minhas responsabilidades e obrigações. Mas nunca imaginei que sentiria tanta falta dela. Uma falta absurda, que me corroía por dentro como uma doença, doendo, latejando, incomodando.

Comi, andei, falei, fingi. Esse fui eu naquele fim de semana. Forçado, pela metade, infeliz. Só de imaginar em passar o resto da minha vida assim, dava um desespero tão grande que minha vontade era de jogar tudo para o alto. Esquecer que eu era um herdeiro, que sempre sonhei em ampliar os negócios da família, que todos depositavam em mim as esperanças de uma vida. De mais vidas.

Dirigi e me vi olhando pela estrada para os outros carros, esperando ver Cecília em algum lugar. Sabia que não estaria ali. Naquela hora devia estar chegando à Rodoviária Novo Rio, vindo de Conceição de Macabu. Numa de nossas conversas me contara isso.

Imaginei como estaria. E me senti muito culpado com a possibilidade de ter tirado aquele sorriso lindo do seu rosto. De ter feito Cecília sentir pelo menos metade do que eu sentia e me arrasava. Quis voltar a ser eu mesmo, um homem poderoso e acostumado a mandar e seguir seus próprios mandamentos, mas só conseguia voltar ao mesmo ponto como um disco furado, a saudade que me corroía, a vontade de simplesmente estar com ela.

Eu precisava dela. Não era querer ou escolher. Era necessidade. Era mais forte do que tudo que já senti e me golpeava por ser algo completamente novo, com o qual eu não sabia lidar. Tentei ainda me conter, mas a saudade já espiralava dentro de mim e subia por meu peito, ganhava um espaço cada vez maior, se tornava tão latente que era difícil até respirar.

Foco. Eu precisava ter um foco. Pensei no meu pai, nos sonhos que construímos juntos, no amor e no respeito que eu dedicava a ele. Na vontade da minha mãe de viajar com meu pai para a Espanha sem pressa de voltar por causa dos negócios e seus sonhos de ter um neto. Em Eduardo, sempre de bem com a vida, aparecendo no escritório somente quando queria. E em Ludmila, a esposa perfeita, aquela que seria o ponto-chave para que tudo se realizasse.

Eu me via de pé diante de uma encruzilhada. Qualquer caminho que eu escolhesse me traria consequências drásticas.

Porra! Eu não sabia de nada! Estava cansado de tanto pensar e lutar.

Quando vi, virava violentamente o volante para pegar uma rua transversal, não para seguir para casa, mas com outro destino. Não joguei tudo para o alto. Ainda havia responsabilidades demais em meus ombros para isso. Fui, sim, egoísta e covarde. Porque eu queria tudo e, mesmo sabendo que não teria, adiaria uma decisão final. Empurraria até estar certo do que seria o melhor a fazer.

Fui rápido em direção à Rodoviária Novo Rio. Talvez eu ainda pegasse Cecília lá. Era uma escolha errada e eu sabia, mas a única que poderia tomar naquele momento.

Depois de deixar meu Land Rover em um estacionamento, me informei onde chegavam os ônibus de Conceição de Macabu e fui rapidamente para lá, meus olhos atentos em cada pessoa, ansiando por vê-la, precisando desesperadamente daquilo.

O ônibus já estava lá, vazio. Aproximei-me do motorista, que conversava em frente à porta com um fiscal e os interrompi, sem tempo para boas maneiras:

– Esse é o ônibus que veio de Conceição de Macabu?

– É, sim. – Eles me olharam.

– Merda! – Fiquei puto e passei a mão pelo cabelo, olhando em volta. – Chegou há muito tempo?

– Uns dez minutos. Se está procurando alguém, a saída é por ali, onde as pessoas vão para pegar táxi ou ônibus – informou o fiscal.

– Obrigado. – Corri para lá.

As portas duplas de vidro se abriram para a calçada. E foi então que a vi. Estava linda como sempre, seus longos e ondulados cabelos soltos espalhados, abaixada falando com um menino de rua. Por ali havia muitos assim, para roubar um turista distraído ou desavisado ou para ganhar alguns trocados empurrando bagagens até os táxis. Aquele era um garoto de uns 8 anos, negro, com aparência de esfomeado, usando short velho, camiseta puída e chinelos furados.

Minha primeira reação foi de preocupação com Cecília. Era uma tristeza ver crianças naquelas condições, mas muitas eram violentas e espertas, já tinham aprendido com a vida a fazer maldades. Mas então vi o sorriso no rosto dela e o sorriso no dele, enquanto a ouvia falar.

Sua bagagem estava no chão, assim como uma grande bolsa térmica. Já tinha me contado que trazia comidas feitas pela mãe para não precisar cozinhar durante a semana, além de algumas outras coisas como biscoitos e doces feitos pelas tias. Ela era a primeira sobrinha a vir estudar no Rio e parecia ser muito mimada e querida pela família.

Abriu a bolsa térmica e tirou de dentro um pacote de biscoitos e alguns potes de plástico. Deu tudo ao menino e deu também um beijinho em sua bochecha. Era pequeno e a olhava como se estivesse diante de uma fada.

Sorriu, agarrou seus novos bens como se fossem tesouros e disse algo. Então se afastou, olhando para trás, apaixonado por ela. Cecília acenou e se levantou, olhando-o com certo ar de tristeza, apesar do sorriso.

Eu estava imobilizado. Foi um dos gestos mais lindos de doação que já vi. Nossa empresa já fazia vários trabalhos humanitários, mas naquele momento decidi que investiria ainda mais em responsabilidade social de projetos com crianças, principalmente com as menores de 10 anos.

Estava abalado, não apenas por vê-la de novo, mas por entender por que ela me fizera tanta falta. Não era apenas seu corpo, suas pernas, seu sorriso. Era sua espontaneidade e alegria, sua forma de ver a vida, sua personalidade única, que mexiam comigo. Cecília era como o sol brilhando em minha vida, iluminando e aquecendo. E como se poderia viver sem o sol?

Caminhei até ela, e as portas de vidro se abriram de novo, me dando passagem. Já se abaixava para pegar sua bagagem, mas me antecipei e segurei a alça da bolsa, erguendo-a. Arregalou os olhos ao me ver, enquanto eu dizia:

– Deixa que eu levo pra você.

Ficou muda, paralisada. Eu me dei conta de que meu coração disparava, que só de estar perto dela a vida parecia voltar a ser bela, colorida, dinâmica. Tive uma vontade louca de puxá-la para mim, beijá-la até perder o ar e enlouquecer. Mas então fitei seus olhos castanhos e ali fiquei, perdido, impressionado.

Muitas emoções passaram por eles, e reconheci muitas como as que eu sentia. Então ela se recuperou e vi que estava magoada. Ergueu um pouco o queixo, apertou os lábios para que parassem de tremer e disse baixo:

– O que está fazendo aqui?

– Vim buscar você.

Eu a olhava fixamente. Vi que recuava, tentava se proteger. Mas agora que eu estava ali não a deixaria fugir de mim. Peguei também sua bolsa térmica e estendi a ela minha mão livre, sendo imperativo:

– Vem comigo.

– Não. Quero minhas bolsas. – Sua voz saiu mais fria do que eu gostaria. Mas seu olhar ardia no meu.

– Não.

– Pensa que é assim, Antônio? Some sem me dar uma palavra, sem atender meus telefonemas, e agora aparece como se nada tivesse acontecido? E acha que vou com você?

É claro que eu deveria ter esperado sua mágoa e sua irritação. Mas tinha ido até ela tão seco para vê-la, para tê-la de novo em minha vida, que nem havia pensado na possibilidade dela não me querer mais. De estar chateada a ponto de me desprezar.

– Conversamos no carro – disse bruscamente, segurando seu braço.

Foi meu erro. Senti meu corpo todo reagir, cheio de energia, de paixão e saudade, de vontade de tocá-la mais e mais. Perdi completamente a razão e a trouxe mais para perto de mim, sério e decidido a não deixá-la fugir. Cecília tentou puxar o braço, mas não permiti. Parou e pela primeira vez vi o quanto poderia ficar raivosa:

– Solte meu braço, Antônio. Se quer conversar comigo, me procure direito. Não pense que vai me agarrar e pronto, eu...

Larguei as bolsas no chão. Não me importei se estávamos em uma calçada movimentada ou se várias pessoas passavam à nossa volta indo e vindo. Não pensei ou analisei nada. Simplesmente a trouxe para mim, abracei-a forte sem chance de escapar, agarrei sua nuca. Ela arquejou, abriu a boca para reclamar, mas engoli sua fúria com meu beijo.

Beijei-a com tudo. Não apenas com lábios e língua, mas com meu corpo e meu desejo, com todos os sentimentos que só me golpeavam quando eu estava perto dela, quando a tinha assim, toda minha. Cecília se debateu, tentou resistir, mas o que tínhamos era forte demais. Era pele e luxúria, era emoção e paixão, era mais do que podíamos ou sabíamos explicar.

Algo dentro de mim rugiu e eu a apertei. Tomei sua língua na minha, chupei duramente, a obriguei a retribuir, ficando mole e trêmula, se dando sem nem perceber. Meus dedos estavam enterrados em seu cabelo, meu corpo dobrava o dela, cada nervo meu se esticava e contraía por ela, só por ela. Beijei-a até não restar dúvidas de que era para ser assim, que ali era nosso lugar.

A paixão veio desenfreada. Fiquei duro, aceso, fora de mim. Espalmei a mão no meio de suas costas e a apertei tanto em meu peito que a deixei sem ar, sôfrega, agarrando-me com igual loucura. Quando afastei a boca e fitei seus olhos com intensidade e fome, sem deixá-la escapar um só milímetro, murmurou agoniada:

– Por quê?

Não precisava perguntar mais nada. Eu entendia. Queria saber por que sumi, por que a deixei e por que voltava agora, assim. Tantas questões que eu ainda não podia responder. Cerrei os dentes com ódio, ódio de mim e de tudo que estava no meu caminho. E falei o que meu coração dizia, não o que minha mente permitia:

– Eu não estava pronto para isso, para você e tudo que me faz sentir. Tentei ficar longe. Mas não consegui. Porque também não estou pronto para te perder.

– Você não precisa me perder... Eu estou aqui – disse angustiada.

– Está aqui e vai ficar – falei fora de mim, ordenei como se mandasse em mim mesmo, como se gritasse aos quatro cantos do mundo até se tornar uma certeza. – Porque você é minha, Cecília. E isso nada pode mudar.

– Antônio... – Seus olhos imploravam por mais, confusos. – Não entendo você... Seja claro...

– Esqueça tudo. Vamos começar daqui. Eu e você. – Continuávamos colados, agarrados, minha mão em sua nuca, meus olhos nos seus, sem piscar, com pena de perderem um milésimo de segundo dela se o fizessem.

Vacilou, mordendo o lábio. Eu não podia dizer mais sem me entregar. E ainda não era a hora. Precisava de mais tempo.

– Tudo isso é muito forte, Cecília. Não vou deixar você ir.

– Eu não vou a lugar algum. – Seus olhos fixaram-se nos meus. Murmurou: – Mas e você?

– Eu fico aqui, com você.

– Jura?

Como eu podia jurar? E tudo que eu tinha que fazer além dela? Qual seria minha decisão? Eu não sabia mais de nada. Só que não tinha conseguido ficar longe dela. E não a deixaria a não ser que fosse obrigado.

– Juro – finalmente falei. Foi uma palavra simples, pequena, mas com grandes dimensões na minha vida.

E então entendi que faria o que estivesse ao meu alcance por Cecília. Eu pensaria e acharia uma solução. Eu criaria um novo plano. Uma nova saída. Só precisava de tempo para pensar com calma e controlar tudo.

Eu a beijei de novo e daquela vez ela se entregou completamente, sem dúvidas, toda minha. Foi delicioso e único. Tão especial que soube que não viveria mais sem aquilo na minha vida.

– Vamos sair daqui. – Agarrei sua bagagem com uma das mãos e sua mão com a outra. Levei-a comigo e Cecília foi, confiando em mim, acreditando em meus desejos e palavras, tendo mais fé em mim do que eu mesmo. Mas pela primeira vez comecei a ver uma possibilidade, uma escolha diferente.

Guardei sua bagagem no porta-malas e a ajudei a entrar no carro. Sério e compenetrado, tentando ser racional e me conter, mas eu ardia e queimava de desejo e de saudade. Dei-lhe um olhar profundo ao sair com o carro do estacionamento e peguei a estrada. Cecília me olhava, apaixonada, sem disfarces. E isso só mexeu ainda mais comigo.

Eu tive necessidade de tocar nela novamente, nem que fosse um pouquinho. Tinham sido dias de tortura e de saudade e eu não queria nem podia me privar de mais nada. Segurei o volante com uma das mãos, com a outra segurei seu pulso e beijei sua palma aberta. Mordisquei-a devagar e senti o tremor que a percorreu. Descia-a por meu queixo e pescoço, até pará-la em meu peito, sobre meu coração, que batia forte e descompassado.

Deixei sua mão ali e Cecília não a tirou. Pelo contrário, veio para mais perto e passou seus outros dedos por meu cabelo, meu rosto, dizendo baixinho:

– Ainda não entendi. Por que mudou tanto naquela noite? Teve alguma coisa a ver com o fato de encontrarmos seu irmão?

– Não.

– Antônio...

Eu cerrei o maxilar. Não podia contar a ela. Ainda não. Embora minha vontade fosse aquela. Olhei fixamente para frente. Eu só sabia de uma coisa, eu a queria ali comigo. Depois eu pensaria no resto.

– Sou um homem complicado, Cecília. Às vezes nem eu me entendo. Mas acredite em mim, foi apenas um momento. Passou.

– Tudo bem. – Sua mão acariciou meu peito. Dava para sentir o desejo, a fome, a paixão vindos dela, misturados a um quê de dúvida e desespero. – Mas não estou preparada para idas e vindas. Se quer ficar comigo, eu quero você demais. Mas se tem dúvidas, Antônio, se acha que não pode mais...

– Eu quero você. E não tenho dúvidas disso. – Foi tudo o que falei.

Ficamos em silêncio enquanto seguíamos pelas ruas do Rio em direção à Zona Sul. Nem música tocava no carro. Estava cada um mergulhado em seu próprio pensamento, mas nos tocávamos. Tirava a mão do volante e entrelaçava meus dedos aos dela. Tocava seu cabelo. Mordiscava seu polegar. E a fome dentro de mim só crescia, a necessidade de estar mais e mais perto, como se fosse mais forte que tudo.

Já estava escuro quando estacionei no Mirante do Pasmado em Botafogo, o lugar onde a tinha levado uma vez. Tirei meu cinto e o dela. Olhou-me assustada quando a fitei com os olhos semicerrados, cheios de tesão. Não lhe dei chance de falar nada. Deitei seu banco todo e vim sobre ela, enquanto arfava e arregalava os olhos.

Apesar do carro ser um 4x4 grande, ainda assim era apertado para nós dois. Eu preferia estar numa cama espaçosa e ter liberdade de movimentos. Mas de qualquer forma aquilo não me impediu, enquanto meu corpo exaltava por um alívio, meu tesão me deixando ereto, pronto, louco.

Fechei a mão em volta do seu pescoço com firmeza, enquanto com a outra abria suas pernas e me acomodava entre elas, pesando em seu corpo, fazendo-a sentir cada parte minha, mas principalmente meu pau duro dentro da calça, pressionando sua vulva pequena e macia. Cecília agarrou minha camisa perto das costelas e arquejou, excitada, nervosa.

Eu pus a língua entre seus lábios, sem fechar minha boca, sem a beijar definitivamente, meus olhos bem abertos fixos nos dela, obrigando-a silenciosamente a me fitar. Penetrei a língua ali, até tocar a ponta da dela, em movimentos ritmados, sensuais. Movi meus quadris lentamente, só para que sentisse meu membro, minha dureza e contorno, o quanto estava doido por ela.

Sua respiração estava agitada e ela tremia embaixo de mim. Com a mão livre, desci uma das alças do seu vestido bruscamente e deu um gritinho abafado, que calei ao beijá-la de uma vez, tirando o sutiã do caminho, ficando ensandecido ao sentir o montinho firme e redondo contra minha mão. Na mesma hora torci o mamilo pequenino entre o polegar e o indicador, beliscando-o, obrigando-a a me beijar, a se dar. E Cecília se deu sem reclamar.

Fui bruto, mas a paixão estava além de mim. Consumindo-me em sua fome. Eu queria estar dentro dela, penetrá-la, mas isso eu não faria. Nem tiraria meu pau da calça para não correr aquele risco, pois era tentação demais.

Apertei um pouco seu pescoço enquanto devorava sua boca e apertava seu mamilo, roçando meu pau entre suas coxas. Mesmo assustada, estava tão louca quanto eu, pois se abriu mais e se remexeu embaixo de mim, agoniada por um contato maior, suas mãos entrando sob minha camisa, as unhas raspando minha pele, ansiosa por me sentir.

Afastei a boca e a olhei quase com raiva, indagando com voz ainda mais engrossada pelo tesão:

– Como posso ficar longe disso? O que você fez comigo?

Cecília arquejava, fora de si, olhos lânguidos, lábios rubros e entreabertos. Larguei seu pescoço. Abri seu vestido violentamente, descendo-o, movendo-me até que estava só de calcinha e sutiã pretos, o sutiã para os lados expondo seus peitinhos com marcas de biquíni, os mamilos me tentando além da conta.

Fiquei meio de lado na ponta do banco. Arreganhei sua perna contra a porta e meus dedos entraram sob o cós da calcinha. Cecília se assustou, segurou meu pulso, mas não conseguiu me impedir.

– Antônio... – Havia medo e lascívia em sua voz, como se brigassem dentro dela. Mas suas súplicas se perderam quando meus dedos acariciaram seu clitóris por dentro da calcinha e minha boca se fechou no mamilo, chupando-o com força. – Ah...

Enfiei a mão sob seu pescoço e agarrei com firmeza sua nuca, deixando-a lá, toda exposta para mim. Estava a ponto de explodir na calça com sua bocetinha em minha mão, melada e quente, palpitando. E chupando aquele brotinho gostoso. Esfreguei o pau em sua coxa, até que ambos estávamos enlouquecidos pelo tesão.

O sangue latejava em minhas têmporas. Não aguentei e escorreguei um dedo para baixo, em sua rachinha toda molhada, doido para entrar ali. Cecília ainda agarrava meu pulso, mas não me impedia. Mordi seu mamilo e gritou rouca. Fui pra cima dela, sem tirar a mão, mamando no outro brotinho, ainda todo vestido. Metade do meu dedo parou dentro da sua boceta e ergui a cabeça, olhando-a, cerrando os dentes, buscando todo autocontrole que ainda me restava para não meter o dedo com tudo e depois meu pau.

Estava lá, abandonada, aberta, tremendo embaixo de mim. Os seios nus, os olhos entregues, as palavras que poderiam me impedir esquecidas. Seria minha quando eu quisesse. Mas um resto de decência ainda me impedia, me continha. Escorreguei os dedos para seu pescoço e a imobilizei ali. Não a beijei nem a penetrei com o dedo. Não fiz nada que pudesse abalar o controle que eu ainda mantinha.

Mas então passei a masturbá-la, apenas a ponta de um dedo dentro de sua rachinha, os outros esfregando seu clitóris, meu pau bem pressionado em sua coxa, latejando, duro, pronto. Era impressionante como ela me levava ao auge com tão pouco, mais do que as outras mulheres experientes que tinham se deitado comigo e feito de tudo.

Ondulou e arfou, seu rosto se contorceu de prazer. Manipulei-a e observei-a, mantendo-a presa sob mim, sendo seu algoz e seu amante, ordenando baixo:

– Goze. Quero ver você gozar.

– Antônio... – pediu em um arquejo, mordeu os lábios, buscou o ar.

Apertei mais seu pescoço. Masturbei-a com perícia. Esfreguei meu pau nela, em movimentos de quadris como se a penetrasse. Abriu-se mais e se debateu, fora de si, ondulando. Buscou minha mão alucinadamente, mas a contive, sem poder tirar meus olhos dela. E então, quando seu orgasmo veio, eu vi cada espasmo, cada palpitar do seu corpo, cada arquejo que saiu da sua boca. Vi seus traços se modificarem, mais intensos e doloridos, seu olhar cair como se despencasse de um abismo sem fim, seus lábios tremerem. Ficou ainda mais linda, mais minha, sua bocetinha sugando meu dedo, seu brotinho inchado e duro.

Foi a coisa mais bonita e excitante que vi na vida. Deitei mais sobre ela e fui beijá-la, sem interrompê-la em seu prazer, apenas lhe dando mais sensações. E tomando-as para mim. Fiquei teso e enlouquecido. Movi meu pau, imaginei que era ele dentro daquela rachinha melada e quente. E então ejaculei dentro da calça, gemendo rouco, envolvendo sua língua na minha.

Cecília me agarrou forte e estremeceu de novo. E mesmo sem penetração, sem consumação absoluta, eu senti que era minha e que eu era dela.

Desabamos juntos. Nossas respirações pesadas eram o único barulho dentro do carro. Lá fora o mundo também parecia ter parado. Fechei os olhos e mordisquei seu lábio inferior, senti dentro de mim que não poderia deixá-la. E isso só aumentou meu desespero.

Respirei fundo, e seu cheirinho veio para dentro de mim. Junto com tudo mais. E principalmente com a certeza de que precisava de tempo para organizar as coisas. Porque eu não tinha mais como fingir que tudo era como antes. Eu mesmo havia mudado.

ANTÔNIO SARAGOÇA

Nós nos vimos todos os dias daquela semana. Eu matei aula sem me incomodar com a matéria que estava perdendo ou como teria que correr atrás depois para me recuperar. Ela ralhava comigo, dizia que se recusaria a me ver, mas era só eu chegar e descia correndo do prédio para os meus braços, tão cheia de saudade quanto eu.

Saíamos para jantar ou para o cinema. Geralmente o filme ficava esquecido enquanto nos agarrávamos em algum canto escuro, cheios de desejo. Uma vez voltamos ao Mirante do Pasmado só para nos acabarmos em carícias ousadas, beijos sôfregos, roupas sendo afastadas para o lado. Perdi a conta de quantas vezes gozei na calça, já estava começando a ficar nervoso com aquilo, como um garoto descontrolado. Mas não a forçava. E, no final das contas, era tão gostoso que tudo valia a pena.

De tudo que Cecília fez por mim, além de abalar minhas estruturas e me tornar mais feliz, acho que me fez pensar mais sobre a vida. Aquele seu amor pela música, as conversas que tínhamos sobre determinadas letras e melodias me fizeram prestar muito mais atenção nelas e relacioná-las a determinados momentos da minha vida.

Meus instantes mais introspectivos eram no carro, indo e voltando para o trabalho, para a casa dela ou para qualquer lugar. Eu deixava a MPB rolar e me via, me conhecia, em determinados trechos. Era estranho, pois não era apenas ouvir. Era analisar a letra e dali partir para analisar a mim mesmo.

Nunca fui homem de simplesmente passar pela vida. Eu observava, sentia, notava. Construí meu caminho assim. Gostava de ter tudo à minha maneira, mas fazia minhas escolhas baseadas no que eu achava certo, nas decisões que eu tomava. No entanto, agora, além de tudo, eu também sentia com mais intensidade. Era como se tudo tivesse ganhado mais vida e profundidade, então nada mais passava despercebido por mim.

Como naquela noite. Tinha ligado para ela um tanto irritado, pois tinha sido um dia de cão. Eu me estressei com um fornecedor, discuti com um dos diretores que não respeitou o prazo de um acordo feito com uma subsidiária, fiquei irritado até com meu pai, que especialmente naquele dia não parou de falar sobre a união da CORPÓREA com a VENERE.

No entanto, acho que tudo aquilo era só reflexo do final de semana que se aproximava. Haveria uma festa para irmos, pela conquista de um contrato milionário que consegui para a empresa, anexando uma pequena linha de produtos naturais oriundos do Norte, tendo como base plantas, flores e óleos vegetais. Era um novo leque que eu abria, ainda pequeno, para quem gostava de harmonia e relaxamento conectado à natureza, mas que eu antevia ser um grande sucesso no futuro. Havia lutado pelo contrato e vencido. Agora era comemorar.

O problema era que eu nem me animava muito. No dia seguinte Cecília estaria indo para a casa dos pais e Ludmila chegaria com suas bolsas e livros, também com seus pais e irmã, pois todos participariam da festa no sábado, um grande coquetel. E eu teria que continuar fingindo que estava tudo bem, que eu era o mesmo, quando havia mudado. Isso me irritava profundamente.

Isso me fazia lembrar, enquanto dirigia, de uma música cantada pelo Ney Matogrosso. Parecia descrever como eu me sentia, às vezes como um "viajante". Um covarde de mim mesmo, prisioneiro da vida que tive até então, das responsabilidades com as quais eu convivia e valorizava, além das esperanças de uma nova vida diferente. Quem era eu em meio àquilo tudo, se não me decidia? Se me via preso ainda, acorrentado ao meu destino e aos meus desejos?

> *Eu me sinto tolo como um viajante*
> *Pela tua casa, pássaro sem asa, rei da covardia*
> *E se guardo tanto essas emoções nessa caldeira fria*
> *É que arde o medo onde o amor ardia*
> *Mansidão no peito trazendo o respeito*
> *Que eu queria tanto derrubar de vez*
> *Pra ser teu talvez, pra ser teu talvez*
> *Mas o viajante é talvez covarde*
> *Ou talvez seja tarde pra gritar que arde no maior ardor...*

Sempre fui racional, mas agora minhas ações também se baseavam em desejos. Eu ainda tinha cercas erguidas em volta de mim.

Como eu poderia ser feliz com Cecília, sabendo que esmaguei sonhos, que decepcionei meus pais, que pisei em tudo que construí? Já havia diversos acordos firmados e lavrados entre meu pai e Walmor Venere, muito dinheiro conectado e em jogo, em andamento, só esperando meu casamento para se firmar de vez. E não era apenas dinheiro e poder. Eram esperanças e sonhos de duas famílias, eram outras tantas famílias que lucrariam com aquele empreendimento, salários que aumentariam, novos empregos que surgiriam. Era muita coisa por trás a ser pesada e analisada. Tinha puxado a responsabilidade de tudo aquilo para mim e agora me sentia amordaçado por ela.

Estava muito irritado. Quando falei com Cecília mais cedo ao telefone, ela notou e quis saber por quê. Pus a culpa nos negócios, quando era muito mais a me corroer. E agora, indo para a casa dela, ainda não conseguia relaxar. Parei o carro em frente ao seu prédio e respirei fundo, tentando aproveitar aquele momento, pois só a veria agora no domingo. Mas a tensão continuava lá, presa dentro de mim.

Ela nunca me convidava para subir. Acho que só o faria quando confiasse em mim o bastante para conscientemente me chamar para sua casa e ter uma noite de amor completa comigo. E eu nunca toquei naquele assunto, pois era contido por meus próprios demônios e por saber que ainda estava preso em outra vida. Eu, o viajante de dois mundos e de mim mesmo. Um pássaro sem asas.

Apertei o volante, a raiva borbulhando dentro de mim. Queria me controlar antes de sair do carro ou ligar para ela avisando que eu estava ali. No entanto, Cecília já saía do prédio e vinha dar a volta no carro para entrar do lado do carona. Olhei-a, sem ação, mudo.

Estava linda como sempre, usando sandálias rasteiras, saia curta e camiseta. Mas não era só isso. Era aquele sorriso imenso no rosto, os olhos brilhando, os cabelos soltos balançando. Enquanto eu me rasgava em dúvidas e lutas internas, ela curtia a vida, aproveitava cada segundo.

Trazia um potinho na mão e uma colher de sobremesa. Achei estranho, mas já pulava dentro do carro despejando alegria e calor sobre mim, trazendo vida, pulsando, espalhando uma energia nova e vibrante. Fechou a porta, fixou os brilhantes olhos castanhos em mim e falou animada:

– Olha o que eu fiz para você!

Eu apenas a olhei, maravilhado com o fato de tudo mudar tão rápido assim que ela entrou no carro. Até o ar que eu respirava virou outro, mais puro e perfumado, aliviando meus pulmões e a pressão em meu peito. Desci os olhos ao potinho e percebi o que era. Musse de maracujá. Minha sobremesa preferida em toda a vida. O engraçado era que eu nunca tinha falado com ela sobre aquilo.

Em cima do potinho, havia um pequeno pedaço de papel e li claramente: "Esqueça os problemas e seja feliz."

Encontrei seus olhos sorridentes. Senti um baque por dentro, o coração batendo mais forte, a respiração se descompassando. Cecília nunca se cansava de me atingir e de me surpreender. Era por isso que eu ficava cada vez mais louco por ela, que parecia derrubar minhas defesas, deixar um homem forte e autossuficiente como eu se sentindo um garoto diante dela.

– Não gostou? – indagou, sem deixar de sorrir. – Senti que estava chateado no telefone e achei que isso podia te animar.

– Como sabia? – Minha voz saiu baixa, rascante.

– Sabia o quê? Que estava irritado?

– Que musse de maracujá é minha sobremesa preferida.

– Antônio, todas as vezes que saímos para jantar, essa é a sobremesa que você pede. Nunca te vi pedir outra coisa. Então achei que gostasse muito.

Fitei seu sorriso, seu rosto, seu olhar. Continuava lá, segurando o potinho, feliz por estar comigo. Dei-me conta de que ninguém nunca tinha se preocupado em me olhar tão intensamente. E, como por um milagre, toda minha angústia e preocupação se foram, substituídas pelas emoções que só ela despertava em mim, aquela felicidade que me contagiava e me fazia esquecer todo o resto.

Fiquei emocionado, ainda mais conectado e ligado a ela. Todos os problemas deixaram de ter importância e tive novamente a certeza de que ali era o meu lugar.

Ludmila nunca tinha feito uma musse para mim. O máximo que tinha feito era reclamar que comer a mesma coisa sempre era aborrecido. Não me oferecia um doce nem um café. Nada.

Como se o fato de termos empregada anulasse todo o prazer de um agrado. E eu, como ela, estava acostumado com isso. Mas é claro que Cecília era diferente.

Ergui as mãos e segurei seu rosto com firmeza, trazendo-a para mim sem delicadeza, movido por meus instintos mais arraigados e profundos. Beijei sua boca com tudo, me pondo inteiro ali, sem qualquer vacilação. Enfiei a língua em sua boca em um misto de entrega e paixão, que se avolumavam e rodopiavam dentro de mim.

Queria rugir e rosnar como um animal selvagem, prestes a sair do meu interior, tornando-a minha. Beijei tanto sua boca que a deixei sem ar, arfante, levemente trêmula com a excitação que nos consumiu, como sempre intensa e voluptuosa. Nossos corpos ardiam quando me afastei e a soltei, fitando-a duramente, cheio de desejo.

– Acho que... – murmurou e lambeu os lábios inchados por meus beijos. – Isso quer dizer que você gostou.

– Não imagina o quanto.

Cecília sorriu.

– Quer comer agora?

– Quero comer com calma, saboreando como merece. – E liguei o carro, lutando para manter o controle do meu corpo excitado, meus olhos fixos nos dela. – Ponha o cinto.

– Tá. – Obedeceu, se acomodando em seu assento, o potinho firme em suas mãos enquanto eu saía dirigindo. – Posso pôr uma música?

– Já falei que não precisa pedir.

Fiquei curioso sobre o que colocaria. E como se soubesse tudo que eu tinha dentro de mim, ironicamente escolheu outra música que cabia perfeitamente na minha situação, em quem eu era. Ou talvez todas as músicas agora se encaixassem para mim, já que era bombardeado por uma gama tão grande de pensamentos e sentimentos. A voz de Milton Nascimento ecoou no carro cantando "Caçador de mim". Apertei o volante com força e quase sorri. Quase.

– Amo essa música! – disse feliz, se acomodando para escutar.

Por tanto amor
Por tanta emoção
A vida me fez assim
Doce ou atroz
Manso ou feroz
Eu, caçador de mim...

Em uma noite apenas eu já tinha me sentido um viajante e agora um caçador de mim. O que mais me aguardaria até o final? Indaguei-me com certa ironia, em silêncio, tentando me concentrar na direção.

Parei o carro no local em que tinha se tornado nosso refúgio especial para namorar, conversar ou simplesmente ficarmos nos braços um do outro, ouvindo música, jogando palavras no ar só para ouvir a voz um do outro. O Mirante do Pasmado. Vez ou outra tinha algum outro carro por ali, com casais, mas naquela noite era só a gente mesmo.

Tirei o cinto e virei para ela, cheio de tesão e mais. Cecília também se virou para mim, um tanto nervosa, pois sabia como acabaríamos naquele carro, gozando um nos braços do outro. Estendeu-me o potinho.

– Quer comer agora?

– Quero. – Mas não o peguei. Pelo contrário, acionei o banco do carona e ele começou a se reclinar para trás, deitando-a com ele. Indagou surpresa:

– O que está fazendo?

– Vou comer – falei simplesmente.
– Mas...
– Quietinha. – Ordenei baixo.

E ela ficou, deitada no assento, olhos bem abertos para mim, mordendo os lábios em antecipação. Tirei o pote de suas mãos e o coloquei ao lado, enquanto mandava sem parar de fitar seus olhos duramente:

– Coloque as mãos nos bolsos da saia.

Obedeceu sem pestanejar, a saia curtinha mal chegando ao meio de suas coxas bem-feitas. Com firmeza segurei as alças de sua camiseta justa e abaixei até a altura de seus antebraços, expondo os seios pequenos e redondinhos, já com mamilos enrijecidos. O tesão veio violento e falei com autoridade:

– Agora você está presa.

CECÍLIA BLANC

Eu tremia, cheia de tesão e nervosismo, sem poder me mover, ali deitada e oferecida a Antônio. Havia algo nele, uma dominância natural, que dispensava qualquer outra coisa. Seu jeito de falar e de olhar era de um homem acostumado a ser obedecido, e eu não me via fazendo outra coisa senão me submeter a ele.

Senti seu olhar sobre o meu, aquele fogo azul me queimando como uma labareda. Não me cansava de fitar seus olhos, tão penetrantes e intensos, nunca mornos ou sem vida. Havia uma abundância de emoções dentro dele, embora mantivesse uma aparência fria. Os olhos sempre tinham fogo, voracidade, como se consumissem tudo onde se focavam. Eu me sentia sempre de joelhos diante de seus olhos.

Senti seu olhar descer aos meus seios enquanto pegava e abria o pote com a musse. Engoli em seco, suspensa entre os desejos da carne e a paixão alucinada que sentia por aquele homem. Como se a música soubesse como eu me sentia, teve início uma chamada "O meu amor", do Chico Buarque, que só serviu para jogar mais pimenta no modo como eu me sentia abalada e mexida.

Quando veio para mais perto de mim e mergulhou a colher no potinho, eu engoli em seco, sabendo que estava perdida. E estava mesmo. Antônio espalhou musse nos dois bicos dos meus seios, cobrindo-os com o creme espesso. Perdi o ar, a fala e a razão. Apertei minhas mãos nos bolsos, imobilizada pela camiseta, mas também por sua ordem e por seu olhar. Ele me dizia sem palavras que havia um mundo de coisas indecentes para fazer comigo e eu não podia fazer mais nada a não ser me dar, permitir, pois já era dele. Irremediavelmente.

Não pude parar de olhar enquanto descia a cabeça e abria os lábios. Quando lambeu a musse da ponta do mamilo, estremeci da cabeça aos pés como se tivesse levado um choque.

– Ahhhhhhhh... – O gemido escapou sem controle, meu corpo todo ardeu e reagiu, minha vagina se contraiu sozinha, fervendo, se melando toda, enquanto Antônio tomava a musse do meu seio lentamente, sua língua e seus lábios deixando-me completamente fora de mim.

Saboreou o doce até não restar mais nada. Mesmo assim continuou a lamber o mamilo duro e dolorido, tornando-me uma massa arrasadora de sensações. Eu arfei e busquei o ar pesadamente, eu estremeci e despejei meus líquidos quentes em minha calcinha, palpitando. Com os olhos pesados, que eu mal podia manter abertos, fitava seus cabelos negros, sua expressão dura e decidida, seus dentes, que agora se cravavam na ponta e puxavam dolorosamente.

– Antônio... – Arquejei em uma súplica, contraindo-me toda em espasmos involuntários, suspensa entre a dor e o prazer.

Chupou o brotinho duramente, e eu gemia e me contorcia em minhas amarras em forma de roupa, tão entregue e enlouquecida que já estava a ponto de gozar. Mas ele queria mais. Queria me torturar e me deixar maluca, pois foi ao outro seio e foi a vez de saborear a musse que ali ficou e que já derretia em contato com minha pele escaldante. Repetiu todo o processo, lambeu, chupou, mordeu, fez o que quis, enquanto eu gemia e choramingava mordendo os lábios, esticada e excitada além da conta, pressionada em meu limite.

Quando ergueu a cabeça e me fitou, seus olhos carregados e soberbos, cheios de tesão e de dominação, eu me quebrei, soube que estava perdida. Poderia me virar do avesso e eu deixaria. Eu não tinha forças para mais nada além de obedecer, de ser dele, de me dar sem uma palavra sequer.

Antônio veio mais para baixo e segurou a barra da minha saia. Não teve pressa ao erguê-la, expondo minhas coxas e a calcinha rosa, até minha barriga. Eu tremia sem parar. E mordi os lábios, abalada quando segurou as alças laterais da lycra e desceu a calcinha por minhas pernas. Fiquei nua, exposta, presa. Toda dele. Além de qualquer razão ou negação, embora me sentisse vermelha, envergonhada. O tesão violento era maior do que tudo.

Deixou-me nua da cintura para baixo. Seus olhos azuis brilharam cruelmente, cheios de aspereza e luxúria, suas narinas inflando como se pudessem sentir meu cheiro. Fitou-me duro, seu tom em uma ordem clara e severa:

– Abra as pernas.

Vi o pote em suas mãos, soube o que faria. Estremeci e arquejei, mas joguei minhas coxas para os lados, sem poder me conter, como se estivesse conectada às suas ordens e vontades. A lascívia me deixava alucinada, com o coração disparado, a pele ardida, o sangue latejante.

Antônio me torturou mais ao enfiar a colher no doce e me dar aquele sorriso meio de lado, cínico e quente, sabendo bem o poder que tinha sobre mim. E, quando veio e espalhou o doce em meus lábios vaginais e clitóris, tive que morder os lábios para não chorar e suplicar, tamanha a tensão sexual que me envolvia.

Deixou o pote de lado e veio entre as minhas pernas, totalmente vestido e contido enquanto eu estava lá quase que toda nua, exposta e oferecida a ele. Não aguentei e soltei um gritinho estrangulado quando senti sua língua bem no meio da minha vulva, lambendo a musse.

Me debati e gemi, as coxas estremeceram involuntariamente, arquejos escaparam da minha garganta. Não consegui parar de olhar aquilo, o modo como segurava meus joelhos bem arreganhados e me dava lambidas certeiras, agressivas, cruas, seus olhos abertos, concentrados, duros. Parecia estar em toda parte, nos grandes e pequenos lábios, dentro de mim, passando em volta do clitóris enquanto ele se inchava em seu tamanho máximo.

– Antônio... Antônio... – Comecei a choramingar como uma ladainha, torcendo meus dedos dentro dos bolsos, sentindo os seios doerem muito duros, despejando líquidos em sua boca, que ele tomava junto com o doce, fartando-se em mim.

No início, foi lento. Concentrou-se com a língua relaxada e macia em meu brotinho, sem pressa, fazendo um calor terrível se apertar em minha vulva, a ponto de explodir. Gemi e miei, fora de mim, alucinada pelo tesão. Alternava movimentos circulares com outros de baixo para cima, depois fazia um oito horizontal, repetindo até me deixar em ebulição. Só então puxou o clitóris todo para fora do capuz e o chupou duramente.

– Ai! – gritei ensandecida, me debatendo, ondulando. Tirei as mãos dos bolsos e tentei me soltar da camiseta, ansiando por escapar de uma agonia tão pecaminosamente deliciosa ao mesmo tempo em que queria agarrar seus cabelos e tê-lo mais perto de mim, me esfregando em sua boca.

Na mesma hora Antônio ergueu a cabeça, e seu olhar bruto, dominador e cruel me imobilizou. Subiu por meu corpo, ajoelhado no banco, seus dedos indo ferozes em meu cabelo, imobilizando minha nuca, erguendo-me um pouco. Fiquei completamente assustada e paralisada com a aspereza com que me pegou, quase com raiva. Foi meu primeiro contato com seu lado mais cruel e agressivo, que eu apenas tinha percebido em sua superfície. Sua voz saiu rascante, dura:

– Mãos nos bolsos. Agora.

Obedeci logo, sem vacilar, meus olhos arregalados, minha respiração entrecortada. Não sei o que senti mais: pavor ou tesão. Nunca pensei que poderia me tratar daquele jeito, e o medo se imiscuiu dentro de mim, tornando o desejo também mais intenso. Senti como se me escravizasse e tive apenas o vislumbre do que poderia fazer comigo em uma cama, das coisas que poderia me apresentar.

Fitei seus olhos azuis brilhando cruamente, intensos e brutais, enquanto dizia baixo:

– Nunca me desobedeça, Cecília. Não quando eu estiver assim, furioso, doido para tirar meu pau da calça e meter em você.

Arquejei, abalada com suas palavras duras, seu jeito dominador e controlador sobre mim. Manteve-me imóvel com a mão direita torcendo meu cabelo enquanto descia a esquerda entre minhas pernas. Estremeci sem controle quando seus dedos massagearam o clitóris já muito sensível, mordendo os lábios para não choramingar.

Antônio parecia lutar consigo mesmo. Seu maxilar estava duro, cerrado, anguloso. A expressão era fechada e voraz. Seus olhos me consumiam, ardiam, mandavam. Tão pertinentes e severos que eu não podia nem conseguia pensar.

– Preciso saber como é sua bocetinha por dentro – disse raivoso.

Tive certeza de que não se controlaria mais. Transaria comigo e quase supliquei por isso, mesmo que ainda tivesse medo e dúvidas. Mas o que fazíamos já não era sexo?

Seus dedos escorregaram para baixo. Entre meus lábios melados, que pingavam de tanto tesão. E então o dedo do meio foi entrando bem lento em mim, fundo, sentindo-me toda.

– Ai... – Perdi a noção das coisas, abri-me mais, dei-me por inteiro.

Antônio via, seu olhar não perdendo nada, sua intensidade vindo em ondas sobre mim. Parou quando o dedo estava todo lá. Então o tirou e penetrou de novo. E de novo.

Fui à loucura. Choraminguei, ondulei, movi meus quadris. Pensei que fosse morrer de tantas sensações me golpeando, tudo enaltecido porque ele me olhava e segurava daquele jeito, provando que eu não era nada frente aos desejos que nos consumiam. Assim como ele.

– Porra, Cecília... – disse puto, cerrando os dentes, metendo com força o dedo. Mas parou de repente e puxou a mão, como se algo o impedisse de ir além, um pensamento ou um preceito, ficando ainda mais furioso por se privar daquilo.

Abri a boca para pedir, implorar que fizesse de tudo comigo, mas fui pega de surpresa quando me deu um tapa firme direto sobre a vulva inchada. Gritei e me debati, mas não fui muito longe, presa ali. Olhei-o apavorada, sem entender, sentindo o sangue correr ainda mais rápido na minha vagina, latejando dolorida, ardida, o prazer mesclado a uma queimação desconhecida.

– Esperava só beijos e carícias? – disse feroz, abrindo as pernas, que eu tinha fechado involuntariamente, seu indicador rodeando meu clitóris inchado e palpitante. – Você não imagina tudo que ainda vou fazer com você, Cecília. Vai gostar tanto de ser acariciada quanto de apanhar.

– Não... – neguei, assustada, meu consciente tentando lutar com o que me dizia.

– Sim. Vai aprender a ser minha putinha, bem obediente. A virar a bunda para mim quando eu mandar e abaixar a calcinha quando eu quiser bater. Porque eu gosto de ter o controle. De mandar e ser obedecido.

Eu arquejava, impressionada como suas palavras e seu tom mexiam comigo, com coisas que nunca imaginei serem possíveis. Em minha parca experiência sexual, provei o básico, rápido e frenético. Desde que estava com Antônio, eu sentia sua intensidade, o modo como segurou meu pescoço forte no outro dia, sua pegada mais bruta. Mas não tinha imaginado tudo aquilo.

Ao mesmo tempo, não podia pensar com clareza. Não quando me masturbava daquele jeito e fazia o prazer se avolumar dentro de mim.

Parecia saber como me deixava, pois sorriu duramente, de lado, seus olhos me consumindo. Sua voz estava engrossada pelo tesão:

– Eu espero o momento certo, Cecília. Agora vou te fazer gozar. E depois vai ser sua vez de me pôr na boca. E me fazer gozar.

Espiralei, alucinada com suas palavras pornográficas, pois sabia que faria o que mandasse, tudo. Era vergonhoso, mas não tinha condição nenhuma de impedi-lo, pois eu queria aquilo também. Desesperadamente.

– Antônio... – murmurei sem saber o que dizer quando voltou a se inclinar e soltou o meu cabelo. Uma de suas mãos arreganhou minha coxa, a outra agarrou um mamilo e o beliscou. Arquejei e foi meu fim quando meteu meu clitóris na boca e chupou sem a delicadeza de antes, mas com severidade e firmeza.

Gritei alucinada e me debati, sem ousar tirar as mãos do bolso, totalmente sob seu controle. O orgasmo veio tão violento que lágrimas pularam dos meus olhos e meu corpo ganhou vida própria, em contrações mais e mais intensas, ondulando, voando, caindo. Implorei com palavras desconexas, meu coração parecia a ponto de explodir, eu inteira entrei em combustão.

Não acabava. Crescia, subia, caía, se espalhava, voltava a crescer, um prazer tão fenomenal e único que parecia que eu ia morrer, não suportaria tudo aquilo. Por fim desabei, sem forças, mole, trêmula. Somente então Antônio se ergueu. Mas não se afastou. Veio para cima de mim, se acomodando sobre meu corpo, seu peso me fazendo sentir cada músculo, seu pau enorme e muito duro pressionando minha vulva sensível e ainda latejante através da calça.

Eu o olhei, sem forças para mais nada. O azul de seus olhos era claro e límpido, mas cheios de sentimentos vorazes, impossíveis de decifrar, mas todos consistentes, maciços, intensos. Disse baixo:

– Hoje não vou gozar mais na calça. Daqui para frente vai usar suas mãos e sua boca. Até eu exigir sua bocetinha.

Fiquei vermelha, nervosa, abalada. Tive vontade de dizer que só quando eu quisesse, mas seria uma piada. Podia ter feito tudo comigo, me virado pelo avesso. Eu não teria impedido. Sabia que ainda não estava dentro de mim porque algo o continha, não porque eu tinha sido impositiva ao negar.

– Você entendeu, Cecília?

– Sim. – Fui sincera. No final das contas, era o que eu queria. Já me sentia excitada de novo só de pensar em tocar nele tão intimamente.

– Eu quero agora.

Antônio se ergueu de joelhos, meio inclinado devido ao teto do carro, sua cabeça encostada ali. Sem piscar eu o vi abrir a camisa. Não a tirou, mas pude olhar o contorno dos músculos modelados do seu peito e de sua barriga dura, malhada, sem pelos. Lambi os lábios maravilhada, ainda mais quando abriu o cinto da calça e desceu o zíper. Ela caiu em seus joelhos, assim como a cueca branca. Seu pau imenso e grosso, cheio de veias contornando-o, estava totalmente ereto. Mais uma vez me assustei com tudo aquilo, engolindo em seco.

Ele sorriu e segurou o pau. Não tinha vergonha nenhuma, pelo contrário, parecia bem orgulhoso. E era para ficar mesmo. A palavra que veio em minha mente foi uma só: SOBERANO. Aquele membro parecia ser o rei de todos os membros masculinos, ganhando em tudo, embora eu não fosse expert no assunto. Duvidava que algum o batesse no conjunto de tamanho, grossura e beleza.

– Gosta do que vê? – Antônio foi para seu lugar no banco e sentou, afastando a camisa para o lado, sem deixar de me olhar.

– Gosto. – Não pude negar.

– Então tire as mãos do bolso e venha aqui. É a sua vez de provar a musse, Cecília.

Fiquei com água na boca, embora tremesse de nervosismo e antecipação. Sentei-me e ia ajeitar a camiseta no lugar, mas disse rouco:

– Deixe assim. Quero ver seus seios. – Observou-me pegar o doce com mãos trêmulas, ansiosa, excitada, mordendo os lábios.

Eu nunca tinha chupado um homem. Mas não disse nada nem recuei, quando enchi a colher e a passei na ponta do membro, espalhando a musse pela cabeça grande. Antônio não tirava os olhos de mim, muito quieto. Uma música tocava dentro do carro, mas eu não tinha condições de me concentrar e perceber qual era. Todo o resto além dele parecia embotado e distante.

Deixei o potinho encostado no para-brisa. E então parei, nervosa demais para seguir em frente, erguendo o olhar para o dele, murmurando num fio de voz:

– Não sei... não sei fazer isso.

Seu olhar se suavizou um pouco. Ergueu uma das mãos ao meu rosto e o acariciou perto da orelha.

– Apenas saboreie o doce.

Acenei devagar. Olhei de novo para seu membro e vi que eu queria muito tocar nele, senti-lo em sua textura e cheiro, tornar aquele ato tão íntimo quanto possível. Apoiei as duas mãos em suas coxas duras e me aproximei, sem tirar os olhos da sua carne. Como alguém podia ser ao mesmo tempo tão assustador e tão lindo?

Lambi a ponta. Fui invadida ao mesmo tempo pelo sabor doce e azedinho do maracujá, mas não era aquilo que eu queria. Desejava mais. Fui com mais fome e rocei a língua em sua pele, estremecendo sem controle com isso. Na mesma hora ganhei mais coragem e comecei a lambê-lo todo. Antônio ficou rígido, imobilizado, enquanto eu me maravilhava com a dureza de sua masculinidade, me inebriava com um cheiro gostoso de homem e doce, limpava toda a musse do caminho para chegar à melhor parte, que era ele puro.

Tornei-me mais voraz. Meu coração batia descompassado. Passei a ponta da língua no pequeno orifício da cabeça e senti o gosto meio amargo do líquido que saía ali e foi aquilo que me viciou. Já excitada além da conta, abri os lábios e os estiquei para enfiar aquela carne robusta e dura na boca. E assim o chupei docemente, engolindo mais e mais, ficando toda cheia, seu sabor me dominando em cada papila gustativa.

Foi minha perdição. Subi meus dedos e agarrei seus testículos redondos e inchados, que pesavam sob seu pau. Antônio se imobilizou, tenso, um gemido rouco escapando de sua garganta. Fiquei mais louca e esfomeada. Não sabia se era daquele jeito que se fazia, só que ele era muito gostoso e eu sentia uma vontade incontrolável de saboreá-lo todo. Se o sexo oral era para deixar um homem excitado, o feitiço estava virando contra o feiticeiro, pois era eu que me excitava novamente, apertando as coxas uma na outra para conter a palpitação em minha vulva.

– Porra, Cecília... – rosnou, agarrando meu cabelo, afastando-o do caminho para ver como eu o mamava o máximo que eu conseguia. – Você gosta disso.

Sim, eu gostava. Eu poderia ficar ali horas, só engolindo o líquido delicioso que soltava em minha língua, sentindo seu cheiro e sua textura de macho, algo pecaminoso e decadente se espalhando dentro de mim. Poderia me viciar naquilo, gozar só com ele na boca e contraindo minha vagina. Meu corpo ardia, minha mente rodava, eu me tornava ávida, cobiçosa, insaciável.

Agarrou meu cabelo com mais firmeza e forçou um pouco mais para baixo, fazendo-me engolir um bocado a mais, quase sem respirar. Vendo que eu não recuava, que realmente estava louca de tesão, Antônio disse bruto:

– Agora vai ser assim. Vai me chupar sempre. Onde e quando eu quiser. Até aprender a ter meu pau todo na sua boca, enterrado no fundo da sua garganta enquanto eu gozo e você mama tudo.

Sua voz pornográfica me deixava mais doida. Eu sabia que não poderia tê-lo todo dentro de mim, era demais, mas tentaria. Obedeceria. Me tornaria uma decadente por causa dele, viciada nele, em seu gosto e cheiro deliciosos, em suas ordens que mexiam com minha libido e me faziam sentir sua escrava, totalmente dominada.

E eu o chupei sem tirá-lo um segundo da boca. Fui esfomeada e lasciva. Antônio acariciou meu seio, beliscou um mamilo, deixando-me mais fora de mim. Suguei forte e ele avisou rouco, mandão, a voz rascante:

– Vou gozar. Engula.

E então veio aquele rio amargo e grosso, descendo por minha garganta, quente e denso. Não tive nojo. Pelo contrário, parecia que cada parte do meu corpo se acendia mais com aquilo, com o fato de tomar seu prazer, seu gozo, não só porque mandava, mas porque eu queria, eu gostava imensamente.

Não desperdicei nada. Mamei tudo como uma garota obediente. Nunca pensei que sentiria tanto prazer me sentindo dominada, controlada, mandada. Conscientemente dava até vergonha admitir, mas eu queria cada coisa que Antônio fizesse comigo. Queria ser dele sem reservas.

Tirei-o da boca, ainda duro. Beijei suavemente a ponta e então me ergui, seus dedos ainda enterrados em meus cabelos. Fitei seus olhos penetrantes, minha respiração entrecortada, minha mente girando. Sabia que estava loucamente apaixonada por ele e aquela intimidade toda só confirmava isso.

– Você gostou? – indagou baixo, duro.

– Sim.

Isso o agradou. Seus dedos deslizaram em minha nuca e pescoço, desceram por meu colo, circularam meu mamilo. Contive o ar, ainda excitada. Avisou em um tom seco, como se uma parte dele ainda fosse contida:

– Estamos indo por um caminho sem volta, Cecília.

– Eu sei.

Não era preciso falar mais nada. Estava na cara que logo estaríamos transando completamente, pois daquela vez fomos bem além de tudo que já havíamos feito.

Antônio deixou os bancos deitados. Eu apoiava a cabeça em seu peito e conversávamos, ouvíamos música, tínhamos uma intimidade que ia além de apenas sexo. Tocava em mim e eu nele. Parávamos hora ou outra para nos beijar. Havia uma comunhão única entre nós, e pensei comigo mesma se Antônio estaria também apaixonado por mim. Não dizia nada, mas seu olhar, seus gestos me deixavam cheia de esperanças.

Porque eu sabia que o amava mais do que tudo. Podia ter só 20 anos, mas de uma coisa tinha certeza: eu o amava. Muito, demais, com todas as minhas forças.

Rezei intimamente para que ele gostasse também de mim. Pois seria um inferno viver com tanto amor o resto da vida, sem ele ao meu lado. Afastei os pensamentos sinistros, pensando positivamente. Ia dar tudo certo. O que tínhamos era especial demais para acabar. Seria eterno.

LUDMILA VENERE

O coquetel no Salão das Rosas, no Jockey Club Brasileiro, estava sendo um sucesso. Empresários de vários ramos tinham sido convidados e estabeleciam mais de uma conexão enquanto comemoravam o novo acordo entre a CORPÓREA e uma pequena linha de produtos naturais estabelecida na região Norte do país, que tinha sido anexada à empresa. Trazia uma nova característica ao grupo, pois antevia a onda de valorização de produtos naturais e exóticos. Era mais uma conquista de Antônio.

Eu não podia negar que ele tinha mais visão do que todos aqueles velhos juntos, inclusive meu pai e Arnaldo Saragoça. Enquanto eles se agarravam ao tradicional, Antônio saía na vanguarda e se arriscava. Nunca se metia em um investimento que se mostrasse decadente. Sempre via mais à frente e trazia lucros fenomenais à empresa. Como a compra daquela pequena companhia. Tinha tudo para se tornar um cartão de visitas da CORPÓREA no futuro. E, claro, da VENERE também, pois tudo seria uma coisa só.

Tomando meu champanhe, elegante em meu longo Dior, eu o mantinha sob minhas vistas. Estava frio e distante, cada vez mais. Mal falara comigo, só o necessário. E tinha me ignorado sexualmente na noite anterior. Eu o sentia escapar por entre os dedos. Era certo que havia outra mulher na jogada, e uma bem esperta, que queria tirar o que era meu.

Meu pai e Arnaldo conversavam animadamente com Antônio em um grupo de mais dois empresários, todos exultantes, felizes da vida com a aquisição. Era óbvio que meu futuro noivo estava também feliz com o contrato que fora fruto de sua visão e de seu empreendimento, mas era mais contido que os outros. Como se não estivesse completo ali. Imaginei que estivesse sentindo falta da putinha que estava comendo.

Enquanto minha mãe, Nora Saragoça e minha irmã Lavínia falavam de moda, eu me concentrava em meus pensamentos e mantinha Antônio em minha mira. Estava na hora de agir. Descobrir quem era a mulher que queria se meter em meu caminho e dar um jeito de afastar o perigo. Eu confiava em mim mesma e em minha inteligência para sair vitoriosa, mas nunca era bom ser arrogante demais.

Decidi contratar o detetive que às vezes investigava fraudes e outras coisas para meu pai. Ninguém precisava saber de nada. Seria apenas para saber onde eu estava pisando e quem era minha rival. Um bom estrategista primeiro analisava o terreno antes de atacar, para não ser pego de surpresa. E era o que eu faria. Depois, tendo conhecimento do que enfrentar, eu poderia escolher minhas táticas de guerra. E aniquilar o inimigo de vez.

Deixei as mulheres falando sozinhas enquanto caminhava sinuosamente até Antônio, admirando-o a distância. Estava lindíssimo como sempre, e senti uma estranha excitação fora de hora, por vários motivos. Por sua aparência e por ser bom de cama; por sua inteligência e liderança, fazendo a empresa crescer e o lucro aumentar; mas também porque antevia que, mesmo com tudo aquilo e sendo poderoso, eu tiraria algo dele. Nem saberia o que tinha acontecido, pois eu não me mostraria, claro. Eu agiria na base de tudo, de forma silenciosa e ardilosa. A única coisa que saberia era que eu estaria ao seu lado e que ele só poderia recorrer a mim.

É claro que eu ainda não tinha um plano definido. Primeiro precisava conhecer e afastar a inimiga. Só então mostrar minhas garras.

– Querido... – Sorri e parei ao lado dele, dando-lhe o braço.

Antônio me olhou sério, como vinha fazendo há algum tempo, distante.

– Está feliz com a anexação da nova empresa? – Meu sorriso era doce. Sabia que nunca seria mal-educado comigo. No máximo, distante.

– Claro. Tenho certeza que ainda será uma parte importante da CORPÓREA – disse polidamente, sem sorrir.

– Confio no seu faro – completei.

– Eu também. – Arnaldo sorria, satisfeito, passando o braço em volta do ombro do filho, todo orgulhoso. – Esse menino vale ouro!

– Sempre quis ter um filho homem igual ao Antônio. – Meu pai se juntava ao grupo de admiradores dele. – Deus não me deu essa alegria. Mas veja só, vai ser meu genro. Um filho postiço!

Todos riram, inclusive eu. Menos Antônio. Eu o sentia rígido, imóvel, seu maxilar cerrado. Minha preocupação aumentou. Não era nenhuma besteirinha. Eu sentia um sério risco de ver meus planos irem por água abaixo. Controlei-me, embora sentisse a raiva me envolver gelidamente por dentro. Puta. Só podia ser uma puta para causar um dano daqueles.

Fingi não notar nada. Eu não o cutucaria, não lhe daria chance de me falar nada. Tinha que fingir que era uma boba ignorante e agir no momento correto, sem me expor. Para que eu fosse o porto seguro dele quando precisasse.

– Vamos ver o que esse menino vai aprontar agora para nós – dizia Arnaldo, ainda todo orgulhoso. – Quando menos esperamos, ele aparece com um contrato novo ou uma surpresa.

Sabia que naquele final de semana se manteria longe de mim. Eu deixaria. Mas no próximo sábado já teria informações suficientes para começar a agir. Eu queria ver quem ia vencer aquela parada, se tornar a senhora Saragoça e ter o herdeiro dele. Eu ou a putinha. Claro que seria eu.

CECÍLIA BLANC

Foi uma semana maravilhosa. Só não foi melhor porque Antônio não podia mais ficar matando aula e teve de ir à faculdade, mas nos falávamos todos os dias e combinamos de sair na quinta-feira. Fomos para a Lapa e assistimos a um show na Fundição Progresso do Nando Reis. Foi delicioso.

A Lapa era um bairro boêmio do Rio de Janeiro, palco da antiga malandragem, cheio de bares espalhados uns ao lado dos outros. Andamos de mãos dadas por lá, falando de tudo e de nada, querendo apenas a companhia um do outro. Sentamos em um bar de calçada para conversar e tomar uma cerveja com petisco e fizemos o que já tinha se tornado comum entre nós: ouvimos música.

Depois perambulamos apenas para ver as modas e matar o tempo até o show começar. Era impressionante como o assunto entre nós fluía, por mais simples que fosse. E como nos dávamos bem, trocando olhares quentes, carícias, beijos. Parecíamos tão ligados um ao outro que era impossível manter distância, havia sempre a necessidade de um toque.

Às vezes eu me achava otimista demais. Mesmo em momentos de choro e dor, eu não desanimava, não me quebrava. Havia uma esperança dentro de mim, uma certeza de que valia a pena lutar pela vida, transformar lágrimas em riso. Eu me recusava a passar meus dias me lamentando, pois cada hora passada em tristeza era uma hora a menos de vida. É claro que ninguém conseguia ser feliz sempre e eu também me entregava à dor quando ela vinha, mas nunca estendia mais do que o necessário.

Eu o amava, mesmo sem nunca ter dito. E quando olhava para mim, quando fazia questão de tocar minha pele ou simplesmente observar o que eu fazia, eu sentia o amor dele. Talvez estivesse me enganando, vendo só o que eu queria ver, mas era tão forte e claro, tão potente aquela força entre nós, que era impossível não perceber.

Enquanto andávamos pelas calçadas da Lapa de mãos dadas, eu pensava sobre isso. Era como se nosso amor fosse por códigos, por mensagens do corpo e do olhar, dos gestos e dos toques. Um amor que precisava ser decifrado, ou melhor, precisava só de coragem para ser verbalizado. Mas existia, estava lá, cada vez mais latente, em cada manifestação de carinho e de paixão.

Indaguei-me por que nos contínhamos tanto. Qual era a força que nos impedia de mergulhar de vez naquela loucura. E no fim eu achava que algo ainda travava Antônio, por isso também não completava a relação sexual. Não era só porque eu tinha imposto aquele limite. Ele sabia tanto quanto eu que ficava louca quando me beijava e acariciava. Perdia a cabeça, deixava fazer o que quisesse. Quem se continha era ele.

Eu queria conhecê-lo melhor. Não era muito de falar de si mesmo e da família. E, quando tínhamos nossos momentos juntos, ficávamos tão alucinados para consumir um ao outro que o resto perdia vez. Mas depois, quando estava sozinha, eu pensava em suas reações e ficava cheia de perguntas, de dúvidas. Costumava acreditar que tudo aconteceria na hora certa e não me apressava. Ainda estávamos construindo nosso relacionamento e, com ele, a confiança, que nunca seria conquistada sem algum trabalho da nossa parte.

Assim, eu me dava a ele sem reservas, mas também sem palavras. O "Eu te amo" estava lá dentro de mim e eu não tinha vergonha de dizer, eu queria até gritar, porque era tão único e verdadeiro como respirar, sobreviver. Mas tinha medo de que não estivesse preparado, que isso o afastasse. Esperava o momento certo, um avanço maior na nossa relação para expressar isso sem medo.

No entanto, o sentimento permanecia e eu o alimentava só em estar ao lado dele, em receber seu olhar intenso, seu sorriso lindo. Antônio era como sopro de vida para um moribundo, impossível de querer e de resistir. E eu não resistia mesmo, eu me dava com tudo, guardando pra mim só aquela frase, que um dia sairia no momento certo. E que um dia eu esperava ouvir de volta. Enquanto isso, amava e vivia o que tinha pra mim e o que recebia dele.

Paramos em uma calçada perto da Fundição Progresso, onde ocorreria o show, mas ainda era cedo. Não sentamos no barzinho lotado ali perto, onde tocava um samba de raiz ao fundo e as pessoas riam, falavam alto e se divertiam. Ficamos de pé perto de um poste e esperei enquanto ele entrava e voltava com duas cervejas.

Envolveu-me em seus braços, pôs as costas no poste e me deixou à sua frente. Tomei um gole da cerveja gelada e me voltei em seus braços só para olhá-lo. Era incansável aquele desejo de não apenas senti-lo, mas também de vê-lo. Todos os meus sentidos gritavam por ele. Sorri e disse algo que esperava para conversar:

– Combinei com meus pais de voltar para casa no sábado de manhã e não amanhã à noite. É aniversário de uma amiga minha da faculdade e nós combinamos de comemorar em um quiosque na praia de Copacabana. Quer ir comigo?

Antônio sorriu meio de lado, daquele jeito que fazia seus olhos se apertarem um pouco e o deixava ainda mais lindo.

– Claro. Que horas?

– Finalzinho da tarde. Podemos nos encontrar lá.

– Não, eu venho aqui te buscar. Saio um pouco mais cedo do trabalho.

Eu sorri e provoquei:

– Acho que estou te levando para o mau caminho. Falta aula, sai cedo do trabalho...

– Tudo por uma boa causa. – Sua voz era baixa, um tanto sensual. A mão livre, que não segurava a cerveja, passava lentamente por minhas costas. Eu amparava a minha sobre os músculos do seu peito, meu olhar perdido no dele. Continuou: – Logo eu, tão controlador com horários e compromissos! Com você faço tudo ao contrário.

– E isso é bom?

– Muito bom. Conheço um outro lado meu que eu nem sabia que existia.

Meu sorriso se ampliou, não só pelo que dizia, mas pelo que passava para mim. Meu peito se encheu de amor e beijei suavemente seus lábios. Nossos corpos estavam colados e bastou isso para que o desejo nos varresse com força total, independentemente do fato de estarmos na rua, cercados de gente.

Não prolonguei a carícia, ou logo seria difícil manter o controle. Não dissemos mais nada, apenas terminamos nossa cerveja e voltamos a caminhar de mãos dadas. A felicidade não precisava de muito para existir. E a cada passo e toque dos seus dedos eu me sentia mais feliz.

O show do Nando Reis foi maravilhoso. A Fundição Progresso era um casarão antigo pintado de azul, com cadeiras em dois andares, com vista para o palco. Era um local informal, alegre, onde ninguém ligava para sentar. Todo mundo queria ficar em pé cantando e se divertindo ao som dos grandes artistas que se apresentavam ali.

Duas músicas em especial me tocaram. A primeira foi "All Star", porque Antônio murmurou no meu ouvido:

– Essa música me faz pensar em você.

– Por quê? – Virei sorrindo, feliz, ambos espremidos no meio de tanta gente. – Porque fala de onde moro, do bairro de Laranjeiras?

– Por tudo – disse simplesmente e olhou para frente. Fiz o mesmo, meus dedos entrelaçados aos dele, prestando ainda mais atenção na letra.

Estranho é gostar tanto do seu All Star azul
Estranho é pensar que o bairro das Laranjeiras
Satisfeito sorri quando chego ali
E entro no elevador
Aperto o 12, que é o seu andar
Não vejo a hora de te reencontrar
E continuar aquela conversa
Que não terminamos ontem
Ficou pra hoje...

Eu me vi sorrindo e cantando a música, lançando olhares apaixonados para Antônio, que retribuía do mesmo jeito.

A outra música que eu adorava de Nando Reis era "De janeiro a janeiro". Nessa eu fui para os braços dele e o segurei forte, emocionada.

Foi um show maravilhoso e nos divertimos muito. Quando me levou de volta para casa e parou o carro na calçada, mergulhamos num mundo só nosso dentro do carro fechado e protegido por vidros escuros. Nos tornávamos cada vez mais livres e esfomeados e nos amamos com beijos, carícias, gemidos e muita lascívia. Eu gozei em seu colo, roçando nele enquanto mordia meus mamilos, e o fiz gozar com seu membro na boca. Estava viciada em sexo oral e me deliciei ao ter seu esperma na língua e dentro de mim.

Muito da timidez havia passado. E, quando me ergui, fitei-o feliz pelo prazer que tinha dado a ele, vendo sua expressão de saciedade, seus olhos penetrantes e escurecidos pela luxúria. Era impossível não fitar aquele pau tão lindo e grande, tão perfeito e gostoso. Acabei deixando escapar baixinho:

– Soberano...

Antônio tinha fechado a calça e me olhou curioso.

– O quê?

– Nada. – Sorri e sacudi a cabeça.

Ele franziu o cenho.

– Quem é soberano?

Ri nervosamente, sentindo o rosto queimar.

– Cecília?

– Brincadeira minha. – Apontei para o volume em sua calça, me sentindo ridícula, um pouco sem graça. – Ele é soberano.

– Ele? – Então Antônio percebeu. E deu uma gargalhada. Fiquei ainda mais vermelha, mas ri também. Puxou-me para si, de novo me sentando em seu colo, afastando meu cabelo do rosto, fitando-me divertido. – Quer dizer que até apelidou o meu pau?

– Ai, meu Deus, que vergonha!

– Agora vai me contar tudo.

– Mas não tem o que contar! – Eu sentia tudo aquilo embaixo de mim, ainda duro. Apesar de tudo, o tesão ainda estava lá entre nós. Assim como um divertimento genuíno, uma comunhão além da física. – Quando eu vi seu... pênis a primeira vez, pensei que devia ser uma espécie de soberano entre os outros...

Antônio riu ainda mais, e o fitei maravilhada, pois nunca o tinha visto tão solto e à vontade. Ele parecia 100% ali, jovem e sem preocupação, sem controle. Recostou a cabeça no banco e fitou meus olhos, dizendo divertido:

– Já ouvi muitos nomes para meu pau, mas Soberano é de longe o melhor. Meu ego está lá em cima.

– Imagino! E de que nomes já chamaram ele? – Fiquei curiosa.

– Quer mesmo saber? – Ergueu uma sobrancelha.

– Sim.

– Arma, bebezão, Tonhão, guerreiro, jumento, de soldado a major (a patente depende do merecimento), ogro, pica doce, Pra ti foi feito, queridão, vara da felicidade, zangado...

– Para!!!!!!!! – gritei, me escangalhando de rir. Caí em seus braços e ele me abraçou, rindo também. – Seu mentiroso! Quem usaria uns nomes desses? Ahhhhhhh...

E continuei a rir demais.

– Você nem imagina como as mulheres podem ser criativas.

– "Pra ti foi feito"? Quem fala isso? Você? Ah! – Ri de ficar com lágrimas nos olhos. – Tonhão? Major, dependendo do merecimento?

Antônio deu uma risada também, segurando-me firme, seus olhos brilhando enquanto confessava:

– Tá certo, alguns eu inventei. Mas o Tonhão existiu mesmo. E Bebezão. E mais uns dois. Mas o que mais gostei foi o Soberano. Nunca vou esquecer esse.

– Mas pode ir esquecendo os outros. Nem quero saber por que essa do bebezão te chamava assim! – Pior que eu estava ciumenta mesmo, imaginando quantas mulheres já teriam passado pela cama dele e se deliciado com o meu soberano. Mas sorri e acariciei seu rosto. – Pode ficar besta. Está em seu direito.

– Só vou ficar besta quando você conhecer o Soberano por completo e me dizer se ele faz jus ao título – disse safado, e eu ri de novo, mas estremeci também, imaginando aquele momento.

Por fim, ficamos mais sérios. E acabei dizendo baixinho:

– Cada vez mais penso nisso, Antônio. Em irmos até o fim.

– Eu também. – Acariciou meu cabelo. Parte do controle dele, daquilo que mantinha mais reservado, tinha retornado. Acariciou meu cabelo. E me surpreendeu ao não insistir, mas dizer: – Saberemos a hora certa.

– Tá.

E nos beijamos na boca, apaixonados, felizes e com carinho. A cada dia eu confiava mais nele.

Eu já era do Antônio de alma. E logo seria de corpo.

ANTÔNIO SARAGOÇA

Estava atolado de trabalho na empresa, mas adiantei tudo o que pude para sair mais cedo. Disse ao meu pai que tinha um compromisso e ele não perguntou o que era, embora tenha me olhado curioso. Eu nunca saía antes do horário e só naquele mês já era a segunda vez. Se ele soubesse quantas aulas eu vinha matando também! Na semana seguinte teria que correr atrás do prejuízo e estudar como um louco para compensar.

Avisei Ludmila também e sugeri que não viesse aquele fim de semana para minha casa, mas ela insistiu, disse que tinha que resolver umas coisas no Rio. Assim, ficaria em meu apartamento enquanto eu saía com Cecília. E, quando eu voltasse, estaria em minha cama.

Tomei banho e troquei de roupa no escritório mesmo, pensando sobre a minha situação. Estava se tornando insustentável. E eu tinha decidido dar um basta em tudo. Primeiro falaria com Ludmila. Teríamos que ter uma conversa franca. Era impossível continuar com ela, pensar em compromisso e casamento do jeito que me sentia com Cecília.

Eu enganava as duas, embora não fosse nada de caso pensado nem de maldade. Tinha medo que Cecília descobrisse, da sua reação. Precisava agir logo, acertar as coisas e eliminar os riscos.

Seria difícil. Pra mim já era, pois sabia que abriria mão de um sonho antigo por um novo. Sem Ludmila e a VENERE dificilmente eu transformaria a CORPÓREA em um império internacional. Já começava a me acostumar com aquilo. E em terminar meu quase noivado. O problema maior seria sentar e contar aquilo para meu pai. Que o que sonhamos juntos, que eu tinha prometido dar a ele, não se realizaria.

A empresa sempre foi a vida dele. E eu o fiz acreditar que a faria ser mundialmente conhecida, que investiríamos no mercado nacional e internacional e que teríamos obras de filantropia nunca vistas. Ele não falava em outra coisa e já estava com certa idade. Sem contar que era um homem controlador como eu, não se adaptava bem a mudanças bruscas. Sabia que seria um golpe terrível e eu é que teria que dar. Mas não via outra opção.

Eu era muito fiel emocionalmente a ele. Era meu herói, meu amigo, meu maior incentivador. E ele me via como seu sucessor, como o herdeiro que iria além do que já tinha deixado para mim. Eu o decepcionaria e isso doía dentro de mim mais do que tudo. Tinha me acostumado aos seus olhares de amor e de orgulho. Não sei como me sentiria sendo visto de outra forma.

O problema era que eu estava cada dia mais louco por Cecília e corria um risco muito grande de ser desmascarado. Ela não entenderia a minha situação. E o que tínhamos acabaria de uma maneira violenta, dolorida. A cada dia eu aprendia a domar mais minha ambição, meu desejo de ter tudo e minha vontade de arrastar a tomada de decisão para adiante. Também não achava justo continuar naquele relacionamento sem sentido com Ludmila. Antes de conhecer Cecília tudo parecia perfeito e preparado. Agora era apenas uma obrigação.

Saí do escritório vestindo jeans e camiseta, aparentemente normal, mas engolfado por preocupações e pela culpa. Aproveitaria aquela noite com Cecília, como vinha fazendo há um mês. Mas não tocaria mais em Ludmila, nem por obrigação nem por qualquer outro motivo. Como sempre esperava que eu a procurasse, na certa não me perguntaria nada. Mas eu teria que dizer. Afinal, ela também tinha o direito de seguir sua vida.

Era finalzinho de tarde quando cheguei em frente ao seu prédio e liguei para ela. Veio linda e alegre como sempre em um shortinho jeans, camiseta marrom larguinha e sandália trançada, seus cabelos soltos, cordões e brincos de bijuteria coloridas balançando enquanto entrava no carro e vinha me beijar.

Parecia que não nos víamos havia dias. Eu a puxei com força para mim. Suguei sua língua com volúpia, agarrei seu cabelo com paixão. Era em momentos como aquele que sabia bem o que queria. Era até mais do que querer. Era necessidade. Eu precisava dela na minha vida, pura e simplesmente.

Quando nos afastamos, excitados, Cecília me fitou e disse com emoção:

– Estava contando os segundos para te ver.

– E eu... – Me vi confessando como um bobo. Então fiz uma careta e a soltei, não querendo bancar uma de tolo apaixonado. Liguei o carro com um meio sorriso. – Vamos à tal festa?

– Sim. Vai ser legal, bem informal. Talvez seu irmão esteja por lá.

Eu saí com o carro e lancei um olhar a ela. Daquilo eu não sabia. Eduardo quase não parava em casa, nem eu. Às vezes parecíamos turistas no apartamento.

– Ele ainda está com sua amiga? – Pensei comigo mesmo que devia ser algum recorde, pois em geral Eduardo tinha várias namoradas e vivia pulando de uma para outra.

– Não é sério, mas acho que se veem de vez em quando. Amanda comentou que ia convidá-lo. – Cecília já pegava o controle e escolhia uma música, dizendo: – Desde ontem essa música do Nando Reis não sai da minha cabeça. É tão linda!

E colocou para tocar "De janeiro a janeiro". Que saiu cristalina dentro do carro.

A praia de Copacabana ao final da tarde era um espetáculo à parte, com seu belo pôr do sol. Estacionei o carro e seguimos de mãos dadas até um belo quiosque moderno e iluminado, criado em linhas retas e diagonais, quase como um restaurante ao ar livre e à beira da areia. Uma parte toda tinha sido reservada para a festa, e vários jovens se reuniam, riam, ouviam música e se divertiam ao redor de algumas mesas cheias de bebidas e comidas e pela areia.

Cecília estava feliz no meio deles e cumprimentou vários colegas. Me apresentou, foi simpática, e de longe vi Eduardo sentado em uma canga com Amanda e mais um casal, em um papo descontraído. Fiquei um pouco rígido, sem saber ao certo como me portar. Meu irmão era a lembrança de que havia outra vida que eu escondia, que me esperava além da que eu vivia com Cecília.

– Olha a aniversariante! – Cecília me puxou até uma moça loira com um largo sorriso, que brincava e chamava a atenção no meio de um grupo. – Vai gostar dela, estuda psicologia comigo e é superanimada! Sara! Parabéns de novo!

– Cecília! – As duas se abraçaram felizes e, apesar da aparência totalmente diferente, tinham algo de semelhante, talvez a alegria íntima que ambas demonstravam.

– Esse é meu namorado, Antônio. E essa minha amiga, Sara.

– Oi, Sara. – Estendi a mão.

– Gata, mas isso que eu chamo de um namorado! – Cutucou Cecília e abriu-se num longo sorriso para mim, enquanto apertava minha mão, mas também me cumprimentava com beijos. Depois me observou e disse: – Engraçado, parece que te conheço de algum lugar, Antônio. Onde você mora?

Eu não respondi de imediato. Por um momento temi que já tivesse ouvido falar da minha família ou visto algo sobre mim. Mas então expliquei:

– Moro na Barra da Tijuca.

– Ah, deve ser isso! Vivo por lá. – Riu de novo. – A gente deve ter se esbarrado por aí!

Felizmente não houve nenhum reconhecimento mesmo e não fiquei em uma saia justa. Mas aquilo me fez ver como seria fácil alguém me desmascarar para Cecília de repente. Fiquei decidido a agir, a não empurrar mais para frente o que tinha que ser resolvido.

Conversamos e rimos com ela, mas depois Sara foi receber outras pessoas, e tive que seguir com Cecília para onde estavam Eduardo e Amanda. Meu irmão sorriu ao nos ver e levantou na hora para abraçar e cumprimentar Cecília. Nunca o vi ser tão carinhoso com Ludmila. Ao contrário, parecia não gostar dela e mais de uma vez comentara que a achava falsa.

– Cecília fazendo mais um milagre! – Ele piscou para ela e apontou pra mim. – Como arrancou meu irmão cedo do escritório?

– Ele que veio. – Deu de ombros, sorrindo.

Troquei um olhar meio desconfiado com meu irmão, mas ele parecia só feliz por me ver ali. Não era uma ameaça para mim. Só um lembrete de que eu estava errado, que não era sincero com Cecília.

Cumprimentei Amanda, fui apresentado a outro casal e acabamos sentados em outra canga, juntinhos um do outro, tomando cerveja e conversando. Aos poucos consegui relaxar e aproveitar a noite.

A música rolava solta, comida e bebida, também. Em determinado momento, a aniversariante fez questão de cantar Alcione segurando um abridor como se fosse um microfone e todo mundo riu da cena, inclusive eu. Arrumou uma companheira que mal se aguentava em pé e fizeram um dueto terrível nas areias de Copacabana.

Isso animou outras pessoas a se arriscarem, até que ao final brigavam pela oportunidade de cantar com o abridor. Eu comentei divertido:

— O que a bebida não faz.

Cecília riu. Eduardo assobiava e batia palmas, animado. Pensei que até ele iria cantar, mas acabou uma música para quem estava na fossa e, quando começou "De janeiro a janeiro", de Nando Reis, Cecília deu um grito e se levantou de um pulo, exclamando:

— Meu Deus, essa música está me perseguindo desde ontem, Antônio! Ah, não, essa é para mim!

Não acreditei quando a vi correr para a colega que acabava de cantar, dizendo eufórica:

— Agora é minha vez, Claudinha!

— Toma aí, é todo seu! — A menina deu-lhe o abridor, rindo.

Na mesma hora Cecília se virou, corada, mas extremamente feliz. Seu olhar encontrou o meu e fiquei paralisado. Havia uma infinidade de emoções nela que pareciam extravasar pelos poros, pelo sorriso, pelo olhar. Concentrou-se totalmente em mim, e não consegui me fixar em mais nada. Com sua voz doce e melodiosa, começou a cantar, para mim. Só para mim.

Aquela música mexeu comigo. As dúvidas que pairavam na minha vida, as incertezas que dependiam de decisões minhas, mas ao fim de tudo a certeza de que o que sentia por ela não seria fácil de acabar, não teria pausa. Duraria de janeiro a janeiro. E era isso que me fazia criar coragem para lutar pelo que eu sentia, mesmo indo contra tudo já preparado para mim.

Mas não era só isso. Era o modo como cantava, como se fizesse uma declaração para mim. Sua voz e as frases vinham como poesia, cada trecho indo bem fundo, deixando-me completamente encantado, preso, vidrado. Não sei se o silêncio ao redor era imaginação minha, que esqueci o resto do mundo, ou se Cecília hipnotizava a todos como fazia comigo.

E então chegou ao trecho que era uma verdadeira confissão de amor, que cantou com tanto sentimento:

Olhe bem no fundo dos meus olhos
E sinta a emoção que nascerá quando você me olhar
O universo conspira a nosso favor
A consequência do destino é o amor
Pra sempre vou te amar

Eu sabia que era aquilo que queria dizer. Palavras que tinham sido caladas verbalmente, mas mostradas de outra maneira até agora, até resolver cantar para mim. Mais uma vez era a música que nos conectava, ligava ainda mais um ao outro. E me vi querendo cantar também para ela:

Mas talvez você não entenda
Essa coisa de fazer o mundo acreditar
Que meu amor não será passageiro
Te amarei de janeiro a janeiro
Até o mundo acabar

Dei-me conta de tudo que eu sabia, mas que tentei evitar, ludibriar até não poder mais. Eu a amava. Aquilo que nunca acreditei, que meu amigo Matheus dizia querer encontrar um dia e que eu sempre achei uma babaquice, me pegou de jeito. Amor. Uma palavra tão pequena e simples, mas tão temida por mim... Porque mudava toda a minha vida, todos os meus planos e escolhas.

A música acabou, e todos bateram palmas. Cecília sorriu para mim e vi que também estava balançada, mexida. Continuei imóvel. Mas as amigas a cercaram rindo e abraçando, elogiando-a, fazendo-a afastar o olhar de mim. Senti uma mão em meu ombro e me virei para meu irmão, que disse em um dos seus raros momentos sérios:

– Você está ferrado.

Sim, eu estava. Não disse nada. Eduardo tirou a mão e indagou:

– Vai contar para nosso pai?
– Vou.

Um simples verbo. E significou como uma espécie de sentença, finalmente posta em palavras. Ele acenou com a cabeça:

– Isso aí, mano. Vai viver a sua vida. O velho já viveu a dele. E, se quer saber, ia ser infeliz pacas com Ludmila.

Eu não sabia. Só sabia que seria infeliz longe de Cecília e era isso que pesava na minha decisão. Quando ela voltou, eu me levantei e segurei sua mão. Entrelaçamos os dedos e nos fitamos com carinho, com amor e muita paixão. E não nos separamos mais naquela noite.

LUDMILA VENERE

Então aquela Cecília Blanc era a pedra em meu caminho. Já tinha todas as informações necessárias sobre ela, desde fotos a endereços e até o número do sapato que calçava. Uma interiorana com cara de boba. Antônio nem tivera a decência de escolher alguém mais elegante, mais à minha altura. Dava até desânimo enfrentar uma coisinha daquela. Seria como tirar doce de criança. Não daria nem emoção e gostinho de vitória, tão fácil se mostraria.

Suspirei no sábado, antes de começar meu teatro. Eu sabia que Antônio se preparava para falar comigo, já começava a deixar as coisas bem claras. E, do jeito que era cheio de coisas, não exporia nada aos pais sem antes falar comigo. Agiria como um cavalheiro, me dispensando, para depois abrir o jogo com a família.

Não tinha dormido ali. Chegou tarde na sexta-feira e ficou, obviamente, no quarto de hóspedes. Isso já bastou para me mostrar o perigo que eu corria. Assim, tive que inventar um plano alternativo para ganhar tempo até planejar o golpe final. Por isso naquela manhã acordei passando mal. Fiquei na cama, com cara de doente, até que a empregada veio, viu meu estado e foi chamar Nora Saragoça.

A senhora veio logo, toda preocupada. Menti que tinha vomitado durante a noite e que estava tonta. Antônio foi chamado e veio, algo de culpado em sua postura. Que eu aproveitei para explorar, reclamando que não dormi a noite toda, muito doente.

– Por que não me chamou, Antônio? – perguntou sua mãe, mas ele não contou que não estivera ali.

Encontrei seu olhar e também não disse nada, deixando claro que o acobertava. E então voltei a me fazer de doente, falando de dor no estômago, ainda de camisola. Nora me ajudou a pôr um vestido, e Antônio me levou ao médico, junto com a mãe.

É claro que o médico não sabia de nada e arriscou que fosse alguma virose, medicando-me com paliativos para enjoo e dor, além de muito líquido e descanso. Fiquei o sábado todo na cama e liguei para meu pai, em Minas, aumentando os sintomas, só para ele se desesperar e vir me buscar. E, no domingo, meu plano se concretizou quando fui embora com ele.

Eu ganhava assim mais uma semana para me organizar. Pois Antônio não desmancharia comigo enquanto eu supostamente passava mal, como não o fez. Voltei para casa e lá maquinei várias coisas, mas as descartei logo.

Primeiro, eu não me rebaixaria para aquela garota sem graça, fora do meu nível. Segundo, tinha que atacar na jugular, um ataque rápido e certeiro. O que dificultava era não poder me expor, isso me limitava. Afinal, ninguém podia desconfiar que eu sabia de tudo e agia. Terceiro, tinha que ter um Plano B, caso o A não funcionasse.

Bem, tentaria uma coisa primeiro. Depois, decidiria o resto.

O que eu não sabia, naquele momento, era que o destino me daria uma ajudinha. E eu não venceria só por minha inteligência e estratégia, mas também por uma coincidência.

LUDMILA VENERE

Na quinta-feira seguinte, cheguei ao apartamento de cobertura dos Saragoça na Barra antes do anoitecer. Conversei com Nora, contei que estava melhor de saúde, fui um doce de pessoa. Minha futura sogra me achava tão boazinha! A mãe perfeita para seus netos. E era minha aliada naquela casa.

Deixei minhas coisas na suíte e fiquei o mais bonita possível, meus cabelos longos e loiros caindo muito lisos pelas costas, a maquiagem impecável, roupa elegante. E esperei, revendo meus planos. Sabia que a hora havia chegado e que Antônio terminaria comigo naquele fim de semana. Por isso eu estava ali um dia antes do previsto.

Ele tinha me ligado na noite anterior, já tarde. Estava fechado, estranho e disse que me visitaria em Minas naquela quinta-feira, pois tinha um assunto sério a tratar comigo. Eu não era boba. Antônio se daria ao trabalho de ir até minha casa em outro estado somente por algo muito importante. Desde o início era eu que me despencava para o Rio. Ele acabaria nosso compromisso e estava tão ansioso para isso que nem podia esperar o fim de semana.

Dava para sacar que a causa era a tal da Cecília Blanc. Ainda mais o detetive tendo me contado que até aula ele matava para ficar com a putinha. Faltar ao mestrado na PUC e sair cedo do trabalho não combinavam com Antônio, então a coisa devia ser mesmo séria. A desgraçada queria tirá-lo de mim e estava trabalhando direitinho.

Eu não era Deus para obrigá-lo a parar de ver a garota interiorana. Mas tinha minhas cartas na manga. Analisando todas as questões, cheguei à conclusão de que precisava de um aliado de peso. Primeiro eu teria Arnaldo Saragoça ao meu lado. Ele era ídolo de Antônio e vice-versa. Se havia alguém que poderia mudar aquela história e fazer a pressão certa, era ele.

Depois eu partiria para a segunda parte do plano. Provar que a tal Cecília Blanc era uma putinha interesseira. Já até tinha contratado um ator e prostituto para agir, se aproximando da garota. Bastariam algumas fotos, como consegui da minha irmã, e Antônio ficaria desconfiado dela. Juntando isso à pressão do pai, eu duvidava que ele ainda quisesse algo com a burrinha.

Enquanto isso, eu ficaria nos bastidores, só assistindo. Para todos os efeitos, a boba era eu. E, quando tudo acabasse, eu o receberia de braços abertos. Ponto final. Assim, quando insistiu para vir me ver em minha casa, disse a ele que tinha compromissos importantes no Rio e que chegaria lá um dia antes do que sempre fazia. Ele acabou concordando.

Cheguei mais cedo que o previsto e liguei para Arnaldo ainda do carro. Ele atendeu e ficou animado ao saber que estava indo para a casa dele.

– O que houve? Estão tão apaixonados assim que não aguentam mais ficar o fim de semana sem se ver?

Era a hora de colocar meu lado atriz para funcionar. Assumi uma voz baixa e abatida, ao dizer:

– Quem dera fosse isso, Arnaldo. Preciso muito falar com você.

– Claro. Pode dizer.

– Em particular. Tem como chegar mais cedo em casa, antes do Antônio? Talvez ele nem precise saber da nossa conversa.

Ele ficou quieto por um momento, talvez estranhando. Eu nunca tinha feito um pedido daqueles. Por fim, indagou:

– Mas se trata de quê?
– Não posso dizer por telefone.
– Ludmila, está me deixando preocupado.
– Sabe que eu não o tiraria do seu trabalho se não fosse realmente importante. E não vou aí para Antônio não me ver. Por favor, Arnaldo.
– Temos uma reunião importante aqui, mas vou deixar com ele. Já estou indo para casa.
– Obrigada. Vai entender logo meus motivos.
– Está bem.

Desliguei satisfeita. A primeira jogada tinha sido feita. Estava nervoso e preocupado. Pensaria mil e uma coisas até chegar ao nosso encontro. E ouviria atento cada palavra.

Liguei para outra pessoa. O tal ator que contratei para se aproximar da putinha. Falei para ele usar todo seu charme e, se necessário, muito mais. Havia o velho truque do "Boa-noite, Cinderela". Era só dar um jeito de fazer a menina tomar uma bebida com um remedinho e ela faria tudo que ele quisesse. Seria moleza levá-la para um motel e tirar umas fotos bem sacanas. Isso se ela não fosse uma puta mesmo e quisesse ir de livre e espontânea vontade.

– Alô? – O rapaz atendeu.
– Sou eu. Conseguiu alguma coisa?
– Não.

Senti a raiva subir dentro de mim. Incompetente! Antes que dissesse algo, falou apressado:

– Eu tentei, mas a garota só fica enfurnada em casa e na faculdade. Falei com ela hoje no ponto do ônibus. Foi até simpática, mas não me deu entrada. Ia insistir, mas chegou uma colega e deu carona pra ela. Amanhã vou segui-la e pensar em alguma coisa. Fique tranquila.

– Sabe que só vai receber a outra parte do dinheiro se der o seu jeito mesmo. Sem foto, nada feito. E eu tenho pressa.

— Pode deixar, madame. Vai ter as suas fotos.

— Amanhã volto a entrar em contato — disse friamente e desliguei.

Aquele era o plano B. Mas eu já o queria a postos, caso Arnaldo não influenciasse Antônio do jeito que eu gostaria. Na verdade, o Plano A era bem simples.

Com Arnaldo ao meu lado, fazendo a pressão certa, Antônio seria obrigado a escolher. Ou a família e a empresa, ou a sua putinha. E, por mais que estivesse gostando de se enfiar entre as pernas dela, era um homem ambicioso, inteligente e louco pelo pai. Tinha quase certeza de que naquela guerra eu estaria do lado vencedor.

Se por algum motivo as coisas não saíssem como eu gostaria, umas fotos comprometedoras poderiam resolver tudo. O importante era que eu não desistiria antes de uma boa luta. Faria quantos planos fossem possíveis. E quando Cecília Blanc se visse de mãos abanando ia entender que não bastava ser boa de cama. Isso eu também era. Tinha que ser esperta. Saber o que se quer e fazer por onde. Talvez a lição lhe servisse de alguma coisa.

Agora, dentro da suíte, eu estava preparada para a batalha. Talvez a principal para vencer a guerra. E, quando a empregada chegou e me avisou que Arnaldo me esperava no escritório, caminhei calma e elegante para lá. Quando entrei, ele estava atrás de sua mesa, uma xícara de café à frente, em uma bandeja com um bule de prata e mais uma xícara vazia.

— Olá, Arnaldo. — Usei meu tom mais comedido, contido.

— Ludmila. Fez boa viagem?

— Sim.

— Sente-se, por favor. Aceita um café?

— Não, obrigada. — Eu me acomodei lentamente, cruzando as mãos no colo, olhando-o docemente.

Não sabia o que os homens tinham, mas bastava se fingir de doce, submissa, até meio triste, e eles ficavam ansiosos em nos consolar, em mostrar o quanto eram fortes e protetores. Arnaldo era assim, das antigas. Observou-me, uma ruga de preocupação na testa.

– Sobre o que gostaria de falar comigo?
– Antônio comentou alguma coisa com você, Arnaldo?
Ele franziu o cenho.
– Sobre o quê?
– Bem, ele queria ir para Minas hoje, conversar comigo. Mas achei melhor eu vir aqui. Porque sei o que ele vai me dizer e achei justo falar com você primeiro.

Ele me fitava, cada vez mais preocupado. Seus cabelos densos e brancos e as rugas de seu rosto não escondiam um caráter firme e um jeito ainda dominador. Imaginei como ficaria sabendo que seus planos iam por água abaixo junto com seus sonhos, e tudo por causa de seu amado filho.

– Há poucos dias eu soube de uma coisa que me deixou muito chateada. Sei que meu pai e o senhor são amigos de longa data e que nossas famílias sonham com uma união, não apenas pessoal, mas também em relação aos negócios. Para mim, isso sempre foi uma honra. Principalmente pelo fato de amar o seu filho.

Observei-o, continuava atento. Continuei, fazendo uma expressão triste, arrasada.

– Mas está difícil manter essa farsa.
– Farsa?
– Eu tenho sentido Antônio muito estranho e procurei saber o motivo. Descobri que está saindo com outra mulher. O senhor não imagina como isso me magoou.

Arnaldo continuava muito sério, sem piscar, uma ruga grande entre os olhos.

– E tenho certeza de que quer me ver hoje para terminar nosso relacionamento.

– Não é possível – negou na hora.

Continuando no tom triste, eu disse:

– Antônio está dominado por ela, Arnaldo. Soube que é uma interesseira, louca para dar o golpe do baú.

– Não – disse de novo, transtornado. – Antônio é um rapaz esperto, não cairia em uma armadilha dessas. E ele tem um compromisso com você. Sempre foi responsável.

– Até encontrar essa mulher. O senhor não sabe como me sinto. Traída. Triste. Abandonada. Sonhei a minha vida inteira em casar e para mim seria com seu filho. E, agora, não sei o que fazer.

– Ludmila...

– Pode não acreditar. – Eu o interrompi, pois via que ele realmente ainda não conseguia crer. Estava surpreso. E dei o golpe que mexeria com ele: – Mas é verdade. Eu só posso dizer que lamento muito. É o fim do meu relacionamento com Antônio e da relação comercial entre a CORPÓREA e a VENERE. Meu pai com certeza ficará muito triste e chateado com isso tudo.

Arnaldo empalideceu. Eu quase podia ver o que passava por sua cabeça. Uma busca por solução urgente, o início de um desespero por de repente perder seus sonhos, o medo de que o filho querido estivesse sendo um tolo na mão de uma mulher. Tudo do jeito que eu queria.

Incomodado, aliviou um pouco o nó da gravata, seu olhar preocupado demais, enquanto me fitava e dizia:

– Vamos por partes. Disse que ama meu filho.

– Sim.

– Isso quer dizer que perdoaria o fato de estar saindo com outra mulher?

– Eu faria qualquer coisa para livrar Antônio das mãos dessa interesseira. Acho que está sendo enganado – disse em tom desanimado, baixo. – O problema é que sei que ele vai terminar comigo. Está cego, Arnaldo.

– Como não percebi tudo isso? – Agoniado, estava começando a ficar vermelho e tirou a gravata. Respirou fundo. – Mas isso não vai ficar assim. Sei o que é melhor para ele e para todos nós. Antônio sempre partilhou dos meus planos. O nosso império está prestes a ser construído, vocês se dão bem e foram felizes até agora. Uma mulher não vai destruir tudo isso.

– Mas não podemos obrigá-lo. – Torci as mãos, como se estivesse muito nervosa. – E, se Antônio souber que estou a par de tudo e que contei para o senhor, vai querer me culpar. Mas eu tinha que desabafar com alguém. Não sei mais o que fazer!

– Calma. Fez bem em falar comigo. E não vou contar a ele que soube de tudo através de você. – Passou a mão pelo rosto, visivelmente desnorteado. Estava vermelho, tenso, abrindo o primeiro botão da camisa. Parecia pensar em uma solução, determinado.

Sorri por dentro. Tudo estava indo como planejado. Continuei triste e baixei os olhos.

– Acho melhor eu ir embora. Vou conversar com meu pai. Depois disso tudo não tem mais clima entre nós e...

– Por favor, Ludmila, não tome nenhuma atitude agora nem preocupe Walmor. Antônio sempre me escutou e dessa vez não vai ser diferente. Além do mais, não posso deixar meu filho fazer uma burrada dessas, estragar a própria vida. Vá ficar com Nora no ateliê dela. Deve estar lá pintando seus quadros. Quando Antônio chegar, eu converso com ele. Tenho certeza que não desmanchará o compromisso com você.

Levantei os olhos esperançosos.

– Seria maravilhoso! Mas tenho tanto medo!

– Não fique assim. – Apesar da certeza em sua voz, eu notava claramente sua preocupação.

Observando-o corado, suando na testa, indaguei a mim mesma se o velho não estaria prestes a passar mal; 73 anos de idade, vendo seus sonhos indo para a lama, decepcionado por achar que o filho querido era um fraco ao cair nas armadilhas de uma puta interesseira, com medo de que eu retirasse a VENERE dos acordos econômicos com sua empresa, tudo isso era demais para ele. Ainda mais por ter sido pego de surpresa.

Achei melhor me calar antes que Arnaldo tivesse um ataque. Morto, ele não me serviria de nada. Assim, me levantei e concordei:

– Tudo bem, Arnaldo. Mas, por favor, não diga que fui eu quem te falou tudo. Não quero que Antônio me odeie.

– Não direi. Agora vá e se acalme. Tudo vai dar certo.

Concordei com a cabeça. Sem mais o que acrescentar, saí do escritório. No corredor, enquanto seguia para o quarto em que Nora pintava seus quadros por hobby, sorri satisfeita. Arnaldo lutaria aquela batalha por mim.

ANTÔNIO SARAGOÇA

Cheguei ao apartamento disposto a ter uma conversa séria com Ludmila. Por mim, teria ido a Minas falar com ela e seus pais que não era mais possível manter o casamento. Ia tentar salvar os acordos comerciais entre as duas empresas, mas sem o laço matrimonial. Tinha até dito a Cecília que não poderia vê-la naquela noite, para poder resolver aquilo.

Mal entrei no apartamento, a empregada avisou que meu pai queria falar comigo no escritório. Fui para lá, estranhando o fato de ele ter saído mais cedo da empresa naquele dia. Ainda mais quando entrei e o vi muito sério, parecendo até nervoso.

Passava o lenço pela testa suada e estava vermelho. Fechei a porta e me aproximei, recebendo um olhar esquisito.

– Aconteceu alguma coisa, pai?

– Sim. Sente-se. – Esperou que eu me acomodasse e indagou de pronto: – Por que não me contou?

Não era preciso ser um gênio para entender. Sua expressão, seu desagrado e preocupação, o fato de me chamar para conversar. Continuei sério e perguntei:

– Como o senhor soube?

– Tive minhas fontes. Por isso chamou Ludmila aqui hoje? Ia desmanchar com ela, sabendo tudo que isso implica, sem nem ao menos falar comigo?

– Claro que eu falaria com o senhor e com o pai dela. Mas achei mais justo conversar com ela primeiro.

Olhava para mim abismado, como se não pudesse crer no que eu dizia. Mas eu me sentia aliviado por finalmente pôr tudo às claras. Como imaginei, me sentia mal por causar aquilo a ele. E tratei de tentar explicar:

– Pai, eu vou tentar manter a VENERE como nossa aliada. Claro que com o casamento tudo seria mais fácil e natural, mas...

– Não acredito que estou ouvindo isso. Você não é nenhum tolo. Sabe que a primeira coisa que Walmor fará é romper as ligações conosco. O que sempre sustentou os acordos foi o laço de matrimônio, a certeza de que você uniria e administraria as duas empresas, que mais tarde ficaria para seu filho, fruto das duas famílias. Sem o matrimônio, não há união nem império.

Estava vermelho, nervoso, a respiração agitada. Fiquei preocupado.

– Acalme-se. Eu vou pensar em alguma coisa.

– Como vou me acalmar? Não consigo acreditar que vai jogar todos os nossos planos e sonhos na lama por causa de uma mulher! Tenha suas amantes, mas mantenha o foco, Antônio! – Estava bem alterado, suando muito. Passou de novo o lenço no rosto.

– Não é uma mulher qualquer, pai.

– Mulher tem aos montes por aí! – exclamou alto, olhando-me irritado, decepcionado. – Acha que também não me enrabichei quando mais novo? Que não tive minhas paixões? Mas, na hora de casar, soube escolher quem seria minha companheira, quem somaria comigo. Essa mulher já começou diminuindo seus sonhos e objetivos!

– Ela não tem nada a ver com os negócios. E não é assim como fala.

– Claro que é! – Bateu com a mão na mesa, ainda mais nervoso, descontrolando-se. – Tudo o que fizemos e planejamos, tudo o que preparamos até aqui vai por água abaixo! Daqui a pouco não teremos nem mais empresas! Eu vou morrer sem ver meu filho fazer tudo em que me fez acreditar que faria! Está indo pelo mesmo caminho do Eduardo, irresponsável, se deixando levar por um rabo de saia!

– Pai... – Eu estava também irritado, apesar de entendê-lo, de saber que teria aquela reação. Mas tentei apaziguar as coisas, pois me preocupava com ele. – O senhor precisa confiar em mim.

– Como, Antônio? Depois desse golpe, como posso confiar em você? Está cego! Vai prejudicar todo mundo por causa de uma mulher! Fique com ela como amante, mas se case, cumpra com o que o destino reservou a você!

– Não posso fazer isso.

– Mas é claro que pode! – gritou, fora de si, muito corado.

Eu me assustei quando o vi respirar fundo e seu rosto se contorceu, fazendo uma careta. Levantei na hora, meu coração disparado, o terror me envolvendo quando ele arregalou os olhos, vermelho demais, sua cabeça dando uma sacudida abrupta.

– Pai!

Corri para sua cadeira, mas ele já desabava dela tendo uma convulsão, a ponto de perder os sentidos. Corri como um louco, mas já estava no chão, se debatendo como se estivesse tendo um ataque epilético, olhos arregalados, rosto contorcido em espasmos horríveis.

– Pai! Pai! – Comecei a virá-lo, nervoso, tentando evitar que batesse mais com a cabeça, puxando-o para mim em um desespero que nunca senti.

Tudo foi confuso e rápido. Mesmo em meio ao terror eu o contive e apertei furiosamente a campainha que chamava os empregados. Liguei imediatamente para a emergência e pedi uma ambulância, enquanto o continha e o abraçava, apavorado, nervoso como jamais fiquei na vida.

Foi uma correria de empregados, minha mãe entrando e chorando, sendo consolada por Ludmila, Eduardo correndo para nós. Foi quando meu pai começou a vomitar e eu o virei para não engasgar. Logo parava e desmaiava. Minha mãe gritou. Eu fui envolvido pelo pânico e por um momento pensei que tivesse morrido.

Pálido e nervoso, consegui levantar com ele em meu colo, com Eduardo tentando ajudar. Senti que respirava e fui engolfado pelo alívio, enquanto minha mãe continuava a chorar, meu irmão falava para esperar a emergência, mas eu já saía do escritório com meu pai desacordado nos braços, o medo me fazendo ter mais forças do que eu tinha.

Só sabia que precisava salvá-lo. Não poderia ficar ali esperando. Eduardo correu na frente para abrir as portas e minha mãe e Ludmila vieram atrás. Tudo parecia acontecer em câmera lenta e com outra pessoa, como se fosse um filme. Mas o desespero dentro de mim, que me dava um pavor horrível, só confirmava que era bem real.

Chegamos ao estacionamento do prédio no momento em que a ambulância encostava. Os paramédicos rapidamente o colocaram na maca e realizaram os primeiros socorros. Eu estava tão fora de mim que nem pensei que minha mãe deveria ir na ambulância com eles. Simplesmente não podia deixar meu pai, sair de perto dele, com um medo atroz de que, se eu fizesse isso, ele morreria. Entrei junto e mais tarde soube que minha mãe seguiu atrás com Ludmila, no carro de Eduardo.

Sentado na ambulância, vendo meu pai desacordado com seu rosto contorcido para o lado direito, enquanto o paramédico o deixava no soro e com uma máscara de oxigênio, eu segurei a mão dele, o medo me corroendo por dentro, a culpa vindo com tudo. Sabia que tinha sido por minha causa. Se ele morresse, eu nunca me perdoaria.

– Ele está com os sinais vitais estabilizados – disse o paramédico, como se lesse meus pensamentos. – Tudo indica um acidente vascular cerebral, mas sem risco de óbito.

Eu não disse nada. Não conseguia me mover ou tirar os olhos do meu pai. Não conseguia nem pensar com coerência. O pavor estava muito presente para que eu pudesse me acalmar, deixando-me angustiado, uma dor horrível contorcendo minhas entranhas.

Foi levado ao melhor hospital da Barra para atendimento de emergência. Fiquei do lado de fora, na sala de espera, com meu irmão, minha mãe e Ludmila. Esta chegou perto de mim e pôs a mão em meu braço, indagando suavemente:

– O que houve? Ele começou a passar mal de repente?

– Sim, o que houve? – Minha mãe também veio para perto, amparada por Eduardo, seus olhos inchados de tanto chorar.

Senti os três olhares sobre mim e fui varrido pela culpa. Fiquei arrasado, paralisado, sem poder fazer nada a não ser esperar e rezar para que não acontecesse o pior.

– Antônio? – insistiu minha mãe.

– Quando cheguei, ele já estava vermelho e agitado – expliquei baixo. – Não nos entendemos sobre um assunto e se alterou. Então começou a passar mal.

– A culpa não foi sua, cara – disse Eduardo, como se soubesse que assunto poderia ser e também como eu me sentia. – Papai já tem uma idade avançada. Qualquer outro aborrecimento poderia fazer isso.

Eu o fitei, mas nada do que dissesse diminuiria a minha culpa. Ludmila também completou de modo suave:

– Claro, querido, a culpa não foi sua. Todo mundo sabe que nunca faria mal ao seu pai. Precisa se acalmar.

Fitei seus olhos verde-escuros. Tive vontade de contar o motivo da divergência com meu pai, mas não era hora nem lugar para isso. E eu não tinha condições. Só precisava ouvir que ele estava bem e fora de perigo.

– Vai dar tudo certo, meu filho. – Minha mãe beijou meu rosto.

Toda a compreensão deles não servia para me aliviar. Fiquei encostado na parede, imobilizado no tempo, como se nada mais fosse funcionar até ter notícias. Não andei impaciente por ali, não senti mesmo quando insistiram nem aceitei café ou água. Só fiquei lá.

Pensei em Cecília. Eu sabia que se estivesse ali comigo, me abraçando, me consolando com sua voz melodiosa, tudo seria mais fácil de enfrentar. Ao mesmo tempo, temia pensar nela naquele momento. Pois o que sentia por ela, o que me fazia querer largar tudo, mudar meus planos e minha vida, foi também o ponto de discórdia com meu pai. Era a primeira vez que aquilo acontecia, que nossa amizade e relação eram abaladas. E foi o bastante para quase matar o meu pai.

O médico se aproximou, e senti o coração falhar uma batida. Todos nos aproximamos dele, que começou a explicar:

– O senhor Arnaldo Saragoça teve um AVC isquêmico, que é um dos mais comuns. Ele está bem, fora de perigo e acordado. Fizemos exames, e o prognóstico é bom, a área do cérebro afetada não foi ampla, e as consequências podem ser minimizadas com o tempo e o tratamento correto.

– Graças a Deus! – exclamou minha mãe.

Eu senti um alívio tão grande que parte das minhas forças pareceram me abandonar. Mas respirei fundo e quis saber de tudo:

– Que consequências foram essas?

– O lado do cérebro atingido foi o esquerdo, e isso acabou afetando o lado oposto do rosto, o direito, com uma leve paralisia na boca e nos membros. Em geral, isso se reverte, a dificuldade maior é conseguir um movimento perfeito do braço, talvez essa seja a pior sequela. Não teve afasia, déficit da linguagem ou sensitivo. Aparentemente, a memória não foi afetada. Ele vai falar com certa dificuldade devido à paralisia.

– Quanto tempo para ter alta? – perguntou Eduardo.

– Se tudo continuar estável, amanhã.

– Ele ainda corre algum risco? – indaguei.

– Sim. Devido à idade – respondeu o médico. – Vai precisar mudar o estilo de vida, se alimentar bem, não se estressar nem se aborrecer. O período de recuperação é difícil e, às vezes, lento, o que pode causar irritação e depressão. Mas se estes cuidados forem respeitados, se ele tiver carinho e compreensão da família e fizer o tratamento correto, pode se recuperar bem e evitar o risco de um novo AVC, que poderia ser fatal.

– Vamos tomar todo cuidado com ele – garantiu minha mãe. – O difícil vai ser segurá-lo em casa longe do trabalho. Mas vamos conseguir.

– Em geral, quanto tempo para a recuperação? – perguntou Ludmila.

– Alguns meses. Em casos mais graves, até anos. Mas acredito que em poucos meses ele estará bem, se for bem cuidado e amenizar os riscos.

Eu estava calado. Senti-me entre a cruz e a espada, pensando o quanto aquilo mudava tudo. Como eu poderia falar em me separar de Ludmila e em ficar com Cecília com meu pai daquele jeito? Se ele tivesse um novo ataque, como eu iria me perdoar? A agonia apertou meu peito.

– Podemos vê-lo? – indagou minha mãe.

– Sim. Mas ele pediu para ver o filho primeiro, em particular. Antônio.

Todos me olharam. Acenei com a cabeça, muito sério, sentindo o peso de toneladas nas costas. Não falei nada ao acompanhar o médico para o luxuoso quarto do hospital.

Foi a pior coisa do mundo ver meu pai naquela cama de hospital, muito pálido e envelhecido, recostado nos travesseiros, sua boca entortada para o lado direito como uma careta, seu braço furado por agulhas. E, para completar, seu olhar para mim, como se o desespero ainda estivesse dentro dele, o medo deixando-o suspenso, a preocupação em cada nuance ao me ver. Soube ali que eu estava preso. Que o destino tinha me preparado uma armadilha. E que escolhas precisariam ser repensadas e feitas.

Entrei, e o médico nos deixou a sós. Tive vontade de chorar ao ver seu estado, ao sentir a culpa me remoer, mas era machão demais para isso. Lamentei por dentro, ao parar ao lado de sua cama e apoiar a mão em seu braço. Sabia que devia algo a ele, para diminuir sua angústia. Falei baixo:

– Fique tranquilo, pai.

– V... vo...

Tentou balbuciar, mas era difícil, exigia muito esforço.

– Não se preocupe com nada. Precisa se acalmar para ficar bom logo.

– V... vo... cê... – insistiu, ficando vermelho. Eu o conhecia e sabia que não desistiria até saber o que queria. – Vai... fa... zer...

– Não vou fazer nada – garanti, pois não tinha outra solução e precisava acalmá-lo. – Tudo continua igual. Não vou me separar de Ludmila.

Ele fechou os olhos por um momento. Vi o alívio em seu relaxamento, na agonia que se abrandou. Mas eu continuei agoniado, arrasado, sentindo-me sozinho. Abriu os olhos e acenou com a cabeça, como se me agradecesse.

Não fiquei com raiva dele. Eu entendia sua preocupação, não só com o futuro da empresa e com seus sonhos, que também tinham se tornado meus. Em sua cabeça, estava me protegendo quando me mantinha seguro, na escolha garantida. Ele não conhecia Cecília nem sabia dos meus sentimentos por ela. Naquela história, ela era vista por ele apenas como um problema, um atraso. E que, com o tempo, eu veria isso.

Estava tudo muito claro. Mas no momento eu não podia arriscar sua saúde e sua vida. Nunca me perdoaria se fizesse isso. Eu estava encarcerado naquela situação, e cada passo dali para frente deveria ser bem pensado.

– Fi... lho.

– Sim, pai...

– Te... a... mo...

Senti um bolo na garganta, uma tristeza infinita misturada ao amor que tinha por ele e que eu sabia ser recíproco. Meu pai queria que eu entendesse que me amava, que queria me proteger, que lutava por mim. Apertei seu braço e sorri, para dizer que entendia.

– Eu sei. Amo o senhor também. Agora me prometa que vai ficar bom logo. Que vai fazer de tudo para se recuperar.

Acenou com a cabeça. Balbuciou:

– S... sim.

– Vou chamar os outros. Mamãe está nervosa.

E, quando todos entraram, eu fiquei lá, quieto, pensando em Cecília.

Olhei para Ludmila, no meio da minha família, a mulher que para todos era a certa para mim. Eu tinha passado aquele dia esperançoso, querendo vê-la e terminar com aquele relacionamento que não me bastava mais. E como tudo tinha mudado em poucas horas. Senti como se eu tentasse nadar contra a correnteza, mas ela me arrastasse cada vez mais.

Ficamos no hospital, e foi permitido que uma pessoa passasse a noite ali com meu pai. Minha mãe insistiu em ficar, e voltei para casa ao lado de Eduardo no carro, enquanto minha quase noiva ia sentada atrás.

Não conseguia pensar direito nem tomar nenhuma decisão quanto à Cecília. Eu sabia que tinha que ser honesto com ela, que não poderia enganá-la para sempre nem sustentar aquela mentira. Mas ainda não estava pronto para deixá-la. Talvez houvesse uma solução.

Meu pai poderia se recuperar e aos poucos entender como ela era importante para mim. Bastaria conhecê-la para compreender isso. Eu ia esperar até a noite seguinte, quando me encontraria com ela. Até lá teria que decidir muita coisa.

CECÍLIA BLANC

Eu estava nas nuvens. Tinha sido uma semana maravilhosa com Antônio, ficamos ainda mais juntos e ligados um no outro. Nos víamos quase toda noite. Em algumas ele teve que ir para a faculdade, então conversamos pelo telefone, para matar a saudade. Estava completamente louca e apaixonada por ele.

Na quarta-feira, quase fizemos amor no carro. Como das outras vezes, o tesão foi demais para aguentar, mas ao final ele se controlou. E então tivemos uma conversa séria sobre aquilo. Eu confessei que não queria esperar mais. Antônio me olhou de modo tão penetrante, tão intenso, que fiquei na dúvida se queria também. Então me disse:

– Também não posso esperar mais. Mas vamos fazer a coisa direito. Em uma cama. Com tempo e liberdade.

Senti meu coração disparar e meu estômago se contorcer de puro nervosismo. Era uma decisão importante demais, um passo em nossas vidas. Concordei em silêncio. Ele continuou:

– Tem como não viajar nesse fim de semana, Cecília? Podemos ficar juntos, viajar para algum lugar. A serra ou a Costa Verde...

– Vou falar com eles – murmurei.

No final das contas, inventei para meus pais que estava atolada de coisas da faculdade e não poderia ir para casa no final de semana. E combinei tudo com Antônio. Ele viria me buscar no sábado de manhã para passarmos o final de semana em Teresópolis.

Fiquei o tempo todo nervosa, ansiosa, querendo que o tempo passasse logo e chegasse sábado. Só de pensar em ficar dois dias com ele, em um quarto de hotel, ambos nus e nos amando, eu quase tinha um ataque do coração. Era algo que eu desejava com todas as minhas forças, mais do que tudo. Felizmente, estava atolada na faculdade em período de provas e cheia de trabalho para fazer, o que ocupou parte do meu tempo na quinta-feira.

Saí da faculdade tarde naquele dia, pois à tarde fiz trabalho em grupo. Estava no ponto do ônibus, quando um rapaz loiro, muito bonito, puxou conversa comigo. Fui educada, sorri, mas percebi que me dava umas olhadas estranhas, jogava elogios, parecia a fim. Delicadamente, eu disse que tinha namorado, mas ele foi cada vez mais charmoso, me convidou para tomar uma bebida num restaurante ali perto e nos conhecermos melhor. Foi tão insistente que acabei ficando incomodada. Parecia que não me deixaria em paz.

Felizmente, uma amiga passou de carro no ponto e me ofereceu uma carona. Aliviada, eu me despedi logo do rapaz e fui embora. Naquela noite não vi Antônio. Ele disse que precisaria resolver algumas coisas para poder viajar comigo, mas que na sexta nos veríamos.

Na sexta-feira fui cedo para a faculdade e fiquei até tarde, para outro trabalho. Estava em volta de uma mesa grande com mais três colegas em um trabalho em grupo, na mesa ao lado duas meninas conversavam. Era para falarem baixo, estando em uma biblioteca, mas as duas pareciam mais interessadas em fofocar. De vez em quando ouvíamos o que diziam e meus amigos do grupo reviravam os olhos, pois só falavam de homens.

Eu sorria. Tentei me concentrar no texto do livro que tinha aberto sobre a mesa, para fazer uma resenha, quando uma palavra proferida pelas duas garotas ao lado chamou minha atenção:

– ... Saragoça...

Na mesma hora eu as olhei, atenta. E ouvi o resto da conversa:

– A Duda é uma sortuda, isso sim! O cara é milionário. Ou bilionário, sei lá! – Uma loirinha falava com a amiga negra, ambas jovens e bonitas, em tom conspiratório. – Tem uma cobertura em frente à praia!

Meu coração falhou uma batida. Eu sabia que Antônio morava de frente para o mar, em algumas das conversas ele disse. E quem mais poderia ser, se disseram o sobrenome dele? Saragoça não era comum. Observei-as sem piscar, imóvel.

– Aí ela tá pegando, amiga. Disse que é tudo de bom, gostoso, paga tudo pra ela, leva nas melhores boates!

Eu soltei o ar, lembrando de Eduardo. Claro, só podiam estar falando dele. Apesar de andar saindo com Amanda, ela mesma dissera que não tinham nada sério. Eles só ficavam de vez em quando. O alívio me engolfou e quase sorri comigo mesma pelo susto.

Voltei a olhar para o livro à minha frente, mas não consegui ler. Minha atenção continuava voltada para as duas moças. Um bolo estranho dentro de mim parecia entalar minha garganta. Era uma sensação ruim, de que algo ia acontecer. Fiquei com meus sentidos ligados, em alerta, como se tudo parasse e virasse estátua, aguardando novos acontecimentos, suspensos. E uma delas continuou a falar:

– Aí eles estão transando. Ai, que raiva daquela cretina! Ela só pega os melhores! Tudo bem que é linda, mas eu também não sou de se jogar fora!

– Calma, amiga, sua hora vai chegar.

– Duda disse que o bofe dela tem um irmão, maior gostoso também.

Minha atenção redobrou. Virei o rosto devagar e fixei na loirinha, que falava. Havia um incômodo terrível dentro de mim, um pressentimento de que algo não ia bem. Ao mesmo tempo, rezei com tudo de mim para que não fosse nada. E esperei, totalmente atenta.

– Os dois são lindos e empresários.

– Então, aí está sua oportunidade! Pede pra Duda mandar o casinho dela levar o irmão e você pega.

– É, pode até ser. Mas parece que o cara é comprometido.

Apertei a beirada da mesa. Sem que eu notasse, me sentia gelada. E então veio o golpe fatal:

– Ele é noivo de uma grã-fina aí.

Noivo. Meu coração bateu forte. Engoli em seco, pensando em Antônio e Eduardo. Nenhum dos dois eram noivos. Mas, segundo as meninas, um deles era, e o outro saía com a tal da Duda.

Na mesma hora me levantei. Percebi que tremia quando parei ao lado da mesa delas e me olharam. Encarei a loirinha e não sei como consegui falar:

— Desculpe, eu estava aqui ao lado e ouvi a conversa de vocês. Falavam de um rapaz com o sobrenome Saragoça. Você sabe o nome dele?

A garota me olhou desconfiada. Eu disse a mim mesma que devia ter uma explicação plausível para aquilo, mas meu nervosismo só aumentava. Era desesperador esperar uma resposta e insisti:

— Eu preciso saber. Conheço um Saragoça e...

Eu me calei, sem condições de continuar. Com pena da minha palidez ou de como eu tremia visivelmente, a loirinha fez cara de pena e exclamou:

— Eu e minha boca grande! Menina, esquece isso. Vai ver que é outra pessoa e...

— Por favor, é muito importante. — Quase supliquei, num fio de voz.

Elas se entreolharam. A loirinha explicou:

— A Duda falou o nome deles, mas não lembro. Gravei o sobrenome porque achei lindo, parece nome de algum pirata espanhol.

— É Antônio? Eduardo?

— Isso mesmo! Ela falou esses nomes!

O desespero me engolfou de vez. Não, não podia ser. Fraquejei por dentro, mas por fora fiquei parada, olhando para ela. Tinha que ter outra explicação. Talvez a tal da Duda estivesse apaixonada por Antônio e contava para as colegas que saía com ele. E talvez Eduardo fosse noivo e eu não soubesse. Eu não podia crer que Antônio pudesse namorar outra pessoa ou ser noivo enquanto saía comigo.

— Mas... — Minha voz saiu pesada, como se fosse uma luta juntar as letras. — O que está noivo... quem é?

— Isso não sei, amiga. — Olhou-me de novo com pena. — Só estou dizendo o que a Duda me contou. Ela é doidinha, mas não é mentirosa. Não me leve a mal, mas por que não pergunta a ele? É seu namorado? Cara, fico besta com esses malandros! Ou você tá pegando o bofe da Duda? Ela disse que ele parecia ser um galinha mesmo!

Eu estava abalada demais para responder ou pensar com clareza. Sacudi a cabeça, murmurei um obrigada. Voltei à minha mesa e me sentei. Meus colegas do trabalho em grupo e as duas da mesa ao lado me olhavam.

Eu me sentia perdida, fora do eixo. Como um robô, juntei minhas coisas, peguei minha bolsa. A sensação ainda era de paralisia, quando me levantei e consegui balbuciar:

— Depois faço... o trabalho. Preciso ir.

Não sei se disseram alguma coisa. Saí de lá sem rumo, indo para a porta por instinto. E foi quando saí da biblioteca e cheguei ao longo corredor da universidade que a dimensão de tudo aquilo me atacou. Parei com dor no peito e falta de ar. Me encostei na parede e tentei respirar fundo, mas algo me sufocava, pressionava meu peito.

Não! Não podia ser. Havia algum engano ali. Antônio não era um galinha nem noivo. Ele não me enganaria daquele jeito. E então várias lembranças começaram a vir.

Antônio era fechado e quase não falava da família. Não tinha me dado o telefone de sua casa. Nunca me convidou para conhecer seus pais ou seus amigos. No dia em que encontramos Eduardo no restaurante da Lagoa, ele ficou todo esquisito e depois parou de me procurar. Evitava transar comigo, mesmo quando eu perdia a cabeça, como se soubesse de algo que o continha.

Meu Deus. Fechei os olhos. Não sentia vontade de chorar. Talvez se eu chorasse, aquele desespero dentro de mim aliviasse um pouco. A dor era atroz, violenta, como se fosse física. E refletia em meu peito sufocado, meu estômago revirado, meus membros trêmulos.

Tive que respirar fundo várias vezes até ter condições de voltar a andar. Segui até o elevador, sem ver nem ouvir nada, minha mente rodando. Então entrei na fase da negação. Pensei que deveria ter outra explicação. Tudo aquilo poderia ser um grande mal-entendido. Eu não podia me precipitar antes de falar com ele.

Pensei em Antônio, o modo como me olhava, cheio de intensidade e paixão. As aulas que faltava só para estar comigo. O desejo e o carinho em seu olhar, no jeito com que me tratava. Cada beijo e carícia ardente me engolfaram. Seu jeito possessivo, seu toque seguro e decidido, sua mão em meu cabelo me mantendo imóvel enquanto me consumia com o olhar e me beijava como se fosse toda dele.

Não podia acreditar que me enganara durante todo o tempo. Não era possível. Sua personalidade não era de um mulherengo qualquer. Ele passava todo seu tempo livre comigo.

Mas me dei conta de que não nos fins de semana. Nesses, eu estava longe, na casa dos meus pais. E se visse a noiva só sábado e domingo? E se fosse isso?

"FALE COM ELE!", gritou meu subconsciente, como se não aguentasse sofrer tanto por antecedência. Saí da universidade como sonâmbula, pensando em tudo aquilo, minha cabeça girando. Nem esperei o ônibus. Não morava muito longe e entrei em um táxi, dando meu endereço. Só quando estava lá dentro, lembrei do google e das redes sociais. Eu poderia ter uma rápida resposta sobre ele.

Peguei o celular e entrei na internet. Digitei o nome Antônio Saragoça. Na mesma hora apareceu uma foto dele de terno ao lado de um homem mais velho. Cliquei em cima. Era uma pequena reportagem de um jornal financeiro sobre um acordo que foi fechado entre as empresas CORPÓREA, da família Saragoça, com uma menor.

Fiquei surpresa ao saber que a CORPÓREA era da família dele. Era uma das mais famosas do Brasil em cosméticos, xampus, produtos de higiene pessoal. Todo mundo já tinha visto comerciais na tevê de seus produtos e utilizado uma vez ou outra, embora fossem caros. Eu tinha uma linha de maquiagem deles em casa.

Nunca imaginei que Antônio fosse tão rico e poderoso. Sabia que era de uma família abastada, mas era muito mais do que isso. De uma realidade totalmente diferente da minha.

A legenda dizia que o homem ao seu lado era seu pai, um senhor bem mais velho, que parecia até ser avô. Explicava algumas coisas sobre a negociação, mas ignorei e fui para outras fotos. Vi uma dele em uma festa, ao lado de uma loira alta e linda, ambos muito bem-vestidos. Fitei seus olhos azuis sérios, sem coragem de ler o resto. Mas finalmente o fiz. Era uma revista de fofoca e apenas citava: "O empresário Antônio Saragoça e namorada em evento beneficente..." Vi a data. Ano passado.

Nenhuma delas falava em noiva. Ele aparecia com uma morena em uma foto de quase quatro anos atrás. Havia três com a loira, todas do ano passado. Antes de me conhecer. Não havia nenhuma prova ali. Vi imagens também de Eduardo e, como o irmão, não falava em noiva.

Fixei os olhos em Antônio e na loira, que a legenda dizia se chamar Ludmila Venere. Era a única que aparecia com ele em mais de uma foto. Mas todas antigas. Podia ter sido só uma namorada. Os textos falavam muito de negócios. E não me ajudaram em nada.

Guardei o celular e desci em frente ao prédio em que morava. Nem sei como paguei o motorista e entrei em meu apartamento, abalada, arrasada, confusa. Sentei no sofá e peguei o celular de novo. Tinha marcado de encontrá-lo aquela noite, às sete horas. Ainda não eram seis da tarde. Eu não suportaria esperar. Não no estado em que eu me encontrava. Liguei para ele.

Antônio atendeu no segundo toque, já dizendo meu nome:
– Cecília.

– Preciso ver você – falei baixo e só então, ao ouvir a voz dele, senti o terror me golpear, um medo atroz de que toda aquela loucura fosse verdade. Ao mesmo tempo, dizia a mim mesma para não acreditar, que teria outra explicação.

– Cecília, escute...
– Agora, Antônio. – Meu tom foi urgente, desesperador.
Ele se calou. Então disse baixo:
– Aconteceu alguma coisa?
– Sim. Por favor, venha aqui agora.
– Me diz o que foi.
– Não. – Tive medo de chorar, pois agora meus olhos ardiam.
– Preciso que venha aqui. Por favor...
– Calma, estou indo. Espere por mim.
– Tá.

Desliguei e fiquei lá sentada, arrasada, contando os segundos para me libertar de toda aquela agonia.

ANTÔNIO SARAGOÇA

Eu tinha levado meu pai para casa naquele fim de tarde de sexta-feira. Foi bem acomodado, contratamos enfermeiras para ajudar em sua recuperação, um fisioterapeuta também viria todos os dias. Estava tendo todo apoio e carinho, todos os cuidados. Mesmo assim ainda era difícil vê-lo sem movimentos do lado direito, sem poder andar sozinho nem falar direito. Eu estava muito mal com tudo aquilo.

Deixei Ludmila com a suíte e dormi no quarto de hóspedes. Ela não disse nada, não perguntou, só me olhou em silêncio. Indaguei-me o que pensaria, porque não tomava uma atitude vendo minha frieza. Isso me fez ficar mais irritado com ela, com aquela apatia e funcionalidade. Mas continuava preso, sem saber como sair de uma armadilha em que eu mesmo me colocara.

Cecília me ligou e vi que tinha algo errado. Assim, saí mais cedo e fui para o apartamento dela, ainda sem saber o que fazer. Não queria me afastar dela, mas que outra atitude poderia tomar, diante de tudo que havia acontecido?

Estava nervoso, tenso, perdido. E preocupado, o que só piorou quando cheguei e o porteiro me disse que era para eu subir até o apartamento dela, no segundo andar. Era a primeira vez que me convidava para entrar. Fiquei com uma sensação ruim de que não haveria escapatória daquela vez. Como se o destino agisse por mim.

Cecília abriu a porta para mim, linda em uma blusa escura e calça preta, seus olhos sérios como nunca vi, parecendo estranhamente nervosa. Nós nos encaramos e soube que havia algo muito errado. Não sorriu, não me beijou, mas me fitou como se buscasse respostas em mim.

– Entre.

Eu entrei em silêncio. Era um apartamento pequeno, mas bonito e alegre como ela, com mantas coloridas e quadros na parede. Parei de pé no meio da salinha, e ela disse séria:

– Sente-se.

Eu não queria sentar. Virei e a olhei, sabendo o que não queria admitir. Por algum motivo ela já sabia de tudo. Mas me senti tão cansado, tão prostrado, que sentei no sofá e a fitei, de pé à minha frente, ambos calados. Era daquela maneira que me sentia, abaixo dela, sem merecê-la. Disposto a receber o castigo que julgasse digno para mim, mas mesmo assim ainda esperando que um milagre qualquer acontecesse.

– Você é noivo?

A pergunta foi direta, mas vi o tremor que a percorreu, o medo em sua voz e seu olhar. Parecia suplicar silenciosamente que eu negasse, que fosse um engano. E, como para provar isso, sugeriu:

– Ou o Eduardo é?

Eu estava tão cansado, que por um momento pensei em apenas fechar os olhos, me recostar no sofá e fugir das respostas. O medo que tive de perder o meu pai se mesclava agora com o medo de perdê-la. A culpa estava ali comigo, premente. Não tinha mais escapatória. As duas pessoas que eu mais amava na vida tinham me desmascarado e agora me cobravam uma decisão.

– É ele que tem um compromisso, não é, Antônio? – indagou baixinho. Quase pedia: diga que sim!

Mas eu não podia mais omitir nada.

A vida às vezes age, quando nos negamos a tomar uma atitude. Quis ganhar tempo e perguntei baixo:

– Por que está me perguntando isso?

– Eu ouvi duas meninas falando de você e do Eduardo hoje, na faculdade. Elas me contaram que um é namorado da colega delas e o outro é noivo. De qualquer forma, as duas situações mostram que você me enganou. Quem é você, Antônio? – Seu rosto estava transtornado, sua voz era dolorida. – Me diga a verdade.

Era o mínimo que eu devia a ela.

Fiquei lá sentado, acabado. Por dois dias seguidos eu me sentia uma merda, no fundo do poço, sem poder reagir. Qualquer coisa parecia levar ao mesmo destino, ao sofrimento, à dor. Eu tinha feito tudo errado. Tinha me enrolado em uma teia que agora se agarrava aos meus membros, me deixava arrasado, preso, prostrado.

Fitei seus olhos, imobilizado naquele sofá, naqueles segundos em que eu ainda me agarrava antes de encerrar uma mentira. Mas, por fim, admiti baixo:

– Não sou noivo. Ainda. Mas tenho compromisso com uma pessoa.

Foi como ver a morte da esperança. Cecília quase desabou diante de mim. Seu rosto se contraiu de dor, seus olhos ficaram com lágrimas, ela puxou o ar com força, como se precisasse dele para não cair de vez.

A dor dela foi a minha. Tive ódio de mim mesmo, pelo que a fazia passar, pelo sofrimento que se descortinava diante dos meus olhos e era tão meu. Mas tive pena de mim também, de tudo que eu queria e não podia ter, dos fatos que me prendiam em uma vida que eu não almejava mais, da raiva que sentiria de mim, que poderia matar o que tivemos, o que ela me havia dado.

Fiquei mudo. Queria gritar o que sentia por ela, explicar que tinha decidido contar tudo e que queria ficar com ela, pedir desculpas, até mesmo suplicar se fosse preciso. Mas me contive. Soube que merecia meu castigo. E pensei em meu pai naquela cama, nas escolhas que me foram tiradas.

– Você me enganou, Antônio. Esse tempo todo...

Cecília disse num fio de voz e mordeu os lábios, se contendo para não chorar. Eu não suportei ver sua dor, sua mágoa. Levantei e fui até ela.

– Nunca quis isso. Você não entende, eu tinha responsabilidades. Mas tinha decidido me separar dela e ficar só com você. Eu ia te contar.

– Quando?

– Hoje. Antes da gente viajar. Antes de...

– Mentira! – Ergueu o queixo, raivosa.

Estávamos de frente um para o outro e senti-me desesperado para tocá-la, consolá-la, abraçá-la. Mas me sentia sujo, rebaixado, inferior demais para merecer algo dela. Mesmo assim sacudi a cabeça e tentei:

— O que sinto por você é único, Cecília. Eu largaria tudo, e você não imagina como tenho coisas para resolver. Mas tudo fugiu ao meu controle. Outras coisas aconteceram e...

— Eu não quero saber de mais nada. Quero que saia daqui.

— Eu vou explicar.

— Não quero ouvir. — Tremia, lutava para não chorar.

— Cecília, escute. Minha vida é complicada. Mas quando conheci você...

— Saia daqui! — gritou, dando passos para trás e depois correndo até a porta. Escancarou-a, em seu limite, tão raivosa e arrasada que sua dor vinha em ondas e se misturava com a minha.

Nunca me senti daquela maneira, sem forças, preso, prostrado. Para um homem como eu, aquela fraqueza era impossível de ser administrada, eu não sabia lidar com aquilo. Reagi com raiva, principalmente disso, de estar prostrado, sofrendo como não julguei possível.

Fui até ela decidido não a ir embora, mas a fazê-la me ouvir. Precisava convencê-la a me esperar.

Bati a porta e agarrei seus dois braços, encostando-a na parede, dizendo agoniado, meus olhos a consumindo, meu desespero devorando-me vivo:

— Eu não vou me casar com ela. Me dê apenas um tempo de acertar tudo, de fazer o certo.

— Não! Me solta, Antônio!

— Cecília, não posso me separar agora, mas vou fazer isso.

— Acha que vou esperar você? Que quero isso? — O que mais me desesperou foi a decepção em seu olhar, sua dor atroz. — Não te perdoo! Quero que saia daqui e volte para a sua noiva e a sua vida. Me solta!

– Não posso... – murmurei agoniado, respirando irregularmente, sentindo seu cheiro, sua pele, sabendo que não poderia deixá-la, não poderia ficar para sempre longe daquilo.

Ela respirou fundo. E então se acalmou. Mas a frieza foi ainda pior do que a raiva. Disse baixinho:

– Não me faça te odiar. Saia daqui. Não quero mais você, não confio em você. Se não sair, nunca vou te perdoar. Me deixe sozinha.

Como eu podia convencê-la se eu estava preso a uma promessa ao meu pai? Se eu não sabia como me livrar dos meus compromissos? Eu não tinha como prometer nada. Só a magoaria mais. Seria ainda mais egoísta.

Fitei o fundo dos seus olhos.

E soube que tinha coisas na vida que não eram para ser.

O abatimento e o desalento vieram com força total. Eu morri um pouco ali, quando deixei de me enganar e soltei seus braços. Quando dei um passo para trás e a fitei, sabendo que era a última vez.

Lembrei da primeira vez em que a vi naquele engarrafamento, saindo do carro toda feliz. Do modo como me olhou e elogiou meu sorriso. Ela me pegou ali. Mas agora não sorria nem estava feliz. Eu tinha me encarregado de destruir aquilo. E não podia fazer promessas que não cumpriria, não com meu pai em uma cama, com minhas obrigações e responsabilidades pesando mais do que nunca. Por isso desisti.

Desesperança. Era isso que me sufocava. Já me afastei com saudade. Com o coração doendo. Com o olhar sem vida.

Fitamo-nos em silêncio. Cecília não vacilou, não voltou atrás. Nem eu. Não havia mais o que fazer.

Abri a porta, ainda sem conseguir deixar de olhá-la. Aproveitei só mais um pouco. Pensei que daria tudo por um sorriso antes de ir, mas seu sorriso me faria ficar. Despedi-me em silêncio. E então, antes que perdesse a coragem, saí. Pra nunca mais voltar.

ANTÔNIO SARAGOÇA

Aonde quer que eu vá
Levo você no olhar

Aquela música do Paralamas do Sucesso tocava no carro quando voltei para casa, como uma ironia a debochar de mim. Eu tinha deixado meus desejos para trás quando saí do apartamento de Cecília, sem argumentos, sabendo que colheria o que plantei quando, desde o início, não fui honesto. Pensei que teria tempo de acertar tudo. Mas o destino e o tempo não esperavam por ninguém. Eles seguiam impunes, levando o que estivesse parado no caminho.

E agora eu voltava para casa, sozinho, arrasado, sabendo que minha vida seguiria, afinal, como eu havia planejado no início e tentado controlar. Eu me direcionava para minha família, meu pai, os negócios, Ludmila. Cecília tinha sido como um sopro de vida e de felicidade, uma esperança que não se concretizou, um sonho que eu levaria para sempre comigo.

Dirigi sem parar de pensar nela. Tentava recordar seu sorriso, mas só via seu olhar de tristeza e decepção. A culpa me remoía. Eu quase matei meu pai em um dia e destruí as esperanças de Cecília no outro. Era mais do que indício de como meti os pés pelas mãos naquela história. Tinha tentado me enganar achando que daria um jeito, que controlaria o destino, e, no final das contas, eu é que fui controlado por ele. Eu me sentia de pés e mãos atados, sozinho, preso. E me dei conta de uma lição que eu já sabia: uma mentira nunca poderia ser levada para sempre.

Não sei como cheguei em casa. Partes de mim foram ficando pelo caminho. Eu tive a ousadia de sonhar, de fugir do meu caminho, só para dar a volta e parar no mesmo lugar, cansado, exausto, sem nada. O destino era o mesmo, mas o percurso fez toda a diferença. Eu entraria naquela nova vida sem desejo, sem vontade, sem sonhos. Oco.

Entrei no apartamento silencioso quando já tinha escurecido. Fui direto ver o meu pai, que cochilava enquanto a enfermeira fazia tricô, sentada em sua cadeira, e minha mãe lia um livro, recostada em sua poltrona. Sorriu para mim, como a garantir que estava tudo bem, vendo apenas parte da minha preocupação e da minha dor. A parte ligada ao meu pai. A outra latejava dentro de mim, mas ninguém podia ver ou sentir. Só eu. Forcei-me a sorrir de volta, sem querer preocupá-la ainda mais. Acenei e saí, como a dizer que voltaria depois.

Fui para minha suíte como um autômato. Imaginei quando aquela sensação de irrealidade e tristeza passariam. Quando eu me acostumaria que minha vida era agora aquela e só aquela, sem mais beijos e amassos no carro com Cecília, sem ouvir sua voz cantando baixinho para mim ou seus dedos correndo em meu cabelo? Devia me conformar. Mas estava difícil.

Ludmila estava na suíte, recostada em uma cadeira na mesinha do canto, diante de seu notebook. Parou ao me ver e nos encaramos.

Era estranho, mas eu não sentia culpa por tê-la traído. Nosso relacionamento era tão estéril e sem emoção, que parecia quase normal cada um ter uma vida paralela. Eu não estava nem aí se ela trepava com outra pessoa. Nosso interesse um no outro era como um negócio, ditado pela necessidade. Antes de Cecília achei isso normal. Agora me indagava como seria passar anos de minha vida ao lado de uma pessoa que me era indiferente.

– Como você está? – Ela se levantou, prendendo o cabelo loiro atrás das orelhas.

Forcei-me a reagir. Teria que recuperar o que senti por ela antes de Cecília, que era apenas um gostar silencioso e morno. Precisaríamos daquilo para viver nossa farsa. E, ademais, todo resto agora não me preocupava muito. Eu não tinha mais Cecília e queria ao menos preservar o meu pai. Que fosse feita pelo menos a vontade dele, pois eu sinceramente nem sabia mais o que queria.

– Estou bem. – Terminei de entrar no quarto, deixando minhas chaves num aparador, seguindo para pegar uma roupa em meu closet e tomar um banho. Tudo que queria era ficar em paz, quieto e sozinho.

Quando retornei ao quarto, ela estava no mesmo lugar e sorriu para mim.

– Vai ficar tudo bem, querido. Se seu pai não se aborrecer e for poupado, vai se recuperar.

– Eu sei.

Observei-a. Estava sempre ali, disponível, tranquila, funcional. Não desconfiaria de que quase a deixei por outra mulher? Se importava tão pouco que nem quis saber? Ou no fundo só fingia que não se importava?

Pela primeira vez, sentindo-me tão diferente do que sempre fui, eu pensei no lado de Ludmila. Fiquei olhando-a fixamente, e ela me fitou de volta, muito quieta, difícil de definir. E indaguei baixo:

– É isso que você quer?

– Isso o quê? – Tentou sorrir, mas havia algo em seu olhar, um alarme.

– Essa vida que vamos ter. Você e eu estamos aqui em nome de algo maior, da nossa família, não porque estamos apaixonados. É isso que você quer?

Acho que foi a primeira vez que fui totalmente direto com ela. Senti raiva por dentro, de mim mesmo, da farsa em que me envolvi, por ter me deixado emaranhar a tal ponto. Era minha vida e eu não a estava vivendo como queria. A fúria fervia lenta bem no fundo, doida para sair e ser extravasada de alguma maneira. Dei-me conta de que, se não fosse meu pai naquela cama e as responsabilidades que puxei para mim, eu jogaria tudo para o alto e sumiria. Era um momento de revolta, pura e simples.

– É isso, sim, Antônio – disse sem vacilar, bem séria. – Essa é a vida que quero para mim.

Calou-se. Não me perguntou se era a vida que eu queria. E de que adiantaria perguntar?

– É a vida que vamos ter – falei em tom de finalidade, de desistência. Havia uma frieza estranha dentro de mim. Fui tomar meu banho sem mais uma palavra. Já estava tudo decidido.

Meu pai não ficou bem naquele dia. Sua pressão subiu, estava agitado e com dor de cabeça. Teve que ser medicado e dormiu quase que o dia todo. A preocupação rondava a todos na família e foi uma noite tensa.

Depois que todos se recolheram, fui para o escritório adiantar uns documentos que teria que aprontar até segunda-feira. Estava sem cabeça para me concentrar, mesmo assim lutei com meus demônios, fiquei lá queimando meus neurônios, precisando desesperadamente de algo que me distraísse.

Mas durante todo o tempo a minha mente se mesclava de preocupação com meu pai e com Cecília. Ficava com medo de ele ter outro AVC, o que possivelmente seria fatal. A culpa me remoía, e eu me indagava como ele soube de Cecília. Teria que esperar para averiguar depois. E me culpava também pensando em como ela estaria naquela noite, sozinha, arrasada por minha traição. Estava longe dos pais. Teria alguém para cuidar dela, confortá-la?

Peguei o celular e olhei para seu número, doido para ligar. Somente ouvir sua voz, saber se estava bem. Mas sabia que, se o fizesse, só pioraria a situação. Quanto antes eu tomasse uma atitude decente, saindo da vida dela de uma vez, mais rápido ela se recuperaria. Querendo ou não, eu tinha feito minha escolha. Agora era seguir em frente.

Larguei o celular na mesa e apoiei os cotovelos ali e o rosto nas mãos. Tudo parecia negro à minha frente, sem luz e sem cor, sem alegria. Eu teria que dar um jeito de parar de pensar nela ou me torturaria até não suportar mais. Sentia tudo se avolumar dentro de mim em uma angústia terrível, desalentadora. Cecília não saía um segundo sequer da minha mente. Era um lembrete constante do que perdi, por minha própria culpa.

– Isso que eu chamo de tristeza.

Ergui a cabeça e me deparei com Eduardo parado na entrada do escritório. Terminou de entrar e fechou a porta atrás de si. Na hora me ajeitei ereto na cadeira, escondendo como me sentia. Mas a cara dele era de quem já tinha visto. Puxou uma cadeira e se sentou à minha frente.

– Papai agora está bem, dormindo e com a pressão estabilizada. Vai dar tudo certo – disse, também abatido com aquilo tudo.

– Vai, sim – afirmei, embora não tivesse mais certeza de porra nenhuma.

Eduardo me analisava detidamente. E foi direto ao ponto:

– Você contou para ele? Da Cecília? Por isso está assim?

– Ele já sabia – falei baixo.

– Como?

– Não quis me dizer.

– O velho é esperto. Deve ter sentido você esquisito e mandou averiguar. – Suspirou. – Que merda! Mas, cara, a culpa não é sua.

– Como não é minha? – Olhei-o irritado. – Fiz todo mundo acreditar que seria o responsável pela família e pelos negócios, que me casaria com Ludmila e uniria as duas empresas. Papai depositou todas as suas esperanças nisso e está idoso. Tomou um susto quando eu quis desistir.

– Você disse a ele que ia desistir?

– Por que acha que ele passou mal?

– Que merda! – Sacudiu a cabeça, consternado. – Cara, sempre te falei para não entrar nessa. Eu via a pressão em cima de você desde garoto, as cobranças, os sonhos sendo depositados. Nem teve tempo de criar seus próprios sonhos. Até conhecer a Cecília. E todo mundo estava tão acostumado a ter você resolvendo tudo, assumindo tudo, que ninguém pensou no que você realmente queria.

Eu fiquei parado, recostado em minha cadeira, olhando para meu irmão. Era um boa-vida irresponsável, não levava nada a sério. Mas era o único que parecia realmente me ver, saber como eu me sentia. Que, apesar de ser o herdeiro, o homem que tomaria conta de tudo, era só um homem. Com minhas fraquezas, meus erros e meus sonhos.

Senti-me ainda mais arrasado, como se estivesse nu perante ele. Odiava minhas fraquezas, minha falta de controle e minha vontade de jogar tudo para o alto e fugir. Eram só isso mesmo, desejos guardados dentro de mim, amargurados. Pois no fundo eu agiria como minha responsabilidade exigia. Como o futuro chefe da família.

– E Cecília? – perguntou.

– Ela já sabe.

– Sabe do papai?

– Não. Sabe que tenho um compromisso sério com Ludmila e que a enganei.

– Você contou para ela?

– Umas amigas da faculdade comentaram que um de nós dois era noivo. Ela me chamou em seu apartamento querendo saber qual de nós. Quase suplicou para que eu dissesse que era você. Mas não tinha mais volta.

– Que merda! – Sacudiu a cabeça. – Mas explicou tudo? Que estava a fim dela, que tinha muita pressão em cima de você, que papai teve um AVC porque você ia largar tudo por ela?

– De que adiantaria? – falei com raiva. – Fazê-la ficar com pena de mim? Talvez com esperanças, enquanto eu continuo preso a isso tudo? Já não basta o que fiz com ela?

– Cara, mas ela merece saber. Vai pensar que foi só um casinho e...

– Não vai mudar nada – disse, cansado demais, passando a mão pelo cabelo. – Chega, Eduardo.

– Como assim, chega? Não acredito que vai desistir tão fácil!

– Porra, o que quer que eu faça? Que saia de casa e peça Cecília em casamento, enquanto papai morre? Como vou viver feliz assim? Tá maluco?

– Ei, calma! Sei que agora não dá. Espere o coroa melhorar, aí conversa com ele com calma e...

– E provoco outro AVC. Enquanto isso a Cecília fica sentadinha em casa esperando por mim. – Eu me levantei, nervoso, sufocado. – Fui egoísta a esse ponto. Logo que tudo aconteceu, pensei que essa seria uma saída, ganhar tempo até tudo se acalmar e poder ficar com ela. Mas é besteira! Não tem tempo nenhum. Tenho duas escolhas. Fico com ela e arrisco perder meu pai, ou desisto dela de vez. É até bem simples.

– Ainda não aceito isso. Tem que ter outro jeito!

– Você vê a vida como uma farra, irmão. Acha que sempre dá para ter um jeitinho. Mas tem coisas que não são assim. É preto no branco e acabou. Minha história com Cecília foi assim. Começou errada e baseada em uma mentira. Não podia terminar diferente.

– Antônio...

– Chega. Estou muito cansado. Foi um dia difícil.

– Você está se deixando manipular. Eu amo nosso pai, me preocupo com ele, mas o que está fazendo é chantagem.

– É, ele teve um AVC de propósito só para me sacanear! Pelo amor de Deus, Eduardo! – Sacudi a cabeça, contrariado.

– Mas tá tudo errado... – Parecia inconformado.

Eu dei alguns passos e parei perto dele. Apoiei a mão em seu ombro com carinho, pois sabia que queria me ajudar. Mas não havia o que se fazer. Disse baixo:

– Obrigado. Saber que está ao meu lado já adianta. Agora deixa tudo isso pra lá. As peças já foram mexidas, e o jogo, encerrado. Com o tempo, tudo se ajeita.

– Ainda acho que deveria conversar com Cecília.

– Não ia adiantar. O melhor para mim e para ela é aceitar as coisas como são. – Dei um tapa amistoso em seu ombro e me afastei.

Eduardo não disse mais nada.

Eu fui para o quarto de hóspedes, pois não podia nem me imaginar dividindo a cama com Ludmila. Ia demorar um pouco até tirar Cecília da minha pele e poder olhar ou encostar em outra mulher. Mesmo essa mulher sendo a minha futura esposa.

CECÍLIA BLANC

> *Eu perco a chave de casa*
> *Eu perco o freio*
> *Estou em milhares de cacos, eu estou ao meio*
> *Onde será que você está agora?*
> ("METADE", ADRIANA CALCANHOTTO)

Passei o sábado na cama. Tinha pensado em ir para casa, buscar refúgio em meus pais e no amor que tinham por mim. Era o final de semana em que eu tinha combinado de não visitá-los, pois eu e Antônio íamos para Teresópolis. Foram dias contando as horas e os minutos para chegar logo sábado e estar com ele feliz, realizada, amada. Tudo em vão. Eu estava sozinha e arrasada, sofrendo mais do que um dia julguei possível na minha vida.

Eu me sentia em cacos, alquebrada, vazia, oca. Antônio não saía da minha cabeça, sua voz, seu olhar, aquela despedida. Não entendia como fui tão burra, como não vi os sinais. Eu me deixei enganar. E o pior de tudo é que tinha acreditado que ele gostava de mim, mesmo que nunca tivesse se declarado. Eu também não me declarei e o amava com todas as forças.

Ele saberia que eu o amava tanto? Que amava os beijos, os toques, as carícias, as conversas, as músicas que ouvimos juntos, os shows a que fomos, os sorrisos que trocamos? Que eu amava seu jeito dominador de me pegar e intenso de me beijar? Que eu adorava ouvir a sua voz e olhar em seus olhos azuis? Que eu amava cada parte dele como se fosse minha?

Eu nunca falei isso pra ele. Nunca disse o quanto ele era importante na minha vida, não com palavras. Assim como Antônio nunca disse nada disso pra mim. Mas o que tivemos, mesmo mudo, foi tão grande, tão potente, que as palavras não se fizeram exatamente necessárias. Ou assim eu pensei, até ver que não o conhecia de verdade. Que fui enganada e ferida, principalmente por acreditar que era recíproca uma coisa que só vinha de mim.

Tudo era ainda muito recente para ser analisado em sua complexidade, mas as lembranças com ele vinham e iam sem descanso, como se martelassem dentro de mim, tentando me alertar que eram falsas, quando as sentia tão verdadeiras. Eu podia ser uma burra, uma tola por pensar assim, mas ainda sentia Antônio comigo e aquela maldita conexão.

O modo como descobri tudo e como vi minhas esperanças irem ao chão foi feio e duro. Foi cruel e desleal. Ele não me preparou para o abandono. Não me deu indícios. Não deixou subentendido. Foi um golpe duro e rápido, exatamente quando eu me preparava para a entrega total, para minha maior felicidade. O tombo foi grande, e agora eu não conseguia me levantar.

Nunca chorei tanto na minha vida. Foi um sábado de sofrimento e de agonia, no qual lembrei de tudo que vivemos e me fiz perguntas sem fim. Por quê? Essa era a questão. Porque alguma coisa não batia ali. Eu não conseguia vê-lo como um mulherengo safado que só quis se aproveitar de mim. Teve todas as chances de me usar. Se queria sexo ou se sentir machão, poderia ter conseguido. Então por que se controlou? Por que me olhou daquele jeito, como se eu fosse tudo em sua vida? Por que me acariciou como se fosse uma pedra preciosa e rara? Qual era seu objetivo? Eu não sabia.

No domingo, me forcei a reagir. No fundo, eu não era de me entregar à dor, por pior que ela fosse. Havia sempre um sopro de vida e esperança dentro de mim, me impulsionando a me levantar e seguir. E foi o que fiz.

Arrumei a casa como nunca fiz antes. Fiz faxina em tudo, ocupada, cansando ao máximo o corpo para distrair a mente. É claro que não consegui. Antônio continuou lá, com sua presença maciça dentro de mim, atormentando-me com uma dor pungente, maior do que tudo. Mas segui com a vida. Tomei banho, comi, tentei estudar à noite. Mesmo assim, dormi muito mal.

Ir à faculdade na manhã seguinte foi um alívio. Eu poderia me distrair, sair daquele inferno em que havia mergulhado, reagir. Mas o tempo todo a dor e a angústia me corroíam e latejavam.

Quando a aula acabou, por volta da hora do almoço, saí desanimada. Andei pelo corredor entre vários outros jovens, mas me sentindo sozinha. Era desalentador querer reagir e me sentir ainda tão arrasada, tão dolorida e magoada.

Um rapaz se aproximou e ergui os olhos. Parei de imediato ao fitar um rosto conhecido.

– Oi, Cecília.

Olhei em volta com o coração disparado, esperando ver Antônio. Mas Eduardo estava sozinho. Quando fitei de novo seus olhos castanhos, ele disse:

– Desculpe vir assim sem avisar. Peguei com Amanda as informações de como te encontrar. Podemos conversar?

– Acho melhor não – falei com uma firmeza na voz que desmentia o modo como me sentia. – Se veio falar do seu irmão...

– Por favor. Entendo que esteja magoada e com raiva dele. E até de mim, pois eu sabia de tudo e não falei nada. Mas apenas me dê um minuto da sua atenção.

Eu não queria ouvir nada. Não tinha condições. No entanto, parecia sincero e preocupado, até um pouco abatido. Acabei acenando com a cabeça.

– Tudo bem. Mas não posso demorar.

– Tá.

Fomos até uma lanchonete no andar em que eu estudava e nos acomodamos em volta de uma mesa. Eduardo pediu dois sucos, enquanto eu aguardava calada, imóvel. Só então apoiou os braços na mesa e me fitou nos olhos. Foi direto:

– Eu sabia que isso não ia dar certo. Na verdade, fiquei surpreso quando vi Antônio com você naquele restaurante da Lagoa. Não que ele não tivesse pulado a cerca antes. O noivado com Ludmila é tão estéril que com certeza já o fez. Mas para sexo. Não para sair com uma garota e ficar de mãos dadas.

– Não quero saber disso – falei agoniada. O nome Ludmila me fez lembrar da linda loira ao lado dele nas fotos que vi no google. Então era ela mesmo. E estavam juntos há um bom tempo.

Fiquei mais chateada ao saber que costumava traí-la. Me senti mais suja, só mais uma. Queria sair dali, mas Eduardo disse logo:

– Acho que me expressei mal.

– Não quero falar de Antônio.

– Sei que não. Que está magoada. Mas, por favor, me escute só um pouco. Vai entender aonde quero chegar.

– Foi ele que pediu que você viesse aqui?

– Antônio? – Eduardo riu sem vontade. – Ele me daria uma bifa se soubesse!

Fiquei quieta, cansada demais para falar. Resolvi escutar e então sair.

– Somos de uma família rica e tradicional, nossa empresa é bem grande no país. Meus pais eram loucos por filhos, mas por algum motivo tiveram que fazer muito tratamento para engravidar. Quando Antônio nasceu, minha mãe tinha 45 anos, e meu pai, 47. Eu nasci dois anos depois e foi complicado, ela e eu quase morremos no parto. Resumindo, fui uma criança adoentada, e Antônio sempre foi forte, sério, decidido. Foi natural se tornar o alvo dos meus pais para ser o herdeiro de tudo. Claro que eu teria a minha parte, mas sem tanta responsabilidade.

Eu ouvia uma história que Antônio nunca me contara. Ainda era doloroso ficar ali ouvindo falar dele, mas continuei calada.

– Meu pai é bem exigente. E tem sonhos de fazer nossa empresa ganhar o mundo. Sozinho, é difícil, mas tem um amigo que é empresário em um ramo parecido e começaram a sonhar juntos em formar um grande império. Acontece que já são idosos. Ambos precisam de um líder inteligente, um herdeiro, alguém que tenha o mesmo objetivo que eles. Meu irmão, claro. Ele foi criado para isso.

Parou um pouco e tomou um gole do suco. Fitou-me e continuou:

– Tudo ficaria ainda mais perfeito se as famílias se unissem também. Assim Antônio foi empurrado para a filha do amigo do meu pai. A Ludmila. Se eles tivessem se conhecido fora desse contexto, nunca teriam nada. É um relacionamento frio, sem emoção. Em nome dos negócios e das famílias. Sempre tentei alertar Antônio a cair fora desse compromisso, estava na cara que não gostava dele nem era feliz. Mas se deixou levar e se emaranhar cada vez mais nessa armadilha. Ele gosta da sensação de ter o poder e tem verdadeiro tino comercial. Fez nossa empresa avançar rapidamente nos poucos anos em que trabalha lá.

Eu não conseguia deixar de prestar atenção. Eduardo suspirou.

– Por isso te falo que sexo ele até arranjava por fora. Nunca foi nada descarado, mas com uma mulher daquelas fica difícil manter a linha. Demonstra menos emoção do que um peixe, embora para mim seja só fachada para uma mulher fria e ambiciosa. Mas deixa isso pra lá. Acontece que ele conheceu você. Quando o vi em sua companhia naquele restaurante, de mãos dadas, todo feliz, nem acreditei. Nunca vi meu irmão assim, Cecília. Juro por Deus que não é mentira. Ele ficou de quatro por você.

– Ele me enganou – falei baixo, magoada.

– Eu sei. Devia ter sido honesto desde o começo, mas acho que pensou que ia ser só um caso a mais. Vocês se divertiriam juntos até não dar mais certo e pronto. Afinal, ele já tinha a vida organizada do outro lado. Mas ele gostou mesmo de você. Foi se envolvendo, e a mentira pesou cada vez mais. Até que acabou se decidindo. Escolheu ficar com você. Na quinta-feira chamou Ludmila para conversar e terminar tudo. E depois ia contar para nosso pai. Você pode imaginar a tragédia grega.

Eu nem conseguia respirar. Estava arrepiada, sem saber se devia acreditar em Eduardo. Nada daquilo mudava o fato de ter me enganado e traído. Mas esclarecia que não me iludi tanto quando achei que gostava de mim. Pelo menos um pouco.

– Você entende, Cecília? Antônio tinha sido preparado para uma coisa e queria isso. Até conhecer você. Ele ia desistir de tudo, mesmo sabendo que meu pai e minha família seriam contra. Escolheu você. Mas então... – Se calou e balançou a cabeça, chateado. – Meu pai ficou mais nervoso do que era esperado. E isso não é mentira minha. Pode procurar na internet, tem notícias lá sobre isso.

– Sobre o quê? – murmurei.

– Meu pai e Antônio discutiram. O velho é um homem antigo, tinha colocado todas as esperanças dele no meu irmão. E não foram poucas. Imagina como ele ficou. Passou muito mal e teve um AVC.

Fiquei imobilizada, pálida. Sem poder crer naquilo. Na mesma hora meu peito se confrangeu em dor e imaginei o desespero de Antônio.

— Mas ele... – balbuciei.

— Antônio correu com ele para o hospital. Felizmente, sobreviveu, mas ficou com o lado direito paralisado e ainda sofre riscos de ter um novo AVC. Também, já tem 73 anos, o que aumenta os riscos. O médico disse que ele não pode se aborrecer, nem ser contrariado. E pode demorar meses, até mais de um ano para se recuperar. – Suspirou e me encarou, bem chateado. – E no dia seguinte você descobriu tudo e o chamou para conversar. Ele nem teve tempo de arrumar as coisas ou se decidir.

— Por que não me falou do pai? – indaguei num sussurro, agoniada, nervosa, arrasada.

— Não sei.

Eu nem tinha deixado que se explicasse. Mas, se quisesse, poderia ter falado. Teria amenizado a minha raiva. Suspirei, com o peito doendo.

— Lamento demais tudo isso.

E era verdade. Mesmo com toda a mágoa que eu ainda sentia, tive uma vontade imensa de estar com Antônio, de abraçá-lo forte. Nada mudava o fato de ter sido traída, mas tudo aquilo aliviava aquele fardo. Ele tinha decidido ficar comigo. Não sonhei nem imaginei coisas quando percebi sentimentos profundos nele. Eles existiram, não foram uma farsa completa. Eu consegui entender tudo. Mas talvez fosse até pior. Pois dava uma sensação de impotência, de vazio.

— Eu consigo compreender. – Comecei, sendo bem sincera, abrindo meu coração. – Mas não consigo perdoar. Não aceito mentiras. Antônio teve todas as chances de me contar. E adiou.

— Ele temia te perder. E era muita pressão. Mas se decidiu por você.

— Mas a mentira já tinha sido contada.

— Foi mais omissão do que mentira, Cecília.

– De qualquer forma, eu fui enganada! – Meus olhos se encheram de lágrimas. – Vai me dizer que ele não tinha nada com a noiva? Que não dormia com ela quando estava comigo?

Eduardo ficou vermelho. Explicou:

– Por último, quando Ludmila ia para nossa casa, ele dormia no quarto de hóspedes.

– Por último. Mas e antes?

– Eu sei que está magoada, mas...

– Foi tudo errado! Só podia terminar assim. – Engoli o choro, tentando me controlar. A dor latejava. Agora junto com a preocupação. Era impossível não sofrer por Antônio, tendo visto o pai passar mal por sua causa. A vontade de abraçá-lo retornou com tudo. Eu o amava tanto que tinha vontade de passar por cima da dor e da mágoa por ele. Mas tinha muita coisa envolvida. Respirei fundo. – Como ele está?

Lembrei do modo que me olhou em meu apartamento, sua dor refletindo a minha. Não foi mentira. Não me enganei tanto quando vi seus olhos desesperados.

– Está mal – disse Eduardo. – Infeliz.

Infeliz. Então éramos dois.

Recostei-me na cadeira, muito cansada. Tinham sido emoções demais, muitas descobertas e mágoas. Mas ao menos eu sabia agora que não foi tão sujo quanto eu pensei. Não fui usada por divertimento nem vivi uma farsa completa. Os sentimentos tinham sido reais e ainda eram. Tivemos mesmo aquela conexão. Pena que as coisas tenham começado erradas e terminado mal. De todas as maneiras.

– Eu não sei o que dizer. Acho que a decisão foi tomada por nós.

– Mas é injusto, Cecília. Ele vai acabar se casando com aquela lacraia dissimulada e será infeliz. Meu pai não vai impedir. Ninguém vai fazer nada! – Parecia revoltado.

– Por isso veio me contar tudo? Para que eu faça alguma coisa?

Ele ficou corado. Sacudi a cabeça tristemente.

– Foi muita coisa, Eduardo. E não quero nem posso me meter nisso. É algo que Antônio vai ter que decidir sozinho.

– É teimoso, acha que assim evita algo pior com meu pai.

– E talvez evite mesmo. Não o culpo. – E era verdade. Talvez aquilo fosse o pior, eu conseguia entender Antônio e sentir a dor dele. Era bem seu jeito querer tomar a frente de tudo, chamar a responsabilidade para si. Ao contrário do que pensei quando soube de sua traição, não era egoísta. Ele estava colocando o pai e a família em primeiro lugar.

Era como se algo me rasgasse por dentro. Imaginei-o sendo infeliz, e aquilo era pior do que tudo, até do que a minha dor. Rezei para que seu pai se recuperasse, para que não levasse também aquela culpa. Chorei por dentro porque Antônio se comprometeria de vez com uma mulher que, pelo que percebi, não seria boa para ele. Mas o que eu poderia fazer?

Nada. Eu também estava sofrendo. E a única vaga que teria para mim naquela história era de amante. Seria mais sofrimento ainda. Mais confusão. E, ao final de tudo, eu estava magoada demais.

– Acabou, Eduardo. Não há o que fazer – falei em tom de derrota. – Vou seguir minha vida, e Antônio seguirá a dele.

– E se meu pai melhorar? E se ele não se casar?

– Eu não sei. Juro para você que não sei.

Ele suspirou e acenou com a cabeça.

– Tudo bem, eu entendo. Acho que sabia que não ia dar em nada, mas queria ao menos que soubesse a verdade. Que não pensasse que não teve importância. Teve até demais, Cecília.

– Eu agradeço a você por isso. Minha revolta se foi. A mágoa continua, não posso negar. Vai ser difícil me acostumar a ficar longe do seu irmão. Mas eu vou conseguir. E Antônio também. Talvez seja bem feliz com a noiva dele.

Era óbvio que Eduardo não acreditava naquilo. Assim como era óbvio que eu falava da boca pra fora. Minha vontade era me encolher em um canto e chorar contra a injustiça de tudo aquilo. Mas ao menos saber de tudo aliviou meu fardo. Me acalmou um pouco.

– Acho melhor eu ir. Posso te dar uma carona até em casa?
– Vou ficar por aqui. Tenho um trabalho a fazer. – Menti, porque precisava ficar sozinha antes que me desesperasse na frente dele.
– Certo. Mas tome o suco. – Apontou para meu copo cheio e forçou um sorriso. – E se cuide.
– Pode deixar.
– Eu teria gostado muito de ter você como cunhada – confessou, antes de se levantar.

Sorri tristemente.

– Eu também gostaria que fosse meu cunhado.
– Lamento por tudo, Cecília. – Se inclinou e beijou meu rosto. – Se precisar de algo, me procure.
– Pode deixar.

Nós nos olhamos e, antes que se fosse, não resisti e pedi:
– Tome conta dele.
– Vou fazer o possível. Adeus, Cecília.
– Adeus.

Observei-o se afastar e foi outra despedida em minha vida.

Meus olhos se encheram de lágrimas e eu soube que teria dias difíceis pela frente. Seria difícil não apenas por mim, mas por saber que Antônio estaria em sua luta também, com o pai e com suas obrigações.

Não havia muito o que ser feito. A mágoa e a dor me corroíam junto com a preocupação. Mas garanti a mim mesma que choraria até não poder mais, não fugiria nem me esconderia da dor. E um dia eu a venceria e seguiria em frente. Antônio faria o mesmo.

Talvez nunca mais nos encontrássemos. Mas as lembranças permaneceriam. Quem sabe se enfraquecessem com o tempo, ou voltassem saudosas quando menos se esperasse. No entanto, era tudo que poderia ser feito.

Ainda era cedo para me consolar com aquilo. E, se fosse sincera comigo mesma, alimentava uma ínfima esperança de que tudo se resolvesse como por milagre e com o tempo nós ficássemos juntos novamente. Porque eu o amava tanto que pensar em nunca mais vê-lo ou saber dele era um golpe muito forte.

Não sabia o que pensar.

Mas não me envergaria com a dor.

Eu aprenderia com ela.

Dois anos depois

ANTÔNIO SARAGOÇA

A minha despedida de solteiro estava se realizando no Clube Catana, do qual eu era sócio. Faltava apenas uma semana para meu casamento, que seria no sábado seguinte. Eu tinha fechado toda uma ala do clube para os meus convidados, com comida, bebida e mulheres liberadas. E todos se divertiam muito.

Já era bem tarde; Eduardo tinha bebido demais e era o mais alegre do grupo. Andava de um lado para outro com a camisa aberta e uma echarpe vermelha de algumas das mulheres que trabalhavam no Catana enrolada no pescoço. Farra era com ele mesmo, quanto mais, melhor. Já tinha dançado, brindado e agora ia de um grupo ao outro para conversar.

Amigos, diretores da empresa, sócios, todos se divertiam. As prostitutas da casa, chamadas de escravas ali no clube de temática BDSM, eram lindíssimas e os agradavam em diferentes estados de nudez, ali mesmo ou em pequenos nichos mais isolados.

Circulei entre eles, já bastante tonto de tanto uísque. Vi Arthur, meu amigo desde a época da escola, sentado num sofá, com duas mulheres. Uma delas, uma loira escultural, tinha feito um boquete nele ainda há pouco. Mas ele ainda estava lá, bolinando as duas, na certa falando sacanagem. Entre nós, era o mais descarado, uma só nunca era o suficiente para ele.

Meu outro amigo, Matheus, tinha ficado com uma morena quase a noite toda. Ao contrário de Arthur, escolhia uma e dava atenção só a ela. Com certeza tinha feito todos os acordos possíveis com ela antes de começar a usar seu chicote, pois agora dava um show particular, e um grupo de pessoas se reunia em volta dele para vê-lo prender a menina, nua, enquanto usava nela seu chicote longo.

Recostei-me em uma mesa, olhando interessado a sessão, tomando meu uísque. Matheus era especialista naquele tipo de coisa e em shibari, técnica de amarrar e pendurar pessoas. Assim como Arthur era especialista em ménage. Dos três eu era o mais tradicional. Preferia uma mulher só e, na hora do sexo, bastava a minha mão para dar umas boas bofetadas. Não que ainda não tivesse experimentado mais de uma ao mesmo tempo e chicotes menores. Tinham até seus encantos, mas o sexo puro e bruto era melhor.

Apesar do número absurdo de mulheres bonitas, eu ainda não tinha transado naquela noite. Muitas se ofereceram, me acariciaram, eu apenas bolinei uma, deixei que outra me chupasse, acumulei o tesão. Agora já estava no ponto, com vontade de transar. Elas me olhavam e só esperavam que eu chamasse. Naqueles últimos dois anos frequentei ocasionalmente o clube, e muitas me conheciam e sabiam que eu gostava de dar as ordens. Aguardavam obedientes um sinal e só então vinham.

Uma energia vibrava em volta de mim. Quente e densa, puramente sexual. Sentia vontade de fazer muita sacanagem, de extravasar e gozar até dizer chega. Por isso acabei levando duas mulheres para um dos nichos e lá me pus em ação. Fui bruto e duro. Ordenei e elas fizeram tudo o que eu quis. Bati, fodi, chupei, entrei em uma e em outra, mandei que me chupassem juntas, uma no meu pau e a outra com minhas bolas na boca. Dei tapas na cara e na bunda, ordenei que se chupassem e masturbassem e me diverti bebendo meu uísque e aproveitando o que a vida me dava.

Foi muito sexo. Levei meu tempo chupando a bocetinha de uma e de outra, coisa que eu era especialista em fazer. Tinha várias técnicas, e ambas gozaram muito assim. Meti incansavelmente em uma e depois em outra, e elas não paravam de elogiar o meu pau.

A morena estava na cama nua e aberta enquanto a branquinha fazia sexo oral nela e ficava de quatro. De pé atrás eu fodia sua boceta e as observava excitado, comendo-a com força. Sua bunda estava vermelha escarlate de tanta bofetada e ela gemia contra a boceta da amiga em cada estocada, dizendo o quanto eu era grande e grosso.

Em determinado momento, parou de chupar a colega e olhou para trás, para mim, contorcendo o rosto, dizendo baixinho:

– Isso, lindo... Mete esse monstro em mim, me arreganha toda... Ah, cara... Essa pica merece um nome, de tão gostosa que é...

Em meio ao desejo, minha mente voltou no tempo de repente, sem controle, como se tivesse vida própria. Dentro do carro, Cecília em meu colo entre feliz e excitada, rindo enquanto eu dava os nomes do meu pau. E ela o chamando de Soberano. Foi uma imagem muito vívida, como se tivesse acontecido há dois dias e não dois anos.

Por um momento, parei. Era sempre assim, as lembranças vinham sem aviso. Algo me lembrava ela, um cheiro, uma palavra ou um sorriso, então eu era bombardeado por sua imagem, sempre tão clara e límpida, como se o tempo fraquejasse em fazer seu trabalho de embotá-la dentro de mim. E isso não era raro. Era até frequente e sempre dolorido.

Sacudi a cabeça, tentando voltar ao presente, me dominando para continuar transando, vivendo, seguindo em frente. Forcei a mulher a voltar a chupar sua amiga e me concentrei em fodê-la, embora meu tesão estivesse uma merda naquele dia. Era estranho como passei aquela despedida de solteiro lembrando mais de Cecília do que pensando na minha noiva. E me dava conta de que nunca estaria ali transando com outra mulher se fosse me casar com Cecília e não com Ludmila. Era uma certeza absoluta, tão real e inútil que não me valia de nada.

Não tive facilidade para gozar. Elas tiveram que se empenhar muito até eu me libertar dos meus demônios e finalmente me entregar ao prazer. Mas voltei para a festa sem estar realmente relaxado. Bebi demais, conversei, recebi os parabéns dos amigos, tudo terminou com um show de strip-tease no palco. Ao final da noite, todos elogiaram a festa e saíram satisfeitos, garantindo que me veriam no sábado seguinte no casamento.

Eu mal ouvia. Estava bêbado e tonto. Eduardo não estava em melhor estado, e fomos levados para casa por nosso motorista particular. Meu irmão entrou no apartamento rindo e fazendo barulho ao esbarrar nas coisas, mas eu fui dando esporro nele até empurrá-lo para dentro do seu quarto. Só então fui para o meu, arrancando as roupas, largando-as pelo caminho. Tropecei na calça e quase caí, xingando um palavrão.

Consegui me enfiar embaixo do chuveiro e me lavei, tentando afastar a tontura. Me ensaboei e deixei a água fria cair sobre a minha cabeça. E mesmo assim, ao passar a mão em meu corpo, senti meu pau quase todo ereto. A transa com as duas lá no clube não tinha me adiantado de muita coisa. A porra do Soberano estava rebelde naquele dia.

– Merda... – xinguei baixo ao pensar de novo naquele nome, o que fez Cecília vir claramente à memória.

Era revoltante não ter controle sobre meu corpo ou meus sentimentos. O fato de estar perto de casar parecia tê-la colocado ainda mais presente dentro de mim. Estava difícil manter o controle naqueles dias.

Saí do chuveiro tentando entender aquela merda toda. Fiquei mais alerta, mas ainda embotado pela bebida em excesso.

Nem me enxuguei direito. Nu e meio molhado fui pegar um short no closet, sabendo que precisava dormir e descansar, voltar a ser eu mesmo no dia seguinte. Não sei o que me deu. Parecia descontrolado quando puxei da última gaveta a roupa que eu guardava ali. Tinha mandado lavar, passar e deixei ali quietinha, perdida entre minhas roupas de marca e artigos de luxo.

Fitei aquela blusa branca de malha e o short estampado e uma emoção indescritível tomou conta de mim. Eu estava acostumado demais com ela para saber o que era: saudade. Lembrei na hora de um dos dias mais felizes da minha vida e, sem mais nem menos, a letra de uma música do Frejat veio clara em minha memória: *"O que eu sinto não é de mentira e agora tenho certeza, você é pra toda vida."*

Peguei a roupa. Enfiei uma cueca qualquer e depois aquela bermuda feia e a blusa branca. Mexi nos calçados até achar as Havaianas perdidas ali há dois anos. Depois que as coloquei, senti um pouco de conforto, um certo alívio para a opressão em meu peito. Dei-me conta de que, fora as lembranças, foi a única outra coisa que me restou de Cecília, que era físico. Não tivemos tempo de ter mais nada.

Voltei ao quarto sentindo uma agonia crescer dentro de mim. "Tire essa roupa!", exigi de mim mesmo, sabendo que era loucura, era me torturar em vão, mas a saudade ou a bebida em excesso estavam levando a melhor naquela noite sobre a razão. Andei por lá como um animal enjaulado, querendo tomar uma atitude atrasada, sentindo necessidade de extravasar algo que ficou guardado dentro de mim, sabendo que não havia o que fazer.

Precisei tanto de Cecília perto de mim que a dor foi quase física. Gemi baixo, tonto, bêbado, triste, furioso, saudoso. Foram meses me contendo e reaprendendo a viver sem ela. Até tinha tido sucesso. Trabalhei como um condenado, me obriguei a focar em frente e segui. Alguns dias eram até fáceis, outros nem tanto. Achei que o tempo me daria o privilégio de um esquecimento parcial, mas acho que ele gostava de debochar de mim, de me surpreender com uma memória impecável.

Eu entendi por que aquilo. Porque o dia definitivo se aproximava. O dia em que o martelo bateria a sentença que escolhi para mim, em que todas as esperanças seriam definitivamente esquecidas. Fiquei surpreso ao me dar conta de que ainda existia esperança, pois eu tinha me decidido a seguir em frente com meu destino.

– Não tinha saída... – Eu me defendi em voz alta.

Pensei no meu pai. Foi mais de um ano na luta. Agora ele conseguia andar, mas com ajuda de uma bengala. A perna direita nunca mais teve a mesma firmeza. E o braço direito também não, era praticamente um enfeite em seu corpo. Os dedos não conseguiam segurar nada. Tomava medicamentos para pressão e tinha sido obrigado a se afastar de vez da empresa, embora me esperasse toda noite para que eu falasse do andamento dos negócios e só assim se acalmasse.

Nunca mais tocamos no assunto de me separar de Ludmila. Ficou esquecido, como se jamais tivesse existido. Se notou que de alguma maneira aquilo me abalou, não demonstrou. E eu não podia correr o risco de fazê-lo passar mal de novo. Assim, seguimos em frente.

Eu consegui. Agora daria o último passo. Tudo estava preparado para o casamento e para a assinatura do contrato criando uma única empresa, o GRUPO CORPÓREA & VENERE. Eu sabia o tempo todo o que me aguardava. Então, por que aquela agonia e revolta de repente?

Cecília. A saudade aquele dia estava insuportável. E levado pela coragem da bebida, tudo parecia possível. Uma chance despontava ao longe, uma esperança única e ínfima. Uma loucura. Mas eu estava louco e perdido, com uma raiva latejando dentro de mim. Queria usar aquela roupa horrível, queria jogar tudo para o alto e vê-la. Queria saber o que sentiria, se teria coragem de pedir uma nova chance e largar meu pai e a empresa por ela.

Passei a mão nas chaves do meu carro, sem poder raciocinar direito. Saí do apartamento ainda tonto, bêbado, louco. Sabia que não tinha condições de dirigir, mas outro lado brigava comigo e garantia que estava tudo bem. As ruas estavam vazias de madrugada e era por uma boa causa. Precisava agir enquanto ainda tinha coragem.

Entrei no carro e peguei a estrada. Concentrei-me para não fazer besteira, embora atravessar a cidade dirigindo bêbado para implorar a uma mulher que não via há dois a voltar para mim já fosse besteira suficiente. Foda-se todo mundo! Estava cansado de fazer o que todo mundo esperava! Eu ia fazer o que eu queria e pronto!

Tinha pensado muito nela durante aquele tempo, mas nunca a procurei. Às vezes a buscava em algum lugar com o olhar, quase como se implorasse ao destino que a pusesse no meu caminho de novo em um engarrafamento ou em um local público. Então não seria culpa ou responsabilidade minha. Mas isso nunca aconteceu.

Imaginar que seguia sua vida, que podia estar amando, beijando e se dando a outra pessoa era o pior de tudo. Ao mesmo tempo que queria que Cecília fosse feliz, eu temia isso desesperadamente, pois aí seria definitivamente o fim.

A bebida embotava meu discernimento e me dava coragem, mas também me deixava bem consciente de que tudo aquilo era uma loucura. O que eu achava, que ela se jogaria em meus braços e esqueceria dois anos de distância, quando eu estava comprometido com outra mulher e depois de tê-la traído? O problema era que eu não queria saber nem pensar. Eu só ia lá, movido pela angústia e pelo desespero, por uma esperança vã e vazia. Continuava com os mesmos problemas e responsabilidades. Mas que tudo se fodesse!

Não sei como cheguei lá. Mas quando parei meu carro na rua das Laranjeiras, em frente ao seu prédio, foi como voltar para casa. Fiquei um tempo dentro do carro, embargado de saudades e lembranças, mais feliz do que estive em qualquer dia daqueles dois anos.

Saí meio cambaleando, me concentrando para parecer ereto e sério, mesmo de Havaianas e com aquela bermuda colorida em plena madrugada.

O porteiro da noite era novo, não era algum que eu tivesse conhecido no passado. Olhou-me curioso da guarita e falei decidido:

– Quero falar com Cecília Blanc.

Franziu a testa, protegido atrás de vidros blindados. Disse em um pequeno microfone:

– Ela não está.

– Como não está? – disse, duvidando. – É madrugada!

Então lembrei que era sábado. Talvez ainda estivesse passando os finais de semana com os pais. Merda!

– Ela não aparece por aqui há mais de uma semana – disse o porteiro, dando de ombros. – Mas quer deixar recado?

– Mudou daqui? – indaguei perplexo.

– Não sei, não, senhor.

Xinguei baixo meia dúzia de palavrões e voltei possesso para o carro. O que eu tinha pensado? Que estaria lá, me esperando voltar? E que viria correndo feliz para mim, como costumava fazer, sorrindo e se jogando em meus braços?

Soquei o volante, furioso. Então senti um gosto amargo horrível na boca, uma certeza de que tudo conspirava contra mim, inclusive o tempo e o destino. Finalmente a ficha caiu e me dei conta de quanto fui ridículo em aparecer ali. Cecília agora tinha sua vida e eu continuava com as mesmas obrigações. E se meu pai passasse mal novamente, ainda mais agora que tudo estava tão perto de se concretizar? Eu a abandonaria de novo?

Liguei o carro, puto comigo mesmo. A decepção me golpeava, junto com a raiva e a tristeza. E foi ali que desisti de uma vez por todas, sem volta. Voltei dirigindo ainda bêbado e arrasado, mas muito consciente do meu papel. Não haveria mais reviravolta nem momentos de desespero como aquele.

Eu aprenderia a me controlar, a ser frio e mais decidido, a não fraquejar. Cumpriria meu papel e meu destino.

Era definitivamente o fim.

CECÍLIA BLANC

Cheguei ao meu apartamento na terça-feira à tarde. Tinha passado uma semana na casa dos meus pais, cuidando da minha mãe após uma cirurgia para retirada de um mioma, que resultou na retirada do útero. Felizmente, tinha se recuperado rápido.

Eu tinha conseguido uma licença de uma semana no trabalho para ficar com ela, que depois seria descontada das minhas férias. Estava há menos de um ano trabalhando em uma empresa de Recursos Humanos que prestava serviços a outras e tinha começado como estagiária, mas agora já era uma funcionária fixa. Como trabalhava bem e tinha conseguido contrato com empresas grandes, fui efetivada e meu salário melhorou consideravelmente.

Minha função era fazer uma avaliação psicológica dos empregados que deveriam ser contratados, desde cargos importantes e de confiança até cargos mais simples. Minha sorte foi ter conseguido fechar contrato com a LOOK, uma grande empresa que administrava lojas de vestuários, acessórios e calçados. Era inglesa e muito conhecida no mundo, mas que ainda começava a se estabelecer no Brasil. Fiquei responsável por ela e fiz um trabalho tão bom que o próprio dono acabou vindo me conhecer e dar os parabéns.

Eu gostava de conhecer pessoas, fossem empregados ou patrões, e tratava todo mundo do mesmo jeito. Mas senti que Michael Parker, o todo-poderoso da LOOK, estranhou meu jeito. Conversamos em inglês, que eu falava fluentemente, e ele não cansou de me elogiar. Disse que em seu país não havia pessoas tão simpáticas e radiantes como eu.

A primeira vez que nos vimos, eu o achei muito bonito e charmoso. Tinha por volta de 36 ou 37 anos, era alto, mas não muito, esguio, com cabelos loiros e pequenos olhos azuis acinzentados, que diminuíam ainda mais quando sorria. Tinha um aperto de mão forte, um olhar carismático e me fitou com interesse, como se realmente gostasse do que via.

Almoçamos juntos quando eu prestava serviço para sua empresa, um almoço que deveria ser sobre negócios, mas durante quis saber tudo de mim e me deixou sem graça. Parecia um lorde inglês bem-vestido e até pomposo. Apesar de agradável e simpático, não era como nós, brasileiros, mais expansivos e comunicativos. Havia certa frieza e comodidade em seus gestos, mas mesmo assim gostei dele.

Disse para mim que achava meu jeito encantador e só teceu elogios à minha personalidade e ao meu trabalho, ainda mais por ser ainda muito jovem. Fiquei feliz e sem graça, mas correu tudo bem.

Depois daquele dia, me chamou para sair mais algumas vezes, mas recusei, embora tivesse gostado de sua companhia. Michael parou de insistir, mas sempre dava um jeito de me ver quando eu ia a sua empresa. E, quando os empregados estavam contratados e o acordo com a firma em que eu trabalhava terminou, me convidou para jantar fora novamente, afirmando que eu não podia mais negar, já que não havia mais vínculos empregatícios entre nós.

Insistiu tanto que aceitei. Mas, no jantar, percebendo suas segundas intenções, deixei bem claro que não me envolveria com ninguém. Fui educada e simpática, mas firme. E entre seu charme inglês e muita conversa, acabei desabafando com ele o que só tinha contado para minha família. Sobre Antônio e o amor que ainda sentia por ele.

Era vergonhoso admitir que nunca mais namorei ninguém naqueles dois anos. Até tentei sair com alguns rapazes, mas tudo era tão morno e sem graça, tão superficial, que nunca era o bastante. Eu não usaria outra pessoa. Eu queria seguir em frente, mas algo me travava. E no fundo eu sabia o que era. A esperança.

Tinha passado a acompanhar eventualmente a vida dele pelas redes sociais e internet. Dificilmente Antônio aparecia na mídia, era até bastante reservado. Mas procurei saber e descobri que não tinha se casado ainda. Era idiotice minha esperar, até porque ele estava noivo de outra mulher, mas no fundo eu achava que largaria tudo por mim. Que o pai se recuperaria totalmente e iria incentivá-lo. Que ele notaria que me amava mais do que tudo. E que eu daria mais uma chance para ele.

No fundo, eu não o tinha perdoado. E, mesmo o entendendo, eu também não perdoava o fato de ele continuar com Ludmila e com aquela farsa. Eu sentia raiva e tristeza. Eu sentia pena. Queria saber se estava bem e feliz. Era muita confusão na minha cabeça, tanta que nem eu me entendia. E por isso não conseguia abrir espaço para outra pessoa na minha vida.

Sem querer, contei tudo para Michael. Ele não disse nada. Só me ouviu com aquele seu jeito calmo e comedido, silencioso. Depois do desabafo, pedi desculpas, mas ele as descartou. E me deu só o que eu precisava, muita conversa e nenhuma crítica.

Acabamos desenvolvendo uma amizade. Eu tinha pena porque ele era novo no Brasil e não conhecia quase ninguém, mesmo sendo muito rico. Frequentava a alta sociedade e tal, mas era fechado e meio tímido. Comigo se abria um pouco mais, me falava de suas constantes viagens pelo mundo e da falta de uma família. Só poderia ficar dois meses no Rio, enquanto estabelecia suas empresas. Depois voltaria ocasionalmente, já que não tinha cidadania.

Uma vez, brincando, me pediu em casamento. Disse que um faria companhia ao outro, e o fato de se casar com uma brasileira facilitaria sua permanência no país por mais tempo, principalmente nos primeiros anos, quando precisaria ficar mais frequentemente por aqui. Entendi que apostava em se dar bem e expandir seus negócios no Brasil. E completou, seus olhos claros nos meus:

– E ainda posso fazer você esquecer esse amor impossível, querida.

Falávamos em inglês, mas a cada dia seu vocabulário em português aumentava. Eu apenas sorri, como se brincasse. Mas Michael insistiu:

– Pense no assunto.

É claro que eu queria casar. Tinha sonho de ter uma família grande e feliz. Mas queria casar por amor. Quando imaginava meu futuro, era com Antônio ao meu lado. Mesmo longe, sabendo de tudo que eu sabia, aqueles sonhos insistiam em permanecer e eu não me enganava. Era honesta demais para isso. É claro que minha resposta para ele só poderia ser uma naquele momento: não.

Mas isso não criou um clima ruim entre a gente. Continuamos mais amigos. O máximo que fazia era beijar minha mão quando me deixava em casa, e era assim que ganhava minha confiança aos pouquinhos, sendo um gentleman e um amigo de verdade.

Naquela terça, quando cheguei, combinamos de sair para jantar. Dentro do apartamento, tendo ainda uma hora para tomar banho e me arrumar, sentei no sofá para abrir a correspondência acumulada de uma semana. Já ia separar tudo quando um envelope grande e duro chamou minha atenção.

Era extremamente de bom gosto, branco e com letras douradas. Quando vi que se tratava de um convite, meu coração falhou uma batida e empalideci. A dor me golpeou duramente quando li que era o convite de casamento de Antônio Saragoça e Ludmila Venere, no sábado, dali a quatro dias.

Fiquei imóvel, congelada no tempo e no espaço. Então se tornaria realidade. Depois de dois anos vivendo em suspense, esperando receber uma notícia como aquela, ela se concretizava. Mas era como se não tivesse esperado. Estava surpresa, chocada. Olhando fixamente para aquelas letras, que se embaralhavam e embaçavam diante de mim, entendendo o motivo de lágrimas pingarem no papel.

Larguei o convite no chão com as outras contas e deitei no sofá chorando, sofrendo, vendo meus sonhos serem de novo massacrados. Ele estava seguindo em frente, e eu sabia que tinha que fazer o mesmo, que faria. Mas saber e fazer eram coisas bem diferentes.

Depois de muito chorar e tentar aceitar, veio a raiva. O ódio, porque, afinal, eu o esperei, mas Antônio não esperou por mim. Tive vontade de ir atrás dele, esfregar aquele convite em sua cara, mas entendi que ele nunca me mandaria aquilo. Tinha sido obra de outra pessoa. E, como não tinha remetente, concluí que só podia ser a noiva. Por algum motivo ela sabia de mim e me mandou a prova da sua vitória. Era um aviso claro: você perdeu.

Quase tive pena de Antônio. Uma mulher assim não poderia ser boa coisa, como Eduardo falou. Mas a minha raiva era tanta naquele momento que logo disse a mim mesma que os dois se mereciam. E foi a raiva que me fez levantar e parar de chorar. Lutei para ser forte, tomei banho, me arrumei com esmero e me maquiei com cuidado para esconder as marcas das lágrimas.

No entanto, quando entrei no importado com motorista, ao lado de Michael, no banco de trás, ele imediatamente notou que havia algo errado. Segurou meu queixo e me fez olhá-lo, indagando preocupado:

– O que houve, Cecily?

Michael costumava me chamar com o nome referente ao meu em inglês. Sacudi a cabeça, lutando para não chorar. Mas insistiu. E, enquanto o carro percorria as ruas da Zona Sul, contei a ele sobre o convite com voz embargada. Os ingleses não eram muito propensos a demonstrar emoções em público, eram contidos. E eu tentava não deixá-lo incomodado. Ao fim, disse, sereno:

– Vai ser melhor assim. Agora vai seguir sua vida, querida.

Ele tinha certa razão. Tudo tinha parecido estático e suspenso naqueles dois anos. Mas ainda me sentia arrasada, presa à situação. E disse baixinho:

– Eu vou.

– Ao casamento? – Pareceu surpreso.

– Sim.

– Fazer o quê?

– Assistir com meus próprios olhos. Só assim posso seguir em frente.

– Cecily... – Michael segurou minha mão e sacudiu a cabeça loira. – Vai apenas se machucar mais. Fique longe. Não fará diferença.

– Para mim fará. Eu quero ver. – Olhei-o, decidida, dolorida, meu peito apertado. – Quero ver como ele esquece de mim e se casa com outra.

– Talvez não esqueça de você. – Acariciou minha mão. – Mas tenha que seguir em frente.

– Mas eu também tenho. E, para isso, quero ver.

Pensei que insistiria mais, no entanto, acenou com a cabeça e disse:

– Então eu vou com você.

– Não precisa, eu...

– Vou, sim. Você vê e depois vamos embora. Não estará sozinha.

Eu o olhei com carinho e gratidão. Tive vontade de abraçá-lo, mas já tinha percebido que ficava meio sem graça com demonstrações efusivas de carinho. Era uma grande diferença cultural entre nós, e eu respeitava. Concordei em silêncio. Era uma loucura que eu sentia que tinha que fazer antes de virar aquela página da minha vida.

Era a primeira vez que eu entrava no Copacabana Palace. E, apesar da beleza e do esplendor de tudo, não conseguia prestar atenção em nada. A minha sensação era a de estar indo para um funeral e não para um casamento. E realmente era uma morte, do resto dos meus sonhos que teimavam em ficar de pé.

Gastei dinheiro com um belo vestido longo cor da pele, com desenhos geométricos pretos, sandálias de salto, penteado em um rabo de cavalo chique e maquiagem. Me preparei para assistir ao meu próprio sofrimento. Mas era algo mais forte do que eu, necessário. Sabia que doeria mais do que tudo na vida, talvez mais do que a separação, vê-lo e perdê-lo de novo. No entanto, depois eu poderia seguir em frente, testemunha do que tinha acontecido.

Michael foi me buscar muito elegante em um terno bem cortado com gravata-borboleta. Elogiou minha beleza e, quando entrei no carro, me presenteou com um par de brincos de brilhantes. Eu o olhei surpresa.

– Não posso aceitar.

– Pode, sim, Cecily.

Tentei devolver, mas ele insistiu. Por minha companhia, por fazer seus dias no Brasil mais felizes, por nossa amizade. Ao final, tive que aceitar e guardei meus brincos pequenos na bolsa, colocando os dele. Agradeci de novo e dei um beijo suave em seu rosto. Corei ao ver o modo como me fitou, com desejo.

Eu ainda não podia retribuir. Mas se aquela noite servisse para me libertar de Antônio e do que me aprisionava, eu poderia.

Chegamos tarde de propósito. Eu não queria chamar a atenção e preferi chegar perto da hora da cerimônia. De braço dado comigo, Michael me passava força, e entramos no salão de forma discreta. Era luxuoso, a decoração impecável, e muito cheio. Vi que as pessoas começavam a se dirigir ao salão onde a cerimônia se realizaria.

Eu tremia por fora e sangrava por dentro. Passei os olhos a minha volta, buscando-o incansavelmente e com medo. Vi Eduardo ao longe, de braço dado com uma senhora bonita de idade avançada, possivelmente a mãe dele e de Antônio. Só assim para conhecer a sua família, de longe, escondida em um canto fora da passagem.

E foi então que vi Antônio. Meu coração bateu como um louco, minha garganta secou, eu tive vontade de chorar e me rasgar, de gritar e xingar, de correr para ele e obrigá-lo a olhar para mim, a dizer que amava a mulher com quem ia se casar. Mas fiquei muda, paralisada, enquanto a desgraça acontecia toda em meu interior.

> *Nunca mais você ouviu falar de mim*
> *Mas eu continuei a ter você*
> *Em toda esta saudade que ficou*
> *Tanto tempo já passou e eu não te esqueci*
>
> ("A DISTÂNCIA", ROBERTO CARLOS E ERASMO CARLOS)

Ele estava ainda mais lindo, como se fosse possível. Os cabelos negros bem penteados, o fraque negro deixando seus olhos azuis mais acesos, uma expressão extremamente séria no rosto. Acompanhava um homem bem mais velho, que usava bengala e mancava, seu braço direito amparado pelo filho mais velho. Sim, era o pai dele. Ainda com as sequelas do AVC.

E em meio à raiva e à revolta que não consegui deixar de sentir desde que vi seu convite de casamento, senti também uma tristeza infinita. Não apenas porque o perderia para sempre ou por revê-lo depois de tanto tempo naquelas circunstâncias, mas pelo que eu via diante de mim. O amor de um filho por seu pai, expresso no cuidado com que o apoiava, no olhar de preocupação, no passo lento para acompanhá-lo. Acho que foi ali que eu o perdoei. Não no sentido de pensar em mais alguma coisa com ele. Mas de entendê-lo.

Eu estava ali, vendo tudo. Clandestina, escondida, num mundo à parte. Tinha sido convidada, mas não queria que me visse. Só ver. Só constatar o que imaginei desde o momento em que abri meus olhos nessa manhã. Não consegui pensar em mais nada além de como Antônio estaria vivendo cada segundo do seu dia.

O café da manhã, os últimos presentes chegando, as flores embelezando cada canto do apartamento, o almoço leve, o banho demorado, o ritual de se preparar para aquele momento. Na minha dor, no meu desespero, Antônio se preparava para mim. Queria vê-lo, queria ver a cena. Na verdade, na verdade mesmo, eu não acreditava que aquilo estivesse acontecendo. Eu precisava ver para crer.

Não segui o instinto para chegar ali. Eu segui a dor. Ela me guiou até aquele hotel chique em Copacabana, ela me fez ficar pronta e arrumada, ali, de braço dado com Michael como qualquer uma das convidadas elegantes daquela noite. Mas me sentia invisível. E ali eu o vi.

Tão lindo! Minha razão era nada frente a tudo que senti. Foi físico, foi emocional. Meu sangue gelou e desse jeito circulou pelo meu corpo, gelando cada parte da minha carne. Minhas mãos tremeram. O nó que se formou em minha garganta foi tão forte que lágrimas vieram aos olhos. E ainda me impediu de respirar, quanto mais falar. A respiração ficou pesada, difícil, arrastada. Me senti sozinha em um mar de gente e mesmo com o apoio do braço de Michael ao meu lado. A dor era só minha.

Senti um desejo quase insano de gritar para que Antônio olhasse para mim quando passou pela nave central, ajudando seu pai. Mas meu corpo, travado, não deixou. Eu queria pensar, mas só sentia, como em carne viva. Vi como as pessoas se acomodavam para ver a cerimônia, mas continuei isolada, próxima à saída do salão, amparada por Michael. Não me escondia, mas também não me mostrava. E, enquanto isso, Antônio e sua família iam para a frente do altar, seguidos pelos parentes da noiva e pelos padrinhos. Mas eu só conseguia reparar nele.

Tudo foi preparado. O pai foi colocado junto de sua mãe e Antônio foi para seu lugar. Não sorria. Não parecia feliz. Nunca o vi tão fechado e sério, parecia estar em um velório, não em seu casamento. Então seus olhos penetrantes percorreram o salão lentamente, como se sentisse que era observado e quisesse saber a origem. Claro que muita gente olhava para ele. Mas sua expressão, sua intensidade, era de quem farejava mais.

Tive medo de que me visse. Encostei-me à parede, atrás de um arranjo de flores. Michael me olhou com pena e murmurou:

– Vamos embora, Cecily.

– Preciso ver tudo.

Ele não disse mais nada. A *Marcha nupcial* começou a tocar. Mordi os lábios e voltei à minha posição inicial. Ergui o queixo. Olhei para frente e dei de cara com a noiva alta, loira e linda, que vinha com o pai, preparada para entrar. Nossos olhares se encontraram e na hora ela estancou, a surpresa em seu rosto deixando claro que me conhecia, que sabia de mim. Mais uma prova de que tinha me mandado aquele convite.

Não conseguiu disfarçar de imediato o pânico, a palidez. Tinha me mandado o convite para tripudiar, para gritar "VENCI!", mas nunca tinha esperado que eu o usasse. E agora sentia medo. De quê? Que eu fizesse um escândalo e atrapalhasse o seu casamento? Ou de que Antônio me visse e desistisse de tudo?

Encarei-a bem séria, sem pena. Recuperou-se logo, fingiu não me ver, mas manteve-se atenta ao voltar a andar. Estava tensa e preocupada. E foi assim que avançou em direção a Antônio no altar.

O resto aconteceu como em câmera lenta, um filme que se repetiria em minha mente incansavelmente nos anos seguintes. As palavras do padre, a voz grave de Antônio dizendo sim e enfiando uma estaca no meu peito, as lágrimas internas que derramei, o beijo do casal, que agora iniciaria uma nova vida e uma nova família. Ele e outra mulher. Não eu.

– Vamos – pedi baixinho, pois o casal já se preparava para voltar e eu não queria ser vista nunca mais por ele. Pelo homem que amei e perdi e chorei e sofri.

– Sim.

Michael me acompanhou para a saída. Fui de braço dado com ele, sem chorar na frente de ninguém, sem abaixar a cabeça. Mas só eu sabia como me sentia.

Ao chegarmos à entrada, eu não aguentei e olhei para trás, uma última vez. Os noivos terminavam seu percurso vindo do altar. E, na distância imensa do salão ornamentado e das pessoas que estavam prestes a passar na frente dos noivos, eu fitei os olhos azuis de Antônio. E ali, na penumbra do inconveniente, ele me viu. Mas já era tarde demais. Morri e renasci. Virei as costas e saí, em busca de um novo destino.

ANTÔNIO SARAGOÇA

O choque me paralisou. Pessoas entraram na minha frente e, quando tentei ver, ela não estava mais lá. Meu coração batia descompassado. Tinha sido uma visão rápida de Cecília. Um sonho? Imaginação minha, que a chamei e pensei nela o dia todo? Que a senti ali comigo a cada instante?

Soltei o braço de Ludmila, agoniado. Ia correr, conferir se era realidade ou visão, mas ela me agarrou rapidamente, indagando em um tom exigente pouco familiar:

– Aonde você vai?

Ignorei-a. Deixei-a sozinha e pouco liguei para o que as pessoas pensaram ao me ver atravessar o salão correndo. Estava nervoso, coração disparado, respiração suspensa. Cheguei à entrada e olhei para os dois lados. Ninguém. Desci as escadarias da frente, meus olhos buscando-a incansavelmente e não vendo nada. Apenas o vazio e a solidão. O que possivelmente seria minha vida dali para frente.

LUDMILA VENERE

O ódio me consumiu por toda a festa, mas eu sorri e fui educada, tirei fotos e brindei. Fiz tudo o que uma noiva feliz faria. Mas, se eu pudesse, matava aquela putinha e matava Antônio.

Quando enviei o convite, apenas debochei. Era um risco, mas nunca achei que a garota fosse aceitar. Quando a vi, pensei que iria estragar tudo. E por um momento achei que, depois de tanto nadar no mar, eu morreria na praia. Seria a pior humilhação do mundo ser largada no altar. E eu sabia que Antônio o faria, se a tivesse visto ali.

Ele fez. Um pouco tarde e sem certeza se era ela, mesmo assim me deixou sozinha e saiu correndo. Isso eu nunca perdoaria. De algum jeito ele me pagaria.

Depois disso, ficou ao meu lado como se estivesse odiando cada minuto, calado e sério. Não sorriu em nenhuma foto, não se deu nem ao trabalho de fingir. Eu tive que fingir por mim e por ele.

Acabou dando tudo errado. Ainda naquela noite trocamos de roupa e embarcamos para Paris, onde passaríamos a lua de mel. Ele tinha unido o útil ao agradável, pois fecharia seus primeiros negócios internacionais lá.

Na primeira noite, simplesmente me ignorou e nem me tocou. Não me deu satisfações nem disse nada. Virou para o lado e dormiu. Pouco passeamos ou ficamos juntos. Me deu um cartão sem limites para gastar, e foi o que fiz, nas lojas e perfumarias, usando o que eu mais teria naquela vida: dinheiro. Enquanto isso, fechou contratos, discutiu acordos, virou uma máquina de trabalhar. E nenhuma vez na lua de mel transou comigo.

Não perguntei nada nem demonstrei meu desagrado. Porque no fundo eu tinha imaginado como me foderia agora, depois de casado. Gostava quando me pegava com brutalidade e me usava, coisa que fazia pouco. Mas eu nunca demonstrava interesse. Não seria recusada. Eu me achava superior àquilo, muito mais prática do que uma fêmea no cio. Quando me quisesse, eu aproveitaria. Quando não, eu engoliria minha raiva, se a tivesse, e gastaria mais em roupas, sapatos e joias no dia seguinte. Era simples assim.

PARTE 2

DIAS ATUAIS
(SETE ANOS APÓS O CASAMENTO DE ANTÔNIO)

ANTÔNIO SARAGOÇA

Paixão antiga sempre mexe com a gente
É tão difícil esquecer
Basta um encontro por acaso e pronto
Começa tudo outra vez...

("PAIXÃO ANTIGA", MARCOS VALLE E PAULO SÉRGIO VALLE)

Eu estava paralisado entre meu irmão Eduardo e os japoneses, que nos acompanhavam em um reunião de negócios, naquele restaurante do New York City. Teria sido um dia qualquer, como tantos outros naqueles nove anos desde que conheci Cecília e a perdi. Mas não era. Ela estava ali, na minha frente. Como se o tempo e o destino resolvessem zombar de mim.

– Cecília... – murmurei rouco, como para ter certeza de que não sonhava. Ela sorriu, aquele sorriso que nunca esqueci. Por anos me culpei por ter visto suas lágrimas e não seu riso quando nos despedimos. Mas agora ela iluminava minha vida de novo.

– Oi, Antônio.

Não estava tão tranquila quanto queria parecer. Mesmo mais velha, talvez mais comedida, sua expressão era transparente. Havia nervosismo e até mesmo certo incômodo em seu jeito. Seu olhar passou por meu rosto, e vi ali algo de saudoso, de intenso, de angústia. Mas tentou disfarçar e fitou meu irmão:

– Eduardo, quanto tempo...

– Cecília, acredita que não reconheci você? Está mais velha e mais linda. Falei para Antônio que a conhecia de algum lugar. – Sorriu e a beijou no rosto. – Como vai?

– Bem. E vocês? – Olhou dele para mim.

Eu estava mudo, imóvel, abalado pelas emoções que me golpeavam sem dó. Não conseguia simplesmente fingir que éramos conhecidos que se encontram casualmente. Eu pensei nela por nove anos e a guardei dentro de mim como o bem mais precioso. Não a ver não me obrigou a esquecê-la. E agora me sentia totalmente perdido.

O que eu poderia responder a ela? Que nunca mais vivi bem? Que apenas passei pela vida por nove anos, sendo feliz só quando via algo que me lembrava dela? Que cumpri todas as minhas obrigações, me tornei mais frio e duro, mais cruel e fechado, porque ela não estava comigo para me ensinar a querer ser diferente?

– Tudo bem – disse Eduardo. E como eu continuava mudo, olhando fixamente para ela, se encarregou de ser educado e apresentá-la aos japoneses.

Enquanto sorria e falava com eles, eu só me dava conta dos detalhes. Coisas que se perderam com o tempo em função de lembranças maiores dela, das quais me agarrei como um náufrago à última boia. O formato pequeno de sua orelha, que apareceu quando pôs o cabelo para trás, a mão com dedos finos e delicados, um sinal que tinha no braço.

E, então, como se não estivesse o bastante abalado, outras lembranças mais vívidas vieram, saudosas e dolorosas, pois não podiam mais ser alcançadas. O modo como me beijava, o formato dos seios pequenos, sua voz melodiosa cantando para mim, o modo como era simpática com todo mundo. Quis agarrar aquilo tudo quase com desespero, dando-me conta mais do que nunca do quanto me fizera falta.

Em algum recanto da minha mente percebi que Eduardo e os japoneses a convidavam para almoçar conosco e ela recusava, apontava para outra mesa e uma mulher que tinha acabado de chegar e acenava para ela. Então consegui me livrar de parte daquele estado, ao notar que se afastaria, que eu a perderia novamente.

– Fique – falei baixo, em tom de comando, sem piscar.

Na mesma hora me olhou. Os outros também. Vi um leve tremor percorrê-la, uma emoção intensa no seu olhar, mas disfarçou logo com um sorriso.

– Minha amiga está me esperando para almoçar. Mas foi bom rever você. Vocês.

Soube que não poderia deixá-la ir. Mesmo tendo buscado por ela com o olhar em muitos lugares, como a esperar um encontro casual como aquele, eu nunca voltei a procurá-la de verdade depois daquela despedida de solteiro. Pois sabia que só de vê-la minha concentração iria toda pelos ares. Deixei o tempo e o destino agirem. E, agora, quando menos esperava, eles a colocavam de volta no meu caminho.

Fui mal-educado, pois não me despedi quando me olhou e acenou. Contive-me ao máximo para não segurá-la ao se encaminhar para outra mesa e trocar beijinhos com a amiga, sentando-se. Porque eu não me reconhecia mais. Eu voltava a ser o Antônio passional e intenso do passado, não o cara frio que tomou o lugar dele. Eu me perdi dentro de mim, chocado e abalado, a ponto de fazer uma loucura.

– Reaja, cara – disse Eduardo baixo, passando por mim. – Os japas estão sem entender nada.

Consegui respirar. Consegui tirar os olhos de Cecília e fitar meu irmão e os japoneses, que se serviam do bufê.

Fui até eles como um autômato. Não sei o que coloquei no prato. Voltamos à mesa e sentei de novo, mas meus olhos foram para ela, conversando e sorrindo com a amiga. O garçom nos serviu, todos começaram a comer, falaram comigo. Era uma reunião importante, mas não me concentrei em nada.

Felizmente, Eduardo resolveu ficar sério e tomou sozinho as rédeas daquele almoço, porque eu não servia mais para coisa alguma. Eu só olhava para Cecília. Nada dela me escapou. Seu sorriso, as pernas, os cabelos soltos. Fiquei fascinado quando o garçom se aproximou da mesa delas e Cecília falou com ele, sorriu. Vi o homem sorrir de volta e pude visualizar direitinho ela perguntando o nome dele, como fazia antes. Não tinha mudado nada.

Estava bem e feliz. Isso me alegrou e desesperou ao mesmo tempo. Eu a queria assim, não se tornando mais dura ou amarga. E parte da minha culpa diminuía com isso. Mas imaginar que superou tão bem, que viveu feliz longe de mim, parecia gritar que não fui tão importante. Porque nunca a esqueci e nunca mais fui o mesmo sem ela. Era duro ter diante dos olhos a pessoa que poderia ter feito minha vida tão diferente.

Foi uma tortura para mim estar tão perto e tão distante. Deixei Eduardo decidir tudo com os japoneses, que vieram de longe para ser nossos franqueadores. Não comi nem bebi. Nem sei se respirei. Eu só a vigiei o tempo todo, e em nenhum momento ela se virou para olhar para mim. Pelo contrário, conversava com a amiga, sorria e fazia umas caras engraçadas enquanto mostrava a ela algumas coisas em um tablet. Acabaram rindo alto, atraindo os olhares de muitos executivos acostumados à falta de alegria daqueles almoços sem graça.

Continuei naquela obsessão, até que meu irmão comentou:

— Antônio, cara, disfarça um pouco. Os japoneses não estão entendendo nada. Você nem comeu, não deu uma palavra.

— Cuide deles. — Não o olhei.

— É o que estou fazendo. Mas já resolvemos tudo aqui. Vamos embora? — Havia um quê de pena em sua voz, mas ignorei.

Naquele momento eu não podia me concentrar em nada além de Cecília.

Quando as vi pedir a conta, chamei o maître e solicitei que a conta delas fosse incluída na minha e disse que as avisasse de que tinha sido gentileza da minha mesa. Ela teria que vir falar comigo. Eduardo me olhava e sabia que eu estava além do meu limite. Falou baixinho comigo:

– Vê bem o que vai fazer, cara. Já passou muito tempo.

Não respondi. Observei o garçom falar com elas. Cecília ficou imóvel por um momento, então se virou para mim devagar, com as sobrancelhas franzidas. Seu ar jovial e feliz não estava mais lá. Havia certo medo em seu olhar, e soltei o ar, vendo que não era tão imune à minha presença como quase me fez acreditar. Disse algo para a amiga.

Tinha enrolado uma echarpe colorida nos ombros e pescoço, porque o ar-condicionado do restaurante era sempre muito forte por receber pessoas de terno. Estava sedutora e muito elegante. Meu corpo reagia a ela, aceso, o desejo fazendo meu corpo ferver. Inúmeras vezes sonhei em fazer amor com Cecília durante aqueles anos e nenhuma foda, antes ou depois, se equiparou ao que despertou em mim quando ficamos juntos. Tinha sido um amor interrompido sem se consumar. Suspenso tanto tempo.

Quis sentir culpa por me sentir daquela maneira, excitado, nervoso, abalado, cortejando uma mulher que não era mais minha, não só com desejos sexuais, mas com sentimento. Como sempre foi com ela. Mas não sentia culpa. Tudo que sentia por Cecília parecia certo, perfeito. Todo o resto é que estava errado.

Ela se levantou com a amiga e ambas se aproximaram da mesa. Seu olhar encontrou o meu e fiquei ainda mais mexido, meu coração bateu forte, o nervosismo aumentou. E o tesão também. Tive o desejo louco e insano de me erguer, jogá-la sobre uma das mesas e beijá-la ali mesmo, tocando-a, amando-a com um desespero que chegava a causar dor física.

Fiquei de pé e tive que fechar o botão do meu paletó, senão ia passar vergonha com minha ereção. Todo meu corpo estava ligado a ela, aquela conexão mais viva do que nunca, a atração violenta e os sentimentos antigos se mesclando dentro de mim.

Parou ao lado da mesa, um pouco nervosa, com as bochechas coradas. Sabia que era uma atitude minha e me fitou, dizendo:

– Obrigada, Antônio. Não precisava ter se incomodado. – Apontou para a moça bonita a seu lado. – Essa é minha amiga Francisca.

– Como vai? – Apertei a mão dela, mas minha atenção continuava toda em Cecília. A outra moça cumprimentou Eduardo e os japoneses, que se levantavam também.

Cecília me olhou. Uma energia viva e pulsante ondulou entre nós, densa, quente, única. O tempo pareceu deixar de existir. Ela prendeu o ar, e eu não parei de fitá-la de modo penetrante. Não conseguia, não podia.

– Preciso ir – disse baixinho.

– Não. – Meu tom foi firme, incisivo. Assustou-se um pouco e completei: – Tome um café comigo.

– Não, eu...

– Só um café.

Olhou-me em dúvida. E suspirou. Vi que cederia com um suspiro, e algo dentro de mim exultou, pois não podia despedir-me ainda.

A amiga percebeu e se despediu, dizendo que tinha outro compromisso. Eu disse a Eduardo, sem tirar meus olhos dos de Cecília:

– Daqui a pouco volto ao escritório.

– Certo. Cecília, foi um prazer te reencontrar.

Ela sorriu e os dois trocaram beijos e palavras carinhosas. Despediu-se também dos japoneses, e eles se afastaram. Ficamos só nós dois, o espaço de uma cadeira nos separando. Cerrei o maxilar para me conter, para travar tudo que gritava dentro de mim e não assustá-la. Puxei a cadeira para ela.

– Sente-se.
– Não posso demorar, Antônio.
– Tudo bem.

Acomodou-se e me sentei ao seu lado. Mesmo ambos tentando ser polidos e educados, sentíamos o clima quente e pesado, a tensão que nos envolvia. O garçom se aproximou e pedi dois cafés. Sentia-me nervoso e excitado, mais do que se fosse fechar um negócio com lucros de milhões. Muito mais.

Cecília não disse nada, também um tanto abalada. Esperou que eu começasse a conversa. Mas eu simplesmente tinha perdido minha capacidade de pensar. Só queria puxá-la para os meus braços, enfiar os dedos em seus cabelos, beijar sua boca. Comprovar se continuava tão deliciosa como eu me lembrava. Queria apertá-la no peito e nunca mais deixá-la ir.

Mas havia um abismo entre nós. Muita coisa tinha acontecido. E acabei sendo sincero:

– Não esperava ver você aqui. Fui pego de surpresa.
– Eu também.
– Já estava aqui quando entrei? – Olhava-a sem piscar.
– Sim. Você estava distraído conversando com os japoneses. – Segurava a bolsa no colo, um tanto sem graça, até mesmo tímida. Nenhum de nós dois se preocupou com o café que o garçom trouxe.

Como eu pude entrar ali e não vê-la? Era impossível.

Passei os olhos por seu rosto, cheio de saudade. Seu formato, o queixo, o nariz pequeno, a boca bonita, os olhos grandes. Senti muito medo de perguntar como tinha sido sua vida naquele tempo todo. Desci mais os olhos e busquei alianças em seus dedos. Só anéis. Senti um alívio terrível, mas aquilo não era garantia de nada.

Como se soubesse o que eu pensava, ela também fitou minha mão esquerda sobre a mesa, diretamente na aliança de ouro. Vi a dor em seu olhar e senti uma pontada igual dentro de mim. O silêncio nos cercava, duro e pesado, dolorido. Quando ergueu os olhos para os meus, perguntei diretamente:

– Você se casou?
– Por quê?

Eu não entendi sua pergunta e franzi a testa. Repeti, baixo:
– Por quê?
– Você pagou minha conta e provocou esse momento, nós dois sentados aqui sozinhos como velhos conhecidos. Se eu me lembro bem, você seguiu sua vida. Que diferença faz saber se estou casada e outras coisas?

Cecília tinha uma coisa que eu amava nela, era objetiva e direta. E tinha continuado assim. Se não estivesse tão tenso e nervoso, talvez tivesse sorrido. Mas falei, bem sério:

– Não vejo você há muito tempo. Não sei da sua vida.
– E quer saber?
– Quero.
– Tudo bem, Antônio. Trabalho como diretora de RH na mesma empresa em que fiz estágio, a PROVIT, especializada em consultoria e treinamento. Minha vida é uma correria, sempre com muito trabalho.
– Ainda mora em Laranjeiras?
– Não, aqui na Barra.

Como podia uma coisa daquelas? Eu vivi minha vida ali e nunca a vi. Muitas vezes olhei em volta, busquei-a nos lugares, e o tempo todo estava tão perto. Eu poderia perguntar muitas outras coisas, pelos pais e irmão dela etc. Mas estava cada vez mais gelado por dentro e repeti:

— Você se casou?

— Sim — disse baixo, fitando meus olhos.

Senti como se tivesse levado um soco. O gelo se estendeu por meus membros, apertou dolorosamente meu coração. Fiquei completamente arrasado. Sei que não tinha o direito de me sentir assim, de cobrar nada dela, mas não tive como evitar. Doeu como o inferno, pareceu destruir o pouco que me restava de sanidade e lucidez.

Nós nos olhamos, e havia um mar de dor e tristeza entre nós.

— Quem é ele? — Eu precisava saber de tudo. Nada aplacaria o modo como eu me sentia, mas seria pior imaginar outras coisas.

— É um inglês que estabeleceu suas empresas e lojas no Brasil há alguns anos. Tem outras espalhadas pelo mundo. Minha vida é uma loucura, às vezes vamos para a Inglaterra, essa coisa de dupla nacionalidade acaba fazendo tudo ser mais corrido. — Parecia querer falar normalmente, mas não me olhava. E falava no presente. Isso significava que ainda era casada. Era de outro homem.

— Qual é o nome dele? — Parecia masoquismo, mas eu tinha que saber.

— Talvez o conheça de nome. Michael Parker, dono das lojas LOOK.

Eu conhecia. Tinha encontrado com ele uma ou duas vezes no decorrer daqueles anos. Suas lojas de roupas e departamentos vendiam alguns perfumes da nossa linha de cosméticos. Pensei na ironia. O destino de Cecília tinha estado mais atrelado ao meu do que jamais supus. Não sei como não tínhamos nos encontrado antes.

Michael Parker era um homem atraente e muito rico. Ela tinha conseguido alguém que se equiparava a mim em status e riqueza, como a esfregar que eu podia ser descartado como fiz com ela. Estava devastado, sentindo-me inferior. Talvez nem tenha pensado em mim durante aqueles anos, enquanto eu vivia uma farsa e me agarrava às lembranças dela como uma tábua de salvação.

– E seu casamento, como vai? – Sua pergunta direta me pegou desprevenido. Enquanto nos olhávamos, continuou: – Vi uma ou duas vezes reportagem sobre você. Fiquei feliz ao ver que conseguiu expandir as empresas para fora do país. E que tem um filho.

Então Cecília sabia de mim. Tinha se interessado ao menos em se informar. Não sei se isso me alegrou ou entristeceu mais.

Pensei em meu filho de quase 6 anos, Carlos Antônio. De toda aquela merda que fiz com a minha vida, ter tornado as empresas multinacionais não me fazia mais feliz do que meu filho. Eu o amava e ele era minha maior alegria e conforto. Relaxei um pouco ao falar dele:

– Sim, ele tem 5 anos. Toni.

Vi que Cecília também parecia nervosa, abalada. Então não era só eu. Aquilo tudo estava sendo doloroso para ambos. Mas eu precisava saber de tudo. E, mesmo sem coragem, sem estar preparado, indaguei:

– Você tem filhos?

Ela baixou o olhar. Fiquei imóvel na cadeira. Quando me olhou de novo, acenou com a cabeça:

– Uma menina. Vai fazer 4 anos. Giovana.

Porra!

Fui assolado pela revolta, pela dor. Em nada Cecília ficou me devendo. Se aquilo era um indício do que sentiu quando me casei e formei uma família, deixando-a para trás, tinha sabido retribuir a dor direitinho. Teve tempo de se acostumar, ela própria confessou que teve notícias minhas pelo jornal. Eu fui pego totalmente de surpresa.

A diferença é que ela devia ser feliz e realizada. Ela era a mesma garota linda e doce. Eu vivia um casamento frio e vazio, eu trabalhava como um condenado para me cansar e não pensar, o que sempre me segurou foram as lembranças dela e a presença do meu filho.

Por mais que eu quisesse reagir, não podia afastar aquele peso do meu peito, aquela certeza de que joguei tudo fora, perdi feio. Estava tenso, duro, com um bolo na garganta. Não conseguia fazer mais nada além de olhar para ela, como se quisesse compensar os nove anos em que não fiz aquilo.

Cecília estremeceu, vacilou. Algo não batia ali e vi o que era. Podia estar casada e com uma nova família, mas não era imune a mim. Estava tão abalada e perdida quanto eu, embora tentasse parecer segura e serena.

Olhou para o relógio de pulso e se levantou de repente.

– Preciso ir, Antônio.

– Cecília. – Eu me levantei também. Senti certo pânico ao imaginar que sairia da minha vida de novo. Sabia que aconteceria, que nossos caminhos só se tocaram por uma coincidência, uma brincadeira do destino, mas continuavam distantes, separados.

Ela também sabia. Estava nervosa, como se chegasse ao seu limite.

– Foi bom ver você, Antônio. – Tentou se despedir de maneira educada, como se nada acontecesse, mas eu via e sentia.

– Não vá – falei baixo e dei um passo para frente.

Arregalou os olhos, ainda mais quando fiz menção de segurar seu braço. Praticamente deu um pulo para trás, arquejando, demonstrando pavor no olhar. Não estava calma, pelo contrário. Sacudiu a cabeça.

– Não. Adeus.

– Cecília.

Ignorou-me. Virou as costas e praticamente correu para fora do restaurante. Eu ainda a segui alguns passos, mas então parei e passei nervosamente os dedos entre os cabelos.

Que diabos eu estava fazendo?

Se nossa vida já tinha sido complicada antes, imagine agora, com todos os problemas do passado acrescidos de casamentos e filhos? Onde eu estava com a cabeça?

O problema não era a cabeça. Era aquela agonia atroz, aquele sentimento de perda, de desespero ao me ver sozinho naquele restaurante, sabendo de tudo que deixei escapar.

Eu tinha conseguido me conter e seguir sozinho por nove anos porque sua lembrança me acalentou. Agora sua presença tomava conta de tudo, me alertava do precipício do qual eu queria me jogar, balançava minhas estruturas e mostrava quão frágil era o meu equilíbrio.

Estava fora de mim, sem chão e sem eixo.

Paguei os cafés intactos e saí do restaurante muito diferente do que quando entrei. Minha realidade era agora bem mais dura de suportar, o peso nos ombros parecia de toneladas, tudo uma farsa, cada dia da minha vida uma mentira. A infelicidade que se mantinha apenas na superfície agora se derramava toda dentro de mim. Tirando meu filho, todo o resto não tinha mais importância.

Meus pais estavam bem idosos e viviam mais em Angra do que aqui. Eduardo casou e se mudou. Cada um viveu sua vida como quis. Eu construí um império. Eu era um dos homens mais ricos e poderosos do Brasil. Expandi os negócios para o exterior. Era um líder nato, respeitado por todos. E não sabia mandar nem na minha própria vida.

Meu andar era firme ao sair e seguir para o estacionamento, onde um luxuoso Bentley negro me esperava. Igor, o motorista, abriu a porta para mim. Agradeci com um aceno de cabeça e me sentei, calado, mudo, sozinho. Como me senti boa parte desses nove anos.

Foi difícil me concentrar nos negócios pelo resto da tarde. Fiz o que tinha que fazer, mas com minha cabeça e meu coração cheios de Cecília. Pesquisei na internet sobre a empresa em que ela trabalhava, PROVIT, separando o número e o telefone. Era loucura, eu tinha que esquecê-la, mas sabia que não ia conseguir. Pelo menos agora eu sabia onde ela estava.

Voltei para a cobertura tríplex que havia comprado há uns cinco anos na Barra, luxuosa ao extremo. Ludmila tinha se encarregado de contratar decoradores e nem quis saber das escolhas que fez. Mas toda vez que entrava naqueles espaços brancos e estéreis, parecia que era um hospital. Não havia cor nem luz, só aquela elegância gelada.

Tudo era silencioso. Atravessei os longos corredores de chão brilhante e, antes de ir para minha suíte, segui para o quarto de Toni. Entrei sem bater. Ele estava sentado no carpete sobre almofadas, junto com a babá Silvana, jogando X-BOX. Senti um pouco de alívio e segui até ele.

– Pai! Estou ganhando da Silvana! Quer jogar comigo? – Ele voltou os olhos azuis idênticos aos meus para mim, esperançoso. Já eram quase oito horas da noite e eu estava cansado, ainda mais depois do desgaste emocional daquele dia. Mas deixei minha maleta em uma cadeira e me aproximei.

– Claro, está jogando o quê? Oi, Silvana.

– Oi, seu Antônio. – A senhora sorriu e se levantou, dando-me espaço. – Vou ver o jantar do Toni e já volto.

Ela saiu e sentei ao lado dele. O garoto se empenhava em manter o controle, girando de um lado para outro, até que perdeu de vez.

– Corrida de carros! – explicou e, como de costume, se debruçou e me deu um beijo no rosto. Seus olhos tinham se iluminado ao me entregar o outro controle. – Qual você vai escolher?

– O de sempre. – Despenteei seu cabelo escuro, com carinho, recostando-me na cama.

– Ah, aquele carrão sempre me ganha! – reclamou, mas estava animado. Eu sabia que era uma criança muito solitária, passava o dia todo na escola e depois em casa com a babá. Ludmila nunca tinha tempo para ele, um dos motivos de quebrarmos a frieza um com o outro e andarmos discutindo ultimamente. E eu trabalhava demais. Tentava compensar quando estava em casa, mas nunca era o bastante para um garoto que nem tinha 6 anos ainda.

Jogamos juntos, e Toni riu, querendo ultrapassar meu carro na pista e capotando, enquanto saltitava e se entortava todo do meu lado.

– Ah, assim não vale, pai!

Eu sorri, mais relaxado, a companhia dele me fazendo bem. Perguntei como foi seu dia na escola e ele desandou a falar, reclamando de um colega que andava implicando com ele, mas elogiando outros amigos.

Jogamos juntos mais dois jogos, até que Silvana voltou chamando-o para jantar. Reclamou, não queria ir. Era sempre assim, Toni se agarrava aos momentos que tínhamos juntos até não poder mais. Só se conformou quando eu disse que também tinha que tomar banho e, depois que jantasse tudo e eu também, voltaria para mais uma rodada.

Afastou-se e fui para minha suíte. Praticamente desde o início do casamento eu e Ludmila tínhamos quartos separados e contíguos. Usávamos a porta de ligação apenas quando eu ia até ela transar, e isso era cada vez mais raro de acontecer. A última vez tinha sido há mais de trinta dias.

Nunca fomos apaixonados. O sexo foi mais para aliviar o corpo e depois para providenciar um herdeiro, o último laço que faltava entre as duas famílias. Depois foi se espaçando e nunca conversamos sobre isso. Ela se portava como a esposa perfeita e funcional, administrava a casa, vivia como modelo de socialite que todas as outras queriam seguir, organizava chás de caridade. Tinha um consultório, mas era mais status, se dizendo médica. Há muito não exercia a profissão e deixava tudo nas mãos de colegas, apenas ganhando seu dinheiro da sociedade da clínica.

O que me irritava nela e cada vez me fazia mais perder a paciência era sua falta de tempo para nosso filho. Era fria e distante. Pouco se importava se estava em casa ou na escola. E cada vez mais eu o sentia triste, se isolando, fugindo dela. Na hora de cobrar, era ótima. Queria que fosse como um robozinho, sempre impecavelmente arrumado e educado, comendo de garfo e faca, para posar de família perfeita quando éramos vistos em público. Eu já estava cansado daquela merda.

Nunca me enfrentava diretamente quando eu chamava sua atenção sobre aquilo ou me irritava. Sorria, escutava, concordava. Mas não mudava em nada suas atitudes. Assim, eu me via cada vez mais furioso e querendo estar longe dela. Sexo nem mais por obrigação. Não encostava um dedo nela. Eu me satisfazia com amantes ocasionais ou no Catana. E assim nós seguíamos com a nossa família perfeita.

Tirei o paletó no quarto e pensei novamente em Cecília. Eu duvidava que ela fosse fria com a filha. Devia encher a menina de abraços e carinho, fazer a vida da filha e do marido um paraíso com sua luz e seu calor.

Terminei de desabotoar a camisa, cheio de ciúme e abatido, cansado, perturbado demais. Minha vida era uma merda e eu me atolava de vez agora nela, mais ainda, sabendo tudo que perdi.

E eu sabia que agora minha vida seria um inferno ainda maior do que tinha sido.

LUDMILA VENERE

Eu olhava disfarçadamente para Antônio enquanto jantávamos. Sozinhos, na mesa imensa, o silêncio muitas vezes era nosso companheiro. Eu tinha me acostumado com isso. Mas, ocasionalmente, eu puxava algum assunto, ele desenvolvia e assim terminávamos. Naquela noite, nem isso.

Notei que parecia mais fechado que das outras vezes, quase furioso. Sua irritação era palpável. Não vínhamos nos entendendo muito bem nos últimos tempos, tudo por causa daquele garoto, mas eu aprendi a evitar conflitos. E naquela noite não tinha acontecido nada de especial para deixá-lo assim. Imaginei se não seriam problemas nos negócios. Ou com alguma amante.

Cerrei os lábios, escondendo minha irritação. Eu sabia de tudo da vida de Antônio. Não me rebaixava como ele, tendo casos. Eu era superior a isso, a esses instintos animais descabidos. Meus interesses eram outros. Mas ficava furiosa com algumas atitudes dele.

O que mais me dava raiva era sentir falta de sexo. Quando me procurava e me pegava forte, eu gozava como uma cadela no cio. Nunca o procurava, nunca demonstrava interesse, esperava sempre partir dele. Mas muitas vezes o via pela casa, e o desejo me engolfava, eu o queria dentro de mim. E tinha que esperar, fingir, até Antônio se dignar a me desejar também.

Agora me procurava cada vez menos. Muitas noites me vi esperando e em algumas quase perdi o controle e fui atrás dele. Mas odiava ser tão dependente de um homem. Nunca nenhum deles me fez falta, e isso não ia começar a acontecer agora.

Talvez fosse o fato de ser tão poderoso e tão lindo. Eu via como as mulheres olhavam para ele, como eu era invejada, e isso era um bálsamo para o meu ego. Felizmente, não era descarado e transava com mulheres fora do nosso meio, o que tornava possível manter a farsa.

Algumas vezes eu odiava Antônio mortalmente. Por ter aquele poder sobre mim. Por se negar a me querer mais, quando de bom grado eu abriria as pernas para ele. Não me conformava de me evitar, eu fazia tudo que mandava. Na cama, era sua escrava, obedecia as suas ordens, não tinha vergonha de ser inferior. Mas nem isso o fazia perder a cabeça. Nunca, nenhuma vez, ficou louco por mim.

Tomei meu vinho e observei-o com certo ódio disfarçado. Sim, estava ainda mais lindo e másculo aos 35 anos. O sonho de qualquer mulher. Mas indo para a minha cama ou não, continuava meu, preso na armadilha que armei. E ai de quem quisesse se meter em meu caminho.

Lembrei de uma garota de uns anos atrás, que se tornou amante dele. Uma modelo em ascensão, linda, se achando esperta demais. Durou mais do que as outras. E começou a querer mais também. Foi se chegando aos poucos em nosso meio e começou a me mandar telefonemas e fotos dela com Antônio, que com certeza tirava sem ele saber. Sorria quando nos encontrávamos, parecendo muito pura, mas doida para tomar meu lugar. Como se eu fosse uma esposa frágil e burra que pediria o divórcio após descobrir a traição. Deu até vontade de rir.

Eu a ignorei, mas a puta foi ficando abusada e insistente. Então tomei uma atitude drástica, quando, enfim, me cansei dela.

Contratei dois brutamontes. Quando voltava de uma de suas noitadas, foi agarrada e espancada. Teve uma perna e três costelas fraturadas, além de ficar com a cara arrebentada. E deram um recadinho para ela ficar longe da minha família. Que nunca teria como provar quem fez aquilo e, se criasse confusão, eles voltariam para enterrá-la viva. Nunca mais ouvi falar da tal espertinha.

Antônio não soube de nada, como eu gostava.

Só lamentava isso às vezes. Que ele não soubesse até onde eu era capaz de ir. Não gostava de violência nem de sujar minhas mãos. Mas, às vezes, certas atitudes eram necessárias.

Fitei-o, a irritação voltando. Pena que nem sempre conseguia o que queria dele. O que meu marido diria se soubesse que sua fria esposa estava querendo sexo, desejando ser duramente fodida por ele? Não saberia. Porque eu nunca me rebaixaria para pedir.

CECÍLIA BLANC

Tinha sido uma manhã boa e produtiva no escritório. Eu estava animada porque Francisca, uma amiga que eu não via havia um bom tempo, ia almoçar comigo naquele dia. Tudo corria bem, e foi com alegria que entrei naquele restaurante da Barra para esperá-la.

Escolhi uma mesa de canto e sorri para o garçom, pedindo uma água. Sentei tranquilamente, deixando a bolsa e a echarpe na cadeira ao lado, olhando meus recados no celular. Havia alguns de clientes e amigos, mas nenhum de Michael. Tinha dito na noite passada que ligaria, mas, até agora, nada. Eu já estava começando a me acostumar com promessas que ele não cumpria, e isso não era bom.

Precisávamos conversar. O problema era pegá-lo em casa. Viajava muito, mas ultimamente mais ainda, por estar implantando novas lojas na Bélgica. Aprendi que, quando isso ocorria, Michael concentrava toda sua atenção no lugar, para não correr o risco de dar algo errado. Era sistemático em algumas coisas, mas trabalho era sua paixão e seu ponto fraco. Sempre vinha em primeiro lugar.

Balancei a cabeça sozinha, desanimada. Quando casei com ele, sabia disso. Mas achei que, com esposa e família, fosse delegar mais funções e diminuir as viagens. Até foi assim no começo. Mas nos últimos dois anos ficava cada vez mais fora de casa, a ponto de chamá-lo para conversar e até falar em divórcio. O assunto rolava, mas nunca era bem resolvido. No entanto, eu o pressionei, e tinha prometido voltar dentro de alguns dias para resolvermos tudo.

Pensei em minha mãe. Ela tinha me aconselhado a esperar, quando falei em casamento. Por haver pouco tempo que nos conhecíamos, menos de um ano. Por Michael ser estrangeiro. Disse para namorarmos primeiro, para curtir a vida, saber se era isso mesmo que eu queria. Mas na época eu estava arrasada, precisando de carinho e companhia, e ele foi tudo que precisei. O casamento foi bom tanto para mim quanto para ele.

Recostei-me na cadeira distraída, deixando o celular sobre a mesa, pensando em ligar novamente para Michael mais tarde. Naquele momento, um grupo de homens entrava no restaurante e lancei um olhar a eles, reparando em alguns japoneses. Já ia desviar o olhar quando algo me chamou a atenção.

Um homem ereto e de andar impositivo. Senti uma pontada de lembrança e fixei meus olhos nele. Só para perder o ar e ser nocauteada em minha cadeira. Antônio.

Fiquei imóvel, paralisada. Meu coração falhou, depois disparou como um louco no peito. Dor, amor, saudade, desespero, tudo veio como um rojão e explodiu dentro de mim, deixando-me tonta e fraca, atingida, perplexa. Apenas meus olhos se moveram, acompanhando-o sem poder perdê-lo nem por um segundo, se embebedando de sua presença marcante, única, que nunca saiu de dentro de mim e que agora pulsava e latejava.

Meu peito doeu. Fui tão tocada pela saudade que por um momento pensei que fosse desfalecer, meu corpo todo ficando mole, minha cabeça girando. Antônio, Antônio, Antônio... Eu o chamava dentro de mim, como chamei silenciosamente muitas vezes em meus sonhos, em minha intimidade, em pensamentos que eram só meus.

Estava maravilhoso, ainda mais do que antes. A idade o deixara mais másculo e forte, o cabelo mais curto, a expressão mais dura. Usava um terno preto, que caía nele perfeitamente, e não havia em sua postura ou em seu andar nada que lembrasse suavidade. Era severo até no sorriso meio de lado que dava ao falar com um dos japoneses enquanto se dirigia a uma das mesas. Um homem completo em sua essência.

Tive vontade de chorar. Eu nunca o tinha esquecido, mas aprendi a viver longe dele. Refiz minha vida e não aceitei vivê-la pela metade. Sorri, amei, fiz tudo com dedicação e entrega, mas sempre soube que nunca mais teria o que tive com ele. Era uma daquelas coisas que só vivemos uma vez na vida e, às vezes, nem isso. Mesmo longe e conformada, eu era de Antônio. Eu sempre seria dele em meus sentimentos mais profundos, em um canto guardado dentro de mim. E era assim que ficaria, em um canto. Não me impediria de usufruir de meus outros sentimentos nem de viver.

Amei Michael com o que me restou e que não era pouco. Eu poderia passar o resto da vida com ele e ser feliz, se não houvesse tantas diferenças entre nós. Lembro que ouvi uma vez uma amiga falar isso de um namorado e cabia na minha relação com Michael: não foi amor à primeira vista, foi admiração à primeira vista. E o amor tinha muitas formas, algumas mescladas de amizade e carinho.

Mas nunca senti o que Antônio despertava em mim. Aquela entrega total, aquela loucura, aquela fome que nunca era saciada. Era a bendita conexão, que só havia com ele. Que nunca me abandonou, mesmo quando soube que ele seria impossível para mim e deveria ficar apenas como lembrança e saudade. Eu tinha consciência disso tudo e aceitava.

Agora, olhando-o se sentar elegantemente, passando doloridamente meu olhar por seu corpo e rosto, por seus cabelos negros e traços angulosos, pelo contorno duro das sobrancelhas até aquele azul aceso dos seus olhos, eu me perdi toda. Eu senti tudo voltar, a paixão ensandecida, a saudade latejante, a conexão primordial entre nós. Respirei fundo, pois era mais do que eu podia suportar, mais do que meu corpo e minha alma aguentavam, pegos tão de surpresa.

Havia acompanhado sua vida pelas notícias, quando saíam. Não conseguia evitar. Era uma maneira de saber dele, o que fazia, como estava. Depois de sair da letargia pós-casamento dele, quando sofri a ponto de achar que morreria, comecei a me preparar. Sim, me preparar para reviver e seguir em frente. Fui desvendar minhas perguntas e, quando achei algumas respostas, reorganizei minha vida. Era algo que eu devia a mim mesma. Mas não foi fácil.

Foi difícil no início. Todo dia, mas todo dia mesmo, meu corpo e minha mente lembravam que Antônio estava ali. Tentei muito diminuir sua influência, mas eu sonhava, imaginava, lia jornais, buscava uma explicação ou outra. Tinha medo de saber da sua vida de forma direta. E assim aprendi a pegar de pouquinho em pouquinho o que saía sobre ele, só para alimentar aquela presença que nunca me deixava sozinha, que no fundo só exigia o mínimo: saber que estava vivo e bem.

Quando a dor vem assim tão grande, tão permeada de desespero, vem também a revolta. Passei um período com muita raiva, logo que ele se casou. Apesar de ter entendido a situação, eu me sentia abandonada e usada. No final, Antônio ficou com a noiva e a família e eu fiquei sozinha. Tive um período em que não quis ver ninguém, em que quis sumir. Entendi por que muitas pessoas piravam e saíam fazendo loucuras pela vida, para tentar tapar um buraco sem fundo que ficava por dentro.

Mas essa condição não durou muito. Talvez pelo fato de ter uma família bem estruturada e poder contar com eles, foi ali que recebi abrigo e acalanto. Minha mãe cuidou de mim, meu pai esteve presente com carinho, meu irmão me distraiu com sua alegria. Quando voltei para casa, Michael continuou a me levar a jantares, teatros, festas. Mesmo com seu jeito meio fechado, até polido demais, foi uma companhia perfeita para equilibrar tudo o que eu sentia e me ajudar a encontrar o caminho certo. Acho que por isso se tornou tão importante para mim.

Fiquei um ano com ele. Um ano em que aprendi a viver sem Antônio e finalmente me conformei. No fundo, sabia que ainda era muito jovem e não devia me precipitar. Como minha mãe dizia, tinha tempo pela frente. Mas, quando Michael me pediu de novo em casamento, pensei que poderia ser o início de uma nova vida. Podia não ter aquela paixão e loucura que tive com Antônio, mas nos dávamos bem, ele era mais velho e cuidava de mim. Analisei bem. Mas o fator preponderante foi a notícia que vi no jornal, de Antônio em um grande evento junto com a esposa grávida. GRÁVIDA. Isso foi o fim para mim.

Nunca imaginei que sofreria tanto de novo, mas foi o que aconteceu. E não sabia mais lidar com aquilo. Era como se toda luta fosse em vão. E soube que precisava de ajuda. Sozinha estava difícil demais. Assim, me casei com Michael.

Agora, quando começávamos a falar em divórcio, eu, pelo menos, chegava à conclusão de que tanto eu quanto Michael casamos por motivos errados. Queríamos companhia. Acreditei que era possível criar a própria felicidade e parei de buscar notícias de Antônio no jornal. Dediquei a minha vida e formei uma família. Na verdade, eu não me arrependia de nada. Pois vivi e fui feliz. Principalmente depois que Giovana nasceu.

Ela era tudo pra mim. Ocupou um lugar que ninguém conseguiu desde Antônio. Só quem tinha filho podia entender o que era aquilo, aquele amor incondicional e maior que tudo, aquela alegria permanente só por ver um sorriso do filho ou ouvir uma palavrinha dele. Giovana foi meu bálsamo e meu alívio, minha companheira e amiga. Minha felicidade completa.

Michael não se sentiu tão tocado. Talvez fosse aquele seu lado inglês que era meio frio e que trocava um beijo por um aperto de mão. Ele olhava para nós duas com encanto e estranheza, muitas vezes como se fôssemos de outro mundo. É claro que amava a filha, mas não era muito de afagos e carinho, era mais seco. Aprendi que nossas culturas eram bem diferentes e que não fazia de propósito. Os negócios vinham em primeiro lugar. Acho que éramos apenas um complemento.

Aquilo, com o tempo, começou a me incomodar. A distância física e emocional. Conversei muito com ele, mas Michael era ocupado e requisitado e viajava muito. Eu me preocupava com Giovana, porque a menina gostava dele, mas tinha se acostumado com suas ausências. Às vezes não parecia que ela se dava conta de que Michael era seu pai. Quase não perguntava dele, como se fosse um amigo distante. E aí começaram as dúvidas de mãe.

Se fiz as escolhas certas. O que aquilo faria com ela no futuro, quando entendesse melhor tudo. Se valia a pena viver em uma farsa. Pois não era realmente um casamento. Era uma vida a dois com minha filha e com visitas de Michael. Para viver assim, talvez fosse melhor separar. Porque casei pensando em ter uma família de verdade.

Eu ainda gostava dele. Era um homem bom. Na cama, apesar de não ser exatamente fogoso, se preocupava comigo, tinha carinho, era atencioso. Gostava de fazer sexo com ele, embora nem sempre chegasse ao orgasmo. Mas ficar longe tanto tempo era ruim. Eu era jovem e muitas vezes sentia falta de um homem perto de mim, de mais paixão, de vida. Aquilo não era tudo, e até eu deixaria de lado, mas a solidão, somada ao resto, cobrava seu preço. E eu só esperava Michael voltar daquela viagem para ter uma conversa com ele.

Muitas vezes imaginava como seria minha vida com Antônio. Os amassos com sexo oral no carro e na cachoeira foram os momentos mais intensos e prazerosos da minha vida. Eu me roía de ciúme e raiva sabendo que fazia tudo aquilo com a esposa, que outra mulher usufruía dele, do que quis tão desesperadamente para mim. Lutava contra aqueles pensamentos, mas, nas horas de solidão, quando meu corpo ardia e tinha necessidades, eu pensava naqueles momentos, não nos meus de casada. Isso me causava culpa, mas era sempre mais forte do que eu. Era algo visceral, intenso, louco, que vinha das entranhas.

Agora estava ali, naquele restaurante, imobilizada, olhando para o homem que foi o mais importante da minha vida e que, com toda minha luta, nunca esqueci. Não dava para acreditar que era Antônio. Que eu o via tão perto, depois de tanto tempo.

Pensei em fugir antes que me visse. Sair, para seguir minha vida. Cheguei a me levantar, peguei meu celular, joguei na bolsa e coloquei-a no ombro, tremendo, angustiada e nervosa. Dei alguns passos, mas então parei, com raiva. Eu não tinha por que me esconder. Não era mais uma menina boba e ingênua. Era uma mulher de 29 anos, casada e com uma filha, realizada profissionalmente. Quanto tempo eu levaria me escondendo, com medo de Antônio? Talvez se eu o encarasse, se eu o enfrentasse, conseguisse tirá-lo daquele lugar permanente em que tinha se estabelecido.

Acho que nem pensei. Não sei o que me moveu. Só virei e fui até onde ele estava com os outros homens, de pé, perto do bufê. Cada passo que eu dava para perto era uma pontada a mais no peito, era a saudade gritando e, ao mesmo tempo, a determinação exigindo uma solução. Eu sentia meu destino prestes a mudar e achei que precisaria daquela catarse. Não só sair de um casamento solitário, mas também de um amor do passado que ainda me continha.

Vi seu sorriso meio de lado. Foi a primeira coisa que me encantou nele quando o vi pela primeira vez, ao sair do carro da minha amiga naquele engarrafamento. E as palavras saíram da minha boca como se tivessem vida própria, como um recomeço não estipulado:

– Você tem o sorriso mais bonito que eu já vi na vida.

Antônio se virou para mim devagar. Pareceu ficar paralisado quando seus olhos azuis encontraram os meus. Eu me afoguei neles, nele todo ali tão perto de mim, sua presença e seu cheiro familiares me dominando, fazendo doer cada canto do meu corpo e da minha alma. Contive a respiração. Percebi que não estava pronta para aquilo, que devia, sim, ter ido embora, pois os sentimentos eram mais fortes do que eu.

– Eu sabia que conhecia você.

A voz de Eduardo me salvou, me tirou da agonia e da dor em que eu tinha me embrenhado. Voltei à realidade, me obriguei a reagir, a fingir, a não mostrar tanto o que latejava dentro de mim. Os anos, os estudos na área de psicologia tinham que me servir para alguma coisa, ao menos para controlar tantas emoções. E então Antônio murmurou com uma carga tão forte de saudade, de lembranças, como se as trocássemos ali:

– Cecília...

Apenas meu nome, mas foi duro ouvir. Lamentei tudo que perdemos, tudo que não tínhamos mais. Mas me mantive o mais firme possível. Sorri, tentei ser forte:

– Oi, Antônio.

Não estava tão tranquila quanto queria parecer. Havia nervosismo abalando minhas estruturas, me fazendo tremer por dentro. Saudade, dor e angústia me corroíam dolorosamente. Mas tentei disfarçar e busquei algo seguro, que pudesse repor meu equilíbrio. Fitei seu irmão:

– Eduardo, quanto tempo...

– Cecília, acredita que não reconheci você? Está mais velha e mais linda. Falei para Antônio que a conhecia de algum lugar. – Sorriu e me beijou no rosto. – Como vai?

– Bem. E vocês? – Olhei para ele com carinho, mas não consegui me concentrar. Como se não suportasse ficar longe de Antônio, voltei minha atenção toda para ele.

Estava mudo, imóvel, sem piscar. Toda aquela intensidade que nunca vi nos olhos de outra pessoa estava fixa em mim. Quase desfaleci de tanta saudade. Tive vontade de perguntar tudo sobre ele, de rir e de brigar, de fazer tudo que não fiz aqueles anos todos, mas apenas o olhei.

– Tudo bem – respondeu Eduardo. E, quando me apresentou aos japoneses, eu sorri e falei com eles sem nem ao menos saber o que fazia. Convidaram-me para almoçar, mas então eu só pensava em fugir dali. Não era forte o bastante para ficar perto de Antônio depois de tudo.

Foi com alívio que vi Francisca chegar, como minha tábua de salvação. Acenei para ela e disse a eles que minha amiga me esperava. Quase saía correndo dali, quando Antônio disse em voz baixa e dura:

– Fique.

Na mesma hora eu o olhei. Havia aquele tom de comando do passado, quando bastava usá-lo para eu me sentir querendo obedecer. Sempre me surpreendi com o poder que tinha sobre mim. Tremi sem controle, abalada e nervosa, principalmente porque quase concordei, hipnotizada e emocionada. Mas lutei e disfarcei logo com um sorriso.

– Minha amiga está me esperando para almoçar. Mas foi bom rever você. Vocês.

Não esperei resposta de ninguém, muito menos dele. Acenei e me afastei, obrigando-me a dar um passo de cada vez quando queria sair correndo. Meu coração disparava, minha alma doía, a vontade de chorar era insuportável. Mas continuei sorrindo, mesmo quando cumprimentei Francisca e me sentei em volta da mesa.

Forcei-me a olhar para ela, a prestar atenção no que dizia, mas estava cheia do Antônio. Seus olhos penetrantes, sua expressão séria, seu cheiro único e seu corpo másculo tomavam todos os meus sentidos. Respirei fundo, pedi a Deus que me ajudasse. E disse à minha amiga:

– Querida, desculpe. Pode repetir?

– O que você tem, Ceci? Está esquisita!

– Nada. – Forcei um sorriso.

Só eu sabia como me sentia abalada, atingida, dolorida. Mas lutei com unhas e dentes para não demonstrar. Mesmo quando senti o tempo todo o olhar de Antônio sobre mim, eu não o olhei. Eu consegui comer, beber, sorrir, ver fotos em um tablet. Conversei com o garçom quando veio nos atender. Fui coerente e aparentemente normal. Aparentemente. Pois o tempo todo eu só pensava nele, eu só queria olhá-lo e fazer isso sem parar, até sentir que parte daquela saudade toda cedia.

Quando pedimos a conta, devia ter sentido alívio, mas meu coração estava apertado. Porque eu sabia que sairia dali e não veria mais Antônio, sabe-se por mais quantos anos. Talvez para sempre. Era o certo, eu já devia ter me acostumado com isso. Mas ainda faltava dizer tanto. Faltava uma despedida melhor. Como? Eu não sabia. Só estava perdida e abalada demais para ter pensamentos certos e coerentes.

O garçom voltou com a conta paga e nos disse que havia sido cortesia da mesa de Antônio. Fiquei gelada, imóvel, sabendo que fez aquilo para que eu falasse com ele de novo, antes de ir. E o pior é que eu sentia necessidade daquilo também, como se uma força nos puxasse para o outro o tempo todo. Então, virei devagar para ele, com medo do que sentia, do que desejava.

Encontrei seus olhos fixos em mim, como eu sabia que estariam. Tudo se revolucionou em meu interior. Em meio ao restaurante movimentado, parecia haver só nós dois. Tive tanta vontade de ouvir sua voz, de estar com ele só um pouco, conversando, matando a saudade! Era um desejo insano, mas premente, doído, forte.

– O que houve, Cecília? – indagou Francisca.

– Um amigo pagou nossa conta. Preciso agradecer – falei baixo.

– Tudo bem.

Nós nos levantamos e nos aproximamos da mesa dele. Minhas pernas estavam bambas, a barriga contorcida, todo corpo alerta, quente, vivo. Seus olhos me chamavam. Nervosismo e desejo me engolfaram quando se ergueu elegante e másculo, fechando o botão do paletó, me devorando sem precisar dizer nenhuma palavra.

Aquela conexão nos ligava e atraía. Finalmente entendi que nem o tempo nem a distância poderiam suplantar aquilo. Era mais forte que tudo. Mas não significava que não podia ao menos tentar lutar contra ela.

Parei ao lado da mesa, nervosa, sentindo meu rosto arder. Mas mesmo assim tentei ser só educada:

– Obrigada, Antônio. Não precisava ter se incomodado. – Apontei para a moça ao meu lado. – Essa é minha amiga Francisca.

– Como vai? – Apertou a mão dela, seu movimento deixando-o mais próximo. Seu perfume veio em minhas narinas, embriagando-me ainda mais. Estremeci quando ainda assim continuou atento a mim, só a mim, enquanto Francisca era cumprimentada pelos outros.

Era impossível não sentir a energia viva e pulsante que ondulava entre nós, densa, quente, única. O tempo pareceu deixar de existir. Fiquei tão abalada pelo desejo, pela vontade de chegar mais perto, que lembrei de quando marcávamos de sair no passado e o porteiro avisava que ele estava lá embaixo me esperando. Eu saía do apartamento tão eufórica e feliz que meu coração parecia que ia pular pela boca. E só tinha sossego quando me jogava nos braços dele e o sentia forte junto a mim. Aí eu sabia que tinha encontrado o meu lugar.

Querer desesperadamente fazer aquilo só me fez ter consciência do impossível e sentir a tristeza vir lentamente dentro de mim.

– Preciso ir – eu disse baixinho.

– Não. – Seu tom foi firme, incisivo. Assustou-me um pouco, pois era como se sentisse o mesmo que eu. Completou seco:
– Tome um café comigo.

– Não, eu...

– Só um café.

Olhei-o em dúvida. Eu sabia que não devia. Mas só precisava de mais um pouquinho dele. Só mais um pouco para me conformar e seguir em frente. Suspirei, sabendo que cedia.

Francisca percebeu que eu ficaria e se despediu, dizendo que tinha outro compromisso. Ouvi Antônio falar com Eduardo. Mas estava como que dopada, sem rumo, paralisada. Despedi-me de Francisca e Eduardo sem saber ao certo o que fazia. Só sei que todos se foram e ficamos só nós dois, o espaço de uma cadeira nos separando. Antônio puxou-a para mim.

– Sente-se.

– Não posso demorar, Antônio.

– Tudo bem.

Acomodei-me e o vi se sentar ao meu lado. Mesmo ambos tentando ser polidos e educados, sentíamos o clima quente e pesado, a tensão que tomava conta de nós. O garçom se aproximou e Antônio pediu dois cafés. Parecia calmo, mas a tensão estava lá na forma como cerrava o maxilar e na intensidade com que me olhava.

Ali, ao lado dele, senti como se eu fosse a mesma do passado, sem nove anos nos separando. Lembrei de como eu era, tão ingênua e cheia de esperanças. E me dei conta de que a saudade e dor ainda existiam ali porque amamos demais. Eu amei demais, de uma maneira impossível de esquecer.

Havia um peso entre nós, uma realidade que talvez não estivéssemos ainda prontos para enfrentar. Lembrei de Eduardo dizendo que Antônio largaria tudo para ficar comigo e só não o fez porque o pai teve um AVC. Se era assim, talvez ainda guardasse mais do que apenas um pensamento para mim. Não podia fingir que não notava o modo como me olhava, a tristeza, o desejo e a saudade que pareciam passar dele para mim e vice-versa.

E foi aquilo que me assustou, a conexão que continuava forte entre nós, os desejos mais intensos do que nunca, que o tempo apenas alimentou como brasa, mas que agora incendiava de novo. Tive medo, um medo absurdo de me queimar, pois o perigo estava ali, nos rondando, buscando só uma oportunidade.

E só tive uma saída, pois não confiava em mim mesma: fugir.

Fugi. Tinha chegado mais longe do que poderia suportar. Conversamos o que tínhamos para conversar naquela mesa, e agora ele sabia da minha vida. Virei as costas e praticamente corri para fora do restaurante. Para longe da tentação, do desejo e do amor, que não tinham mais espaço na minha vida. E que mesmo depois de nove anos eu ainda não me encontrava preparada para enfrentar.

Abri a porta de casa e fui direto em busca da minha filha. Encontrei-a onde sabia que estaria, no quintal dos fundos, correndo e brincando com Suzilei, a babá que estava conosco há mais de dois anos. Havia uma relação íntima e especial entre mim e Giovana, além do fato de sermos mãe e filha e nos amarmos sem limites. Era um entrosamento de almas, perfeito e único, inigualável.

– Mãe! – gritou animada, levantando-se do gramado onde brincava de casinha. Estava de short, camiseta e descalça. Correu para mim e me abaixei para pegá-la no colo, cheia de amor, apertando-a contra mim, beijando os cachos cor de mel do seu cabelo.

Senti alívio e parte da minha angústia se foi, só de ter Giovana em meus braços. Era sempre assim. Ela tinha o poder de afastar meus demônios e também o faria com aquele demônio de olhos azuis que tinha reaparecido em minha vida.

Beijei-a e lutei contra as lágrimas, que faziam arder meus olhos, pois, apesar de tudo, sentia a saudade apertar de novo meu peito. Depois de ver Antônio, de falar com ele, de saber que todos os sentimentos continuavam lá, quase invencíveis, seria mais uma luta empurrá-lo de novo para o canto das lembranças.

ANTÔNIO SARAGOÇA

Eu tinha que fazer alguma coisa ou ia enlouquecer.

Depois de ter reencontrado Cecília, passei 48 horas fora de mim. Forcei-me a trabalhar, a ser eu mesmo, mas tudo era diferente. Nada prendia minha atenção. Eu parecia um sonâmbulo. Nem conseguia dormir direito. Na noite anterior, levantei de madrugada, coloquei meu robe e sentei no escritório para tomar um uísque e pensar.

Tive um desejo insano de não estar naquela casa. Estava tão infeliz, me sentia tão sozinho e tão sem vida, que soube que meu único alento era meu filho. Passei anos ali, controlei tudo ao meu redor, as pessoas me conheciam por ser equilibrado e responsável, até severo demais, mas ali eu me sentia fora de mim, outra pessoa. Me sentia pequeno e desconfortável naquele lugar.

O "se" nunca foi uma opção para mim, que preferia agir a perder tempo criando possibilidades. Mas naquele momento estava me determinando. "Se" eu tivesse feito diferente... Isso não saía da minha cabeça.

Estava no escritório da empresa à tarde, cheio de trabalho, mas andando de um lado para outro agoniado. Tentava dizer a mim mesmo para esquecer, mas não conseguia. Não podia aceitar o fato de estar longe de mim, de nunca mais vê-la, de ser casada e ter uma filha. Eu sabia que seguiria sua vida. Por que então era tão difícil aceitar? Como eu poderia parar de pensar naquilo e respirar normalmente de novo?

Precisava vê-la. Só mais uma vez. Ou morreria com aquela agonia me consumindo. Estava fora de mim de tanta saudade e tanto ciúme. Tinha conseguido me conter mantendo-me longe pelas obrigações que me chamavam, mas vê-la de repente naquele restaurante tinha fodido com tudo. Eu me sentia um animal enjaulado, uma fera ferida rosnando, querendo desesperadamente atacar.

Chegava a ser físico, a mexer com as minhas entranhas. Não podia ficar parado, me conter, me concentrar em mais nada. Era só Cecília, Cecília, Cecília que eu berrava dentro de mim, que latejava e doía. Estava enlouquecendo, ficando fora de mim.

E então desisti. O controle, que já era parco, foi para a lama. Peguei o telefone da empresa em que ela trabalhava e liguei para lá. Descobri sua sala, e uma mulher atendeu.

— Quero falar com Cecília Blanc.

— Ela não está, senhor. Deseja deixar algum recado? — indagou a secretária.

— Mas marcou comigo. — Menti de cara lavada.

– Marcou? Mas está no treinamento realizado no hotel, volta só no final do dia. Talvez o senhor tenha errado o horário. Que horas marcou?

– Devo ter me enganado. Boa-tarde. – Desliguei. Logo chamei minha secretária e falei para descobrir em qual hotel das proximidades estava acontecendo um workshop da PROVIT, empresa em que ela trabalhava.

Acelerei minha agenda, nervoso, sabendo que era loucura, mas pouco me importando. Estava cansado de ser responsável, de pensar em todos menos em mim. Não podia mais suportar um dia como aquele, uma agonia maior. Quando Madalena me deu os dados que pedi, avisei que sairia mais cedo e deixei o escritório por volta das 16:30. Por experiência, sabia que esses eventos acabavam às 17 horas.

Para não parecer que tinha ido lá somente para vê-la, deixei a gravata no carro e abri os dois primeiros botões da camisa. Queria parecer casual e sabia que não estava em meu estado normal. Estava montando uma cena para ver Cecília, sem parar para pensar em qualquer consequência. Não queria analisar meus atos nem desistir. Era uma merda, uma loucura que não poderia dar certo, mas que se fodesse tudo!

Passei pela portaria. Pedi um quarto, paguei, segui com o cartão que abria a porta no bolso. Pensei em fingir que a encontrava, convidá-la para um drinque e seduzi-la. Mas dei muita sorte, pois, ao atravessar o salão, vi um dos elevadores chegando e ela saiu dele rindo e conversando com um grupo de pessoas, lindíssima em um vestido elegante, salto alto e cabelo preso.

Fui acertado com violência pelos sentimentos que despertava em mim, que tiravam meu sono e faziam desejá-la mais do que tudo. Meu coração disparou, bombeando o sangue com força, o tesão foi um golpe a mais. Fui decidido e fora de mim até ela, e então me viu.

Parou e arregalou os olhos, surpresa. Era hora do teatro, fingir o encontro casual, sugerir um happy hour. Mas eu estava alucinado demais para isso. Ignorei as outras pessoas, não pedi licença ou me expliquei. Passei por ela e agarrei seu braço, levando-a para dentro do elevador.

– Antônio... – murmurou assustada, sem entender, ainda mais quando apertei o botão do décimo terceiro andar, ignorando o ascensorista, que nos olhou boquiaberto. Éramos só nós e ele quando as portas fecharam.

Encostei-a no fundo do elevador, respirando irregularmente, cheio de fome. Uma fome que tinha aumentado durante aqueles anos. Agarrei seu cabelo com força, fui bruto, encurralei-a sem escapatória enquanto apenas me olhava e entreabria os lábios, pega de surpresa, uma presa da minha paixão ensandecida e descontrolada.

– Chega. Agora vai ser assim – disse rascante, fazendo-a sentir cada parte do meu corpo, enquanto segurava meu peito sem saber se empurrava ou não.

– Mas...

Não lhe dei chance de nada. Fiz o que eu queria, o que meu desejo mandava, o que eu precisava para não enlouquecer. Beijei-a na boca com uma fome voraz e um amor que nem o tempo tinha conseguido matar. Agarrei seus cabelos, sua cabeça, meti a língua em sua boca, e seu gosto foi o paraíso, foi o alimento de que eu precisava para sobreviver e o ar de que precisava para respirar. Meu pau latejou muito duro em seu ventre, minha cabeça rodou, eu me perdi e me achei.

Beijei-a e beijei-a mais. Meus olhos arderam com a emoção violenta que me alucinou de vez. Cecília me agarrou gemendo, choramingando, raspando as unhas em mim. Passou as mãos desesperadamente em minhas costas e cabelo, duelou sua língua na minha, pediu mais e eu dei, nós dois em uma loucura sem fim.

Naquele canto do elevador o passado se fez presente. Nada mais teve importância além da necessidade doentia de tê-la. Movi meus lábios contra os dela, cheio de saudade, mordendo-os, lambendo-os, sugando sua língua, tomando tudo que eu queria. Nunca foi assim com mais ninguém, só com ela. Como pude ficar tanto tempo sem aquilo? Como pude sobreviver sem minha alma, sem meu amor, sem minha vida?

– Chegamos. – A voz baixa do ascensorista interrompeu nosso beijo apaixonado. Afastei a cabeça com olhos pesados e respiração acelerada, olhando-a, vendo seu estado de total paixão e embriaguez, como o meu.

O elevador estava parado, a porta aberta. Era um passo largo para o desconhecido, e vi o medo brilhar em seu olhar, mas para mim não tinha volta. Eu poderia ir ao inferno e voltar, mas nunca mais desistiria.

– Antônio... – suplicou baixinho, tentou ser racional em meio ao caos e à paixão. Mas eu cansei de racionalidade. Agarrei seu braço e disse bruto:

– Você agora é minha. Sempre foi e sempre será.

Levei-a comigo para fora. Passamos pelo rapaz, que nos fitava com olhos arregalados, mas nem notamos. Íamos para o que alguns chamavam de pecado. Mas eu chamava de amor.

CECÍLIA BLANC

Antônio me empurrou para dentro do quarto e bateu a porta. Eu arregalei os olhos, sem poder acreditar que aquilo estava acontecendo, que ele vinha para mim com tudo, com um olhar de arrasar qualquer coração, duro, quente, penetrante. Não tive tempo de pensar ou de falar. Seu braço já parecia uma barra de ferro em minha cintura, me tirando do chão e colando a ele, a outra mão em minha nuca, mantendo-me imóvel enquanto eu me agarrava em seus ombros, totalmente subjugada.

Andou comigo assim, como se eu fosse dele, presa e erguida, seus olhos penetrando nos meus vorazmente, tirando meu ar e minha voz, arrebatando-me de uma maneira que eu não sabia mais onde eu começava e ele terminava. Parecia um demônio de olhos azuis, tomando não só meu corpo, mas também minha alma. Não havia célula em mim que não gritasse por ele.

Em uma espécie de saleta na penumbra, parou atrás de um sofá e me levantou mais, sentando-me no encosto, abrindo minhas pernas e, vindo no meio delas, agarrou meu vestido e o manteve firme nos meus quadris, enquanto colava o pau muito duro contra minha vagina, sua mão em meu rosto e pescoço, sua boca esfomeada vindo em meu colo e mordiscando minha pele, cheirando e beijando minha garganta, meu queixo, até capturar de novo meus lábios e ali enfiar a sua língua, enquanto seus dedos se enterravam em meu cabelo.

Agarrei-o com sofreguidão e loucura, trazendo-o mais para mim, movendo minha língua contra a dele, quase chorando de tanta saudade e amor, tanta loucura guardada por anos, tanto tesão que só Antônio me fazia sentir. Puxou-me mais para si e nos esfregamos como tantas vezes fizemos no passado, alucinados pelo desejo violento, enquanto eu latejava e sentia sua dureza deixando minha calcinha toda molhada.

Fiquei louca, fora de mim. Gemi e ouvi seu gemido masculino, viril, dolorido, só aquilo mostrando o quanto também se desesperava por mais, por aquilo de que nos privamos por anos e que nunca consumamos. Todo seu corpo, suas mãos e sua boca estavam em mim, tomando e dando, exigindo, não admitindo nada mais que a entrega total. E como não me dar, se eu já era dele?

Seus dedos ergueram minha saia por trás e apertaram minha bunda nua, enquanto seu pau esfregava e pressionava minha vulva encharcada, empapando a calcinha, fazendo-me jogar a cabeça para trás e delirar, buscando o ar desesperadamente enquanto beijava e mordia meu pescoço, deixando-me dopada, arrepiada, completamente alucinada de tanta paixão.

– Segure-se em mim – avisou, bruto e rouco, levantando minha saia até a cintura com as duas mãos, erguendo-me um pouco do sofá. Eu agarrei seus ombros e o olhei, só para estremecer com seu rosto carregado de desejo, suas sobrancelhas franzidas, seus olhos furiosamente cheios de tesão.

Arquejei, ainda mais quando puxou minha calcinha violentamente, rasgando-a em tiras, me fazendo soltar um pequeno grito. Agarrou meu cabelo na nuca com força, a outra mão indo direto em minha vulva, espalmando-se nela toda, enquanto me olhava no fundo dos meus olhos e dizia duro, rouco:

– Minha... Só minha...

Eu não conseguia raciocinar ou falar. Estava perdida, tremendo, caindo em um abismo de paixão avassaladora, de amor ensandecido e saudoso. Antônio não me soltou ou parou de me olhar enquanto penetrava dois dedos dentro de mim, lento e fundo.

– Ah... – gemi, esticada, hipnotizada, agarrada a ele sem poder fazer mais nada, aberta e entregue, segura e sendo penetrada.

– Isso eu devia ter feito há nove anos, Cecília. E em cada um desses dias depois disso. – A voz estava ainda mais grossa pelo tesão, pelos sentimentos profundos que o faziam me olhar como se fosse me devorar viva. Meteu mais os dois dedos em minha vulva, que pingava e palpitava gulosa, empurrado-os para dentro. – Não posso demorar a primeira vez. Preciso estar dentro de você.

Eu arfava, estremecia, tão arrebatada que não sabia onde estava minha voz, só sabia de Antônio metendo os dedos em mim, olhando-me com um desejo visceral, agarrando meu cabelo e agora vindo saquear de novo meus lábios entreabertos. Beijou-me com fome, com lascívia, do jeito que me deixava ainda mais doida e fora de mim.

Puxei seu paletó para fora dos ombros largos, alucinada para tocar nele também, abrindo botões com desespero, arquejando em sua boca quando meus dedos encontraram os músculos do seu peito, a quentura de sua pele, o bater forte do seu coração. Gemi e choraminguei, chupei sua língua, engoli sua saliva para que fosse sempre minha, ficasse sempre dentro de mim, como uma esfomeada em busca de qualquer punhado de comida.

Era louco e ensurdecedor. Era quente e maravilhoso. Era um amor que se completava, que se exaltava na paixão e na saudade, ansioso por acontecer. Nossas bocas se colavam e se saboreavam, sôfregas e apaixonadas, enquanto eu latejava em volta dos seus dedos enterrados bem no fundo do meu corpo, meus seios doendo contra seu peito, minha cabeça girando vertiginosamente. Pinguei em sua mão, tive espasmos de pré-gozo, e então Antônio puxou os dedos para fora e agarrou meus quadris, erguendo-me com ele.

Andou pelo quarto assim, beijando minha boca e fazendo-me apertar a vagina contra seu pau imenso, dentro da calça, que parecia a ponto de arrebentar. Senti a cama macia quando me deitou nela e se ajoelhou entre minhas pernas, parando de me beijar para me olhar ferozmente, dizendo rouco:

– Vou precisar de cem anos para fazer tudo o que eu quero com você.

E veio de novo em cima de mim, beijando minha boca enquanto eu o abraçava forte e arreganhava os joelhos para o lado, seu pau roçando-se em minha vagina melada, seu corpo pesando sobre o meu. Gemi, passei as mãos em seu cabelo denso e macio, pensei que fosse morrer de tanto desejo, tanta saudade, tanto amor.

Antônio desceu as alças do meu vestido até os cotovelos, junto com o sutiã, expondo meus seios, deixando meus braços quase sem movimento. Ergueu a cabeça, despenteado, olhando para eles com tesão, dizendo baixinho:

– Que saudade... – E abocanhou um mamilo, que na hora ficou duro contra seus lábios e língua. Soltei um pequeno grito e estremeci da cabeça aos pés, jogando a cabeça para trás, inclinando as costas e tirando-as da cama enquanto ele sugava fortemente o brotinho e fazia meu ventre se contorcer.

Esfreguei-me nele, a ponto de gozar, bombardeada por emoções violentas, buscando o ar, pois não tinha o suficiente em meus pulmões. Parecia subir, subir, cada vez mais, sem limites, a ponto de despencar. E talvez Antônio sentisse o mesmo, pois se ergueu de repente respirando pesadamente, olhos azuis escurecidos e semicerrados, o peito subindo e descendo.

Parou ajoelhado entre minhas pernas enquanto terminava de abrir a camisa e o cinto. Perdi o ar, pois sabia o que viria e ansiava loucamente para tê-lo dentro de mim. Puxou o cinto e o largou no chão, sem deixar de me olhar. Tirou a carteira do bolso de trás e dela um pacote de preservativos, que largou sobre a cama. Então começou a tirar a roupa, dizendo baixo:

– Não posso esperar mais.

Eu também não. Mordi os lábios e arquejei, quando seu corpo com músculos bem modelados e másculos, elegante, com ombros largos, se descortinou diante dos meus olhos. Tive um desejo insano de lambê-lo todinho e salivei. Antônio despiu-se todo. Arregalei os olhos, chocada, maravilhada.

Era a primeira vez que o via todo sem roupa, sem qualquer tecido no caminho. De imediato fitei seu pau, aquele monumento enorme e grosso cheio de veias, com cabeça grande. Seria assustador se não fosse tão lindo, tão dele, fazendo parte do seu corpo longo e perfeito, do seu rosto marcante e belíssimo, de seus cabelos negros despenteados. Meu coração disparou e fui nocauteada por tanta beleza, mas não só por isso. Porque era ele, Antônio, que estava ali comigo. O amor da minha vida.

Pegou um preservativo e o colocou no pau. Na mesma hora terminou de abrir e tirar minha roupa, até que fiquei nua e aberta na cama, tremendo, ansiando, me dando. Seus olhos azuis passaram por mim, desde o meu rosto até minhas pernas, não deixando escapar nada, seu rosto se contorcendo em uma espécie de dor.

Então veio para mim, e meu coração disparou em expectativa, eu me descontrolei de vez de tanta ansiedade e desejo guardado. Ergui um pouco o tronco para encontrá-lo no meio do caminho, mas Antônio agarrou duramente meus pulsos e os jogou na cama, imobilizando-me, deitando-se entre as minhas coxas enquanto olhava feroz em meus olhos e dizia duramente:

– Não. Você vai ficar quietinha, só olhando e me sentindo comer você, como quis fazer por todos esses anos... Assim... paradinha enquanto deslizo meu pau dentro e fora, conheço sua bocetinha e a faço minha... sempre minha, feita para mim, Cecília...

Estremeci com seu tom possessivo, com a cabeça grande do pau esfregando meus lábios vaginais. Continuei lá, aberta e presa pelos pulsos, tremendo terrivelmente, ansiando, enquanto o tempo todo me olhava, em um vínculo visceral, uma conexão que rompeu o tempo e permaneceu ainda mais forte entre nós.

E foi assim que me penetrou. Estava já além de qualquer controle, seu maxilar cerrado, seus olhos consumindo os meus de paixão, seu pau abrindo e esticando meus lábios vaginais, indo lento e fundo dentro de mim. Senti cada centímetro que percorreu do meu canal, apertado, enchendo-me tanto que a pressão me tomou por inteiro. Abri os lábios e arquejei, choraminguei, fui dominada por uma loucura selvagem quando entrou todo e a cabeça grande empurrou meu útero, buscou mais espaço, enterrou-se mais.

– Antônio... – gemi fora de mim, com lágrimas nos olhos.

– Sim, sou eu... – Parou quando estava todo lá dentro, apertado e fundo, suas bolas encostadas em minha pele, seu púbis contra o meu. Tive espasmos e me contraí em volta de seu pau, sem controle, miando, tentando me soltar para agarrá-lo, arranhá-lo, puxá-lo para mim. – Porra, Cecília... Agora você é toda minha. Está marcada em mim, como a ferro e fogo.

– Sim... – E as lágrimas desceram pelos cantos dos meus olhos.

– E eu sou seu – disse baixo e rouco, o tempo todo olhando em meus olhos, irradiando emoções violentas para mim. Moveu os quadris com firmeza, puxou o pau até a metade e meteu de novo.

– Ah...

– Assim, toma tudo... – E passou a me penetrar fundo, forte, arrastando-me para um prazer violento e inigualável, que me tragou como uma tempestade. Gritei e me debati, mas não me soltou, não teve pena de mim.

Enterrou-me naquela cama com estocadas brutas e fundas, doloridas por ser grande e grosso demais, deliciosas e viciantes, enlouquecedoras. Seus músculos ondulavam, seus ombros largos tomavam toda a minha visão, seu cabelo caía na testa, seus traços ficavam carregados pela luxúria. Os olhos azuis não saíam dos meus e contavam o quanto me queriam, o quanto aquilo era único e nosso, só nosso.

Finquei os calcanhares na cama e ergui os quadris para recebê-lo todo, atritando as paredes internas da minha vagina, esticando-me toda, fazendo-me escorrer de tanto tesão. Entrava forte e firme, até senti-lo todo em meu ventre, em cada canto meu, enchendo-me como nunca julguei ser possível.

Mas não era só sexo. Era uma infinidade de sentimentos, mesmo não falados, mas explícitos. Nossos sexos estavam unidos, assim como nossas almas, nossa história e nosso destino. Ali, éramos só o casal apaixonado de nove anos atrás, sem nada a nos separar ou entristecer. O que nos envolvia era amor, êxtase, alegria, paixão. Era uma loucura que nem o Senhor Tempo teve o poder de acalmar.

– Nunca mais vou me sentir sem você, Cecília – disse Antônio rouco, deitando o peito sobre meus seios, penetrando-me gostoso e duro, soltando meus pulsos, enterrando as mãos em meus cabelos. Seu rosto estava perto do meu, seus olhos me hipnotizando. – Está impregnada em mim, tão fundo que não sei mais quem sou sem você.

Abracei-o forte com pernas e braços, firmando-o, trazendo-o mais para mim. Lágrimas vieram de novo aos meus olhos e escorreram. O amor era tanto que extravasava, expandia, saía e nunca acabava. Meus lábios tremeram quando ouvi suas palavras, quando me refleti em sua emoção.

– Eu também não sou inteira sem você, Antônio. Eu fui só uma parte por nove anos, pois minha metade, minha melhor parte, sempre esteve com você. – Chorei e vi seus olhos brilharem com lágrimas não derramadas, mas com a mesma gama de sentimentos que explodiam dentro de mim.

Antônio tomou minha boca em um beijo sôfrego, agarrando minha cabeça, devorando-me com seu corpo e sua alma. Penetrou-me fundo, com força, me abriu toda, obrigando-me a recebê-lo. Era um prazer extasiante, mas também uma espécie de dor, pois apesar das diferenças de tamanho e formato ele se encaixava todo dentro de mim, me completava como a parte que sempre me faltou.

Em meio a toda loucura e tesão, a um amor que me golpeava sem descanso, uma parte da minha consciência gritou em desespero, indagando-me como eu poderia viver agora sem aquilo. E eu soube que simplesmente não poderia. Nunca mais.

Ondulamos na cama, suados e arfantes. A cada estocada bruta e funda, meu corpo se esticava, meu clitóris inchava contra seu púbis, minha alma se expandia. Nunca me senti assim, um ser vivo e único em êxtase, além de qualquer controle ou domínio a não ser o que Antônio impunha sobre mim.

Agarrei seu cabelo na nuca, enterrei as unhas em suas costas, entreguei-me de uma maneira irreversível e foi impossível não chegar às alturas. Gritei alucinada em sua boca quando o orgasmo me arrebatou, e na hora Antônio afastou a cabeça para me olhar gozar, intenso e apaixonado, metendo com força dentro de mim, a ponto da dor virar um prazer escaldante.

– Ahhhhhhhhhhhhhh...

Minha alma pareceu se soltar do corpo. Eu rodei e voei, me contraí e estiquei, me dei e tomei. Eu fui o ser mais feliz do mundo, em êxtase pleno e rico, em uma abundância de sensações nunca antes sentidas. Chorei, fora de mim, alucinada demais para ter qualquer resquício de controle. E o tempo todo era devorada, sentia seu pau estocando fundo e grosso, seu peito raspando meus mamilos sensíveis, seus dedos firmes em meu rosto e cabelo. Era tão dele que não sabia mais quem era eu.

Gozei muito, e então Antônio não aguentou mais se conter. Segurou-me ainda mais firme, tornou-se mais violento e descontrolado. Seu pau veio com tudo, inchou ainda mais, não teve dó da minha vulva, que se contraía toda em espasmos. Enterrou-me na cama e olhou-me nos olhos quando gemeu rouco e gozou, seus olhos azuis acendendo, queimando os meus.

Meu orgasmo se prolongou e encontrou o dele. Fomos totalmente um. Devoramos um ao outro entre os lençóis amarfanhados, gemendo e suando, ardendo e incendiando, até que eu desabei acabada, mas, ainda assim, fui comida sem dó, enquanto ele dizia bem rouco:

– Toma meu pau e meu gozo nessa bocetinha gostosa...

E eu tomei, tudo, me abrindo mais, sentindo como me comia até doer, até se esvair todo e deitar em cima de mim, seus lábios percorrendo minha face, enxugando minhas lágrimas, seu carinho se mesclando a sua paixão. Nós nos abraçamos e então nos beijamos na boca, devagar, lentamente.

Ainda estava duro dentro de mim. Eu me sentia dopada, trêmula, abandonada em seus braços. Recebi sua língua, embriaguei-me em seu gosto, indaguei-me como sobrevivi tanto tempo sem aquilo. Corri os dedos em seus músculos, deslizei pela pele suada, respirei fundo para guardar seu cheiro másculo e delicioso dentro de mim.

Antônio ergueu a cabeça e me olhou nos olhos. Segurava meu rosto entre as mãos. Seu olhar era pesado e intenso, suas sobrancelhas estavam franzidas em seriedade e seu semblante, cheio de sentimentos exaltados. Murmurou sem piscar:

– Sabe o que você me deu, Cecília?

Eu o olhava, parada, guardando seu pau todo dentro de mim, minha pele colada na dele, meu coração ainda batendo descompassado. Não esperou que eu respondesse:

– A minha vida de volta.

Senti a emoção dele, pois era igual à minha. Era um misto de dor e felicidade, de sofrimento e prazer. Fui invadida pelo medo. Não pela vergonha, pois, mesmo com consciência de tudo, tinha sido algo tão nosso, tão necessário e único, que eu não podia condenar. Mas tinha um medo atroz, sem saber como tudo ficaria. Medo de magoar e ser magoada, de ferir e ter culpa.

– Deixei minha vida com você há nove anos.

Eu acreditei, pois me sentia da mesma maneira, incompleta. Nunca mais fui eu mesma longe dele.

– Se não fosse meu filho, eu estaria morto por dentro, Cecília.

Pisquei, quando a culpa veio pesada demais para suportar. Pensei em Giovana e tive que pensar em Michael, por mais que eu quisesse me enganar mais um pouco. Antônio também sentiu. Agarrou meu cabelo com firmeza e ordenou duro:

– Olhe para mim.

Eu obedeci na hora.

– Não fuja de mim. Vamos resolver tudo.

Eu quis acreditar nele, mas o medo continuava lá. Murmurei:

– Precisamos pensar.

– Não. – Sacudiu a cabeça e me soltou. Quando saiu de dentro de mim, estremeci. Olhei sem piscar quando tirou o preservativo, amarrou-o com seu esperma e o largou no chão. Deitou-se na cama ao meu lado e me olhou.

Era lindo demais. Nunca vi um homem como ele. Deixava-me prostrada, fora de mim, sem chão. Meu corpo nu e suado ainda guardava a sensação do dele, e fechei as pernas devagar, mas me impediu.

– Não. Quero mais.

Arregalei os olhos quando espalmou a mão em minha vulva inchada e toda melada, ainda sensível. Sorriu lascivo, meio de lado, debruçando-se sobre mim. Meu coração disparou, mordi os lábios para não arquejar, sem poder tirar meus olhos dele. Acariciou meu queixo com a ponta do dedo e fitou minha boca.

– Vou chupar e lamber você toda. Depois quero essa boca no meu pau. Então vou comer de novo essa bocetinha pequena e quente, que mamou meu pau tão gostoso.

Estremeci. E não brincava. Quando abriu mais minha coxa e deslizou os dedos longos até o clitóris, segurei seu pulso, tentei pensar:

– Não posso ficar, Antônio... tenho que passar no escritório. Hoje é sexta-feira e...

– Vai ficar. – E já vinha para cima de mim.

– Antônio...

Não me deu nenhuma chance, suas mãos indo por baixo dos meus joelhos e levantando-os, abrindo-os, arreganhando-me toda. Desceu a cabeça entre minhas pernas, passou a língua macia e úmida sobre a ponta do clitóris. Eu perdi o eixo e a razão.

– Oh... – Tremi da cabeça aos pés, agarrei os lençóis, olhei abismada para o que fazia comigo.

E passou a lamber meu brotinho até eu ter espasmos e ondular sem controle na cama, segura e aberta para que se fartasse comigo, a língua deixando-me doida em poucos segundos. Quis falar, mas só gemi. Quis lutar, mas me entreguei sem chance. E quando prendeu o clitóris na boca e chupou firme, continuamente, como se o mamasse, fui devastada de vez.

Gritei e esperneei, joguei a cabeça para trás, entrei em agonia. Foi se tornando cada vez mais duro, a ponto de doer, uma dor que alucinava e enlouquecia. Segurou os lábios vaginais juntos, fechando minha vulva, como se os colasse entre seu polegar e indicador. Então os esfregou duramente, aquecendo-os, fazendo-os arder. Pirei, pois eu me incendiava por baixo, eu sentia um prazer absurdo e dolorido, que me quebrava.

E, quando achei que não aguentaria mais, soltou os lábios e meteu dois dedos dentro da minha vagina toda alagada, sem que eu esperasse. Foi demais, gritei e agarrei a cabeceira da cama, desvairada, meus membros em convulsão, enquanto explodia em um novo orgasmo.

O gozo veio tão violento que nem parecia que tinha gozado havia pouco tempo. Gemi fora de mim, tentei erguer os quadris da cama, mas Antônio me segurava firme e me chupava duro, metia os dedos em mim com brutalidade. O prazer era infinito, em um redemoinho de sensações, de volúpia sem igual.

Pensei que nunca acabaria. Não suportava mais, meu corpo em seu limite, quando, enfim, desabei. Antônio afastou a cabeça e lambeu os lábios, saboreando meu gosto, olhando-me de maneira penetrante e safada, seus dedos saindo melados de dentro de mim. Ergueu-se de joelhos, grande e lindo entre as minhas pernas, seu pau em seu tamanho máximo, impressionante.

Mordi os lábios quando vi o tesão dele. Passou os joelhos para o lado de fora dos meus quadris, um de cada lado. E veio mais para cima, até que seus joelhos encostaram em minhas axilas e seu pau ficou bem perto do meu rosto. Mesmo satisfeita, dopada, eu não fiquei imune, quis retribuir o prazer. E era tão lindo, tão perfeito, que o desejo estava sempre lá, assim como a ânsia de tocá-lo.

Agarrei seu pau com as duas mãos e Antônio segurou meu cabelo na nuca, ergueu minha cabeça. Dominava-me sem esforço, só com um olhar ou um toque, deixando-me completamente excitada. Abri os lábios e chupei docemente a cabeça do pau, com o coração disparando e a boca salivando.

– Porra, Cecília... – Gemeu rouco. Enquanto a mão esquerda firmava minha nuca, a direita acariciou meu rosto, seus olhos azuis fixos e pesados em mim, seus músculos retesados pelo tesão.

Enfiei mais na boca, como tinha me ensinado no passado, contendo o ar, relaxando a garganta para caber o máximo dentro de mim. Seus dedos escorregaram do meu rosto para o pescoço e colo. Então envolveram meu seio esquerdo, beliscando o mamilo.

Eu respirava irregularmente, sentia o tesão de volta, lento e denso. Chupei-o mais forte e fundo, ergui os olhos para ele. Antônio não tirava aqueles olhos azuis tempestuosos dos meus, prostrando-me, fazendo-me dele, completamente. Foi ao outro mamilo e beliscou-o duramente. Arquejei, enfiei mais de sua carne na boca.

Sorriu de lado, como se aprovasse, mas cheio de lascívia. Largou meu seio e virou só um pouco de lado, enquanto sua mão ia para trás e se espalmava em minha barriga.

– Deixe as pernas bem abertas – ordenou.

Obedeci. Seus dedos bolinaram meu clitóris, ainda empinado e sensível pelo gozo recente. Chupei-o e masturbei-o forte, excitada, uma das mãos descendo e acariciando seus testículos lisos, redondos. Era delicioso, tinha cheiro de macho, textura de homem gostoso e viril. Fiquei louca, esfomeada, ainda mais quando ergueu a mão e deu um tapa leve em minha vulva, causando-me um tremor involuntário.

Gostava de ver como me deixava alucinada, fora de mim. Seu olhar espelhava seu domínio, seu prazer em me ter sob ele para fazer o que quisesse. Enquanto me tocasse, eu seria uma massa moldável, completamente dele. Chupei-o com loucura, com tesão, com um desejo que era mais forte que tudo.

Estremeci violentamente quando deu outra bofetada em cheio sobre meus lábios vaginais e meu clitóris, fazendo minhas pernas sofrerem espasmos involuntários e quase se fecharem, enquanto ordenava rouco:

– Abra!

Eu as abri, e então deu outro tapa duro, estalado, doído, mas que fez minha vagina palpitar e se melar toda, muito quente e ardida. Fui mais feroz ao chupá-lo, enterrando-o na garganta, querendo mais e mais. Eu rodava e perdia os sentidos, a razão, sem entender como podia gostar tanto de ser tratada daquela maneira.

Voltou a acariciar meu clitóris, bem devagarzinho, só para que eu relaxasse, me acalmasse um pouco. Então bateu de novo, mais forte do que das outras vezes. Gritei e me engasguei. Era dor e prazer, era volúpia e delírio, era muito mais do que eu podia suportar. Tirou o pau da minha boca e logo me pegava firme, me jogava de bruços na cama.

Fiquei assustada com sua voracidade, com a fome que vinha dele e a intensidade de suas emoções. Meus cabelos se esparramaram em meu rosto e no lençol. Montou atrás de mim, prendendo minhas pernas. Ouvi a embalagem do preservativo sendo rasgada e senti seus movimentos ao cobrir o pau. Mas nem tive tempo de me recuperar, já puxava meus dois braços para trás, juntos, firmando-os nas costas.

– Fique assim – ordenou.

Eu sempre soube que era um dominador natural. Em nossos amassos do passado, sentia sua força, seu poder, sabia que se controlava. Mas até onde poderia ir? Porque eu não conseguia pensar em nada mais do que obedecer.

Agarrou minha nuca, seus dedos firmes, deixando-me presa no colchão. Então senti sua outra mão em minha bunda, acariciando, apertando, abrindo. Arquejei, sabendo que podia ver meu ânus, minha vagina toda molhada e inchada, podia fazer o que quisesse comigo. E fiquei lá, como uma massa trêmula, cheia de luxúria, sabendo que, o que quer que acontecesse, eu ia gostar e delirar.

Beijou meu ombro. Mordiscou minhas costas, causou-me arrepios por toda pele. Disse baixinho perto da minha orelha:

– Amo sua pele e seu cheiro... Amo seu gosto...

Arfei contra meu cabelo, apertei uma mão contra a outra em minhas costas. Continuou em um tom pecadoramente decadente e tentador:

– Tenho vontade de te morder e te beijar, de bater e assoprar. De passar a vida aprendendo o que gosto mais.

Fechei os olhos, levada por sua voz rouca e grossa, pela emoção que deixava extravasar, por estar com ele ali, naquela cama, fazendo as loucuras com as quais sempre sonhei. Gemi baixinho quando ergueu de novo o tronco e esfregou um lado da minha bunda. E, quando deu um tapa seco ali, engoli o grito, estremeci, suspensa entre a dor e o prazer, em um limite que Antônio sabia muito bem estipular.

Bateu de novo, do mesmo lado, e de novo. Então foi para o outro e estalou os dedos, enquanto eu me remexia e choramingava, ardida, alucinada. E, para me deixar completamente louca, me penetrou na vagina por trás, duro e grosso, sua mão imobilizando minha nuca, a outra mantendo os dois braços para trás, segurando firme os pulsos juntos, enquanto metia duro e fundo dentro de mim, abrindo-me em meu limite, empurrando meu útero e enchendo-me toda.

– Ah, Antônio... – Miei desesperada, presa, domada por uma paixão avassaladora. Não tinha para onde fugir, e quem disse que eu queria?

Eu me derramava e me dava, entorpecida de prazer, elevada a um patamar de desejo tão absurdo que já estava perto de gozar novamente. Comeu-me muito duro, movendo os quadris para frente e para trás, enquanto eu me empinava e me oferecia toda, alienada da realidade.

Foi ficando mais bruto e exigente. Eu buscava o ar agoniada, sem ter muito como me mover, aguentando suas estocadas fundas com um prazer perverso e dolorido, denso e voraz. Era incrível, mas o controle não foi possível. Nem do meu corpo nem dos meus sentimentos. Tudo se avolumou dentro de mim e gemi roucamente quando gozei de novo, quebrando-me em mil pedacinhos, girando, rodopiando, caindo.

Antônio tornou-se ainda mais duro e gemeu também. Senti seu pau ondular dentro de mim, soube que gozava e fiquei quietinha, deixando que metesse o quanto quisesse, que se esvaísse livremente, como fez.

Foi delicioso, o paraíso. Caiu na cama ao meu lado, logo me puxando para seus braços, me envolvendo forte com eles. Pus a cabeça em seu peito, ouvi seu coração, não disse nada. Que palavra poderia descrever tudo aquilo? Perfeição? Era a mais próxima e, ainda assim, pequena para tudo que eu sentia.

Ele acariciou meu braço, minhas costas. Eu apoiei a mão nos músculos duros da sua barriga. Havia uma conexão ainda mais forte entre nós agora, quase como se um já fosse do outro. Aquele pensamento doeu dentro de mim, pois, apesar de verdadeiro, ainda era impossível. Havia muita coisa a se pensar e ser levada em consideração. Muitas pessoas envolvidas.

Foi impossível não sentir culpa. Mesmo meu casamento sendo mais a distância, sem um envolvimento real, eu era casada. E Antônio também. Eu tinha minha filha, e ele tinha seu filho. Como resolver tudo sem que ninguém saísse machucado?

Então, pensei em outra coisa. E se Antônio não quisesse resolver nada? E se preferisse deixar as coisas daquele jeito, levando-se em conta que seu império foi construído com as empresas e a fortuna de Ludmila? Um divórcio àquela altura poderia até causar a falência da empresa. E ainda tinha os pais dele, bem idosos. Era muita coisa para ser romântico e achar que tudo se resolveria facilmente.

Mas eu não queria o papel de amante. Eu não queria trair, embora já o tivesse feito. Nunca me imaginei fazendo aquilo e, por mais que houvesse sentimentos envolvidos, uma história toda que era nossa, ali éramos exatamente aquilo: amantes.

– Tudo bem?

Antônio acariciou meu rosto, ergueu-o para me fitar. Encontrei seus olhos e soube por que cheguei àquele ponto. Porque eu o amava com loucura, com tudo de mim, com o passado e o presente. E mesmo que passassem mais nove anos, ou noventa, eu o amaria da mesma maneira.

– Sim – falei baixo. Mas é claro que notou meu estado.

– Mentirosa. – Seus dedos passearam pelo contorno do meu maxilar e queixo. Também parecia perturbado. – Prometo que vou resolver tudo, Cecília. Quero você para mim.

Eu quis perguntar como. Mas tinha medo. Acariciei-o também e apenas o olhei, cheia de amor, querendo desesperadamente acreditar.

Ficamos assim, pois havia tanto para falar e decidir, mas ainda estávamos sob o efeito das emoções, do prazer incondicional. Depois de alguns minutos, ele disse:

– Preciso ir ao banheiro e tomar um banho. Vem comigo?

– Já vou – falei cansada, mole depois de tanto gozo, esparramada na cama.

– Preguiçosa. – Beijou carinhosamente o alto da minha cabeça, sentando-se na cama, sorrindo de lado. – Vamos lá.

– Só mais um pouquinho.

Antônio se ergueu, seu olhar quente passeando em meu corpo nu.

– Não demora. – E foi para o banheiro.

Acompanhei seu andar impositivo e masculino, suas pernas musculosas, a bunda perfeita, os ombros largos. Mordi os lábios, apaixonada, enquanto entrava no banheiro. Então fechei os olhos e novamente fui invadida pela culpa.

Eu precisava falar logo com Michael sobre nosso divórcio. Se antes eu já pensava em me separar, agora então era impossível manter aquela farsa, sabendo que o tinha traído. Como eu poderia olhar na cara dele?

Muitas vezes achava que me traía também. Ficava muito tempo fora e quando voltava estava tranquilo demais, sem saudade, sem fogo. Mas essa desconfiança não me fazia sentir melhor. O que valia era a minha consciência. E, mesmo separada, Antônio ainda era casado. E eu sabia que nunca teria como ficar com ele dessa forma.

Tínhamos nos deixado levar pela paixão e pelo desejo do passado, ainda tão vivo e intenso. Mas criar um relacionamento em cima de traição não era para mim. Eu tinha certeza de que não suportaria.

Fui tomada pela culpa e pelo desânimo ao pensar no futuro. Como seria minha vida dali por diante? Onde arranjaria forças para seguir?

Naquele momento, ouvi o barulho abafado do meu celular tocando dentro da bolsa, largada no chão. Ergui-me nua e descalça e a peguei. Abri a bolsa, sentei na beirada da cama e vi o número de casa na chamada. Desliguei rapidamente, com o coração acelerado. Era Giovana. Tinha me esquecido completamente que a levaria ao teatro naquela noite, devia estar ligando para saber se eu já estava chegando.

Aquilo foi a gota d'água. Já estava cheia de culpa, ainda mais agora. Coloquei meu desejo, meu amor por Antônio na frente de tudo, até da minha filha. Não parei para pensar nela.

Guardei o celular e levantei, com os olhos cheios de lágrimas. Eu não sabia como seria dali para frente, mas não poderia viver daquele jeito. Quando o sexo acabasse e a razão voltasse, eu morreria de tanta culpa. Não poderia ser feliz sobre a desgraça de ninguém, muito menos de duas crianças.

Catei meu vestido às pressas. A calcinha estava destroçada. Pus a roupa e o sapato lutando para não chorar, sabendo que estava sendo covarde, mas sem poder tomar nenhuma decisão naquele momento. E fiz o mais fácil: fugi.

Saí do quarto já em lágrimas, meu coração sangrando porque eu queria ficar, eu precisava desesperadamente de Antônio. Mas não sabia como agir. Estava completamente perdida.

ANTÔNIO SARAGOÇA

Depois de urinar, tomei uma chuveirada rápida, pois estava grudento de suor e gozo. Queria voltar logo para Cecília, abraçá-la e beijá-la, mantê-la junto a mim. Sentia-me feliz, como nunca imaginei que fosse possível, como só fui há nove anos.

Voltei ao quarto, nu e enxugando o meu cabelo, um sorriso brincando em meus lábios. E parei ao ver a cama vazia. Olhei em volta, fiz uma varredura rápida, não achei sua bolsa nem seu vestido ali junto das minhas roupas. Xinguei um palavrão e larguei a toalha no chão, sem acreditar que ela tivesse feito aquilo, sumido sem falar comigo.

Enfiei minhas roupas correndo e saí rápido, mas é claro que não a encontrei em lugar nenhum. Puto, me dei conta de que não sabia mais nada sobre ela, nem seu endereço nem seu celular. Xinguei de novo e entrei em meu carro, dando uma porrada no volante para descontar minha fúria.

Eu entendia que estivesse assustada, mas fugir daquele jeito era criancice. Tinha que ter me esperado para conversar. Eu estava fora de mim.

Liguei para meu chefe de segurança e ex-investigador da polícia, que tinha uma firma responsável pela segurança da matriz da minha empresa. Ocasionalmente fazia investigações para mim quando estava desconfiado de algum funcionário ou desvio de dinheiro.

– Alô – Júlio Lima atendeu.
– Preciso que faça um serviço para mim.
– Claro, sr. Saragoça.

Expliquei a ele que queria dados sobre Cecília. Informei o que eu sabia, nome dela e do marido, firma em que trabalhava.

– Quando pode me entregar isso, Júlio?
– Daqui a algumas horas.
– Seja rápido.
– Pode deixar.
– Obrigado.

Desliguei ainda puto. Acelerei o carro e fui para casa, sem poder acreditar naquilo.

Aos poucos fui me acalmando. Se ela achava que me deteria, estava muito enganada. Só de imaginá-la voltando para casa, se deitando ao lado do marido, deixando-o tocá-la, eu ficava prestes a ter um ataque de fúria. Estava decidido, eu a tiraria dele. Eu conversaria com Ludmila e tentaria um divórcio amigável e a guarda de Toni. Então eu teria Cecília para mim, como sempre quis.

Lembrei que no dia seguinte era aniversário da minha mãe e almoçaríamos num dos melhores restaurantes do Rio, só a família. Minha vontade era a de chegar em casa e ter logo uma conversa séria com Ludmila, mas resolvi esperar um pouco, até passar o almoço do dia seguinte. Mas no domingo falaria com ela.

Agora precisava achar Cecília, conversar, explicar o que eu queria fazer. Porra, ela nem tinha me dado tempo!

Respirei fundo, conseguindo conter o meu gênio, sabendo que não poderia se esconder muito. Mais relaxado, comecei a pensar no futuro pela primeira vez com alguma esperança. Com ela e com Toni ao meu lado, eu seria o homem mais feliz do mundo. E não haveria dinheiro ou poder que pagasse aquilo.

Lembrei a sensação de tê-la, beijá-la, estar dentro dela. Meu corpo reagiu na hora, meu coração bateu descompassado. Tinha sido melhor do que tudo que já tive na vida. Depois daquilo, eu não me contentaria com menos. Eu não poderia mais ficar naquela vida de merda que eu levava.

Estacionei o carro no prédio em que eu morava e fiquei um tempo lá dentro, quieto, pensativo. Fechei os olhos e fui invadido por todas as sensações que tive naquele quarto de hotel, com Cecília junto a mim. Eu a amava. Violentamente. E não podia mais viver sem ela.

Quase pude sentir seu gosto, sua pele na minha, aquela bocetinha em volta do meu pau. Estava viciado nela. Depois de nove anos de distância, um segundo parecia uma eternidade. E eu penaria até ouvir novamente a sua voz e até acabar com aquela farsa no domingo.

ANTÔNIO SARAGOÇA

Antes era só imaginação, agora eu sabia como era ter Cecília e queria aquela mulher em minha vida mais do que tudo.

Passei quase 24 horas fora de mim. Júlio conseguiu o endereço e os telefones de Cecília. Eu não podia simplesmente ir à casa dela, em um luxuoso condomínio fechado na Barra. Não queria lhe causar problemas com o marido, dificultar ainda mais toda aquela relação. Embora tivesse vontade de sair como um louco, meter os pés pelas mãos, arrancá-la daquela casa e trazê-la para minha vida.

No entanto, eu não era um garoto irresponsável. Eu sabia tudo que estava envolvido, imaginava as dificuldades que teríamos que enfrentar, mas estava disposto a seguir em frente. Disposto, não, decidido, desesperado, pois não havia mais escapatória para mim nem para o que eu sentia. Só queria resolver tudo causando o menos estrago possível, principalmente levando em conta que duas crianças estavam envolvidas na história.

O que me deixava possesso, fora de mim, era o fato de Cecília ter fugido e agora ficar se escondendo. Não atendeu nenhum dos meus telefonemas, como se soubesse que aquele número desconhecido era meu. E devia saber mesmo.

Eu liguei muito. Para sua casa, onde a empregada dizia que ela não estava e perguntava se eu queria deixar recado. Mesmo sabendo que não deveria, deixei. Que Antônio Saragoça queria falar com ela. Passei meu número de telefone na sexta e no sábado, mas nada. Nenhuma resposta.

Ela não atendia o celular. Ou deixava desligado quando eu insistia muito. E minha fúria só aumentava, pois era fim de semana e eu nem podia cercá-la no trabalho. Sentia-me de mãos e pés atados, nervoso, sem conseguir pensar em outra coisa. E também preocupado, pois sabia que devia estar sofrendo, sentindo-se muito culpada.

Tínhamos que conversar. Eu não conseguia aceitar aquela fuga infantil, pois devia me conhecer o bastante para saber que não ficaria quieto esperando. O problema era como agir, se eu sabia racionalmente que não poderia me precipitar, mas desejava jogar aquela merda toda para o alto de uma vez.

Passei aquelas horas com a cabeça e os sentimentos presos naquele quarto de hotel. Não conseguia me concentrar em outra coisa, nem no fato de tentar falar com Cecília. Estava a ponto de enlouquecer e enlouquecer todos ao meu redor, pois era aniversário da minha mãe, e a família ia toda almoçar fora.

A família toda, como se fosse perfeita. E eu no meio, tendo que fingir que tudo continuava igual para não estragar o momento, mas contando as horas para sentar e conversar logo com Ludmila. Nem ia esperar o dia seguinte. Quando voltássemos do almoço, meu último sacrifício em prol da família, eu teria uma conversa com ela.

Não era inocente para achar que seria fácil. Ludmila adorava sua posição de socialite requisitada, de posar de esposa perfeita para a sociedade, aquela era sua vida. Assumiu seu papel e não ficaria nada satisfeita em ter que sair dele. Além do mais, era dona de parte das ações do grupo CORPÓREA & VENERE, uma parte importante. Como minha esposa e sócia, teria um poder decisório em tudo. Se quisesse atrapalhar, o faria muito bem.

Mas eu contava com uma coisa. Que seu amor pela posição social importante que ocupava a fizesse pensar. Pois se quisesse brigar comigo, dividir o grupo empresarial, os problemas financeiros a atacariam também. Um acordo entre nós poderia ser a solução. E só falando com ela para poder chegar a esse acordo.

Eu também queria a guarda do nosso filho. Era muita coisa para resolver, e eu estava sem paciência, ansioso depois de passar nove anos vivendo uma vida que eu não queria. Agora tudo era urgente e não era bom, pois me deixava cego. Mais do que nunca precisava ser racional, para resolver todas as questões prejudicando o menor número possível de pessoas.

Eu tinha sob minha responsabilidade milhares de funcionários e famílias. Administrava as empresas com sucesso e responsabilidade. Fazia um bom trabalho de filantropia, investia na economia nacional, era o chefe de duas famílias e o CEO do grupo. Tudo passava por mim, e aprendi a resolver todos os problemas conforme apareciam. Com minha vida pessoal não seria diferente. Eu tomaria o controle, agiria da melhor maneira possível, mas não desistiria de Cecília. Isso não dava mais, não era uma opção.

Fomos almoçar em um restaurante onde a comida era ótima e Toni adorava, já que tinha diversão para crianças. Ludmila tinha reclamado, achando que devíamos ir a um restaurante mais exclusivo, só que minha mãe quis ir lá mesmo. Ocupamos uma mesa, Ludmila, eu, Toni, Eduardo, sua esposa Karine e meus pais, além de Silvana, a babá do meu filho, que nos acompanhava para todos os lugares.

Mal chegamos, Toni correu para o parquinho do restaurante. O lugar era composto de vários salões e brinquedos. Antes disso, Ludmila disse à Silvana:

– Não deixe ele se sujar.

– Sim, senhora.

Toni mal a olhou. Era uma relação esquisita, ver como quase não se dirigia ao filho, só para criticar e impor regras. O resultado era que ele só se divertia quando estava longe dela.

Olhei-a irritado. Tínhamos discutido há uns dias, ou melhor, eu falei e ela ficou quieta, como sempre. Tudo porque, no aniversário da filha do meu amigo Matheus, estipulou um monte de regras e não o deixou correr pelo quintal com as outras crianças. Tive que me meter, ir até a mesa, pegá-lo pela mão e levá-lo até Aninha, a filha mais velha de Arthur, que adorava brincar com ele. Só então o menino relaxou e aproveitou a festa.

Tinha sido um episódio ruim, e Ludmila não gostou, muito menos eu. Não era a primeira vez que me estressava com ela por sua maneira fria de criar Toni, suas regras sem cabimento. A cada dia eu a suportava menos. E agora me indagava como pude ficar tanto tempo com ela, praticamente uma estranha para mim. E para o meu filho.

Sentei, conversei com meu pai sobre algumas novidades na empresa, enquanto minha mãe falava animadamente com Karine. As duas se davam muito bem, como se fossem mãe e filha. Ludmila, apesar de sempre ser educada, era mais fria e afastada. Olhava em volta um pouco irritada, pois não queria estar ali.

Meu pai ainda tinha dificuldade em movimentar o braço direito, que nunca mais se recuperaria totalmente. Aprendeu a usar mais o braço esquerdo, inclusive para comer. E ainda usava bengala para andar. Aos 82 anos, apesar do AVC que teve, era ainda um homem forte. Tinha aprendido a se desligar dos negócios e levava uma vida tranquila com minha mãe em Angra, vindo ao Rio apenas para nos ver. Os dois adoravam Toni e não ficavam muito tempo longe dele.

Toni voltou com Silvana, e almoçamos em clima de paz, minha mãe feliz por completar seus 80 anos. Não quis festa nem badalação, optando só por aquele almoço.

O tempo todo pensei em Cecília, o que devia estar fazendo, como eu conseguiria falar com ela. E na conversa que teria com Ludmila mais tarde.

– Pai, posso voltar ao parquinho? – indagou Toni, animado.
– O garçom vai trazer um bolo para cortarmos para sua avó.

Ele se animou todo, os olhos azuis brilhando.

– Vamos cantar parabéns?
– Em um restaurante? – Ludmila balançou a cabeça.
– E o que tem demais? – Minha mãe sorriu. – Você quer, Toni?
– Quero, sim, vó!
– Então, cantaremos parabéns. Mas não agora. Volte ao parquinho, quando der a hora a gente te chama – disse ela.
– Oba! – Olhou-me. – Posso ir, pai?
– Vamos lá. – Levantei.

Estava querendo me mover um pouco, respirar, me acalmar. Ele saiu correndo na frente, animado, com Silvana atrás e eu os seguindo. Passei pela entrada do salão e parei, olhando-o subir em um brinquedo. Estava imerso em meus pensamentos quando parei e fiquei boquiaberto ao ver quem também estava ali.

Só podia ser o destino. Ou uma brincadeira do universo. Tinha procurado Cecília desesperadamente, e ela foi parar justamente no mesmo lugar que eu.

Meu coração bateu descompassado. Fui nocauteado pelo amor, pela saudade e pela irritação. Dei uns passos à frente, já para abordá-la, brigar com ela, beijá-la, sem me preocupar com mais nada. Mas então estaquei, voltando a ser racional. Não estava sozinha. E eu também não, com meu filho ali perto e minha família lá dentro.

Cecília estava sentada no chão, linda, sorrindo, com muitas bonecas ao redor. Falava com uma menininha linda também, com cabelos castanho-claros, de olhos castanhos e que tinha o sorriso dela. Usava um vestido com flores e um laço na cabeça. A primeira coisa que senti foi uma vontade horrível de chegar perto, e a outra foi o pensamento de que as duas eram para ser minhas.

Fiquei imobilizado, passando os olhos em volta. O marido estaria ali com elas? O filho da puta sortudo? O ciúme me corroía, assim como a revolta pela injustiça de tudo aquilo. E eu, sempre tão controlado, perdi a cabeça. Não pensei em nada, só que não perderia aquela oportunidade. E, com passos largos, me aproximei.

Cecília só me viu quando estava bem perto. Lá do chão, sentada ao lado da filha, arregalou os olhos e empalideceu. Só para depois ficar vermelha, chocada, como se não acreditasse que eu estava ali. Parei e a fitei fixamente.

– Antônio... – murmurou.

– Só assim para conseguir falar com você – falei secamente. Olhou rapidamente para a filha, que tinha parado de brincar e me fitava. Eu a olhei também. Era lindinha, tinha aquela mesma felicidade que eu percebia em Cecília desde a primeira vez. Senti um baque por dentro, pensando que ela tinha que ter sido minha filha. Quanto tempo desperdiçado!

Tive receio de que o outro homem ficasse com elas. Que por algum motivo Cecília preferisse o marido e a vida que já tinha. Então voltei a fitar seus olhos e soube que não. Eu duvidava que pudesse olhar para outro homem como olhava para mim. Disse nervosa:

– Você... me seguiu até aqui?

– Não. – Apontei para onde Toni brincava. – Vim almoçar com meu filho e com minha família. Quem nos uniu aqui foi o destino, com pena do modo como fiquei depois que me largou sozinho.

Empalideceu mais, agoniada. Não sei se por minhas palavras ou por se dar conta de que minha esposa e filho estavam comigo. Talvez por causa de ambas as coisas. Lançou um olhar comprido para meu filho, mas nem teve tempo de falar nada. A menininha se adiantou e perguntou para mim:

– A mamãe te deixou sozinho? Por quê?

– Giovana... – Cecília mal sabia o que fazer, um pouco assustada.

Eu fitei a garotinha. Era mesmo uma graça.

– Ela estava com pressa – falei baixo.

– Ah! – Sorriu, como se aquilo explicasse tudo.

Eu me senti amansar com aquele sorriso. Mesmo ainda irritado, louco para levar Cecília dali e não podendo, sorri de volta, quieto.

– Antônio, depois a gente se fala. – Cecília parecia suplicar para que eu fosse, angustiada, tensa. – Por favor.

– Ele está aqui? – Semicerrei os olhos.

– Não. Está viajando. – Sabia que eu falava do seu marido. Lançou outro olhar a Giovana, que prestava atenção. Quase suplicou para mim: – Por favor.

– E nos falamos como? – exigi.

– Eu vou atender o telefone. Prometo.

Fiquei dividido, sem saber se acreditava. Ela continuava assustada, incomodada com a situação, que era mesmo ingrata. Que só piorou quando senti uma mãozinha se enfiar na minha.

– Pai, já está na hora do parabéns?

Cecília nos olhava, perturbada, paralisada. Baixei os olhos para meu filho de quase 6 anos, que aguardava em expectativa.

– Daqui a pouco.

– Parabéns? – perguntou Giovana, enquanto ela e Toni se olhavam. – É seu aniversário?

– Da minha avó.

– Minha avó fez aniversário mês passado e fomos na casa dela. Meu tio Paulinho brincou comigo e depois estouramos todas as bolas de aniversário! – explicou a menina, animada, sorrindo.

– Eu também gosto de estourar, mas minha mãe briga comigo – completou Toni. – Mas hoje nem tem bolas! Minha avó não quis festa.

Enquanto eles conversavam em sua inocência infantil, eu e Cecília nos olhávamos. Ela estava com um ar triste. E eu entendi, pois sentia o mesmo. Acho que pensamos que Toni e Giovana tinham que ser nossos filhos. Talvez fosse assim, se nunca tivéssemos nos separado. Quanta coisa nós perdemos e tivemos com outras pessoas, quanto tempo desperdiçamos. Eu desperdicei.

Não quis ficar me martirizando por algo que não podia mais ser mudado e quis falar aquilo, mas como, com as duas crianças ali perto? Vi seu olhar comprido para Toni. Murmurou:

– Ele é a sua cara.

Sim, não havia nada de Ludmila ali. Nem na aparência nem no jeito.

Sentia o peso de tudo sobre nós. As emoções que passavam pelo rosto dela eram as mesmas que as minhas. Havia um abismo entre mim e ela, mas eu faria uma ponte, eu o pularia e não voltaria pelo mesmo caminho. Tinha que ter um jeito de conversar com ela, de deixar claro que daquela vez eu não desistiria.

Ao mesmo tempo, queria simplesmente esquecer aquela merda toda e prendê-la em meus braços. O desejo de tê-la de novo, na minha cama e na minha história, era quase doloroso demais para aguentar. Mas fiquei lá, segurando a mão do meu filho, de pé, olhando para ela, ainda sentada no chão ao lado da sua filha, que já estava de joelhos e ainda puxava assunto com Toni.

Aproveitei a distração deles e exigi:

– Quando vamos conversar?

– Logo – disse baixinho.

– Quando?

Mordeu os lábios e me irritei. Mas estava cheia de culpa, murmurando:

– Não fizemos o certo.

– Foda-se o certo. Quando?

Arregalou os olhos. Giovana exclamou, levando a mão à boca:

– Tio, você disse palavrão!

Toni riu, achando graça.

Eu fiquei sem ação. E foi naquela hora que, para complicar tudo, minha mãe veio até onde estávamos e parou colocando a mão no ombro de Toni, sorrindo para nós e depois para Cecília e a filha.

– Ah, então estão aqui! Vim chamá-los de volta à mesa. Oi, boa-tarde. – Cumprimentou as duas desconhecidas com simpatia.

– Oi – murmurou Cecília. Eu nunca a tinha visto tão tímida e sem graça. Parecia morta de vergonha, como se tivesse cometido algum crime. A amante conhecendo a família do homem casado. Tive vontade de sacudi-la, pois nossa situação era bem diferente daquilo.

– Essa é a minha vó! – explicou Toni à Giovana.

– Por que não tem balões na sua festa? – perguntou a garotinha.

– Mas não é festa, querida. – Minha mãe sorriu para ela. – É só um almoço. Quer vir cantar parabéns também?

– Eu quero! – Levantou-se de um pulo, eufórica e sorridente.

Cecília quase ficou em pânico. Catou as bonecas rapidamente e se levantou também, agarrando a mão da filha antes que viesse para o nosso lado. Sorriu nervosa e explicou:

– Desculpe, não vai dar. Já estamos de saída.

– Ah, mas não vai demorar – insistiu minha mãe.

– Eu adoro parabéns e bolo! Vamos, mãe.

– Esqueceu que temos o shopping para ir e o cinema? – Sorriu de novo para minha mãe, sem me olhar. – Desculpe, mas dessa vez não dá mesmo. De qualquer forma, desejamos toda felicidade para a senhora.

– Obrigada, querida. Pena não tê-la conhecido antes! E esse meu filho aqui mal-educado nem nos apresentou. – Estendeu a mão. – Nora Saragoça.

– Cecília Blanc. – Apertou de volta. Tinha usado só o nome de solteira. – Essa é Giovana.

– Giovana, que nome lindo! – Como adorava crianças, minha mãe se inclinou e deu um beijo na bochecha dela. – Sabia que sempre quis ter uma neta também?

– Posso ser sua neta – disse a menina.

– Que maravilha! Olha, Toni, agora tenho dois netos!

Ele pareceu pensar um pouco se gostava ou não, mas acabou sorrindo e resolvendo:

– Vou ter alguém para brincar comigo!

Cecília mordeu o lábio, sem saber mais o que fazer. Fiquei com pena dela. Também me sentia mal, pois não queria escondê-la. Não via a hora de resolver nossa situação logo e mostrá-la para o mundo.

– Vamos, mãe – falei sério. E para Cecília completei: – Lembre-se do que combinamos.

– Tá. Foi... um prazer rever você e... conhecer vocês. – Sorriu para meu filho e minha mãe. – Mas precisamos realmente ir.

– Digo o mesmo, querida.

– Depois a gente brinca – falou Toni com a garotinha. – Pede a sua mãe para te deixar ir lá em casa. Ou eu posso ir na sua. Não é, pai?

– É uma boa ideia. – Mal falei, meus olhos encontraram os de Cecília, como se a avisassem: "É o que farei, se sumir." Estremeceu de leve.

Olhamo-nos, e foi horrível vê-la acenar e se afastar. Fiquei muito quieto, com raiva daquela situação.

– Que moça linda! E a filhinha, então... De onde as conhece? É uma amiga? – perguntou minha mãe, olhando-me curiosa.

– De certa forma. – Foi tudo o que falei.

Voltamos ao salão do restaurante e eu o varri com o olhar em busca delas. Vi as duas imediatamente em uma mesa perto da janela, enquanto Cecília falava com o garçom, talvez pedindo a conta. Disse a mim mesmo que seria a última vez que eu agiria por obrigação ou pensando no que era certo. Cecília teria que me ouvir. Ludmila também. E o quanto antes, para tirar aquela agonia de dentro de mim.

– Vocês demoraram – disse meu pai.

– Estávamos conversando com uma amiga de Antônio e sua filhinha lá fora, Arnaldo. Uma graça, as duas – explicou minha mãe ao se sentar ao lado dele.

– Que amiga? – Ludmila me olhou.

Eu não respondi, sentando-me. Toni se ajoelhou na cadeira, debruçando-se na mesa com animação por causa do pequeno bolo com uma única velinha branca.

– Sente-se direito – disse fria para ele.

Olhou-a e logo pareceu murchar, indo se sentar devagar. Eu, que já estava puto com toda a situação, me irritei de vez. Segurei o braço dele e disse baixo:

– Fique assim.

O menino ficou na dúvida. Meu pai emendou:

– Deixe de ser implicante, Ludmila. Ele é uma criança. Vamos, Toni, vamos cantar parabéns.

Ela apertou os lábios com a reprimenda, mas não disse nada. Era sempre assim. Nunca mostrava seu ponto de vista, estando certa ou errada. Não discutia. Mas também não mudava. Eu não via a hora de ficar logo longe, de ter meu caminho separado definitivamente do dela.

Todos começaram a cantar parabéns, mas eu busquei Cecília com o olhar. Estava de pé ao lado de sua mesa, ajeitando a bolsa no ombro. Ao seu lado, Giovana batia palmas sozinha, de olhos grandes para nossa mesa e o bolo, doida para vir cantar também. Tive pena da menina. Tive pena de mim e de Cecília, cada um fazendo o que não queria.

E então Giovana não se conteve. Correu para nossa mesa, e Cecília a chamou, mas a garotinha disse algo e continuou correndo. Só restou à Cecília vir atrás dela rapidamente, com olhos apavorados. E, em questão de segundos, a menininha estava entre Toni e minha mãe, saltitante, cantando parabéns com a maior animação.

Minha mãe riu e passou um dos braços em volta dela. Todos a olhavam, achando graça. Cecília parou um pouco atrás da filha, suas bochechas coradas, visivelmente sem saber o que fazer. Nem eu. Era uma situação ingrata. Quis tanto vê-la, falar com ela, e quando isso acontecia eu estava preso na minha farsa, cercado por todos.

Que vontade de fazer uma merda!

Cerrei os dentes e tentei me acalmar, ser racional. Mas como era difícil!

CECÍLIA BLANC

Nunca me senti tão mal. Ver Antônio ali, depois de passar horas brigando comigo mesma, sem saber o que fazer da minha vida, tinha me deixado sem chão. Eu não tinha atendido os telefonemas dele. Queria me acalmar, falar com Michael, parar de sentir culpa. Porque nunca quis trair ninguém nem ser amante.

Mas como, se o universo agora estava conspirando para nos jogar um contra o outro? Ficamos nove anos morando no mesmo bairro sem nos ver e agora nos topávamos em tudo quanto era lugar. Quando o vi no parquinho, caminhando lindo e sério em minha direção, quase tive um ataque cardíaco. Era coincidência demais.

E, para piorar tudo, não estávamos sozinhos. A culpa foi maior ao ter nossos filhos como testemunhas, ambos frutos de nossos casamentos. Como se não bastasse, Antônio ainda estava com os pais e a esposa. Um dia depois de termos ficado juntos naquele hotel, cheios de paixão, ele estava ali, almoçando com a família, como se nada tivesse acontecido. Não pude deixar de sentir ciúme.

Era muita coisa acontecendo ao mesmo tempo. Eu não sabia lidar com tudo aquilo, com o desejo louco de largar tudo, de ser dele sem reservas, de parar de me sentir culpada. Ao mesmo tempo, tinha que pensar em Giovana, no fato de ainda ser casada e Antônio também. Acho que estava assustada demais, perdida, nervosa. E vê-lo só embolou ainda mais tudo.

Quando seu filho se aproximou, uma cópia em miniatura dele, quase chorei. Fui invadida por uma tristeza terrível por não ser meu filho também. Eu teria adorado ser mãe dele, e que Antônio fosse pai de Giovana. Eu teria dado tudo para ser eu ali naquele restaurante, como sua esposa e mãe de seus filhos, e, quando conheci sua mãe, desejei que fosse minha sogra. Desejei tudo que tivesse a ver com Antônio, com uma fome voraz e um desespero intenso.

Queria acordar de manhã e que ele fosse a primeira coisa que eu visse. Queria passar minha vida toda fazendo amor com ele. Desejava ter pelo menos mais dois filhos com ele e fazer tudo que não fizemos naqueles nove anos, coisas bobas de casais como tomar café da manhã juntos, sair de mãos dadas, ir à casa de amigos. Ou levar as crianças na escola. Eu sentia falta de tudo que não tive com ele.

Agora eu me via em uma situação ingrata, de pé, ao lado da mesa deles, enquanto comemoravam o aniversário de Nora Saragoça, todos sorrindo para Giovana e para mim, achando engraçado o fato da minha filha ter se metido ali com toda animação.

Só quem não sorria era eu, sentindo-me culpada e errada, morrendo de ciúme e de vergonha, realmente sem saber o que fazer. Encontrei os olhos azuis de Antônio, e ele também estava sério, parecia com raiva, o que só me fez empalidecer mais. Mas soube que não era raiva de mim e sim da situação, de toda a farsa. Eu o entendia. Estávamos presos às convenções e aos sentimentos dos outros envolvidos, inclusive nossos filhos.

A outra pessoa que não sorria era a esposa dele, Ludmila. Meus olhos encontraram os dela, verdes e escuros, cheios de uma fúria gelada. Percebi que se lembrava de mim, a garota para quem mandou o convite de casamento e que apareceu quando ela não esperava. A garota que estava de volta, para seu extremo desagrado. Embora não se movesse nem dissesse nada, sentia as ondas de seu ódio chegando até mim.

Quis sentir culpa, pois ela era esposa e eu, amante, mas não senti nada disso por causa dela. Senti por mim, por Antônio, por Michael e pelas crianças. Não por ela. Ainda lembrava de Eduardo falando que ela era falsa, e mandar o convite de casamento para mim tinha sido como chutar cachorro morto. Eu via em seus olhos que seria capaz de tudo para me tirar do caminho. Tinha certeza de que não facilitaria em nada minha vida, nem daria a separação a Antônio se ele enveredasse por aquele caminho. E ela tinha seus trunfos. O filho e parte das empresas. Como no passado, eu seria preterida por ele de novo. E isso era o que mais me assustava.

Tinha medo de ter esperanças, de ser ingênua. E de sofrer de novo como no passado. No entanto, já tinha chegado a um ponto difícil de retroceder. Meus sentimentos estavam exaltados, confusos e embaralhados.

Todos acabaram de cantar parabéns, e eu só pensava em agarrar Giovana e sair correndo dali, mas ela sozinha e espevitada continuou batendo palmas e puxou:

– É big, é big, é big, é big, é big...

Toni e os outros continuaram:

– É hora...

Antônio, Ludmila e eu estávamos mudos. A tensão corria entre nós. Fixei o olhar nos cachos da minha filha, rezando para aquela tortura acabar logo, sabendo que estávamos em uma linha tênue de equilíbrio ali. Antônio me passava certa loucura em agir, enquanto eu tinha medo de que o fizesse. Tudo pesava, ficava mais e mais perturbador.

– Ai, que linda! – exclamou Nora, abraçando e beijando Giovana apaixonadamente, enquanto a garotinha jogava os braços em volta do pescoço dela. – Você veio cantar parabéns com a vovó!

– Eu fugi! – confidenciou, fitando-a bem de perto. – Minha mãe vai brigar.

– Não vai não, querida. Não é, Cecília? – A senhora sorriu para mim. – Ela não aguentou. Foi tentação demais.

– Claro, eu sei. – Acenei com a cabeça. Já ia falar que tínhamos que ir, mas Eduardo já se levantava sorridente e vinha até mim, para me beijar nas faces e cumprimentar.

– Que coincidência, Cecília. Essa coisinha linda aí só podia ser sua filha. Encantadora como a mãe!

– Obrigada. Tudo bem? – Sorri, apesar de toda a situação.

– Claro!

– Vocês se conhecem? Pensei que Nora tivesse dito que encontrou uma amiga de Antônio – disse o senhor de cabelos brancos, robusto. Dos filhos, Eduardo era o que mais se parecia com ele.

Era a primeira vez que falávamos. Fiquei feliz ao ver que estava realmente bem e recuperado do AVC. Não pude deixar de pensar que teve muita influência no fato de Antônio ter me deixado no passado, mas não senti raiva. Só imaginei o que diria se soubesse de tudo.

— Nós nos conhecemos alguns anos atrás – expliquei.

— É, pai, nove anos atrás, para ser mais exato. – Eduardo sorriu. E apontou para uma bela jovem morena ao redor da mesa, que nos fitava atentamente. – Essa é minha esposa Karine. Estamos pensando em ter filhos esse ano, e ela é doida por uma menina.

— Oi, Karine.

— Oi.

A coisa se complicava cada vez mais. Arnaldo Saragoça sorriu simpático para Giovana e para mim, enquanto um garçom se aproximava e começava a cortar e servir fatias de bolo:

— Sentem-se conosco.

— Não, realmente precisamos ir. Obrigada. Giovana, dê tchau para todo mundo.

— Quero bolo, mãe! – Olhou-me pidona.

— Deixa ela ficar pra brincar comigo! – O filho de Antônio segurou minha mão e deu um sorriso, igualzinho ao do pai, meio de lado.

Meu coração disparou e fiquei encantada. Não aguentei. Sorri de volta e apertei sua mão com carinho, meu peito doendo. Como eu queria que ele fosse meu!

— Hoje não dá mesmo.

— E depois? Pode?

— Pode, Toni. Vocês ainda vão brincar muito juntos.

A voz grossa de Antônio me fez estremecer. Olhei-o rapidamente, ainda mais nervosa, suas palavras bem claras, anunciando que tínhamos um futuro juntos. Eu entendi. E Ludmila e Eduardo, que sabiam da nossa história?

Tremendo, acariciei os cabelos macios de Toni, dei mais um sorriso para ele, então acenei rapidamente para todos.

– Obrigada por tudo e desculpem qualquer coisa. Mas precisamos realmente ir.

No final das contas, Nora embrulhou dois pedaços de bolo pra gente. Não consegui olhar para Antônio, embora sentisse seus olhos fixos em mim. Nem para Ludmila, muda desde que cheguei ali. Saí de mãos dadas com minha filha, arrasada, com o peito pesando toneladas.

Meu Deus, o que seria da minha vida dali pra frente?

LUDMILA VENERE

> *Nada ficou no lugar*
> *Eu quero quebrar essas xícaras*
> *Eu vou enganar o diabo*
> *Eu quero acordar sua família*
> *Eu vou escrever no seu muro*
> *E violentar o seu rosto*
> *Eu quero roubar no seu jogo*
> *Eu já arranhei os seus discos*
>
> ("MENTIRAS", ADRIANA CALCANHOTTO)

O silêncio dentro do carro era sepulcral. Felizmente, o garoto estava quieto, perto de mim ele sempre ficava. No assento de trás, a babá olhava pela janela e ele se distraía mexendo no tablet. Antônio dirigia calado, sério, parecendo cheio de antagonismo. E eu... Ah, eu fervia de ódio por dentro. Muito ódio.

Quem olhasse para mim não saberia dizer o que se passava em meu interior. Eu tinha aquela capacidade de não me alterar superficialmente. Dificilmente alguém veria em mim ódio ou amor. Nem me veria discutir ou alterar o tom de voz. Mas por dentro eu fazia tudo aquilo. Como naquele momento. Eu me sentia rasgar e gritar. Eu tinha vontade de extravasar, mas juntava minhas energias e as canalizava para não desperdiçar sendo burra e sim agindo, como sempre fiz.

Tinha ficado furiosa ao ver aquela putinha no restaurante, surgir do nada como se eu não a tivesse isolado no passado.

O que mais me deixava irritada era não ter percebido antes que ela estava de volta. Fui uma imbecil! Enquanto eu achava que tudo continuava na mesma, ela e Antônio se encontravam pelas minhas costas.

Sim, pois ficou óbvio que tinham um caso. E eu não conseguia esquecer as palavras ofensivas dele de que os filhos deles ainda brincariam muito juntos. Foi um tapa na cara. Um aviso para quem quisesse ouvir que sua intenção era ficar com ela.

Eu não podia acreditar que Antônio arriscaria tanto. O grupo empresarial era o maior do Brasil e ganhava o mundo. Eu sabia como ele trabalhava e se dedicava, como era inteligente e justo, como era ambicioso. Não largaria tudo por uma putinha. Só se fosse muito burro. Ele pensaria antes nos pais dele, nos meus pais, no filho, nas famílias dos milhares de empregados que poderiam perder seus empregos. Só precisava ser pressionado no ponto certo.

Mesmo sabendo disso tudo racionalmente, eu tinha medo. Porque notava agora algo nele de que não tinha me dado conta: estava diferente. Passou anos se contendo, sendo frio, simplesmente fazendo aquilo para o qual fora destinado. Mas agora havia uma impaciência em seu olhar e em seus gestos, uma energia diferente, decidida. Como se estivesse a ponto de arriscar tudo. E isso era perigoso.

Eu precisava pensar. Precisava ser mais esperta, pois sabia mais do que ele. Sabia que tinha meu dedo naquela separação. E poderia ter mais. Só não podia perder a cabeça, pois aquela raiva toda estava a ponto de me descontrolar.

Revia na minha mente aquela mulher chegando à mesa, conhecendo a família dele, todo mundo gostando dela e da peste da filha. E eu lá, humilhada, isolada, tendo que fingir que não sabia de nada. Quando eu e a putinha sabíamos bem que uma estava a par da outra. Deve ter saído de lá vitoriosa, crente que havia vencido. Talvez a batalha. A guerra, eu queria só ver. Ela não seria páreo para mim.

Enquanto pegávamos o elevador, lancei um olhar rápido a Antônio, percebendo a tensão nele. Coisa boa não vinha dali. Cerrei os lábios e fitei seu reflexo no espelho de fundo, sem que ele percebesse que era observado. Percebi seus cabelos negros, as sobrancelhas franzidas, o ar de determinação. Sua seriedade e beleza mexeram comigo e, mais uma vez, me dei conta das noites que passei esperando por ele na cama, enquanto não vinha. Há bem mais de um mês não encostava em mim. Já estaria se encontrando com a putinha esse tempo todo?

Engoli o bolo em minha garganta e me concentrei. Comecei a achar que eu tinha jogado mal e me precipitado. Nunca o procurei ou demonstrei meu desejo, achando que era superior demais para isso. Ele é que tinha que vir atrás de mim. Talvez se tivesse sido mais sedutora e apaixonada, as coisas fossem diferentes.

E mais: devia ter usado melhor o garoto. Vi que minha frieza e mania de corrigir o Carlos Antônio tiravam meu marido do sério, o irritavam. Mas pouco liguei para isso. Agora achava que devia ter fingido concordar com Antônio e suportar o moleque. Mas ainda dava tempo de usá-lo a meu favor. Só precisava de calma.

Entramos no apartamento. O menino pediu ao pai para brincar com ele. Eu caminhei para longe, querendo ir para minha suíte, me acalmar e pensar. Mas a voz dura de Antônio me deteve:

– Eu já vou jogar com você. Mas primeiro preciso conversar com a sua mãe.

– Tá bom, pai.

Eu parei, me sentindo gelada. Não esperava que Antônio fosse tão rápido. Pensei que pensaria no assunto, remoeria, pesaria e só então falaria comigo. Fiquei nervosa, o que só aumentou meu ódio. Não queria me desequilibrar. Lutei muito para isso, para ser superior às reações passionais e emocionais. Eu era funcional, fria, inteligente. Estava me desconhecendo naquela mulher que começava a se sentir acuada.

Virei com calma estudada e encontrei seus olhos tão azuis fixos nos meus.

– Quer falar comigo, Antônio?

– Sim. Vamos ao escritório.

– Podemos deixar para depois? – Forcei um sorriso. – Estou cansada e com uma dor de cabeça enjoada.

– Serei breve.

Silvana foi para o quarto com Carlos Antônio. Vi que meu marido não desistiria da conversa e me senti acuada. Não estava preparada. Mas não recuaria. Já me preparava para a guerra e afiava as minhas espadas ao caminhar para o escritório e ser seguida por ele.

Pensei rapidamente em minha linha de defesa e entendi que precisaria de aliados, pessoas que ficariam ao meu lado e poderiam me ajudar a pressionar Antônio. Como meu pai e o pai dele. Como o garoto, se fosse bem usado.

Entramos e me sentei elegantemente em um sofá. Antônio ocupou uma poltrona quase em frente e nos olhamos nos olhos.

Um arrepio percorreu minha coluna. Além da raiva, senti algo que me desconcertou. Havia um desejo não satisfeito dentro de mim. Percebi que tinha lutado contra ele todos esses anos, não achando digno de mim querer muito um homem, ser dominada. Eu era inteligente demais para isso.

Tive muita raiva das noites em que passei querendo-o e que me deixou esperando. Travamos uma luta silenciosa e nunca dei o braço a torcer, nunca pedi uma migalha da sua atenção. Mas quando ele vinha, quando abria a porta do meu quarto e entrava, fixando aqueles olhos penetrantes em mim, eu fazia tudo que ele queria.

Nunca neguei que me fodesse na vagina, na boca ou no ânus. Nunca disse não quando bateu em minha bunda, nos seios ou na cara. Nem quando me fez ficar de quatro no chão e me comeu dizendo que eu era uma cadela. Nessas horas eu não era fria. Eu me deixava escravizar e usar, sabendo que tinha um lado dele bem dominador e depravado. Como era possível Antônio não enxergar isso, não ficar viciado? Pois várias vezes eu gostei tanto que esperei um bis no dia seguinte. Mas então Antônio chegava e nem ligava para mim. Às vezes só ia me procurar dias ou semanas depois, como se aquilo não tivesse sido nada para ele. E eu também fingia que não ligava.

Mas agora, ali, olhando-o, dei-me conta de que me manteve com migalhas todo aquele tempo. Me jogava um pouco e me deixava faminta o resto do tempo. Senti tanta raiva que precisei respirar várias vezes e contar até dez. Achei sempre que era dona da situação e agora entendia que Antônio ditou quase todas as regras. Vivemos de acordo com o que ele estipulou, e não eu. A única coisa que fez por mim e que eu quis foi se casar e, assim, me colocar no topo da sociedade. De resto, me tratou como uma estranha. E eu achei que era assim que eu queria. Mas não era.

Senti certo desespero, pois entendi que nada que eu fizesse o impediria de falar. Mas isso só me fez ter ainda mais força e vontade de lutar. Eu assumiria as rédeas dali para frente.

– Eu quero o divórcio, Ludmila.

Foi mais bruto e direto do que eu tinha pensado. Não enrolou, não se desculpou nem explicou nada. Como se tudo que eu merecesse fosse aquele tom frio e aquele olhar decidido, que não admitia mais nada além da minha concessão. Tive ódio mortal. Fervi. Tive vontade de arranhar sua cara, de machucá-lo, uma raiva que nunca senti antes me deixando muda.

Ergui o queixo e meu olhar era frio, mascarando minha fúria. Mantive as mãos imóveis no colo. Ficamos lá como dois inimigos medindo forças. Não havia carinho para suavizar aquelas palavras. Nem ao menos uma explicação. Passamos nove anos juntos, tínhamos um filho, e Antônio não se dignava a me dar nada.

Fiquei quieta. Como tantas vezes em que discordamos de alguma coisa, principalmente sobre Carlos Antônio, ele falava e eu apenas ouvia. Não concordava ou brigava. E sei que o irritava com isso. Agora, mais do que nunca, eu o queria furioso. Mais do que eu. Queria vê-lo desesperado, sabendo que dependia de mim para muita coisa e que eu não facilitaria a sua vida em nada. Talvez assim diminuísse a sua arrogância e sua aparência de decidido.

– Ouviu o que eu disse, Ludmila?

– Ouvi – falei baixo.

Antônio apertou os lábios com desagrado.

– Não vai perguntar nada?

– Para quê? Perder meu tempo?

– Explique – exigiu.

– Você entendeu.

– Não, eu não entendi. Quero o divórcio e que seja amigável. Vamos conversar sobre os detalhes. Terá todos os seus direitos, sua vida não mudará em nada.

– Não mudará? – Sorri devagar e balancei a cabeça, sem sair de seus olhos azuis. – É claro que mudará.

– O que você quer?

Seu tom condescendente me tirou do sério. Fui bem fria ao responder:

– Não quero o divórcio.

Antônio não se moveu. Mas estava ainda mais sério.

– Não temos um casamento de verdade. Somos estranhos nessa casa. O que temos é um acordo, e esse acordo continuará. Apenas seremos livres para seguirmos nossa vida.

– Quando você diz seguirmos nossas vidas... – Comecei, e minhas mãos tremiam. Eu me sentia em meu limite, em uma corda bamba. – Quer dizer que serei vista como a esposa abandonada e trocada. Todos vão falar pelas minhas costas. Tudo que consegui terá sido em vão.

– Dane-se o que vão falar! Ninguém tem nada a ver com nossa vida. – Olhou-me irritado. – Sua posição será a mesma.

– Não, não será. – Encarei-o, aos poucos deixando minha raiva vir à tona. Estava cansada de que me visse como um objeto. Eu ia mostrar com quem estava se metendo. – Eu quero o que tenho e nada menos que isso.

– Mas eu não quero – falou baixo, seco.

– Ah, não? Ótimo, Antônio. Vamos ver então quem consegue o que quer. Porque não abro mão de nada.

Observou-me, atento, sem recuar.

– Seja bem clara.

– Não vou dar o divórcio. E, se quiser seguir com essa loucura, prepare-se. Vou querer metade de tudo, dividir todos os bens.

– Isso diminuiria nossa fortuna. Aí sim você perderia sua posição social. – Era óbvio que estava tentando ser inteligente, me convencer. Mas eu estava alerta. Dei de ombros.

– Mas se vou perder de qualquer jeito...

– Não vai perder. Casada ou separada, terá o mesmo nível de agora. É burrice mexer com as empresas. Isso causará falências e demissões.

– Só lamento. Será culpa sua. Por mim, tudo fica do jeito que está.

Finalmente, o vi se dar conta de que eu falava sério e de que seus planos seriam muito mais complicados do que pensava. Indagou friamente:

– Por quê?

– Porque sou sua esposa. E é assim que quero continuar.

– Eu não te amo e você não me ama. Nem liga para nosso filho.

– É meu filho. – Sorri sem vontade. – E vou querer a guarda dele também. Não dou nada do que é meu. Nem um grão. Está disposto a abrir mão da empresa? A abrir mão do seu filho querido?

Vi a fúria em seu olhar. Apesar da sua determinação em manter a calma e me convencer, eu o estava minando. Disputamos forças em silêncio. Tive certeza de que não tomaria nenhuma decisão precipitada. Mas não esperava que se levantasse. Nem que proferisse friamente as palavras:

– Tudo bem. Vou dar entrada nos papéis do divórcio e contatar meus advogados para a guerra. Prepare-se, vai ser longa e com prejuízos para nós dois e nossas famílias. Com ela, nossos nomes passarão de boca em boca, e aí é que vai ser difícil continuar sendo a rainha das socialites. E quanto a Toni, vou lutar pela guarda dele.

– Não seja ingênuo! – Levantei também, tremendo, minha raiva se tornando explícita, minha máscara caindo. – Uma coisa que nunca pensei de você era que fosse burro! Que juiz tiraria a guarda de uma mãe?

– Um juiz que soubesse que essa mãe nem ao menos olha pro filho. Testemunhas não vão faltar.

Sua frieza era o que mais me revoltava e surpreendia. Eu não podia acreditar que arriscaria tanto! E foi o que falei, furiosa:

– Tudo isso por causa daquela putinha? Vai destruir a vida de seu filho, dos seus pais, por ela? Vai arriscar tudo? Enlouqueceu, Antônio?

– Eu não conheço nenhuma putinha – disse quase sem mover os lábios, os olhos queimando. Então era esse o ponto que o descontrolava.

– A namoradinha de nove anos atrás. Pensa que eu sou burra? Que eu não sabia de nada? Faça-me o favor! Agora ela volta, e o tolo apaixonado vai jogar tudo fora! Só pode ter enlouquecido! Não dá para acreditar que esse é você.

Era a primeira vez que tínhamos uma conversa direta e até mesmo nos desentendíamos. Não havia mais como manter as aparências. As cartas estavam na mesa, e eu usaria todas as minhas armas. Tanto eu quanto Antônio estávamos exaltados.

– Esse sou eu, Ludmila. Não o homem que só passou pela vida por nove anos, que fez o que todo mundo esperava e não o que queria. Pra você pode ser burrice. Para mim é coragem. Não quero mais viver uma farsa. – Seus olhos azuis ardiam.

– Estamos falando de muito dinheiro! – acabei dizendo alto, furiosa.

– Eu sei.

– Seus pais vão ficar desesperados! E se seu pai tiver de novo um AVC? O que vai fazer? E sua mãe? E...

– Chega, Ludmila. – A frieza dele era palpável, parado ali com a coluna reta, um olhar que me gelou a alma. Senti medo, pois o desconhecia. Não podia ficar tão calmo arriscando tudo. Aquilo sempre fora seu ponto fraco. O que eu usaria agora, se não temia por nada?

– Não vou facilitar sua vida! – Aproximei-me com o andar duro, desfigurada. Já nem me preocupava mais em disfarçar. Eu queria que temesse ao menos a mim, a tudo que eu poderia fazer.

Ele não recuou. Continuou sério e frio, mais controlador do que jamais vi. Parei à sua frente e tremia. Quis realmente machucá-lo. Nunca admitiria que me deixasse. Nunca!

– Eu já entendi. Não precisa repetir.

– O que viu nela? – Não aguentei e cuspi as palavras, realmente sem conseguir entender como podia preferir aquela mulherzinha sem classe a mim. Eu era linda, fazia de tudo na cama, educada, inteligente, superior. E gritei parte dessa revolta: – Posso ser melhor que ela em tudo! Por que nunca me deu uma chance? Hein, Antônio? Por quê?

– Você teve todas as chances, Ludmila. Querendo ou não, escolhi me casar com você e não com ela. Eu te dei nove anos da minha vida. – Sua voz era calma, mas um gelo.

Não se importava nem um pouco comigo. Percebi que meu controle já era e gritei a mim mesma para pegá-lo de volta, mas uma força maior dominada pelo ódio, pela raiva mortal, já levava a melhor. E fiz algo que nunca julguei na vida. Eu supliquei:

– Posso ser o que quiser. Diga o que quer! Sou sua esposa! Sou a única mulher que pode te dar tudo.

Antônio não disse nada por um minuto, avaliando-me com o olhar. Por fim, falou baixo:

– Você não pode me dar felicidade. Não pode amar nosso filho e demonstrar. Nunca me fez rir, Ludmila. Nunca me perguntou se eu queria um café ou se já tinha jantado quando chegava tarde das reuniões. Teve nove anos para fazer com que nosso casamento desse certo.

– E você? – gritei, ficando vermelha. – O que você fez?

– É, talvez eu tenha minha parcela de culpa. Por isso é melhor acabar. E não vou recuar de maneira nenhuma nem ser chantageado. Minha decisão já está tomada.

Quando o vi se virar para ir embora, fui tomada pelo desespero. Tive certeza de que era sério, de que ele não blefava. E pela primeira vez na vida me perdi completamente. Corri, puxei seu braço e o virei para mim, dizendo em uma agonia que eu desconhecia:

– Por favor, não faça isso! Me dê só mais uma chance, Antônio! Vamos fazer nosso casamento dar certo! Eu sei que podemos! Faço qualquer coisa!

– O que podemos fazer agora é sair dele da melhor maneira possível, Ludmila. Sem luta, sem guerra. Para que inocentes não paguem, principalmente o Toni – disse baixo, sério, fitando-me nos olhos.

Senti que ficava pálida ao me dar conta de duas coisas: eu havia implorado para voltar e tinha sido recusada. Nada que eu fizesse ali mudaria a situação. Nunca vi Antônio tão decidido. Meu amor-próprio e meu orgulho foram ao chão, e o odiei tanto, mas tanto, que quase avancei nele para furar seus olhos.

Prendi o ar, cheia de vergonha e raiva, humilhada como nunca me senti na vida. Ergui o queixo e consegui dizer friamente:

– Se é guerra que quer, é guerra que vai ter.

Ele não pediu, não conversou nem suplicou. Olhou-me com frieza, deu as costas e saiu do escritório.

Fiquei lá sozinha, fervendo, o ódio se derramando de dentro de mim.

Aquilo não ficaria assim. Antônio me pagaria caro pelo que me obrigou a fazer, me humilhando, pedindo e implorando.

Eu nunca perdia. Eu era Ludmila Venere Saragoça, e aquilo ninguém me tiraria.

Fiquei imóvel, como uma estátua. Controlei o corpo, o tremor, o desespero. E minha mente trabalhou sem cessar, pensando nas soluções mais drásticas. Se não havia meio de convencê-lo, teria que vencê-lo de alguma outra maneira. Pois estava decidida a não sair daquela história como perdedora. Eu ficaria por cima.

Minha primeira opção foi me livrar da putinha. Um acidente e pronto, ela estava fora do meu caminho. Mas quem garantia que, mesmo assim, Antônio quisesse ficar casado comigo? Chegamos a um ponto em que vi nos olhos dele que não me suportava mais, e aquilo era o que me rasgava por dentro.

Para ele, era o fim. E talvez continuasse sendo. Eu arriscaria tudo. E quando arriscava assim era para vencer e não me pôr na mira de ninguém.

Banhada pelo ódio, mais humilhada e fria do que já estive um dia, eu pensei na solução perfeita. Eu continuaria na mesma posição e até além. Só precisava ter muita atenção e muito cuidado, para não levantar desconfianças. E então tudo seria meu. Pois, se eu não podia ter Antônio também, só havia um jeito: eu teria que matá-lo.

Que é pra ver se você volta
Que é pra ver se você vem
Que é pra ver se você olha
Pra mim

ANTÔNIO SARAGOÇA

Pela primeira vez, Ludmila se mostrou para mim. Não era aquela mulher seca e fria com quem passei tantos anos, que sorria apenas por educação, que nunca se alterava ou me enfrentava. As únicas vezes que vi emoção nela foram no sexo. Fora isso, sempre me lembrou uma boneca, sem sentimentos, vivendo só de aparências. Agora, não.

Duas coisas me marcaram: seu ódio e sua súplica. Não esperava que fosse capaz de ambos. Nem que eu fosse me sentir tão irado e ao mesmo tempo com pena. Minha intenção era que ninguém sofresse desnecessariamente naquela história. Nem ela. É claro que sabia que isso era impossível, estava só tentando me enganar. Não seria fácil. Mas o que mais me revoltava era pensar que Ludmila usaria outras pessoas, inclusive o nosso filho, para alcançar seus objetivos. Era muito pior do que eu imaginava.

Algumas coisas que me disse me deixaram também desconfiado. O fato de saber da existência de Cecília ainda no passado e de ter citado o risco de um novo AVC em meu pai me fez pensar sobre uma coisa que nunca soube: se descobriu sozinho sobre Cecília ou se alguém tinha contado para ele. Talvez Ludmila. E isso era muito sério.

Passei o sábado com Toni. Felizmente, Ludmila ficou em seu quarto e não perturbou. Tentei falar com Cecília duas vezes ao telefone, mas ela não atendeu. Fiquei irritado, com vontade de sacudi-la. No dia seguinte, resolveria aquela situação.

Uma parte de mim queria recuar. Era mais cômodo manter a mentira, pois sabia que muita coisa ainda ia acontecer e eu nunca fui um irresponsável. Temia por meus pais, por meu filho e pela empresa. Todos ou alguns pagariam por minhas escolhas, e a culpa já me dominava. Eu traria sofrimento e preocupação. Eu mesmo me acusaria. Mas como desistir agora que eu tinha reencontrado Cecília e não conseguia mais me imaginar sem ela? Se o ciúme me remoía só de imaginá-la vivendo com outro homem? Eu estava quase fora de mim. E não suportaria seguir em frente assim. Era um caminho bifurcado e uma só escolha. Com sofrimentos e benefícios.

O problema era que eu estava a ponto de jogar tudo para o alto, de ser irracional pela primeira vez na vida e pensar em mim, no que eu realmente queria. Pensei em meus amigos Arthur e Matheus, casados, com filhos e felizes. Eu nunca tive em meu casamento o que eles tinham no deles. Eram amados e queridos, cuidados. E eu passei anos em uma farsa, imaginando como seria se eu tivesse tomado outro caminho, se fosse Cecília que estivesse ao meu lado.

Eu até já podia vê-la se dando bem com Maiana, a esposa de Arthur, e Sophia, esposa de Matheus. Toni e Giovana teriam mais contato com os filhos deles. Minha vida seria calorosa e iluminada, eu teria mais contato com meus amigos. Porque Ludmila sempre ficava calada, fria, isolada. E Toni, quieto, com medo de ser chamado à atenção. E tudo aquilo pesava demais dentro de mim. Eu me sentia em meu limite, e nenhum dinheiro do mundo me continha.

Qualquer pessoa poderia achar que eu era louco por arriscar tanto. Eu mesmo pensava isso. Era um empresário de sucesso, tinha criado um império, minha família me tinha como uma espécie de ídolo. Eu corria o risco de ruir com minhas novas escolhas. Ludmila poderia tornar minha vida um inferno. Investidores talvez se afastassem quando a guerra começasse. Os prejuízos seriam imensos. Meu pai ficaria arrasado. Muitas pessoas me virariam as costas.

E havia Toni. Só de imaginar perdê-lo, saber que estava infeliz com uma mãe que só o criticava e não dava carinho, eu me sentia arrasado. A culpa seria difícil de suportar. Eu nunca me perdoaria se Ludmila conseguisse a guarda dele. Mas eu não iria desistir.

Na segunda-feira de manhã entrei em contato com meus advogados e contei toda a situação. Fiquei sabendo dos riscos reais. Apenas uma confirmação do que já imaginava. Ludmila poderia lutar por 40% da empresa que cabia à sua família e ter a guarda de Toni. Mas eu também podia vencer. Seria uma disputa árdua e dura.

A conselho deles, contratei um investigador para juntar provas e testemunhos que garantiam que Ludmila era uma mãe fria e displicente, sem que ela soubesse. Ele agiria em nosso meio discretamente, na escola de Toni, nos lugares em que frequentávamos e até entre os empregados. Eu o ajudaria no que pudesse. Precisava começar a me preparar para vencer, para que meu filho não corresse riscos desnecessários.

Com pelo menos parte das ações realizadas, voltei a trabalhar. Tentei ligar para Cecília mais duas vezes, até que fiquei realmente furioso quando não atendeu o celular. Então liguei para seu escritório, dei outro nome de empresa, disse à secretária dela que estava precisando contratar com urgência os serviços de RH da sua empresa. E assim fui transferido para Cecília, que atendeu com voz suave.

– Por quanto tempo mais vai ficar se escondendo de mim? – indaguei com uma ponta de raiva.

– Antônio... – Pareceu surpresa, nervosa.

– Não me respondeu.

– Estou trabalhando. Talvez depois...

– Depois quando, Cecília? Se não atende meus telefonemas, como se eu fosse algum leproso?

– Não é isso. – Sua voz era agoniada. – É toda essa situação! Somos casados! Você tem sua família e seu filho. E sábado foi tão...

– Tão o quê?

– Constrangedor – murmurou.

– Cecília...

– Preciso de um tempo. Eu...

– Não.

– Antônio...

– Vamos nos encontrar e conversar.

– Não.

– Sim. Agora. – Sentia que não havia nada que pudesse me impedir. Passei a mão pelo cabelo, ansioso.

– Estou trabalhando.

– E depois?

– Vou ficar com minha filha.

– E com seu marido. É isso? – O ciúme me corroía.

– Preciso desligar.

– Cecília, escute...

– Estou ocupada. Outra hora a gente se fala.

Não acreditei quando desligou. Fiquei furioso, possesso. Continuava fugindo de mim. Então tive uma ideia e talvez tivesse perdido a razão, mas eu queria ver qual seria a desculpa depois daquilo.

Fiz minha secretária solicitar uma reunião comercial urgente com o diretor da PROVIT, empresa em que ela trabalhava. Saí do escritório e parti para lá, a raiva me deixando ainda mais decidido. Se a desculpa era trabalho, eu daria a ela o que queria.

Chegando lá de repente, como CEO do grupo CORPÓREA & VENERE, deixei o diretor doido para me agradar de todas as maneiras. Inventei que precisava de material humano *in loco*, ou seja, de pessoas da empresa deles para estar o tempo todo disponíveis na minha. Para analisar o perfil dos candidatos e do que eu queria, é claro que teve que chamar a diretora de RH.

Eu estava sentado na sala de reuniões, uma xícara de café à minha frente, sendo paparicado de todas as formas pelo diretor careca, que via em mim um lucro ambulante, quando Cecília entrou. Nossos olhares se encontraram, e ela estacou na porta, olhos arregalados, nervosa e surpresa.

Estava linda, seus cabelos soltos como uma massa castanha pelos ombros, saia justa até abaixo dos joelhos, blusa de seda e sapato alto. E só de vê-la foi como ver o dia nascer em todo seu esplendor. Meu coração bateu mais forte, todo meu corpo reagiu com calor e desejo, com sentimentos que somente ela despertava em mim. E então entendi por que estava sendo tão louco, arriscando tudo. Minha empresa, minha família, a guarda do meu filho. Porque eu queria sentir aquilo sempre. Eu estava viciado e dependente, eu não conseguia mais respirar e viver sem aquela sensação única de felicidade. Bastava somente pôr os olhos nela e minha vida ganhava cor e luz.

– Cecília, este é Antônio Saragoça, do grupo CORPÓREA & VENERE. Precisa de funcionários novos na empresa e de análise do perfil e...

Enquanto o homem explicava, ela entrou na sala devagar, sem tirar os olhos de mim. Senti seu medo, mas vi também seu amor, suas dúvidas, sua vontade de estar perto de mim. Era tão explícita, tão forte, que não sei como seu chefe não notou.

Não permiti que desviasse os olhos. Fiquei lá como uma águia, observando-a de modo penetrante, obrigando-a a ceder, a admitir que me queria, que eu estava ali para tomá-la e não havia escapatória.

Parou perto da mesa, mordendo o lábio, por fim olhando para o diretor, um tanto perdida. Nem sei o que falamos. Foi uma reunião rápida, cheia de tensão sexual, e, quando vi que o homem se preparava para nos deixar a sós, fiz o que foi minha intenção desde o início, olhando para o relógio de pulso como quem não quer nada:

– Já está na hora do almoço. Vou raptar sua diretora de RH para discutirmos os detalhes enquanto almoçamos, pois tenho compromissos depois.

– Claro! – concordou ele rapidamente, com medo de que eu desistisse de algum acordo e não voltasse mais. Olhou de forma ostensiva para Cecília, dizendo: – Ela aceita, sim. Vai ver que encontrará exatamente o que o senhor precisa.

– Tenho certeza que sim. – Eu a encarei, levantando-me devagar.

– Eu não acho uma boa ideia. – Cecília começou, mas que argumentos usaria na frente do chefe? Eu era um cliente novo e importante, que dizia que só tinha tempo na hora do almoço. Todo mundo ali sabia que ela não faria desfeita. Assim, a ignorei e apertei a mão do homem, que a fitava de maneira acintosa, como se indagasse: "Está louca?"

– Manterei contato.

– Assim espero, sr. Saragoça.

– Vamos? – Virei para Cecília. Ela me fitou irritada, nervosa. Mas não teve como negar. Foi pegar sua bolsa e saiu comigo, seguida de perto pelo chefe, que fez questão de nos acompanhar até o elevador e me agradecer cheio de floreios.

Entramos no elevador cheio e foi impossível conversar. Mas fiquei com os olhos fixos nela, que fingia não perceber, olhando para frente, mordendo os lábios. Saímos com vários funcionários no horário de almoço. Ela me seguiu calada, até que abri a porta do luxuoso sedã negro importado, com vidro fumê. Tinha dispensado Igor, meu motorista. Entrou, sabendo que eu não deixaria por menos, que a perseguiria se quisesse fugir.

Quando sentei ao seu lado e pus o carro em movimento, desabafou:

– Você jogou sujo, Antônio.

– Eu fiz o que tinha que fazer. Está na hora de parar de infantilidade e conversar comigo – falei, puto.

– Infantilidade? – Virou-se no assento para me olhar, irritada.

Eu peguei a rua reta da Barrinha, tentando me livrar do trânsito pesado. Continuou:

– Somos casados! Não podemos ficar nos encontrando!

– Peça o divórcio. – Lancei a ela um olhar duro, irado.

– Para quê? Para ser sua amante em tempo integral? – Despejou, seus olhos castanhos amedrontados desmentindo sua voz raivosa.

Não perdi tempo, embiquei o carro para um grande motel na beira da estrada e, quando viu, ela ficou possessa.

– Não! Não quero entrar aí! Se não der meia-volta, vou abrir a porta, Antônio!

Travei automaticamente as portas. Olhou-me furiosa.

– Quero sair daqui! Antônio!

Eu a ignorei. Abri um pouco o vidro e pedi uma suíte ao atendente, que me entregou uma chave numerada. Entrei no motel, e Cecília me surpreendeu ao começar a chorar. Fiquei chocado. Pus o carro na garagem da suíte, e o portão automático fechou, isolando-nos do mundo. Virei para ela nervoso, soltando meu cinto.

Tinha levado as mãos ao rosto e soluçava. Meu coração doeu. Acariciei seu cabelo.

– Cecília...

– Será que não entende? – Afastou a mão e me fitou com os olhos cheios de lágrimas, arrasada. – Não quero enganar ninguém! Estou me sentindo errada! Meu marido...

– Vamos nos separar, vamos ficar juntos.

– Ele está viajando! Há semanas peço para que volte, mesmo antes de você voltar à minha vida, eu já queria me separar! – Desabafou, surpreendendo-me. Fungou, passando a mão pelo rosto. – Nunca me fez infeliz, mas também não foi o casamento que eu quis. Michael só se casou comigo para conseguir a cidadania brasileira, pois isso facilitou expandir suas empresas aqui. Ele diz que não, mas agora tenho certeza, porque passa mais tempo viajando do que aqui. Não liga para Giovana. Quando aparece, é como um visitante, estranho! Deve ter outras mulheres ou até família em outro país. É frio e fechado, não me fala nada! E estou no meu limite! Fiz tudo errado! Casei pelos motivos errados, para esquecer você, para ter a família que sempre quis, e olha só! Eu não consigo nem ao menos falar com ele para poder me separar! Eu amo minha filha, mas lhe dei uma família que não funciona, um pai que nem telefona para saber dela! E agora você volta e piora tudo! Eu me sinto errada!

Seu desabafo era sofrido, e eu nunca a tinha visto assim. Fiquei mudo, olhando-a, sem saber ao certo o que fazer. Continuou, angustiada:

– Eu tenho que pensar em Giovana em primeiro lugar. Não posso jogá-la no meio disso tudo. Quase morri de vergonha naquele restaurante, no meio da sua mulher e da sua família como se fosse uma intrusa, uma amante! E por quê, Antônio? Por quê?

Eu me sentia perdido dentro do carro, olhando-a sofrer. E então falei baixo, cada sílaba cheia de emoção vinda do mais profundo de mim:

– Sou louco por você, Cecília. Você foi o meu maior erro e o meu maior acerto na vida. Acertei quando te passei meu telefone naquele maldito engarrafamento e errei no dia em que não abri mão de tudo para ficar com você. E agora, olhando-a na minha frente, assim, a única coisa que quero é me punir. Porque sou apaixonado por você há anos e estou te fazendo sofrer em vez de te fazer feliz. E eu quero fazer você feliz, Cecília. Quero você comigo, cuidar de você, dormir ao seu lado, colocar sua filha na cama e tomar um vinho com você na varanda. Quero ver você rir para mim, nunca mais chorar. – Respirei fundo, sem tirar os olhos dela. – Eu te amo.

Cecília estava imobilizada, então seus olhos ficaram marejados e lágrimas grossas escorreram. Na mesma hora soltou seu cinto e se jogou em meus braços com força, chorando e me beijando, murmurando sem parar:

– Eu também te amo... Eu sempre te amei, Antônio.

Puxei-a para meu colo dentro do carro, como muitas vezes fizemos no passado. Agarrei-a firme, segurei seu cabelo, saqueei sua boca. Tomei seu choro e seu riso, seu desejo e seu amor, sua saudade e sua entrega. Encontrei nela a razão do meu viver, a felicidade suprema, tudo que persegui e nunca achei em outro lugar. Meu peito explodia de amor enquanto embrenhava minha língua na dela e engolia seu sabor, enquanto sentia suas mãos me percorrendo ensandecidas e a apertava contra mim sabendo que nunca mais poderia deixá-la escapar.

Beijei-a e abracei-a. Esfreguei-a contra mim, contra meu peito e meu pau, enlouquecido de desejo e de amor, entendendo por que não podia resistir, por que largaria tudo por ela, colocando tanta coisa em jogo. Porque ali era meu paraíso, e eu estava cansado de vagar pelo inferno.

O tesão nos devorou junto com a paixão e os sentimentos mais nobres. A necessidade clamava, nos incendiava. Não dava tempo de nada, de sair do carro e entrar no quarto ali tão perto, de tirar a roupa, de pensar ou ser racional. Meti a mão entre suas pernas, erguendo sua saia, agarrando o tecido fino da calcinha e puxando. Estava de lado, sentada justamente sobre meu membro, que parecia a ponto de explodir o zíper.

A saia justa se embolou em sua cintura, ficou nua da cintura para baixo. Abri minha calça com sofreguidão, chupando sua língua, mordendo seus lábios, a outra mão mantendo-a colada a mim pela cintura. Gememos juntos quando deixei meu pau livre, totalmente ereto. Enfiei um dos braços sob suas coxas e a ergui um pouco, enquanto se agarrava em meu cabelo. A cabeça do meu pau se encaixou em sua rachinha úmida, inchada pelo tesão. E a desci de novo, entrando nela, deslizando fundo em seu canal melado e apertado.

– Ah... – Cecília se descontrolou e desgrudou os lábios dos meus, estremecendo, indo à loucura.

Cheguei ao fundo dela, todo lá dentro, meu coração ensandecido, a luxúria rugindo em meus ouvidos. Fitei seus olhos enquanto nossos lábios quase se encontravam e eu, com um braço em sua cintura e o outro sob as pernas, como se a pegasse no colo, a fazia descer e subir sobre meu pau, penetrando-a, tomando o que era meu.

– Porra... – Gemi rouco pela delícia de tudo aquilo, de ter aquela carne macia e apertada me estrangulando, mamando em mim enquanto latejava. E então me dei conta de que estávamos sem proteção, por isso a sentia tão completamente e delirava como um louco. Não consegui parar. Mas ainda indaguei: – Toma anticoncepcional?

– Sim... – arquejou.

E assim a fodi duro, descendo-a cada vez mais rápido, olhando-a com um desejo e uma fúria que gritavam sem palavras o quanto a queria e amava. Exigi, rouco:

– Diga de novo que me ama. Diga.

– Eu te amo... – murmurou, acariciando meu rosto, apaixonada e emocionada, beijando minha orelha, meu cabelo, minhas pálpebras e meus lábios. – Eu te amo tanto, Antônio... cada parte sua. Cada pedacinho, cada célula do seu corpo. Sou louca por você...

– Cecília... – Eu estava fora de mim, queria e precisava de mais, de tê-la toda nua embaixo de mim e com liberdade, de ouvi-la gritar aquelas palavras em meu ouvido enquanto a devorava toda.

Abri a porta do carro com violência. Tive que sair de dentro dela para poder levantar e passar para fora do carro com Cecília no colo. Coloquei-a no chão perto do capô do carro para poder pegar a chave da suíte no bolso. Nos olhamos arfantes, nossos sexos nus e úmidos, o resto da roupa amarfanhada. Escancarei a porta, mas não aguentei vê-la ali assim, com aquela saia na cintura e bocetinha exposta para mim, me chamando, suas pernas nuas e longas naqueles sapatos de salto, seus olhos ardendo por mim.

Caí de joelhos à sua frente e agarrei sua bunda enquanto apoiava as duas mãos no capô e gemia, trouxe seus quadris para frente e lambi seu clitóris devagar, com a língua macia e firme.

– Ah, meu Deus...

Ela estremeceu da cabeça aos pés, abrindo mais as pernas trêmulas, arquejando pesadamente. Lambi toda a rachinha pequena e delicada, linda e cheirosa, com aquele mel doce que despejava em minha língua. Fui lento como se saboreasse a especiaria mais fina e rara, cada canto merecendo a minha atenção. Meu pau babava louco para entrar de novo ali, meu sangue latejava, eu fervia e enlouquecia, rosnando baixinho, me fartando com suas delícias.

Cecília agarrou meu cabelo, fora de si, alucinada. Quando prendi um dos lábios entre os dentes e puxei de leve, choramingou alto, se contorceu toda. Fiz o mesmo do outro lado e então a chupei bem gostoso. Gritou, teve espasmos, seus joelhos quase cederam. Então me levantei, já agarrando uma de suas pernas e levantando, abrindo, enquanto fitava seus olhos cheios de desejo e a encostava no capô, abaixando-me só o suficiente para encaixar meu pau em sua bocetinha encharcada e enfiar com tudo.

– Antônio! – gritou de modo entrecortado, se agarrando em meus ombros, quase caindo para trás. Enganchei sua perna aberta no braço e entrei todo, fundo e forte, tão grosso que se colava em volta de mim, atritando violentamente, comendo meu pau como uma boca faminta.

– Assim... toda minha... é como que vai ser daqui pra frente, Cecília. Sempre assim...

– Sim...

Abraçou-me forte enquanto a fodia sem delicadeza. Buscou minha boca, sôfrega, entregue, miando. Encontrei sua língua no meio do caminho e tomei posse do beijo, inclinei a cabeça para ter seus lábios todos nos meus, faminto, consumindo-a, queimando e incendiando na paixão alucinada que despertava em mim.

Puxei-a para mim, ergui sua outra perna. Fiquei todo agasalhado dentro dela, segurando sua bunda nua enquanto ia para dentro do quarto e chutava a porta. Mal olhei em volta. Derrubei-a na cama e fui com tudo por cima, erguendo o tronco, comendo-a com voracidade. Cecília abriu minha camisa e tirou-a junto com o paletó. Remexeu-se, pés e mãos ajudando a baixar minha calça, enquanto eu me livrava dela sem sair do seu interior.

– Você é tão lindo... Tão lindo... – murmurou, cheia de luxúria e amor, passando as mãos em meus ombros, nos músculos do meu peito, gemendo enquanto eu impulsionava os quadris e a comia, sem tirar meus olhos dos dela.

Deitei-me mais sobre o seu corpo e abri sua camisa, deslizando minha mão da barriga até os seios, sobre o sutiã preto. Beijei seu queixo, mordisquei o pescoço até a orelha, toquei-a com ternura enquanto a fodia com tesão. Era uma mistura ensandecida de sentimentos, de emoções que me golpeavam e enlouqueciam.

Ergui seu corpo o suficiente para abrir o sutiã atrás e tirá-lo com a camisa. Xinguei um palavrão quando tive que sair de dentro dela para arrancar a saia, que se embolava em sua cintura, mas depois fui recompensado ao tê-la toda nua sob mim, seus cabelos longos espalhados pela cama, seu rosto espelhando todo o desejo que me consumia.

Ajoelhei-me na cama entre suas pernas abertas e fitei a vagina pequena e melada, emoldurada por pelos castanhos aparados em um perfeito triângulo invertido. Os lábios eram rosados e brilhavam, inchadinhos. Segurei meu pau e o mirei lá, empurrando só a cabeça dentro dela, esticando-a. Arfou e tremeu. Ergui então meu olhar lentamente por seu corpo, pelo corpo que eu amava junto com a essência. Admirei os seios pequenos e firmes, os mamilos intumescidos, o belo contorno de seus ombros e pescoço. Fitei os lábios entreabertos e então seus olhos apaixonados, entregues.

Estava lá, encaixado dentro dela, mas ainda uma boa parte para fora. Meu coração batia ensandecido. Meu peito doía de tanto amor, tanto desejo avassalador. Daquela vez eu me encarregaria de que não fugisse. Eu a teria a tarde toda, de várias formas possíveis, até que não pudesse nem andar mais de tanto que me teve devorando-a sem dó.

– Segure minha mão – ordenei roucamente e agarrou minha mão direita com as suas duas. A esquerda eu depositei sobre sua barriga, acalmando seus tremores, enquanto a encarava e mandava baixo: – Não tire os olhos dos meus.

E assim impulsionei os quadris, meu pau entrando todo em sua bocetinha apertada e gulosa. Que delícia! Eu fui ao céu e voei, livre, solto, alucinado. Cecília gemeu, mordeu os lábios, se abriu ainda mais e apertou forte a minha mão. Meti bem firme, cada vez mais forte, aquela conexão única nos ligando através do olhar, dos dedos entrelaçados, dos sexos unidos. Fomos só um, em corpo e essência, em almas. E era aquilo que me dava coragem de seguir e de lutar, de fazer de tudo para tê-la comigo. Sempre.

– Antônio... – Choramingou, tendo espasmos em volta do meu pau, puxando-me para dentro, seu peito subindo e descendo cada vez mais forte com a respiração entrecortada. Tornei-me mais bruto, desimpedido, indo e vindo com fúria, a cabeça do meu membro massageando-a por dentro, empurrando fundo, estocando violentamente. Ficava alucinada, e o tesão também me corroía, me devorava vivo. E o tempo todo nós nos olhávamos, nós nos garantíamos ali, com nosso amor explícito.

Foi lindo e quente. Foi golpeante e delirante. Fiquei extasiado, Cecília foi arrebatada. Quando gritou e ondulou em seu orgasmo, eu me perdi também. Esporrei quente e fundo dentro dela, inundando-a com meu gozo, gemendo rouco, murmurando seu nome:

– Cecília...

Era o nome que viveria em meus lábios para sempre. Nosso prazer foi conjunto, forte, latejante, louco. Larguei sua mão e deitei sobre ela, esmaguei seus seios, devorei sua boca enquanto a comia com força e me esvaía, ambos melados de gozo e de amor. Cecília me agarrou, me apertou e me beijou com loucura e volúpia. E naquela cama fomos um. Um só corpo, um só ser, uma só essência. Ninguém nunca poderia destruir isso. Para nós não haveria mais despedida.

CECÍLIA BLANC

No rádio do motel, que Antônio tinha ligado, não tocava MPB e sim uma música internacional cantada por Tracy Chapman, lindíssima, chamada "Baby can I hold you". Suada e quieta, maravilhada e feliz, eu me encostava sobre ele, recostado, meio sentado sobre os travesseiros. A música só parecia tornar o clima mais íntimo e romântico, como se fosse possível.

— Música sempre me lembra você — disse Antônio, seus dedos brincando em meu cabelo, seu peito subindo e descendo sob meu rosto em uma respiração cadenciada. Havia uma sintonia única entre nós, perfeita. — Principalmente MPB.

— Eu adoro — murmurei, minha mão em sua barriga dura, minha vida toda parecendo se concentrar só naquele momento, em que finalmente estávamos juntos, sem a culpa que eu sentia antes, embora as preocupações continuassem.

— Eu sei. Sempre foi uma maneira de tentar diminuir a saudade. Ouvir música parecia te deixar mais perto de mim. Fiquei viciado em procurar você nas letras e melodias, em imaginar que aquela foi criada exatamente para dizer como eu me sentia.

Ergui a cabeça até encontrar seus olhos tão lindos, tão azuis. Fui engolfada pela emoção, por suas palavras que demonstravam que nem nove anos foram suficientes para me esquecer. E o mesmo aconteceu comigo. Subi os dedos por seu peito e pescoço, até o queixo e maxilar já espetando pela barba que começava a nascer. Acariciei seu rosto com amor.

— Eu também te procurei nas músicas durante anos. Ouvia e achava que aquela era para mim, para demonstrar o quanto eu te amava.

Nós nos fitamos, e ele indagou sério:

— E qual delas mais a lembrava de mim?

— Eram tantas, cada uma um pouco – respondi.

— Sim. Mas tem uma que ouvimos uma vez no carro e que a letra era exatamente como eu estava. Como sempre fiquei esse tempo todo.

— Qual? – indaguei curiosa.

— Tente adivinhar – provocou. Sorriu meio de lado daquele jeito tão seu, e meu coração deu um salto e despencou. – Se conseguir, eu te dou uma recompensa.

— Ah, é? Hum... – Sorri também, apoiando o queixo em seu peito, olhando-o enquanto ainda acariciava o meu cabelo. Senti o desejo contrair os músculos da minha barriga, muito consciente de que estávamos nus, da lascívia, que mesmo sem ser despertada estava sempre lá. Tentei me concentrar. – Agora fiquei curiosa.

— Arrisque. – Seu tom era baixo e sensual.

— Ouvimos tanta música no carro. Elas sempre foram nossas companheiras. Preciso de uma dica.

— Sem dicas.

— Antônio... – Acabei sorrindo. – Você joga sujo.

— Pra mim é interessante que acerte.

— É um cantor ou cantora?

— Cantor.

— Certo. – Tentei me concentrar. – É do Nando Reis?

— Não.

— Zé Ramalho?

— Não.

— Ivan Lins? Djavan?

Fez que não com a cabeça, divertindo-se.

– Paralamas do Sucesso? Skank? Pode ser um grupo? Negou.

– Ah, Antônio! – Mordi os lábios, me concentrando. Sua mão escorregou por minhas costas até o contorno das ancas. Perdi o ar e encontrei seus olhos acesos. Falei baixinho: – Assim vou me distrair.

– Sei.

Não parou, sua mão erguendo-me mais para cima quase me deitando em seu peito, podendo deslizar livremente em minha bunda. O desejo só aumentou, me fez estremecer de leve. Supliquei:

– Dê mais uma dica.

– O que eu vou ganhar em troca pela dica? – Ergueu uma sobrancelha.

O clima entre nós era mais denso, cheio de tensão sexual. Fitei seus olhos intensos e estremeci por dentro, sem acreditar que estávamos mesmo ali, isolados do mundo, nus naquela cama, tão unidos pela intimidade e pelo amor que nada parecia capaz de nos atingir. Não consegui sentir culpa ou preocupação, só uma alegria infinita, algo que parecia se derramar dentro de mim como uma fonte ininterrupta.

Escorreguei a mão para baixo. Contornei os músculos duros, a pele lisa, até que meus dedos deram com seu pau, sobre a barriga, já ereto. Arregalei um pouco os olhos e seu sorriso se ampliou. Acabei sorrindo também, mas excitada, achando o máximo tê-lo ali para tocar à vontade. Passei os dedos por seu comprimento, pela veia grossa que descia da cabeça até a base, ficando com a garganta seca. Murmurei um tanto rouca:

– Vai ganhar um beijo no Soberano.

Antônio deu uma risada.

– Não esqueceu o apelido?

– Como eu poderia? – provoquei. – Soberano, só um.

– Senti falta disso. – Havia carinho na maneira como me fitou. E uma certa nostalgia também, quando disse mais sério: – Como pude ficar nove anos longe de você, Cecília?

Não respondi. Porque para mim sempre foi um tormento. Mesmo com minha vida, com meu desejo de reconstruí-la, nunca deixei de pensar nele e de procurá-lo. Acabei confessando:

– De alguma forma, sempre esteve comigo.

– Eu sinto a mesma coisa. Muitas vezes saía na rua e alguma mulher com o cabelo parecido com o seu, ou o andar, chamava minha atenção e fazia meu coração disparar. Achava que era você. Eu não podia te procurar ou fraquejaria, jogaria tudo para o alto. Mas te buscava assim mesmo, como se o destino fosse me ajudar e colocar você de repente em meu caminho. E ele fez isso, só que com um pouco de atraso.

Sua voz grossa, cheia de emoção, mexeu comigo. Tive vontade de chorar. Quando o buscava nos jornais e fitava suas fotos, era como se migalhas fossem jogadas, um lembrete do que eu não tinha. Confessei com meus olhos nos dele:

– Quando estava grávida de Giovana, pensei muito como seria se fosse sua filha. Se estivesse ao meu lado. Eu me sentia culpada por Michael, mas era mais forte do que eu. E no dia em que fui tê-la, com medo e com contrações, só chamei você em pensamento.

Ficamos quietos, apenas nos olhando. Tinha parado com os dedos em volta do seu membro, a mão dele imóvel e cheia da minha bunda. Mas, naquele momento, a emoção mais palpável não era o desejo, mas a saudade que aquele amor tinha provocado e nos corroído por anos.

– Segui com minha vida, Cecília. Mas nunca deixei de imaginar você nela. Sempre me fez uma falta absurda. E eu sempre me perguntava a mesma coisa.

– O quê? – indaguei emocionada.

E Antônio respondeu, cantando baixinho:

Que é que eu vou fazer pra te esquecer?
Sempre que eu já nem me lembro, lembras pra mim
Cada sonho teu me abraça ao acordar
Como um anjo lindo
Mais leve que o ar
Tão doce de olhar
Que nenhum adeus pode apagar...

CAETANO VELOSO, "PRA TE LEMBRAR". A MÚSICA, ENTÃO, ERA AQUELA.

Senti meus olhos marejarem, meu peito pesado, cheio, doendo. Por tudo. Pela saudade, pela distância, pelo que nem o tempo conseguiu apagar. Mas pela felicidade suprema de estar ali naquele momento com Antônio, ouvindo sua voz dizer, através de uma música, o que sentiu. E, quando parou, foi minha vez de cantar baixo, sentida, como se falasse para ele também da falta absurda que me fez:

Que é que eu vou fazer pra te deixar?
Sempre que eu apresso o passo, passas por mim
E o silêncio teu me pede pra voltar
Ao te ver seguindo
Mais leve que o ar
Tão doce de olhar
Que nenhum adeus pode apagar

Entendi como uma pessoa podia viver longe da outra, mesmo sentindo um amor sem fim. Foi assim conosco. Seguimos em frente, sorrimos, trabalhamos, fizemos amor com outra pessoa, mas continuamos ligados naquele passado, que volta e meia nos alertava, gritando a falta que nos fazia, fosse num olhar ou numa música. Imaginei que fosse assim quando alguém que amamos morria. Continuávamos a viver, mas aquele espaço vazio nunca mais era preenchido.

Eu fui mais para cima, minhas duas mãos subindo por seu corpo, buscando-o sofregamente. Tive um medo absurdo de perdê-lo de novo, pois eu não suportaria. Enfiei meus dedos em seu cabelo, e Antônio também já me agarrava pela cintura e pela nuca, tão intenso quanto eu, como se meus pensamentos fossem dele. Nós nos beijamos com desespero e amor, com uma saudade dolorida e sentida, que marcou nossas vidas. Senti-lo ali tão completo, tão meu, deixou-me fora de mim. Seu beijo, seu corpo, seu toque e seus sentimentos foram meus, e tudo que quis e supliquei em silêncio foi que nunca mais fossem tirados de mim.

O tesão veio com tudo, mesclado a todo o resto. Esfreguei-me nele, minha coxa roçando em seu membro duro, meus seios esmagados em seu peito, minha língua em sua boca. Antônio chupou essa língua e tomou meus lábios com fome, puxou-me para cima dele, não quis saber de brincadeiras ou preliminares. Segurou firme minha nuca e minha bunda e abriu caminho dentro de mim, enchendo-me com sua carne grossa e dura, com a ereção que me tomou toda, me fez arquejar e estremecer.

Sacudi de tanto prazer, movendo meus quadris, dolorida com tudo aquilo tão enterrado, tão fundo e apertado, tão meu. E assim nos devoramos, sua boca descendo e mordendo meu queixo, chupando ali enquanto me fodia sem dó, sem esperar nada além da minha entrega total. E eu me dava, sem reclamar.

– Ai... – gemi alucinada quando desceu mais e capturou um mamilo na boca, chupando forte e bruto. Agarrei a cabeceira da cama, arrepiada, intoxicada de tanto prazer, meio deitada e meio sentada em seu colo, cavalgando-o loucamente, encontrando suas estocadas no meio do caminho. Doía e ao mesmo tempo era embriagador, impossível de negar. Mesmo tão grande, tão grosso para mim, era delicioso, como se me marcasse a cada vez que me comia, sendo meu dono.

Antônio afastou a boca dos meus seios e me olhou, despenteado, o rosto carregado, olhar ardente e feroz. Molhou os dedos da mão direita com saliva e abriu minha bunda com a esquerda. Estremeci dos pés à cabeça quando passou os dedos molhados no meu ânus, acariciando-o, fazendo-me ainda mais enlouquecida. Murmurei um tanto assustada:

– Aí não.

– Aqui e onde mais eu quiser. – Seu tom era imperativo, autoritário, assim como seu olhar despótico. Aquela sua intensidade toda me devorava, me deixava como uma garotinha sucumbida diante de alguém dominador, imperial. Seu olhar não deixava o meu escapar, a voz era como uma ordem irresistível: – Vou te comer de todas as maneiras possíveis, Cecília. Com doçura quando acordarmos de manhã, com força quando eu quiser que seja minha putinha.

– Pare... – supliquei, tão excitada com as estocadas brutais que me arreganhavam e ardiam, como com sua voz pecaminosa, meu corpo esticado e tremendo. Apertei forte a cabeceira, meus cabelos se fechando em volta do meu rosto, sacudindo a cada vez que eu estremecia. Meus olhos não saíam dos dele, hipnotizados.

– Vai aprender que sou bruto e exigente. Que mesmo te amando como amo, vou querer marcar sua bunda e sua cara, vou querer sua entrega total, sua submissão, seu limite. – O polegar forçou suavemente o buraquinho, que se esticou e abriu para receber a ponta úmida. Só a primeira falange entrou ali, mas foi o suficiente para me encher mais, para me dar uma amostra do que teria.

Eu me sentia usada e amada, me sentia dele, completamente. Era um poder absurdo sobre mim, sobre meus desejos e minhas vontades, sobre meu corpo e minha alma. Gemi rouca, espasmos de puro tesão percorrendo meus membros.

Sempre soube que era intenso, que podia exigir coisas que sequer sonhei. Isso me deixava na corda bamba, mexia com a minha libido, com meu lado mais frágil e feminino. Eu me vi querendo ser usada de todas as formas, dominada por seus ditames e suas ordens, escravizada por sua arrogância puramente masculina.

E Antônio sabia. O Soberano não era apenas seu pau maravilhosamente lindo e descomunal, mas também sua personalidade controladora, que chamava para ele toda a autoridade. Eu jamais tentaria dominá-lo, era uma força que ia além disso. Suprema e poderosa, que entrava em mim através de sua voz, de seu toque e de seu olhar.

– Segure-se e olhe para mim – ordenou. – Enquanto faço tudo o que quiser com você, Cecília.

Eu sentia seu tesão, que o deixava mais duro, mais impositivo ainda. Ajoelhada na cama ao lado de seus quadris, movendo-me, tendo seu pau entrando violentamente em minha vulva inchada e pingando, ardida, eu agarrava a cabeceira e o fitava sabendo que faria, sim, tudo o que quisesse, por mais que desconhecesse ou temesse algumas coisas. Senti o polegar se enterrar mais dentro de mim, girar, a mão espalmada em minha bunda, em um prazer dolorido e excruciantemente delicioso.

Arquejei, ainda mais quando a outra mão se fechou em torno da minha garganta, os dedos longos apertando, sem realmente machucar, mas o suficiente para diminuir a passagem de ar. A sensação de posse e domínio era gritantemente sexual, como se dissesse que controlaria tudo, até minha respiração. Isso espalhava uma adrenalina no sangue que nunca imaginei possível, me alquebrava além de qualquer pensamento racional.

Quando ergueu um pouco a cabeça e lambeu um dos mamilos intumescidos, eu fiquei louca. Passei a choramingar e a cavalgá-lo alucinada, arquejando em busca de ar e de alívio para toda aquela pressão. Soltou um pouco o pescoço, só para eu respirar pesadamente e então apertar de novo, desequilibrando-me quando mordeu o bico pontudo, a ponto de causar dor.

Eu estava perdida, aniquilada e dominada. Miei ensandecida, sacudindo-me, meu clitóris inchado roçando seu púbis, seu polegar agora me comendo no ânus duramente. Apertava e soltava meu pescoço, deixava meu seio e olhava em meus olhos com posse, ordenando-me em silêncio que me desse. E eu me dava, me entregava, mergulhava de cabeça naquele prazer entorpecente, fodida e amada por seu olhar, essa combinação sendo demais para suportar.

– Antônio... – supliquei agoniada com o ventre contorcido, o tesão se avolumando, ganhando força, virando uma onda.

– Goze em volta do meu pau. Agora.

Foi meu fim. Gritei e fui interrompida com o aperto em minha garganta, mas meu corpo terminou de gritar por mim. Tive um gozo feroz, minha vulva apertando-se em seu membro como se o esmagasse, descontrolada, jorrando rios de dentro de mim. Foi mais do que tudo, foi violento e desesperador, foi quente e estonteante. Entrei em delírio, choraminguei, quis suplicar misericórdia, cerrei os dentes quando chupou meus mamilos com força, um de cada vez.

Era demais. Sensações alucinantes me golpearam. Minha vagina entrou em convulsão, e o gozo não terminava, se estendia, se avolumava, ganhava força e potência com cada estocada mais funda. Antônio gemeu rouco, sua mão largando meu pescoço, indo abrir minha bunda para enterrar mais o dedo e me forçar contra ele, sua boca mordendo e beijando minha pele, minha garganta, meu queixo. E então gozou forte dentro de mim, o jato quente me inundando e aumentando ainda mais o prazer absoluto, nossos corpos suados e colados de uma maneira que a física não poderia explicar.

– Ah, que gostosa... – murmurou rouco, se esvaindo dentro de mim, enquanto eu desabava, sem mais nada para dar além da minha entrega total.

Ficamos lá, até que tirou o dedo lentamente e acariciou a minha bunda. Eu estava de olhos fechados, deitada e sentada sobre ele, seu pau ainda agasalhado e melado de gozo dentro de mim. Delícia era pouco para descrever aquela maravilha toda. Eu passaria a vida inteira gozando com ele e, mesmo assim, não deixaria de me surpreender por tudo que fazia comigo.

Antônio segurou o meu cabelo e me fez erguer a cabeça, obrigando-me a fitar seus olhos tão lindos. Disse baixo:

– Acostume-se. Vai ser assim pra sempre.

– Você vai me matar antes dos 40 anos – murmurei.

Ele riu, enquanto eu saía de cima dele e desabava na cama, gemendo e estremecendo. Na hora se virou de lado e apoiou a cabeça na mão e o cotovelo na cama, seus olhos intensos me admirando.

– Preciso de um banho. Estou suada e grudenta.

– Gosto assim. Abra as pernas.

– Antônio.

– Abra.

Obedeci. Não tirou os olhos dos meus, quando seus dedos foram em minha vagina toda melada e inchada, ainda sensível demais pelo orgasmo. Estremeci quando os passou suavemente pelo líquido grosso que saía de dentro e escorria, espalhando-os nos lábios, clitóris e pelos. Mordi os lábios, incrivelmente ainda excitada.

– Gosto de sentir meu esperma dentro de você, escorrendo, marcando o que é meu. É uma delícia sentir sua pele contra a minha, sem proteção. Nunca mais vou usar um preservativo, Cecília.

Fiquei arrepiada com a carícia dos seus dedos. Mergulhou dois dentro de mim e me comeu um pouquinho, só para sair e espalhar mais do seu líquido, seus olhos não me deixando nem piscar. Havia um ar duro, um domínio poderoso e de posse em seu rosto, quando disse, baixo:

– Nenhum homem tocará em você. Só eu.

– Sim.

– E nenhuma mulher mais tocará em mim. Só você.

Eu estremeci e acenei com a cabeça, pois era assim que tinha que ser.

– Mas eu vou tocar em você sempre. Vou te foder em cada canto. E vou te amar sem limites – disse com certeza, seus olhos fixos nos meus. – Vamos nos separar. E formar nossa família. Com meu filho e sua filha. Com os irmãos que daremos a eles. Para sempre.

Meus olhos se encheram de lágrimas. Como aquele homem podia fazer aquilo comigo? Me deixar cheia de tesão logo após gozar muito, enquanto espalhava sedutoramente seu esperma em mim e, ao mesmo tempo, me dizer aquelas coisas, tudo que eu mais queria ouvir? Antônio me arrebatava, me levava além de qualquer razão, acabava com todas as estruturas. E completou:

– Eu pedi o divórcio ontem.

Fiquei imobilizada. Apesar de tudo, me surpreendeu. Eu não esperava uma atitude tão rápida. Pisquei, e lágrimas desceram no meu rosto, pois era muito sentimento envolvido, muitas esperanças.

Ele tirou os dedos de dentro de mim. Abraçou-me e puxou-me para seus braços, beijando minhas lágrimas com carinho, murmurando rouco:

– Não chore, Cecília.

– É tudo que eu mais quero, Antônio. Que possamos nos separar e ficar juntos. Mas ainda tenho tanto medo...

– Medo de quê? – Segurou meu queixo e me fez olhá-lo.

– Não vai ser fácil.

– Não, não vai – concordou. – Mas vamos conseguir.

Eu quis muito acreditar. Mas lembrei o olhar de ódio de Ludmila naquele restaurante. Senti um grande mal-estar, um aviso silencioso de cuidado. Tentei me controlar. Apoiei minha mão em seu braço, fitei seus olhos.

– O que ela disse, quando pediu o divórcio? – Observei sua expressão fechada, as sobrancelhas negras franzidas. – Não aceitou.

– É, não aceitou. Vai tentar atrapalhar. Disse que exigirá metade de tudo, inclusive das empresas. E lutará pela guarda do nosso filho.

– Isso eu entendo. Ela é mãe.

– Não entende, Cecília. Eu nunca entendi. – Parecia possesso. – Nunca foi carinhosa com Toni. Ele tem pavor dela. Vai lutar pela guarda só para me ferir.

Fiquei horrorizada.

– Mas... e ele?

– Não entende direito. Só sabe que a mãe é fria e exigente. E procura ficar longe dela. Sempre briguei com Ludmila por causa disso e nunca adiantou. Agora vem me falar em lutar pela guarda dele. – Estava furioso. – Finalmente estou enxergando que ela é pior do que imaginei.

Eu não disse nada, para não piorar seu ódio. Mas até eu estava revoltada com aquilo e tive pena do menino, criado sem amor materno.

– Comecei a ficar desconfiado de algumas coisas e vou procurar saber.

– Como o quê?

– Ela me disse que sabia de você no passado. – Seus olhos me fitavam intensamente. – E alguém contou para meu pai que eu ia largar tudo porque te amava. Só pode ter sido ela. Estava lá em casa quando ele teve o AVC.

Ela era ainda pior do que eu imaginava também, e sacudi a cabeça, impressionada com o que as pessoas podiam fazer para alcançar seus objetivos. O pai dele poderia até ter morrido.

– Vocês se conheceram? – perguntou de repente.

Olhei-o na hora, um pouco nervosa. Fiz que não com a cabeça. Antônio sentiu que tinha algo mais ali.

– Não minta para mim, Cecília.

– Nós nos vimos, uma vez, no passado. Mas nunca nos falamos.

– Como se viram?

Vacilei, corada. Ele insistiu:

– Como foi isso?

– No seu casamento.

Observei sua surpresa. Seus olhos estavam focados nos meus.

– Sempre achei que tivesse sido imaginação minha – murmurou. – Pensei tanto em você que achei que tivesse criado a sua imagem. Vi você rápido, quando saía. Corri atrás, mas você tinha sumido como fumaça.

– Correu atrás? – Foi minha vez de ficar surpresa.

– Assim que te vi. Corri como um louco pelo salão. E o tempo todo você estava ali. Eu senti você tão perto de mim, Cecília. Mas achei que era só o meu desejo. – Acariciou meu rosto com carinho, preocupado. – Por que você foi?

– Para ter certeza que era o fim e poder seguir em frente.

– Pensei que me odiasse naquela época.

– Eu odiava. Mas então Eduardo já tinha conversado comigo, me contado tudo.

– Eduardo?

Sorri, triste.

– Ele me procurou logo depois que nos separamos. E me contou que seu pai teve um AVC, que você ia largar tudo por mim, que estava se sentindo culpado. Eu não te perdoei, mas entendi. E deixei de sentir ódio.

– Ele fez isso? – Estava surpreso. – Nunca me disse nada. Foi o único que ficou ao meu lado. Meu irmão sempre me surpreende.

– Ele te ama – falei simplesmente.

Sorriu, mais feliz. No entanto, franziu de novo a testa, pensativo.

– Como conseguiu entrar no Copacabana Palace?

– Eu tinha um convite. – Antônio esperava que eu continuasse. Não queria que odiasse ainda mais Ludmila, mas também não quis esconder o fato. Era bom saber com quem estava se metendo: – Ludmila mandou para mim.

– O quê?

– Acho que pensou que eu não iria. Tomou um susto quando me viu lá. – Mordi o lábio, lembrando daquilo.

– Desgraçada... – Enfiou os dedos em meu cabelo, com raiva, agoniado. – Se eu tivesse visto você, não casaria. Disso, eu tenho certeza.

– E eu acredito. Agora, eu acredito.

– Ela é pior do que imaginei. Tenho que ficar alerta com ela.

– Também acho. Sabe que será uma luta terrível. – Respirei fundo e disse baixinho: – Está preparado? As empresas podem ser prejudicadas, seu filho pode sofrer, seus pais podem se voltar contra você.

– Eu estou preparado. O império que construí é firme, vai balançar, mas farei de tudo para não deixá-lo desmoronar. Meu filho já é um pouco triste com a mãe que tem. E se meus pais me virarem as costas é porque não me amam de verdade. Vou seguir em frente, de qualquer jeito. E quero você comigo.

– Vou estar sempre com você. – Acariciei seu braço com carinho. Mas lembrei de Michael e fiquei ansiosa. – Só preciso fazer com que Michael volte ao Brasil, para pedir o divórcio.

– Não espere nenhum segundo, Cecília. Quero que seja só minha.

– Eu já sou.

Puxou-me para seus braços com força. Beijou minha boca, e abri os lábios, cheia de amor e paixão, recebendo sua língua, seu gosto delicioso, sua força dentro de mim. Apertei-o forte, cerrei os dedos em seus cabelos curtos, delirei cheia de esperanças, de desejo.

Tinha muita coisa envolvida. Nosso passado e nosso presente, além do nosso futuro e dos nossos filhos. Mas, se estivéssemos juntos, eu tinha certeza que venceríamos. E um dia seríamos uma família. Como sempre sonhei. Com o único homem que eu quis para mim. Antônio.

ANTÔNIO SARAGOÇA

Eu corria minhas mãos em sua pele macia sob o jato morno do chuveiro. Tínhamos lavado um ao outro entre beijos e carícias, perdidos de amor e de luxúria naquele quarto de motel, em uma tarde de segunda-feira em que ambos deveríamos estar trabalhando. Mas nada mais importava, o mundo tinha ficado lá fora. Ali, só nós dois, sonhos e realidade se mesclando.

Era uma mistura também de sentimentos. De sensações, cheiros, gostos. Cecília era a mesma e era melhor. Eu me lembrava da menina que conheci com saudade, mas me completava com a mulher em meus braços. Era minha de um jeito único, como se tivesse sido feita só para mim. Sem ela eu não era nada, só vazio, incompleto, defeituoso.

Nos beijamos entre espumas e enxagues. Meti meu dedo dentro dela, descobrindo-a toda melada. Encostei-a no ladrilho e mordi sua orelha enquanto um dedo virava dois e depois três em sua bocetinha apertada e latejante. Cecília agarrou meu pau e me masturbou, gemendo, tremendo, abrindo as pernas e ficando na ponta dos pés.

Belisquei seu mamilo, enfiei mais os dedos. Rocei o polegar no clitóris. Murmurei em seu ouvido:

– Vou comer um pouco sua boceta aqui, só porque não aguento esperar mais. Depois vamos para a banheira e vou te ensinar umas coisas.

Arquejou, estremecendo. Tirei os dedos. Não ergui suas pernas. Deixei-a lá, com as pontas dos pés no chão molhado, apoiando minhas mãos no ladrilho ao lado de sua cabeça, encurralando-a. Fitei seus olhos quando flexionei um pouco os joelhos e meu pau deslizou entre suas pernas, buscando a entrada de sua rachinha úmida. A cabeça grande esticou os lábios e eu a vi se descontrolar, agarrando minha cintura e costelas, abrindo bem os olhos. Entrei devagar, indo bem duro e bem fundo.

– Ai, Antônio, ai... – Choramingou espremida naquela parede por meus quadris, que se colavam aos dela, por meu pau, que a comia até o fim. Parei assim, sentindo como era quente e apertada, gostosa além da conta. Cerrei os dentes. Então puxei quase para fora e estoquei de novo. E de novo, de novo, de novo. Cada vez mais fundo e forte, meu pau abrindo-a para mim, fazendo-a se desesperar de tanto desejo. As pernas fechadas pareciam deixá-la ainda mais apertada. Murmurou agoniada: – Que coisas... mais pode fazer? O que vai... me ensinar?

– Muita coisa. – Sorri de lado, mas com os olhos consumidos pela lascívia. Comi sua bocetinha bem gostoso, deliciando-me, enfiando meu pau todo. – Está dolorida?

– Sim.

Eu sabia que era grande e grosso demais para ela, tão delicada. Devia me conter mais, no entanto, não conseguia. Queria ficar enterrado ali. Só de entrar nela já sentia o gozo se preparar. Era preciso muito autocontrole para não acabar tudo de uma vez, só para saber que ia querer recomeçar logo.

– Quer que eu pare? – indaguei, sem querer causar-lhe mal.

– Não. Não pare... Arde, lateja, mas é tão bom... Tão gostoso...

Seu murmúrio me deixou ainda mais louco. E vendo meu estado, o descontrole com que a fodia mais bruto, abriu um pouco mais as pernas e inclinou os quadris para frente. Deixei uma das mãos ainda no ladrilho, a outra foi em sua coxa, erguendo-a um pouco, segurando sua bunda. Desci o olhar aos seios pequenos e pontudos, molhados, louco para lamber aquelas gotas. Mas sua voz melodiosa e sedutora desviou minha atenção:

– Está uma delícia, mas...

– Mas? – Fitei seus olhos bem de perto, tenso, cheio de tesão.

– Não goze dentro de mim. Goze na minha boca. Estou com saudade de engolir seu prazer.

– Porra...

Cecília só podia estar querendo me matar. Vi que me provocava de propósito, sorria ao ver como fiquei louco, quase a ponto de gozar.

– Vou ejacular na sua boca. Mas depois vou te castigar – avisei rouco, lamentando ao sair de dentro dela.

– Mas por quê? – Arregalou os olhos.

– Por tentar me manipular. E porque eu quero. – Foi minha vez de sorrir. – Agora fique de joelhos e me chupe.

– Sim, sr. Saragoça – disse num tom quente e submisso, que fez meu pau babar na ponta. Dei-me conta de que ela me tinha nas mãos. E enquanto caía de joelhos sobre o piso cheio de água, entendi que o domínio sobre mim era excepcional. Cecília era dona de todos os meus sentimentos e dos meus desejos.

Fiquei imobilizado, enquanto espalmava uma das mãos em minha barriga e a outra na minha bunda. E então abria a boquinha e mamava docemente no meu pau dolorido de tanto tesão. Não a toquei, ou seria difícil me conter. Fitei seu cabelo molhado, seus olhos fechados, os lábios esticados em volta da grossura do meu membro, indo para frente e para trás ao me chupar bem gostoso.

Cerrei os punhos e o maxilar. Fiquei lá no boxe, com a água do chuveiro batendo em minhas costas, de pé e imóvel enquanto Cecília acabava comigo. Acabava literalmente. Não me contive. Senti o prazer percorrer minha coluna como um raio, envolver minha barriga e descer quente até meu sexo, que inchou, esticou e despejou uma quantidade considerável de esperma quente em sua garganta.

Gemi grosseiramente, fechei os olhos e parei os quadris, deixando que ela ditasse o ritmo, me chupasse bem molhado e firme, me dobrasse e sugasse. E eu me esvaí, me entreguei, me dei todo pra Cecília, para sua boca, sua língua, seu amor. Mesmo depois que acabou, que eu não tinha mais uma gota para dar, ela continuou me lambendo, acariciando minhas bolas, beijando a cabeça do meu pau. Senti-me adorado, querido, saciado. Meu peito estava cheio, minha mente anuviada só pela loucura gostosa que causava em mim.

Finalmente se afastou. Tirou a boca e ergueu os olhos para mim. Então depositou beijinhos em meu púbis, esfregou o nariz em meus pelos escuros, lambeu minha barriga. E subiu assim, sinuosa, sedutora, beijando meus músculos retesados, mordendo meu peito, se colando em mim e passando os lábios em meu pescoço. Eu a abracei, a colei nua e úmida em mim, passei as mãos em suas costas e bunda. Então a fiz andar para trás, acompanhando-a, levando-a em direção à banheira cheia. Peguei-a no colo e me ajoelhei lá dentro, depositando-a sentada na beira.

Olhamo-nos dentro dos olhos enquanto eu segurava seus joelhos e abria as suas pernas. Cecília segurou-se na borda, equilibrando-se, seus olhos abertos e excitados para mim. Desci meu olhar por seu corpo nu e lindo, que eu adorava, até a vagina pequena e delicada. Lambi os lábios e ela soube que eu retribuiria o favor.

Segurei suas coxas bem-feitas e desci a cabeça entre elas. Ouvi seu arquejo, senti seus tremores. Ela ainda não sabia como eu a saborearia. Mas eu, sim. E já antecipava o seu prazer e o meu, que logo estaria de volta.

Lambi o clitóris devagar. Agarrou meus cabelos molhados, sôfrega, esfregando-se em minha boca. Parei e a olhei sério.

– Volte a segurar na borda. E segure-se firme.

Arregalou os olhos, mas obedeceu, cheia de lascívia. Então voltei a lambê-la lento, com a língua macia e firme, do jeito que eu sabia deixar o brotinho duro e quente, saindo da capa. Ficou louca, segurando-se com força, mas tendo espasmos sem controle. Não parei, não mudei o ritmo, apenas a torturei até que estava toda melada, gemendo sem parar, o que era música para meus ouvidos.

Somente então desci mais a língua até sua rachinha e provei seu sabor, que me deixava doido. Meti dentro dela e a penetrei assim, estocando a língua, puxando seu mel para minha boca, sentindo meu pau voltar a ficar ereto, dolorido. Chupei então os lábios vaginais juntos e com força. Cecília se desesperou de vez, arfante, murmurando sofregamente:

– Ah, por favor... por favor...

Suplicava por um alívio. Mas eu só estava esquentando. Ergui o tronco, ainda de joelhos, meus olhos penetrando os dela, meu polegar massageando seu clitóris enquanto enfiava lentamente dois dedos em sua bocetinha gotejante. Choramingou, abriu-se mais, os cabelos molhados colados aos seios, os mamilos despontando muito duros e empinados. Era uma beleza, uma delícia. Eu nunca cansaria de fodê-la nem de amá-la.

– Antônio...

– Quietinha – falei baixo, pois estava ansiosa, precisando logo gozar. – Vai ser gostoso. Inesquecível.

– Já é... – murmurou, lambendo os lábios, agoniada.

– Vai ser mais.

Prometi e sorri suavemente, meio de lado. Deslizei os dedos dentro do seu interior quente e macio, sondando, conhecendo seus recantos. Quando bem novo ainda, uma mulher mais velha e linda que frequentava o Catana foi para cama comigo e me ensinou alguns truques para excitar uma mulher. Fiquei craque em sexo oral. E em fazer uma mulher ejacular. Nenhuma que eu quisesse escapava. Era preciso só paciência e atenção, saber onde e como tocar.

Mais tarde soube que ela ensinou o mesmo para meus amigos Matheus e Arthur. Assim, tivemos uma professora experiente e que muito contribuiu para nosso aprendizado sexual. A prática me ensinou o resto.

Toquei a pequena noz escondida dentro dela e Cecília estremeceu com a sensação, surpresa. Comecei a massageá-la bem lento, dizendo com voz engrossada pelo tesão:

– Não feche as pernas. Procure ficar quieta.

– Como? – Suas coxas tinham espasmos sozinhas. Estava toda arrepiada, arquejando, mordendo os lábios.

Olhei-a encantado, enaltecido com sua beleza e seu prazer doce, feminino. Pressionei o ponto G e masturbei-a com o polegar no clitóris, passando a meter os dedos mais rapidamente, em movimentos constantes e no mesmo local.

– Pare... – pediu fora de si, ondulando, abrindo a boca, seus olhos pesando. – Ai... Por favor...

Pressionei mais. Subi a mão livre e apertei o mamilo intumescido entre o polegar e o indicador, torcendo-o. Ficou louca, alucinada, movendo os quadris descontroladamente em minha mão. Arregalou os olhos quando esguichou em meu braço e na banheira um líquido transparente e inodoro, mas nem teve tempo de pensar ou reagir, pois o orgasmo a quebrava, fazia sua cabeça despencar para trás e gritos estrangulados saírem de sua garganta.

– Isso, Cecília, ejacule na minha mão... Mais...

Incentivei rouco, indo mais forte e certeiro, enquanto estremecia e choramingava, espirrando mais líquido, gozando sem parar, rouca e enlouquecida. Eu a fitava se acabar, maravilhado, excitado, apaixonado. E quando vi que não suportava mais, que seu corpo chegava ao limite, parei e tirei os dedos lentamente.

Sentei na banheira e a puxei para meu colo, bem em cima do meu membro, agora todo pronto para entrar nela. Mas seria covardia em seu estado. Assim apenas deixei que apoiasse a cabeça em meu ombro e acariciei sua pele, seu braço, seu quadril.

Ficou lá como uma boneca, acabada. Sorri e beijei seu rosto, adorando tudo com ela, querendo-a sem parar, com uma fome que não parecia nunca ser saciada.

Esperei o quanto pude. Então a virei de costas para mim e ergui os joelhos, fazendo-a se deitar de bruços, dizendo rouco:

– Apoie os braços e a cabeça na borda da banheira, Cecília.

– Não aguento mais.

– Eu sei. Vou só lamber um pouco o seu cuzinho.

Estremeceu com minhas palavras pornográficas e obedeceu. Sua bunda ficou alta, redonda e macia bem perto do meu rosto. Acariciei-a com carinho, meus dedos correndo por ela, abrindo-a só para admirar seu ânus pequeno e sua vulva, com lábios inchados, molhados. Desci a cabeça e suavemente passei a lamber o buraquinho, sem pressa, adorando tê-la toda para mim.

Cecília tremia, mole e lânguida, totalmente submissa e moldável sob minhas mãos e boca. E eu me fartei. Lambi e chupei, rodeei com a língua, penetrei-a delicadamente no ânus. Depois desci e enfiei a língua na rachinha doce, muito excitado, dominado pelo tesão.

– Ah... – gemeu, pois seu corpo reagia, apesar do seu desgaste, respondia a mim do jeito que eu queria. Chupei-a firme, lento, desviando o percurso de um lado a outro, até que a sentia se mexendo, ondulando, parecendo pedir mais. É claro que dei.

Meti um dedo em sua bocetinha enquanto lambia seu orifício apertado. Começou a gemer ainda mais, esfregando o púbis em meus joelhos. Troquei. A boca foi para a bocetinha, e o dedo molhado, para o ânus, onde o forcei. Estava tão excitada, tão palpitante, que não demorou muito até ter o dedo enterrado ali. Em outra ocasião eu a prepararia mais e a comeria ali.

Deixei-a no ponto para mim. Tirei e enfiei o dedo enquanto a puxava e a trazia para meu colo de frente, montando em mim. Sôfrega, Cecília me agarrou forte pelo pescoço, gemendo e arquejando. E assim a penetrei com tudo, sua maciez e quentura me enlouquecendo.

Cavalgou-me rápido, murmurando meu nome, seus dedos em meu cabelo. Estoquei fundo e violentamente, meti mais o dedo, puxando seu cabelo para trás para que seus seios ficassem perto da minha boca. Então passei a morder e chupar um mamilo.

Ficamos alucinados pelo tesão. Mesmo com o desejo que nos incendiava, não gozamos logo. Nós nos devoramos e depois nos beijamos na boca. A água balançava e escorria para fora da banheira, e enquanto isso o prazer nos consumia delicioso, cada vez mais intenso, até chegar a um ponto em que eu não aguentava mais me conter. Comecei a gozar primeiro, esporrando dentro dela. Como se só esperasse por isso, Cecília gritou rouca e estremeceu em meus braços, indo comigo naquela busca e naquela entrega.

Eu queria passar minha vida ali. Mas o tempo corria e tínhamos nossas obrigações lá fora.

De volta ao quarto, encomendei morangos e champanhe e os comemos na cama nus, apenas um lençol branco cobrindo-a. Falamos de tudo e de nada, adiamos ao máximo nossa partida.

E só depois, quando não era mais possível evitar, é que saímos do quarto do motel em meu carro e combinamos de nos ver de novo no dia seguinte. Eu não suportaria ficar muito tempo longe dela. Como no passado, quando matava aula para estar em sua companhia.

Quando parei o carro em frente ao prédio em que ela trabalhava, nós nos abraçamos e beijamos dentro do carro, protegidos pelo vidro fumê.

Eu não queria deixá-la. Ficar horas longe de Cecília seria uma tortura. Minha impaciência aumentava e murmurei contra seus cabelos:

– Essa semana eu saio de casa.

– E o Toni? – Ergueu a cabeça para me olhar.

– Vou ver com meus advogados como sair com ele sem criar problemas. Mas dou meu jeito. – Fitei-a, bem sério, o ciúme pulsando dentro de mim. – Não deixe de falar logo com o pai da sua filha.

– Vou insistir, dizer que é uma emergência.

Foi difícil, mas acabamos nos despedindo, e Cecília saiu. Observei-a entrar no prédio, já com saudade. Só então segui meu caminho.

Já passava das cinco horas e não voltei ao escritório. Fui direto para a cobertura dos meus pais na Barra, onde ficavam quando voltavam ao Rio. Tinha esperado nove anos, mas agora sentia uma necessidade premente de resolver logo tudo e seguir minha vida ao lado de Cecília.

Meus pais ficaram felizes ao me ver chegar de surpresa. Minha mãe me beijou e entrou de braço dado comigo na sala, dizendo em tom alegre:

– Vocês combinaram?

– Quem?

– Você e Edu. Ele chegou ainda há pouco e vai jantar conosco.

– A família reunida! – exclamou meu pai com um largo sorriso, sentado no sofá ao lado do meu irmão, que já tinha tirado o paletó e a gravata.

– Pai. – Beijei o alto de seus cabelos brancos. Apertei a mão do meu irmão com carinho e agradecimento no olhar, lembrando de Cecília dizendo que ele a tinha procurado no passado, e que o que falou tirou o ódio que sentia de mim. – Oi, Edu.

– Qual é, cara? Esperei você no escritório a tarde toda para tirar umas dúvidas, mas você sumiu! Conta aí onde estava? – provocou com um sorriso.

– Devia estar em um lugar bem importante. – Meu pai sorriu também. – Não sai daquele escritório.

– Estava, sim – concordei e fui me sentar em outro sofá, ao lado da minha mãe.

– Aham... Saquei! – Edu piscou. – Cabelo molhado no horário de expediente... Cara, depois eu sou o safado da família.

– É sério? – Minha mãe arregalou os olhos e me encarou surpresa. – Mas Antônio, e a Ludmila?

Todos me olharam. Fitei um de cada vez e parei os olhos nos do meu pai, bem atento. Comecei devagar:

– Tenho algumas perguntas para fazer e uma coisa importante a dizer.

– Estou ficando nervosa! O que aconteceu, meu filho?

– Nove anos atrás eu conheci uma moça e me apaixonei. Edu sabe de tudo. O senhor descobriu, pai. Lembra disso?
– Lembro. – Estava bem sério. – O que isso tem a ver agora?
– Como o senhor soube?
– Não importa. Já faz muito tempo.
– Para mim, importa. E sei que foi Ludmila que contou.

Ficou quieto, mas sua expressão dizia tudo. Eduardo sacudiu a cabeça, irritado.

– Quer dizer que aquela mulher provocou esse inferno e quase matou o papai?
– Não era intenção dela. Estava perdida e me pediu ajuda.
– Ludmila nunca ficou perdida, pai. Ela sabe bem o que faz. Sabia que eu ia cair fora do casamento e foi procurar quem poderia ter alguma influência sobre mim. Seu AVC só ajudou nos planos dela – falei.
– Meu Deus... – Minha mãe arregalou os olhos e segurou minha mão. Olhei-a, e parecia horrorizada: – Você não queria se casar? Só casou porque seu pai passou mal?
– Foi isso mesmo. – Meteu-se Edu.
– Não foi isso! – exclamou meu pai, irritado. – Você estava se metendo com uma garota interesseira, com uma...
– Não fale mal dela. – Cortei-o de imediato, tão abruptamente que todo mundo ficou quieto. – Imagino que foi isso que Ludmila disse. Mas Cecília nunca foi uma interesseira.
– Não foi mesmo – concordou meu irmão. – Ela é uma graça. E ama o Antônio de verdade. Tenho certeza que também gostaram dela.
– Gostamos? Mas nem sei quem é! – falou minha mãe confusa.
– É a moça com a filhinha no restaurante, aquela menininha que cantou parabéns para a senhora.
– A Giovana? É a mãe dela?

— Sim, mãe – concordei. – Ficamos nove anos sem nos ver e agora nos reencontramos sem querer.

— O que isso quer dizer? – Meu pai parecia um tanto nervoso.

— Ela é casada? – emendou minha mãe.

— Pra mim tá mais do que óbvio. – Edu deu de ombros e sorriu para mim. – Estava mais do que na hora.

— Cecília é o amor da minha vida. – Fui bem direto, sem vacilar, decidido. – Ela vai se separar do marido, e eu, de Ludmila. E vamos ficar juntos.

O silêncio era grande na sala. Só Edu sorria, concordando com a cabeça. Minha mãe estava muda, surpresa. Meu pai se enfezou:

— Está maluco, Antônio? E as empresas? E os acordos que temos com Walmor e...

— O senhor quer que eu continue sendo infeliz em nome da empresa? – Fitei seus olhos, minha voz seca.

Ele pareceu um pouco chocado.

— Mas quem falou em infelicidade?

— Porra, pai, em que mundo o senhor vive? Antônio e Ludmila mal se suportam! A mulher é uma pedra de gelo! Nem liga pro Toni!

— Isso é verdade – concordou mamãe. – Já falei isso com ela. É tão estranho!

— Mas não quer dizer que o casamento precisa acabar. – Meu pai me olhou, compenetrado, preocupado. – Tem muita coisa em risco.

— Tem. Mas não sou eu que vou me sacrificar dessa vez. Minha decisão está tomada.

— Antônio... – Ele começou, mas meu irmão o interrompeu:

— Pai, desculpe o que vou dizer, mas o senhor não sente nem um pouco de culpa?

— Culpa de quê?

— De saber que seu filho mais velho não é feliz e se sacrificou pelo senhor e pela empresa? E que agora, quando precisa de apoio, o senhor só pensa nos negócios?

— Olha como fala comigo, moleque! – exclamou, ficando vermelho. – Não tenho culpa de ter passado mal! E achei que a moça não prestava e...

— Agora sabe que ela presta. – Fitei-o intensamente. – Respeito o senhor. Entendo sua preocupação com o Grupo, eu também sinto o mesmo. Assim como sei que vai ser duro conseguir a guarda de Toni. Mas não vim aqui pedir a aprovação de ninguém. Vim informar o que já decidi. Se acham que posso prejudicar muito a empresa, ponho meu cargo à disposição, mas não volto atrás.

Todos ficaram mudos de novo. Minha mãe apertou minha mão, olhou-me com carinho.

— Confio em você, filho. Sempre foi um rapaz responsável, nunca nos decepcionou. Se tem certeza do que diz, se é assim que quer, eu apoio você. Só quero que seja feliz.

— Obrigado. – Fitei-a com agradecimento e carinho.

— Antônio. – Meu pai tentava ser racional, embora estivessem claros seu medo, sua preocupação. – Não estou contra você. Mas temos um império. Se Ludmila quiser, pode dar um trabalho danado, até causar falências.

— Eu sei. E estou disposto a trabalhar em dobro e reverter tudo, se isso acontecer. Mas, se insistir, ela sairá tão prejudicada quanto nós.

— Meu Deus... – Ele correu a mão esquerda sobre o cabelo branco. Estava confuso, nervoso. – Confio plenamente na sua capacidade de reerguer a empresa, mas, mesmo assim... tem muita coisa em risco.

— Tem.

– O que importa é que Cecília é especial e os dois se amam. Aposto que pode fazer o Antônio bem mais feliz – disse Edu.

– Obrigado. – Encarei-o, agradecido. – Esteve sempre do meu lado.

– E ficaremos todos – emendou minha mãe. – Não esquente com seu pai. Ele vai acabar entendendo.

– Nora, eu entendo. Mas...

– Sem "mas", querido. – Ela sorriu para ele. – Isso quem decide é ele.

Vi que meu pai ainda não tinha aceitado. Mas eu não podia fazer mais nada. Imaginei que só o tempo faria, quando visse o quanto eu ficava feliz ao lado de Cecília. Eu não daria um dia para se encantar com ela, se eu os deixasse conversar um pouco.

No final das contas, saí de lá mais leve, com um problema a menos para me preocupar.

Mas fui para casa querendo ter uma conversa séria e definitiva com Ludmila. Ela estava se mostrando pior e mais perigosa do que eu pensava. Teria que manter os olhos bem abertos com ela.

LUDMILA VENERE

Eu estava em minha suíte, terminando de dar os retoques finais em meu cabelo para o jantar, quando bateram na porta. Deixei a escova sobre a cômoda e me voltei, dizendo secamente:
– Entre.
Antônio surgiu. Usava um terno escuro e camisa branca. Estava levemente despenteado e com expressão séria, fechada. Fitei seus olhos azuis, sabendo que não era coisa boa. Ao mesmo tempo, fui arrebatada por sua beleza e masculinidade, dando-me conta mais uma vez de que teria que aprender a viver sem aquilo.
Tive raiva ao me dar conta de que sentiria falta dele. De fitar seus olhos tão intensos, de ouvir sua voz, de tê-lo entrando ali para me colocar na cama e transar comigo, coisa que não fazia há muito tempo. O desejo só piorou aquela sensação já antecipada de saudade, então o ódio o substituiu. Senti que se espalhava dentro de mim, denso e latejante, devorando tudo o mais.
– Antônio. – Cumprimentei-o com um aceno de cabeça, friamente.
– Vamos ao escritório conversar.
– Claro. – Elegantemente passei por ele, franzindo os lábios com irritação só porque estava atrás de mim e não podia ver.
Seguimos para o escritório, onde Antônio resolvia todos os negócios, atendia telefonemas, ficava quando queria se isolar de tudo. Sorri ao entrar lá, pensando nos meus planos naquele local. Eu duvidava que alguém no mundo tivesse uma ideia como a minha. Tão perfeita que só podia dar certo.

Fiquei séria ao me virar e sentar em uma poltrona, cruzando as pernas. Passei os olhos pelo ambiente escuro e sóbrio, a madeira das vigas do teto expostas elegantemente, o mogno sobressaindo nos móveis. Tinha sido o único lugar que Antônio quis à sua maneira, por isso fugia do padrão branco do resto do apartamento e tinha muita madeira. Engraçado como tudo aquilo agora me seria útil.

Não sorri, embora sentisse uma estranha euforia. No dia anterior, tinha pesquisado incansavelmente formas de morte sem deixar rastros, e era uma quantidade incrível. Mas uma em especial me agradou bastante. Tive que incrementar, é claro. Para tornar tudo mais crível. Descobri que tinha uma mente privilegiada, pensei em todos os detalhes. Seria um tanto teatral, mas ao menos eu teria testemunhas.

Observei-o se sentar na cadeira em frente e, por um momento, lamentei. Resolvi lhe dar mais uma chance, a última. Pois eu ainda o queria. Se não fosse tão estúpido, perceberia que eu era a única mulher para ele. Que seria capaz de tudo, mas de tudo mesmo para não perdê-lo nem a vida que tinha me dado.

Seus olhos eram frios e distantes. Eram olhos já de adeus. E o que mais eu poderia fazer diante disso? Além de acreditar e tomar minhas providências? Ele me obrigava, por isso, era o único culpado.

Quando olhaste bem nos olhos meus,
E o teu olhar era de adeus.
Juro que não acreditei.

Tive uma vontade absurda de machucá-lo. O calor do ódio foi tão intenso, por tudo que me fazia sentir e me negava, que soube que eu teria que ver, ser testemunha do seu fim. Eu daria aquele fim a ele, por minhas próprias mãos. E, quando se fosse, eu me rasgaria, eu sofreria, eu passaria dias olhando a minha volta procurando por ele. Mas eu saberia que foi sua escolha e culpa, quando me fez ter vontade de me arrastar a seus pés e suplicar, quando me abandonou.

Dei pra maldizer o nosso lar,
Pra sujar teu nome, te humilhar,
E me vingar a qualquer preço.

Como diziam, a vingança é um prato que se come frio. Mas eu o comeria ainda quente, pois não podia esperar. Tinha que ser antes da minha desgraça pública, antes que toda a sociedade soubesse que eu estava sendo trocada. Seria como provar que ele apenas estava confuso e que, ao final, me amava, era capaz de tudo por mim. Tudo.

– Eu soube que foi você quem contou ao meu pai sobre Cecília – começou Antônio, mais frio do que nunca. Mas seus olhos ardiam. – Mentiu, dizendo que era interesseira, para ter o apoio dele. Pegou tão pesado, que ele quase morreu. E ainda mandou o convite do nosso casamento para Cecília, para mostrar que foi a vitoriosa. Nunca achei que fosse uma rainha da virtude, mas também não imaginei que poderia jogar tão sujo, Ludmila.

A sua raiva e o seu desprezo eram palpáveis. Eu me irritei por estar a par de tudo aquilo. E, de imediato, não reagi. Apenas o olhei, minha mente maquinando os próximos passos. Por fim, baixei o olhar, envergonhada, arrependida.

– Não me orgulho de nada disso – falei baixo. – Eu era jovem e não queria perder você. Acabei me desesperando.

– Você nunca se desespera. Sabe bem o que faz. É controladora e maquiavélica.

– Não! – Ergui os olhos rapidamente e, surpreendendo-o, caí de joelhos no chão e fui assim até onde estava sentado, com olhar suplicante: – Apenas te amava demais, Antônio. Mais do que sequer supus. E tive muito medo quando seu pai passou mal. Vivi com essa culpa todos esses anos! Mandei aquele convite num momento de raiva. Me arrependo de tanta coisa! De tanto que não falei e mostrei! De tanto que fiz e que não fiz!

Meus olhos ficaram cheios de lágrimas quando parei diante dele, prostrada, ainda de joelhos. O pior é que tinham vindo aos meus olhos de verdade, provocadas por todos os sentimentos intensos e complexos que me dominavam: o amor que existia enterrado no fundo, o ódio por ele não sentir o mesmo e me deixar, o ciúme avassalador, a saudade pelo que teria que fazer e o extinguiria da minha vida e a humilhação que me obrigava a passar. Nunca imaginei que chegaria a tantos extremos. E era tudo culpa de Antônio!

– Levante-se. – Estava imóvel, ainda frio, mas evidentemente surpreso.

– Não, precisa me ouvir. Agora quero falar tudo. – Estava lá prostrada, humilde, como nunca fiquei na vida. – Eu te amo. Tudo que fiz foi por você. Eu me enganei dizendo que era pela vida que podia me dar, eu me recusei a demonstrar meus sentimentos por medo, eu me escondi sempre e não vivi. Fiquei fechada todo esse tempo em minha concha. E de que adiantou? Você vai embora de qualquer jeito!

– Ludmila...

– Eu preciso falar! Jurei que tiraria tudo de você e que o faria sofrer como fez comigo a cada vez que me olhou sem amor, a cada vez que me acusou em silêncio por ser eu a estar aqui e não ELA! Mas estou cansada, Antônio. Muito cansada. Chega de lutar e fingir. Chega! Eu quero uma vida. Quero alguém que me ame e queira me conhecer. Quero ser feliz!

Seus olhos azuis nem piscavam. Parecia não acreditar no que via. Eu também não, pois estava de verdade abalada. Boa parte do que disse era real. Por isso fui tão convincente. Respirei fundo, dei o golpe final:

– Eu desisto. Aqui e agora.

– Como assim? – Nem se mexia na cadeira, atento.

– Não vou lutar pela guarda do nosso filho. Nunca consegui ser boa mãe. Mas você é um bom pai. Não vou querer dividir as empresas. Quero só o que é meu por direito. Aceito o divórcio.

Antônio não demonstrava o que pensava, mas eu sabia que estava confuso, sem saber se podia acreditar. É claro que ficaria confuso. Mas, com o tempo, acreditaria em mim. Era com isso que eu contava.

Baixei a cabeça, derrotada. E esperei. Eu conhecia seu coração. Apesar de sua frieza comigo, de ser controlador e até duro, era um homem que tinha colocado o amor pelo pai e a preocupação com a família na frente da própria felicidade. Ele amava sem limites. Era com tudo isso que eu contava. E Antônio não me decepcionou. Segurou meus braços e me ajudou a levantar.

– Saia desse chão.

Senti o coração disparar e ergui os olhos para os dele, tão perto de mim. Havia tanto tempo não me tocava! Lamentei pelo que perderia, pelo cheiro dele que não sentiria mais, pela intensidade do seu olhar. No fundo, quase quis alertá-lo. Mas então fitei seus lábios, imaginei-os beijando a putinha para sempre, rindo para ela, e o ódio veio violento. O que não podia dar para mim, não daria a mais ninguém.

– Preciso de paz, Antônio. Chega de lutar. Vou refazer minha vida. Vou ser feliz também.

Ele me soltou e deu um passo para trás, analisando-me detidamente.

– Está desistindo da guerra? Assim, sem mais nem menos?

— Estou desistindo. Pensei muito. E estou cansada. — Tateei uma poltrona e me sentei, sem deixar de olhá-lo. — Não é sem mais nem menos. Eu lutei à minha maneira. Mas, agora, chega.

— Vou sair desse apartamento com Toni e já falei para os advogados darem entrada no divórcio. — Observava-me.

— Tudo bem. E eu... eu vou tentar ser uma mãe melhor para ele.

O silêncio pesou entre nós. É claro que eu sabia que pensava detidamente em tudo que eu disse e esperava alguma armação. Mas continuei impassível. Por fim, indagou:

— Tem mais alguma coisa a dizer?

— Um pedido.

Nós nos fitamos. Antônio me analisava, desconfiado, sem piscar.

— Diga.

— Sabe que tenho meus compromissos sociais. Sou presidente do comitê que arrecada fundos para obras assistenciais, além de ser procurada sempre antes que se tome qualquer decisão. Para mim tudo isso é importante. E não queria que ficasse qualquer dúvida de que nossa separação é amigável. Não quero que as pessoas tenham pena de mim ou achem que fui abandonada.

Ele não disse nada. Continuei:

— E acho que devemos uma satisfação às nossas famílias. Afinal, além do nosso casamento, os negócios também estão envolvidos.

— O que você quer? — indagou baixo.

— Um jantar. De preferência na sexta-feira. Contaremos a eles de maneira delicada. Acho que meus pais aceitarão melhor assim, sabendo que é o que queremos. E não restará dúvidas nem mal-entendidos. Além do mais, meu pai não criará problemas, pois terá uma satisfação de nós dois. O que me diz?

– Acho que não é preciso um jantar para isso. – Estava bem sério. – Pode chamá-los aqui e conversar. Já falei com meus pais e irmão.

– Conheço meus pais, Antônio. Podem criar problemas. E, assim, acho que entenderão que não estou sendo obrigada a nada. Será amigável – insisti.

– Não me sinto à vontade com isso. Chamar pessoas queridas para informar uma separação. Ficará um clima ruim. E...

– Eu me sentirei melhor. Estou tentando fazer o certo. Não tire isso de mim. – Senti que ia argumentar e continuei, deixando transparecer a tristeza em minha voz: – Será uma despedida. Uma separação de verdade. Por favor. Tenho certeza que para mim e para minha família será melhor.

– Tudo bem – finalmente concordou, embora ainda parecesse incomodado. Senti uma alegria fria deslizar dentro de mim. – E vou começar a ver um lugar para morar.

– Sim. Se quiser pode mudar no sábado mesmo. Vou preparar tudo para que o jantar seja na sexta-feira. Chame seus pais e quem mais preferir. Só me avise, para eu informar ao bufê.

Acenou com a cabeça, ainda um tanto incomodado. Levantei, antes que mudasse de ideia. Fitei seus olhos e disse baixinho:

– Obrigada. Não vou dizer que foi bom enquanto durou porque acho que não fomos felizes. Mas quem sabe agora as coisas se acertem.

Vi que não falaria mais nada. Caminhei lentamente até a porta e saí.

Antônio tinha assinalado o seu destino.

Ainda naquela semana, liguei para meus pais. Em tom triste, convidei-os para jantar e não disse qual o assunto, mas que era sério. Iam tomar um susto com a separação, pois já penavam com a minha irmã, que ficou pouco tempo casada e agora mergulhava de vez em orgias. Seria outra decepção. Mas, ao final, tudo daria certo.

– Mas o que houve querida? – indagou minha mãe, curiosa. – Sua voz parece triste.

– Ah, mamãe, só pessoalmente para dizer. Antônio está tão estranho! Mas insistiu nesse jantar. Só estou fazendo a vontade dele. Promete que vem? Preciso de vocês aqui.

– Claro que vamos. E sua irmã também, não se preocupe.

Deixei-a na expectativa, preocupada. Depois liguei para os pais de Antônio e descobri que tinham voltado para Angra. Depois dos cumprimentos de praxe e de jogar conversa fora, falei com Nora ao telefone:

– Antônio me disse que já conversou com vocês sobre nossa separação. Vamos fazer tudo em paz, Nora.

– Ah, que bom que resolveram isso. Cheguei a pensar que você não aceitaria, Ludmila.

– No início, eu não quis mesmo. Mas não posso fazer nada. E uma coisa é certa: não somos felizes. Assim, é melhor não nos enganarmos mais.

– E como você está? – perguntou com delicadeza.

– Indo. Antônio também está meio triste esses dias. Principalmente por causa de Arnaldo. Ele se preocupa muito com a opinião do pai.

– Arnaldo vai acabar aceitando. Ainda mais agora sabendo que vão se separar em paz, que não haverá disputa. E sei que agora vão sentir, afinal, ficaram nove anos juntos e têm um filho, mas aos poucos tudo se ajeita.

– É o que espero. Mas vocês vêm ao jantar?

– Querida, vou falar com Arnaldo. Mas é bem capaz de não querer ir, ainda mais porque já sabemos de tudo. Vamos ver.

Estendemos um pouco mais a conversa formal e, por fim, desliguei.

As peças estavam no tabuleiro. Agora só faltava começar a jogar.

ANTÔNIO SARAGOÇA

Na noite de terça-feira Cecília me ligou no final da tarde e disse que não poderíamos nos ver, pois seu marido estava chegando ao Brasil. Ia tentar resolver tudo com ele. Fiquei feliz porque as coisas não demorariam tanto, mas triste porque não estaria com ela. E com ciúme, pois não via a hora de ver logo aquele homem fora de sua vida.

Conversamos ao telefone e contei a ela sobre a conversa que tive com Ludmila. Pareceu surpresa e indagou:

– Acreditou nela, Antônio?

– Não. Sinto que há algo errado. Parecia outra mulher, muito submissa e coerente, sem a frieza de sempre. – Eu estava sentado em meu escritório enorme na sede da empresa e girava lentamente minha cadeira, um tanto preocupado. – Ainda pediu para fazer esse jantar desnecessário. Mas não tive como negar. Quero a colaboração dela para ficar logo livre.

– Mas desconfia de algo?

– Tenho a impressão de que está armando alguma coisa, mas não consigo entender o quê.

– Por favor, tenha cuidado – disse também, preocupada.

– Vou ter. Mas não fique com isso na cabeça. Tudo vai dar certo. Vou para um apart hotel com Toni no sábado, mas pedi para minha secretária começar a buscar casas para vender. Podemos sair no final de semana e visitá-las juntos. O que me diz?

– Mas ainda vou falar com Michael.

– Sei. E, quando se separar, não quero encontrar você onde viveu com ele. Temos que ter nosso lugar, Cecília. Não podemos casar de imediato, pois é necessário esperar sair o divórcio. Mas podemos morar juntos.

– É o que quer? – perguntou baixinho.

– É o que mais quero – respondi com intensidade. – Já perdemos tempo demais.

– E as crianças?

– Vão com a gente. Podemos fazer um programa essa semana com eles, para que todos sejam devidamente apresentados. Assim vão se acostumando com a ideia.

– Nem acredito nisso tudo... – murmurou. – Acho que minha conversa com Michael vai ser tranquila. Eu acho. E se Ludmila concordou mesmo, bem... Finalmente, não haverá empecilhos.

– Não haverá – concordei baixo, mais feliz do que eu poderia imaginar. As coisas estavam sendo mais fáceis do que supus. E talvez fosse isso que me causasse certo incômodo por dentro.

Conversamos um pouco mais, só para diminuir a saudade. Combinamos de nos ver na noite seguinte, mas sem as crianças. Queríamos ficar juntos e nos amar. Na quinta-feira então faríamos um programa com nossos filhos. Na sexta seria o bendito jantar. E no sábado eu estaria livre. Era o que eu mais desejava.

Nos despedimos com amor e palavras carinhosas. Eu já estava saindo do escritório no final da tarde quando recebi um telefonema de Arthur:

– E aí, cara? Sumiu!

– Oi, Arthur. Correria danada por aqui. Como vão as coisas? E Maiana e as crianças?

– Tudo bem. Saí da firma agora e Maiana levou os dois para a festinha de um coleguinha da escola de Aninha. Tô solto no mundo. – Deu uma risada. – Aí combinei com o Matheus e a

Sophia lá no LOOP'S, eles acabaram de sair da agência e vão passar um tempo lá. Que tal um drinque?

– É uma boa. Estou acabando de resolver umas coisas aqui e parto pra lá.

– Tá bom, a gente te espera. Tchau.

– Até daqui a pouco.

Seria uma boa para me distrair um pouco, pois não conseguia parar de pensar em Cecília em casa com o marido. Mesmo confiando em nosso amor, eu sentia ciúme e estava um tanto ansioso. Queria logo que aquela semana passasse e acabasse. Só para estarmos livres e desimpedidos, recomeçando a nossa vida.

Quando cheguei ao LOOP'S, todos estavam lá, bebendo e num papo animado, fizeram festa ao me ver. Beijei Sophia no rosto, que estava ainda mais linda depois de ter dois filhos e que trabalhava lado a lado com Matheus na agência de viagens, e apertei a mão de cada um dos meus amigos. Sentei e pedi um uísque ao garçom.

– Anda sumido. – Sophia sorriu para mim. – E como está Toni?

– Bem. E as crianças?

– Gabriel está adorando a escolinha, e Fabiana botando o terror em casa com 1 aninho. Imagino quando tiver 5...

– Nem me fale – emendou Matheus, com um sorriso. – Ela anda toda bamba, mexendo em tudo que vê pela frente. E nós dois ficamos atrás para cima e para baixo. Outro dia não aguentei de tanta dor nas costas.

– Isso é a idade – provocou Arthur. – Lá em casa a Aninha acha que é mãe do Gaio. Aí nem sobra trabalho pra gente.

– Que explorador de filha! – debochou Sophia, com uma risada. – Até parece. A Maiana às vezes fala comigo ao telefone e está morta de cuidar daqueles dois. Outro dia tinha que fazer uma campanha de cosméticos e estava cheia de olheiras, pois Gaio passou a noite em claro.

– Aquele lá tem tanta energia que não quer gastar nem dormindo! – falou Arthur e ficou todo orgulhoso quando emendei:

– Parece alguém que conheço.

– Pior que é! – concordou rindo.

Batemos um papo gostoso e relaxei, mais tranquilo, tomando meu uísque. Pensei que gostaria de ter Cecília ali comigo. Meus amigos com certeza a adorariam, e ela a eles. Logo poderíamos fazer aquilo.

Em determinado momento Sophia perguntou por Ludmila. E então achei que era hora de informá-los sobre tudo:

– Eu e Ludmila estamos nos divorciando.

– É sério? – Arthur franziu a testa, passando a mão na barba cerrada. – O que houve?

– O que nunca deveria ter havido. – Dei de ombros. – O casamento.

– Imaginei que algo assim poderia acontecer. – Matheus fixou os olhos esverdeados em mim, atento. Ele sabia um pouco do meu passado com Cecília e de que eu a havia reencontrado. – Mas está tudo bem?

– Tudo ótimo. – Sorri meio de lado e confessei: – Estou vivendo a fase mais feliz da minha vida.

– Isso não tá me cheirando bem. – Arthur se recostou na cadeira e ergueu uma sobrancelha. – Mulher nova na parada?

– Antiga.

– Antiga? Ei, e eu não sabia de nada?

Sophia riu, achando engraçado o jeito dele.

– Explique essa que não entendi – disse Arthur.

– Conheci Cecília nove anos atrás, mas já tinha compromisso com Ludmila. Muita coisa aconteceu e nos separamos, mas nunca a esqueci. Agora a reencontrei e estamos juntos. E eu e Ludmila nos separando.

– Caral... – Calou-se antes de completar o palavrão, surpreso. – Cara, tinha notado que o casamento de vocês era bem frio, mas nem sabia dessa outra menina. Você sabia, Matheus?

– Soube há pouco tempo.

– Quer dizer que o único excluído fui eu? – Arthur estava ofendido.

Dei uma risada. Como sempre, era o passional do grupo. E ciumento.

– Não foi excluído de nada, Arthur. Só desabafei com Matheus uma vez. Mas agora estou falando pra vocês. Tenho certeza que vão gostar muito dela.

– O que importa é que sejam felizes – emendou Sophia, observando-me atenta. – E Ludmila aceitou numa boa?

– No início, não. Mas ontem voltou atrás e disse que vai dar o divórcio.

– É mesmo? – Parecia um tanto surpresa. Era uma mulher inteligente e observadora.

Completei, meio irônico:

– É o que ando me perguntando. Foi fácil demais.

– Pois é – concordou ela. – Imaginei que faria de tudo para que não se separasse. Não me parece uma pessoa que aceita perder fácil.

– E não é. – Acenei com a cabeça. – Além de concordar, ainda me pediu um jantar na sexta, para comunicarmos a decisão aos amigos e à família.

– Que estranho. – Olhou para o marido. – Não acha, Matt?

– Esquisito mesmo. – Ele me encarou. – Acha que está armando alguma?

– Sinto isso. Mas não consigo imaginar o quê.

– Vai ver que ela arrumou um amante e se conformou – debochou Arthur.

– Seria bom demais pra ser verdade. – Acabei sorrindo. – Vocês são meus convidados para o jantar. Se quiserem ir, é claro.

– Eu quero. Vamos, Matt?

– Sim, Sophia. – Parecia um pouco preocupado. – Se acontecer algo, estaremos lá para dar uma força.

– Acontecer o quê? – Arthur olhou de um para outro. – Ela não tem o que fazer, ainda mais na frente de um monte de gente. Só se estiver planejando xingar você de safado pra baixo com testemunhas. Mas não vejo Ludmila fazendo isso.

– Não mesmo – concordou Sophia. – Mas que tem caroço nesse angu, isso tem.

A certeza dela só aumentou a minha.

No entanto, por mais que eu pensasse, não conseguia descobrir seus planos. O negócio era ficar atento e observar. Talvez uma pista aparecesse.

CECÍLIA BLANC

Eu estava nervosa. Michael estava terminando de tomar banho e desceria para conversarmos e jantarmos. Giovana tinha terminado de comer na cozinha enquanto eu fazia companhia a ela e conversava um pouco, mas chegava cansada da escolinha e dormia cedo. Eu a tinha colocado na cama, e a babá estava com ela no quarto.

Michael chegou à sala de jantar elegante como sempre, seus cabelos loiros úmidos e bem penteados, seus olhos atentos em mim. Mesmo ficando meses sem vê-lo, não conseguia sentir raiva dele. Nunca nos maltratou ou foi agressivo e, quando estava em casa, era sempre simpático e educado. Seu jeito distante e frio de lorde inglês era uma característica de sua personalidade e de sua criação.

Tinha falado com Giovana arranhando seu português e trazido um monte de presentes para ela. Ficou animada, respondeu suas perguntas, riu do seu sotaque, embora ela também tivesse sido acostumada desde pequena com a língua inglesa. Mas não havia uma comunhão de pai e filha entre eles. Acho que ela o via como um visitante simpático.

Jantamos na sala de jantar, conversando banalidades, como foram as coisas com ele e comigo naquele tempo etc. Somente depois fomos à sala de estar, eu me acomodei no sofá e Michael se serviu de gim tônica, ocupando elegantemente uma cadeira. Falei em inglês:

– Sabe por que pedi tanto para você voltar?

– Eu imagino. – Observou-me, atento. – Quer se separar?

– Sim, Michael.

– Sei que andei muito ausente. Deixo vocês muito sozinhas. Mas meu trabalho...

– Eu entendo. Mas para mim não dá mais. Nosso casamento foi bom para nós dois, cada um com seu próprio motivo. Mas, agora, preciso seguir em frente.

Para falar a verdade, ainda me sentia culpada por tê-lo traído. E acabei confessando:

– Agi errado com você.

– Errado como, Cecily?

– Reencontrei Antônio Saragoça. Lembra dele?

– Sim. Seu amor que se casou. – Acenou com a cabeça, bem tranquilo.

Fiquei toda vermelha, mas não desviei o olhar. Disse baixinho:

– Eu não resisti. Ficamos juntos. E agora... Ele também está deixando a esposa para que possamos ficar juntos. Michael, me desculpe.

Observou-me com atenção. E deu um sorriso triste.

– Querida Cecily, eu não a culparia se tivesse me traído mais vezes. É jovem, linda e a deixei sempre muito sozinha. Mas é claro que não traiu. E esse rapaz não é qualquer um. Nunca escondeu que foi seu grande amor.

– Mesmo assim, eu...

– Não se preocupe com isso.

Sua tranquilidade era impressionante. Perguntei curiosa:

– Você também tem outros casos, fora do Brasil?

Não respondeu de imediato, mas nem precisou. Sua cara já dizia tudo. Era esquisito ter a confirmação daquilo, por mais que eu já desconfiasse. Não era ciúme, mas ser leviana não era do meu feitio. O que tive com Antônio tinha história, conteúdo. Não era um caso isolado.

Aproveitei o momento para saber mais:

– Você tem outra família lá fora? Giovana tem irmãos, Michael?

– Não, nenhuma família. É minha única filha. – Sorriu. – Sabe que não tenho parentes. E fico feliz, pois ela herdará tudo quando eu morrer. Tudo o que lutei para conseguir não se perderá por aí.

– Mas ainda pode se casar, ter outros filhos.

– Não. – Sorriu, calmo.

– Por que não?

– Sou feliz assim. E... – Calou-se, ficando um tanto corado.

– Fale, Michael.

– Deixe pra lá.

– Por favor. Pode confiar em mim.

– Sei disso, minha doce Cecily. Eu não poderia ter escolhido pessoa melhor para ser mãe da minha filha.

– Mas...

– Tenho uma pessoa.

Eu já calculava algo assim e acenei com a cabeça. Murmurei:

– Há quanto tempo?

– Muito tempo.

– Antes da gente casar?
– Sim.
Eu estava surpresa e confusa.
– Mas então por que...
– A família dele era contra.
"DELE." Fiquei boquiaberta. Tão surpresa que Michael ergueu a sobrancelha e sorriu. Explicou:
– Ele é inglês, como eu. Um artista. E não teve coragem de assumir nossa condição. Não quis ficar comigo, e vim para o Brasil. Tive uma história parecida com a sua. Estabeleci minhas empresas aqui, conheci você, gostei de verdade de você, Cecily. Foi muito boa para mim. Nunca se interessou por meu dinheiro nem exigiu nada. Eu admiro muito você. Tentei realmente ficar aqui, mas tenho negócios pelo mundo. Sou como um passarinho, sempre precisando voar.
– Mas... nunca mais o viu?
– Sim, há dois anos. Sua mãe, que o dominava muito, havia morrido. E então recomeçamos. Não foi planejado. Aconteceu.
Fitei seus olhos claros, um pouco magoada:
– Por que não me contou?
– Nossa filha era bem pequena. E... não tive coragem. Sei que agi errado, mas por isso entendo você, Cecily. O amor é maior que tudo.
– Ele continua na Inglaterra?
– Aaron viaja muito comigo.
– Veio para o Brasil?
– Não. – Sacudiu a cabeça. – Não achei certo, com você aqui.
– Eu não esperava uma coisa assim. Nunca demonstrou que fosse homossexual.
– Não sei se sou. – Deu de ombros e sorriu. – Não me ligo muito em sexo, mas na essência das pessoas. Nunca quis trair ou

magoar você. Não tive outros casos. Mas Aaron sempre foi meu ponto fraco. Como Antônio é o seu.

Fiquei quieta. Era estranho demais saber que nosso casamento foi tão distante assim, que nos unimos amando outras pessoas. Mas, ao mesmo tempo, não nos odiamos nem brigamos. Se não foi um pai presente para Giovana, também nunca a magoou de propósito. Fez o que achou que tinha que fazer.

No fundo, estava um pouco magoada, porque teve outra pessoa por dois anos. Por isso quase não me tocava. Por isso passava tanto tempo fora do Brasil.

– Diga que me perdoa, Cecily.

– Não sou digna de dar perdão a ninguém, Michael. Agi como você.

– Só não quero que fique com raiva de mim.

– Não estou com raiva. – Suspirei, um pouco cansada. Mesmo sabendo que minha mãe estava certa quando disse que eu casaria pelos motivos errados, não pude me arrepender. E foi o que falei: – Você cuidou de mim quando eu mais precisei. Me deu seu carinho, conforto e segurança. Me deu uma filha linda, que amo com loucura. Como posso ter raiva?

Michael se inclinou para frente e segurou minhas mãos. Fitou meus olhos e disse com carinho:

– Vou dar o divórcio. Cada um de nós vai seguir o seu caminho, querida. Mas quero que me prometa que posso aparecer para ver Giovana. E que sempre me receberá como amigo.

– Eu prometo.

Fiquei emocionada. Sorri, pois mais uma fase da minha vida passava e aquela ocorreu até de forma tranquila.

– Sou feliz, Cecily. E você também vai ser com seu Antônio.

– É o que mais quero.

– E terá.

Conversamos mais um pouco e decidimos dar entrada nos papéis do divórcio já no dia seguinte. Ele ficaria uns dias a mais no Rio de Janeiro para passear um pouco com Giovana, olhar suas empresas e só voltaria ao exterior depois de assinar os documentos da nossa separação.

Fui para meu quarto em um misto de nostalgia e esperança. Por mais que entendesse que aquele casamento teve um propósito para mim, parecia que apenas um meio-termo entre minha vida depois de perder Antônio e antes de reencontrá-lo. Agora tudo se preparava para uma outra fase. Mas eu ainda sentia medo.

Lembrei do olhar de ódio de Ludmila naquele restaurante na Barra. Senti uma angústia por dentro, ainda mais por estranhar que ela se tornasse tão calma de repente, concordando em se separar. Antônio também estava desconfiado. E eu temia que estivesse armando alguma coisa, talvez para pegar a guarda do filho. O pior era não saber de nada e só ficar esperando.

Tinha passado no quarto de Giovana e ela já dormia. Suzilei lia um romance acomodada em sua cama, acenamos e sorrimos uma para outra. Beijei minha menininha e fui para meu quarto, ligando o som baixinho enquanto vestia uma camisola e me deitava na cama, imersa em pensamentos.

Começou uma música linda do Roupa Nova, e me acomodei entre os lençóis, pensando em Antônio, preocupada, mas rezando muito para que Deus nos ajudasse e impedisse qualquer armadilha de Ludmila. Estava mais do que na hora de sermos felizes. Nove anos já tinham sido muita coisa. Eu só queria que ela seguisse seu caminho e realmente nos deixasse em paz.

Talvez estivéssemos desconfiados à toa. Havia mesmo uma chance de Ludmila não querer perder seu status social e por isso preferir uma separação mais tranquila, sem alarde e sem perdas dos dois lados.

Mas havia um peso em meu coração. Algo me alertava que ela não desistiria fácil assim. Fechei os olhos, agoniada. Pensava e pensava e não conseguia imaginar que trunfo que ela poderia ter.

Foi difícil conseguir dormir naquela noite.

CECÍLIA BLANC

Eu tinha ido trabalhar de táxi naquela quarta-feira, pois Antônio ficou de me pegar em meu escritório e me levar para jantar. Michael e Suzilei estavam em casa com Giovana. Meu agora ex-marido ficaria até sexta-feira e então voltaria para o exterior. Naquele dia tínhamos consultado os advogados e dado entrada nos papéis da separação.

As coisas começavam e se resolver. Ambos lutávamos por nossos divórcios e para ficarmos juntos. Pelo meu lado, tudo parecia correr bem, sem entraves. Mas eu ainda tinha medo do que viria de Ludmila.

Saí do escritório e fui esperá-lo diante do prédio, lembrando-me de quando descia do apartamento em que eu morava, nove anos atrás, ansiosa e feliz para vê-lo. Era a mesma sensação. E, quando percebi o Bentley negro um pouco mais à frente, encontrei o olhar de Antônio fixo em mim, de pé, ao lado do carro. Meu coração disparou, as pernas ficaram bambas e fui invadida por um turbilhão de sentimentos.

Ele lançou-me um olhar intenso e apaixonado. Praticamente corri até onde estava, desejando-o e amando-o tanto que meu peito chegava a doer. Antônio deu alguns passos em minha direção e me pegou no meio do caminho. Segurou minha nuca e me puxou para si, saqueando de minha boca um beijo quente, que tirou meu ar e fez com que eu me perdesse em seus braços.

Agarrei-o forte e beijei-o com loucura e saudade, meus dedos em seu cabelo, minha língua sôfrega em sua boca. Sentia uma necessidade absurda de estar com ele, de tocá-lo e senti-lo, cheirá-lo e beijá-lo. E foi o que fiz.

Antônio parecia sentir a mesma coisa. Apertou-me contra seu corpo, me fundiu a ele, tomou tudo de mim com intensidade, sua mão firme em minha nuca, a outra espalmada em minhas costas. Chupou minha língua, saboreou meus lábios, pouco ligou para as pessoas que passavam por nós naquele movimentado horário do rush. E, quando desgrudou os lábios e abriu os pesados olhos azuis, eu já era uma massa trêmula em seus braços.

– Que saudade... – murmurou rouco.

Eu acenei com a cabeça, sem condições de falar. Mas ele sabia, via que me sentia da mesma maneira. Sorriu meio de lado, passou os dedos entre meus cabelos e então se afastou o suficiente para abrir a porta do carro para mim.

– Vamos sair logo daqui.

– Para onde vamos? – Consegui perguntar, tentando me acalmar, manter uma conversa coerente.

– Você vai ver. – Olhou-me com carinho, mas precisou se concentrar no trânsito caótico. – Ponha uma música. Há uma seleção de MPB por nome de artista, é só escolher. Mandei fazer pensando em você.

Sorri, toda feliz. Peguei o controle e, ao chegar no C, parei em Chico Buarque. Pensei nos nossos planos de ficarmos juntos no futuro e escolhi "Futuros amantes", comentando:

– Adoro essa música.

Não se afobe, não
Que nada é pra já
O amor não tem pressa
Ele pode esperar em silêncio

Num fundo de armário
Na posta-restante
Milênios, milênios no ar

Antônio sorriu e comentou:

– Pois eu discordo da música. Estou afobado e cansado de esperar. O meu amor tem pressa.

Eu ri, virando-me meio de lado no assento de couro para olhá-lo:

– Também, depois de nove anos. Não o culpo. Me sinto da mesma maneira. Mas agora falta pouco.

Lançou-me um olhar rápido:

– Conversou com seu ex-marido?

– Ex? – Dei uma risada.

– É o que espero.

– Sim, conversamos. E resolvemos tudo numa boa. Hoje demos entrada no divórcio.

– Notícia boa. – Sorriu, satisfeito. – Também já dei entrada no meu. Mas ele não criou problemas?

– Nenhum. – Não contei nossa conversa nem o fato de Michael ter outra pessoa. Depois falaria com mais calma. – Na sexta-feira ele volta para o exterior, mas então deixará tudo resolvido. Só me pediu o direito de ver Giovana ocasionalmente.

– Eu estranharia se não pedisse isso – disse baixo, virando o carro em direção à praia da Barra. – Parece que essa é a semana das nossas vidas. Na sexta seu ex-marido vai embora e eu me despeço de vez de Ludmila. No sábado saio de casa com Toni.

Senti meu peito se apertar, e algo me trouxe uma sensação de medo. Observei-o atentamente.

– Antônio, e esse jantar?

– Vai sair mesmo. Ela até já convidou a família e contratou um bufê. – Estava sério, a expressão fechada. – Não sei por que concordei com essa palhaçada.

– Eu sei. Você quer se livrar logo de tudo e isso foi o que ela exigiu para dar um divórcio em paz, sem guerra. Ficou se sentindo preso.

– É verdade. Não sei o que pensa. Era bem capaz de entravar tudo só por birra. – Apertou o volante, irritado. – Não vejo a hora dessa merda acabar logo.

– Eu também. Fico com a sensação de que Ludmila está aprontando alguma coisa.

– Verdade. – Antônio parou em um sinal vermelho e me fitou fixamente, seus olhos azuis acesos. – Mas, por mais que eu pense, não consigo imaginar o que ela pode estar tramando. Ainda mais com conhecidos presentes. Sophia também me disse que tem certeza que isso não cheira bem.

– Sophia? – perguntei, curiosa.

– É, esposa de Matheus, um amigo meu bem antigo. Eu os encontrei ontem depois do trabalho para um drinque, junto com meu outro amigo Arthur. Todos estranharam esse jantar. Mas vão estar lá, de olho, junto comigo.

– Fico feliz em saber que não estará sozinho. E sua família?

– Eduardo disse que não perderia isso por nada desse mundo e vai com Karine. Mas meus pais estão em Angra. – Ergueu a mão e acariciou de leve o meu rosto. Havia certa tristeza em seu olhar: – Minha mãe me apoiou, mas meu pai ainda não. O velho é osso duro de roer.

– Não fique triste. – Segurei sua mão e beijei.

– Não estou. – Sorriu, mas eu sabia como a opinião do pai era importante para ele. Vi que estava chateado.

Acariciou mais uma vez minha pele, seu olhar amoroso. Mas então o sinal abriu e teve que se concentrar novamente no trânsito.

***

O problema é que não queríamos mais esperar. E tínhamos receio de que, de alguma maneira, fosse isso que Ludmila tramava, um jeito de nos afastar, de criar algum problema. Mas o quê? O que ela poderia fazer no meio de parentes e amigos? Alguma chantagem? Algum comunicado que ninguém esperava? Senti um arrepio de medo percorrer minha espinha, pensando em seu olhar de ódio.

– Acha que ela poderia se tornar agressiva, Antônio?

– A sensação que tenho é de que Ludmila é capaz de tudo – disse secamente.

Eu o olhava, temerosa.

– Tudo o quê? Violência?

– Não sei se chegaria a esse ponto. O jantar em si me incomoda. É claro que ela dá muita importância ao status e à opinião dos outros. Seria até compreensível querer dar a notícia ela mesma, fazendo parecer que foi uma decisão em conjunto, distorcendo tudo para que, ao final, as pessoas achassem que ela quis o divórcio. Se for isso, não me importo, desde que cumpra com o objetivo.

– Mas e se não for isso?

– É o que tenho pensado. O que pode ser. Mas entende minha situação? Ela é instável. Se falo que não quero o jantar, vai querer pôr empecilho em tudo. De certa maneira, está me chantageando. – Sua expressão era fechada, com raiva. – E estou deixando, pagando o preço para me livrar o mais rápido possível dela.

– Meu Deus... – Sacudi a cabeça, agoniada. – Só me prometa que tomará cuidado.

– Vou tomar. Não vou comer nem beber nada que ela não prove também.

Empalideci.

— Ela não seria capaz de ir tão longe. – Afastei a ideia de envenenamento, horrorizada.

— Todo cuidado é pouco. – Deu de ombros. – Nunca a vi ser violenta ou machucar uma pessoa. Mas ela é uma incógnita para mim. Vou ficar atento. E meus amigos e Eduardo me ajudarão.

— Antônio, cancele esse jantar – pedi baixinho, com medo, sentindo uma sensação muito ruim apertar meu peito.

— Não.

— Escute, podemos esperar, se não quiser dar o divórcio. Esperamos o litigioso.

— Não é tão simples. – Ligou o alerta do carro e o virou à esquerda, entrando no estacionamento de um lindo hotel em frente ao mar. Estava sério, rígido. – Tem muita coisa envolvida, Cecília. O litigioso mexeria com as empresas, uma divisão a essa altura causaria várias demissões. Famílias iam pagar pelo ódio de uma mulher. Ela tentaria tirar o meu filho. Vou fazer o que puder para impedir isso. Se é um jantar que quer, é um jantar que vai ter.

— Mas o problema é se não for só um jantar. Se, por algum motivo, você estiver correndo perigo.

Antônio parou o carro na garagem do hotel. Voltou-se para mim, sério, tirando o cinto. Seus olhos azuis penetraram os meus.

— Não acho que Ludmila se arriscaria tanto na frente de outras pessoas. E, se quer me machucar de alguma maneira, com ou sem jantar vai fazê-lo. Nada a impediria. Assim ao menos estou alerta, cercado de pessoas que podem me ajudar.

— Estou com muito medo. – Meus olhos se encheram de lágrimas.

— Não fique. São só suposições. – Tirou meu cinto e segurou meu rosto entre as mãos, olhando-me com carinho e preocupação. – Talvez ela só queira isso mesmo, causar pânico. Escute, não há muito o que fazer. É como eu falei, se estiver com más intenções, vai tentar de um jeito ou de outro.

– Mas vai se arriscar...

– Não, Cecília. – Sorriu de leve, beijando suavemente meus lábios. – Não sabemos de nada.

– Mas eu sinto. Sinto que alguma coisa ruim vai acontecer. – Eu o abracei forte, as lágrimas descendo por meu rosto, o desespero me envolvendo. – Por favor, Antônio...

– Querida.

Ele me apertou e acariciou. Falou suavemente:

– Está nervosa, mas não quero que fique assim.

– Não vá a esse jantar. Não vá.

– Cecília... – Fez com que eu o olhasse e passou os polegares em meu rosto, afastando as lágrimas. – Estamos exagerando. Não tem nada que prove que Ludmila seja violenta. Pode ser armação, sim, talvez tentar me sujar de alguma maneira perante os amigos, depois dizer publicamente que não quer o divórcio, não sei. O que está pensando? Que ela vai puxar uma arma na frente de todo mundo e acabar comigo?

Empalideci, amedrontada. Antônio disse logo:

– Ludmila nunca se arriscaria tanto. Quer aparecer nos jornais por outros motivos. Fique calma. Estou analisando tudo, atento. Não vou dar mole nem facilitar. Mas estou cansado de esperar. Quero minha vida de volta. Passei nove anos nesse inferno gelado e, agora, cada segundo me faz falta.

Fiquei olhando-o, sem saber o que fazer. A agonia continuava dentro de mim.

– Eu queria muito estar lá – murmurei, angustiada.

– Fique tranquila. Vou me cuidar.

– Você promete?

– Prometo. – Beijou minha face, terno. – Agora vamos parar de nos preocupar com isso e aproveitar nosso tempo juntos. Vem, quero te mostrar uma coisa.

– O que é?

– Vai ver.

Cavalheiro, saiu do carro e abriu a porta para mim. Entrelaçou seus dedos aos meus e me levou para dentro do hotel luxuoso. Não foi até a recepção, mas até os elevadores. Entramos com outras pessoas, ainda de mãos dadas. Virou a cabeça para me olhar e sorrir meio de lado para mim.

Senti meu coração disparar, cheio de amor. Aquele sorriso tinha me ganhado desde o primeiro momento em que o vi. Sonhei anos com ele, desejei revê-lo e, agora, tudo que eu queria era aquele sorriso para mim pelo resto da vida. Era tanto amor que despertava em mim que parecia transbordar por todos os poros.

Descemos no oitavo andar e Antônio me levou até uma porta, que abriu e me indicou a entrada:

– É todo seu, minha princesa.

Sorri e entrei. Era um apartamento luxuosamente decorado, com vários cômodos, tudo de extremo bom gosto e confortável.

– É seu? – Parei na sala, virando para olhá-lo enquanto trancava a porta.

– Aluguei por um mês. Venho para cá com Toni e a babá no sábado. Acho que é tempo suficiente para que você e eu encontremos uma casa para morarmos. Mas, por trinta dias, será o meu lar. O que acha?

– Eu gostei. Não é impessoal como outros hotéis.

– Foi o que gostei também.

Aproximou-se de mim. Seu olhar passou por meu corpo, cheio de desejo, quente e penetrante daquela maneira que me deixava de pernas bambas. Larguei a bolsa no sofá, esperei por ele já antecipando meu prazer, ansiando por seu toque.

Antônio segurou minha cintura e andou comigo, fazendo-me ir pra trás, suas pernas entrando entre as minhas, sua ereção evidente contra meu ventre, seus olhos consumindo os meus.

Estremeci, excitada, entreabrindo os lábios, até encostar na parede. Mas não me deixou ali. Ele que se encostou, abriu as pernas e me puxou para a sua frente, encaixando-me em seu corpo, de modo que o senti todo colado a mim, abraçando-me, beijando minha boca.

Segurei seu paletó, recebi sua língua com paixão, com um desejo que me incendiou por inteiro. O tesão veio violento, o sangue correu rápido nas veias, pensei que entraria em combustão instantânea. Gemi em sua boca e me apertei mais contra seu membro e seus músculos, bem encaixada entre suas coxas, querendo-o com loucura.

Antônio agarrou minha bunda com as duas mãos, fazendo-me sentir a amplitude da sua ereção, esfregando-me nele. Ao mesmo tempo, subia a saia do meu vestido até a minha cintura e podia apertar os dois globos, seus dedos se enterrando na carne macia.

— Saudade de você, Cecília — murmurou rouco contra minha boca, mordiscando meus lábios.

— Nunca mais queria sair daqui — sussurrei de volta, minhas mãos percorrendo seu corpo, subindo pelos músculos do seu peito, seu pescoço, seus cabelos. Beijei seu rosto, mordi o queixo firme, esfreguei-me nele alucinada, todo meu corpo arrepiado, excitado, meus mamilos duros, o ventre se contorcendo, a vulva palpitando.

Havia uma ternura envolvente em meio à paixão, uma conexão ainda mais intensa. Beijamo-nos de novo na boca, entregues e tocados, cheios de desejo e de amor, ansiando por mais momentos como aqueles, para sempre.

Antônio tirou meu casaquinho e o largou no chão. Abriu o zíper do meu vestido nas costas e o desceu por meus ombros e quadris, até que caísse aos meus pés. Abriu o sutiã e o jogou longe. Me deixou apenas com a calcinha preta, suas mãos grandes percorrendo minha pele, meu cabelo comprido, minhas costas nuas, meus seios. Delirei, gemi, já puxando sua camisa para fora da calça.

Segurou meus pulsos e parou de me beijar para me fitar nos olhos. Disse rouco, em tom duro:

– Primeiro quero você nua. Depois cuidamos de mim.

Mordi os lábios, acenando com a cabeça, ansiosa para estar logo nua com ele, nossas peles se roçando, o cheiro gostoso do seu corpo me embriagando. Antônio desencostou da parede. Não largou meus pulsos ao me levar até a cama. Com um olhar sensual para os meus seios, sentou-se na beira e me fez ficar de pé à sua frente. Eu tremia, excitada, ansiosa, sem poder tirar meus olhos dele. Amando tudo dele, sem exceção, cada parte do seu ser.

Largou meus pulsos. Suas mãos foram aos meus quadris, onde enrolou os dedos nas laterais da calcinha. Desceu-a lentamente por minhas pernas, seus olhos se fixando em meu sexo nu. Prendi o ar, mordi os lábios, fiquei quietinha. Até que a calcinha estava no chão e suas mãos subiam pela parte de trás das minhas panturrilhas, joelhos e coxas.

– Tão macia e suave... – murmurou com voz ainda mais grossa pela lascívia. – Tão linda...

E acariciou minha bunda, segurando-me firme enquanto aproximava o rosto da minha vulva e passava o nariz entre meus pelos aparados, cheirando-me. Perdi o ar e a razão. Senti as pernas bambearem, o coração foi a mil. Segurei seus ombros largos ao sentir a ponta da língua massagear gostosamente meu clitóris, espalhando ali um calor abrasador, devorador.

– Ai... – gemi, já sentindo os espasmos do meu ventre, que despejavam líquidos melados de dentro de mim para os lábios vaginais, inundando-me. Foi rápido e intenso, voraz. Respirava irregularmente, sentia todo meu corpo se tornar uma massa cheia de luxúria.

Antônio não teve pressa enquanto eu fervia e incendiava. Lambeu-me assim, suavemente, como um gato satisfeito, a língua indo e vindo em massagens constantes sobre o brotinho, que inchava e endurecia. Era uma tortura deliciosa, uma carícia terna e ao mesmo tempo enlouquecedora. Fiquei fora de mim, pronta, ansiando desesperadamente por mais.

Ergueu a cabeça, seu olhar subindo por minha barriga e seios, até meus olhos. Sorriu daquele jeito que me deixava doida, seus olhos ainda mais acesos pelo desejo.

– Segure-se – disse baixo. E meus dedos se cravaram mais em seus ombros.

Segurou minha perna esquerda e a ergueu, fazendo-me depositar o pé em sua coxa. Acariciou-a até o tornozelo e, com suavidade, tirou meu sapato preto de salto alto, largando-o no chão, caindo com um baque surdo. Então subiu a mão de novo pelo interior da perna, causando-me um estremecimento, seus olhos acompanhando o movimento, até os dedos pararem em minha virilha nua. Então fitou minha vulva exposta para ele, tão perto, tão aberta com minha perna erguida.

Contive o ar, tremendo. Sabia que acabaria comigo, me torturaria de tanto prazer. E foi o que fez. Passou lentamente os dedos por meu clitóris e lábios, molhando-os com meus sucos, deixando-me doida. Abriu os lábios vaginais para os lados, deixando-os assim, expondo-me ainda mais. E foi assim que lambeu minha rachinha, a língua vindo dentro de mim, me saboreando como se eu fosse um prato mais que gostoso.

Pensei que cairia, que minha perna não me sustentaria. Uma de suas mãos firmava minha bunda. Eu estava fora de mim, gemendo sem parar, contorcendo-me. Arquejava, me contraía e expulsava mais do meu mel em sua boca, que eu produzia por causa dele. Supliquei num sussurro:

– Não vou aguentar... – E tremia demais mesmo, virando uma massa luxuriosa por dentro, a ponto de desabar, fraca e entregue.

Sentindo que eu estava mesmo arrebatada, Antônio me segurou firme, virando-me e deitando-me na cama. Mas nem me deu tempo de reagir, já erguia meus quadris para sua boca e a abria sobre minha vulva, chupando-a forte e gostoso, metendo a língua em mim. Gritei, tive espasmos de puro prazer, tirei as costas da cama e joguei a cabeça para trás, em êxtase, choramingando.

Foi demais para mim. Gozei forte em sua boca, gritei palavras desconexas, agarrei o lençol e o torci enquanto meu corpo ondulava e se dava, convulsivamente, sendo devorado sem dó. E Antônio tomou meu prazer, me chupou e saboreou, me lambeu até me deixar ainda mais embriagada e desabar na cama com o coração disparado e o corpo em chamas. O sangue latejava em minhas têmporas, minhas pálpebras estavam pesadas, eu me sentia acabada, sem forças.

Ele se ergueu, tirando o paletó. Continuei lá, aberta e nua, enquanto se despia e me fitava com os olhos azuis carregados, cheios de tesão. Lambeu os lábios devagar e estremeci de novo, como se sentisse a lambida dentro de mim. Sorriu, desabotoando a camisa, despindo-se.

Olhei maravilhada seu corpo lindo, os músculos que ondulavam, sua beleza máscula e única. Abriu o cinto da calça. Tirou-a junto com a cueca. Vi seus pelos negros e o pau grande, grosso, pronto para mim. E eu estava lá, pronta para ele, aberta enquanto vinha de joelhos entre as minhas pernas, trepando em mim.

– Me deixe chupar você... – pedi rouca, com água na boca.

– Depois. – E montou sobre meu corpo, pairando como uma força dominante, tomando-me em minha visão e sentidos. Desceu os olhos dos meus até meus seios e exigiu rouco: – Erga os braços, Cecília, sobre sua cabeça. Segure-se na cabeceira.

Obedeci. Daquela maneira me estiquei mais, expus meus seios totalmente. E era o que ele queria. Porque se deitou sobre mim já metendo um mamilo na boca enquanto seu pau grosso forçava meus lábios vaginais melados a se abrirem. Mordeu e me penetrou, causando sensações diversas e iguais ao mesmo tempo, arrancando um gemido entrecortado da minha garganta enquanto entrava todo em mim e passava a dar estocadas fundas e duras, chupando e mordiscando o bico com força.

– Ahhhhhhhh... – Comecei a gemer, pois era demais para suportar. Eu me sentia cheia, pressionada, fodida de uma maneira única, que só Antônio sabia fazer. Fitei seus cabelos negros despenteados na testa, suas pálpebras fechadas com cílios que faziam sombra, sua boca mamando em mim. Meu ventre se contorceu, eu apertei seu pau em espasmos contínuos, fiquei totalmente excitada de novo.

Seu pau era imenso e tomava cada canto meu, me fazia muito consciente de cada arremetida, cada estocada até meu útero, massageando meu ponto G, meu canal, seu púbis roçando o clitóris ainda inchado. Seria muito fácil gozar de novo. Foi para outro mamilo, mais bruto, puxando-o com os dentes, rugindo como um animal ao me foder forte e rápido.

– Antônio... – gritei o nome dele, sem poder acreditar que teria outro êxtase tão rápido, mas achando difícil me controlar.

– Adoro sua bocetinha apertada, Cecília. Adoro ficar dentro de você assim... – Ergueu a cabeça e disse, com os lábios quase encostando nos meus, seus olhos penetrando meus olhos com intensidade e tesão, escurecidos e brilhantes, movendo os quadris com fúria, o membro saindo e entrando todo, com voracidade: – Vou passar a vida fazendo isso. Te comendo e te amando. Sempre... Sempre...

Eu me perdi. Larguei a cabeceira da cama, abraçando-o forte, precisando desesperadamente dele o mais colado a mim possível. Envolvi minhas pernas em sua cintura e acompanhei suas estocadas brutas, pingando de tanto tesão, minhas unhas em suas costas, minha boca buscando a sua. Na mesma hora Antônio enfiou a língua em minha boca e me devorou, furiosamente.

Então me quebrei em mil, choraminguei e tive mais um orgasmo, ondulando contra suas arremetidas, contraindo-me toda. Ele estremeceu, rosnou, meteu mais fundo e forte, espalhando seu esperma quente e grosso dentro de mim, banhando meu útero, gozando com violência.

Foi delicioso e enlouquecedor. Mesmo depois que se esvaiu todo, continuou a me comer devagar e a me beijar, seus dedos em meu cabelo, seu corpo tomando tudo do meu, exigindo sempre mais. E eu também queria, como se uma febre nos consumisse, não nos deixasse cansar ou querer descansar.

Antônio girou na cama, meio recostado no travesseiro, trazendo-me para cima sem sair de dentro de mim. Eu me movi apaixonadamente, massageando seu pau com meus movimentos de quadris, segurando seu rosto, sem poder parar de beijá-lo. Senti certo desespero, algo que me fez apertá-lo entre os braços e pernas, protegê-lo como se fosse uma criança. Era um misto de prazer, amor e algo mais, que latejava dentro de mim, que me dava vontade de chorar.

Eu tremia e o apertava, choramingava. Antônio sentiu. Sentou-se na cama de repente, abraçando-me forte, eu ainda montada e agarrada a ele, seu pau totalmente ereto agasalhado todo dentro de mim como uma força viva. Descolou os lábios, disse baixo, bem perto da minha boca:

– Calma, Cecília. Calma...

Eu não podia me acalmar. Eu sentia um medo terrível dentro de mim, algo gritava para segurá-lo ali, mantê-lo sob as minhas vistas. Era poderoso e mais forte do que eu. Lágrimas pularam dos meus olhos, fiquei agoniada, apertei-o sofregamente.

– Shh... – Tentou me conter. Agarrou meu rosto entre as mãos, fitou meus olhos, preocupado. – O que foi isso?

— Eu não sei... Estou com medo... Uma sensação horrível, Antônio...

— Você está cismada.

— Não, é mais do que isso. — Também segurei seu rosto entre as mãos, fitando-o com súplica. — Cancele esse jantar. Por favor.

Ele ficou quieto. Sacudiu a cabeça.

— Querida, confie em mim. Vou ter cuidado. E é como eu falei, pelo menos agora estou atento. Pior é se estiver mesmo tramando alguma coisa e me pegar de surpresa.

— Estou com tanto medo... — Eu tremia, gelada, a sensação ruim sem me deixar em paz.

— Vai dar tudo certo, calma. Não fique assim.

Demorou até que Antônio me confortasse e tranquilizasse com carinho, palavras ternas e beijos. Deitou-me na cama e saiu de dentro de mim, ficando atrás, acariciando-me até que boa parte de tudo aquilo passasse. Beijou minha orelha, meu rosto, minha mão. Garantiu que tudo ficaria bem.

Eu deveria me sentir uma tola. Mas algo ainda me alertava do perigo. Fechei os olhos e implorei silenciosamente a Deus que o protegesse, com todas as minhas forças. Porque sabia que Antônio queria ter sua liberdade, nem que para isso fizesse a última vontade daquela louca.

Entrelacei meus dedos aos dele sobre a cama, cansada até para pensar, buscando alguma maneira de convencê-lo. Mas como, se eu não tinha prova de nada? E se no fundo ainda acalentava a esperança de que fosse só um medo vazio? Em que acreditar? O que fazer? Se, na verdade, estivesse querendo fazer alguma mal a ele, aquela mulher tentaria de qualquer jeito?

Tudo estava devidamente planejado. O bufê contratado era um dos melhores e tinha preparado pratos e sobremesas especiais, embora eu duvidasse que alguém chegasse a experimentá-los. Só os petiscos e bebidas, esses, sim, seriam apreciados. Mas o jantar... Esse nunca se consolidaria. Pelo menos, não completamente.

Eu me sentia exultante. Era tão inteligente que me surpreendia até onde minha mente era capaz de ir. Tive menos de uma semana para preparar tudo e não via falhas. Era o que dava ser superior à maioria. Enquanto alguém menos provido de neurônios partiria para algo básico, eu fiz todo um teatro. Mesmo que alguém desconfiasse, como provar? Seria impossível. Sem assassinato, não teria culpado. Ponto.

A internet hoje em dia era uma mão na roda. A pessoa podia pesquisar e encontrar uma receita de um torta do tempo da vovó, uma música que não escutava havia muito tempo ou até mesmo uma maneira de matar outra pessoa sem deixar vestígios. Impressionante. Eram tantas opções que dava até para escolher. Eu uni duas, e não havia jeito de escapar.

Não estava tão calma quanto quis aparentar. Tive uma trabalheira danada e ainda teria. Tive que avisar a portaria do prédio para liberar a entrada de três carros: o primeiro do chef do bufê, que chegaria mais cedo. O segundo com o resto do pessoal do bufê. O terceiro da moça contratada para a limpeza. Já estava tudo acertado. É claro que, daqueles três, só o segundo era autêntico. O primeiro era do homem que precisei contratar e que já estava devidamente escondido dentro do apartamento. E o terceiro ainda seria usado. Essa parte estava toda certa.

Arrumei-me com esmero. Fui fria o tempo todo. Só vacilei quando saí da minha suíte toda elegante e encontrei Antônio se servindo de uísque na sala. Ele me olhou de maneira penetrante, séria, fria. Parecia dizer que sabia que eu aprontava algo e que estava preparado. Vacilei um pouco. Senti o coração disparar e as mãos suarem. Mas me forcei a ficar mais calma.

Antônio podia estar desconfiando. Isso era normal, afinal, eu concordara com tudo muito rápido e exigira aquele jantar. Sabia que, por ele, não haveria nada. Mas queria se livrar tão desesperadamente de mim sem pôr a guarda do filho em risco que preferia pagar para ver. E foi com isso que contei.

No entanto, ele nunca imaginaria o que estava por vir. Nunca. Era demais para a mente de qualquer pessoa. Eu o pegaria aí, e pelo fato de conhecer bem os seus hábitos. Afinal, nove anos não eram brincadeira. E, de um jeito ou de outro, ele cairia em minha armadilha.

– Boa-noite. – Sorri e terminei de entrar na sala.

Não me respondeu. Continuou a me encarar, tomando um gole do uísque. Fitei seus olhos azuis e fui envolvida por um certo desespero ao me dar conta de que não os veria mais abertos. Tive vontade de gritar furiosa que a culpa era dele, de me justificar. Mas continuei calada, consumida pelo ódio, pela dor que ele me obrigava a sentir. Desgraçado! Tudo podia ser tão fácil!

A campainha tocou e não esperei a empregada surgir. Eu mesma fui abrir, sob o olhar desconfiado dele. Eu queria ser uma boa anfitriã e também espalhar mais um pouco daquela notícia sutil que usei para convidar minha família e a dele: de que Antônio estava meio esquisito e um pouco triste. Isso me serviria mais tarde.

Como eu esperava, eram meus pais e Lavínia, com um namorado. Mais um desconhecido. Franzi os lábios com desagrado ao ver que o homem branco e baixinho usava jeans e tênis para um jantar formal. E a doida da Lavínia tinha pintado o cabelo de um ruivo berrante e usava short com sapato alto. Só matando! Lamentei não ter me livrado dela há muito tempo. Desde que tinha se divorciado de Jaime, só se metia em confusão e gastava o dinheiro da família. Se não fosse eu para pensar em nossos bens, estariam todos ferrados.

Escondi meu desprezo e minha irritação atrás de um sorriso.

– Mãe, pai, Lavínia... – Ofereci o rosto para um beijo, deixando-os entrar no hall. Sorri educadamente para o baixinho, enquanto minha irmã o apresentava animadamente:

– Esse é meu namorado André David. E minha poderosa irmã Ludmila! – Piscou o olho com lente de contato verde para mim.

– Como vai? – Não fiz questão de apertar sua mão. Calculei que fosse algum tipinho vulgar, como os últimos que ela tinha arrumado. Um era técnico em eletricidade; o outro, garçom e o terceiro, desempregado. Aquele ali devia ser outro vagabundo.

– Tudo bem, filha? – indagou minha mãe, ansiosa. – Estou sem saber o que esperar desse jantar. Alguma coisa entre você e Antônio?

– Mãe, ele não está bem. Mas depois a gente conversa.

– Não está bem como? – indagou meu pai preocupado.

– Ah, pai... – Suspirei. – Anda fechado, triste, muda de opinião a toda hora. Não diga nada. Só observe. Vai me entender.

– Pode deixar.

Eu os levei para dentro. É claro que Antônio se aproximou e os cumprimentou, educado com todos. E nisso a campainha tocou de novo. Era Eduardo com Karine. Escondi meu desagrado, pois odiava aquela peste do irmão dele, que entrou com aquele sorriso odioso, sendo bem irônico:

– Você abrindo a porta, Ludmila? Esse jantar deve ser mesmo muito importante! Aliás, parabéns.

– Parabéns pelo quê? – indaguei fria.

– Você mais uma vez criando moda. Jantar de separação! Quem já pensou numa coisa dessas?

– Fique quieto, Edu. – Karine balançou a cabeça, sem graça. Beijou minha face. – Não ligue para ele, querida.

– Mas o que falei demais?

– Entrem, por favor.

Todos pareciam ter combinado de chegar ao mesmo tempo. Menos os pais de Antônio, que resolveram ficar em Angra. Recebi Arthur e Maiana, Matheus e Sophia, com um sorriso polido, embora não achasse a presença deles ali necessária. Só a família. Mas como Antônio os chamou, resolvi acatar. Afinal, seriam mais testemunhas.

– Oi, Ludmila, tudo bem? – Maiana era a mais simpática, embora eu soubesse que não éramos amigas. Estava linda como sempre, loira, escultural, seus olhos prateados brilhando. No fundo, eu sempre a tinha invejado um pouco.

– Claro, querida. – Sorri e troquei beijinhos, virando-me para a morena sensual que me fitava atentamente. Nunca tínhamos nos bicado e trocávamos poucas palavras. Nunca gostei do modo como me olhava, como se me visse por dentro. – Sophia, que prazer tê-la aqui!

– Ludmila. – Acenou com a cabeça.

Cumprimentei Matheus e Arthur, dando um suspiro meio exagerado, dizendo a eles como se estivesse um tanto triste:

– Sei que não é um jantar de alegria, mas fico feliz que tenham vindo. Antônio vai precisar da força de vocês.

– Da nossa força? – Sophia franziu a testa. – Mas por quê?

– Uma separação é sempre difícil. – Dei de ombros. – Ainda mais que o pai está sendo contra ele e nem vem ao jantar. Sabem como Antônio é ligado ao pai.

– Eles vão acabar se entendendo – disse Arthur, passando o braço em volta da cintura da esposa, fitando-me.

Todos eles me olhavam, e fiquei irritada ao perceber que não pareceram muito impressionados com a possível tristeza de

Antônio. Fiquei furiosa imaginando se meu marido já não teria ido comemorar a separação com eles. Mas, mesmo assim, insisti, de maneira quase triste:

– De qualquer forma, é sempre difícil. Mas entrem, por favor. Fiquem à vontade.

– Obrigado, Ludmila. – Matheus agradeceu.

Eu os segui, possessa, mas escondendo bem o jogo. Aqueles quatro iam sair dali chorando naquela noite. Só eu daria risada, principalmente por ser a mais esperta de todos. E então me livraria deles para sempre. Sem Antônio ali, não precisaria suportá-los.

O jantar estava completo, todos na sala sendo servidos por garçons com bebidas e petiscos. Mantive minha atenção em Antônio, como se tivesse um radar para ele, embora não o olhasse diretamente. Também percebi que estava atento a mim e que seus amigos pareciam igualmente desconfiados. Fiquei incomodada com Sophia, que não disfarçava. A cada vez que a fitava, ela estava me encarando friamente.

Puta desgraçada! Ia ficar na minha cola? Que ficasse! Não me impediria de nada. Depois ia ver o quanto foi burra em me subestimar. Talvez não acreditasse em todo o teatro, mas isso era problema dela. Não poderia provar nada nem me atingir. Nem parente ela era. Aquela puta com chicote! Ridícula!

Ignorei-os ao máximo. Fui a anfitriã perfeita, mas sem chegar muito perto de ninguém, mantendo sempre um ar de fragilidade e certa tristeza. Antônio também estava tenso, mais sério que o habitual. Assim, o clima era pesado, estranho, aumentando a sensação que eu queria.

Minha mãe já passava o lencinho na boca, demonstrando sua curiosidade e nervosismo. Meu pai ficava olhando em volta com ar preocupado. Eduardo sorria e conversava, mas sacava o clima pesado. Os únicos ignorantes eram Lavínia e o tal de

André, que sorriam e conversavam animadamente no sofá. Hora ou outra se ouvia a gargalhada dela, que parecia encantar o baixinho.

Passei a mão no bolso da calça elegante, conferindo se estavam ali as chaves do carro e o celular. E circulei entre eles, percebendo que a tensão só crescia com o decorrer do tempo. Tive vontade de dar uma grande gargalhada, nervosa. Mas me contive. Continuei como uma mártir prestes a ir para o sacrifício.

Por volta das oito e meia, anunciei o jantar. Todos foram para a imensa mesa e se acomodaram. Os garçons trouxeram os pratos e os espalharam sobre o tampo de madeira, coberto com toalha de linho e enfeitado com jarros cheios de lírios. A conversa era quase nula. Antônio estava na minha frente em uma cabeceira, muito sério, muito calado. Pela primeira vez na noite eu o fitei diretamente.

Meu peito doeu. Eu o observei em sua plenitude, como uma despedida. Gravei cada parte dele na mente e lamentei verdadeiramente. "Eu não queria assim", disse a mim mesma. Eu o queria sob meu jugo, aos meus pés, me adorando. Tolo! Idiota! Egocêntrico filho de uma puta! Sempre lutando contra mim, sempre me mantendo afastada dele, como se eu fosse doente e pudesse contaminá-lo. Agora ele ia ver. Estaria nas minhas mãos, como sempre quis. E por minhas mãos morreria.

Sem querer, pensar em sua morte trouxe lágrimas aos meus olhos. Soube que era o momento, pois estava de verdade tomada pela emoção. E o silêncio foi sepulcral quando falei com voz embargada:

– Um minutinho da atenção de vocês. Tenho um comunicado a fazer.

Todos me olhavam. Mas eu sentia o olhar de Antônio penetrando em minha pele, chegando a doer dentro de mim. Lamentei o que me obrigava a fazer. Mas não recuei. Meus olhos estavam marejados quando os passei em volta pelos rostos conhecidos, dizendo, com tristeza evidente:

– O motivo deste jantar é comunicar a vocês, parentes e amigos que sempre estiveram conosco, que fizeram parte da nossa vida desde o início, que o meu casamento com Antônio está chegando ao fim.

– Oh! – gemeu minha mãe contra seu lencinho, horrorizada.

Minha irmã arregalou os olhos, como se aquilo nem passasse por sua cabeça. Meu pai torceu o nariz, abalado. Eduardo me olhava com cinismo. Os outros estavam sérios, sem nenhuma surpresa. Antônio continuava imóvel, parecia preparado para tudo.

– Mas por quê? – indagou minha mãe.

– Eu não sei. – Sacudi a cabeça e apertei os olhos, fazendo as lágrimas pularem. Exagerei meu sofrimento, dizendo a mim mesma que daria uma excelente atriz enquanto soluçava doloridamente: – Antônio mudou de repente! Éramos felizes, mas então algo aconteceu e vamos perder nossa família! Os pais dele estão contra, tanto que nem apareceram!

– Pare de falar mentiras, Ludmila. – Ele me cortou, furioso.

– Mas é verdade! – gritei fora de mim, vermelha, arrasada. – Você está enlouquecendo! Por que acham que os pais dele não estão aqui? Arnaldo é contra essa loucura! Eu também não entendo, querido! Me diga! Eu quero te ajudar!

Antônio apertou os olhos, como se me achasse louca. Então sacudiu a cabeça, dizendo enraivecido:

– Eu sabia que tinha alguma armação. O que quer com esse teatro?

– Não é armação. É amor! Eu te amo, Antônio! Não posso continuar com essa farsa!

Sophia deu uma risada que atraiu olhares. Minha mãe e meu pai a fitaram com raiva. Ela deu de ombros, dizendo:

– Nunca vi cena mais ridícula.

Arthur também deu um meio sorriso, levando uma cutucada de Maiana. Matheus me encarava sério, como se eu fosse alguma louca. Eduardo também sorriu, sacudindo a cabeça com ironia. Enchi-me de ódio. Levantei de supetão, caindo no choro convulsivo, gritando desesperada:

– Por que estão rindo? Gostam de ver a desgraça dos outros? Pois vou dizer, a culpa disso tudo é de uma mulher, uma interesseira que surgiu para confundir a cabeça do meu marido e virá-lo contra mim!

– Cale a porra dessa boca!

Antônio levantou também, furioso. E, antes que ele abrisse o verbo e estragasse tudo, comecei a me sacudir desesperada, em prantos, dizendo para todos ouvirem:

– Eu não aguento isso! Não aguento isso! – E num último gesto teatral, saí correndo da sala. Ainda ouvi minha mãe gritar:

– Filha!

E Lavínia dizer apressada:

– Deixe que vou atrás dela!

Saí pela porta da frente. Peguei o elevador parado ali da cobertura, com o rabo do olho percebendo minha irmã vindo estabanada atrás. Esperei só o suficiente, pois sabia que mais gente viria. E não me decepcionei. Antes de entrar no elevador, vi Sophia e logo atrás Matheus.

Minha irmã conseguiu entrar, já me abraçando, tentando me confortar enquanto o elevador descia:

– Calma, querida, vai dar tudo certo!

Eu fingi soluçar em seu ombro, mas sorri.

– Vamos voltar! Vocês precisam conversar.

– Não posso! Preciso me acalmar, Lavínia! Estou morrendo de vergonha!

– Que isso! Agora vejo que tem emoções, que seu problema é sofrer calada! Desabafe, meu bem!

A burra continuou lá, dando uma de irmã amiga, mesmo quando saímos na garagem. Corri para meu carro e o elevador subiu. Ela me seguiu.

– Aonde você vai?

– Sair! Pensar!

– Vou com você.

– Não, por favor! Volte! Nossos pais devem estar nervosos. – Ganhei tempo abrindo o carro, esperando o elevador descer com o casal. Abracei minha irmã. – Prometa que vai cuidar deles.

– Mas...

– Prometa...

– Querida, não pode dirigir neste estado!

Vi o elevador chegando. Entrei no meu carro e bati a porta.

– Ludmila! – gritou Lavínia.

Acelerei e saí. Pelo espelho retrovisor vi Sophia e Matheus parando ao lado da minha irmã, vendo enquanto eu passava pela portaria e saía para a rua, sumindo de vista. Só então sorri. Eu tinha meu álibi e testemunhas. Estava fora da cena do crime.

Não fui muito longe. Deixei meu carro em uma rua transversal. Entrei em outro, com vidros escuros, onde havia um adesivo discreto de firma de limpeza. Lá dentro vesti uma camisa escura sobre a roupa, troquei minha calça, pegando o celular e as chaves, pus uma peruca de longos cabelos negros e óculos escuros. Voltei dirigindo ao prédio no carro que eu informara à portaria antecipadamente para deixar entrar, como se fosse de quem ia limpar o meu apartamento após o jantar. Foi fácil. Estacionei em uma vaga distante e escondida e desci com cuidado. Usei as escadas de serviço, que dariam para a entrada dos fundos do meu apartamento. Mantive o tempo todo a cabeça baixa e o cabelo escondendo o rosto, caso alguma câmera me pegasse.

Entrei em meu apartamento pelos fundos. Sorrateiramente segui até o escritório de Antônio e entrei. Disse baixo:

– Sou eu.

Uma sombra enorme veio do banheiro. Era um homem de dois metros de altura, moreno, musculoso e com uma enorme pança de gordura em volta da barriga, o que o fazia parecer maior ainda. Era totalmente careca e havia dobras de pele em sua nuca. O rosto era marcado por cicatrizes de luta, um nariz quebrado e dois dentes também quebrados. Tinha um bafo fétido e eu odiava chegar perto dele, mas era de confiança. Daniel Treta Chique já tinha feito dois trabalhinhos para mim, inclusive dando um jeito na modelo que tinha me perturbado por causa de Antônio. Mas era a primeira vez que eu o chamava em minha casa.

– Pode começar – ordenei friamente, enquanto ele tirava uma longa corda do cinto. Peguei o celular e disquei para o número que eu tinha pegado do telefone de Antônio sem ele saber. Sorri comigo mesma. Queria ver a putinha se recuperar daquela. Ter sido coadjuvante na morte de seu amor.

Cheia de ódio, olhei o Treta Chique preparar rapidamente tudo. E esperei o telefone chamar.

ANTÔNIO SARAGOÇA

Depois da saída de Ludmila, meus sogros ficaram fora de si. Walmor começou a me xingar e acusar de um monte de coisas, sua esposa deu de chorar com um lenço no rosto, André olhava em volta estupefato e Sophia se levantou para ir atrás de Lavínia e Ludmila, dizendo:

– Vou ficar de olho nela.

– Vou com você – disse Matheus de imediato.

– Fiquem aqui. – Ainda tentei, mas os dois saíram correndo, parecendo querer garantir que Ludmila não voltasse com alguma armadilha.

– Isso é uma tragédia ou uma comédia? – indagou Eduardo.

– Não é hora de brincadeira – alertei-o, irritado com todo aquele carnaval.

Indaguei-me se seria só aquilo. Um drama para sair como vítima e ter motivos para criar uma guerra contra mim, com o apoio de sua família? Fiquei com raiva, pois esperei aquele jantar à toa, com um fio de esperança de que tudo seria feito em paz. Pura ilusão.

– Que confusão! – Arthur olhou em volta, enquanto meu sogro tentava confortar minha sogra.

– Gente, que criancice da Ludmila. – Maiana estava abismada. – Fazer tudo isso. Sabíamos que coisa boa não devia ser, mas foi... foi...

– Humilhante – completou Edu.

– É – concordou ela.

Antes que eu pudesse dizer alguma coisa, meu celular começou a tocar no bolso. Eu o peguei e franzi o cenho ao ver o número de Cecília. Disse aos outros:

– Com licença, preciso atender. – Saí da confusão e peguei o corredor. Como sempre, gostava de atender minhas ligações no escritório. Já estava chegando à porta quando falei: – Oi, Cecília.

– Graças a Deus! – gritou fora de si, chorando. – Você está bem?

– Calma, está tudo bem. – Abri a porta e entrei no escritório na penumbra, muito preocupado com ela. – O que houve?

– Ligaram para mim ainda há pouco, Antônio. Por favor, saia dessa casa! Por favor! – gritou rapidamente.

– Mas o que disseram?

– Que você...

Senti um golpe violento na nuca e nem tive tempo de ver de onde veio. O celular caiu da minha mão e perdi os sentidos, desabando sobre o carpete do escritório.

CECÍLIA BLANC

— Antônio! Antônio!!!!!!!!!! – Comecei a gritar fora de mim, já saindo do quarto correndo, descalça, em prantos.

– O que houve?!

Suzilei, a babá, me interceptou no caminho, apavorada:

– Cecília, mas o que...

– Tome conta da Giovana! – berrei ensandecida, quase caindo enquanto descia as escadas correndo e chorando, não vendo nada pelo caminho. Ela me chamou, mas não havia tempo. – Meu Deus, não! Não, por favor!

Agarrei as chaves do carro, corri para a garagem. Saí dirigindo como uma louca, como se a alma tivesse saído do meu corpo. Estava gelada, desesperada, fora de mim. Soluçava e enxugava os olhos, enquanto o medo quase me fazia desmaiar. Mas eu sabia que não podia.

Dirigi com uma das mãos e com a outra apertei a emergência da polícia. Não sei como consegui falar, me identificar, dar o endereço de Antônio, pois ele já tinha me dito onde morava. Mesmo sem saber ao certo o que tinha acontecido, gritei que havia uma tentativa de assassinato no apartamento dele e pedi para serem rápidos e levarem a ambulância.

Eu chorava, gemia, falava, implorava. Eu estava a ponto de morrer. Eu gritava NÃO! NÃO! NÃO! Dentro de mim sem cessar, implorando a Deus que o protegesse, que fosse um mal-entendido, que ele estivesse bem. E, enquanto eu dirigia até lá, era como se minha vida tivesse parado. E a cada segundo eu morria um pouquinho.

Era um sofrimento atroz, uma dor que me rasgava por dentro.
– Por favor, Deus, não... não deixe ele morrer...
E essa foi minha prece desesperada.

LUDMILA VENERE

Peguei a seringa pronta da mão do Treta Chique e caí de joelhos ao lado de Antônio. O brutamontes era bom mesmo, tinha feito com que ele apagasse só com um golpe na nuca. Na hora da autópsia, quando o pescoço estivesse todo roxo, ia passar despercebido. Assim como aquela picadinha ali. Afinal, que melhor morte sem deixar rastro que inserir ar na veia, causando uma bolha que ia parar no cérebro ou no coração, causando morte quase instantânea? Ele nem ia sofrer muito.

Tinha estudado o procedimento a semana toda. Mas agora, ali, olhando-o desacordado, senti as mãos tremerem. Encostei em seu pescoço quente, em seus cabelos densos e escuros, e uma parte de mim vacilou.

– Vai logo, não temos tempo. Alguém pode entrar – resmungou o brutamontes.

Respirei fundo, dando-me conta de que havia ido longe demais para recuar. Lembrei de seu olhar frio e de desprezo para mim, de que ia me deixar. E com raiva, trêmula, enfiei a agulha em seu pescoço e apertei, jogando ar para dentro dele. Levantei cambaleando, tremendo, fora de mim. Antônio continuou da mesma maneira imóvel.

Treta Chique não perdeu tempo. Se abaixou e jogou-o no ombro. Subiu na cadeira já pronta sob a corda pendurada na viga grossa de madeira do teto. Ali havia um laço perfeito de forca.

Estupefata, gelada, eu o observei segurar Antônio e passar o laço em volta do seu pescoço. Satisfeito, soltou seu corpo, que, inerte, pesou e apertou o laço. O bandido desceu e derrubou a cadeira sob o corpo de Antônio, que já devia estar morto com a injeção de ar. A forca marcaria o pescoço e disfarçaria o resto. Para todos os efeitos, ele se matou em um ato de desespero.

Não consegui tirar os olhos de seu rosto, que avermelhava por asfixia. Num último momento, quis tirá-lo dali, mas me dei conta de que já o tinha matado. Meus olhos se encheram de lágrimas, quis sentir só ódio e satisfação, mas a dor me corroeu por dentro.

– Vamos logo. Se ele não morreu, o fará de três a cinco minutos. Temos que estar longe quando chegarem.

Treta Chique agarrou meu braço e me levou dali. Havia um grande risco de encontrarmos alguém do bufê ou convidado, mas saímos numa boa pelos fundos. E, enquanto descia as escadas de serviço ao lado dele, eu chorava copiosamente. E murmurei:

– Adeus, meu amor.

Enquanto isso na sala:

– Onde Antônio está? – indagou Sophia. Ela e Matheus tinham voltado há um tempo e contavam que viram Ludmila sair do prédio de carro.

– Foi atender um telefonema. Deve estar no escritório – disse Arthur, que já tinha estado ali outras vezes.

– Sozinho? – Havia um sinal de alerta no rosto dela. Foi só uma intuição, mas o bastante para alertar os outros.

– Ah, porra! – Sem querer esperar para conferir, todo mundo assustado e esperando o pior, Arthur correu na frente, seguido logo por Matheus, Eduardo, Maiana e Sophia.

– O que está havendo? – indagou Karine, sem entender nada.

– Que confusão nessa casa, Lavínia! – exclamou André e, curioso, foi atrás, seguido pela namorada.

Os outros acabaram fazendo o mesmo.

Arthur foi o primeiro a ver Antônio pendurado na forca. Gritou e correu ensandecido, apavorado, dominado pelo terror. Ajeitou a cadeira e na hora o segurou e ergueu, para que não pesasse sobre a corda.

Xingando um monte de palavrões, igualmente aterrorizado, Matheus puxou rápido outra cadeira e soltou o nó apertado em volta do pescoço do amigo. Seu corpo desabou sobre Arthur, e Matheus ajudou-o a descer Antônio, enquanto Edu ficava enlouquecido e chorando, tentando ajudar.

– Eu sou médico! – berrou André, correndo até eles. – Deite-o no chão! Rápido!

E foi o que fizeram. Tiveram que se afastar, todos mudos e assustados, nervosos, enquanto o homem baixinho fazia respiração boca a boca em Antônio e massagem cardíaca.

– Meu Deus! – Eloísa, a mãe de Ludmila, desmaiou. O marido a arrastou para um canto, também desesperado com as cenas chocantes. Lavínia não sabia se ajudava a mãe ou rezava por Antônio, chorando. Karine estava horrorizada e imóvel perto da porta, murmurando para si mesma:

– Ele se matou...

Maiana abraçou Arthur, tentando controlar o choro, vendo o estado do marido, pálido e tremendo. Sabia que ele gostava de Antônio como de um irmão.

– Calma, ele vai conseguir... – murmurou, tentando acreditar e confortá-lo.

– Filha da puta! – Sophia estava possessa, mal conseguindo respirar, ao mesmo tempo que sentia um medo atroz pelo amigo. – Ela enganou todo mundo!

Mas viu o estado de Matheus, ajoelhado ao lado do médico, que prestava os primeiros socorros, e tentou se controlar. Teve certeza de que tudo foi um teatro armado e todos caíram direitinho, inclusive ela.

– Meu amor... – Confortou Matheus o quanto pôde, abraçando-o. Ele não tirava os olhos de Antônio. Então Sophia se deu conta de que ninguém, de tão chocado, tinha chamado o socorro. E rapidamente ligou para a emergência.

– Ele está vivo? – indagava Eduardo, ajoelhado do outro lado, fora de si, chorando convulsivamente. – Porra, ele está vivo?

– Está. Tinha acabado de acontecer. – O médico dava a massagem cardíaca, concentrado. – Seu rosto não estava arroxeado e está respirando.

– Graças a Deus...

– Não comemore. Ligue logo para a emergência. Estou tentando mantê-lo vivo, mas não tenho noção de quantos minutos esteve aqui, provavelmente uns dois. Pode ter lesão cerebral por falta de oxigenação. Rápido!

– Já estou ligando! – disse Sophia.

Foi uma cena horrível de se ver. Todos se desesperavam enquanto Antônio permanecia no chão imóvel, seus olhos fechados, seu pescoço marcado, o médico, que por sorte ou obra do destino tinha ido parar ali, lutando por sua vida.

Eloísa acordou nervosa e chorando, e Lavínia ajudou o pai a levá-la para a suíte de Ludmila. Karine tinha vindo até o marido e o confortava como podia. O clima era pesado e triste, terrível. E foi assim que Ludmila o encontrou ao entrar no escritório.

LUDMILA VENERE

– O que está acontecendo aqui? Antônio! – gritei, correndo até ele, estancando ao ver a forca pendurada na viga. Comecei a gritar: – Meu Deus, o que você fez! Meu marido tentou se matar! Diga que ele não se matou! Diga!

– Ele está vivo – disse André do chão e voltou a fazer respiração boca a boca.

Gelei da cabeça aos pés. Vivo? Por que aquela gente foi parar toda ali tão rápido? E a injeção de ar em sua veia? Na hora tremi, será que por isso injetei do lado de fora, não causando dano nenhum? E a forca? E o golpe na nuca? Aquele homem não morria? As questões passavam incoerentes pela minha mente.

– Está vivo? – balbuciei. – E você, o que... o que está fazendo?

– Tentando mandar ar para os pulmões e o resto do corpo, livrá-lo do CO_2 que a asfixia pode ter jogado no sangue dele. Sou médico. Sorte eu estar aqui.

Sorte? Olhei-o horrorizada. Aquele baixinho malvestido era médico? A puta da minha irmã saía com uma fileira de semianalfabetos e vagabundos, e, justamente naquele dia, cismava de trazer um médico! Desgraçada! Eu devia tê-la afogado quando ainda éramos crianças!

Tive vontade de gritar. Fixei meus olhos em Antônio, rezando para que morresse. Ou contaria que foi atacado. Todos seriam investigados. Eu seria suspeita. A principal suspeita.

Estava tão concentrada naquilo, que só vi o ataque quando aconteceu. Tomei um soco na cara que me fez cambalear, escorregar e cair sentada no chão, tonta. Alguém gritou. Fui derrubada de barriga para cima, deitada, enquanto Sophia se ajoelhava em meu pescoço e agarrava meu cabelo, furiosa, tirando meu ar:

– É bom asfixiar alguém, sua bruxa?

– Sophia, pare com isso! – gritou Matheus, mas não a tirou de cima de mim. Olhou-me do alto, bem gelado, enquanto Maiana vinha meio assustada e Arthur me olhava com ódio mortal. Fui cercada, senti medo, meu rosto latejou do lado direito, onde tomei o soco.

– Me solta! – Tentei me debater, mas a mulher era forte, seu joelho quase me sufocava. – Louca! Tirem essa louca de cima de mim!

– Sabemos que foi você. Teve um comparsa, não é? Saiu para que se livrasse da culpa, mas deu um jeito de atrair Antônio aqui para essa arapuca. Vamos te pegar. Vai mofar na cadeia! – ameaçou a morena diabólica.

Olhei horrorizada para os outros.

– Mate essa desgraçada! – gritou Eduardo, fora de si. Arthur teve que segurá-lo, alertando-o:

– Calma, vamos pegá-la.

– Confesse que foi você! – exigiu Matheus. – Todo mundo já sabe.

– Seus loucos! – Comecei a tossir, agoniada. Ninguém da minha família estava ali. Mas fui salva pelo gongo.

Lavínia entrou correndo no quarto com paramédicos, gritando:

– A ambulância chegou!

– Você não vai escapar dessa – avisou Sophia e me largou de imediato, se levantando.

– Vou na polícia dar parte de você! Me agrediu! – Meu rosto inchava do lado direito, e me ergui tossindo, apertando o pescoço.

– Eu não vi nada disso – disse Maiana.

– Ninguém viu – completou Arthur friamente.

Olhei em volta e estava cercada de inimigos. Fiquei furiosa, sabendo que só atrairia mais atenção sobre mim. Engoli o ódio e me virei para ver colocarem um balão de oxigênio em Antônio e o removerem para a maca.

Quis gritar e me rasgar de tanta fúria. Quis arranhar a cara de Sophia, bater na porra daquele médico, que Lavínia tinha enfiado ali, sair socando todo mundo e terminar de matar Antônio. Todo e qualquer sentimento que tive ao imaginar que ele tinha morrido agora se convertia em medo e ódio.

Levaram-no para fora. Os amigos desgraçados e o irmão foram atrás. Karine dizia:

– A ambulância chegou muito rápido! Chamamos agora!

– Eu vou com meu marido na ambulância! – avisei seguindo-os, sabendo que tinha que estar perto se Antônio acordasse de repente, pensar em uma maneira rápida de acabar com ele.

Fui ignorada. Fizeram uma barreira para me impedir de sair, formada por Eduardo, Matheus e Arthur. Gritei furiosa, mas primeiro desceram os paramédicos com Antônio no elevador de cargas, que era maior, junto com Eduardo. No social foram os outros, me deixando para trás.

Só pude descer depois que subiu de novo, cercada por Lavínia e André, que não entendiam nada e se mantinham mudos.

Quando cheguei lá embaixo, outra surpresa me esperava, e fiquei chocada. A putinha estava na portaria, gritando e implorando para entrar, dizendo que foi ela que chamou a ambulância e que precisava ver Antônio. O carro de polícia tinha acabado de chegar.

Descalça e em prantos, ela conseguiu passar e foi desesperada até a maca, acariciando Antônio, beijando-o, fora de si. Maiana a amparou, dizendo algo. Sophia também foi ajudá-la.

Eu gritei alucinada:

– Eu sou esposa dele! Vou na ambulância!

– Você vai ficar aqui e se explicar com a polícia. – Arthur se meteu na minha frente.

– Saia do caminho!

– Tente passar – avisou friamente Matheus.

E, horrorizada, vi a putinha entrar na ambulância com Antônio e as portas se fecharem atrás dela. O carro da polícia parou perto de nós.

Só podia ser um pesadelo.

LUDMILA VENERE

Eu estava sentada no sofá da sala, muda, furiosa, um tanto amedrontada com a maneira como as coisas terminaram. Não era para ser assim. Ia chegar de repente e encontrar todos chorando sobre o corpo de Antônio, querendo saber por que ele fez a loucura de se matar. Então eu ia chorar, gritar, me lamuriar e dizer que tentei avisar que ele não estava bem, fora de seu juízo perfeito. O suicídio seria confirmado pela polícia e eu seria a vitoriosa.

No entanto, ele estava vivo. Os dois policiais nos mandaram ficar na sala esperando e foram investigar o escritório. Já tinham chamado a perícia e iam isolar o local. Não achariam pelos do Daniel Treta Chique pois ele era careca. E usara luvas o tempo todo, não deixara impressões digitais. Até aí, tudo bem. Tínhamos evitado as câmeras nas escadas de serviço que eu conhecia. Meu medo era que tivesse alguma a mais que eu não sabia.

Raciocinava tentando encontrar falhas. Para todos os efeitos, eu tinha estado fora da cena. E, se eles não encontrassem meu comparsa, não poderiam provar nada. Meu erro foi ter ligado para a putinha. Precisei fazer isso para atrair Antônio ao escritório. Lembrei do que disse a ela, com a voz disfarçada por um lenço:

"Ligue para Antônio. Ele precisa de você. Rápido, é urgente!"

***

Somente isso, e desliguei. É claro que ela se desesperou e ligou. Mas a desgraçada não tinha ficado satisfeita com isso, tinha chamado a Polícia e a ambulância que, junto com os primeiros socorros feitos por André, poderia ter salvado a vida de Antônio. Isso eu não tinha planejado.

Ninguém podia provar também que fui eu que liguei para ela. Eu o fiz de um celular que o brutamontes me arrumou e levou embora. Não havia nada contra mim. Nenhuma prova. Então relaxei um pouco, só o suficiente até entender que Antônio vivo enrolava tudo. Ia contar que foi atacado. E quem tinha motivos para isso? Eu!

– Meu Deus, que tragédia... – se lamentava minha mãe pela milésima vez.

Eu lancei um olhar a ela, irritada, com vontade de mandá-la calar a boca. Depois olhei em volta para todos reunidos ali, pois os policiais ainda falariam com a gente. Quis expulsar todo mundo da minha casa, mas tive que suportar em silêncio. Os únicos que não estavam ali eram Eduardo e Karine, que os policiais permitiram ir ao hospital.

Olhei com ódio para Sophia, meu rosto doendo e latejando do soco, o olho direito inchado doía até quando piscava. Ela estava recostada perto da janela, falando com Maiana. Mas não tirava os olhos de mim, como se me convidasse a me aproximar. Jurei que a pegaria. Ela me pagaria por aquilo.

– Cadê o meu pai?

Todos olharam para o garoto de quase 6 anos parado na entrada da sala de mãos dadas com a babá. Seus cabelos escuros eram despenteados e usava pijama e chinelos. Era a cópia fiel de Antônio, e franzi os lábios ainda mais irritada. Quase mandei que sumisse dali, mas me contive.

– Desculpe, senhora Saragoça. – Silvana me olhou nervosa. – Tentei de tudo, mas com essa confusão não consegui mais segurar o Toni dentro do quarto.

– O que você quer? – Forcei-me a indagar ao garoto.

– Meu pai – disse de cabeça baixa.

– Ele saiu – falei e esperei que isso o fizesse se conformar. Mas continuou lá, me olhando, como se questionasse por que eu estava com o rosto igual ao dos seus personagens dos jogos de luta

– Oi, Toni. – Maiana se aproximou dele e se ajoelhou ao seu lado, com um sorriso carinhoso nos lábios. Fitou-a de imediato. – Olha, seu pai teve que sair, mas daqui a pouco estará de volta. Soube que você tem cada brinquedo lindo em seu quarto, é verdade?

– É, tia Maiana.

– Podia me mostrar alguns.

– Tem jogos também. – Pareceu mais animado. – Quer ver?

– Eu quero. – Ela se ergueu e deu a mão a ele. Os dois se afastaram seguidos pela babá. Eu apenas suspirei, ainda irritada, furiosa ao extremo.

O frio de medo retornou quando os policiais voltaram à sala. Avisaram:

– O escritório foi lacrado e ficaremos aqui, esperando a perícia. Enquanto isso, colheremos depoimentos rápidos de vocês. Serão chamados depois à delegacia. Precisamos de um local para conversar. Onde a senhora indica? – indagou um deles, o mais velho.

– Pode ser na biblioteca ou na sala de tevê – falei o mais serena possível.

Ele olhou detidamente meu rosto inchado:

– Quem fez isso com a senhora?

Senti os olhares sobre mim, principalmente de Sophia, Arthur e Matheus. Fervi por dentro, mas soube que não poderia dizer nada. Eles negariam. E isso me colocaria em evidência, a polícia se perguntaria se haveria motivos para ser agredida. Respondi suavemente:

– No meio da confusão acabei caindo e me machucando.

– Entendo. Podemos começar com a senhora. Assim, já nos indica onde podemos colher os depoimentos.

– Claro. – Eu me ergui. E os levei até à biblioteca particular da casa, onde havia uma mesa de leitura com quatro cadeiras. As paredes do chão ao teto eram repletas de livros.

Os dois sentaram-se de um lado da mesa e eu de outro. Um deixou um gravador sobre o tampo, outro abriu um bloco de anotações. O mais velho e calvo se apresentou:

– Sou o policial Custódio e este é o policial Fernandes. Diga seu nome e idade, por favor.

– Ludmila Venere Saragoça, 34 anos.

O mais novo, encarregado de fazer as anotações, que era bem magro e tinha bolsas sob os olhos, começou:

– Conte o que aconteceu essa noite. Desde o início.

– Sim. Bem, meu marido andava muito estranho e se meteu com uma mulher.

– Estranho como?

– Calado, triste, falando em divórcio. Sentia que no fundo não queria, mas estava sendo dominado. – Meu tom era desolado.

– Pela amante?

– Sim.

– E a senhora sabe quem ela é?

– Sei. Chama-se Cecília Blanc.

Fernandes anotou. Custódio continuou com as perguntas:

– E o que aconteceu?

– Chamamos nossos familiares e amigos para comunicar que vamos nos separar. Eu comecei a falar com eles, inclusive comentei que não achava que Antônio estava em seu juízo perfeito para pedir a separação, mas então me emocionei muito. – Balancei a cabeça, triste. – São nove anos de casamento, e temos um filho. É duro saber que se vai perder tudo por causa de outra mulher.

– Continue.

– Bem, eu me emocionei muito. Antônio se irritou, brigou comigo. E saí correndo.

– Para onde?

– Para fora do apartamento. Passei a mão na chave do carro que fica no aparador, só pensando em ir para bem longe.

– E alguém a viu sair?

– Minha irmã Lavínia me acompanhou. – O tempo todo eu mantinha a voz baixa e o olhar triste, torcendo as mãos no colo. – Desceu comigo, mas eu queria ficar sozinha. Um casal amigo de Antônio também se aproximou, Matheus e Sophia. Mas eu os deixei, peguei meu carro e saí do condomínio.

– E foi para onde?

– Dirigi sem rumo para espairecer. Depois parei em frente à praia e fiquei dentro do carro mesmo, olhando o mar.

– Alguém a viu?

– Receio que não. Como eu disse, não saí do carro.

– E ficou fora por quanto tempo?

Sacudi a cabeça, fingindo confusão.

– Como vê, policial, não tenho relógio. Não sei ao certo.

– Aproximadamente.

– Talvez trinta minutos ou quarenta.

– E o que encontrou quando viu?

– O escritório estava cheio, Antônio no chão e o médico tentando ajudá-lo. E vi... Ah, meu Deus! – Enfiei o rosto nas mãos, desesperada. Não consegui chorar, mas fingi meu horror. – Aquela forca! Não dá para acreditar que um homem como meu marido fizesse um loucura dessas!

– E então?

– Tudo aconteceu rápido. – Esfreguei o rosto, desolada, olhando-os. – A ambulância chegou e descemos. E então vocês entraram e nos mandaram de volta para cá.

– E havia certa confusão. Quem foi a moça que seguiu com a ambulância?

– A amante. Eu é que deveria estar lá! – Olhei-os, suplicante. – Ela esperou a confusão e tomou meu lugar.

– E como ela soube tão rapidamente do ocorrido?

Eu gelei, mas não demonstrei. Sacudi a cabeça.

– Isso eu não sei.

– Algo mais a acrescentar?

– Que eu me lembre, não.

– A senhora será chamada amanhã para comparecer à delegacia, de forma oficial. Não precisa levar advogado, mas é uma opção sua. Pedimos que não saia da cidade nos próximos dias. É de praxe nesses casos, até termos tudo esclarecido.

– Sim, eu entendo.

– Pode pedir para uma das pessoas da sala entrar?

– Claro.

Eu queria acrescentar que nada daquilo era necessário, que meu marido tentou cometer suicídio, mas fiquei com medo de que me achassem preocupada demais. Assim, só acenei com a cabeça e saí.

Depoimentos

Tanto Walmor quanto Eloísa Venere não tiveram muito a acrescentar, dizendo mais apenas que a filha andava preocupada porque Antônio estava triste e estranho.

Lavínia confirmou que viu a irmã sair de carro sozinha e só voltar mais ou menos meia hora depois. André disse que achou a família toda muito esquisita, que nunca tinha visto um jantar de separação e que o casal parecia não se suportar. Disse que, pelo que percebeu, quando saiu da sala Antônio não parecia desesperado ou a ponto de se matar, mas foi atender um telefonema.

Os quatro amigos de Antônio Saragoça afirmaram com certeza que ele nunca se mataria. Que não estava triste, pelo contrário, tinha passado o tempo todo de casado sendo triste e que agora estava feliz, reencontrando um amor do passado. Que o casamento foi de conveniência e que comentou que a esposa tinha declarado guerra a ele. O jantar foi sugestão dela, uma condição para dar o divórcio. E cada um cooperou até formar um mesmo quadro.

Matheus disse em determinado momento:

– O que mais acho estranho é que Antônio estava bem quando saiu para atender um telefonema. Não levou mais de cinco minutos até o encontrarmos. Como ele prepararia a forca tão rápido? Teria que já ter deixado tudo preparado, para só chegar lá e empurrar a cadeira. Ou seja, ter planejado bem antes, inclusive com risco de alguém entrar no escritório e encontrar a forca.

Arthur deu seu ponto de vista:

– Eu conheço Antônio desde que éramos garotos. Nunca pensaria em se matar. Era louco pelos pais e pelo filho. E estava feliz por reencontrar Cecília. Eu teria notado se estivesse em depressão. A esposa dele tentou fazer com que acreditássemos nisso. Tentou induzir todo mundo, o que é muito estranho. Para mim, tudo foi armação dela. Não aceitou o divórcio de jeito nenhum e quis forjar um suicídio com testemunhas que comprovassem que não estava aqui na hora. Deve ter tido a ajuda de um comparsa.

Sophia acrescentou:

– Ela é uma mulher fria e metida a inteligente. Se investigarem bem vão descobrir que teve entrada de gente estranha na portaria, com destino a este apartamento. O comparsa dela veio no meio. Tudo foi planejado. Inclusive, se tiver alguém na cola dela e com escuta, em algum momento vai se encontrar com ele. Pegando o cara, com certeza haverá uma confissão. Está na cara que foi uma tentativa de assassinato.

Maiana completou:

– Quando Cecília chegou desesperada lá embaixo, eu a ouvi dizer que foi ela que chamou a polícia e a ambulância. E que tinha recebido um telefonema mandando-a ligar para Antônio, que ele precisava dela. Isso encaixa bem. Fizeram de propósito para que ele fosse ao escritório atender o telefonema. Só quem o conhecesse bem saberia que Antônio tem esse hábito. Aposto que, se falarem com Cecília e pegarem o telefone dela, vão ver duas coisas: que quem ligou foi uma mulher e que foi imediatamente depois que ela ligou para Antônio.

E assim os policiais encerraram os depoimentos, com uma desconfiança muito grande de que tinha dedo da esposa no caso. Estavam acostumados com aquilo quando o divórcio envolvia dinheiro demais. Não saíram da casa até a perícia chegar e começarem a trabalhar no escritório.

LUDMILA VENERE

Na hora de ir embora, Maiana e Arthur ainda tiveram a cara de pau de vir falar comigo. Queriam levar Carlos Antônio para a casa deles, pois o menino estava assustado com aquela movimentação na casa e estava difícil segurá-lo só no quarto. Eu o queria fora do meu caminho, mas nunca faria a vontade daqueles dois, que se voltaram contra mim e deixaram Sophia me bater. Disse que não, que o lugar dele era ali. Só puderam me olhar com raiva, pois não tinham poder para intervir naquele caso.

Depois que eles todos se foram, eu me tranquei em meu quarto enquanto a perícia ocupava o escritório. Estava nervosa como nunca imaginei que ficaria. Não sabia ao certo o que fazer, mas talvez fosse melhor pensar em um plano B, uma fuga, caso todo o resto não desse certo.

Corri para o banheiro e peguei de dentro de um sapato um outro celular que Treta Chique tinha arrumado para que pudéssemos nos comunicar. Quando ele atendeu, falei baixo e rápido:

– Fique escondido um tempo. A polícia está desconfiada. Jogou fora o celular, que usei para ligar para a putinha?

– Está bem guardado – rosnou.

– Guardado? – quase gritei, furiosa. – Falei para jogar em algum rio!

– Eu pensei melhor.

– E você pensa? – Perdi a cabeça, mas respirei fundo. – Eu te paguei dez mil reais para fazer o que mandei.

– Sim, senhora. Mas vim pensando bem, pois eu penso, madame. Vou ter que ficar escondido. E a senhora aí, nesse apartamentão, cheia dos luxos. Tenho o celular com sua voz e com suas impressões digitais. – Deu uma risadinha nojenta. – Se cai nas mãos da polícia, bye bye vida boa. E acho que foi muito trabalho pra pouca grana.

Eu tremia, gelada. Murmurei:

– O que você quer?

– Mais, madame. Para ficar de bico calado e não mandar o telefone pros tiras.

– Quanto?

– Cem mil. Na segunda-feira.

– Cem mil? Tá maluco?

– Vou te dar as coordenadas pro meu barraco. Vem aqui e traz. Senão...

– A polícia pode estar na minha cola! Vão sacar se eu tirar uma quantia dessas do banco!

– Te vira, *mulé*...

– Escute só...

– Anota aí.

– Eu tenho uma proposta...

– Anota a porra do endereço aí! Tô ficando puto! – gritou.

Só podia ser um pesadelo. Sem ter opção, corri para anotar, e ele não me deu chance de falar mais nada, antes de acrescentar:

– Meio-dia te espero. Se armar pro meu lado, ferro com a tua vida, vadia branquela. – E desligou.

Fiquei imóvel, fitando o piso do banheiro.

O medo e o ódio me consumiram por dentro.

Em que merda eu fui me meter?

CECÍLIA BLANC

Tinham sido os piores momentos da minha vida. Cheguei quase junto com a ambulância no prédio em que Antônio morava, mas me barraram na portaria. Eu chorei, pedi, implorei. Tinha largado meu carro na calçada e estava lá, só querendo entrar, saber dele. E então vi os paramédicos e Antônio imóvel na maca. Surtei! Fiquei fora de mim, alucinada, tão desesperada que, não sei se sem querer ou de propósito, abriram o portão para mim.

Não vi mais nada pela frente. O percurso do portão até a maca, que parava perto da ambulância, acho que roubou dez anos da minha vida. Não reparei que estava descalça e pisava em pedrinhas. Não respirei, não pensei, não vivi. Só quis chegar até

Antônio, tocar nele, tudo em mim suspenso até confirmar que estava vivo.

Eu o toquei sofregamente e gemi ao senti-lo gelado. Mas então vi que respirava, apesar de notar também as marcas em seu pescoço. Gritei em voz alta, chorei, perguntei aos paramédicos se ele estava bem. Ao mesmo tempo eu o beijei e supliquei:

– Antônio, por favor, abra os olhos... Meu amor, não faz isso comigo... Não, por favor... – E o beijava de novo, enlouquecida, fora de mim, em prantos.

Uma moça me segurou, dizendo que estava tudo bem. Outra explicou que precisavam levá-lo ao hospital, e me afastei o suficiente para colocarem a maca com ele dentro da ambulância. Eu me joguei lá dentro. Alguém perguntou se eu era parente e acenei, sem condições de responder. A ambulância saiu, e, enquanto os paramédicos cuidavam de Antônio, eu ficava perto, segurando a mão fria dele, rezando sem poder deixar de olhá-lo.

Quando se afastaram, me acerquei mais e acariciei seu cabelo negro. Estava muito quieto, com uma máscara de oxigênio. Chorei até não poder mais. Um dos paramédicos me deu água e me ajudou a me acalmar. Só então pude perguntar o que tinha acontecido.

Fiquei horrorizada quando soube que foi encontrado enforcado no escritório de casa. Vi as marcas em seu pescoço, imaginei seu desespero, o que tinha passado, como tudo tinha acontecido. Voltei a chorar de novo, beijando sua mão, pedindo muito a Deus que o livrasse de qualquer perigo ou sequela.

Chegamos logo ao hospital. Ele foi removido às pressas e corri atrás, mas tive que ficar em uma sala de espera enquanto o levavam para a emergência. Estava gelada e tremendo, meus pés nus no chão frio. Fui até umas cadeiras num canto, encolhi as pernas e me abracei, ainda rezando, sentindo-me morta e acabada. A fraqueza ameaçava me derrubar quando Eduardo chegou com a esposa.

Consegui balbuciar que tinham levado Antônio para dentro. Ele pediu à moça que fosse buscar um café quente e tirou o paletó e envolveu-me, para conter meu tremor. Indaguei o que tinha acontecido e, arrasada, chorando de novo, ouvi tudo.

– Como ela foi capaz disso? – murmurei, cheia de ódio e dor.

– Eu vou matar essa mulher! Não sossego até colocá-la atrás das grades. – Eduardo estava furioso. – É uma criminosa! Mas, Cecília, como soube?

– Eu estava em casa e uma mulher de um número desconhecido me ligou. Disse que era para eu ligar para Antônio urgente, que ele precisava de mim. Sua voz era esquisita, fria. Eu tive muito medo! – Tremia, contando, revivendo tudo. – Foi um alívio quando ele atendeu. Mas então escutei como se o telefone estivesse caindo e tudo ficou mudo. Tive certeza que tinha uma coisa muito errada.

– E o que você fez?

– Saí correndo e peguei meu carro. Mesmo sem saber de nada, liguei para a polícia e para a emergência e mandei para o apartamento dele.

– Você fez muito bem. – Apertou meu braço, agradecido. – Por isso os paramédicos chegaram tão rápido.

Karine voltou com café quente e doce e me obrigou a beber. Consegui ter um pouco mais de ânimo depois disso, mas, ainda assim, estava de um jeito que qualquer ventinho me derrubaria. Foi uma tortura esperar notícias, e Eduardo toda hora ia atrás de informações, sem conseguir nada.

– Meus pais estão vindo de helicóptero – disse Eduardo em determinado momento. – Só disse que Antônio estava no hospital. Não tive coragem de contar essa atrocidade para eles.

— São idosos, é preciso ter cuidado – concordou Karine, que dava sempre um jeito de ficar perto dele e tentar confortá-lo.

Finalmente, um médico alto e muito bonito apareceu para falar com a gente. Pulei da cadeira trêmula, sumindo dentro do paletó, muito pálida e com o coração na mão. Olhei-o desesperada, com medo do que ouviria.

— Sou o doutor João Pedro Valente, neurocirurgião do hospital. – Apresentou-se com voz grossa, seus intensos olhos azuis e cabelos negros lembrando-me dolorosamente Antônio. – Fui chamado para assumir o caso de Antônio Saragoça e solicitei alguns exames de emergência.

— E meu irmão, doutor?

— O quadro dele é estável. Não chegou a ter parada cardiorrespiratória. A asfixia provocou um pequeno inchaço no cérebro, mas aparentemente não teve lesão. É um homem forte, saudável, isso também ajuda muito na recuperação.

— Ele vai ficar bom? – balbuciei, sem conseguir parar de tremer.

— Terá alguma sequela? – perguntou Karine.

— Precisaremos esperar para ver, mas vou tentar diminuir os riscos deixando-o em coma induzido por dois ou três dias, tempo suficiente para que o inchaço diminua. Acredito que assim terá uma recuperação total.

Senti um alívio tão violento que quase desmaiei. O médico e Eduardo me ajudaram a sentar e murmurei desculpas. Dr. Valente foi extremamente cuidadoso comigo ao me olhar nos olhos e garantir:

— Fique tranquila, ele não corre risco de vida. E o risco de sequelas também é mínimo.

— Obrigada. – Meus olhos estavam cheios de lágrimas. – Podemos vê-lo?

— Vou liberar a visita de um de cada vez, mas só por alguns minutos, pois ainda está no CTI. – Seus olhos penetrantes, que não pareciam perder nada, fitaram meus pés nus. – Mas não pode entrar assim. Não é bom para você.

– Eu te empresto meus sapatos e fico aqui esperando – disse Karine, já se sentando para tirar as sandálias douradas.

– Qualquer coisa, é só pedir para me chamar – disse João Pedro Valente, que já tinha virado meu herói.

– Obrigado, doutor. – Eduardo apertou a mão dele, mais tranquilo. Depois me olhou: – Vai primeiro, Cecília.

– Obrigada, Edu. – Agradeci com vontade de chorar de novo, calçando as sandálias um pouco largas e seguindo o médico. Paramos perto de um posto de enfermagem em frente ao CTI e ele informou:

– Os familiares de Antônio Saragoça vão se revezar por alguns minutos visitando-o.

– Sim, doutor Valente.

– Obrigada por tudo – agradeci a ele.

– Agradeça a quem o socorreu de imediato dando os primeiros socorros e à ambulância, que chegou rápido. Isso diminuiu em muito os riscos dele. – Sorriu para mim. – Boa sorte. Fique tranquila, seu marido está sendo bem cuidado.

– Tenho certeza disso.

Não neguei que Antônio era meu marido. Despedi-me do médico, uma enfermeira me deu uma bata verde-clara para vestir e me indicou onde lavar as mãos. Só então entrei na pequena sala, onde Antônio estava deitado muito quieto, ainda com máscara de oxigênio, um lençol cobrindo-o até o peito nu. Havia aparelhos em seus dedos e soro ligado a seu braço. Um aparelho monitorava batimentos cardíacos.

Segurei sua mão que estava livre e me abaixei chorando e beijando seus dedos com amor, em uma prece silenciosa de agradecimento. Então o olhei com aperto no peito ao ver a marca vermelha em seu pescoço, horrorizada pelo risco enorme que correu. Enforcamento. Nunca poderia imaginar que aquela louca chegasse tão longe.

Acariciei seu cabelo macio, murmurando com todo o amor que tinha por ele, lágrimas escorrendo e pingando no avental que eu usava:

– Você vai ficar bom, Antônio. Não demora, amor. Preciso logo de você perto de mim. Temos uma vida inteira pela frente, nossos filhos para criar. Quero ter mais um filho com você. Já pensou? Um irmão para Giovana e Toni? Vamos aproveitar muito a vida, querido. Vamos viajar, nos amar, sorrir, passear com as crianças. – Parei, tentando controlar o choro e o queixo, que tremia. Encostei de novo meu rosto em sua mão, dizendo baixinho: – Volta logo pra mim.

Fiquei quinze minutos lá dentro, murmurando palavras de amor, fazendo planos, acariciando-o e beijando-o. Passei por um misto de sentimentos, desde raiva por tê-lo ali tão imóvel e indefeso, até uma alegria e um alívio sem igual por não correr mais risco de vida.

Agradeci a Deus, rezei, chorei e ri. Jurei que ficaria perto dele e não quis sair dali, mas sabia que Eduardo também devia estar ansioso para ver o irmão.

– Daqui a pouco eu volto – prometi, beijando seu cabelo negro, fitando seu rosto tão amado, doida para ver de novo seus olhos azuis, mas pedindo a mim mesma paciência.

Saí relutante, mas um pouco mais forte. Karine estava lá e logo Eduardo chegou. Tinha ido a um shopping ali perto e trouxe sapatilhas confortáveis para mim e um casaco. Agradeci muito, devolvi o paletó dele, as sandálias de Karine e vesti as coisas que ele trouxe, ficando encolhida em minha cadeira. A moça era simpática e fez de tudo para me distrair, puxando assunto.

Eduardo voltou minutos depois com o rosto vermelho de tanto chorar, mas sorrindo e afirmando que seu irmão ia melhorar. Depois foi a vez de Karine ver o cunhado. Ficamos nos revezando, e sempre que chegava perto de Antônio eu beijava seu cabelo e sua mão, onde não tinha nenhum aparelho nem máscara de oxigênio, que tomava quase todo seu rosto.

Eu voltava do CTI quando vi os pais de Antônio, sendo consolados pelo filho caçula e pela nora. Tive muita pena deles, principalmente do pai, que parecia muito envelhecido e acabado em uma cadeira, com a cabeça baixa. A mãe chorava e falava. Ambos eram idosos e não mereciam passar por aquilo.

Parei no corredor, sem saber o que fazer. Eduardo me viu e me chamou:

– Cecília, vem aqui.

O casal me olhou. Aproximei-me devagar. A senhora, ainda chorando, veio me encontrar no meio do caminho e me abraçou forte, dizendo baixinho:

– Obrigada, querida. Edu nos contou tudo, como você foi rápida e providenciou logo a ambulância.

– Não precisa agradecer. – Abracei-a também, lágrimas escorrendo por meu rosto. – Eu amo Antônio. Faria qualquer coisa por ele.

Afastou-se o suficiente para me fitar nos olhos.

– Ele está mesmo bem?

– Sim. O médico disse que vai se recuperar.

– Louvado seja Deus! Vou ver meu filho. – Enxugou minhas lágrimas e depois as suas, dizendo mais confiante: – Vamos sorrir, pois ele está salvo. Agora vá se sentar e descansar um pouco.

E afastou-se rapidamente em direção ao CTI.

Fui até eles um pouco sem graça sob o olhar de Arnaldo Saragoça. Mesmo com a idade, o braço direito ainda com problemas e os cabelos todos brancos, ainda era um homem imponente e com olhar forte, escuro. Indicou uma cadeira a seu lado:

– Sente-se aqui. Por favor.

Eduardo e Karine se acomodaram nas cadeiras do outro lado. Sentei. O senhor não tirava os olhos de mim. Disse baixo:

– Obrigado.

– Não precisa agradecer.

– Preciso.

Olhei para minhas mãos no colo. Sua voz saiu firme, mas enrouquecida pela emoção:

– Nove anos atrás meu filho veio conversar comigo sobre você. Mas eu nem deixei que falasse. Eu não me informei, só saí acusando, me deixando levar pela raiva e pelo egoísmo, porque não aceitava o fato de Antônio querer fazer algo que fosse contra o que tinha me prometido.

– Isso é passado – falei, virando o rosto para olhá-lo, percebendo como estava abatido, arrasado.

– Mas precisa ser dito. Atrapalhei a vida de vocês.

– O senhor teve um AVC.

– Sim, causado por minha ira, meu egoísmo. Nunca mais toquei no assunto com ele, mesmo vendo que não era feliz. Deixei que minha doença o mantivesse na linha. Não o impedi de casar, de ter um filho com uma mulher que não amava, de ser apenas o que queríamos que ele fosse. Sempre foi um bom menino, um bom filho, responsável... – Parou de falar quando sua voz embargou. Apertou os lábios, seus olhos cheios de lágrimas. Contive meu choro também, vendo o quanto sofria, arrependido e preocupado pelo risco que teve de perdê-lo. Continuou: – Eu dizia a mim mesmo que era o melhor para ele. Mas, não, era o melhor para mim. E mesmo sabendo disso tudo, quando me procurou pela última vez falando em separação, eu não o apoiei. Que pai faz isso com o próprio filho?

– Não se culpe tanto – murmurei.

– Eu sou culpado. E a mulher que tanto insisti para que ele se casasse com ela quase tirou a vida dele. Depois de tudo que

Eduardo contou, não dá para ter dúvidas disso. O que me faz duplamente culpado.

Estava arrasado, cada ano de sua idade pesando em seus ombros, acabando com ele. Em um impulso, segurei suas mãos e se virou de imediato para mim.

– Então, aceite isso e enterre. Não perca mais tempo, sr. Saragoça. Seu filho está vivo e o senhor também. Aproveite-o. Diga a ele tudo que não disse, o quanto é importante, o quanto o ama. Não se entregue à sua dor, mas a essa nova alegria que foi Antônio ser salvo por um milagre. Tinha um médico lá, colocado por Deus para salvá-lo.

– E tinha você, que agiu logo e chamou a ambulância – ele completou. – E serei eternamente grato por isso.

– Eu faria tudo por ele. Tudo – falei com todo meu amor.

– Vejo isso, menina. Se arrependimento matasse...

– Mas não mata. Ensina. – Forcei um sorriso. – Já basta de dor. Chega.

Arnaldo apertou meus dedos com firmeza com sua mão esquerda e acenou com a cabeça.

– Vou acreditar em você. Quero meu filho feliz.

– Ele vai ser.

– Obrigado – disse baixinho.

Nora voltou, e foi a vez do pai ir ver o filho mais velho. Como estava tão abalado, mancava mais, Eduardo o levou. A senhora tinha voltado chorando e fui buscar um café para ela, enquanto Karine a consolava.

Depois Eduardo voltou com Arnaldo, que tinha o rosto congestionado de chorar e estava furioso.

– Desgraçada! Temos que colocar essa bandida na cadeia!

– E o Toni? – Nora levou a mão à boca, angustiada. – Ficou lá com ela? Arnaldo, temos que buscar nosso neto!

– Agora! Vamos agora! Quero ver aquela lá me impedir.

– Eu levo vocês – disse Eduardo.

Karine insistiu em ficar para me fazer companhia. Eu dizia para ir com o marido e os sogros, que precisariam dela. E nisso chegaram dois casais. Cumprimentaram todo mundo e queriam saber notícias de Antônio. Foram carinhosos com Arnaldo e Nora, beijando-os e abraçando-os, tanto o rapaz alto e musculoso de barba negra, quanto o belo loiro de olhos doces, chamando Nora de tia, preocupados com ela.

As lindas moças que os acompanhavam também falaram com eles e vieram até mim. Tive um vislumbre de que foram as mesmas que tinham falado comigo perto da ambulância.

– Oi, Cecília. Fico feliz que esteja mais calma agora. – A loira espetacular abraçou-me carinhosa. Eu retribuí, gostando dela de imediato. Sorriu. – Meu nome é Maiana, sou esposa de Arthur, que é amigo desde novinho do Antônio.

– Oi, Maiana.

– Graças a Deus ele está fora de perigo! – exclamou a morena chamativa e voluptuosa, que me estendeu a mão e me fitou com olhar direto. – Sou Sophia. Já ouvimos Antônio falar de você. Todo apaixonado.

– Oi, Sophia. – Sorri, um pouco vermelha.

Eduardo e Karine levaram Nora e Arnaldo para buscar Toni, ainda mais depois que Maiana contou que tinha tentado tirar o menino de lá e Ludmila não havia deixado.

Fui apresentada a Arthur e Matheus, e os dois foram muito simpáticos comigo, mas depois ficaram discutindo quem ia primeiro ver Antônio. Sophia declarou, tomando a dianteira:

– Tá resolvido, eu vou.

– Vai nada! – O marido a segurou. – Tem que ser um de nós, que somos os amigos mais antigos.

Enquanto eles se resolviam, Arthur saiu praticamente correndo na frente, como uma criança disputando corrida. Matheus murmurou um palavrão. Maiana acabou sorrindo, seguida por Sophia. E eu me senti relaxar, ficar mais à vontade.

Conversamos, e fizeram várias perguntas, desde tudo que o dr. João Pedro Valente falou do estado de Antônio até como tínhamos nos conhecido nove anos atrás, as duas achando uma graça ele ter largado o carro com minha amiga para sentar ao meu lado naquele engarrafamento.

Arthur voltou tentando disfarçar a emoção, mas com os olhos vermelhos. Matheus se levantou de imediato e disse:

– Babaca.

Mas, ao passar perto do amigo, pareceu se comover e deu um tapa amistoso em seu ombro.

Conversamos mais, e rapidamente eu já me sentia íntima deles. Agradeci a Deus por, além de tudo, Antônio ter amigos como aqueles.

Liguei para casa, Suzilei disse que Giovana já estava dormindo e que era para eu não me preocupar, que ficaria tomando conta dela. Morava com a gente, e sábado de manhã ia para casa, só voltando na segunda-feira às nove horas. Eu agradeci, sabendo que de manhã teria que ir embora.

Matheus também voltou emocionado e então foi a vez de Sophia e depois de Maiana. Fui de novo ver Antônio, falei com ele, beijei-o cheia de amor. Quando voltei à recepção, insistiram em me levar para casa, mas eu não conseguiria dormir longe dele. Quando viram que eu ficaria de qualquer jeito, conseguiram um leito para mim em um dos quartos vagos naquele andar. Era um hospital luxuoso, e fiz questão de pagar, mas já tinham resolvido tudo.

Prometeram voltar no sábado de manhã, quando então eu teria que ir para casa ficar com Giovana. Nos despedimos, e eles se foram.

Eduardo me ligou e disse que Toni estava com eles na casa dos pais. Ludmila tentou convencer todos de que Antônio tentou se matar e foi rechaçada. Arnaldo disse muita coisa para ela e a ameaçou, caso se recusasse a deixar Toni sair ou tentasse alguma maldade. E prometeu colocá-la na cadeia. Ainda emendou:

– Eu e meu pai já falamos com uns investigadores que conhecemos, que já tinham sido contratados por Antônio para juntar provas contra Ludmila, para mostrar como é uma mãe fria e negligente. Agora ele ficará na cola de Ludmila, para ver se ela deixa algum furo e nos leva ao comparsa. Essa mulher vai pagar por tudo, Cecília.

– Espero que sim.

Não dormi naquela noite. Voltei ao quarto, pois não podia ficar no CTI o tempo todo. Sentava no sofá na penumbra, rezava por Antônio, recordava cada momento com ele, sonhava com todos que viriam. A todo momento as lágrimas vinham quando o imaginava enforcado em uma corda. Mas logo me controlava e pensava de novo nas alegrias que ainda teríamos. E, a cada oportunidade, eu ia para perto dele.

Só voltava a respirar normalmente, a ser eu mesma, quando o olhava vivo e segurava sua mão.

Depois de tudo aquilo, soube que nada mais poderia nos separar.

CECÍLIA BLANC

No sábado de manhã, o quadro de Antônio era o mesmo. Eu não queria sair de perto dele, mas tinha que ir para casa, pois minha filha precisava de mim. Quando os pais dele chegaram cedinho, com Eduardo, expliquei a situação e disse que daria um jeito de voltar mais tarde. Nora segurou minha mão e disse:

– Deixamos Toni na casa de Maiana. Falamos a ele que Antônio precisou se afastar para resolver umas coisas e logo volta. Quando sairmos e pegarmos nosso neto, podemos levar Giovana também para nossa casa. Os dois vão se distrair e se conhecer melhor. Será que ela estranha?

– A Gio? – Eu sorri. – Ela se dá bem com todo mundo.

– Então cuidamos dos dois. Pode ficar à tarde com Antônio. Mas essa noite Eduardo já se prontificou a passar aqui. Eu queria ficar, mas ele insistiu.

– Eu quero muito ficar...

– Querida, dá para ver que você nem pregou o olho. E Giovana vai sentir a sua falta. Graças e Deus meu filho está sendo bem cuidado. Essa noite passe com sua filha e durma, para amanhã estar bem descansada. Não adianta nada Antônio acordar e você cair doente.

– Está bem – concordei, sabendo que ela estava certa. Eu não tinha vontade de sair de perto de Antônio, mas precisava me preocupar com minha filha também. Tinha que dormir com ela, cuidar de suas necessidades. E me sentia realmente exausta.

Quando Arnaldo saiu do CTI, eu entrei para me despedir de Antônio, que já não usava mais a máscara de oxigênio. Dava dor no peito vê-lo desacordado naquela cama e com a marca da corda no pescoço, que começava a ficar arroxeada. Lágrimas vinham descontroladas em meus olhos, a minha vontade era matar Ludmila. Beijei-o e acariciei-o, murmurando que logo voltaria e ficaria com ele.

Eduardo me levou em casa. Disse que buscaria meu carro e traria para lá também. Entrei cansada, meus olhos ardendo, meu corpo parecendo ter levado uma surra. Tinha sido muito sofrimento e desespero, muita tensão em pouco tempo. Ainda me sentia fora de órbita, assustada, temerosa e preocupada.

Mas então Giovana veio correndo me abraçar, rindo, toda feliz. Caí de joelhos na sala e a apertei forte, enchendo-a de beijos, sentindo minhas forças retornarem. Ela precisava de mim. Antônio também. E eu não podia fraquejar.

– Mamãe! Vamos brincar?

– Assim que eu acabar de tomar banho, a gente brinca. Quer ir lá em cima comigo, me ajudar a escolher uma roupa? – Sorri, beijando seus cachos perfumados.

– Eu quero! – gritou animada. Adorava mexer nas minhas coisas, colocar meus cordões, usar meus batons.

– Tá bom. – Levantei, dando a mão a ela, olhando com carinho e agradecimento para Suzilei. Eu daria um bônus a ela naquele mês. – Obrigada por tudo, querida.

– Sem problema. Não fiz nada, já ia dormir aqui mesmo. – Sorriu e deu de ombros. – Está tudo bem?

– Sim, agora sim.

Conversamos um pouco, eu a acompanhei até a porta e, depois, subi as escadas com Giovana. Enquanto eu tomava banho, ela andava pelo banheiro falando sem parar, se admirando no espelho e escovando os cabelos.

Tomamos café da manhã juntas e fomos para o jardim. Dei toda atenção a ela, brinquei, conversei, fiz almoço para nós duas. Então falei daquela vez em que fomos ao restaurante e ela cantou parabéns para uma senhora, perguntando se ela se lembrava. Disse que sim, lembrou até de Toni. Aproveitei o gancho e perguntei se gostaria de passar a tarde com eles. Ficou toda feliz e aceitou na hora.

Fiz uma pequena mochilinha com uma muda de roupa e algumas bonecas, liguei para Nora e ela me deu o endereço, dizendo que já estava em casa com o marido e Toni. E que os dois casais amigos de Antônio estavam no hospital com ele. Assim, levei Giovana para lá, que não parava quieta, feliz com a novidade.

Fomos para a cobertura, e o casal idoso nos recebeu na maior alegria. Sorri ao ver Giovana abraçando e beijando Nora como se fossem velhas amigas, fazendo o mesmo com Arnaldo, que ficou todo bobo e um pouco desconcertado.

– Entre, Cecília. – Nora me puxou do hall para a sala. Eu estava doida para estar com Antônio de novo, mas curiosa para ver Toni mais de perto, falar com ele.

O menino de quase 6 anos levantou do carpete, onde brincava com vários bonecos Max Steel, olhando curioso para Giovana e depois para mim. Era incrivelmente parecido com Antônio, como uma miniatura. O mesmo tom azul dos olhos, cabelos negros, pele clara. Fiquei emocionada e balançada, ainda mais sabendo que não recebia nenhum amor materno. Aquela mulher só podia ser desgraçada mesmo, para desprezar o próprio filho.

– Toni, esta é Giovana. Lembra dela? – indagou Nora, se aproximando de mãos dadas com minha filha, que já sorria para ele.

– Eu lembro... – Apertou as sobrancelhas, como se tentasse se lembrar de onde.

– Ela vai passar a tarde aqui com você, querido.

– Vamos brincar? – Ela o olhou na expectativa. – Trouxe minhas bonecas!

– Homem não brinca de boneca – disse com uma decisão que lembrou ainda mais Antônio. Era impressionante. Eu estava encantada.

Arnaldo riu, indo se sentar no sofá perto deles, explicando:

– Giovana brinca com as bonecas dela e você com seus bonecos.

– Isso! – concordou a menina, toda feliz.

Toni me olhou, um pouco tímido. Eu me aproximei e estendi a mão a ele, sorrindo.

– Oi, Toni. Sou Cecília, a mãe de Giovana.

– Oi, senhora. – Apertou minha mão, sério e educado.

– Nada de senhora. Cecília. Eu vou ter que sair. Será que você ajuda seus avós a tomar conta da Gio?

– Gio é a Giovana? – Fitou-me atento.

– Sim.

– Eu ajudo – concordou, satisfeito em ser tratado como alguém importante. – Vou até deixar ela mexer no meu tablet.

– Eh! Eu quero! – A menina pulou.

Não resisti e acariciei os cabelos escuros e macios dele. Ficou corado, mas não se afastou. Senti uma grande vontade de abraçá-lo. Prometi a mim mesma que cuidaria de Toni como se fosse meu filho. Eu mal o conhecia e já estava apaixonada. Já o queria para mim.

– Você é um anjo.

Disfarcei, emocionada. Giovana e ele já corriam para os bonecos. Deixei a mochilinha no carpete. Virei e Nora sorriu para mim.

– Já vejo como essa família vai ser linda e feliz. Antônio e Toni vão ser muito bem cuidados.

– Vão, sim – garanti, pois eu sabia que daria tudo de mim para eles e para Gio.

Fiquei mais um pouco, conversei com Arnaldo e Nora, mas estava morta de saudade de Antônio. Beijei Giovana ao me despedir e, sem poder resistir, fui beijar Toni também, que sorriu envergonhado, mas deixou. Suspirei, encantada. Então saí.

Os amigos de Antônio estavam no hospital, e foi muito bom revê-los. Fiquei conversando com Arthur, Maiana e Sophia, enquanto Matheus fazia companhia a ele. Combinavam de, quando tudo estivesse bem, nos reunirmos e me apresentar as casas e filhos deles. Cada um tinha um casal. Ana Bárbara tinha 6 anos, e Gaio, 2, ambos filhos de Arthur e Maiana. Os de Matt e Sophia eram Gabriel, de 4 anos, e Fabiana, de 1 aninho. Toni e Giovana adorariam brincar com eles.

Quando Matt retornou, eu me levantei para ver Antônio. Eles se despediram e foram embora, já tinham ficado a tarde toda ali.

Voltei para perto do meu belo adormecido, minhas mãos ansiosas já buscando sua pele e a barba escura, que despontava em seu rosto.

– Oi, amor. Estou aqui. – Beijei seu rosto e seus lábios suavemente, murmurando: – Volta logo para mim.

E só parecia que eu voltava a ser eu mesma ali, vendo-o vivo e respirando, apesar da marca em seu pescoço e do risco que havia corrido. Eu enchia minha mão com seu cabelo, eu o tocava e sentia, e então agradecia mais uma vez por estar vivo. Acho que nunca deixaria de agradecer.

LUDMILA VENERE

Senti o cerco se fechar sobre mim. Quase tinha apanhado de Arnaldo e Nora quando vieram ao apartamento na sexta-feira, furiosos, cheios de acusações. Neguei tudo, me defendi, mas não acreditaram em mim. Fiquei desesperada vendo todos meus esforços fracassarem, sem entender como pude planejar tudo tão bem e acabar assim. Todos pareciam achar que era óbvio o que fiz.

Nem criei confusão quando quiseram levar Carlos Antônio. Eu só precisava ficar sozinha, me acalmar. Não preguei os olhos durante a noite, analisando tudo, até me convencer de que não havia nada que provasse minha participação na trama. Embora todos me acusassem, aquilo não era suficiente para me pegar. Ainda havia uma chance para mim.

O problema era Treta Chique. Aquele desgraçado, me chantageando, ferrava tudo. Teria que pagar-lhe e ainda me arriscar encontrando com ele, correndo o risco de ser seguida e pega em flagrante. Tinha sido uma burra em dar o celular para ele se livrar, mas fiquei com medo de que fosse rastreado até ali. Nunca achei que aquela anta pensasse, muito menos ousasse me chantagear.

Tentei maquinar todas as formas possíveis para me proteger, mas não teve jeito. Na segunda-feira, após ligar para o gerente, passei no banco e peguei os cem mil reais. Dali segui para o shopping e deixei meu carro no estacionamento. Entrei, olhando em volta, fingindo ver vitrines, mas atenta para ver se alguém me seguia. Não percebi nada anormal. Mesmo assim, fui ao banheiro feminino e me tranquei em um reservado. Lá, tirei da bolsa uma muda de roupa e troquei minha calça e camisa por um vestido. Pus óculos escuros e a mesma peruca preta que tinha usado para entrar no prédio como se fosse da equipe de limpeza. Guardei tudo, inclusive minha bolsa, em uma grande sacola que tinha levado.

Teria que deixar o carro lá, por isso, me encaminhei para fora do shopping e peguei um táxi, entregando o endereço que o bandido me dera. Era um barraco localizado ao pé da Cidade de Deus. Fui para lá cheia de medo. Peguei o número do telefone do motorista de táxi, garantindo que daria um bom dinheiro se ele viesse me buscar quando eu ligasse. Combinamos, e desci em frente ao barraco de tijolos aparentes e sem muro, em uma rua suja e feia, com vala a céu aberto.

Agarrada à minha sacola, olhando em volta com desespero, subi os dois degraus de barro até a porta de ferro e vidro, onde bati. Eu tremia, querendo acabar o quanto antes com aquilo. Já pensava em contratar um assassino profissional para dar fim no Treta Chique. Ou então aquela chantagem nunca teria fim e eu acabaria sendo pega.

O homem de dois metros abriu a porta. Ele a tomava por inteiro, tanto em tamanho como em largura. Usava um bermudão de futebol branco e mais nada, descalço no chão sujo de cimento e sem camisa. As camadas de banha caíam de sua barriga e seu peito parecia de mulher, pendurado sobre a barriga grande. A pele morena tinha marcas arroxeadas de cortes e antigas feridas. Seu rosto era sério e fechado, a cabeça toda raspada, os olhos maus enterrados na cara larga. Uma das sobrancelhas era falhada, cortada por uma cicatriz. Era extremamente feio e nojento. Quando abriu a boca e falou, parte de seus dentes quebrados apareceram e o bafo fétido quase me derrubou:

– Entre, madame.

Estremeci. Sabia que não tinha jeito e entrei na sala apertada, onde havia apenas uma tevê em cima de um caixote e um sofá sujo e puído. Contive a respiração com o cheiro forte de suor e de urina. Na mesma hora me virei para o bandido enorme e tirei a sacola com o dinheiro, estendendo a ele, exigindo, alto:

– Aqui está o que pediu. Agora me devolva o celular.

– Madame, acha mesmo que devolveria o celular? *Qualé, mulé!* Tu ainda vai me dar muita grana! – Agarrou o envelope com sua mão gorda e pesada, passando os olhos por mim da cabeça aos pés. – Prefiro tu loirinha! Tira a peruca e os óculos.

– Se você acha que... – comecei, furiosa. Ele apontou para uma porta de madeira crua e disse, autoritário:

– Aproveita e tira tudo. Deita lá na cama e me espera.

– O quê?! – Arranquei os óculos escuros, fitando-o com ódio. – Só pode estar maluco!

– Ou obedece logo ou mando o celular de presente para a polícia. A madame escolhe.

Só podia ser um pesadelo. Olhei com nojo para aquele brutamontes feio e fedido, paralisada. Não, não podia ser. Busquei uma escapatória. Tentei ser mais suave, convencê-lo:

– Por favor. Somos parceiros e amigos. Vamos fazer assim: saio agora e volto logo com mais grana. Dê o seu preço.

– Depois peço mais. Esse basta por enquanto, *mulé*. – Sorriu e lambeu os lábios grossos. – Agora quero outra coisa. Fica peladinha lá dentro que hoje tu vai me satisfazer. Sempre quis saber como era uma riquinha branquinha e cheirosa. Parte pro quarto.

– Mas...

– Quer me deixar nervoso? Puto? Ainda não entendeu quem manda aqui, branquela? – Eu o olhava horrorizada e estremeci dos pés à cabeça quando berrou: – Vai logo!

Corri para o quarto, quase vomitando. O lugar era nojento e fedido como ele, o lençol embolado e sujo fedendo a suor, tudo fechado e abafado. Não podia ser. Tinha que haver uma solução. Mas qual? Qual?

Tirei a peruca e toda a roupa em um misto de pavor e fúria. Jurei a mim mesma que tão logo saísse dali eu contrataria um assassino para acabar com aquele bandido chantagista, mas antes ia mandar cortar o pinto dele. O desgraçado! Como podia ousar me tocar, me usar, me obrigar? Eu queria gritar e vomitar. Queria matá-lo com minhas próprias mãos.

Fiquei nua e tremendo. Não ousei encostar em nada, paralisada perto da cama de pé. Quando entrou, ergui o queixo, sem dar a ele a satisfação de me ver tremendo ou com medo. Mas estremeci de asco ao ver aquela montanha nua, as camadas de sua barriga felizmente escondendo o sexo. Era feio, grotesco, sujo.

"Vou te matar! Te trucidar!", prometi mentalmente. E, quando veio e ergueu as mãos grosseiras para mim, quase morri. Fechei os olhos e mergulhei nos piores momentos da minha vida, em um pesadelo que nunca imaginei viver.

Deixou-me suada e suja na cama, fedida como ele. Saiu satisfeito, fumando um cigarro, dizendo que logo me procuraria de novo. Eu me vesti como um robô, tão arrasada que nem conseguia pensar direito. Liguei para o taxista e saí do barraco. Andei sem destino até o fim da rua, sem me preocupar com mais nada. Então peguei o táxi e fui para casa.

Sentada no banco de trás, fiz o que nunca julguei possível. Chorei copiosamente e pedi a Deus para me ajudar a sair daquela enrascada, sentindo-me o ser mais injustiçado do mundo.

Enquanto isso...

Treta Chique, ou Daniel, guardou vinte mil reais na carteira e os outros oitenta mil enfiou embaixo do piso sob o fogão da cozinha. Sentou no sofá da sala coçando o saco, satisfeito, sentindo ainda o perfume gostoso da branquela.

Bateram na porta. Ele não esperava visitas. Suspirou e pegou sua pistola. Abriu uma fresta, a mão armada ao lado do corpo. Três policiais militares o esperavam, armados. Um deles avisou:

– Vamos dar um pulo na delegacia. Sua casa está cercada. Se quiser arrumar confusão, vai se ferrar.

– Tem um mandado?

Daniel não era tão burro quanto eles achavam. Sabia que não sairia vivo dali se reagisse também. Quase fez isso, só para levar uns com ele. Mas pensou na mãezinha, que só tinha a ele para olhar por ela e que até hoje chorava a morte do seu irmão. Acenou com a cabeça.

– Vou pegar uma roupa e meus documentos.

Sua casa foi revistada. Levaram sua carteira com a grana e a pistola, e o enfiaram dentro do carro de polícia. Na delegacia foi obrigado a prestar depoimento e puxaram sua ficha. Era procurado pela polícia por roubo, assassinato, latrocínio e mais uma infinidade de coisas. O delegado avisou:

– Vai passar *tua* vida toda atrás das grades. Mas pode ter um atenuante. Você foi relacionado à tentativa de homicídio do empresário Antônio Saragoça. Se confessar, dizer quem foi o mandante, podemos fazer um acordo.

Mais uma vez pensou e analisou. Deu de ombros, sem nada a perder. E, quando abriu a boca, contou tudo.

Eu tive que voltar ao shopping. Me livrei das roupas fedidas, pus as minhas, tirei a peruca. Entrei em meu carro e voltei para a cobertura.

Fiquei horas no banho, me esfregando e jurando vingança. Depois na banheira, de molho. Minha mente não parava de trabalhar. Pus uma roupa elegante, passei em frente ao escritório, ainda lacrado pela polícia, e segui para a sala, buscando uma maneira de me livrar do bandido desgraçado e me safar de tudo aquilo. Não queria fugir. Mas estava vendo que talvez fosse a única solução.

A empregada surgiu na sala e avisou:

– Senhora Saragoça, ligaram agora da portaria avisando que o senhor Eduardo está subindo.

Quase gritei de ódio e o impedi de entrar. Já estava em meu limite, furiosa, sem paciência para aturar mais nada. No entanto, o cerco se fechava sobre mim e todo cuidado com o que falar e fazer seria pouco. Observei a empregada se dirigir à porta da frente, preparando-me para enfrentá-lo.

Surpreendi-me quando entrou acompanhado de dois policiais. Gelei da cabeça aos pés. Tentei me acalmar, meus nervos já abalados por tudo que passei naquele dia. E então Eduardo disse com toda satisfação:

– Agora você vai para o lugar que merece. A cadeia.

Não respirei. Consegui ainda manter o tom frio ao indagar:

– Está maluco?

– Ludmila Venere Saragoça, a senhora está presa por tentativa de homicídio do seu marido Antônio Saragoça. – Um dos policiais disse alto, ao se aproximar de mim com outro. – Vamos ler os seus direitos.

– Mas isso é um absurdo! Não há provas! Sou inocente!

Falei de modo estridente, tremendo, com medo. Ia gritar mais, no entanto, o policial já puxava meus braços para trás e me deixava chocada ao me algemar. Eduardo dizia friamente:

– Seu comparsa já confessou tudo. Acabou, Ludmila. Sua máscara caiu.

– Não! – gritei, apavorada. – É mentira dele! É mentira!

– Diga isso ao seu advogado. – O policial me puxou pelo braço para fora.

Saí com eles, sem poder acreditar, piscando aturdida. O choque me paralisava, o medo me fazia tremer. Não era possível que, depois de tudo que planejei e depois de tudo que eu tinha passado aquela tarde na cama do bandido, ele tivesse confessado e ferrado com minha vida. Não. Tinha que ter uma saída.

– Mais um presentinho pra você – murmurou Eduardo, e não entendi.

Até que saímos do prédio e, na mesma hora, fomos cercados por um bando de jornalistas que bateram várias fotos minhas, gritaram perguntas, me filmaram e enfiaram microfones de emissoras e jornais perto do meu rosto. Todos queriam saber por que tentei matar meu marido, como bolei o enforcamento, se tinha mais cúmplices e muito mais.

Segui chocada sob o espocar dos flashes, gelada e com olhos arregalados de pavor. Eu estaria em todos os jornais e tevê, não como a mulher mais rica e elegante do Brasil, a socialite mais disputada e comentada. Mas como uma bandida. Uma presidiária.

– Não! – gritei e me debati, mas fui bem segura pelos policiais. – Me solta! Me solta!

As perguntas e gritarias continuaram. Era como um caleidoscópio louco, tudo girando e me deixando tonta, tudo parecendo alguma cena dantesca, infernal. Não pude acreditar em tudo aquilo, naquela humilhação pública. Mas quando o policial abaixou minha cabeça e me empurrou algemada para dentro do carro, no banco de trás, a realidade desabou sobre mim. Aquela Ludmila não era a socialite. Ela não passava de um criminosa.

CECÍLIA BLANC

Eu tinha recebido o telefonema de Eduardo contando que Ludmila fora presa. Estava no hospital e tinha passado o tempo todo com Antônio, que já tinha sido transferido para um quarto particular com direito a acompanhante. O dr. João Pedro Valente tinha vindo de manhã e conversado comigo, Eduardo e os pais de Antônio. Disse que os remédios foram reduzidos e ele sairia do coma induzido aos poucos. Acordaria a qualquer momento. Era o que esperávamos ansiosamente.

As crianças estavam na casa de Maiana, enquanto Arthur, Matt e Sophia trabalhavam naquela segunda-feira. Eu, Arnaldo e Nora ficamos exultantes e nos sentimos vingados quando Eduardo nos falou da prisão da bandida, contando os detalhes.

Ela estava sendo seguida por uma equipe de investigadores. Quando entrou no banheiro feminino do shopping, uma das investigadoras entrou junto e avisou quando saiu disfarçada, seguindo-a enquanto pegava o táxi. Eduardo foi informado e comunicou à polícia. Durante o tempo em que ela ficou no barraco, na Cidade de Deus, tudo foi organizado para pegar quem só podia ser seu comparsa.

Quando Ludmila saiu de lá, um grupo a seguiu e outro pegou o bandido, que foi levado para a delegacia e confessou tudo. Não apenas a tentativa de assassinato de Antônio, mas outros trabalhos sujos que fez para ela, como espancar e ameaçar uma amante dele no passado. Entregou o celular que Ludmila usou para ligar para mim e contou em detalhes como tudo foi feito.

Eu e os pais de Antônio vimos tudo na internet, a prisão dela transmitida ao vivo, ela algemada e sendo levada pela polícia. Arnaldo precisou se sentar, enquanto murmurava:

— E pensar que fiz tanto para que essa assassina ficasse com meu filho. Ela quase o matou.

— Acalme-se. Não sabíamos de nada. Ludmila nos enganou. — Nora o confortou e depois o levou até o restaurante do hospital para tomar um café e se acalmar.

Voltei ao quarto, indo direto até a cama. Beijei os lábios de Antônio, que toda hora eu molhava com algodão. Fisioterapeutas vinham diariamente movimentar os membros dele, além de virá-lo e mexê-lo para que os músculos se mantivessem saudáveis. Um cobertor massageador tinha sido colocado sobre suas pernas para ativar a circulação. Era banhado na cama pelas enfermeiras, e fiz sua barba naquela manhã.

Acariciei seu cabelo negro e falei emocionada:

– Acorde logo, meu amor. Por favor.

Esperávamos aquilo ainda naquele dia, mas dr. João Pedro disse que podia até demorar um pouco mais, dependia de quanto tempo o corpo dele levaria para expulsar o medicamento. Os exames estavam bons, o cérebro não apresentava lesões, coração e pulmões funcionavam corretamente.

De pé, ao lado da cama, eu o fitava com amor, correndo meus dedos em seus cabelos. Vi quando se remexeu e apertou os lábios bem-feitos. Cerrou as sobrancelhas, amarrando a cara, como se pensasse algo que o irritava.

Perdi o ar. Meu coração parou, então acelerou loucamente. Fiquei imóvel, sem parar de fitá-lo, em uma expectativa absurda, que chegava a doer. Vi suas pálpebras tremerem. Eu também tremi, minhas pernas bambearam. Murmurei rouca, suplicante:

– Antônio... Antônio...

E então aconteceu. Seus olhos se abriram de repente, não confusos e perdidos, mas intensos como sempre, azuis como o mar, fixando-se de imediato em mim.

Comecei a chorar, algo parecendo explodir dentro de mim de pura felicidade, me engolfando como uma onda de amor e esperança. Arfei, ri e chorei, debrucei-me sobre ele abraçando-o e beijando-o, sem parar. Ergueu uma das mãos ao meu cabelo, trouxe-me mais para si, murmurou com voz baixa e rouca:

– Cecília...

– Você voltou... – Agarrei seu rosto entre as mãos, maravilhada. Fitei seus olhos azuis, mas tudo estava embaçado, até que pisquei e minhas lágrimas pingaram em seu rosto. Senti seus dedos na nuca e agradeci a Deus, tremendo sem parar, maravilhada e feliz como nunca fiquei. – Meu amor...

– Não chore. – Sua voz estava enrouquecida e apertou os olhos, um pouco confuso. – O que aconteceu?

– Muita coisa. – Beijei seus lábios, sua face, nariz, testa, todo ele, com adoração e saudade, com tanto amor que meu peito chegava a doer.

– Cecília... – Seus dedos escorregaram ao meu rosto, preocupado, tentando se recordar. – O jantar... Você ligou para mim.

– Sim.

– Fui ao escritório.

– Lembra o que aconteceu lá?

Pensou um pouco. Acenou.

– Estava escuro lá dentro. Ia acender a luz, mas senti um golpe na nuca. Depois mais nada. O que houve? Estou em um hospital?

– Sim, Antônio. Espere, vou te explicar tudo. Mas tenho que avisar às enfermeiras. Primeiro temos que cuidar de você.

Apertei a campainha sobre a cabeceira da cama, sem tirar os olhos dele, sem soltá-lo. Sorri e o beijei de novo nos lábios. Seu rosto se suavizou um pouco.

– Ao menos estou vivo.

– Está. E é assim que vai ficar. Tem a vida toda para me compensar por nove anos longe, ouviu? E por esses três dias dormindo.

– Três dias? – Pareceu surpreso. Então brincou: – Não acredito que fiquei três dias sem beijar e amar você.

Meu coração disparou ao ver seu sorriso meio de lado, seus olhos azuis, a vida em seu corpo, ele de volta para mim. Abracei-o forte, chorando e rindo. E foi assim que a enfermeira nos encontrou, saindo logo para chamar o médico.

Tudo aconteceu como um furacão. O dr. João Pedro Valente vindo com uma enfermeira e examinando-o, conversando com Antônio, fazendo perguntas até ficar satisfeito ao ver que estava lúcido. Seus movimentos também não foram afetados, e Antônio já falava em levantar, para divertimento do médico.

— Quando terei alta?

— Primeiro terá que acostumar seu estômago com água e alimentos. Se aceitar a água, passaremos a sucos e sopas. Então se levantará aos poucos. Se tudo correr bem, terá alta.

— Mas quando? — Estava impaciente, louco para sair dali.

— Fique bom até amanhã. Então podemos conversar. — João Pedro sorriu.

— Quero sair hoje. — Franziu o cenho, um pouco irritado. — Já perdi tempo demais aqui. Preciso ver meu filho.

Eu sorri e acariciei seu cabelo.

— Não se preocupe, traremos Toni aqui.

— Precisa sair daqui bom, para não voltar — alertou o médico.

Saiu, dizendo que a enfermeira traria água e mais tarde viria o suco. Antônio reclamava comigo que queria sair da cama, quando seus pais entraram. Nora abafou um grito de alegria e correu para o filho chorando. Tínhamos levantado a cabeceira da cama, e Antônio ficou meio tonto, mas já tinha melhorado. Ficou emocionado ao ver os pais.

Arnaldo também o abraçou. E soluçou como criança, dizendo baixinho:

— Me perdoe, meu filho. Me perdoe...

— Que é isso, pai...

Chorei em silêncio com a cena. Era muita coisa para o casal idoso, muita coisa para passarmos. Tinha sido uma provação imensa, desencontros e dor, sofrimento, medo. Mas agora Ludmila estava presa. Nosso caminho estaria livre da sua maldade. E todos nós poderíamos viver longe de suas armações.

Uma nova vida se abria.

Encontrei os olhos azuis de Antônio enquanto abraçava e confortava seus pais e era tão amado por eles. Sorri com lágrimas nos olhos. E ele me disse que me amava. Sem palavras. Através do olhar e da alma. Através da nossa conexão.

Nunca fui tão feliz em minha vida.

ANTÔNIO SARAGOÇA

Naquele dia, bebi água e, após um momento de enjoo, consegui beber mais um pouco. Depois foi a vez de um suco de maçã e à noite veio uma sopa rala. Só então me dei conta de que estava faminto. Também consegui me levantar, com ajuda. No início, fiquei tonto e um pouco fraco, mas logo retomei minhas forças e passei a andar pelo quarto numa boa. O soro foi retirado e tomei uma bela chuveirada no banheiro, sentindo-me novo.

Enquanto escovava os dentes e penteava o cabelo, fitei a marca que esmorecia em meu pescoço, perturbado quando soube de tudo que aconteceu e o quanto estive perto de morrer. Eduardo tinha vindo da delegacia e contado o depoimento do comparsa de Ludmila, que disse como me acertou na nuca, a injeção de ar que ela aplicou em meu pescoço e o enforcamento para disfarçar tudo e forjar suicídio. Ela tinha ultrapassado todos os limites. Ido além do que eu podia imaginar. Por sorte, tinha errado, pois, como médica, sabia bem onde ficava a veia. Talvez o nervosismo ou a pressa a tenham atrapalhado. Caso contrário, eu estaria morto.

Fiquei muito emocionado quando meus pais voltaram mais tarde com Toni e Giovana. Eu estava em uma poltrona, um pouco constrangido pela roupa de paciente, mas ele não estranhou tanto, apesar de ser a primeira vez que entrava em um hospital. Ficou um pouco sem graça, mas me levantei cheio de saudade e então veio para meu colo.

Eu o ergui e abracei forte, fechando os olhos. Pensei o quão perto estive de nunca mais fazer aquilo, de morrer e deixá-lo nas mãos daquela louca, que, com certeza, o faria infeliz. Seus bracinhos me apertaram, e falou meio confuso:

– Você se machucou, pai?

Afastou o rosto para me olhar. Fitei os olhos tão parecidos com os meus, mas ainda tão puros e inocentes... Acenei com a cabeça e sorri com carinho.

– Sim, mas já estou bom. Amanhã volto pra casa.

Ele concordou, atento. Explicou:

– Estou morando na casa da vovó e do vovô e eles me deixam fazer tudo. Eu e a Gio estamos deixando a Silvana doida.

– Ah, é? – Meu sorriso se ampliou. – Até imagino isso. Coitada da Silvana.

Beijei-o na bochecha e o coloquei no chão, acariciando seu cabelo macio. Fitei a garotinha de cabelos claros e ar sapeca, que tinha ido para o colo de Cecília. As duas eram lindas, e senti um baque por dentro, pensando que fariam parte do meu futuro. Nem dava para acreditar que finalmente eu ia ter a família que sempre quis.

Ela me olhava, prestando atenção.

– Você está com o pescoço dodói – disse um pouco preocupada. – Caiu?

– Digamos que sim. – Sorri. Cecília a colocou no chão e Giovana veio até mim, curiosa. Eu sentei na ponta do sofá para poder olhá-la de frente, estendendo minha mão. – Tudo bem?

– Tudo. – Segurou minha mão, chegando mais perto. Era linda, tinha o sorriso feliz de Cecília. Fiquei emocionado, pois ela era parte da mulher que eu amava e poderia ter sido minha filha. Tanta coisa não se realizou. Mas me conformei, pensando que ainda daria tempo.

– Você é o pai do Toni, né? Vai morar com a gente? Agora estou passando uns dias com o vô Arnaldo e a vó Nora.

Eu ri, lançando um olhar aos meus pais. Os dois sorriam bobos. Cecília comentou:

– Essa aí é muito oferecida.

– Você gostaria de morar em uma casa bem grande comigo, sua mãe e o Toni? – Acariciei sua mãozinha, encantado com ela.

– Eu ia gostar – emendou Toni, se encostando em meu joelho e olhando para nossas mãos unidas. Meio enciumado, segurou minha outra mão. – E com o vovô e a vovó também.

– É, todo mundo junto! – Giovana abriu um largo sorriso.

– Eu também? – brincou Eduardo.

– Também! – disse animada.

– E tia Karine também – emendou Toni. – E tia Maiana, tio Arthur, tio Matt, tia Sophia, e a Silvana...

– E a Suzilei – completou Giovana.

Os adultos riam. Eu também, meus olhos indo de um a outro, uma parte minha e outra da Cecília. Pensei de novo no Senhor Tempo, que podia unir ou separar destinos para sempre. O meu estava ali, resgatado de um passado, de um erro que cometi. Mas me foi dada uma nova chance. Mais de uma: a de reencontrar a mulher da minha vida, a única que amei; de unir nossos filhos, que desde o início tinham que ser só nossos; a de sobreviver a uma tentativa de assassinato e estar ali vendo aquilo, tendo duas mãozinhas nas minhas.

Olhei com amor para Cecília, ela me fitava fixamente, seu rosto lindo expressando sua felicidade e emoção. Trocamos um olhar quente, cheio de promessas, garantindo um ao outro, sem palavras, que tudo daria certo. E eu realmente acreditei.

Ficamos juntos até seis da tarde, quando meus pais, Eduardo, Karine e as crianças se despediram. Depois de beijos e abraços, ficamos sozinhos. Mas então veio a sopa e depois a gelatina. Eu me senti outro depois do alimento e das visitas, revitalizado. Insisti que Cecília saísse para jantar no restaurante do hospital, e ela foi. Escovei os dentes e me recostei um pouco na cama. Depois de dias desacordado, meu corpo dava sinais de cansaço e eu me sentia mais fraco que o habitual. Acabei caindo no sono.

Quando acordei, já passava das nove horas da noite. O quarto estava na penumbra, a tevê da parede ligada baixinho. Cecília estava sob o cobertor no sofá-cama, mexendo em seu celular com fones de ouvido, concentrada. Imaginei que estivesse ouvindo música e a observei por um momento, seus lábios mexendo suavemente cantando quase sem som. Acho que nunca cansaria de olhar para ela. Tive uma vontade incontrolável de tocá-la, senti-la, saber o que ouvia. Levantei devagar.

Na mesma hora me olhou. Já ia se erguer, mas falei baixo:
– Fique aí. Estou indo.

Seus olhos castanhos brilhavam no escuro. Fiquei satisfeito por não me sentir tonto. Deixei os chinelos ao lado do sofá, ergui a ponta do cobertor e logo me deitava, cobrindo a nós dois. Deitei de lado, de frente para ela, olhos no olhos.

Acariciei sua face macia, sentindo um misto de amor, saudade e paixão. Passei os dedos até a orelha pequena, tirando um dos fones e levando para meu ouvido, onde o acomodei. Um ficou no dela e outro no meu. Ao mesmo tempo, senti seu corpo, seu calor, seu cheiro. Na mesma hora reagi com uma ereção, o sangue correndo mais rápido nas veias, o coração batendo forte.

A música invadiu meus sentidos, junto com tudo que despertava em mim:

É isso aí
Como a gente achou que ia ser
A vida tão simples é boa
Quase sempre

> *É isso aí*
> *Os passos vão pelas ruas*
> *Ninguém reparou na lua*
> *A vida sempre continua*
> *Eu não sei parar de te olhar*
>
> ("THE BLOWER'S DAUGHTER", DAMIEN RICE
> – VERSÃO: "É ISSO AÍ", ANA CAROLINA)

Eu a olhava dentro dos olhos, como se a música fosse para mim. Nunca me cansaria de olhar para ela. Nunca deixaria de amá-la. Maldades, milagres, tempo, destinos, escolhas, tudo que viesse e acontecesse não seria o bastante para me arrancar de Cecília. Eu era dela. Completa e irremediavelmente. Só a morte, e talvez nem mesmo ela, me impediria de finalmente realizar aquele amor, vivendo-o totalmente.

Não falei nem me contive. Bombardeado por sentimentos que extravasavam de dentro de mim, eu enfiei meus dedos em seu cabelo, mantive-a ali cativa, indo até sua boca e tomando-a com amor, com emoções quentes e vorazes, cada parte do meu ser ligada àquele beijo. Senti seu gosto, e era como voltar ao paraíso após uma longa e exaustiva viagem ao inferno. Eu morri e renasci. Eu era ainda mais dela, era todo repleto da nossa história, do que nos tornava um, do nosso recomeço.

Envolvi sua língua na minha, saboreei seus lábios, senti-me mais vivo do que nunca. Puxei-a para mim, para meus braços, acomodando-a ao meu corpo, sua cabeça apoiada em meu ombro, querendo-a tanto que era como se eu me renovasse em nosso beijo, tornando-me completo.

Cecília me agarrou com desespero, sacudindo-se em um choro que não pôde conter, que dizia silenciosamente para mim como temeu que aquilo acabasse, ao mesmo tempo que me beijava com a mesma gama de sentimentos.

Ficamos colados, tão juntos que não dava para saber onde começava um e terminava o outro. Tínhamos pressa, pressa de vida e de amor, de que os nove anos e os últimos três dias sumissem diante dos anos, meses, semanas, dias, horas, minutos e segundos que ainda teríamos juntos. De uma vida inteira em que louvaríamos o reencontro, o destino que nos uniu novamente.

Beijei-a e beijei-a mais. E ainda não era o bastante. Soltei seu cabelo, acariciei seu corpo, sua pele, sua textura em mim. Senti seu cheiro e seu gosto. Eu me embriaguei de Cecília, o desejo apenas um complemento de algo maior, gigantesco, avassalador. Mas ainda assim tão intenso que doía.

Meti a mão sob sua blusa. Acariciei sua barriga, meus dedos erguendo o sutiã, se fechando em volta do seio macio e redondo, o mamilo pontudo roçando a palma. Gemi rouco, meu pau inchou tanto que doeu. Ela conseguiu desgrudar os lábios, mas não os olhos ao abri-los. Estavam pesados, repletos de tesão e paixão, enquanto ainda tentava ser racional:

– Não... Estamos no hospital, Antônio... Você precisa...

– Preciso de você...

E a encurralei naquele canto do sofá sob o cobertor, no quarto silencioso, só a voz de Ana Carolina e Seu Jorge penetrando nossos ouvidos e sentidos ao mesmo tempo, exaltando ainda mais o que por si só já era intenso.

Abri e desci seu jeans até o meio das coxas. Não tirei meus olhos dos dela, vi e vibrei no seu desejo, embora Cecília ainda tentasse ser racional, me impedir. Mas não deixei. Meus dedos já iam entre as suas coxas e sentiam sua umidade, sua quentura gostosa, sua rachinha toda meladinha pra mim, tão pronta que estremeci em meu tesão, arrebatado, fora de mim. Era vida em meio ao risco de morte, era amor depois de anos sendo seco e frio, era paixão no lugar de dor. E eu queria tudo aquilo, eu a queria com uma violência incontrolável.

Meus dedos foram dentro dela, enchendo-a, sentindo-a, tomando-a. Mordi seu lábio inferior, mas não fechei os olhos. Eu não podia deixar de olhá-la, mesmo quando puxei os dedos melados e os levei até o elástico da cueca, descendo só o suficiente para liberar meu pau dolorido e babado. Segurei-o pela base, levando-o entre suas coxas, a cabeça mergulhando entre os lábios macios e fechados pela posição das pernas, unidas pelo jeans abaixado.

Não liguei. Não havia tempo. Espalmei a mão em sua bunda nua, segurei-a, a outra em sua nuca, seu corpo todo domado pelo meu, que ardia febril. Movi meus quadris em uma estocada bruta e funda e gemi rouco em sua boca quando estava lá dentro, acomodando-me de uma vez em seu canal latejante e fervendo.

Cecília quase gritou, mas eu a abafei em um beijo gostoso e devorador, minha língua em sua boca fazendo o papel do meu pau em sua bocetinha, entrando e tomando conta de tudo, tornando-a uma posse minha. E a comi assim, forte e duro, deslizando naquele canal tão molhadinho, tão meu. Nada mais importou, nem o fato de estarmos em um quarto de hospital e corrermos o risco de alguma enfermeira chegar. Nem que eu ainda não tinha recuperado todas as minhas forças. Tudo ficou em segundo plano diante da nossa paixão.

– Antônio... – Choramingou dilatando-se para me receber todinho em sua vulva até o fundo, se agarrando em mim, mãos me puxando, me colando mais enquanto dava estocadas que a faziam tremer por inteiro. – É loucura...

– Loucura é ficar sem você, amor... – Fui mais forte e rápido, debruçando-me sobre ela, quase todo deitado em cima, meu coração disparando enquanto a comia fundo. Imobilizei sua cabeça e fitei o fundo de seus olhos enquanto exigia baixo, minha voz trepidando em sua pele: – Dormir e acordar sabendo que vai ser a última e a primeira coisa que verei a cada novo dia. Porque agora você é minha para sempre. Diga. Diga que é minha.

– Sou sua... Sabe que sou sua, Antônio... – murmurou fora de si, sôfrega, apaixonada.

– Eu sei. – Meti e meti dentro dela, agoniado, a ponto de gozar. – Prove...

– Como?

– Goze em volta do meu pau. Agora.

Meu tom exigente, minha pegada dura em sua nuca, meu olhar intenso, meu corpo devorando o dela sem dó, tudo isso a arrebatou, e ela obedeceu imediatamente, como se só esperasse a ordem. Mordeu os lábios e ondulou, estremeceu, foi engolfada pelo orgasmo denso e quente, arranhando-me como uma gata bravia, chorando baixinho debaixo de mim, sem escapatória.

Jorrei dentro dela tão logo veio a primeira contração de seus músculos internos. O gozo foi tão intenso e quente que percorreu minha coluna, subiu e desceu em espiral, explodiu e me deixou tonto. Fechei os olhos, tentei conter algo de tudo aquilo, mas me escapou e fui descontrolado em meu prazer, fui todo dela.

Desabei no sofá com seu corpo grudado ao meu de lado, quietinho, recebendo meu pau ainda duro dentro dele. Não a soltei nem um milímetro, pois ainda estava ligado demais para isso. Então abri devagar os olhos e lá os deixei, fixos nos dela.

Nenhuma palavra seria o suficiente para descrever como eu me sentia. Como a vida e o amor percorriam meu sangue, como eu estava feliz e único ali, submerso em uma felicidade suprema. Por isso não disse nada, mas não a soltei. Era uma comunhão perfeita, uma ligação que eu sabia que nunca mais teria com outra pessoa. Só com Cecília, até o último dia da minha vida.

***

As crianças comemoravam felizes, como se fosse dia de festa no apartamento de cobertura dos meus pais. Eu tinha recebido alta e aceitei o convite dos meus pais para ficar ali, pois não queria voltar para meu apartamento frio, onde com certeza Cecília não se sentiria à vontade para ficar. Eu também não queria ir para a casa onde ela viveu com seu marido. Assim, ali foi a melhor opção.

Giovana e Toni corriam de um lado para outro, subiam na cama, riam, se escondiam, falavam, fazendo com que os adultos achassem graça. Cecília não tinha ido trabalhar naqueles dois dias para ficar comigo, e, durante o almoço, avisei que, no dia seguinte, quarta-feira, eu voltaria a trabalhar. Todos tentaram me convencer a tirar o resto da semana para me recuperar, mas já me sentia novo em folha, pronto para retomar minha vida em toda sua intensidade.

Convenci Cecília a passar aquela noite comigo ali e nem cheguei a ir para o apart hotel que aluguei. Eu queria ver logo uma casa pra viver com ela, como se o tempo fosse fugir, fosse nos dar uma rasteira se esperássemos demais. Sentia ânsias de recuperar a minha vida, ser feliz, viver.

Foi um dia de paz e felicidade, mesmo que a imprensa estivesse em peso querendo declarações minhas sobre a prisão de Ludmila, meus advogados estavam lidando com o tumulto. À noite, Karine e Eduardo vieram jantar conosco. E, depois que foram embora, que meus pais se recolheram e pusemos nossos filhos para dormir, fomos para uma suíte de mãos dadas. Fechei a porta e levei Cecília até a cama, onde deitamos lado a lado, um de frente para o outro. Apenas nos olhamos, quietos, tanta coisa dentro de nós que as palavras se tornavam desnecessárias por um momento.

Ergui a mão e acariciei seu rosto. Cecília virou o rosto e beijou minha palma, emocionada. Quando me fitou de novo, disse baixinho:

– Estive tão perto de perder você de novo... Não consigo nem pensar nisso. Eu morreria, Antônio. Não aguentaria.

– Nem a morte poderia me afastar de você, Cecília. Mas esqueça. – Corri os dedos em sua pele e cabelo. – A distância, a saudade e a separação acabaram. Daqui pra frente estaremos sempre juntos. Vamos viver lado a lado, casar, criar nossos filhos, ter outros. Nada nos impedirá de viver nosso amor. Até meu último suspiro, eu quero você comigo.

– E eu quero você sempre, sempre... – Aproximou-se um pouco mais e beijou meus lábios, seus olhos percorrendo meus traços com amor, fixando-se nos meus com sentimentos que transbordavam. – Eu te amo tanto, Antônio... tanto que não sei mais respirar se não estiver perto de mim. Foi horrível cada segundo longe de você. Nunca mais quero passar por isso.

– Não vai passar. – Lentamente, desci os dedos por seus lábios, queixo e pescoço. Sem tirar meus olhos dos dela, comecei a desabotoar seu vestido.

Passei o olhar por sua pele macia ao tirar o vestido por seus ombros e escorregá-lo fora de seus braços. Deixei-a só com a calcinha e o sutiã brancos, admirando-a, desejando-a tanto que doía. Fitei novamente seus olhos, dizendo rouco:

– Durante nove anos eu senti essa saudade, Cecília. Mas a mantive guardada dentro de mim, pois era uma maneira de seguir em frente sem você e com minhas escolhas. Se eu a deixasse vir à tona, minha vida inteira perderia o sentido.

– Eu senti a mesma coisa – confessou.

Acariciei seu cabelo comprido, brincando com uma mecha, ambos mergulhados demais nos olhos um do outro, deixando que as emoções aflorassem, extravasassem de dentro de nós.

– Você me acostumou a ouvir músicas e senti-las como minhas. – Sorri meio de lado. – Tem uma do Getúlio Cortes, que me deixava triste, que me fazia sempre ter vontade de te procurar. Em alguns momentos eu parava a correria do dia a dia, ouvia essa música e pensava em jogar tudo para o alto. Mas, então, pensava na minha vida, nas minhas responsabilidades, nas minhas escolhas. E achava que você nunca mais ia querer me ver, que já tinha uma outra vida além de mim. Chegava a achar que o que vivemos foi um sonho, que as lembranças não corresponderiam mais à realidade dos fatos vividos.

– Que música foi essa?

– "Quase fui lhe procurar". – Sorri com certa tristeza, pois o título dizia tudo.

> *Eu pensei em lhe falar*
> *Quase fui lhe procurar*
> *Mas evitei, e aqui fiquei*
> *Sofrendo tanto a esperar*
> *Que um dia você por fim*
> *Talvez voltasse para mim*
> *Mas me enganei, então eu vi*
> *O longo tempo que perdi...*

– Adoro essa música. Também pensava em você quando ouvia. Tantas músicas me lembravam você nesses anos todos, Antônio – falou docemente, a voz cheia de sentimentos e saudades, até mesmo uma pontada de dor. – Você vinha sem que eu esperasse, de repente. Uma lembrança, uma canção, uns olhos azuis, um cheiro... E lá estava você dentro de mim, me lembrando do que era viver sem sua presença.

– Errei tanto, Cecília. Perdi tanto tempo. – Sentia meu peito apertado, dolorido. Parei com a mão em sua face, emoldurando-a, minha voz expressando o que vinha do mais profundo do meu ser. Eu tinha necessidade de falar, de que ela soubesse como me senti. Depois de tudo que passei, aquilo parecia gritar por sair. – Às vezes pensava se o tempo, a minha dor, os meus desejos e os meus sonhos haviam transformado as minhas lembranças. Modificado minha história. Roubado minha verdade. Nessas horas, eu pegava meus objetos e revivia ainda mais aqueles momentos.

– Que objetos? – perguntou baixinho.

– Aquelas roupas das Lojas Americanas. Guardo até hoje comigo.

Cecília arregalou os olhos.

– Jura? – murmurou, tocada.

– Juro.

Mordeu os lábios, com lágrimas nos olhos. Eu tinha vergonha, pois por dentro minha vontade era de chorar também, lavar minha alma, tirar tudo que ainda tinha dentro de mim, como se assim eu me renovasse para a vida que sempre desejei e que agora era minha. Continuei, falando baixinho:

– Aquelas roupas guardadas me davam a certeza de que o que vivi não foi um sonho, mas a verdade. Era o que me restava, junto com as lembranças e a saudade. Eu sentia sua presença, e aí vinha o desespero, mas depois me acalmava porque, ao menos, eu tinha aquilo, algo que eu podia tocar, que me acalmava e confortava, que me dava a certeza de que vivi. Vivi tudo aquilo. Sua presença sempre esteve comigo. Eu olhava para trás com olhos saudosos e flertava com a esperança. E se eu te encontrasse? E se o destino colocasse você na minha frente? Então revivia no corpo e na alma as alegrias daquele tempo.

– Pare – pediu emocionada, sem poder conter as lágrimas, que desciam por seu rosto.

– Eu não posso parar, Cecília. – Ergui as mãos e enxuguei suas faces, também doído, mas apaixonado, feliz, porque aquilo era passado e ela estava ali comigo. Trouxe-a mais para perto de mim, com o peito arfante, a alma inundada, a voz engrossada pela emoção. Meus olhos mantiveram os dela nos meus, penetrando-os intensamente. Cecília desabafou:

– Muitas vezes perguntei a mim mesma: será que Antônio lembra de mim? Eu também queria a confirmação de que o sentimento que parecia ter por mim foi real. Eu sabia que amores vêm e vão. Mas o que tinha ficado de nós para você? Havia um medo dentro de mim de que tudo tivesse ficado só comigo, ainda mais quando via suas fotos, sua família, seu sucesso. Eu me sentia excluída, afastada, esquecida.

– Nunca! – Abracei-a forte, com o coração disparado, a respiração irregular. Apertei sua cabeça contra meu peito, seu corpo fundido com o meu, fechando os olhos por um momento, com ódio de mim mesmo. – Pensei que o tempo tiraria você de dentro de mim, mas ele nunca fez isso. Eu vivi com a ausência do seu amor, mas essa ausência era presente. Era saudade, lembrança, pensamento.

Segurei seu cabelo na nuca e puxei-o para trás para poder fitar seus olhos de modo penetrante, firme, emocionado.

– Quantas vezes perguntei a mim mesmo como você estaria. Como seguiu em frente, se driblou a dor e o amor como eu, se sentiu angústia e tristeza. Porque você, Cecília, ficou escondida na minha lembrança, guardada no meu sentimento e protegida pelo meu desejo. Permaneceu exatamente assim dentro de mim, e acho que foi isso que me fez passar por esses nove anos sem saber de nada, lutando para não desistir e te procurar. Porque no fundo sempre esteve comigo, mesmo na minha covardia, mesmo quando eu tentava me convencer de que o que fomos havia acabado. Mas nunca acabou. E, quando te vi de novo, eu soube disso. Não caminhei e segui em frente esses anos todos. Eu paguei uma penitência de joelhos, longe de você.

Ela não disse nada. Seus lábios e queixo tremiam. Seus olhos estavam novamente marejados. Então me agarrou bem forte e me beijou na boca, apaixonada, tocada, desesperada. Exatamente como eu me sentia.

Seus dedos vieram em mim com pressa e loucura, com uma necessidade que ultrapassava qualquer controle. Gemeu e arfou, chupou minha língua, devorou meus lábios. Apenas a segurei, pois sentia sua ânsia, seu desejo de me ter, de me sentir. Veio para cima de mim, me derrubando na cama, beijando-me com uma fome que se equiparava à minha.

Suas mãos abriram os botões da minha camisa quase arrancando-os das casas, os dedos e unhas correndo meu peito, amassando meus músculos, puxando o tecido por meus braços. Desceu a boca e mordeu meu queixo, ao mesmo tempo que puxava o cinto da calça e descia o zíper. Eu a ajudei e me despi rápido, rosnando quando segurou meu pau com força e me masturbou, beijando meu pescoço, me deixando arrepiado.

Enrolei seu cabelo no punho, aproveitando o ataque sensual, a boca, que me mordia e beijava, minha outra mão abrindo o fecho de seu sutiã, puxando-o fora para poder acariciar seus seios. Seus lábios escorregaram para a barriga, deixando-me doido ao descer mais e se abrirem para chupar a cabeça inchada, sem deixar de me masturbar.

– Porra... – gemi cheio de tesão, precisando de mais, sentindo o desejo rugir violentamente dentro se mim, ainda mais quando meteu meu membro na boca em uma chupada deliciosa, molhada e quente.

Firmei sua cabeça, minha ereção a ponto de explodir, o desejo tão voraz que eu não podia ficar ali, parado, quando queria fazer tanta coisa com ela. Puxei seu cabelo num rabo de cavalo, com pesar tirando sua boca do meu pau, só o suficiente para baixar sua calcinha de uma vez, arrancando-a, jogando-a nua na cama e abrindo suas pernas. Fui para cima, dominando-a com meu corpo e meu olhar, precisando de mais dela para aplacar a fome que me consumia.

Abocanhei sua bocetinha já toda molhada, chupando forte, metendo a língua dentro dela. Cecília deu um gritinho estrangulado, agarrando meus cabelos, se sacudindo toda, gemendo. Era muito gostosa... Lambi com vontade, me fartando com seu gostinho, cheirando-a, comendo-a, abrindo-a para me saciar. Mas nunca me saciava. Queria mais e mais, tudo.

– Ai, assim eu gozo, Antônio... – Choramingou. – Por favor... Vem me comer... Preciso de você dentro de mim...

Eu queria tempo para tomar tudo dela, para realizar todas as loucuras que eu imaginava e faziam meu coração disparar, mas os sentimentos exaltados e o desejo delirante aceleravam tudo, exigiam seu preço, pediam uma união completa. Subi a boca por sua barriga, enfiei um mamilo na boca e chupei duro, enganchei meus braços sob suas pernas e as ergui bem alto. Uma delas foi em meu ombro, ficando toda arreganhada para meu pau, que mergulhou duro e longo dentro da sua rachinha pingando. Entrei com tudo, estremecendo de puro tesão, rangendo os dentes com a fúria do desejo que me consumia.

Movi os quadris em estocadas brutais, fora de controle, minhas bolas batendo em sua bunda enquanto nada do meu pau ficava para fora, e minha boca subia para saquear a dela, tomando seu beijo e sua língua, prendendo-a em meus braços para fodê-la com voracidade, dominando-a firme e forte, arquejando em êxtase.

Suas unhas foram em minhas costas, a perna livre envolveu minha cintura, sacudiu-se com minhas estocadas, gemeu e miou em minha boca. Imobilizei seu rosto e seu pescoço para beijá-la a minha maneira, sem parar de meter e meter dentro da sua bocetinha, feroz e rouco, enlouquecido. Então ergui um pouco a cabeça, abrindo meus olhos para se fixarem nos dela, dizendo perto de seus lábios:

– Vai ser assim cada dia da nossa vida, Cecília. Sem espera, sem saudade, sem distância...

– Sim...

– Vai ser minha mulher, minha companheira, minha escrava... Porque já é dona de tudo que é meu, do meu amor, do meu corpo e da minha alma. Eu sou seu e você é minha. E nada vai impedir isso.

Puxei o pau todo para fora só para enterrá-lo de novo, tirando e metendo, fazendo-a me sentir em cada parte dela, meu peito esmagando seu seio, sua perna ainda presa em meu ombro, meus olhos fazendo-a arder, queimando-a.

– Vou fazer tudo com seu corpo. Vou devorar cada parte sua, Cecília. E mesmo quando eu a quiser de quatro, vendada e com meu pau em seu cuzinho, espancando sua bunda, eu vou te amar. Vou te dar prazer. – Senti que estremecia com minhas palavras pornográficas, com as promessas que eu cumpriria, pois eu a queria de todas as formas possíveis. – Vou te amar a cada dia e a cada noite. Para sempre. Como te amo agora. Como amei sua lembrança por nove anos.

– Antônio...

– Diga.

– Eu te amo... – sussurrou, trêmula, recebendo minhas estocadas, fora de si. – Faça tudo... tudo que quiser comigo...

– Vou fazer – garanti.

E faria. Mas, naquele momento, o desejo não me deixava ir além de penetrá-la com uma paixão avassaladora, a ponto de gozar. Tinha sido muito tempo longe, de saudade e vontade, de amor contido. Voltei a beijá-la na boca e meti duro e fundo, tão livremente que senti minha alma se soltar do corpo, se expandir, cada parte minha concentrada naquele ato. E, quando Cecília gritou em minha boca e gemeu em um orgasmo, foi impossível segurar mais. Gozei forte e quente dentro dela, nossa comunhão passando do físico, sendo completa, perfeita. E ali fui tão feliz, mas tão feliz, que tudo deixou de ter importância. O passado cedeu ao presente e a um futuro que se mostrava perfeito, porque Cecília estaria nele.

LUDMILA VENERE

Eu não podia estar em uma cela. Olhava em volta, cercada por grades, pelo lugar fedorento, pelo lugar por onde eu já tinha andado por cada centímetro. Por mais que estivesse sozinha, já que tinha nível superior e meus pais conseguiram um advogado excelente, que me garantiu uma prisão especial, aquilo era temporário, só durante o inquérito. Ia depender do juiz se eu seria mantida ali ou jogada em uma cela comum junto com bandidas, mas, até então, consegui ao menos aquela regalia.

Mesmo assim, era horrível. Fui criada com luxo e conforto, com banheira de mármore com sais de banho, com jantares regados a champanhe francês e lençóis de seda. Não com aquele buraco. Recusei-me a comer a comida dali, e meus pais me mandavam, junto com revistas e coisas para me distrair. Mas nada me faria esquecer ou me livrar da angústia que me dominava.

Na quarta-feira, eu já tinha vontade de gritar lá dentro, sufocada e desesperada. Quando fechava os olhos no catre, lembrava das nojeiras que passei na mão de Treta Chique, imaginava o que ainda aconteceria comigo naquela prisão, pensava em Antônio se recuperando e com a putinha, que tomaria conta de tudo que era meu.

Era uma grande injustiça. Fiz de tudo para manter o que eu merecia e agora estava lá, no fundo do poço, privada de tudo.

E meus inimigos se refestelariam às minhas custas, ririam pelas minhas costas, usariam o que era meu por direito. E o pior de tudo era que, por mais que eu pensasse, não via como sair dali, como provar minha inocência. Porque eu não era inocente. E porque fui uma burra absoluta quando me deixei levar por minha mania de superioridade, me garantindo que o crime seria perfeito. Burra! Burra! Burra!

Andava pela cela até ficar exausta. E, quando parava e sentava na beira do catre, os pensamentos vinham com mais intensidade, a vida da qual fui privada, o ódio mais e mais violento quando pensava em Antônio. Ele devia estar morto. Como errei aquela veia? Por que tremi? Por que por um momento vacilei e sofri ao perdê-lo?

Foi o culpado de tudo. Porque não me amou, porque nunca me tocou e venerou como eu merecia, porque deu para a putinha o que devia ser meu. Ele me fez agir impulsivamente, me fez vacilar e errar, me fez ter pressa. Se estivesse morto, ao menos eu teria algo para me vangloriar. Mas assim... o que me restava?

Levantei e andei mais, como um animal enjaulado naquele buraco, usando aquela calça grosseira, aquela camisa horrível, sem minhas joias, sem pessoas para me admirar, sendo alvo de chacota.

Quando a guarda se aproximou e disse que eu tinha visitas, meu ódio não se aplacou. Eram meus pais e Lavínia com certeza, mais uma vez ali se lamentando, sem conseguirem acreditar que fui capaz de tudo aquilo, embora as provas fossem esfregadas na cara deles. Ainda se agarravam à ideia de que Treta Chique mentiu, de que eu havia sido injustiçada. E eu me cansava de tanta burrice, de tantas lamentações, daqueles três, que sempre dependeram de mim para agir e garantir nossa fortuna.

Entrei na sala algemada e me sentei em uma cadeira em volta da mesa, de frente para aqueles três. Minha mãe, como sempre, estava com seu lencinho e olhos lacrimosos, parecendo uma porquinha gorda naquele vestido de mau gosto. Quantas vezes falei de suas roupas, e a idiota nunca aprendia. Meu pai, um banana, não sabia o que fazer. Parecia sempre muito decidido a me tirar dali, se recusando a me ver como eu era, esbravejando contra a injustiça. E Lavínia tentava sorrir, ser simpática, amenizar a situação com conversa fiada.

Fixei o olhar em minha irmã, com seus cabelos pintados de ruivo, lembrando que levou a porcaria do médico que salvou a vida de Antônio. E como se fosse o cúmulo, ela me provocou, ela cutucou a onça com vara curta quando comentou:

— Meu namorado André mandou lembranças. Sabe que Antônio foi vê-lo hoje em seu consultório, Lud? Foi agradecer por ter salvado sua vida e também...

— Não quero saber da merda do seu namorado, muito menos de Antônio — falei, tremendo.

— Ah, desculpe... — Ficou sem graça, piscando, corando. — Eu apenas...

— Apenas é uma tapada, uma burra. Nunca se toca de nada?

Pareceu surpresa com minha agressividade. Minha mãe segurou o braço dela, como se pedisse para ficar quieta, porque eu estava nervosa. E eu estava. Estava puta, cada vez mais fora de mim. Recostei na cadeira, olhando-os com nojo.

— Eu quase consegui — disse baixo, quase sem mover os lábios. Quando me encararam assustados, senti um estranho prazer, um divertimento mordaz. Sorri. — Antônio deveria estar morto agora. Eu seria dona de tudo. E nunca mais teria que suportar vocês.

— Minha filha... — Meu pai começou.

— Não estou louca.

— Mas...

— Você sempre foi um medroso. Se não fosse eu e o casamento, insistindo para que Antônio administrasse e aumentasse nossa fortuna, até hoje estaria naquela mesmice, acomodado, satisfeito em sua mediocridade.

Ficou pálido, chocado. Apontei para minha mãe, com desprezo.

– Vocês dois. Não sei como pude nascer de um casal tão limitado! Se querem saber, o que ainda estão fazendo aqui? Não preciso de vocês para nada! Tenho meios de bancar um ótimo advogado! E, sinceramente, estou cansada de olhar para a cara de vocês, de ouvir tanta asneira! E você... – Apontei para Lavínia, com asco. – É como eles. Idiota! Que desperdício seria casar com Antônio! Nunca chegaria nem perto de tudo que consegui!

– Querida... – Lavínia estava confusa.

– Que querida nada! Não sou querida de vocês! Nunca gostaram de mim, me suportam porque sempre tomei conta de tudo, sempre levei vocês nas costas. E querida... – ironizei minha irmã. – Sabe quem fez todo mundo saber que transava com sua professora? Eu! Porque esses daí queriam te casar com Antônio. Sacrilégio, meu Deus!

– Mas... – Parecia horrorizada.

– Ludmila... – suplicou minha mãe.

– Não estou maluca! É verdade! São uns inúteis! Não preciso de vocês para nada! Sou rica! Sou inteligente! E prefiro olhar para as paredes a ter que perder meu tempo aqui! – Levantei de supetão, furiosa, olhando para a guarda do lado de fora e gritando: – Quero sair daqui! A visita acabou!

– Filha, você está nervosa! – Minha mãe se levantou, chorosa. – Perturbada! Não foi você que fez essa maldade toda...

– Maldade? – A guarda entrou e veio segurar meu braço. Mas ainda despejei: – Eu fiz o que tinha que fazer, o que vocês nunca tiveram coragem, não porque são bons, mas porque não têm inteligência para tanto. Mas escutem bem, o assassinato não se concretizou! Sou ré primária, em pouco tempo estarei fora daqui! Já viram rico ficar na cadeia no Brasil? O primeiro crime é de graça! E não teve nenhum crime!

– Vamos logo. – A guarda me puxou.

Mas, pela primeira vez desde que cheguei ali, consegui me divertir vendo a cara dos meus familiares. Como quis dizer tudo aquilo naqueles anos! E agora eu me sentia vitoriosa, livre, solta. Dei uma risada.

– Façam o favor: podem se recolher em sua ignorância e me deixar em paz! Não voltem aqui! Vão viver a vidinha de vocês, pois tenho muito mais com o que me preocupar! Essa sou eu! Ludmila Venere Saragoça. Vou sair daqui. E podem escrever: Não vou procurar vocês.

Eles não conseguiram dizer nada. Estavam pálidos, boquiabertos, fitando-me como se não pudessem crer no que eu dizia. E, enquanto a guarda me levava, comecei a rir, sem conseguir parar.

CECÍLIA BLANC

Eu me dei conta de que o paraíso existia naquela semana. Não bastasse ter Antônio vivo e saudável entre nós depois de tudo que passou, a família dele a nosso favor e Giovana e Toni se dando bem, sem estranhar em nada o fato de estarmos juntos, ainda vivíamos colados sempre que possível, em uma felicidade suprema.

Conversei com Giovana de uma maneira leve e fácil, para que ela entendesse que íamos morar com Antônio e Toni. Ela quis saber se seu pai ia junto e falei delicadamente que não. Deu de ombros e voltou a brincar, como se tudo fosse natural demais. Acho que tinha passado tanto tempo longe de Michael e nos últimos dias esteve tão presente na vida de Toni e da família Saragoça, que se acostumou logo com aquela nova realidade.

Antônio também conversou com Toni e me disse que o filho perguntou onde estava a mãe. Respondeu que ela tinha feito uma coisa muito errada e ia ficar um bom tempo longe. E que agora todos nós moraríamos juntos e seríamos uma família. Quis saber se eu era sua namorada e, quando Antônio disse que sim, perguntou se Giovana seria sua nova irmã. Diante de nova resposta positiva, ele pensou um pouco, acenou sério com a cabeça e falou que ia gostar muito, porque eu e ela éramos boazinhas. E assim as coisas se resolveram.

Eu me dava muito bem com ele. Achava-o um menino lindo e inteligente, educado, carente. Sentia um carinho enorme, uma vontade de protegê-lo e suprir todas as suas necessidades, sabendo o quanto tinha sido machucado por Ludmila. Não queria ocupar o lugar da mãe dele, dar uma de melhor que ela. Apenas ser uma figura feminina que estaria presente em sua vida, ajudando a educá-lo, amando-o, sendo amiga e constante. Já me sentia apaixonada por ele. Adorava quando conversava comigo, se aproximava e sorria. Precisava me controlar para não abraçá-lo e beijá-lo toda hora como fazia com Giovana, embora não resistisse e de vez em quando tascasse um beijo em sua bochecha ou fizesse uma carícia em seu cabelo, o que o deixava um pouco sem graça.

Giovana rapidamente se acostumou com Antônio. Virou logo tio Tônio pra cá, tio Tônio pra lá, beijinho estalado quando se encontravam, muita conversa para monopolizá-lo. E rapidamente ele caiu sob seus encantos, aquele homem intenso e controlador sendo levado para onde minha filha queria, apaixonado e sorrindo o tempo todo. E eu me divertia só de olhar.

Os pais dele não voltaram para Angra e insistiram para que Antônio e Toni continuassem na cobertura deles, e assim foi feito. Eu e Giovana voltamos para nossa casa, e, embora eu convidasse os dois para irem lá, Antônio não aceitou, dizendo que sentiria um ciúme doentio vendo onde eu tinha morado com meu marido. Quase contei a ele que Michael estava apaixonado por outro homem, mas era um assunto muito particular, e tudo estava corrido demais.

Assim, nos vimos no apartamento dos pais dele, saímos junto com as crianças para jantar fora e andar na praia e no shopping, nos tornamos um quarteto inseparável e feliz.

Na sexta-feira, Antônio foi chamado à delegacia para contar sua versão dos fatos de sua tentativa de assassinato. Eu já tinha prestado depoimento sobre o telefonema. E ainda na sexta ele recebeu a visita dos pais de Ludmila e me contou à noite como foi tudo. Também andava sendo procurado pela tevê e jornais, mas, por enquanto, os evitava.

Disse que os dois estavam arrasados, abatidos, Eloísa chorou e se lamentou. Pediram perdão pelo que a filha fez e contaram que ela mesma admitiu. Walmor disse que não ia mais visitá-la nem queria saber dela, mas a mãe não conseguiu abandoná-la de vez, achando que talvez estivesse descontrolada e tivesse problemas mentais. Mas, na última visita, mesmo indo lá, a filha se recusou a recebê-la. Estava muito triste com toda a situação e envergonhada. Contaram que nem saíam de casa, cercados por pessoas da mídia e por curiosos. E então fizeram uma proposta: vender a parte da VENERE para a CORPÓREA. Já tinham certa idade e pensavam em apenas descansar. Lavínia também não se interessava pelos negócios. E, depois de tudo, a sociedade tinha ficado balançada.

Arnaldo e Antônio aceitaram a proposta e conseguiram chegar a um acordo com eles. A compra ia ser feita e seriam os únicos donos do império. As coisas iriam aos poucos se resolver.

No sábado saímos para ver casas para comprar, junto com Toni e Giovana. Já tínhamos combinado de olhar três com a imobiliária e de almoçarmos fora. Não gostamos da primeira, precisaria de muitas reformas e tínhamos pressa. A segunda ficava na contramão para nosso trabalho, e gastaríamos muito tempo no trânsito. Mas a terceira foi amor à primeira vista, tanto para mim e Antônio quanto para as crianças.

Apesar de não ficar exatamente perto de tudo, também não era longe, em Vargem Grande. Era um casarão imitando estilo de fazenda em uma grande chácara cercada de árvores, com piscina e até um pequeno haras. O dono queria passar até os quatro cavalos que ainda estavam lá, pois estava de mudança para outro país. Nossos filhos ficaram loucos com tanto espaço, com os cavalos mansos, com as árvores largas e com balanços pendurados.

Enquanto Giovana e Toni corriam pela varanda, parei ali olhando em volta, encantada, enquanto o corretor falava das vantagens da casa e Antônio acenava com a cabeça. Aproximou-se de mim, observando-me. E tão logo o corretor parou de falar, ele disse decidido:

– Vamos ficar com ela. – Segurou minha mão.

Eu o olhei de imediato, arregalando um pouco os olhos.

– Mas, Antônio, nem discutimos sobre tudo e...

– Para que discutir? Você está obviamente apaixonada pela casa. E olha para as crianças.

Olhei. Os dois riam se balançando na rede, já descalços e suados de tanto que tinham corrido, falando e se divertindo sem parar. Voltei a fitar seus olhos azuis sorrindo, feliz, sem poder acreditar. Murmurei:

– E você?

– Se estão felizes, o que mais posso querer?

– Mas gostou da casa?

Fiquei na expectativa, ansiosa. Ele sorriu meio de lado e acenou a cabeça, entrelaçando os dedos nos meus.

– Adorei.

– Está falando sério? É nossa, Antônio?

– É.

– Ah! – Eu me joguei nos braços dele, rindo, e ele me apertou forte, enquanto o corretor sorria todo satisfeito.

ANTÔNIO SARAGOÇA

Na semana seguinte, retomei minhas atividades na empresa de forma intensa. Foi tudo corrido, muita coisa se encaminhando para ser resolvida, outras precisando ser encerradas. Os papéis do meu divórcio e o de Cecília corriam, assim como a compra da parte dos Venere nas empresas. Metade do dinheiro deles investido seria devolvida de forma integral, e a outra metade seria paga em parcelas, para não sobrecarregar demais os negócios, como foi combinado. Eu e Cecília também assinamos a compra da casa em Vargem Grande, que ainda naquele mês seria liberada para morarmos.

Eu me informei com meus advogados sobre o julgamento de Ludmila. E então, sem falar com meus pais ou Cecília, fui vê-la. Queria olhar nos olhos da mulher que viveu sob o mesmo teto que eu por anos, gerou meu filho e teve coragem de armar minha morte. Ela tentou me matar com as próprias mãos, e isso eu ainda não conseguia compreender totalmente. Só pelo status e pelo dinheiro? Ou o ódio era tão imenso que a descontrolou?

Saí do escritório mais tarde para o almoço. Fazia exatamente duas semanas do atentado, era uma sexta-feira. Cheguei no horário de visitas e a esperei sentado em volta de uma mesa, em uma sala apertada e quase completamente vazia, com paredes brancas.

A porta se abriu, e Ludmila entrou, as mãos algemadas para trás, trazida pelo braço por uma guarda corpulenta. Usava o uniforme da cadeia, os cabelos presos. Mesmo em sua situação, mantinha o ar altivo, o olhar gelado, o queixo erguido quando sentou à minha frente e a guarda foi até a porta.

Eu a encarei bem sério, gelado. Confesso que por dentro senti muito ódio, por tudo que fez, pelo sofrimento que causou em pessoas que eu amava, por quase ter conseguido me matar. Não conseguia parar de pensar que nem naquele momento ela pensou em Toni.

— Antônio. — Sorriu devagar, dirigindo seu olhar ao meu pescoço, já sem nenhuma marca. — Gostaria de dizer que é um prazer revê-lo, mas, sinceramente, eu o preferia em outro lugar. Sete palmos abaixo do chão.

– Isso já ficou mais do que óbvio, não precisa dizer. – Fui bem seco.

– Então por que veio aqui? Para rir da minha cara? – Torceu a boca, sem conseguir disfarçar um certo tremor. Dei-me conta de que a frieza era só uma capa. Estava nervosa.

– Não. Não vejo motivos para rir de toda essa tragédia.

– Mas...

– Vim aqui saber o motivo. O que levou você a ir tão longe. Ódio?

Apertou o maxilar, seus olhos nos meus, que nem piscavam. Tentou segurar o olhar, mas algo em mim a fez vacilar. Forçou uma risada, olhou para cima, sacudiu a cabeça. Só então me encarou de novo, em um ricto de raiva.

– Ódio é uma palavra muito pesada. Vamos pensar em algo mais realista.

– Estou ouvindo. – Recostei-me na cadeira, aparentemente frio e sereno.

– Metade de tudo era meu. Estava ao seu lado quando construiu o império. Nunca o teria conseguido sem mim!

– Nunca esteve ao meu lado, Ludmila. Consegui o império com a colaboração da VENERE, não sua. Trabalhei e suei nas empresas por anos a fio, enquanto você brincava de ter um consultório e depois de ser socialite. Jamais precisei de você para nada. Não moveu nem um fio de cabelo pela empresa.

– Mas eu representava a VENERE!

– Você, seus pais, sua irmã. Mas estar ao meu lado, isso já é exagero da sua parte. Por nove anos fomos praticamente estranhos na mesma casa. Até mesmo ter um filho, que tentamos como meio de aproximar ainda mais as duas famílias e nosso casamento, você só fez por aparência.

– Era necessário. – Deu de ombros.

— Assim como julgou necessário me matar – falei baixo, a fúria rondando a superfície. – Maquinou tudo em uma semana. Contratou um comparsa. Usou todos os meios para me atrair ao escritório. E não vacilou em nenhum momento, nem mesmo por eu ser o pai do seu filho.

— Você devia estar morto, Antônio! – Tremeu, a respiração mais irregular, os olhos brilhando de raiva.

Eu a observei, notando os sentimentos exaltados. Deixava cada vez mais a máscara cair, e era isso que eu queria, ver como ela era. Sem disfarces.

— Para herdar tudo? Para não aparecer como uma mulher abandonada diante da sociedade, Ludmila?

— Sim! Acha que eu ficaria quietinha enquanto me tirava tudo?

— Eu não ia tirar nada seu. Teria todos os seus direitos garantidos.

— Eu não seria mais a senhora Saragoça! Deixaria de ser o modelo que todos copiavam. Ia ser humilhada perante todos, a esposa deixada de lado, dona apenas de uma parte quando eu queria tudo! – desabafou com voz cheia de veneno, suas faces se tingindo de vermelho, seus olhos parecendo os de uma louca.

— Achou que ia ser fácil, Antônio? – Continuou, como se depois de ter começado a despejar tudo não pudesse mais parar. Seus lábios tremiam, seus olhos gotejavam ódio. – Ficar com a putinha e me jogar para escanteio? Eu não permiti isso nove anos atrás, por que ia permitir agora, como uma tola sem coragem, uma fracassada? E o que mais eu podia fazer, além de acabar com quem queria me ferrar? Você! Você estava no meu caminho!

Tinha chegado o corpo para frente, como se quisesse vir para cima de mim, me agredir. Depois que terminou de gritar, voltou a se encostar, respiração irregular, descontrolada. Mordeu os lábios, esperando minha reação, quase desejando que eu entrasse no seu jogo.

Por mais incrível que pudesse parecer, parte da minha raiva se foi. Tive pena por ser tão desgraçada, por passar a vida maquinando, por não ter aproveitado nada do que teve. Fui lá em busca de respostas, mas sempre estiveram diante de mim no formato de uma mulher vazia, oca, que nunca soube o que era ser feliz. Fiz menção de me levantar, mas gritou de repente, em um tom tão angustiado, que permaneci no lugar, olhando-a fixamente:

– A culpa foi sua! Sempre sua! Eu nunca teria perdido a cabeça e feito tanta burrada se não fosse por você, seu maldito! Eu teria pensado, arranjado, saído dessa por cima, sem ninguém saber de nada! Porque sempre fui mais inteligente que os outros, seria fácil demais enganar, ludibriar e ainda parecer inocente! Mas você não deixou, Antônio! Não deixou!

A guarda indagou para mim:

– Quer que eu a leve?

Acenei que não com a cabeça.

– Melhor parar com o escândalo, moça! – disse com autoridade, o que pareceu servir como um balde de água gelada em Ludmila.

Ela respirou fundo, o ódio vindo em ondas do seu olhar brilhante, agressivo. Mas ficou bem quieta na cadeira, quando falou, mais baixo:

– Você me desconcertou. Nunca entrou na minha vida. Nunca me deixou te dominar. Ficava lá, sempre distante e incólume, intocável. Vinha quando queria, tomava o que desejava e mesmo quando me via faminta, querendo mais, me olhava e desprezava. Preferia outras mulheres. Acha que eu não sabia? Que não notava que nunca servi para substituir a sua putinha? Eu não era boa o bastante para me amar como a amava! Nem para ser a sua puta. Até para isso tinha outras, mesmo quando deixava fazer de tudo comigo. Saía e não olhava para trás. Nunca... nunca olhou realmente para mim! Não me deu uma migalha nem do seu tempo nem do seu amor! Nada! Nada! Nada!

Tremia violentamente, fora de si, vermelha e arfante, parecendo ter dificuldades até para respirar.

Fiquei abalado. Em nenhum momento achei que se importasse, que isso mexesse tanto com ela. Falei baixo:

– Agi como você agia comigo, distante. Nunca soube o que queria. Para mim, quanto menos a tocasse, melhor seria para você, pois sempre pareceu mais preocupada com as suas coisas, como se eu fosse apenas parte do pacote necessário para alcançar seus objetivos.

– E era, Antônio! Eu sempre achei que era! Mas eu queria mais. Eu queria ter você sob meu jugo, percebendo que eu estava lá, tudo o que fiz para ocupar aquela posição. Demorou demais a me ver, a me enxergar!

– Quase morri para perceber isso, Ludmila.

– E sabe por que não morreu, seu maldito? – Arquejou, mas sem gritar, quase num murmúrio pegajoso de tanto ódio. – Porque eu tremi com aquela agulha na mão! Porque toquei seu pescoço e pensei que seria a última vez a tocar em você, a sentir seu corpo quente! E senti lágrimas nos olhos, porque no fundo não o queria morto. Eu o queria na minha vida, amando-me e adorando-me como fazia com ela. Eu queria ver seus olhos nos meus de verdade e não buscando qualquer outro lugar para olhar menos para mim! Eu vacilei... Até hoje não entendo se fiz de propósito, se errei porque não suportei acertar... porque saí de lá chorando e lamentando... querendo e não querendo... odiando e amando.

Não falei nada. Era muita coisa para absorver, uma mente louca e doentia para tentar entender. E Ludmila parecia fora de si, só querendo extravasar, cuspir tudo que escondeu tanto tempo:

– Passei anos achando que tinha tudo sob controle, mas foi sempre você, não é, Antônio? Você e sua mania de ter tudo à sua maneira, me tinha exatamente onde queria. Uma boneca, um enfeite, uma metade de empresa. Sempre fui só isso. E então, quando quis se separar, achou que eu sairia quietinha, obedecendo mais uma ordem sua. Mas se ferrou! Porque eu estava lá! Eu não era um nada! E provei isso. Pena que não me livrei a tempo do seu domínio, pois isso é que contou na hora de te matar. Mesmo desacordado, você me manipulou, me fez desejar um pouco mais essa mentira. E olha para onde isso me trouxe! – Alterou novamente a voz, olhando com nojo à sua volta.

– Acredita realmente que de alguma maneira me amou, Ludmila? – Meus olhos não saíram dos dela. Mesmo um tanto tocado por tudo aquilo, sem ter noção do que sentiu com minha falta de amor, eu sabia que não era vítima de nenhuma história. – Não queira jogar sobre mim a culpa de seus atos. Nunca nos amamos, e isso sempre ficou mais do que claro. Casamos por um acordo. Se em algum momento esse acordo incomodou você, deveria ter falado.

– E me humilhar?!

– Não seria nenhuma humilhação. Eu não poderia adivinhar o que queria!

– Claro que não! Nunca olhou para mim!

– Olhei muitas vezes para você, principalmente quando conversava sobre Toni, quando queria entender por que era tão fria e exigente com ele. E nunca me respondia nada. Sorria e continuava do mesmo jeito. Sempre senti como se falasse com uma parede.

– Uma mulher! Era assim que eu queria ser vista!

– E isso é motivo para tentar matar uma pessoa? Se todo mundo que já se decepcionou ou não foi retribuído fizesse isso, a população do planeta seria bem reduzida.

– Não seja irônico! Não venha debochar de mim! – Engoliu forte, como se houvesse um bolo em sua garganta. Ergueu o queixo, fitando meus olhos, muito pálida. – Meu ódio sempre foi um veneno para mim mesma. Pois me matava aos poucos, me fazia consciente de que nunca me amaria. Deixei assim, porque achei que seria dessa maneira para sempre e eu estava até satisfeita. Mas então ela voltou... Quando a vi naquele restaurante, perdi minha razão. Quando falou em divórcio, eu soube que teria pouco tempo. E me precipitei, me descontrolei... Mais uma vez por culpa sua! Tudo culpa sua!

Senti-me cansado. Ludmila era mais louca do que eu imaginava. Ela vivia em uma outra realidade, criando motivos para si mesma. E havia só uma coisa da qual eu me arrependia. Falei para ela:

– Meu maior erro foi ter me casado com você. A doença do meu pai, a ambição, os acordos firmados, nada disso deveria ter me impulsionado. Muita coisa seria evitada e muito sofrimento seria poupado. Mas não podemos voltar atrás. Fiz minhas escolhas e você fez as suas. E arcamos com as consequências. – Levantei-me, sem deixar de olhá-la.

Estremeceu, agitada. Prometeu:

– Eu faço, sim, o meu caminho. E escute bem o que vou dizer, Antônio: vou sair daqui. Posso ter planejado, mas não houve crime. Sou primária, rica, de boa família, vou confessar, fazer acordos, tudo que meus advogados mandarem para reduzir a pena. Talvez nem fique na cadeia. São tantas brechas nessas leis! E depois vou estar na sua cola e da sua mulherzinha. Nunca vai ser totalmente feliz, vou garantir isso. E...

– Tente – falei baixo, em tom ameaçador. – Primeiro, vou fazer de tudo para que fique cada dia merecido atrás das grades. Se tem poder para tentar sair, eu tenho mais, para garantir que pague por seu crime. E, quando o fizer, eu estarei de olho.

— Mas não terá paz. Sempre olhará sobre o ombro, com medo de que algo aconteça com ela e com seu filho. Seus filhos. – Riu, amarga, cheia de ódio. – Nunca vou deixar que esqueça de mim, Antônio. Nunca.

— Você nunca foi importante na minha vida, Ludmila. Não vai começar a ser agora. Quando eu sair por aquela porta, esquecerei que um dia existiu.

Vi sua palidez, a dor extrema em seu olhar. Soube que tinha pegado seu ponto fraco, mas eu estava furioso demais para me controlar, principalmente depois de suas ameaças contra Cecília e Toni, seu próprio filho. Andei decidido até a porta, e ela rosnou:

— Vou sair daqui! Vou caçar vocês! E dessa vez vou fazer de tudo para que fique vivo mesmo, para que sofra e padeça! Ouviu, Antônio? Vou tirar tudo o que você tem!

— Nunca conseguirá isso. – Foi tudo o que ainda me dignei a falar. E, com um último olhar de desprezo, saí da sala.

— Antônio! – Ouvi-a gritar, quando atravessei o corredor sem olhar para trás. E os gritos foram ficando mais estridentes e histéricos: – Antônio! ANTÔNIO!!!!!!!!!!!!

Foi com alívio que saí daquele lugar, me sentindo sujo e pegajoso.

Em uma coisa Ludmila acertou: se um dia ela saísse da prisão, minha paz terminaria. Mas enquanto estivesse viva, eu estaria alerta. E faria de tudo para mantê-la longe da minha família.

— Você não devia ter ido lá – disse Cecília, depois do jantar. Tínhamos saído juntos e deixado as crianças com meus pais. Decidimos matar a saudade do passado e estávamos em um restaurante na Lagoa com comidas do Norte, que uma vez visitamos juntos e onde encontramos Eduardo e a amiga dela.

Como da outra vez, Cecília se apresentou ao garçom e sorriu. Pediu para deixar a comida sobre a mesa e me serviu. Olhei tudo com um misto de nostalgia e saudade, maravilhado que não tivesse mudado nem naquilo. E, depois da tarde pesada que passei com Ludmila, aquilo me acalmou e relaxou como talvez mais nada fizesse.

Os pratos tinham sido recolhidos e tomávamos uma caipirinha de tangerina, enquanto eu entrelaçava meus dedos nos dela e terminava de contar aonde tinha ido e o que tinha acontecido na visita a Ludmila. Fitei-a e expliquei:

– Por um lado, foi bom. Pude entender melhor o que pensa, seus motivos, por mais loucos que sejam. Como pode achar que algo dessa loucura tem a ver com amor?

– É uma forma de obsessão. Muitas pessoas matam quando acham que vão perder o outro. Misturam ódio e amor – falou baixinho e estremeceu. – Por favor, Antônio, não se aproxime mais dela. Vamos reconstruir nossa vida. Não se sinta culpado ou...

– Não é isso. Apenas foi tudo estranho e pesado demais. Não pensei que nosso relacionamento fosse dessa maneira, que ela se revoltasse tanto. Era um acordo frio e tácito. Ao menos na minha cabeça.

– E agora?

– Ela vai pagar pelo que fez. Temos escolhas, Cecília. Paguei pelas minhas. Ludmila vai pagar pelas dela.

– Eu agradeço a cada dia por você estar vivo, pois ela quase conseguiu o que queria. – Apertou meus dedos, um tanto angustiada. Seus olhos fixaram-se nos meus, emocionados. – Mas não vai nos afastar nem diminuir nossa felicidade com suas ameaças, Antônio. Por favor, não vamos deixar isso acontecer.

– Prometo que não – garanti. Puxei minha cadeira para o lado da sua e a trouxe para dentro dos meus braços, apertando sua cabeça em meu ombro, beijando seus cabelos. – Perdemos tempo demais. Agora temos uma vida juntos e ninguém tirará isso de nós, meu amor. Ninguém.

– Sim – murmurou, abraçando-me forte.

Ficamos assim, sob a mesma árvore em que estivemos nove anos atrás, a brisa da noite brincando em nossos cabelos. Senti a angústia sair de dentro de mim e só restou o amor, aquele amor único que sobrepujava todo o resto.

Sua mão subiu por minhas costas sobre a camisa azul, ao mesmo tempo que erguia o rosto e buscava meus olhos, apaixonada, amando-me sem precisar proferir nenhuma palavra. Tirávamos forças um do outro, trocávamos energias só com um olhar, afastávamos o mal estando juntos. Não duvidei nem por um momento mais de que seríamos felizes. O destino e o tempo agora tinham se encarregado daquilo.

Inclinei o rosto para o lado e abri a boca, beijando-a, segurando-a contra mim, minha mão enterrada em seus cabelos na nuca, a outra espalmada no meio de suas costas. Não me importei que o restaurante estivesse relativamente cheio. Eu passaria minha vida beijando Cecília, aproveitando cada segundo que tivéssemos juntos, sem jamais me privar dela.

Foi longo e delicioso. Mexeu com sentimentos profundos e com desejos, despertando-os, acalentando-os. Ficamos ainda mais colados, mais apaixonados. E quando afastei a boca e fitei seus olhos pesados, tão dopados quanto os meus, pensei em levá-la logo dali para a minha cama, ansioso por estar dentro dela, tendo-a nua e suada sob mim, e beijar seu corpo como beijei sua boca, saboreá-la por inteiro. E então meu celular começou a tocar.

– Droga... – reclamei baixo.

Cecília sorriu e se afastou um pouco, só o suficiente para eu pegar o aparelho no bolso. Era Matheus.

— Oi, cara.

— Antônio.

Estavam sempre ligando para saber de mim, depois de terem me visitado várias vezes, até se convencerem de que eu estava totalmente recuperado.

— Está em casa? – perguntou.

— Não, na Lagoa, com Cecília.

— Pertinho.

— Pertinho de quê?

— Saí para jantar fora com Sophia, Arthur e Maiana. Hoje deixamos as crianças para cair na farra. – Deu uma risada e ouvi barulho ao fundo, falatório e música. – Tomamos umas a mais e resolvemos visitar um lugar que é bem conhecido nosso. Aí pensamos que só falta você aqui.

— Que lugar?

— O Catana.

Sorri e lancei um olhar a Cecília, ainda em meus braços.

— Não acredito que pais de família estão levando as esposas nesse antro de perdição, onde aprendemos a ser tarados.

Matheus deu uma gargalhada.

Cecília franziu a testa, sem entender.

— Não vamos fazer nenhuma suruba, só dar uma olhada, tomar um drinque, relembrar os velhos tempos. Vem, amigo. Cecília precisa conhecer esse lugar.

— Não sei se ela vai querer. – Eu ainda sorria ao fitar seus olhos, mas estava animado com aquilo. – Já estão aí?

— Sim, acabamos de chegar.

— Se ela topar, damos uma passada, sim.

— Certo. A gente espera.

Eu me despedi, e Cecília foi logo perguntando que lugar era aquele:

— Um clube onde eu, Arthur e Matheus praticamente iniciamos nossa vida sexual.

– Um bordel? – Parecia surpresa.

– Não. Um clube privado. Pode ir para beber, para fazer sexo ou apenas observar. Em determinados momentos da nossa vida frequentamos o lugar. Quer ir? Só para conhecer.

– Vou ficar muito sem graça num lugar desses. Ainda mais com seus amigos.

– Se isso acontecer, a gente vai embora. Vamos. Queria que ao menos uma vez você conhecesse o Catana. Não faremos nada.

– Claro que não! Eu te mato se fizer!

Dei uma risada, e ela também. No final das contas, saímos e dirigi para lá. Preparei-a contando um pouco como era o Catana. E aproveitei, expliquei que Matheus e Sophia tinham sido os frequentadores mais assíduos de lá, pois ambos eram dominadores. Cecília ficou com os olhos arregalados, sem poder acreditar. Mas garanti que atualmente se limitavam à própria intimidade, assim como Arthur e Maiana.

– Mas o Matt e a Sophia usavam chicotes e essas coisas de sadomasoquismo?

– Provavelmente ainda usam. – Sorri meio de lado, provocando-a. – Depois que as crianças dormem, o chicote deve estalar no quarto deles!

– Ai, meu Deus! – Levou a mão à boca, mas depois acabou rindo. – É sério mesmo?

– Muito sério.

Rimos, e ela ficou mais curiosa, sentada meio de lado no assento para me fitar.

– Você também usa essas coisas?

– Chicote?

– É.

– Não. Embora já tenha experimentado. – Lancei a ela um olhar quente e profundo. – Prefiro minha mão.

Estremeceu e mordeu os lábios, excitada. Continuei em um tom baixo, cheio de lascívia e promessas, sentindo meu pau endurecer a ponto de doer:

– Tenho tanta coisa para fazer com você, Cecília. Vendar seus olhos enquanto prendo seus pulsos e uso seu corpo de todas as formas possíveis. Hoje você vai conhecer um pouco esse meu lado.

– Eu já senti essa parte dominante que tem. Mesmo quando só faz amor comigo, é diferente o modo com que me pega, com que entra em mim, com que me domina.

– Tem mais. Muito mais.

Seus olhos estavam bem abertos, as bochechas coradas, visivelmente excitada.

– Não sei se vou aguentar. Já acaba comigo, Antônio...

– Vai aguentar e vai suplicar por mais. E vou dar, a cada dia da minha vida. A começar por hoje.

Ficou quietinha, obviamente ansiosa, abalada. Eu quase podia sentir o cheiro de sua excitação. Minha vontade era estacionar o carro em qualquer lugar e cumprir minhas promessas. Mas me dei conta de que não precisava mais ter pressa. Eu tinha a noite e a vida toda pela frente.

Dirigi sabendo que a provocaria de todas as formas no Catana, até deixá-la doida. Depois a levaria para o apart hotel, onde teria a madrugada inteira para mostrar meu lado mais dominador e depravado. E daquela vez seria sem pressa. Tudo lento, delicioso, quente. Inesquecível.

CECÍLIA BLANC

O Clube Catana era uma mansão antiga cercada por muros altos e seguranças com ternos escuros. Antônio deixou o carro no estacionamento do lado de dentro e veio abrir a porta para mim. Saí um tanto nervosa, olhando-o sem saber ao certo o que me esperaria lá dentro, mas confiando nele.

Cumprimentou os dois seguranças da portaria e não precisou pagar ou mostrar documento nenhum. No carro havia me dito que era um sócio antigo. Entramos de mãos dadas, e olhei em volta, curiosa.

Estava cheio. Havia um grande salão com paredes de pedra e decoração em preto e vinho, tudo muito bonito e ao mesmo tempo sensual, com iluminação dourada, meio na penumbra. O bar era enorme, um palco a um canto estava sendo usado por uma banda gótica, que tocava uma melodia altamente sexy. Pessoas de todos os tipos e vestimentas passavam, conversavam, dançavam. Garçonetes seminuas com shorts e bustiês de napa vermelhos e botas até as coxas circulavam entre todos.

Fiquei um tanto surpresa com algumas cenas e apertei mais forte a mão de Antônio. Havia uma mulher grandona andando ao nosso lado e levando um homem nu e calvo em uma coleira, de quatro. Um casal se esfregava e dançava, os seios dela à mostra. Em uma poltrona uma mulher tinha seu pé sendo lambido por uma espécie de escravo. Pessoas usavam couro, chicotes, capas e máscaras. Era um mundo totalmente diferente de tudo que já havia visto.

Antônio me levou até uma mesa de canto, onde vi Matt, Sophia, Maiana e Arthur em um papo animado. Mas estava bem chocada para poder dizer qualquer coisa, principalmente quando virou o rosto para trás e seus olhos azuis fixaram-se em mim. Vi ali uma intensidade tão grande, um tesão que prometia sair com tudo, que minhas pernas ficaram bambas. Sorriu meio de lado, sabendo como eu me sentia. Não tive medo. Apenas era tudo muito novo para mim.

Trouxe-me mais para perto dele, seu braço envolvendo minha cintura, quando paramos ao lado da mesa.

– Chegaram! – comemorou Maiana, abrindo um enorme sorriso.

Todos nos cumprimentamos, e Antônio puxou uma cadeira para mim. Falava algo com Arthur e Matt, e tentei não me sentir muito deslocada naquele ambiente, mas Sophia sorriu e comentou:

– Parece que vai sair correndo na primeira oportunidade, Cecília.

– Desculpe, é que nunca entrei em um lugar assim... – Corei, um tanto sem graça.

– Eu entendo você – Maiana disse divertida. – A primeira vez que Arthur me trouxe aqui eu saí mesmo correndo. Mas depois foi me trazendo devagar. Não sou de aparecer muito, nem ele. Só de vez em quando. Agora me acostumei um pouco mais.

– Matt e eu também não voltamos mais aqui com tanta frequência, mas de vez em quando a gente aparece. – Sophia piscou para mim. – Nosso lado mais explícito às vezes necessita de público.

– Entendo.

Sorri, um pouco encabulada.

Olhei em volta, e logo elas me explicavam como era o funcionamento do clube, que possuía uma masmorra para as principais sessões, quartos explícitos e outros nichos particulares. Além de ambientes específicos para diversos tipos de prazeres. Tentei manter a mente aberta para tudo, mas toda hora lançava olhares a Antônio, que parecia bem à vontade ali.

Imaginei-o naqueles ambientes, no tanto de mulher com quem já deveria ter transado, em tudo que teria feito em público. Tentei não sentir tanto ciúme, mas foi impossível. Ainda mais quando uma linda garçonete loira e sensual se aproximou para anotar os pedidos e o cumprimentou cheia de charme e intimidade. Até o chamou de "senhor". Pediu um uísque e se virou para mim, segurando minha mão sobre a mesa.

– O que você quer, Cecília?

– Nada – falei baixo.

Ergueu uma das sobrancelhas, sério, observando-me.

– Tudo bem?

– Claro. – Mas sentia o ciúme travar minha garganta.

– É só isso, Selena – disse para a loira, que anotou os pedidos dos outros e se afastou. Antônio continuava me fitando. – O que houve?

– Nada – repeti.

Ergueu-se de repente, sem soltar minha mão. Puxou-me e fui obrigada a ficar de pé também. Disse aos amigos:

– Vamos fazer um tour pelo clube.

– Aproveitem! – Arthur abriu um largo sorriso.

Antônio levou-me pelo salão. Pegou um corredor comprido, e fiquei com olhos arregalados quando vi duas mulheres dentro de uma jaula em uma sala. Na outra, havia um rapaz pendurado em cordas, sendo chicoteado por uma mulher toda de preto, com várias pessoas em volta, assistindo. Então chegamos a um ambiente bem maior, que mais parecia um salão saído da Idade Média. Havia um X onde uma mulher nua estava presa e era açoitada. Em uma espécie de cavalo, outra se inclinava de bruços enquanto um homem a lambia por trás. Pessoas se espalhavam por sofás para ver ou ficavam de pé, bebendo, admirando tudo.

Eu estava verdadeiramente chocada, vendo sexo tão explícito e bruto. Antônio parou perto da parede e se virou, seus olhos penetrantes exigindo meu olhar, até que encontrei aquele azul incandescente e voraz. Estremeci, mordi os lábios.

– É demais para você? – indagou baixo.

– Sim.

– Quer ir embora?

Eu não sabia. Ao mesmo tempo em que tudo era surpreendente e me dava certa vergonha, também me sentia atiçada, curiosa, um tanto excitada. Engoli em seco, passei de novo o olhar nas cenas, ouvi os gemidos das mulheres, vi suas peles nuas, fiquei um bocado estarrecida. Voltei a olhar para Antônio, que, sem preâmbulos, me encostou na parede de pedra e tomou toda minha visão ao me encurralar ali com seu corpo, seus braços cercando-me ao apoiar as mãos na parede em volta do meu pescoço.

– Responda.

– Não sei. Eu... fiquei com ciúme. Você já fez tudo isso?

– Fiz muita coisa. Experimentei. Venho aqui desde os 18 anos, Cecília. Mas não precisa ter ciúme. Sempre foi só sexo. Coisa que agora e sempre só vou ter com você. – Sua voz era baixa, modulada, cheia de emoções, assim como seu olhar. – O Catana fez parte da minha história, da minha formação sexual. Por isso quis que conhecesse.

Eu entendi. E me dei conta de que me incluía até ali, sem me deixar fora de mais nada da sua vida. Isso foi o bastante para que eu me sentisse uma tola. Na mesma hora senti alívio e afastei o ciúme. Ergui as mãos para seu peito, sobre a camisa, e fitei seus olhos.

– Se é parte de você, da sua vida, fico feliz que tenha me trazido – murmurei.

— Quero que me conheça por inteiro, Cecília. Meu lado mais terno e meu lado mais bruto. Minhas qualidades e defeitos. Quem sou e quem me tornei, quem quero ser para você.

— Eu só quero que seja você mesmo, Antônio. É assim que te amo.

A mão direita saiu da parede e veio em minha face, tocando-me com ternura, emoldurando meu rosto.

— Vai fazer tudo o que eu quiser? Vai ser minha da maneira que eu exigir?

Estremeci pela intensidade com que me fitava e falava. Soube que seria testada, pelo ambiente em que estávamos e pelo que já sentia dele. Me levaria a um outro patamar da nossa relação e, mesmo um pouco assustada, eu nunca recusaria. Eu ansiava por cada uma de suas perversões. Se era Antônio, eu toparia tudo, qualquer coisa. E foi isso que sussurrei:

— Sim. Sou sua. Para tudo que quiser fazer comigo.

— Porra. — Seus olhos escureceram, as pupilas se dilataram tão espetacularmente que fiquei hipnotizada. Senti o coração bater forte no peito, ainda mais quando me encurralou mais na parede, seu corpo se colando ao meu, suas mãos segurando firmemente meu rosto. Pude sentir cada ângulo e músculo, a coluna longa de seu membro duro pressionando meu ventre, seu cheiro másculo me embriagando.

As pernas bambearam, meus seios incharam, a vulva palpitou quente e úmida. Lambi os lábios, e os olhos de Antônio estavam ali, compenetrados, cheios de luxúria. Inclinou a cabeça e mordeu meu lábio inferior, puxando-o de leve. Estremeci e arfei quando a língua gostosa penetrou minha boca e me beijou profundamente. Retribuí na hora, abalada por tanto tesão e amor, por tanta loucura que despertava em mim. Agarrei-o sôfrega pela cintura, apaixonada, totalmente entregue e cativa.

O desejo veio voraz, feroz. Senti meu corpo se incendiar, vibrar contra o dele, enquanto sua boca e sua língua me devoravam, uma de suas mãos mantinha meu pescoço imóvel, a outra escorregava para baixo por meu corpo, raspando meu seio, minhas costelas e cintura, meu quadril. Percorreu o tecido macio e longo da saia do vestido, só para puxá-lo, até que senti seus dedos por baixo, em minha coxa.

Fiquei fora de mim. Uma parte do meu subconsciente tentou me alertar de algo, até que me dei conta de que estávamos em público, encostados em um canto da parede, sua mão embaixo da minha saia, seus dedos compridos se enrolando na lateral da calcinha. Estremeci, entre excitada e nervosa, afastando os lábios inchados, abrindo os olhos, dizendo em um fio de voz:

– Antônio... os outros...

– Quietinha. – Foi tudo o que disse, num tom quente, até meio bruto. Seus olhos azuis consumiam os meus, muito perto, enquanto descia minha calcinha até o meio das coxas. Minha respiração era entrecortada, meu coração batia violentamente, tive que morder os lábios para não gemer alto quando espalmou a mão em minha vulva e seus dedos mergulharam em meio ao meu canal todo melado, indo dentro, bem fundo.

Eu o agarrei sôfrega, alucinada. Ondas de puro tesão vieram me percorrer, me deleitar. Não pude escapar do seu ataque nem da penetração, muito menos de seu olhar quente e voraz. Eu me rendi, gemi, me contraí à beira de um orgasmo. Puxou os dedos para fora, só para meter de novo. Abracei-o para não cair, abri as pernas, me ofereci mordendo seu paletó no ombro, ao mesmo tempo que via, não muito longe dali, a mulher de bruços no cavalo de madeira, presa e nua, sendo fodida violentamente por trás pelo homem. Arquejei, descontrolada, em delírio.

Antônio tirou novamente os dedos e apertou meu clitóris entre o polegar e o indicador, torcendo-o. Gritei, abafada contra seu paletó e, quando a primeira onda de gozo veio, ele me soltou. Fiquei suspensa, latejante, o orgasmo sem se completar.

– Por favor... – implorei, mas tudo o que fez foi arriar ainda mais minha calcinha, até que caiu aos meus pés, ao redor dos saltos altos.

Era uma tortura e, ao mesmo tempo, um misto de vergonha e tesão tão potente que eu só queria que me tocasse de novo, que entrasse em mim, sem me importar com mais nada. Sentia o gozo na porta, o corpo esticado e pronto, a pele ardendo. Mas Antônio tinha outros planos. Puxou-me para si pelo pulso e ordenou rouco:

– Pegue a calcinha e ponha no bolso do meu paletó.

Fitei seus olhos, nervosa, alucinada ainda pelo orgasmo interrompido. Vi sua força, seu domínio, seu controle. Nem por um momento pensei em negar qualquer coisa. Soube que poderia fazer tudo, qualquer coisa comigo, e eu deixaria.

Abaixei, peguei obedientemente a calcinha pequena e úmida e coloquei-a em seu bolso. Olhou-me de forma quente e intensa e, sem uma palavra, entrelaçou seus dedos nos meus e me levou para fora da masmorra. Era extremamente estranho andar sem minha roupa íntima, minhas coxas roçando nos líquidos melados que escorriam de dentro de mim, muito consciente da vagina sensível e dolorida.

Lambi os lábios, corada, meus mamilos raspando o tecido do vestido, deixando-me ainda mais louca de tanto desejo. Olhei para as pessoas que cruzavam nosso caminho, um pouco chocada não pelo que faziam, mas pelo que eu fazia. Tinha sido muito fácil me dobrar, me acostumar àquele mundo de depravações.

Caminhamos pelo corredor. Cada passo era uma tortura. Eu precisava desesperadamente de um alívio para meu corpo escaldante. Estava a ponto de suplicar. Mas então Antônio me levou para dentro de um pequeno quarto na penumbra, iluminado por um lustre que imitava velas. Bateu a porta e agarrou minha nuca. Em questão de segundos me encostava de frente em uma parede fria e segurava meu pulso. Só vi que havia uma corrente pendurada ali quando fechou algemas em meus pulsos.

Senti o medo, o desejo, a lascívia me percorrerem ao me dar conta de que estava presa, olhando para a parede. Espalmei as mãos na pedra fria, pensei que continuaria a me torturar, mas ergueu a saia do meu vestido por trás e a enrolou, prendendo-a em minha cintura. Fiquei totalmente nua da cintura para baixo e estremeci em expectativa, mas Antônio não me deixou esperar muito. Deu uma bofetada forte em minha bunda e gritei, inclinando-me para a frente, fugindo.

– Ai!

– Parada! – ordenou seco, duro, perto do meu ouvido. Eu arquejava, com olhos arregalados, tremendo, o coração a ponto de sair pela boca. Automaticamente voltei à mesma posição e levei um tapa na outra nádega, ardente, queimando minha pele. Eu me sacudi nas correntes, mas firmei os pés no chão e mantive as mãos abertas na parede, sem fugir. – Isso, minha putinha. Fique quietinha enquanto espanco sua bunda.

E foi o que fez. Espancou-me sem dó nem piedade, sua mão pesada estalando em minha pele naquele quarto fechado e pouco iluminado, eu sabendo que a qualquer momento alguém poderia abrir a porta e me ver ali, como uma escrava sendo castigada.

Aquilo tudo me deu um tesão tão gostoso que senti minha vagina pingar, totalmente melada, escorrendo. Estava a ponto de gozar de novo, sem entender como a dor, a queimação, a humilhação podiam me arrebatar daquela maneira. Abri a boca para pedir que parasse, mas tive medo de suplicar por mais. Me dei conta de que aquele Antônio livre e bruto sempre esteve lá, pronto para sair, se mostrar, me dominar de uma vez por todas. E me quebrei, me dei, me rendi de vez a ele.

Choraminguei quando senti a bunda toda em fogo e os tapas estalados, até que parou e ouvi sua respiração pesada atrás de mim. Esperei ansiosa, trêmula, mordendo os lábios. Então se abaixou e espalmou as mãos sobre a pele escaldante, abrindo meu bumbum. Fechei os olhos, tonta demais de tanto desejo, arrebatada por tudo que fazia comigo, imaginando que olhava minhas partes mais íntimas, que me tinha completamente dele. E, quando senti a ponta da língua rodear meu ânus, fui ao céu e voltei, gritei de modo estrangulado, raspei as unhas na parede, as minhas pernas bambas.

Antônio me lambeu devagar, só ali, me molhando e enlouquecendo, me fazendo arquejar e miar baixinho, alucinada. Era deliciosamente terno após as palmadas ardidas, era gostoso e lento, entorpecedor, delirante. Encostei uma das faces na parede e me empinei, pois precisava de mais, precisava desesperadamente de mais. Minha vulva latejava sem controle, fervendo, pingando. E, quando sua mão foi para frente e seu polegar rodeou o clitóris duro, eu tive espasmos de prazer, um calor terrível se espalhando dentro de mim, deixando-me doida.

A língua me molhou e torturou. Beliscou e torceu meu botãozinho entre o polegar e o indicador, e acho que ali foi o meu fim. Sacudi-me inteira, dopada pelo prazer, arrebatada por um orgasmo violento, que quase me fez cair. Gemi sem parar, agarrei as correntes, movi meus quadris, esfregando meu ânus e minha vulva em sua boca e queixo, enquanto continuava a torcer dolorosamente meu clitóris e eu gozava mais e mais, ondulando, rebolando, ansiando pelo alívio para tanto tesão. Perdi a razão e o chão. E, quando achei que minhas pernas não aguentariam mais, Antônio se levantou, já abrindo a calça.

Segurou firme meu quadril com uma das mãos enquanto a outra se fechava forte em minha nuca, mantendo-me contra a parede, seu pau grande e grosso deslizando fundo em minha vagina toda contraída e molhada. Eu ainda ondulava nos últimos resquícios de orgasmo e suguei seu membro para dentro, esfomeada, apertando-o com as contrações involuntárias.

– Delícia... – murmurou em meu ouvido, mordiscando o lóbulo da minha orelha e me arrepiando toda enquanto se movia dentro de mim em estocadas brutas e certas, bem profundas. – Vou comer tanto você hoje que não vai conseguir andar amanhã. Vai passar a noite toda sem calcinha, me servindo. E, quando essa bocetinha estiver cheia do meu esperma, vou te levar para casa e comer seu cuzinho, Cecília...

– Ah...

Era muita coisa para aguentar, e eu quase já desfalecia, meu corpo todo arrebatado, sem controle. Minha bunda ardia, meu ânus latejava úmido, minha vagina ainda o chupava para dentro, e nem o orgasmo tinha sido capaz de me saciar de vez. Eu ardia e exultava naquelas correntes, ansiando por mais, sacudindo-me toda em cada metida furiosa dentro de mim. Estava presa, sendo fodida sem dó, escaldando ali, encurralada.

E, como prometeu, Antônio ejaculou forte bem enterrado dentro de mim, me alagando por dentro, esquentando meu ventre e minha vulva, gemendo rouco em meu ouvido. Senti cada ondular do seu pau grosso e longo, cada jorro de seu esperma bem fundo.

Ficou lá encaixado e me mantendo ladeada até cada gota sair e sua respiração aos poucos se estabilizar. Só então soltou minha nuca e saiu de dentro de mim, deixando-me vazia, estranhamente pronta para mais, necessitando de outra leva de gozo, de alívio. Eu ainda ardia, meu coração batia descompassado, meu corpo alerta. Abaixou minha saia, que caiu sobre minhas pernas, cobrindo-me. Só então abriu os fechos das algemas e livrou meus pulsos, girando-me entre seus braços, encostando minhas costas na parede e fitando meus olhos com aquele seu jeito duro e intenso, muito perto.

Não sei quem agarrou quem primeiro, só que no segundo seguinte estávamos colados, sua boca na minha, sua língua lambendo minha língua, meus dedos em seus cabelos. Gemi, rocei em seu corpo, enlouquecida de tanto desejo, maravilhada com seu gosto, amando-o tanto que até doía.

– Por favor... – supliquei, escaldando, tremendo, puxando-o e beijando seu queixo firme, seu pescoço, sua orelha.

– O que você quer? – indagou baixo, sua voz vibrando dentro de mim perto do meu ouvido, suas mãos firmes agarrando meus pulsos, seu corpo se esfregando no meu.

– Você, Antônio... Mais...

Deu uma risada baixa, quente. Enfiou o rosto em meu pescoço e me mordeu ali, até que fiquei mais enlouquecida, ronronando, jogando a cabeça para trás para lhe dar acesso ao que quisesse, tremendo descompassadamente. Soltou meus pulsos só o bastante para levar as mãos até sua calça e abri-la de novo. Eu mesma ergui rápido a saia do meu vestido, ansiosa, mal podendo respirar.

Antônio ergueu minha perna esquerda bem alto, enganchando-a sobre seu braço, erguendo-a tanto que nem sei como consegui manter a outra firme no chão. Abaixou-se o suficiente para a cabeça do pau encaixar na minha entrada melada de meus líquidos e do seu gozo, que já latejava por ele. Agarrei-o pelos ombros, estremecendo violentamente quando começou a me penetrar. A cabeça robusta entrou e parou dentro de mim, mas não suportei o tesão avassalador e movi-me sôfrega, tomando mais dele, gemendo sem parar. Então meteu tudo de uma vez, forte e fundo, passando a me comer rápido e duro, penetrando com vontade.

– É isso que quer? – rosnou em meu pescoço, raspando os dentes em mim, a mão livre descendo a alça do vestido e agarrando um seio.

Eu enlouqueci de vez, pirei, agarrei seus cabelos e acompanhei suas estocadas, completamente arrebatada. Fui fodida sem dó nem pena, imprensada contra a parede dura, tomando tanto dele que chegava a doer, estocando contra meu útero, pressionando com força e brutalidade. E aquela dor era mais um afrodisíaco.

Seus movimentos eram harmônicos e intensos, como uma dança sensual, o pênis indo e vindo delicioso e embriagador dentro de mim, seus dedos beliscando meu mamilo, sua boca e seus dentes em meu pescoço deixando-me louca, arrepiada, delirante. Cada golpe dentro de mim era um espasmo frenético da minha vulva, um arquejo desvairado do meu ser.

Agarrei seu cabelo, movi-me contra suas estocadas, arreganhada, minha perna tão erguida que seu pau podia entrar bem fundo, até suas bolas. Pingava e fervia em volta dele, até que o tesão me corroeu violentamente e fui trespassada por um orgasmo latente, arrebatador, que pareceu me quebrar em duas. Minha perna cedeu e Antônio teve que me segurar firme sob a bunda, imprensada na parede, comendo-me de modo voraz. Ergueu a cabeça e fitou meus olhos com luxúria.

Choraminguei, arquejei, gemi palavras desconexas. O gozo veio como um golpe certeiro, avassalador, explodindo tudo dentro de mim. Achei que não suportaria, me debati, tentei escapar de tanta intensidade, mas ele não deixou, me sitiou naquele canto e me fodeu brutalmente, como um animal ensandecido, furioso, apaixonado. Gritei fora de mim, tentei suplicar, mas não consegui articular palavras.

Antônio me olhava com intensidade, testa franzida, olhar voraz. Ver meu prazer supremo mexeu com ele, descontrolou-o. Começou a gozar também, esporrando grosso e quente dentro de mim, metendo seu pau com uma volúpia que era de enlouquecer. Foi longo e delirante, rápido e vigoroso. E só parou quando tinha se esvaído todo, encostando a testa na minha, respirando pesadamente.

Eu me sentia dormente, acabada, suada, dolorida. Gemi baixinho quando puxou o pau para fora, seu tamanho e sua violência fazendo-me arder no canal e nos lábios vaginais sensíveis. Meus pés foram depositados no chão e minha saia abaixada. Calado, sem deixar de me olhar, fechou sua calça e ajeitou o paletó.

Parecia de novo um homem elegante e civilizado, menos o seu olhar. Este ainda era quente, dominador, cheio de tara e promessas. Estremeci ao imaginar o que ainda teria para mim. Não sabia se suportaria aquela intensidade toda pelo resto da noite, eu já me sentia acabada. Mas, ao mesmo tempo, sabia que, se me tocasse, se usasse aquele tom baixo e pecaminoso perto do meu ouvido, eu faria tudo que quisesse. Completamente tudo.

– Tudo bem? – indagou baixo, e sua mão foi em minha face, em uma carícia suave que destoava de todo aquele sexo agressivo. Era impressionante como Antônio podia ser bruto e terno, tratar-me como uma puta e como o amor da sua vida. Deixava-me tonta, ainda mais apaixonada e de quatro por ele.

– Sim. – Acenei com a cabeça, ajeitando minhas roupas.

Segurou minha mão e abriu a porta.

– Vamos voltar ao salão.

Eu fui, um tanto envergonhada ao pensar em encarar os amigos dele, após ter sido tão devorada e satisfeita por Antônio naquele quarto. Minha bunda ainda ardia das palmadas brutas, meus lábios vaginais estavam inchados e doloridos, e eu me sentia toda cremosa e melada de seu esperma, que se espalhava mais quando eu andava. Nunca estive tão consciente de mim mesma como um ser sexual. Eu vibrava e sentia arrepios a cada passo, a respiração ainda ligeiramente alterada.

Ainda no corredor, nos deparamos com Arthur e Maiana saindo de outro quarto. Ele sorria safado, com ar satisfeito, seus cabelos negros um tanto alvoroçados. Maiana parecia assustada, olhando em volta ansiosa, sua pele branca um tanto vermelha e arranhada no rosto e pescoço. Óbvio que pela barba dele. Os dois pareciam ter acabado de sair da cama, cara de sexo explícito nas expressões. Deram com a gente e pararam.

Eu e Maiana ficamos vermelhas como tomates. Arthur deu uma risada e abraçou a esposa pela cintura, divertindo-se com a situação. Antônio sorriu meio de lado e falou:

– Era de se esperar algo assim. Só falta me dizer que Matheus e Sophia estão lá na mesa comportados, tomando um drinque.

– Até parece. – Arthur continuava bem à vontade, seus olhos negros brilhando, enquanto Maiana sorria sem graça e nem nos olhava direito, e eu mordia o lábio, também sem saber para onde olhar. – Sid, o dono do clube, apareceu e pediu para eles darem uma sessão na masmorra.

– E eles aceitaram? – indagou Antônio.

– Sophia achou melhor não, por nossa causa. Mas aí ela e Matt acabaram resolvendo fazer só um espetáculo, sem sexo. Entende, não é?

– Entender, eu entendo. Quero só ver se vão aguentar. – Os dois riram.

Encontrei os olhos prateados de Maiana e acabamos sorrindo, uma entendendo a outra. Era um tanto constrangedor para nós, mas ao mesmo tempo não deixava de ser engraçado, já que nossos parceiros nem estavam aí, parecendo a fim de se divertir, acostumados com aquele ambiente.

– Vamos dar uma espiada na masmorra – disse Antônio para mim, fitando-me.

– Pode ser. – Não havia muito o que dizer, depois de tudo. Eu só esperava que Matt e Sophia não estivessem transando para todos verem, pois depois eu nem sabia como ia conseguir olhar para eles. Havia coisas que ainda eram demais para mim.

Seguimos para a masmorra. Estava cheio, várias pessoas se espalhavam pelo salão para olhar o casal belíssimo que dava uma amostra ao público. Paramos perto de uma parede, onde Antônio se encostou e me escorou na frente do seu corpo, seus braços em volta da minha cintura, seu queixo apoiado no alto da minha cabeça. Encaixei minhas costas em seu peito, minha bunda ainda sensível contra seu membro semiereto, e olhei para frente.

Arthur sentou-se relaxado em uma poltrona e puxou Maiana para o colo dele, não sem antes acariciar seu longo cabelo loiro e beijar suavemente seus lábios. O modo quente de se olharem deixava mais do que óbvio o quanto eram apaixonados e tinham tesão um no outro. Senti um pouco de excitação, pensando que era o mesmo comigo e Antônio. E, vendo o outro casal no centro da masmorra, soube que com eles era também assim.

Percebi então que, enquanto os dois amigos estiveram felizes e casados, Antônio tinha levado uma vida fria ao lado de Ludmila. Vê-lo ali tão apaixonado, me mostrando o local que frequentava, deixou-me mais do que feliz, por fazer parte da minha vida e confiar em mim.

Matt e Sophia eram um casal quente, e foi impossível ficar imune a eles, embora não estivessem nus nem transando. Chegamos ao final de uma sessão na qual ela o tinha prendido com os pulsos para cima, sem camisa, apenas de calça jeans. Era um homem muito bonito, grande e musculoso, com cabelos loiros despenteados e um doce olhar, que era desmentido por uma aura altamente sexual.

Usando calça justa, saltos altos e blusa preta, seus cabelos escuros soltos, Sophia parecia uma tigresa com um chicote de fitas na mão. Olhava-o com um desejo visível, transbordante, enquanto acertava suas costas e o fazia se retesar, contrair os músculos e encará-la de um jeito como se prometesse que se vingaria. Havia uma energia pulsante e puramente sexual entre eles, que se espalhava pelo ambiente e contaminava todo mundo.

Vi a mão de Arthur firme na coxa da esposa, o modo como a forçou em seu colo. Engoli em seco, minha vagina toda melada latejando, sentindo o membro de Antônio atrás de mim ficar ereto, sua mão se espalmar em minha barriga e me firmar mais contra ele. Olhei fixamente para Sophia ao acertar de novo as costas de Matt e sorrir, dona de si, excitada.

Antônio murmurou em meu ouvido:

– Você gosta, Cecília?

– Sim. – Tive que confessar baixinho.

– Gostaria de me dominar desse jeito?

– Não com o chicote, mas... seria delicioso poder me aproveitar de você. – Virei devagar a cabeça e fitei seus olhos azuis, estremecendo com a profundidade e a intensidade deles, com a maneira dura com que me segurava. – Deixaria, Antônio?

Vi que o incomodou um pouco abrir mão de seu controle. Sorriu meio de lado.

– Podemos negociar isso – disse baixinho, só para me excitar mais.

O clima já era quente, denso, voraz. Olhei de novo para o casal, e Sophia desamarrava Matt, que na mesma hora se virava brusco e agarrava os braços dela, torcendo-os para trás, colando-a em seu peito nu, dizendo alto o bastante para que ouvíssemos:

– Vai me pagar em dobro por cada chicotada.

Ela ergueu o queixo, altiva, dando um sorriso sensual ao murmurar:

– Só quero ver.

Matt empurrou-a para uma mesa cheia de cordas. E, de maneira rápida e que, para ele, parecia bem fácil, fez nós e amarrações em volta do corpo vestido dela, prendendo-a de uma maneira que, ao ser pendurada em ganchos e erguida, ficou de cabeça para baixo com os braços para trás e as pernas flexionadas e abertas. Eu estava com olhos arregalados ao ver seu cabelo arrastar pendurado, assim como seu corpo.

Matt pegou um chicote preto e comprido, que estalou no ar, fazendo-me dar um pulo. Antônio riu baixo e me segurou contra si. Então o loiro com olhos de anjo explicou com voz grave, rouca:

– Essa posição não pode ser por muito tempo. Só o suficiente para um sexo oral invertido. – Parou na frente da esposa e ficou claro que ela estava com o rosto na altura de seu membro e ele com a boca na altura de sua vulva, mas ambos vestidos, sem realmente se tocar. Imaginei quantas vezes não teriam feito aquilo nus, em sua intimidade, ficando ainda mais excitada. Emendou, dando alguns passos para trás e estalando de novo o chicote: – Ou para um castigo.

Fiquei boquiaberta quando ele a chicoteou nas costas, a língua do chicote se envolvendo em torno de sua cintura, um gemido escapando dos lábios de Sophia. Fechei os olhos por um momento, com medo, com dor por ela. Mas, quando os abri, vi sua expressão de júbilo, entendendo que ambos gostavam realmente daquilo.

Matt a chicoteou quatro vezes. Então a desamarrou e soltou. Os dois se olharam esfomeados e, sem mais nenhuma palavra, ele pegou sua camisa em uma cadeira, seu chicote e o dela, agarrou sua mão e levou-a dali, decidido. Ficou claro que procurariam um lugar privado para continuar o que tinham começado.

Eu estava com a garganta seca, tremendo, muito excitada. Arthur levantou-se com Maiana e disse um pouco seco:

– Chicote não é muito a minha praia, mas esses dois sabem o que fazem. Vocês vão nos dar licença. Foi tudo muito bom, mas precisamos ir para casa. Antônio, Cecília, foi bom ver vocês. Vamos marcar mais vezes de nos ver.

Fiquei muito corada ao perceber que eles queriam se mandar logo para transar. Maiana riu sem graça e comentou:

– Esse meu marido não é nada discreto. Desculpe, Cecília. – Veio beijar minha face.

– Mas por que está se desculpando? – Arthur ergueu uma sobrancelha e riu pra gente. – Eles estão no mesmo estado que a gente.

– Arthur! – Ela o cutucou.

Antônio deu uma risada, divertindo-se da cara de pau do amigo. Acabei rindo também. Nos despedimos deles, e o casal se afastou abraçado. Antônio me virou em seus braços, envolvendo minha cintura enquanto eu apoiava as mãos em seu peito e encontrava seus olhos lindos. Fitou-me com amor, paixão, desejo e disse, baixinho:

– Obrigado.

Eu me surpreendi.

– Mas por quê?

– Por me fazer sentir completo.

Observei-o com carinho, erguendo a mão por seu pescoço, passando os dedos pelo maxilar anguloso com sombra de barba, tocando-o com adoração. Murmurei:

– É isso que faz por mim também, Antônio. Você me completa.

– Hoje fiquei muito feliz. Mesmo sem nunca ter frequentado um clube como o Catana, veio comigo, ficou junto dos amigos que considero irmãos, não me disse não em nenhum momento.

— E se eu tivesse dito? – indaguei curiosa.

— Então seria não. – Sorriu meio de lado, sedutor.

— Só isso? Sério?

— Bem... Eu ia tentar te convencer.

Dei uma risada, pois aquele era o Antônio que eu conhecia.

Ele subiu uma das mãos por minhas costas, entre os meus cabelos. Firmou minha nuca e me trouxe mais para perto de si, até dizer, quase encostado em meus lábios:

— Vamos para casa agora. Quero tirar seu vestido, deitar você na cama e pôr em prática todas as depravações que tenho em mente.

Estremeci. Murmurei rouca:

— Você é insaciável, Antônio.

— Vai dizer que não está excitada? – Mordiscou de leve meu lábio inferior. – Que não deseja sentir meu corpo nu contra o seu, minha língua em sua boca, meu pau entrando devagar onde eu quiser.

— Eu estaria mentindo. – Beijei suavemente seus lábios, só para saborear, sentir seu hálito gostoso, pois se começasse a beijá-lo ali sabia que acabaríamos de novo em algum dos nichos do clube. – Quero tanto você que dói, Antônio. Acho que te quero pelos nove anos que ficamos longe. Vou passar cada dia da minha vida tentando colocar nosso amor em dia.

Riu baixinho, roçando o nariz no meu, apertando-me contra seu corpo duro e excitado.

— Não tenho nada contra, Cecília.

E me beijou na boca, no que deveria ser um beijo suave, doce, mas que nos incendiou na hora. Senti sua língua, sua maneira de me saborear, seu gosto delicioso. O tesão veio violento, mas Antônio puxou meu cabelo na nuca, possessivo, agressivo, dizendo rouco:

– Vamos sair logo daqui enquanto ainda consigo raciocinar. Vem.

Fui levada pela mão para fora da masmorra. Pagou pelos drinques e saímos. Abriu a porta do carro para mim, esperou eu me sentar e deu a volta, acomodando-se em seu lugar. Quando o carro saiu, fiquei quietinha em meu lugar, pensando nas loucuras daquela noite e ainda no que faríamos.

Lambi os lábios e lancei um olhar a Antônio, que dirigia compenetrado naquela madrugada. Admirei-o em silêncio, meu corpo reagindo, meu coração batendo forte, sentindo-me toda cremosa e sensível por baixo, cheia do esperma dele, que descia lentamente e me melava toda. E, além de tudo, não conseguia parar de pensar na promessa de que faria sexo anal comigo naquela noite.

Eu tinha medo. Nunca tinha experimentado, e Antônio era grande demais. No entanto, eu não queria negar. Eu era tão louca por ele, que desejava experimentar tudo, ser completamente sua, ser sua escrava sexual, se assim desejasse, pois sabia que ao final estaria gozando terrivelmente e talvez até pedindo por mais.

Estremeci só de imaginar tudo o que ainda faria comigo, todos os jogos e brincadeiras que colocaria em prática.

Fizemos a viagem em silêncio, e não seguiu para a cobertura dos pais dele, mas para o apart hotel que havia alugado. Mal entramos no apartamento na penumbra, ele me agarrou por trás beijando meu pescoço, andando assim comigo até o meio da sala. Largou minha bolsa no sofá e foi desabotoando meu vestido, dizendo baixo em meu ouvido:

– Vamos para o quarto.

Eu tremia e arfava, não sei como consegui caminhar até a suíte. Chegando lá, Antônio me virou em seus braços e beijou minha boca apaixonadamente, suas mãos fazendo o vestido escorregar por meus ombros. Mas não seguiu muito em frente.

Fez com que eu sentasse na beira da cama e enfiou os dedos em meu cabelo, subindo os lábios por meu rosto até beijar minha testa e dar dois passos para trás, soltando-me e me olhando de maneira intensa. Disse baixo e rouco:

– Termine de tirar a sua roupa e fique de quatro na cama, esperando por mim.

– Antônio, preciso me lavar. Estou cheia de esperma e...

– É assim que eu quero, cheirando a mim. Não se lave nem se limpe. Só faça como eu falei.

Seu tom era autoritário, seu olhar, duro. Nem por um segundo pensei em negar. Eu já tremia de desejo e antecipação. Olhei-o sumir dentro do banheiro e terminei de tirar o vestido, mordendo os lábios, trespassada por imagens pornográficas. Mesmo depois de gozar tão forte e duas vezes naquela noite, eu ainda o queria com uma força suprema, descontrolada.

Fiquei nua, arrepiada no quarto na penumbra. Obediente, apoiei os joelhos e os braços na cama, ficando com a bunda voltada para a porta do banheiro. Quando saísse, me veria logo, nua e pronta esperando-o.

Tremores de antecipação e nervosismo varreram meu corpo. Ainda mais quando ouvi a porta abrir atrás de mim e, então, o silêncio. Fechei os olhos por um momento, excitada em demasia, mordendo os lábios, dividida entre uma pitada de medo e um punhado de luxúria, mal podendo respirar. Ouvi seus passos se aproximando. Senti que deixava algo sobre a cama, ao lado do meu joelho. E então consegui olhar meio que de lado e percebi que se despia, a roupa caindo no chão. Jogou outra coisa na cama. Sem suportar a ansiedade, olhei.

Havia um tubo de óleo e o seu cinto preto de couro. Arregalei um pouco os olhos e virei rapidamente para frente, fitando a parede branca. Podia imaginar para que serviria o óleo. Mas o cinto... Pensei em Matt e Sophia com seus chicotes e por um momento temi que pudesse usar o cinto para me espancar. O medo veio mais feroz.

Antônio contornou a cama e veio para minha frente. Ergui imediatamente os olhos para ele, lambendo os lábios, sentindo o tesão e a expectativa percorrerem meu corpo. O esperma continuava a escorrer de dentro de mim, se juntando com um pouco que havia secado em minha virilha. Mas continuava toda encharcada e cremosa por dentro.

Ele não disse nada quando juntou meu cabelo todo em um rabo de cavalo e me puxou um pouco para frente. Estava descalço e sem roupa, mas ainda de cueca branca. Passei o olhar por seu corpo lindo, seu pênis esticando o tecido, pronto para mim. E soube o que queria.

Ergui-me o suficiente para levar as duas mãos até a cueca. Não a abaixei de imediato. Aproximei o rosto e beijei a coluna do seu membro sob o tecido, mordiscando-o devagar até a cabeça, enquanto ele mantinha meu cabelo firme com uma das mãos e me olhava com tesão.

Desci lentamente a cueca branca, maravilhada com o V bem marcado em seus músculos da pélvis, os pelos negros, o pau, que surgia longo e grosso diante dos meus olhos, saltado de veias. Puxei até o meio de suas coxas duras, já indo faminta chupar a cabeça robusta, metendo-a na boca. Ouvi seu gemido, e isso foi música para meus ouvidos. Passei a sugá-lo até onde consegui, metendo seu pau até a garganta, enlouquecida, desvairada.

Era gostoso demais! Seu gosto, seu cheiro, sua consistência de macho. Agarrei seus quadris e me fartei, lambi, chupei, mamei, enlouquecida, ainda mais úmida e pronta. Quase engasguei em minha ânsia, mas não parei. Deixei-o ainda mais teso, mais inchado.

Antônio veio para mais perto, a mão livre deslizando em minhas costas, fazendo o contorno da coluna, percorrendo a minha bunda. Passei a mover a cabeça para frente e para trás com mais força, babando, sentindo-o se enterrar mais e mais. E então seus dedos passaram por meu ânus e desceram até minha vagina toda melada e viscosa, dedilhando suavemente meus lábios inchados. Estremeci, arquejei, babei mais.

Dois dedos longos me penetraram e gemi contra seu pau, ensandecida. Foi fácil entrar, do jeito que eu estava. Fez barulho a sucção de seus dedos contra o canal cremoso de meus sucos e seu esperma, espalhando-o dentro e fora, passando-o até meu ânus. E quando forçou o dedo do meio ali, mesmo apertado, a ponta entrou lubrificada, sem muita dificuldade.

Percebi que usava o que tirava da minha vulva para lubrificar a entrada do meu buraquinho, que já latejava. Era uma sensação diferente, ardente, chegava a queimar, mas ao mesmo tempo era extremamente prazerosa. Logo seu dedo do meio entrava e saía, alargando-me, deixando-me toda meladinha.

Chupei-o cada vez mais firme e faminta, tomando mais um bocado da carne dura e grossa na garganta, choramingando quando agora mais esperma foi levado ao meu ânus e dois dedos forçavam o orifício. Ardeu, mas foi tão delicioso que rebolei e latejei, puxando os dois mais para dentro.

Fiquei louca, fora de mim. Antônio se tornou mais bruto e exigente, fodendo minha boca, segurando meu cabelo, enfiando forte dois dedos em meu ânus, que se dilatava todo para recebê-lo. Eu latejava em espasmos de prazer, quente, escaldando, escorrendo. Sua voz só piorava tudo, vibrando em minha pele e em cada terminal nervoso:

– Isso, minha putinha. Chupa seu Soberano. Mais forte... Assim...

E eu chupava, engasgava, chupava mais. Fiquei a ponto de gozar, alucinada, apertando as coxas uma na outra. E foi então que Antônio parou, dizendo baixo:

— Não goze ainda. Tenho outros planos para você.

Tirou os dedos de dentro de mim. Puxou o pau da minha boca. Eu lambi os lábios, querendo mais, no entanto sendo distraída pela beleza que era Antônio tirando a cueca, ficando completamente nu. Largou meu cabelo, passou suavemente a mão pelo meu queixo ao se afastar e sumir atrás de mim. Estremeci, sabendo que me pegaria firme, que seu pênis seria muito mais doloroso que seus dedos.

— Deite o tronco na cama, mas continue de joelhos. — E sua mão foi em minha nuca, forçando-me para baixo.

Obedeci, apoiando rosto e ombros no colchão, meus cabelos se espalhando sobre mim. Tive medo, mas o tesão era maior que tudo, me varria da cabeça aos pés, chegava a me deixar um pouco tonta. E, então, para completar tudo, segurou meus pulsos e os trouxe para trás, dizendo em tom pornográfico perto da minha orelha:

— Quero você totalmente submissa a mim, Cecília. Vou preparar seu corpo para ser meu, me receber em cada dia da nossa vida, se tornar tão conhecido, tão íntimo, que não saberemos mais que parte minha é sua e que parte sua é minha.

E então senti o cinto sendo passado em volta dos meus pulsos, me prendendo. Foram bem amarrados para trás, e arquejei com a face sobre o lençol macio, tremendo demais, ansiando mais ainda, querendo e temendo ao mesmo tempo o que estava por vir.

Não esperava que me penetrasse logo, mas foi o que fez. Segurou meus quadris com firmeza e seu pau deslizou dentro da minha vagina escaldante, em um movimento firme e bruto, até o fim.

— Ah... — gemi, pois já estava empapada de tanta excitação e esperma, levemente ardida das penetrações anteriores e, mesmo assim, tudo só parecia contribuir para um prazer maior ainda. Recebi suas estocadas profundas e arquejei em busca de ar, mas então parou dentro de mim e se acomodou sobre seus joelhos.

Fiquei bem quietinha, embora tremesse, seu pau todo agasalhado dentro de mim. E então senti o óleo sendo espirrado no meio da minha bunda, escorrendo, descendo. Logo seus dedos estavam lá, espalhando-o em volta do meu ânus, o polegar entrando nele lentamente. Ficou assim, sem pressa, penetrando-me com o polegar e movendo devagarzinho o pau dentro da minha vulva.

Era demais. Eu me debati sem controle, indo em meu limite, presa e de quatro, totalmente dominada por Antônio. Segurou firme meu quadril com a mão livre, balançando-me lentamente contra seu pau e seu dedo.

– Você é tão gostosa, Cecília... Tão linda e sedutora... Me deixa louco...

A voz pecaminosa só piorava o meu estado. E logo tirava o polegar e espalhava mais óleo, agora o dedo do meio indo dentro, penetrando-me até o fundo. E então eu tinha dois dedos no ânus e seu pau na vagina, cheia até a alma, prensada e pressionada, arfando e choramingando naquela cama.

– Vou comer seu cuzinho devagar. E quando eu estiver com meu pau todo lá dentro, quando se acostumar comigo, você vai começar a rebolar, a deslizar, até não doer mais nada – avisou.

– Antônio... – supliquei com medo, fora de mim, quando senti seu pau e seus dedos saírem. Mais óleo foi espalhado, e ele afirmou, baixo:

– Vou cuidar de você. Confie em mim.

Eu acreditei e fiquei quietinha, mordendo os lábios, de olhos fechados, totalmente em suas mãos. Senti a cabeça robusta encaixar na entrada, que latejava. Tremia sem controle.

– Fique quietinha, não se contraia. Faça pressão contra mim.

E então forçou. Comecei a chorar com a ardência, a queimação quase insuportável. Tentei fugir, mas ele agarrou com força minha cintura e forçou mais, a cabeça entrando, sua voz baixa e bruta ordenando:

– Não se contraia. Faça força contra mim, Cecília. Agora.

– Está doendo... – Lágrimas pularam dos meus olhos, tentei soltar minhas mãos, me jogar para frente. Caí de bruços sobre a cama, mas Antônio não me soltou. Pelo contrário, deu uma estocada forte com os quadris e gritei quando entrou em mim como um ferro em brasa, apertado e escaldante, ardente. – Não! Não!

– Sim. Toma meu pau todinho e fique quietinha até eu estar dentro de você.

– Para!

Entrou todo e parou. Eu me sentia entalada, queimada, pressionada. Afastou meu cabelo do ombro suado e me mordeu ali, seu pau enorme todo acomodado, suas mãos abrindo bem a minha bunda. Foi sua maior dominação sobre mim, sobre meu corpo e minha vontade. Eu tinha medo até de respirar e, mesmo em meio à dor e ao medo, eu continuava querendo-o, desejando-o a ponto de me sentir quebrar, dobrar, obedecer.

– Por favor... – supliquei.

– Estou parado. Mova a bundinha devagar. Acostume-se comigo.

– Está doendo... – Choraminguei.

– Vai passar. Mova-se. Agora, Cecília. Tome mais do meu pau.

Era mais forte do que eu, precisava obedecer. Fechei os olhos, mordi o lábio inferior, mexi um pouco os quadris. Deslizou centímetros, ardendo, latejando. Pensei que não suportaria. Mas fiz de novo e de novo. Senti-me dilatar um pouco, acomodar sua carne dura, deslizar mais fácil. Antônio gemeu rouco em minhas costas, rendido, cheio de tesão.

– Mais... Rebole mais...

– Oh... – Movi minha bunda e senti seu pau imenso dentro dela, cada vez menos colado e mais deslizante, a pressão cedendo, a dor sendo mesclada a outras sensações desconhecidas. Aos poucos fui me mexendo para cima e para baixo, sendo devorada pelo prazer proibido, por um desejo volátil, latente.

– Isso, meu amor... Toma meu pau no seu çuzinho...

E Antônio não se conteve. Passou a me comer devagar, fundo e gostoso, mordendo minhas costas, abrindo as duas bandas bem para o lado para poder meter o pau dentro e fora da minha bunda.

– Ai... Ai, meu Deus...

Fiquei fora de mim, arquejando, meu corpo respondendo sozinho, movendo-se para receber suas estocadas. Antônio introduzia e penetrava o pênis com mais força, mais brutalidade, e toda aquela ardência só parecia elevar o prazer a píncaros absurdos, violentos, estonteantes. Agarrou forte o meu cabelo, mordeu minha nuca, o lóbulo da orelha, meteu a língua em meu ouvido me deixando arrepiada, sussurrando, cheio de tesão:

– Que cuzinho mais gostoso... Agora é todo meu. Minha cadelinha gostosa... Vai viver de quatro com meu pau aqui, sempre que eu mandar.

– Ah... Antônio...

Eu parecia prestes a explodir. Estava sendo devorada sem dó, com força, enquanto seu pênis era enfiado com tudo dentro de mim. E então saiu todo, só para sentar na beira da cama e me puxar para seu colo. Vi seu olhar aceso e intenso, seu rosto carregado pelo tesão, antes de me acomodar de costas sobre suas coxas, com as pernas abertas, desequilibrada pelas mãos amarradas.

– Senta no colo do papai...

Estremeci com sua depravação e gritei quando me fez descer sobre seu pau, segurando meus braços, a cabeça passando pelo anel dolorido e justo, entrando todo em meu cuzinho.

– Ah, porra, que gostosa...

Meteu fundo e forte. Arreganhou minhas coxas e gritei estarrecida quando deu um tapa em cheio na minha vulva toda inchada e encharcada. Um de seus braços rodeou firme minha cintura e me desceu sobre ele, fazendo seu membro me devorar em estocadas brutais, a outra mão dando tapas que me enlouqueciam e alucinavam.

– Ai, não vou aguentar... – gritei rouca, suada, arfante, sacudida pela luxúria delirante e avassaladora, pelo meu corpo, que estava dolorido e mesmo assim pedia mais, pela agressividade masculina e viril de Antônio, que me arrebatava violentamente.

– Quer gozar? – E então enfiou dois dedos em minha rachinha melada, espalmando a mão ali, metendo rápido no mesmo local, pressionando sem dó. Na mesma hora ejaculei e gozei, sacudindo-me como louca em seu colo, espirrando o líquido cristalino em sua mão.

Antônio gemeu e me comeu mais voraz e, enquanto eu me quebrava em um orgasmo agonizante, esporrou dentro do meu cuzinho, apertando forte minha cintura, espalhando mordidas em minhas costas.

Gritei, me sacudi, vibrei, me contraí. Pensei que fosse morrer. O coração acelerou, a respiração falhou, espirrei sem cessar em seus dedos e na cama, no chão, nas coxas.

Quando por fim acabou, desabei, quase desmaiada. Antônio tirou os dedos com calma, mas gemi dolorida. Deitou-se devagar de lado na cama, me levando junto de conchinha. Ainda estava muito enterrado dentro de mim e não saiu de imediato.

Acariciou minha pele suada, meu cabelo, meu braço. Beijou suavemente onde havia mordido. Fiquei completamente grogue, olhos fechados, lábios abertos para sugar um pouco de ar. E então sua ereção foi diminuindo e ele saiu lentamente do canal ardido, dolorido. Mas não me soltou. Apenas murmurou rouco contra minha nuca:

– Eu te amo.

Sorri para mim mesma. E caí em um sono profundo.

LUDMILA VENERE

O dinheiro podia comprar muita coisa, e eu tinha minha fortuna própria, já que durante todos aqueles anos fui bem esperta. Contratei o melhor advogado criminalista do Rio de Janeiro, e ele fez de tudo para que o meu julgamento não demorasse muito. Orientou-me em tudo. E eu segui suas orientação à risca.

A primeira coisa que fiz e da qual não abri mão foi me negar a assinar o divórcio. Não facilitei em nada a vida de Antônio. O fato de estar presa não tirava meu direito de mãe de um menor e herdeira. Portanto, eu o obriguei a entrar com o litigioso, que poderia demorar anos, pelo menos dois. Queria ver ele se casar com a putinha assim.

Suportei a cadeia em uma cela especial, sozinha, por cinco meses. Meu pai e minha irmã desistiram de mim, mas de vez em quando minha mãe aparecia para uma visita e me trazia coisas. Eu ficava ora irritada, ora agradecida, pois às vezes estava tão desesperada por companhia que até ela servia. Outras eu debochava e a maltratava. Ela saía chorando, sumia uns tempos, mas depois aparecia de novo.

Soube por minha mãe que Antônio estava morando em uma mansão com a putinha, a filha dela e Carlos Antônio. O meu ódio só triplicou, pois, mesmo sem que eu os deixasse casar, os desgraçados brincavam de família feliz. Mas eu jurava a mim mesma que, quando saísse, eles iam me pagar.

O dia do julgamento chegou. Não foi teatral como nos filmes e durou três dias, na verdade. Vi meus pais, Lavínia ainda com aquele médico que tinha salvado a vida de Antônio, os pais dele, Eduardo e a esposa sem graça, e Antônio com a putinha.

A primeira vez que o vi, entrando no tribunal, alto e elegante em um terno preto, ódio puro e algo daquela obsessão se revolveram dentro de mim. Por um momento não pude tirar os olhos dele e, quando fitei seus olhos azuis, tive uma violenta vontade de chorar.

Foi uma tortura vê-los por três dias, sentir o olhar gelado dele sobre mim. O tempo todo mantive meu queixo erguido, enquanto as testemunhas eram apresentadas e lidos os laudos da perícia. Todos que estiveram durante o jantar prestaram depoimento, inclusive os amigos nojentos dele e suas esposas. Tive vontade de voar em Sophia, jurando a mim mesma que me pagaria pelo soco que me deu. Eu me vingaria de cada um ao sair dali.

Dois testemunhos me abalaram. O de Antônio, por descrever o ocorrido durante aquele noite e minha personalidade fria e cruel, segundo ele, que nunca cuidou nem do próprio filho, que arquitetou matá-lo com requintes de crueldade. Não tirei os olhos dele por um segundo, tremendo de fúria, ódio, vários sentimentos exaltados.

O outro testemunho foi o de Treta Chique, que também estava preso. Quando o vi entrar na sala, fui engolfada pelo nojo violento, pela vontade de matá-lo. O desgraçado ainda sorriu para mim e lambeu os lábios, fazendo-me lembrar de cada imundície que me obrigou a fazer naquele quarto fedido. Eu tinha pesadelos com aquilo. E, para piorar, para ter sua pena reduzida, descreveu todos os meus planos, tudo o que fiz, cada detalhe, inclusive os trabalhos anteriores que fez para mim.

Soube que eles tinham me ferrado. E, quando foi minha vez de depor, segui a cartilha do meu advogado. Mostrei arrependimento, fui humilde, confessei tudo. Disse que agi por motivo passional, desesperada de ciúme, movida por emoções descontroladas no momento. Fui a atriz perfeita, fiz de tudo para conseguir um pingo da simpatia do júri.

Soube que poderia pegar até trinta anos de prisão, pois tentativa de homicídio qualificado, por motivo torpe, era julgada como homicídio em si. Mas meu advogado me explicou que nunca se pegava a pena máxima, que tudo poderia ser reduzido. E, ao final das contas, foi o que aconteceu. Fui condenada a 17 anos, sendo que, por ser ré primária, poderia ter a pena reduzida a um terço. E tendo bons antecedentes, até menos de um terço. Ou seja, eu poderia ficar presa no máximo por seis ou sete anos. Se tivesse bom comportamento, em dois anos eu estaria fora da prisão.

Meu advogado comemorou e eu soube que foi uma vitória quando vi o ódio de Antônio e sua gente. Mas, mesmo assim, eu teria de dois a três anos para cumprir em uma penitenciária comum, e aquilo me assustou. Não dei o braço a torcer. Ergui o queixo e saí de lá buscando Antônio com os olhos, sorrindo ao tentar garantir a ele que eu voltaria. E o pegaria.

Não se alterou. Olhou-me friamente até eu sair. E só lá fora deixei o desespero me dominar.

Jurei a mim mesma que seria forte, que enfrentaria cada dia. Mas o medo do desconhecido latejava dentro de mim.

Foi o terror, pior do que tudo que eu podia imaginar. Na minha cela dormiam mais cinco mulheres, todas bandidas mal-encaradas que me odiaram de cara. Toda a minha arrogância e frieza não me serviram de nada ali. Fui humilhada e, para não apanhar nem sofrer nenhuma violência enquanto dormia, virei empregada delas. Era obrigada a pegar coisas, limpar a cela, ajeitar tudo. Me xingavam, e uma delas de vez em quando me encurralava em um canto cheia de ameaças. Eu baixava o olhar para que não visse meu ódio e obedecia.

A comida era horrível, o lugar fedia, as brigas eram comuns. Comecei a ser perseguida, chamada de bonequinha, obrigada a arrumar dinheiro, cigarros, coisas para elas com meu advogado, que passava grana às guardas para deixarem entrar tudo. Se não arrumasse, me davam uns tapas, e tomei alguns, inclusive socos.

A pior e mais temida detenta do lugar, a Zanzão, como era conhecida, cismou comigo. Era lésbica assumida e escolhia suas mulheres. Quem não aceitasse aparecia com o pescoço degolado. Ela era grandona, branca, sardenta, quase 50 anos, cabelos curtos e grisalhos, olhar mau. Tinha conchavos com as guardas e era acusada de diversos crimes, entre eles assassinato. Quase morri de medo quando começou a me perseguir.

A namorada dela, uma loira espalhafatosa e exagerada, sempre maquiada, morria de ciúmes e me ameaçava. Eu me sentia cada vez mais encurralada, sem ter para onde fugir. Implorei ao meu advogado para pedir uma transferência, mas aquilo demorava. Tentava escapar de uma e de outra, mas cada vez mais o cerco se fechava sobre mim.

Depois de quase três meses presa naquele inferno, tentando não me indispor nem chamar atenção e ter sempre bom comportamento para sair logo, fui presa no banheiro durante o banho em um dos boxes, cercada pelo grupo que seguia Zanzão. Nua e indefesa, vi a mulher se aproximar com fome e luxúria no olhar e soube que estava perdida.

— Hoje você vai ser minha, bonequinha. — Sua voz me fez estremecer de terror. Olhei em volta, vi as mulheres feias e más rindo, na expectativa, querendo sexo ou sangue.

Não tive opção. Tive que engolir meu asco, meu orgulho e meu ódio. Olhei para baixo e parei de me cobrir. E, enquanto a mulher me escorava na parede e me bolinava grosseiramente, tentei me desligar, fugir daquela realidade. Mas não consegui.

Pela segunda vez na minha vida fui violada, daquela vez, com plateia. Obedeci e agradei, pois ainda mantinha minha inteligência e sabia que, se não o fizesse, passaria de mão em mão ali. Fingi gostar de Zanzão, fui obediente e cativa como muitas vezes fui com Antônio. Mas ele eu desejava, eu o queria fazendo as taras comigo. Aquela mulher me enojava. Não demonstrei. Sorri, usei meu charme, a conquistei. E assim me tornei sua posse, que ela não admitiu dividir com ninguém.

Dentre seus conchavos, conseguiu que eu me mudasse para a sua cela, bem melhor que as outras. E expulsou Jorja, a loira maquiada que passou a me odiar ferozmente a partir dali e jurou vingança. Virei a bonequinha de Zanzão, que tinha um prazer perverso em me ver sempre bem maquiada e elegante. Eu era obrigada a servir sua comida, cuidar de suas coisas e me deitar com ela. Com nojo, me sujeitei. E duas coisas me motivavam: sua proteção ali dentro e meu desejo de sair o quanto antes sem arrumar confusão.

Nunca deixei de pensar em Antônio, de jurar pegá-lo. Aquilo era o que eu pensava toda noite antes de dormir. Até que, depois de um mês sendo a mulher de Zanzão, ela pegou uma virose violenta e teve que ficar na enfermaria, no soro. Tinha pouco mais de quatro meses que eu estava presa.

Deitei para dormir e fechei os olhos. Como sempre, vi Antônio na minha frente, de mãos dadas com a putinha. Comecei a falar comigo mesma em pensamento, planejar como destruir a vida deles sem voltar para a prisão. Estava tão concentrada em meu desejo de vingança, que não vi a loira que entrou sorrateira na cela, com um pedaço de vidro na mão.

Quando me dei conta, já era tarde demais. Ela trepou em meu peito e senti uma dor aguda na garganta, nem gritar eu consegui. Na escuridão, consegui ver seu rosto de palhaço com toda aquela maquiagem, seu cabelo eriçado, o ódio em seu olhar enquanto eu levava as mãos ao pescoço e engasgava, sentindo o sangue jorrar quente entre meus dedos.

– Zanzão é minha. Minha, sua bonequinha dos infernos!

Pulou para longe e não consegui falar. Quis pedir ajuda, mas não consegui. Não quis morrer! Quis gritar, sair dali, mas meu corpo não obedecia.

"Antônio", eu o chamei em pensamento, me dando conta de que se livraria de mim. Ele seria feliz, casaria com a putinha e eles criariam nosso filho. Eu nunca poderia me vingar. Nunca.

Não! Engasguei com meu sangue. Engoli, gargarejei, me debati. Fui ficando gelada, fraca, tudo muito rápido. Estava sozinha no escuro. A vida passou diante dos meus olhos como um flashback. Dei-me conta de que nem tinha 35 anos ainda. Perdi tanto! Desperdicei! E agora não tinha mais tempo. Ela se esvaía rápido por entre meus dedos, junto com meu sangue.

Perdi as forças. Fechei os olhos pela última vez. E vi uns olhos azuis na minha frente, para sempre distantes de mim. Nem percebi quando me fui. Suspirei. E aquela não era mais eu. Ludmila Venere Saragoça se acabou ali.

ANTÔNIO SARAGOÇA

Por oito meses eu tentei não pensar em Ludmila, mas foi difícil. Mesmo longe, continuava tendo poder sobre a minha vida. Quando não quis dar o divórcio, soube que demoraria até poder realizar o sonho de me casar com Cecília. Quando seu julgamento chegou e pegou tão pouco tempo, preparei-me para quando saísse. Eu teria que ter atenção redobrada com Cecília, as crianças, as pessoas que eu amava e comigo mesmo. Precisaria de seguranças sempre e viveria em alerta constante, com ela fungando em meu pescoço.

Mesmo com tudo isso, me recusei a deixar que estragasse a nossa felicidade. O divórcio de Cecília saiu e comemoramos. Decidimos morar juntos e levar a nossa vida de casados e foi o que fizemos. Fomos morar com as crianças no casarão em Vargem Grande, e uma nova etapa na minha vida se iniciou. Nunca fui tão feliz, tão realizado, tão em paz.

Sentia um ciúme de matar de Michael quando ele aparecia. Giovana gostava dele, apesar de ficar muito mais à vontade comigo e de me procurar onde eu estivesse. Eu ficava atento quando ele chegava perto de Cecília, a ponto de ter vontade de socar o homem, que era extremamente educado e agradável.

Depois da primeira vez que ele apareceu em uma visita e trocou beijinhos com Cecília, eu tive que me conter a custo. Quando foi embora, eu estava puto e mal-humorado. De noite a joguei na cama e fui feroz, peguei-a firme, rasguei sua calcinha, exigi que falasse quem ela amava. Eu a fiz gozar grosseiramente e gozei da mesma maneira. Ao final, ela riu do meu ciúme e me contou que Michael era gay.

Fiquei surpreso. E relaxei um pouco mais. Senti-me até ridículo. Mas o ciúme, mesmo mais ameno, continuou lá. De Cecília e de Giovana. Mas aprendi a ter uma convivência pacífica com ele, e, por sorte, vivia mais longe do que perto.

Como se fosse possível, me apaixonei ainda mais por Cecília. Eu amava tudo dela. Seu sorriso, seu olhar, seu carinho e amor com nossos filhos, sua entrega a Toni, dando a ele o amor materno que nunca teve. Cuidava de mim, das crianças, do nosso lar. Tratava a todos bem, adorava receber meus amigos, que agora eram dela. Sua família e a minha se sentiam bem em nossa casa e de vez em quando apareciam.

Sexo entre nós era perfeito. Ora suave e terno com nossos corpos nus ondulando na cama e nossas línguas unidas. Outras horas violento e sujo, com tapas, transa bruta, palavras chulas. Gostava de saber que fazia tudo que eu queria, completamente tudo. Quando as crianças iam dormir fora então, na casa de Sophia ou Maiana, ou na casa de meus pais, a gente usava a casa toda para nossas orgias.

Transávamos na piscina, eu a colocava de quatro na grama e a fazia de escrava, comendo-a por trás, pegava-a em cima do bar, no sofá, no chão, no tapete, no banheiro, dentro do closet, em qualquer lugar. Descobri que gostava dos tapas tanto quanto dos beijos, ou quase tanto. Da mesma maneira que eu amava dominar, ela amava obedecer. Mas, no final das contas, eu só fazia o que lhe desse prazer, o que a deixasse feliz, mesmo nas nossas sacanagens.

Se não fosse a ameaça de Ludmila pairando silenciosamente sobre nós, seríamos irremediavelmente felizes, sem um porém.

Na sexta de manhã, depois de quase nove meses desde que Ludmila tentou me matar, cheguei ao escritório e recebi um telefonema de Walmor Venere. Tinha vendido realmente sua parte da empresa para nós e levava uma vida tranquila em sua fazenda em Minhas Gerais, com a esposa. Quase não nos falávamos.

– Walmor, quanto tempo. – Cumprimentei-o com respeito. Sempre havia gostado dele e sabia o quanto tinha sofrido depois de descobrir tudo de que a filha foi capaz. – Tudo bem?

– Não, Antônio. – Sua voz era fraca, arrasada.

– O que houve? Posso ajudá-lo em alguma coisa?

– Não. – Respirou fundo, como se buscasse forças. Disse baixo: – No fundo, eu tinha a esperança de que Ludmila mudasse, que a cadeia servisse para ensinar algo a ela, já que eu e Eloísa falhamos.

— Walmor, o que...

— Estou ligando para informar que essa manhã encontraram o corpo de Ludmila em sua cela. Alguma das presas cortou seu pescoço. Estão investigando, mas até agora não sabem quem foi. Sei que ela fez muito mal a você, mas precisava informá-lo.

O meu primeiro sentimento foi de pena. Primeiro por ele e por Eloísa como pais. Depois por meu filho, que mesmo não tendo nela uma figura materna, nem mesmo tocava no nome de Ludmila, tinha perdido a mãe.

Depois, mesmo sabendo que não deveria, senti alívio. Alívio por mim e pelas pessoas que eu amava e que eu sabia que correriam risco depois que ela saísse da prisão. Foi estranho me sentir assim, pois, mal ou bem, ela fez parte da minha história. Pensei se tudo poderia ter sido diferente, se não tivéssemos casado. Mas o passado não voltava. A vida era feita de escolhas, e fizemos as nossas. E cada escolha trazia uma consequência.

— Sinto muito, Walmor. Há algo que eu possa fazer?

— Sim. Crie bem o Toni. Faça dele um homem de bem. No final das contas, é isso que importa nessa vida, Antônio.

— Sim, eu sei. Mas há algo que eu possa fazer por vocês?

— Não. Vamos cremar o corpo dela, só eu, Eloísa e Lavínia. Não quero que venham por respeito a nós; Ludmila não merecia. Teve aquilo que plantou. – Suspirou, cansado. – Fiz tudo o que quis. Dei a ela tudo que desejou, achando que fazia o certo. E talvez aí eu a tenha acostumado mal.

— Não se culpe. Fez o seu melhor. Lavínia teve a mesma criação e nunca fez as maldades de Ludmila, Walmor. Foram opções dela. Era adulta e sabia escolher.

— Sei disso. Tem razão. Preciso desligar agora.

— Tem certeza que não quer companhia no velório? Meus pais...

– Não. Prefiro assim. Mas obrigado, Antônio. Você sempre foi um bom rapaz. Viva a sua vida. Seja feliz. Outro dia entro em contato, para marcar uma visita a Toni. Estou com saudades dele.

– São sempre bem-vindos.

Trocamos despedidas e desliguei.

Respirei fundo. Um ciclo havia se encerrado.

Outro iria começar.

Naquela noite conversei com Toni, expliquei tudo da melhor maneira possível. Ele ouviu atento e confuso, olhou para mim, Giovana e Cecília. Por fim, disse em sua lógica infantil:

– Ela nunca gostou de mim nem eu dela. Isso é pecado, pai?

– Não, claro que não.

Acenou com a cabeça, pensativo. E indagou:

– Agora a Cecília é minha mãe? De verdade? – Olhou esperançoso para ela. – Posso te chamar de mãe?

Também a fitei. Estava imóvel, seus olhos enchendo-se de lágrimas. Veio para mais perto de Toni no sofá e o abraçou forte, beijando seus cabelos, dizendo emocionada:

– Eu ia amar, querido. Porque no meu coração você já é meu filho.

Ele a abraçou sem graça, sorrindo feliz. Encontrei os olhos castanhos dela sobre a cabecinha dele e a amei ainda mais naquele momento, como se fosse possível. Sorriu, e as lágrimas desceram por seu rosto.

– Mamãe, por que está chorando? – Giovana se aproximou, confusa.

– Porque estou muito feliz! – Beijou de novo Toni e puxou a filha para si, emocionada, rindo. – Toni agora vai me chamar de mãe.

— Ah, é? – disse, procurando entender. – É mesmo, ele não tem mãe. Eu tenho mãe e pai.

Ficou pensativa, depois me olhou.

— Mas você é meu tio ou meu pai, Antônio?

— Posso ser o que você quiser. – Sentado em frente a eles, inclinei-me para frente e segurei sua mãozinha com carinho.

— Posso ter dois pais?

— Pode.

— Eba! – Comemorou, toda feliz, olhando para mim, Toni e Cecília. – Papai! Vou te chamar de papai!

Foi minha vez de ficar embargado. Não chorei, pois era machão demais para isso. Mas meus olhos arderam como o inferno e foi difícil me controlar. Cecília riu, como se soubesse como eu me sentia.

Olhei para meus três amores sentados no sofá e, sem pensar muito, caí de joelhos na tábua corrida do chão na frente deles, segurando as duas mãos de Cecília, fitando-a de modo penetrante, meu peito doendo de tanta emoção, tanta felicidade.

— Um dia, eu estava em um engarrafamento e vi umas pernas lindas – falei baixo e na mesma hora Cecília entreabriu os lábios, lágrimas voltando aos seus olhos. – Uma moça saiu do carro e ganhou meu coração com sua beleza e sua felicidade. Sabe o que ela disse para mim?

— O quê? – indagou Toni curioso.

— O quê? – emendou Giovana.

— Que ele tinha o sorriso mais lindo do mundo e que eu poderia me apaixonar por esse sorriso – disse Cecília baixinho.

— Essa frase eu nunca esqueci. Você me disse duas vezes. – Sorri meio de lado, feliz, completo, realizado. – E sabe por que estou sorrindo agora?

— Não.

— Porque sou o homem mais feliz do mundo. Tenho um filho lindo e uma filha linda. Sabem o que falta para mim?

As crianças fizeram que não. Cecília riu, chorando.

– Uma esposa linda. Já é a mãe dos meus filhos e a dona do meu coração. Quer se casar comigo?

– Sim! – gritou e se jogou em meus braços.

Caímos para trás rindo e nos beijando na boca, nos abraçando, apaixonados, unidos, um só coração, uma só alma, uma essência. Eu a agarrei forte, sabendo que jamais a soltaria, nunca mais a deixaria escapar. Porque minha vida só era completa e perfeita com ela.

As crianças riram, comemoraram, se jogaram em cima de nós.

E, no meio de tanta felicidade, fechei os olhos e agradeci. Porque daquela vez fiz as escolhas certas.

Eu me rendi ao amor.

... Você caiu do céu
Um anjo lindo que apareceu
Com olhos de cristal
Me enfeitiçou
Eu nunca vi nada igual

("FRISSON", TUNAI E SERGIO NATUREZA)

EPÍLOGO

CECÍLIA BLANC

Antônio queria me dar um casamento de princesa, no Jockey Club do Rio de Janeiro, com toda pompa a que tinha direito. Mas aquele nunca foi meu sonho. Eu só queria ser esposa dele, em uma festa simples e rodeada de pessoas que amávamos. Foi um custo convencê-lo, mas, por fim, concordou. E assim fizemos.

Como nosso casarão em Vargem Grande tinha um gramado enorme, resolvemos encomendar uma equipe e um bufê e realizar tudo lá mesmo. E assim foi feito.

Não esperamos muito. Dois meses depois da morte de Ludmila, finalmente nos tornamos marido e mulher em um dia claro e fresco, durante uma cerimônia que me fez chorar, rodeada de familiares e amigos. Atravessei o corredor entre cadeiras brancas até o pequeno altar, levada por meu pai, Toni e Giovana indo na frente, lindos como pajem e daminha. Antônio me esperava, maravilhoso em um terno negro com camisa branca, seus olhos azuis brilhando, espelhando a mesma felicidade que eu sentia.

Sorrimos um para o outro, emocionados. Eu usava um simples vestido branco, que contornava suavemente meu corpo, cabelos soltos com um pequeno véu e nas mãos um buquê de flores brancas. E me sentia uma princesa indo em direção ao seu príncipe, finalmente realizando meu sonho de ser sua esposa.

Ficamos de mãos dadas o tempo todo durante a cerimônia. Sorri muito, pois Antônio não tirava os olhos de mim, fitando-me com tanta felicidade, amor e desejo, que eu só podia retribuir da mesma maneira. Sabíamos bem o quanto tinha sido ruim ficar longe um do outro, e aquele casamento era nossa vitória, depois de tantos desafios.

Falar sim e ouvir o seu sim, trocar alianças, abraçar forte e beijar na boca, tudo ficaria sempre registrado em minha mente como um dos melhores momentos da minha vida. Assim como a festa e a música depois, as crianças correndo e brincando, nossas famílias e amigos rindo e conversando e o tempo todo eu e Antônio sem nos largar. Meus dedos estiveram quase o tempo todo nos dele, fui abraçada e beijada vezes sem conta, nunca me senti tão amada.

Passamos cinco dias de lua de mel nas Ilhas Gregas, visitando paraísos belíssimos, em uma viagem romântica e quente, na qual intercalamos passeios, mergulhos, boa comida e bebida, com muito sexo. Passávamos horas na cama, cada vez mais apaixonados e cheios de luxúria. E não ficamos mais tempo porque sentimos uma saudade desesperada dos nossos filhos.

E, quando voltamos, entramos em uma rotina de casal. Acordávamos de manhã, tomávamos café com as crianças, preparávamos Toni e Giovana para a escola e íamos para o trabalho. As babás, Silvana e Suzilei, se intercalavam durante a semana. Havia sempre um clima gostoso e familiar, fazíamos questão de jantar juntos, no final de semana saíamos ou apenas curtíamos o casarão, o quintal e os cavalos.

Nunca imaginei que pudesse ser tão feliz. As mínimas coisas me faziam sorrir, como simplesmente ler um livro enquanto Antônio jogava videogame sentado no carpete com as crianças, tomar um copo de vinho na varanda com ele enquanto ouvíamos música e Giovana brincava com Toni, andar de mãos dadas em uma manhã fria. Só ver o sorriso dos nossos filhos ou fitar os intensos olhos azuis de Antônio já me deixavam feliz.

E foi daquele jeito que completamos um ano de casados. Toni já caminhava para seu aniversário de 7 anos e Giovana de 6. Fizemos um almoço em casa para comemorar e chamamos minha família, a de Antônio e nossos amigos. Depois ficamos na sala à vontade, jogando conversa fora, enquanto as crianças brincavam.

Meu irmão Paulinho, agora com 15 anos, era o mais velho. Fez logo amizade com Aninha, de 8, filha de Arthur e Maiana. Ficavam o tempo todo de conversa e Arthur não tirava o olho deles, o que me divertia. Apostava que seria um daqueles pais bem ciumento. O outro filho deles, Gaio, de quase 4 anos, brincava mais com os filhos de Matt e Sophia, Gabriel, de quase 6 anos, e Fabiana, de 3, Toni e Giovana. Faziam uma grande farra.

Karine estava grávida de um menino, e Eduardo estava todo bobo, comentando que dali a menos de um mês seu filho estaria no meio da bagunça.

Eu observei o barrigão dela, sua aura de felicidade, as crianças brincando, os pais de Antônio já bem idosos e pensei numa conversa que começamos a ter sobre engravidar de um filho nosso. Sem que ele soubesse, não tomei anticoncepcional naquele dia e, mais tarde, quando todos foram embora, Toni e Giovana dormiam e ficamos sozinhos no quarto, resolvi contar a ele.

Antônio tinha colocado uma música do Djavan no quarto e veio até mim com a camisa aberta e descalço, apenas com a calça escura e justa aberta, com o primeiro botão aberto, seus cabelos despenteados, seus olhos azuis consumindo os meus. Eu o olhava com desejo e admiração, apaixonada. Ainda mais quando, provocante, parou a poucos passos e desceu lentamente o zíper da calça, dando um sorriso safado, a calça caída em seus quadris mostrando o início de seus pelos púbicos negros. Era a perfeição masculina e a tentação em pessoa, fazendo-me rebulir por dentro.

***

Lambi os lábios, sem conseguir desviar os olhos, que desci pelos músculos do seu peito, pelo V da barriga, até a aba da calça, que abria para o lado. Tirou a camisa e terminou de se aproximar.

Indagou baixo:

– Quer ver mais?

– Quero mais do que ver – murmurei, lambendo os lábios. Quando parou à minha frente, eu não resisti. Mordi seu peito com meu coração disparado, minhas mãos descendo até o cós da calça, escorregando-a para baixo. Meus dedos percorreram os músculos duros e os pelos de suas coxas, até ficar nu. Então voltei, excitada, gemendo baixinho e chupando seu mamilo quando segurei seu membro ereto com as duas mãos.

Senti como ficou mais teso, seus dedos se enterrando em meu cabelo, seu olhar intenso fixo no que eu fazia, o rosto franzido, a lascívia nos percorrendo como uma labareda. Passei a masturbá-lo, já tão pronta que latejava por baixo, quente.

Desci mais, mordiscando sua barriga, murmurando baixinho:

– Você é gostoso demais...

Caí de joelhos. Rendida, em adoração ao meu amor e ao meu soberano. Continuei masturbando-o firme, enquanto ia por baixo do seu pau e enfiava uma de suas bolas na boca, chupando-a como sabia que ele gostava.

Antônio fechou os olhos, os pés firmemente plantados no chão, os dedos enterrados em meu cabelo. E gemeu rouco enquanto eu o saboreava devagar, lambendo e chupando seus testículos e depois fazendo o mesmo com seu pau, até que o tinha grosso e enterrado até a garganta, a ponto de gozar.

Só então parei. Arrastei-me para trás até a cama, sorrindo provocante, lambendo os lábios, tirando minha blusa, erguendo-me para me desfazer de minha saia, ficando apenas com a calcinha e o sutiã pretos. Movi o dedo indicador, chamando-o.

– Vem me pegar.

Ele sorriu meio de lado, cheio de tesão, aproximando-se como um animal prestes a dar o bote. Sentei na cama e fui me arrastando para trás. Antônio se ajoelhou e veio. Mas o peguei desprevenido. Quando menos esperava, empurrei-o para a cama e montei sobre ele, enquanto me fitava surpreso.

– Sabe o que quero hoje? – Caí sobre seu corpo apaixonada, enfiando as mãos em seu cabelo negro, beijando-o na boca com um desejo que me fazia arfar, tremer, me contorcer.

– Diga...

Exigiu, suas mãos baixando minha calcinha, indo firmes em minha bunda nua, apertando minha carne, fazendo-me esfregar sobre a coluna ereta do seu pau.

– Quero seu pau na boca... – Desci mais, beijando e mordendo seu peito, serpenteando para baixo, decidida, enlouquecida. Agarrei seu membro e o chupei com força, movendo minha cabeça para frente e para trás, fazendo-o gemer. Subi de novo, lambi seu mamilo, e disse fitando-o: – E dentro de mim, enchendo meu útero com seu gozo.

– É pra já... – Dominador, ergueu-se sentado e já foi abrindo meu sutiã, saqueando minha boca, me despindo. Nós estávamos quentes, excitados, cheios de tesão.

Virou e me jogou bruscamente na cama, arrancando de vez minha calcinha, vindo para cima de mim. Abri bem as pernas, abraçando-o, beijando-o, dizendo contra seus lábios, buscando seus olhos:

– Faça um filho em mim, meu amor...

Ele parou, seu pau já acomodado em meus lábios, a respiração alterada, seu olhar me queimando. Murmurei:

– Parei de tomar o anticoncepcional. Você quer?

– É o que mais quero – disse rouco e então me penetrou, indo grande e gostoso dentro de mim, beijando minha boca.

Foi delicioso, quente, voraz. Ondulamos na cama, agarrados, unidos, arquejantes. Segurou meu rosto, olhou dentro dos meus olhos e me comeu gostoso, metendo duro dentro de mim, dizendo perto dos meus lábios:

– Não vejo a hora de ver você grávida de mim, carregando nosso filho.

– É o que mais quero.

Gemi. E aquela foi a primeira das muitas vezes que tentamos. Até que conseguimos. E, quando deu positivo, eu chorei e o agarrei, todos nós comemoramos, as crianças pularam e vibraram. Era só o que faltava para coroar ainda mais a nossa felicidade.

ANTÔNIO SARAGOÇA

Eu estava em uma reunião importante naquela tarde de quinta-feira, sentado na cabeceira da enorme mesa da sala de reuniões, enquanto um dos diretores fazia a apresentação de um dos novos produtos para a empresa investir. Devia estar prestando atenção, mas minha cabeça estava longe, em Cecília.

Por mim, ela ficaria em casa até nossa filha nascer, mas era teimosa. Continuava a trabalhar e levar uma vida normal, mesmo com o barrigão de nove meses. Eu a tratava como se fosse de vidro, o que só a fazia rir. Até sexo passei a evitar naquele mês, subindo pelas paredes, mas com medo de lhe fazer mal. Mas chegava de noite, vinha me beijar, ficava nua, cheia de desejo e aí ficava difícil resistir. Deitava-a de lado, acariciava seus seios cheios, sua barriga redonda, achando-a mais linda do que nunca. E fazia amor com ela, apaixonado, adorando-a com meu corpo, minhas mãos, minha alma.

Naquele dia, ia sair mais cedo do trabalho e comprar mais algumas coisinhas para nossa bebê, junto com Maiana e Sophia, que juraram tomar conta de Cecília. Mas eu ficava preocupado.

O meu celular tocou e na hora o atendi, ignorando a reunião. Era Cecília, e sua voz arfante me fez ficar em pânico:

– Antônio, estou bem. Mas as meninas me trouxeram para o hospital e...

– Hospital? – Levantei na hora, nervoso.

O diretor parou de falar, todos me olharam, mas eu mal notei.

– Estava no shopping e a bolsa estourou, mas... Ah! – Parou, gemendo e me desesperei, já correndo para a porta.

– Cecília!

– Calma...

– O que foi isso? – Passei rapidamente em minha sala para pegar minhas coisas e a chave do carro, ansioso.

– Uma contração. É assim mesmo. Não se preocupe, elas estão comigo e...

– Tô correndo para o hospital agora.

– Dirija com calma. Preciso desligar, vão me levar para dentro, amor. O médico chegou.

– Porra!

– Antônio, me prometa que vai dirigir com calma.

– Prometo!

Ela se despediu apressada. E dirigi como um louco para lá.

Sophia e Maiana se levantaram ao me ver transtornado, garantindo que estava tudo bem e que Cecília tinha sido levada para a sala de parto. Eu criei o maior escarcéu, até que me deixaram entrar. Tive que lavar bem as mãos, colocar touca e jaleco esterilizados e a vi sobre uma maca, toda suada e arfante, em contrações.

– Amor... – Corri até ela, nervoso, com o coração disparado.

– Antônio... – Arquejou quando agarrei a sua mão, beijando-a, amparando-a, enquanto o médico me cumprimentava com um sorriso e garantia que estava tudo bem.

Cecília estava melhor do que eu, mais controlada, quando eu tinha que estar mais tranquilo, dando forças a ela. Mas era um terror vê-la com dor, se contraindo, suando e gemendo. Finalmente fez a última força e ouvimos o choro da neném, enquanto ela deslizava exausta em meus braços.

Olhamos juntos para o pequeno ser de cabelos pretos, todo vermelho, que o médico erguia. Berrava a plenos pulmões, e fiquei imobilizado, enquanto o doutor dizia:

– Essa vai ser geniosa!

Cecília riu, feliz. Eu senti meu corpo todo reagir, as emoções sufocarem meu peito, meus olhos arderem. Não pude me conter daquela vez, sentindo a mulher que eu amava nos braços, vendo nossa filha ali, prova do nosso amor e de que nem toda distância foi capaz de nos separar.

A lágrima desceu quente em minha face, enquanto levavam nossa filha para cuidar dela ali perto e limpá-la. Voltei os olhos para Cecília, e ela também chorava, seus cabelos embaraçados, o suor borrando sua maquiagem, mais linda do que eu já vira.

Abracei-a forte, beijei seus lábios, quase caí de joelhos golpeado em minha emoção, para agradecer tanta felicidade. E murmurei rouco contra seus lábios:

– Eu te amo... Eu te amo tanto!

– Também te amo. – Agarrou-me.

Havia tanta coisa que eu queria dizer, o quanto sonhei com ela, o quanto a amei em silêncio, o quanto imaginei como seria sua vida longe de mim. E, agora, tudo era real, todo sofrimento e saudade foram suplantados pela felicidade, pela vida que tínhamos juntos, a maior vitória e conquista da minha vida.

– A filha de vocês. – A pediatra se aproximou com a neném enrolada em uma mantinha branca e a colocou nos braços de Cecília, que riu e chorou feliz.

Ela bateu as pernas e os bracinhos, seu cabelo preto parecendo um penacho, os olhos bem claros quando os arregalou.

– Ai, igualzinha a você, Antônio! Cabelos pretos e olhos azuis – disse Cecília maravilhada, sorrindo para mim.

Minha vontade era de chorar até me acabar, e meus olhos estavam cheios de lágrimas. Tentei me conter, mas quando abaixei, beijei sua cabecinha macia, senti seu cheirinho, foi difícil controlar. Abracei as duas, pensei em Toni e Giovana, e as lágrimas desceram por meu rosto, silenciosas, de puro êxtase.

– Qual o nome dela? – indagou a pediatra, sorrindo da nossa emoção.

– Sara – falei baixinho. E repeti com amor: – Sara.

O elo que faltava em nossas vidas. A prova concreta de que nosso amor era real, não se acabou com o tempo, com as armações de Ludmila, nem com a distância.

Beijei as duas e vi uma vida diante de mim que sempre quis. E, em meio às lágrimas, eu sorri.

Nove anos depois

– Pai, é o senhor que vai buscar a gente hoje ou o tio Arthur? – indagou Giovana, depois de descer as escadas da casa correndo. Estava uma moça alta e delicada de 15 anos, linda como Cecília, apenas com os cabelos mais claros e a pele branca. Sentado em torno de uma mesa, lendo uns relatórios que eu trouxe da empresa, ergui os olhos para ela e fiz uma careta.

– Vai sair de novo?

– Hoje é sábado, pai.

Que idade chata aquela! Eles se achavam donos da verdade, viviam arrumando ideia, e o pior, só queriam saber de sair com os amigos, passear, namorar. Eu estava de olho nela, pronto para botar os garotos pra correr.

– O Toni vai também?

– Vai. Aquele lá só vive atrasado! – reclamou, mas nunca saía sem ele, o que me tranquilizava um pouco. Ainda era muito ingênua, e Toni sempre pareceu mais velho que seus quase 17 anos, tomando conta dela.

– E a Aninha e o Gabriel?

– Também vão. – Foi Cecília quem respondeu, entrando na sala. – Matt e Sophia vão levá-los e Arthur e Maiana vão buscá-los. Semana que vem é nossa vez.

Acenei com a cabeça. Era engraçado, pois nossos filhos Giovana e Toni eram muito amigos de Aninha, com 17 anos e Gabriel, com 15, filhos de Matt. A amizade deles lembrava muito a minha com meus dois amigos. Agora nossos filhos perpetuavam aquilo.

Gaio, Fabiana e Sara, por serem menores, só podiam sair com a gente.

– Eu quero ir! – Sara chegou na sala, olhando para a irmã suplicante. – Me leva, Gio!

– Daqui a alguns anos, baixinha. – Sorriu e acariciou os cabelos negros e longos da irmã, que a admirava com os grandes olhos azuis.

– Ah, queria tanto ir! – Viu Toni entrar na sala, alto e esguio, muito parecido com ela e reclamou: – Quando eu tiver idade para sair, vocês vão estar velhos e não vão querer saber de mim!

Acabei rindo, e Cecília me acompanhou, enquanto Toni garantia, brincando:

– Mesmo velho eu te levo e te busco, maninha, pode deixar!

Ficou meio emburrada, ainda mais quando Matt a Sophia buzinaram, avisando a Toni e Giovana que tinham chegado. No final das contas, Sara se animou, pois deixaram Gabriel ali e prometeram voltar.

Em pouco tempo Cecília arrumou uns petiscos, eu trouxe algumas garrafas de vinho da adega e colocamos uma música para tocar na varanda. Os dois jovens sentaram-se um pouco afastados, conversando animados, mexendo em seus celulares. Fiz algumas ligações, e logo Arthur veio com Maiana e o caçula Gaio. E meu irmão Eduardo chegou com Karine e o filho deles de 10 anos, Luís.

Os jovens se entrosaram com seus aparelhos eletrônicos e nós, os quarentões com nossas belas esposas, curtimos uma tranquila noite de sábado bebendo e jogando conversa fora.

Sentado em um pequeno sofá, com Cecília recostada em mim, acariciei seu braço e fitei-a com amor. Aos 39 anos continuava linda, com aquela alegria que me conquistou desde o primeiro olhar. Era uma mãe maravilhosa, uma esposa dedicada, uma mulher apaixonada. O amor da minha vida.

Sorri meio de lado quando me olhou e beijei suavemente seus lábios. Acariciou minha face com ternura, e havia promessas em seus olhos castanhos. O desejo sempre estava entre nós, junto com o amor.

Arthur ria de algo com Matheus e fitei meus amigos de 44 e 45 anos, seus cabelos com fios grisalhos, mas ainda os mesmos de nossa época de garotos. Maiana e Sophia continuavam lindas, e eles, assim como eu e Cecília, eram muito felizes no casamento.

Pensei que dali a um tempo estaríamos com netos e nossa amizade continuaria. Tínhamos nossas vidas, nossas tristezas e alegrias, mas, sobretudo, éramos realizados. Arthur tinha perdido a avó há vários anos, mas ainda sentia a falta dela. Eu tinha perdido minha mãe para um infarto há cinco anos e foi uma grande tristeza na família, principalmente para mim e Eduardo. Meu pai ficou perdido sem ela e pouco mais de um ano depois faleceu também, prestes a completar 90 anos.

Tínhamos sofrido, ainda sentíamos muito a falta deles, mas era a vida. Eu e Eduardo nos tornamos ainda mais unidos, pelo menos, conformados, pois eles tinham conhecido os netos.

Um dia chegaria nossa hora também. A vida era assim, nada voltava atrás, tudo caminhava, seguia, se renovava. Mas, enquanto isso, vivíamos intensamente. Amávamos, ríamos, aproveitávamos oportunidades simples como aquelas de estarmos juntos.

Porque o amor e a amizade sempre iam prevalecer sobre a dor e a tristeza.

— Vamos tomar mais uma taça de vinho? — perguntou Matheus. E riu: — Menos o Arthur, que ainda vai buscar as crianças.

— Sacanagem — reclamou ele.

Servimo-nos todos de vinho e, fazendo uma careta, Arthur pegou uma taça de água, quando sugeri de repente:

— Vamos brindar.

— A quê? — Cecília voltou-se para mim, sorrindo.

— Ao amor e à amizade. — Ergui minha taça com a mão direita e com a esquerda a puxei para mim, beijando seus cabelos. Sorri para ela e depois para meu irmão e meus amigos e suas esposas, que eu considerava como pessoas da minha família. Falei alto: — E à felicidade! Duvido que haja no planeta pessoas mais felizes do que nós.

— Eu concordo. — Cecília bateu sua taça na minha, com olhos brilhando.

— Também concordo. — Brindou Sophia, fitando Matt com amor, que retribuiu seu olhar e falou:

— À felicidade!

— Ao amor! — Maiana riu e beijou Arthur nos lábios.

— Ao amor, mesmo brindando com água! — disse ele, puxando-a para si.

— À família! — Abraçado à Karine, que disse o mesmo, Eduardo sorriu para mim erguendo a sua taça. — E à amizade!

— Amizade, família, felicidade e amor. — Brindei e encontrei os olhos castanhos de Cecília. Sorri meio de lado e acariciei sua face. — Eu tenho tudo isso.

E era verdade. Problemas, todos nós teríamos. E também momentos de dor e de lágrimas. Mas cercados de amor e amando, dando o melhor de nós mesmos, a vida se tornaria muito melhor.

Puxei Cecília para mim e a beijei na boca.
Ela era meu amor, minha vida.
E eu, Antônio Saragoça, era um homem muito feliz.

Mais alguns anos depois...

Seria um jantar em família. Toni e Giovana ainda moravam com a gente, apesar de já terem 25 e 24 anos. Toni tinha se formado e era vice-presidente das empresas, trabalhando lado a lado com o pai. Dizia que ia comprar um apartamento para si, pois a cada dia trocava mais de namoradas e era assediado pelas meninas. Também, era tão lindo e sedutor quanto Antônio. Mas acabava nunca saindo de debaixo das nossas asas, confessando que não se via longe da gente. O que só nos deixava mais felizes.

Era o filho que pedimos a Deus. Carinhoso, responsável, honesto, lindo, saudável, bom caráter. Amava e cuidava das irmãs. Sua melhor amiga e confidente era Giovana, que estava se formando em direito e ganhava o mundo, sendo disputada por grandes empresas, já que tinha se especializado em direito empresarial. Antônio dizia que ia trabalhar na CORPÓREA. Ela negava, rindo, mas eu sabia que era o que queria.

Eu me preocupava às vezes com seu jeito independente. Namorava ocasionalmente, mas dizia que só pararia com alguém quando conhecesse o homem da sua vida. Ela admirava muito o amor que eu e Antônio tínhamos, mesmo depois de tantos anos juntos. Foram nove anos separados e agora mais vinte anos juntos. Vinte anos de amor e felicidade, em que eu e ele éramos como unha e carne. O amor era incondicional. E Giovana falava que não se contentaria com menos, queria um amor igual.

Mas quem me preocupava naquele dia era nossa caçula Sara, de 17 anos. Era uma menina feliz, animada, cheia de amigos, engraçada. Aonde chegava, conquistava todo mundo. Até demais. Deixava para trás uma fila de corações apaixonados, até me confessar o que eu já desconfiava: que tinha um amor há anos, desde pequena. Era louca por ele e nunca foi retribuída pois a achava jovem demais, sendo seis anos mais velho. Entretanto, ambos não conseguiram mais resistir. Estavam apaixonados, e ele viria hoje à nossa casa pedir para namorar com ela.

Eu não poderia desejar um genro melhor, era louca por ele e o conhecia há muitos anos. Hoje era um belo rapaz loiro de olhos castanhos esverdeados, com 23 anos. Trabalhava com o pai, terminava sua Faculdade de Administração, era um surfista nato e um amor, educado, carinhoso, lindo. Gabriel, filho de Matheus e Sophia. O namorado secreto de Sara, que hoje pediria ao "tio" Antônio para permitir o namoro com sua caçulinha.

Eu estava feliz, porque o amava e via que os dois pareciam se gostar de verdade. Mas eram tão jovens! E se não desse certo? Tínhamos uma amizade tão boa com os pais dele, que temia que aquilo prejudicasse em alguma coisa. E sabia que Antônio era ciumento. No entanto, não havia como impedir. Sophia e Matheus já sabiam de tudo e estavam muito felizes. Giovana e Toni também já sabiam, assim como todo mundo. Menos Antônio, embora andasse desconfiado.

Naquele sábado, antes do jantar, fiquei sentada na beira da cama, arrumada, meus cabelos castanhos cortados na altura dos ombros, usando um belo vestido que foi presente do meu marido e veio da Itália diretamente para mim, como se eu ligasse para aquilo. Sorria, pois Antônio estava sempre me presenteando e agradando.

Ele saiu do banheiro abotoando a camisa branca, já com calça preta, seus cabelos negros entremeados de fios brancos ainda úmidos e despenteados. Aos 55 anos era daqueles homens que se tornavam ainda mais lindos com a idade, perfeito e gostoso como um vinho raro. Que eu adorava observar e provar sempre.

Tínhamos vivido cada dia de nossa vida em pura felicidade. Nem os problemas podiam combater aquilo. Eles vinham e iam, mas nosso amor e nossa alegria eram imutáveis. Eram nossos.

Seus olhos azuis intensos se fixaram nos meus e sorriu, dizendo baixinho:

– Quando acho que não pode ficar mais linda, você me surpreende, senhora Saragoça.

Sorri, feliz. Bati na cama ao meu lado e comentei:

– Bom ver que está de bom humor, querido. Tenho algo para contar e estava adiando, mas tem que saber antes do jantar.

Parou, preocupado. Então largou a camisa aberta e se sentou ao meu lado, observando-me.

– O que houve?

– Não se preocupe. – Passei a mão pelo músculo do seu peito. O desejo me percorreu, pois não cansava nunca de beijá-lo, abraçá-lo, amá-lo. Eu sempre soube disso, que o tempo nunca nos distanciaria. Era um amor eterno, uma admiração sem limites. Segurei sua camisa e comecei a abotoá-la devagar.

– Cecília? – Suas mãos pousaram nas minhas e ergui os olhos para os dele. – O que está acontecendo?

– Esse jantar de hoje...

– Sim. Uma reunião com nossos amigos.

– Também. Arthur e Maiana vêm com Aninha e Gaio. Sophia e Matheus vêm com Gabriel e Fabiana. – Lambi os lábios, sem saber ao certo como puxar o assunto. Costumávamos nos reunir, em nossa casa ou nas deles. Era uma amizade que também ultrapassou a barreira do tempo e se solidificou com ele. – Antônio...

– Está me deixando preocupado. Diga.

Suspirei, fitando-o. E falei:

– É inevitável que o amor acabasse acontecendo com a convivência, querido. Nossos filhos são muito amigos dos filhos deles.

Pensou um pouco, compenetrado.

– É Toni? Com quem? Fabiana?

– Não. – E disse logo: – Sara e Gabriel.

Ficou mudo. Seus olhos azuis escureceram, mas, fora isso, não teve reação. Esperei que trovejasse. Vivia dizendo a Sara para não pensar em namoro, e sim estudar. Falei rapidamente:

– Ela sempre foi apaixonada por ele. Gabriel também gostava dela, mas a achava nova demais. Só que acabou não conseguindo resistir e...

– Ele vem aqui hoje me contar isso? E você já sabia?

– Sara me contou, pediu para avisar você. Está com medo de que seja contra.

– E Gabriel?

– Ele adora você, mas está meio nervoso.

– Todo mundo sabia?

Fiquei sem graça.

Respirou fundo, sacudiu a cabeça. Pensei que não era um bom sinal. Mas então me surpreendeu e quando me olhou de novo havia um ar de riso em suas feições.

– Não acredito que, depois de tantos anos, vou ter o filho de Matheus na minha família.

– Não está chateado? – perguntei surpresa.

– Morrendo de ciúme! – confessou. – Mas nossa filha não poderia ter escolhido rapaz melhor. Tenho certeza de que cuidará bem dela como tem feito todos esses anos. E ao menos saberei que está em segurança.

Sorri amplamente:

– Graças a Deus! Coitados, ficaram com medo de você não gostar e não permitir o namoro!

– Já estou até vendo Arthur pegar no meu pé durante o jantar inteiro! – Ele sacudiu a cabeça e deu uma risada. – Mas, deixa, quando a Aninha ficar sério com alguém, ele vai ver só!

Acabei rindo também e o abracei, feliz. E, sem aguentar, beijei-o na boca, como sempre adorava fazer. Antônio retribuiu na hora, me puxando para dentro dos seus braços.

Aquilo tudo ia dar o que falar.

Era o início de uma nova história.

Este livro foi impresso na
LIS GRÁFICA E EDITORA LTDA.
Rua Felício Antônio Alves, 370 – Bonsucesso
CEP 07175-450 – Guarulhos – SP
Fone: (11) 3382-0777 – Fax: (11) 3382-0778
lisgrafica@lisgrafica.com.br – www.lisgrafica.com.br
para a Editora Rocco Ltda.